Du kannst den Toten nicht entkommen

Die Autorinnen

Lisa Jackson zählt zu den amerikanischen Top-Autorinnen, deren Romane regelmäßig die Bestsellerlisten der New York Times, der USA Today und der Publishers Weekly erobern. Ihre Hochspannungsthriller wurden in 15 Länder verkauft. Auch in Deutschland hat sie mit *Shiver*, *Cry* und *Angels* erfolgreich den Sprung auf die Spiegel-Bestsellerliste geschafft. Lisa Jackson lebt in Oregon.
Mehr Informationen über die Autorin unter: www.lisajackson.com
Nancy Bush lebt mit ihrer Familie in Lake Oswego, Oregon.

Lisa Jackson
Nancy Bush

Du kannst den Toten nicht entkommen

Thriller

Aus dem Amerikanischen von
Bernhard Liesen

Weltbild

Die amerikanische Originalausgabe erschien 2014 unter dem Titel *Wicked Ways*
bei Kensington Publishing Corp., New York.

Besuchen Sie uns im Internet:
www.weltbild.de

Copyright der Originalausgabe © 2014 by Lisa Jackson LLC and Nancy Bush
Published by Arrangement with KENSINGTON PUBLISHING CORP.,
New York, NY 10018 USA
Copyright der deutschsprachigen Ausgabe © 2016 by Weltbild GmbH & Co. KG,
Werner-von-Siemens-Straße 1, 86159 Augsburg
Dieses Werk wurde vermittelt durch die Literarische Agentur Thomas Schlück
GmbH, 30161 Hannover
Übersetzung: Bernhard Liesen
Projektleitung & Redaktion: usb bücherbüro, Friedberg/Bay
Umschlaggestaltung: *zeichenpool, München
Umschlagmotiv: www.shutterstock.com (© MILA Zed; © Brenda Carson;
© donikz; © Nik Merkulov; © Molodec)
Satz: Datagroup int. SRL, Timisoara
Druck und Bindung: CPI Moravia Books s.r.o., Pohorelice
Printed in the EU
ISBN 978-3-95973-803-3

2022   2021   2020   2019
Die letzte Jahreszahl gibt die aktuelle Ausgabe an.

Prolog

In der Nähe von Deception Bay, Oregon

»Die wird niemals verschwinden«, flüsterte Lena, der die ganze Geschichte überhaupt nicht gefiel. Dass sie gehört hatten, die Frau und ihr abwesender Mann hätten in ihrem Haus Geld versteckt, hieß noch lange nicht, dass sie dort tatsächlich Bares finden würden.

»Pst!«, wies Bruce sie zurecht. »Wart's nur ab.«

»Ich hab lange genug gewartet. Fast eine Stunde.«

Ihr Freund warf ihr einen wütenden Blick zu, und sie biss sich auf die Zunge.

Es war bereits dunkel. Der dichte Nebel roch nach Salzwasser und zog durch die verwinkelten und rissigen Straßen der teils illegal errichteten Ansiedlung, wo Menschen lebten, die von den Einwohnern von Deception Bay »Foothiller« genannt wurden. Nach Lenas Meinung wirkte der Ort bei Tageslicht nicht viel besser als ein Armenviertel an irgendeinem Stadtrand. Die Sackgasse, in der sie warteten, war unheimlich. Nur die Hälfte der Häuser war bewohnt, doch auch hier waren die Vorgärten verwildert. Es war nicht gerade ein Ort, wo man damit rechnen würde, in einer Matratze oder unter einer Bodendiele Tausende von Dollars zu finden, doch der alte Mann in der Bar hatte am Vorabend darauf beharrt, dass die hier lebenden Menschen nur arm aussahen. Dazu passte, dass auf der Auffahrt des von ihnen beobachteten Hauses ein ziemlich neuer Volvo stand.

Und dennoch ... Lena fror erbärmlich, der böige Wind brachte vom Meer her den Nebel mit sich. Der war vorteilhaft, weil man sie nicht entdecken würde, doch musste es so arschkalt sein? Zitternd versuchte sie, ihre behandschuhten Finger zu wärmen. *Komm endlich raus,* dachte sie.

Der alte Knacker in der Bar hatte gesagt, der Ehemann sei häufig abwesend, und seine Frau esse jeden Dienstag mit ihrer Schwester zu Abend, irgendwo südlich von Tillamook. Demnach hatten sie und Bruce genug Zeit, um das Haus zu durchsuchen und ungesehen zu verschwinden.

»Los geht's«, murmelte Bruce, der seine Skimaske herunterzog. Lena tat es ihm gleich und sah eine große, schlanke Frau mit einer Umhängetasche, einem Baby auf dem Arm und einem Kindersitz in der Hand aus dem Haus treten. Nachdem sie den Sitz abgestellt und die Tür abgeschlossen hatte, eilte sie die rissige Auffahrt hinab zu ihrem Auto, schloss es auf und befestigte den Kindersitz an der Rückbank.

Endlich!

Lena wollte, es wäre schon vorbei gewesen. Ja, sie hatten auch zuvor schon Häuser und Autos ausgeraubt, doch heute war es anders und gefährlicher. Sie spürte es intuitiv. Ihr Plan schien ihr nicht so gut durchdacht zu sein wie sonst, und das heruntergekommene Haus mit der abblätternden Farbe und der durchhängenden Vorderveranda ließ sie nicht gerade hoffen, dass hier viel zu holen war. Bestimmt keine große Summe Bargeld.

»Verdammter Mist!«, flüsterte Bruce hektisch. »Zieh den Kopf ein.«

Er riss sie tiefer in das Gebüsch und warf sie zu Boden, als ein Auto in die Sackgasse bog und langsam an ihnen vorbeifuhr. Lena riskierte einen Blick und hätte fast einen Herzstillstand erlitten, als sie einen gelb und schwarz lackierten Streifenwagen des Tillamook County Sheriff's Department erkannte.

Guter Gott.

Sie lag reglos da, mit geschlossenen Augen und dem Gesicht nach unten. Tannennadeln piksten in ihre Haut.

Der Lichtstrahl der Scheinwerfer durchschnitt den Nebel. Kurz darauf hörten sie, dass der Fahrer des Streifenwagens am Ende der verwaisten Straße wendete.

Lena riskierte noch einen Blick. Die Frau, deren Haus sie ausrauben wollten, hatte auf der Fahrerseite die Tür ihres Autos geöffnet, stieg aber noch nicht ein, als sie den Streifenwagen sah.

Lena und Bruce verharrten reglos in den Büschen unter den niedrig hängenden Zweigen einer Kiefer. Als der Streifenwagen zum zweiten Mal an ihnen vorbeikam, hörten sie den Cop in sein Funkgerät sprechen. Plötzlich gab der Fahrer Gas und raste davon, mit grellrot und blau rotierendem Licht.

Als der Streifenwagen um die Ecke bog, schlug Lenas Herz so heftig, dass sie glaubte, alle Welt müsse es hören. Sie wollte nur noch, dass es schnell vorüber war. Vielleicht sollten sie einfach verschwinden. Aber sie waren pleite, und Bruce war sicher, dass in dem Haus der große Coup zu landen war.

Bei Gott, hoffentlich hatte er recht.

Die Frau warf einen Blick auf das Baby in dem Kindersitz und klemmte sich gerade hinter das Steuer, als im Haus das Telefon klingelte. Sie blickte sich um, murmelte etwas

Unverständliches vor sich hin, stieg aus, eilte zum Haus zurück und schloss die Tür auf. Kurz darauf ging in einem Zimmer Licht an, und sie sahen durch das Fenster, wie sie zum Telefon griff und sich meldete.

Bruce hatte sich auf den Knien aufgerichtet. »Warum kann sie nicht einfach abhauen?«

Lena blickte ihn an. »Ich hab ein mulmiges Gefühl. Wir sollten verduften.«

»Und was dann?«

»Wir könnten in der Bar eine Handtasche klauen ...«

»Hast du nicht gehört, was der Alte gesagt hat? *Zehntausende* von Dollars sollen in dem Haus versteckt sein.«

»Woher will er das wissen?«

»Er ist mit den Bewohnern verwandt, wie, weiß ich nicht. Aber es ist einen Versuch wert, sich da mal umzuschauen, Baby.« Er legte ihr eine Hand auf den Arm. »Es könnte so sein, als hätten wir im Lotto gewonnen. Der Jackpot wird unser Leben verändern.«

Das klang gut. Sie blickte zu dem Haus hinüber und sah durch das Vorderfenster, dass die Frau hektisch auf und ab ging. Sie hatte das Telefon ans Ohr gepresst und schrie laut.

»Das könnte dauern«, bemerkte Lena.

»Ich weiß, ich weiß.« Auch Bruce war nervös.

»Und dieser Cop? Was hatte der hier zu suchen? Was ist, wenn er unser Auto entdeckt?«

»Wird er nicht.«

Die Frau in dem Haus war so erregt, dass sie mit ihrer freien Hand wild gestikulierte. Sie wirkte nicht so, als würde sie im Moment irgendetwas anderes mitbekommen.

»Es ist gefährlich«, beharrte Lena.

»Ich hab die Skimaske.« Er blickte noch einmal zu dem Fenster hinüber. »Die quasselt bestimmt noch eine Weile weiter. Warte hier.«

»Was hast du vor?«

»Ich schnappe mir das Baby.«

»*Was?* Nein!« Das war ein Witz, oder? »Das kann nicht dein Ernst sein.« Er konnte doch nicht einfach das Baby kidnappen. Doch durch die Schlitze der Skimaske sah sie seinen entschlossenen Blick. »Mein Gott, Bruce ... Über so was macht man keine Witze.«

»Es ist kein Scherz.«

»Aber sie wird jeden Moment wieder rauskommen ... Und was sollen wir anfangen mit dem Baby?«

»Wir verkaufen es ...«

»Guter Gott ...«

»Ich kenne einen Typ, der mit einem Anwalt in LA befreundet ist. Der ist auf Adoptionen spezialisiert und stellt keine Fragen. Man bekommt Unsummen für so einen Säugling.«

»Aber die Frau ... Die Cops ...« Lena schüttelte ungläubig den Kopf. »Du kannst nicht einfach ein Kind stehlen.«

»Und ob«, sagte er mit einem kalten Lächeln. »Pass gut auf.« Er schlich schnell zu dem Volvo, öffnete die Hintertür, machte den Gurt des Kindersitzes los und zog ihn mit dem Baby heraus.

1

Fünfundzwanzig Jahre später, Südkalifornien

Elizabeth sah durch das Vorderfenster, dass zwei Polizisten den Weg zu ihrer Haustür hinaufschlurften. Ihr war klar, was kommen würde. Sie kannte die Szene in diversen Variationen aus dem Fernsehen. Kein Krimi, in dem nicht irgendwann ein Cop an einer Tür klingelte und schlechte Nachrichten überbrachte. Ein Todesfall, dachte sie mit hämmerndem Herzen. Aber wen hat es getroffen?

Angst überkam sie. Nachdem sie die Jalousie zugezogen hatte, eilte sie den Flur hinab zum Kinderzimmer. Sie wusste, dass Chloe im Bett lag und schlief, aber sie musste es *sehen*. Sie öffnete die Tür und blickte ängstlich durch den Spalt. Eine böse Vorahnung ließ ihren Puls rasen. Sie sah die goldbraunen Locken auf dem Kopfkissen, und das Kind hatte im Schlaf die Arme um seinen Kopf gelegt. Chloe schlief tief, und Elizabeth hörte ihre leisen Atemzüge.

Das Klopfen war so laut, dass sie zusammenzuckte. Nachdem sie leise die Tür des Kinderzimmers geschlossen hatte, rannte sie ins Wohnzimmer, um die Außenbeleuchtung einzuschalten. Dann öffnete sie die Haustür und stand einer Polizistin gegenüber, die in Begleitung eines Kollegen war. Beide schauten sie mit reglosen Mienen an.

Die Frau sprach zuerst. »Mrs Elizabeth Ellis?«

»Ja?« Ihre Kehle war völlig ausgetrocknet.

»Ich bin Officer Maya, und das ist mein Kollege DeFazio.«

Sie präsentierten ihre Dienstmarken, und dann sprach Maya weiter. »Wir bedauern, Ihnen mitteilen zu müssen, dass es einen Autounfall gegeben hat.«

Ein Unfall.

»Ist Court etwas passiert?«, flüsterte Elizabeth.

Wortlos öffnete sie die Tür ganz. Die Gesichter der beiden Cops verschwammen vor ihren Augen. Sie sah etwas anderes. Vor ihrem inneren Auge spulten sich Szenen der letzten Woche ab.

Am Montag hatte sie sich zögernd mit einem Abschiedskuss von ihrem Mann verabschiedet, der einmal mehr zu einer Geschäftsreise aufbrach. Wieder hatten sie sich gestritten über ihre Fähigkeit, Dinge vorauszusehen.

»Du glaubst wirklich, Gefahr vorhersehen zu können?«, fragte ihr Mann, mit dem sie seit sechs Jahren verheiratet war. Einst hatte sie ihn attraktiv gefunden, doch jetzt blickte er sie mit vor Wut verzerrten Zügen an. Seine braunen Augen funkelten böse, und er hatte verächtlich die Lippen verzogen. »Führ dich nicht auf wie eine Verrückte. Ich stehe kurz davor, Teilhaber in der Kanzlei zu werden. Komm mir bloß nicht irgendwie in die Quere.«

»Ich werde es niemandem erzählen«, versicherte sie. Sie war beunruhigt, verängstigt. Nachdem sie vorhergesagt hatte, dass Little Nate von dem Klettergerüst fallen würde, hatte ihre Freundin Jade sie fassungslos angestarrt. In ihrem Blick mischten sich Verwunderung, Ehrfurcht und vielleicht auch ein bisschen Angst, doch als sie versucht hatte, ihrem Mann von der Episode mit Little Nate und ähnlichen Vorfällen zu erzählen, die sie bisher als Zufälle abgetan hatte, war er völlig ausgeflippt. Mit ihrer Ehe ging es schon seit Langem bergab. Sie wusste es, war aber unfähig, die Gründe genau zu benennen.

»Ja, halt bloß die Klappe«, sagte er jetzt zornig und verschwand.

Am Dienstag hatte Chloe in der Vorschule eine Art Schwächeanfall erlitten, was beunruhigend war, weil das immer häufiger zu passieren schien. Sie hatte ihre Tochter abgeholt und sie nach Hause gebracht. Die Fünfjährige versicherte ihr laut, ihr fehle nichts, es gehe ihr gut, gut, gut ...

Am Donnerstag beschloss sie, Chloe nicht zur Vorschule, sondern zum Arzt zu bringen, der sie untersuchte und sagte, sie könne ruhig den Unterricht besuchen. Elizabeth hatte sich trotzdem unbehaglich gefühlt. Irgendetwas stimmte nicht mit ihrer Tochter, doch niemand schien das Problem diagnostizieren zu können. Aber vielleicht lag es daran, dass sie dazu neigte, sich übertriebene Sorgen zu machen. Court hatte sie oft genug beschuldigt, auch zu den »Helikoptereltern« zu gehören.

Nachdem sie Chloe am Donnerstag zur Vorschule gebracht hatte, traf sie sich zum Mittagessen mit den anderen Frauen der Müttergruppe, die sich online zusammengefunden hatte und sich aus Frauen zusammensetzte, die etwa zur selben Zeit ein Kind bekommen hatten. Tara Hofstetter war fast so etwas wie eine richtige Freundin für sie geworden. Court hatte gesagt, sie sei zu introvertiert und müsse Leute kennenlernen aus der Gegend von Irvine, Costa Mesa und Newport Beach, wo er als Anwalt arbeitete. Seine Kanzlei residierte in einem Hochhaus in der Nähe des Flughafens des Orange County. Nach Chloes Geburt war sie der Müttergruppe beigetreten, deren Besetzung sich seit dieser Zeit verändert hatte, doch Tara und Elizabeth gehörten zu den Gründungsmitgliedern, und Taras Tochter Bibi spielte gern mit Chloe.

Als sie zu spät in dem Lokal eintraf, sah sie an Taras Gesichtsausdruck, dass etwas nicht stimmte. Bevor sie etwas sagen konnte, ergriff ihre Freundin, die blond gefärbtes Haar und einen durchtrainierten Körper hatte, mitleidig ihre Hand.

»Gestern habe ich Court mit Whitney Bellhard gesehen.«

»Mit Whitney Bellhard?«, fragte Elizabeth. »Wo? Was willst du sagen?«

Whitney Bellhard war eine Schönheitsberaterin, die in der Gegend Botox-Partys veranstaltete, für die sie überall Werbezettel mit ihrem Konterfei verteilte. Sie hatte große Augen und große Brüste und war völlig unsensibel.

»Sie saßen Händchen haltend in diesem Bistro, das ich immer besuche, wenn ich in Santa Monica bin«, fuhr Tara fort.

»Santa Monica?«, fragte Elizabeth. »Court ist in Denver.« Selbst wenn auf den Straßen nicht viel Verkehr herrschte, war Santa Monica mindestens eine Autostunde von Irvine entfernt, und auf Courts Terminkalender war ihr der Name dieser Stadt nicht aufgefallen.

»Sie haben sich förmlich mit den Augen verschlungen und mich nicht einmal gesehen, Elizabeth. Ich bin wieder rausgegangen und habe sie von draußen durch das Fenster eine Weile beobachtet.«

»Vielleicht waren sie nur ...« Aber Elizabeth fiel kein vernünftiger Grund dafür ein, warum die beiden sich in einer Stadt getroffen hatten, die so weit von Irvine entfernt war, dass sie nicht damit rechnen mussten, von Bekannten gesehen zu werden.

»Es schien so, als ginge es ihnen viel zu langsam mit der Rechnung«, sagte Tara mit einem traurigen Blick.

Elizabeth nickte und akzeptierte insgeheim die unerwünschte Neuigkeit, dass ihr Ehemann eine Affäre hatte.

Als Court spät am Freitagabend nach Hause zurückkehrte, schlief Chloe, und auch sie lag schon im Bett. Mit einem Buch, doch sie musste eine Seite immer wieder lesen, weil sie abgelenkt war. Sie fragte sich, was sie sagen würde, wenn sie ihn sah. Sie hatte zwischen Ungläubigkeit, Wut und Verzweiflung geschwankt, die Tatsachen aber letztlich widerwillig akzeptiert. Und sie fragte sich, ob er ihr noch wichtig genug war, um einen Versuch zu machen, ihre Ehe zu retten. Für Chloe wäre es besser, wenn sie zusammenbleiben würden, doch für sie selbst? Das war die verzwicktere Frage.

Als Court mit gelockerter Krawatte ins Schlafzimmer trat, verkündete er, er komme direkt von einem Meeting und brauche einen Drink. Dann fragte er, ob er ihr auch einen machen solle. Elizabeth legte das Buch aus der Hand und wartete, ob er noch etwas zu sagen hatte. Er wartete ihre Antwort wegen des Drinks nicht ab und eilte ins Wohnzimmer. An dem leisen Quietschen hörte sie, dass er die Hausbar geöffnet hatte. Dann knallte er ein Glas auf die Platte aus Ebenholz.

Als sie ihm ins Wohnzimmer folgte, zog er gerade den Stöpsel aus einer Whiskyflasche und schenkte sich einen großzügigen Drink ein. Wortlos schaute sie zu, wie er ihn hinunterkippte. Fast glaubte sie, seine Gedanken lesen zu können, denn er starrte auf die Flasche, weil er es bestimmt nicht abwarten konnte, sich das nächste Glas einzuschenken. Dann überlegte er es sich anders, weil es ihm angesichts der ungewissen Stimmung seiner Frau klüger zu sein schien.

»Stimmt was nicht?«, fragte er mürrisch.

»Ist es wahr, dass du dich in Santa Monica mit Whitney Bellhard getroffen hast?«

Courts Kopf zuckte zurück, als hätte ihm jemand eine Ohrfeige verpasst. Er brach in einen Wortschwall aus, und sein puterrotes Gesicht verriet ihr, dass er sie anlog.

»Wer zum Teufel hat dir das erzählt?«, fragte er schließlich.

»Jemand von der Vorschule«, log sie.

»Mit der aufgetakelten Schlampe würde ich mich nie einlassen«, erklärte er.

»Niemand hat gesagt, dass du dich mit ihr eingelassen hast. Mir hat nur eine Frau erzählt, du hättest dich mit ihr zum Mittagessen getroffen.«

»Sag deiner Schnüfflerin, sie soll sich um ihre eigenen Angelegenheiten kümmern und keinen Ärger machen.«

»Dann stimmt es also nicht?«

»Natürlich stimmt es nicht!« Er knallte das leere Glas auf die Ebenholzplatte und griff erneut nach der Whiskyflasche.

»Wenn ich alles überprüfe, werde ich also herausfinden, dass du am Mittwoch noch in Denver warst, so wie es in deinem Terminkalender steht?«

»Seit wann spionierst du mir nach?«, fragte er mit einem wütenden Blick.

In diesem Moment hätte Elizabeth fast die Nerven verloren. Noch nie zuvor hatte sie ihren Mann so herausgefordert. Court Ellis war äußerst eloquent, der geborene Anwalt. Da konnte sie nicht mithalten. Er liebte es, sie zuzutexten, und bis zu diesem Augenblick war ihr noch nicht wirklich bewusst gewesen, wie wenig Zuneigung da noch war zwischen ihr und ihrem Mann.

»Wie heißt die Schlampe, die dir diese Lüge aufgetischt hat?«, fragte er, nachdem er einen großen Schluck Whisky getrunken hatte.

»Und wie heißt das Hotel in Denver, in dem du angeblich abgestiegen bist?«

Nach dieser Frage stürmte er aus dem Haus, um die Nacht sonst wo zu verbringen.

Zurück war er erst am Samstagnachmittag, doch da sprachen sie nicht über Whitney Bellhard und Santa Monica. Auch nicht darüber, ob er überhaupt in Denver gewesen war. Für den Rest des Tages herrschte eisiges Schweigen. Chloe entging die angespannte Atmosphäre nicht. Sie weinte und war zänkisch, und es war eine Erlösung, als es endlich spät genug war, um sie ins Bett zu bringen. Elizabeth sagte sich, es sei besser, mit Court zu reden, doch ihr fehlte einfach die Kraft. Er schlief auf dem Sofa, und sie lag wach in dem riesigen Ehebett. Das Fenster stand offen, und die kühle Brise trug den Mentholgeruch der in der Nähe stehenden Eukalyptusbäume ins Zimmer. Im sanften Licht der Außenbeleuchtung sah sie, wie sich die Palmen sanft im Wind wiegten.

Um fünf Uhr morgens kam Court ins Schlafzimmer und pflanzte sich am Fußende des Bettes auf. Ihr war klar, dass etwas passieren würde. Sie setzte sich auf und zog instinktiv unter der Decke die Knie an die Brust, als müsste sie sich vor etwas schützen.

Aber er war stocknüchtern, und sein Zorn schien verraucht zu sein. »Ich wollte nicht, dass es so kommt«, sagte er. Seine Stimme klang angespannt, fast so, als stünde er vor einem Zusammenbruch, und das war seltsam, denn Court Ellis zeigte nie Gefühle. »Ich liebe diese Frau«, sagte er.

Elizabeth schnappte geschockt nach Luft.

»Seit Monaten habe ich es dir erzählen wollen«, fuhr er fort. »Am Ende meiner Geschäftsreisen haben Whitney und ich uns regelmäßig in einem Hotel in Santa Monica getroffen. Und ich war nicht in Denver. Seit fast einem Jahr war ich nie mehr in den Städten, die als letzte Etappe in meinem Terminkalender standen.«

Sein ungeheuerlicher Betrug verschlug Elizabeth die Sprache. Sie empfand keinerlei Liebe mehr für ihn und fragte sich, ob sie sich überhaupt jemals geliebt hatten. Aber sie war schockiert, verletzt, wie paralysiert. Sie starrte ihn an und hatte schreckliche Gedanken. *Ich wünschte, dir nie begegnet zu sein. Ich will dich nie wiedersehen und wünschte, du wärest tot.*

»Verschwinde«, stieß sie zwischen zusammengebissenen Zähnen hervor.

»Du weißt, dass es nie meine Absicht war, dich zu verletzen, Elizabeth.«

»Hau endlich ab und komm nicht zurück.«

»Mein Gott, du bist so eine Schlampe.« Er starrte sie an, als hätte sie den Verstand verloren. »Seit wann bist du eine so miese Schlampe?«

»Du musst jetzt gehen«, sagte sie hölzern.

»Dies ist auch mein Haus, und ich ...«

»Es ist nicht dein Haus«, korrigierte sie ihn schnell.

»Sei vorsichtig. Setz mich nicht unter Druck. Ich kann dir das Leben zur Hölle machen.«

»Und das sind bestimmt nicht nur leere Worte.« Sie war fassungslos, wie schnell er in die Offensive ging.

»Chloe ist auch meine Tochter, und wenn ich von der nächsten Geschäftsreise zurück bin ...«

»Du hast keine Tochter mehr!«, konterte sie wütend. »Du wirst sie nie wiedersehen. Hau jetzt endlich ab und lass dich nie mehr blicken!«

»Mach hier keine theatralische Szene, Elizabeth.« Er kam so schnell um das Bett herum, dass es ihr Angst machte.

Sie wich zurück, und als er seine Hände auf ihre Schultern legte und sie wütend anstarrte, fühlte sie sich bedroht. Sie glaubte, dass er sie strangulieren wollte. Aber sie hielt seinem Blick stand, und dann ließ er sie plötzlich los und verließ das Zimmer. An diesem Sonntag sprachen sie kein Wort mehr miteinander.

Elizabeth bemühte sich, die Erinnerungen abzuschütteln. Jetzt war es Sonntagabend, und in ihrem Wohnzimmer standen zwei Cops. Sie blickte Officer Maya an. »Court ist tot, oder?«, sagte sie mit tonloser Stimme.

Officer Mayas Gesichtsausdruck sagte alles. »Ja, Ma'am.«

Du hast dir gewünscht, dass er stirbt. Es ist wegen dir passiert, und es ist nicht das erste Mal ...

Sie schluckte. »Sie sagten, es sei ein Autounfall gewesen?«

»Ja, Ma'am«, antwortete Officer DeFazio. »Ein Unfall, an dem nur ein Auto beteiligt war.«

»Dann ist außer ihm niemand zu Schaden gekommen?«, fragte sie hoffnungsvoll.

Maya, eine Frau von Mitte dreißig mit kurz geschnittenen dunklen Haaren, blickte DeFazio an, der mindestens zehn

Jahre älter und bereits ergraut war. Dann wandte sie sich wieder Elizabeth zu. »Es hat noch ein zweites Todesopfer gegeben.«

»O nein«, sagte Elizabeth geschockt.

»Es sieht so aus, als hätte ihr Mann hinter dem Steuer und eine andere Person auf dem Beifahrersitz gesessen.«

Es war alles zu viel auf einmal. Elizabeth hob eine Hand und sagte mit erstickter Stimme: »Entschuldigen Sie mich bitte, ich muss nach meiner Tochter sehen.«

Damit ließ sie die beiden Cops allein, eilte auf wackeligen Beinen zum Kinderzimmer und öffnete die Tür einen Spaltbreit. Sie hatte eine Lampe angelassen, der Raum war in ein sanftes Licht getaucht. Wie nicht anders zu erwarten, lag Chloe ruhig atmend da und schlief friedlich. Sie hielt sich an dem Türknauf fest und kämpfte gegen die in ihr aufsteigende Panik an.

Es kann nicht deine Schuld sein, sagte sie sich. *So etwas gibt es nicht.*

Aber sie wusste, dass sie sich etwas vormachte.

Nachdem sie die Kinderzimmertür leise geschlossen hatte, kehrte sie ins Wohnzimmer zurück und setzte sich auf die Kante des Sofas. Die beiden Cops standen noch immer in der Mitte des Raums.

Elizabeth konnte nicht sicher sein, was sie an ihrem Gesichtsausdruck ablasen. Trauer? Nein. Noch nicht. Vielleicht würde sie nie um Court trauern. Etwas wie Betäubung? Definitiv. Angst? Ja, auch das, ein bisschen, obwohl sie nicht hätte erklären können, wovor sie sich fürchtete. Doch selbst wenn sie es gekonnt hätte, hätten die beiden Cops sie bestimmt angeschaut, als wäre sie verrückt geworden.

»Wer ...?«, begann sie, ohne die Frage zu beenden. Sie glaubte, die Antwort bereits zu kennen, doch da sie den Namen noch nicht hören wollte, wechselte sie das Thema. »Moment ... Wie ist es passiert?«

Sie hatten kurz davorgestanden, ihr den Namen des anderen Opfers zu nennen, aber DeFazio ging auf ihre Frage ein.

»Das steht noch nicht ganz fest. Es sieht so aus, als hätte ihr Mann die Kontrolle über seinen Wagen verloren. Über einen BMW. Es scheint sein Auto gewesen zu sein.«

Elizabeth nickte. Court hatte seinen silbernen BMW geliebt, während sie sich mit einem Ford Escape zufriedengab.

»Der BMW wurde in der Nähe von San Diego gefunden«, fügte Maya hinzu.

»San Diego?« Elizabeth hatte eher mit Santa Monica gerechnet, weil sie glaubte, dass Court diesmal beschlossen hatte, sich nicht am Ende seiner Geschäftsreise mit Whitney Bellhard zu treffen, sondern an deren Beginn.

»Südlich von San Diego, fast an der Grenze«, präzisierte Maya.

»Court würde nicht nach Mexiko reisen«, sagte Elizabeth bestimmt. »Er ist da mal massiv bedroht worden und hat geschworen, sich dort nie mehr blicken zu lassen.« *Und er würde auch nie in seinem geliebten BMW die Grenze überqueren.*

»Wir haben aber vom letzten Monat eine Rechnung des Hotels Tres Brisas in Rosarito«, sagte DeFazio. »Das liegt jenseits der Grenze, hinter Tijuana.«

Elizabeth merkte, wie sie ihn anstarrte, und musste sich zwingen, den Blick abzuwenden. »Sind Sie sicher, dass es Court war?«

»Ein Mann und eine Frau haben sich als Mr und Mrs Bellhard ins Gästebuch des Hotels eingetragen«, antwortete DeFazio.

Elizabeth glaubte, kurz vor einem Zusammenbruch zu stehen. Er war wieder mit Whitney Bellhard zusammen gewesen. Doch was sollte daran erstaunlich sein? Was hatte sie erwartet? Sie verschränkte die Finger und drückte so fest zu, dass es wehtat. »Wie heißt das andere Todesopfer?«

»Mrs Whitney Bellhard«, antwortete Officer Maya.

Nicht nur in Santa Monica, dachte sie benommen. Aber warum sollte es sie interessieren, ob er sich mit seiner Geliebten überall zwischen Los Angeles und Rosarito getroffen hatte? Was spielte das noch für eine Rolle? Jetzt waren sie beide tot.

»Einer unserer Detectives wird bald hier sein«, verkündete DeFazio.

Elizabeth fühlte sich wie abgelöst von allem, ganz so, als würde sie einem Schauspiel zusehen, vielleicht einem Theaterstück. Eigentlich waren das nicht mehr ihre Probleme.

»Bevor wir herkamen, haben wir mit Mr Bellhard gesprochen«, sagte Maya. »Er hat uns gesagt, er habe seit etwa einem Jahr vermutet, seine Frau habe eine Affäre. Offenbar ist er ihr nach Rosarito gefolgt und hat sie dort mit Ihrem Mann gesehen, doch er wusste nicht, wer er war. Also ist er ihr heute erneut gefolgt. Sie hat ihr Auto auf dem Parkplatz hinter der Kanzlei Ihres Mannes stehen lassen und ist in seinen Wagen gestiegen. Dann ist Mr Bellhard den beiden die Interstate 5 in südlicher Richtung gefolgt, hat aber irgendwann kehrtgemacht, weil er in Newport Beach in einem Restaurant mit seinem Chef zum Abendessen verabredet war. Er war immer noch in dem Lokal, als die Polizei kam und Detective Bette Thronson ihn befragt hat. Sie hat uns zu Ihnen geschickt.« Maya zögerte, als überlegte sie, ob sie weiterreden sollte. »Mr Bellhard«, fuhr sie dann fort, »ist den beiden gefolgt, weil er sich bei der bevorstehenden Scheidung auf die Affäre seiner Frau berufen wollte. Er und Mrs Bellhard lebten seit mehreren Jahren getrennt.«

Elizabeth war es völlig egal, wie es um die Ehe der Bellhards gestanden hatte. Sie musste verarbeiten, dass Court nicht mehr lebte. Er war tot und würde weder ihr noch Chloe jemals wieder Probleme machen. Sie hätte mehr daran denken sollen, dass Chloe ihren Vater verloren hatte, aber ihre Gefühle waren wie abgestorben. »Ein Detective ist auf dem Weg hierher?«

»Ja, Detective Betty Thronson«, wiederholte Maya, deren dunkle Augen Elizabeth aufmerksam musterten. »Können Sie uns sagen, wo Sie heute waren?«

»Ich?«

»Ja, Ma'am.«

»Heute Morgen war ich mit Chloe zu Hause, aber ich bin für eine Weile zu meinem Arbeitsplatz gefahren. Währenddessen war unsere Babysitterin Misty hier. Sie wohnt ein Stück weiter die Straße hinab.«

»Sie sind Immobilienmaklerin«, sagte Maya.

Elizabeth glaubte, dass Officer Maya ihre Kompetenzen ein bisschen überschritt. Aber vielleicht war sie ehrgeizig und wollte selber Detective werden. »Wie gesagt, ich war für eine Weile im Büro.«

»Von wann bis wann?«

Sie will, dass ich Rechenschaft ablege. »Ich habe auch zwei zum Verkauf stehenden Häuser besucht ...«, antwortete sie vage.

Tatsächlich war sie nur kurz im Büro gewesen und hatte sich in einem Park an einen Tisch unter einem Baum gesetzt, um nachzudenken. Als sie wieder nach Hause kam, war Chloe erschöpft von all den Spielen mit Misty. Elizabeth hatte ihre Tochter gefüttert und sie dann um halb acht ins Bett gebracht. Die ganze Zeit über war sie in Gedanken immer noch bei ihrem Streit mit Court gewesen. Sie hatte daran gedacht, ihm eine SMS zu schicken, die er nach der Landung in Chicago hätte lesen können, doch sie hatte sich nicht dazu entschließen können. Und jetzt wusste sie, dass er nie vorgehabt hatte, nach Chicago zu fliegen.

Natürlich nicht.

Es dauerte noch eine halbe Stunde, bis Detective Thronson eintraf und Maya und DeFazio sich verabschiedeten. Thronson war eine große, durchtrainierte, energisch wirkende Frau mit kurz geschnittenen grauen Haaren. Sie hielt sich nicht lange mit einleitenden Nettigkeiten auf und begann sofort, eine Frage nach der anderen zu stellen. Elizabeth fühlte sich unter Druck gesetzt. Thronson begann mit denselben Fragen, die ihr schon Maya und DeFazio gestellt hatten, und machte dann mit ihrer Familie weiter.

»Ihre Tochter besucht die Schule?« Wie ihre Kollegen schien auch Thronson lieber zu stehen, und Elizabeth saß wieder auf der Kante des Sofas.

»Bis zum Herbst noch die Vorschule«, antwortete Elizabeth.

»Und heute Nachmittag war eine Babysitterin bei ihr, während Sie arbeiten waren?«

»Ja.«

»Wussten Sie, dass Ihr Mann südlich von San Diego unterwegs war, möglicherweise mit dem Ziel Rosarito?«

»Er wollte nach Chicago fliegen. Das stand auf seinem Ticket.«

»Kannten Sie Whitney Bellhard?«, fragte Thronson so beiläufig, als würde sie die Antwort nicht besonders interessieren, doch Elizabeth wusste, dass die Polizistin bei ihrer Replik genau hinhören würde.

»Ich wusste von ihr. Sie hat hier in der Gegend Werbung für ihre Veranstaltungen gemacht.«

»Ihr Mann sagte, sie sei Schönheitsberaterin.«

»Ja, sie hat Botox angepriesen und über Kosmetik und plastische Chirurgie geredet. Ich habe nie eine ihrer Veranstaltungen besucht.«

Elizabeth' Gedanken begannen wieder auf gefährliches Territorium abzuschweifen. *Du hast dir gewünscht, dass er stirbt, genau wie du Mazie schlimme Dinge gewünscht hast ... So wie du diesem anderen Cop Schlimmes gewünscht hast, Officer Unfriendly, und auch sie sind beide gestorben ...*

Aber konnte man mit *Gedanken* töten?

Detective Thronson stellte Fragen über ihre Beziehung zu Court, und sie beantwortete sie gehorsam. Ja, es hatte Eheprobleme gegeben. Nein, sie hatte nichts gewusst von seiner Affäre mit Whitney Bellhard, bis ... Sie unterbrach sich und log. »Bis die beiden Polizisten es mir erzählt haben.« Sie sagte nichts von Taras Enthüllung, nichts von ihrem Streit mit Court, nichts darüber, wie zerrüttet ihre Ehe tatsächlich gewesen war. Man musste keine Intelligenzbestie sein, um zu vermuten, dass irgendetwas an dem Autounfall seltsam war, und die bohrenden Fragen von Detective Thronson gingen genau in diese Richtung.

Irgendwann hatte die Polizistin genug und beendete die Vernehmung. Thronson sagte, sie würde sich später wieder bei ihr melden.

Elizabeth dankte ihr, brachte sie zur Tür und wäre beinahe zusammengebrochen, als die Polizistin verschwunden war. Sie riss sich mit Mühe zusammen und ging ins Badezimmer, wo sie im Spiegel ihr mitgenommenes Gesicht betrachtete.

Du hättest nicht lügen und sofort sagen sollen, was du weißt, bevor sie es auf eine andere Weise herausfinden. Du hättest sie wissen lassen sollen, dass er wegen dir tot ist. Dass du wusstest, was geschehen würde. Dass es deine Schuld war. Dass es nicht zum ersten Mal passiert ist. Erzähle es ihnen, bevor es zu spät ist.

Doch es war bereits zu spät, und ihr war klar, dass sie kein Wort sagen würde.

2

Courtland Ellis sollte an dem Freitag nach seinem Tod um elf Uhr vormittags beigesetzt werden. Obwohl sie immer noch wie benommen war und das Gefühl hatte, in einer irrealen Welt zu leben, hatte Elizabeth damit begonnen, die Trauerzeremonie zu planen, doch am Montag kam Courts Schwester Barbara mit dem Flugzeug aus Buffalo und bestand ihrerseits darauf, alles für die Beerdigung ihres Bruders zu arrangieren. Sie nahm die Dinge herrisch in die Hand, was seltsam war, da Court und sie seit Jahren nichts mehr miteinander zu tun gehabt hatten.

Elizabeth war dankbar, Barbara alles überlassen zu können. Sich mit ihrer Schwägerin zu streiten, hätte sie mehr Energie gekostet, als sie im Moment aufbringen konnte, und sie musste sich um Chloe kümmern. Und um sich selbst. Und was die Details der Trauerfeierlichkeiten ihres Mannes anging, war es ihr ziemlich egal, wie der unter die Erde gebracht wurde. Trauerzeremonie, Reden am offenen Grab ... Ihr war es nur wichtig, dafür zu sorgen, dass Chloes Leben weiter so normal wie eben möglich verlief.

Das war ihr Ziel, und sie hatte Chloe die ganze Woche über genau im Auge behalten. Natürlich war sie anfangs traurig gewesen, als sie vom unerwarteten Tod ihres Vaters erfuhr, doch sie hatte sich schnell gefangen und lebte mehr oder weniger so wie zuvor. Am ersten Abend hatte sie ein paar Tränen vergossen, und sie hatte Albträume gehabt, sodass Elizabeth sie in ihr Bett geholt hatte, doch nun schien das vorbei zu sein. Elizabeth hoffte, dass ihre Tochter mit der Trauer klarkam, ohne sie zu verdrängen, doch man konnte es schlecht beurteilen. Wie ihr Vater beherrschte Chloe es gut, ihre Gefühle zu verbergen.

Und was ist mit dir, Elizabeth? Bist du nicht eine Meisterin darin, deine Gefühle zu unterdrücken? Vielleicht hat deine Tochter es von dir gelernt, immer alles fest unter Kontrolle zu behalten.

Wie auch immer, als Courts Schwester eintraf, war sie froh gewesen, alles ihr überlassen zu können. Barbara war eine hochgewachsene Frau mit braunen Haaren und braunen Augen, die große Ähnlichkeit mit ihrem Bruder hatte, doch während Court attraktiv und kultiviert gewesen war, war sie ungeschliffen und unbeholfen im Umgang mit anderen Menschen, die sie anstarrte, bis es denen unheimlich wurde. Glücklicherweise hatte sie beschlossen, in einem nahen Hotel abzusteigen, um das zu tun, was sie offenbar für ihre Pflicht hielt.

Am Freitag klopfte sie in der Morgendämmerung laut an der Haustür, bis Elizabeth sie ihr im Bademantel und mit der ersten Tasse Kaffee in der Hand öffnete.

Courts Schwester eilte in die Küche, wo sie ihre Nichte erblickte, die mit vom Schlaf zerzausten Haaren frühstückte.

»Du musst dich anziehen, meine Süße. Es gilt, keine Zeit zu vertrödeln.«

Barbara war passend für die Beerdigung gekleidet – schwarzes Kleid, schwarze Schuhe, schwarzer Hut mit Schleier.

Chloe starrte ihre Tante mit zusammengezogenen Augenbrauen an. »Ich trödle nicht.«

Barbara blickte Elizabeth an. »Wir dürfen nicht zu spät kommen!«

»Ich weiß.« Elizabeth wandte sich ihrer Tochter zu. »Du kannst erst deinen Pfannkuchen zu Ende essen, Chloe.«

»Ich komme nicht mit zu der Beerdigung«, sagte Chloe bestimmt, während sie weiter ihren Mini-Pfannkuchen mit Ahornsirup verputzte.

Barbaras Blick verfinsterte sich. »Sie muss dabei sein.«

Elizabeth runzelte die Stirn »Ich weiß nicht, ob ...«

»Ich komme nicht mit«, unterbrach Chloe.

»Das werden wir ja sehen«, fuhr Barbara ihr über den Mund, während sie auf ihre Nichte zuging.

Chloe hielt ihrem Blick stand.

Barbara versuchte es auf eine andere Tour. »Wir müssen uns alle von deinem Daddy verabschieden, meine Süße.«

»Ich gehe in die Vorschule, zu meinen Freunden«, beharrte Chloe, die weiter fest ihre Tante anblickte.

»Heute nicht«, beharrte Barbara.

Elizabeth wusste, dass ihre Tochter genauso halsstarrig und streitsüchtig sein konnte wie ihr Vater und dessen Schwester.

»Heute kommst du mit zu der Beerdigung«, sagte Barbara mit ausdrucksloser Stimme.

»Eben nicht«, erwiderte Chloe ungerührt.

Barbara, die selbst keine Kinder hatte, wandte sich Elizabeth zu. »Sag du ihr, dass sie mitkommen muss.«

Elizabeth wurde wütend. Sie hatte sich bereits mit ihrem Vater gestritten, mit dem sie aus zahlreichen Gründen fast nie sprach, unter anderem deshalb, weil er Court überhaupt nicht gemocht hatte. Als sie ihn angerufen hatte, um ihm die Neuigkeit zu überbringen, hatte er glücklicherweise gar nicht erst angeboten, zu dem Begräbnis zu kommen. Also musste sie sich nur mit Courts Schwester herumschlagen, die offenbar wild entschlossen war, sich wichtig zu machen.

»Ich erlaube ihr, in die Vorschule zu gehen«, sagte Elizabeth.

Barbara schnappte laut nach Luft. »Sie muss mitkommen. Courtland war ihr *Vater*!«

»Es war für uns alle eine schwere Woche. Wenn Chloe sich in ihrer Schule wohler fühlt, werde ich mich ihrem Wunsch nicht widersetzen.«

»Danke, Mommy«, sagte Chloe, die ihren Pfannkuchen aufgegessen hatte und nach ihrem Becher mit Milch griff. Nachdem sie ein paar große Schlucke getrunken hatte, kletterte sie von ihrem Barhocker an der Frühstückstheke herunter.

»Du musst deine Einstellung ändern, Chloe«, sagte Barbara.

»Du klingst genau wie Daddy.« Chloe ging zu ihrem Zimmer und knallte die Tür zu.

Barbara wandte sich aufgebracht Elizabeth zu. »Was hast du dazu zu sagen?«

»Lass ihr ein bisschen Ruhe, Barbara. Bitte.«

»Du lässt dich komplett von ihr überfahren.«

»Ich lasse ihr Zeit, um mit der Situation klarzukommen. Sie hat gerade ihren Vater verloren. Das war für uns alle hart, also auch für sie. Mir ist es ziemlich egal, ob sie an der Beerdigung teilnimmt oder nicht.«

»Aber ...«

»Ich bin mir nicht ganz sicher, ob sie schon wirklich verstanden hat, dass ihr Vater tot ist«, sagte Elizabeth. »Und sie hat diese grippeähnlichen Anfälle, zu denen dem Arzt nichts einfällt. Fieber, Appetitlosigkeit ... Ich mache mir Sorgen und habe nicht vor ...«

»Ich kann's nicht fassen, dass du ihr schon wider ihren Willen lässt!«, sagte Barbara entgeistert.

»Das ist mein Problem. Ich möchte nur, dass es meiner Tochter gut geht.« Elizabeth versuchte, ihren Zorn unter Kontrolle zu behalten.

»Es ist ein Fehler, Elizabeth. In diesem Haus hat dein Kind das Sagen. Ich sehe es, seit ich hier bin. Sie darf sich aussuchen, was sie essen will, bleibt jeden Abend bis acht Uhr auf, zieht an, was ihr gerade passt, und sieht aus wie ein zerlumptes Gassenkind.« Als hätte sie begriffen, dass sie eine Grenze überschritten hatte, schlug sie einen versöhnlicheren Ton an. »Es tut mir leid, Elizabeth ... Ich weiß, dass im Moment alles schwierig ist, aber einer muss hier mal offen seine Meinung sagen.«

»Und das bist natürlich du«, erwiderte Elizabeth sarkastisch.

»Du lässt sie einfach tun, was sie will, und sie ist frech!«, jammerte Barbara. »Damit tust du ihr keinen Gefallen.«

»Es ist noch keine Woche her, dass ihr Vater bei einem Autounfall das Leben verloren hat«, sagte Elizabeth möglichst ruhig. »Ich biete ihr zum Mittagessen drei Gerichte an, und sie sucht sich eins aus. Sie ist schon immer um acht ins Bett gegangen, und da es ihr Spaß macht, erlaube ich es ihr, sich ihre Kleidung selbst auszusuchen. Sie ist ein unabhängiges Mädchen.«

»Sie muss mitkommen zu der Beerdigung, und zwar anständig angezogen.« Barbara griff nach ihrer Handtasche und blieb auf dem Weg zur Haustür in der Diele stehen, um sich im Spiegel zu betrachten. »Wir sollten zeitig dort sein, also beeilt euch. Es wird Zeit, dass ihr beide auch anzieht«, sagte sie mit einem abschätzigen Blick auf Elizabeth' Morgenmantel.

»Du kannst ja schon vorgehen«, sagte Elizabeth. »Wir sehen uns dann dort.«

»Was ist mit Chloe?«

»Ich habe es dir gesagt. Ich zwinge sie nicht mitzukommen.«

»Ich bitte dich, Elizabeth. Court hätte gewollt, dass sie dort ist.«

»Court wollte sie überhaupt nicht, falls du die Wahrheit wissen willst«, wäre es beinahe aus ihr herausgeplatzt, doch sie schaffte es gerade noch, ihre Zunge im Zaum zu behalten.

»Zieh dich an, und ich hole Chloe«, sagte Barbara, die bereits auf dem Weg zum Kinderzimmer war.

»Nein.«

Barbara schaute sich um, ohne stehen zu bleiben.

»Ich habe Nein gesagt, Barbara. Sie ist meine Tochter, und sie wird in die Vorschule gehen«, sagte Elizabeth bestimmt. Allmählich hatte sie die Nase voll von dem despotischen Gebaren ihrer Schwägerin. »Wir sehen uns später bei der Beerdigung.«

Barbara blieb wie angewurzelt stehen und seufzte tief. »Ist dieses ganze Theater wirklich nötig?«

»Nein, und genau deshalb verschwindest du jetzt.« Elizabeth ging zur Haustür und hielt sie für ihre Schwägerin auf.

Barbara zögerte.

Elizabeth wartete darauf, dass sie ihr Haus verließ.

»Um Himmels willen, ich kann's nicht fassen, wie du dich aufführst. Das alles ist so kindisch.« Zögernd kehrte Barbara zur Haustür zurück.

»Was deinen letzten Satz betrifft, bin ich ganz deiner Meinung«, konterte Elizabeth.

Sobald Barbara nach draußen getreten war, knallte sie die Tür ins Schloss.

Gott sei Dank, die wären wir los, dachte Elizabeth und schloss die Augen. Sie zählte bis zehn, um ihr inneres Gleichgewicht halbwegs wiederzufinden. Das war jetzt nicht der richtige Augenblick, um sich seinen Gefühlen zu überlassen.

Als sie sich beruhigt hatte, ging sie in ihr Schlafzimmer und durchsuchte den Kleiderschrank, wo sie ein dunkelgraues Kleid mit einer dazu passenden Bolerojacke fand, ein Outfit, das einer Beerdigung noch am angemessensten war. Als sie sich umgezogen hatte, half sie Chloe dabei, Kleidung für die Vorschule auszusuchen, und verfrachtete sie anschließend in ihren Ford Escape.

Auf der Fahrt zur Vorschule wurde praktisch nichts gesagt.

»Ich mag sie nicht«, verkündete Chloe dann von der Rückbank, als Elizabeth auf den Parkplatz abbog.

»Wen, Honey?«, fragte Elizabeth, obwohl sie eine ziemlich genaue Vorstellung hatte, wen ihre Tochter meinte.

»Tante Barbara. Sie ist gemein.«

Eine Despotin. »Ich mag sie auch nicht besonders«, sagte Elizabeth, die Chloe im Rückspiegel ansah. Zum ersten Mal seit langer, langer Zeit sah sie ihre Tochter lächeln.

»Wenn du es möchtest, komme ich doch mit«, sagte Chloe. »Zu Daddys Beerdigung.«

Elizabeth brach es das Herz, und sie musste gegen Tränen ankämpfen. »Ganz wie du willst.«

»Ich möchte lieber nicht.«

»Dann geh in deine Vorschule.« Elizabeth schaltete den Motor ab und half Chloe aus dem Wagen. »Ich erzähle dir später, wie es war, wenn du es wissen möchtest.«

»Ich liebe dich, Mommy.« Zum ersten Mal seit Wochen ergriff Chloe die Hand ihrer Mutter, als sie zum Eingang der Vorschule gingen.

»Ich liebe dich auch, meine Kleine«, sagte Elizabeth, die sich daran zu erinnern versuchte, wann ihre eigenwillige Tochter ihr zum letzten Mal gesagt hatte, dass sie sie liebte.

Die Trauerzeremonie fand in dem Bestattungsinstitut statt, und während dessen Direktor mit sonorer Stimme Courtland Ellis' Leben Revue passieren ließ, saß Elizabeth neben Barbara und spürte, dass deren Zorn noch längst nicht verraucht war. Court war kein nachsichtiger Mann gewesen, und auch seine Schwester verzieh anderen nicht so leicht.

Einige Reihen hinter Elizabeth schluchzte eine von Courts Mitarbeiterinnen, als hätte der Todesfall ihr das Herz gebrochen. Elizabeth hörte es und versuchte, sich über ihre eigenen Gefühle klar zu werden. Ja, sie empfand Trauer, vor allem jedoch ein Gefühl der Betäubung, den Eindruck, in einem Paralleluniversum zu leben. Trotzdem war sie unfähig, auch nur eine Träne zu vergießen, und sie fragte sich, was Detective Thronson dazu gesagt hätte, wenn sie sie hätte sehen können. Aber die saß in der letzten Reihe und war Elizabeth aufgefallen, als sie als eine der Letzten die Trauerhalle betreten hatte. Hielt Thronson sie für teilnahmslos? Ließ sie das als schuldig erscheinen? Die Ermittlungen im Fall Courtland Ellis waren aufgenommen worden. Niemand bestritt, dass es ein Unfall gewesen war, und doch hatte Elizabeth das Gefühl, dass die Polizei vielleicht mehr dahinter vermutete.

Du bist nicht verantwortlich. Du hast ihn nicht getötet. Völlig ausgeschlossen.

Gegen ihren Willen begann sie zu zittern. Barbara schaute mit einem finsteren Blick zu ihr hinüber, und für einen Moment flammte in Elizabeth Zorn auf. Sie hatte genug von Courts Schwester und konnte es kaum erwarten, dass sie wieder nach Hause flog. Es kostete sie einige Anstrengung, ihre negativen Gefühle niederzukämpfen. Barbara hatte auch auf einer Zeremonie am offenen Grab bestanden. Eine Stunde später stand Elizabeth unter einem mobilen Wetterdach und sah, wie der Sarg in die Grube hinabgelassen wurde. Die Palmen schwankten in einem böigen Wind, und Elizabeth bekam eine Gänsehaut.

Barbara hatte gewollt, dass Courts Leichnam aufgebahrt wurde, doch das hatte Elizabeth verhindert. Sie hatte die Leiche identifiziert, und auch wenn sein Gesicht bei dem Unfall unversehrt geblieben war, war sie gegen die Aufbahrung gewesen, denn sie wollte nicht, dass das für Chloe das letzte Bild ihres Vaters gewesen wäre. Barbara hatte sich nur widerwillig damit einverstanden erklärt.

Regentropfen trommelten auf das Wetterdach, der Wind frischte auf. Von einem Baum brach ein Ast ab, als eine Frau gerade ein Kirchenlied zu singen begann. Das Krachen brachte sie für einen Moment aus dem Konzept, doch sie riss sich zusammen und sang weiter.

Und dann war es endlich überstanden. Elizabeth drückte Leuten die Hand, die ihr ihr Beileid aussprachen, während Barbara alle Welt umarmte, als hätte sie hier nur beste Freunde.

Elizabeth verschwand so schnell wie möglich und schlug den Weg zum Parkplatz ein. Der Boden unter ihren Füßen war matschig, es hatte schon während der Nacht stark geregnet.

Ihre Freundin Tara holte sie ein. »Ich würde mich glücklich schätzen, Chloe heute von der Vorschule abzuholen. Sie könnte mit Bibi spielen, und du kannst sie wieder einpacken, wenn du so weit bist. Ist das okay?«

»Es ist ein großartiger Vorschlag, Tara«, sagte Elizabeth. »Ich bin dir sehr dankbar und rufe gleich in der Vorschule an.« Die Sprösslinge der anderen Mitglieder der Müttergruppe besuchten zum Teil dieselbe Vorschule wie Chloe. Taras Name stand auf der Liste von Personen, denen es erlaubt war, ihre Tochter abzuholen.

»Keine Ursache.«

Auf dem Weg zu ihren Autos kondolierten ihr noch andere Frauen aus der Müttergruppe, darunter die blonde, grünäugige Deirdre Czursky, die sie fest in die Arme schloss. Ihr Sohn Chad besuchte mit Chloe die Vorschule, und die beiden waren gute Freunde.

»Wie geht es dir?« Deirdre spannte ihren Schirm auf. »Und ich will die Wahrheit hören.«

»So lala.«

»Nun, aussehen tust dir großartig, falls dir das Kompliment etwas bedeutet. Du wirst das schon durchstehen.«

Vivian Eachus, die das blonde, lockige Haar wie immer zu einem Pferdeschwanz gebunden hatte, sah seltsam aus in dem schwarzen Rock mit dem dazu passenden Pullover, denn Elizabeth kannte sie eigentlich nur in Jogginganzügen. Vivians braunhaarige Tochter Lissa war etwas stämmiger und größer als Chloe, auch energiegeladener und lauter. Sie kommandierte andere herum und war noch halsstarriger als Chloe. Deswegen kamen die beiden nicht immer gut miteinander klar.

»Mir tut das alles so leid«, sagte Vivian, die Elizabeth gleichfalls in die Arme nahm.

Der Regen wurde stärker.

»Ja, mir auch, es ist entsetzlich«, sagte Nadia, die manchmal an den Treffen der Müttergruppe teilnahm, obwohl sie kinderlos war. Laut Vivian tat Nadia seit Jahren alles, um schwanger zu werden, doch es klappte einfach nicht. Es war von In-vitro-Fertilisationen die Rede gewesen, doch Nadia war immer noch gertenschlank. Ihr Nachname wollte Elizabeth partout nicht einfallen, und irgendwann gab sie es auf. In dieser Woche war so ein Erinnerungslücke verzeihlich.

Nadia biss sich auf die Unterlippe und schaute Elizabeth traurig an. Dann drückte sie ihr die Hand. »Hör zu, wenn du irgendwelche Hilfe brauchst ...« Sie konnte nicht weiterreden.

»Danke«, sagte Elizabeth mit einem gezwungenen Lächeln.

Angesichts ihrer Kinderlosigkeit musste es für Nadia schwierig sein, zu der Müttergruppe zu gehören, doch sie wollte unbedingt dabei sein und hatte die anderen aufgefordert, keine Rücksicht auf sie zu nehmen. Angeblich hatten die Treffen mit den Frauen und ihren Kindern bei ihr einen therapeutischen Effekt. Andererseits kam sie nicht regelmäßig zu den Treffen, doch eigentlich schaffte das keine von ihnen.

Die Frauen, die an der Beerdigung teilgenommen hatten, waren nur ein kleiner Teil der Müttergruppe, doch es waren diejenigen, die Elizabeth am nächsten standen. Sie verbrachte ihre freie Zeit mit ihnen und sah sie als ihre Freundinnen.

Sie senkte den Kopf wegen des böigen Windes und ging schnell weiter durch den Regen zu ihrem Auto, als sie jemanden nach ihr rufen hörte. »Liz?«

Sie drehte sich um und sah Jade Rivers, die einzige ihrer Freundinnen, welche das Kürzel ihres Vornamens benutzte.

»Hey, warte einen Moment.« Jade war eine große, attraktive Afroamerikanerin und zurzeit im sechsten Monat schwanger. Sie wusste, dass sie einen zweiten Sohn bekommen würde und hatte vor, ihn Liam zu nennen. Ihr erstes Kind wurde von allen nur Little Nate genannt. Er war fast ein Jahr jünger als Chloe und daher eine Klasse unter ihr.

Auch Jade umarmte Elizabeth, und sie hatte einen Kloß in der Kehle. »O mein Gott, das ist alles so schrecklich, ich kann es nicht glauben ... Es tut mir so leid für dich, Liz. Du weißt, dass ich für dich da bin. Ruf mich einfach an, wenn du Hilfe brauchst, okay?« Sie musste gegen Tränen ankämpfen.

»Ich komme darauf zurück.«

»Versprochen? Ich meine es ernst, Liz.«

»Elizabeth nickte.« »Glaub's mir, ich melde mich.«

»Gut, bis dann.« Jade zog den Kopf ein und rannte durch den strömenden Regen zu ihrem Geländewagen.

Elizabeth zog die Fernbedienung aus der Tasche, um ihren SUV aufzuschließen.

Es war überstanden. Endlich.

Während sie nach Hause fuhr, verlor sie sich in Erinnerungen an ihre Ehe mit Court.

Es war sehr heiß gewesen an ihrem Hochzeitstag, und er hatte schlechte Laune gehabt. Sie erinnerte sich daran, wie er endlos gestritten hatte mit den Leuten, von denen sie ihr Haus kauften. Er war gar nicht glücklich gewesen, als er hörte, dass sie eine Tochter bekommen würde. Immer wieder hatte er mit attraktiven jungen Frauen geflirtet und nur gesagt, sie sei krankhaft eifersüchtig.

Ja, diese Ehe war seit Langem zerrüttet, dachte sie, als sie den Wagen in die Garage setzte und in ihr Haus trat. Es war seltsam, es wirkte auf sie kein bisschen leerer als zu Courts Lebzeiten, aber andererseits war er auch nur selten zu Hause gewesen.

Sie verstand, warum sich ihre vagen Vermutungen, die sie trotzdem nie wirklich wahrhaben wollte, schließlich bestätigt hatten.

Im Schlafzimmer öffnete sie den Schrank und sah seine ordentlich gebügelten Kleidungsstücke. Jacketts und Hosen, Anzüge, Krawatten. Für einen Moment schnürte es ihr die Kehle zu, doch das lag weniger am Tod ihres Mannes und dem Scheitern der Ehe, sondern eher daran, dass ihre Träume geplatzt waren.

Bevor sie zu sehr über dieses gefährliche Thema nachdachte, zog sie sich um. Nicht nur Vivian, sondern auch sie trug gern bequeme Jogginganzüge.

Später am Nachmittag fand sie im Kühlschrank eine Flasche Chardonnay, die sie vor ein paar Tagen geöffnet hatte und die nur noch zu einem knappen Drittel voll war. Sie schenkte sich ein Glas ein und probierte. Der Weißwein war noch gut trinkbar, und sie setzte sich mit dem Glas und der

Flasche auf einen der Rohrstühle vor dem großen Fenster, das auf den Garten ging. Das Fenster stand etwas offen, Wind pfiff ins Zimmer. Sie trank den Wein und blickte in den Regen hinaus, der auf den Schieferboden des nur teilweise überdachten Patios prasselte.

Ich werde das Haus verkaufen müssen, dachte sie. Während der Woche hatte sie kurz ihre finanzielle Situation überprüft. Court hatte Löcher gestopft, um andere aufzureißen, und sie hatte festgestellt, dass sie praktisch pleite gewesen waren.

Ja, aber Mazies Kunden sind jetzt deine, oder?

Sie schluckte. Auch Mazie Ferguson, ihrer Chefin, hatte sie den Tod gewünscht. Auch Mazie, die immer zu schnell fuhr, war bei einem Autounfall ums Leben gekommen. Der Unterschied bestand darin, dass sie sehr viel mehr Alkohol als erlaubt im Blut gehabt hatte, als ihr Lexus von der Straße abgekommen war. Glücklicherweise war bei dem Unfall mit Totalschaden niemand sonst verletzt oder getötet worden. Nur Mazie war gestorben. Aber Elizabeth hatte ja auch nur ihr insgeheim den Tod gewünscht.

»Ich habe sie nicht getötet«, sagte sie laut, während der Wind die Eukalyptusbäume und Büsche peitschte.

3

Was ist jetzt wieder?, fragte sich Elizabeth, als es an der Haustür klingelte. Sie ging mit dem Weinglas in der Hand in die Diele und sah durch die in die Tür eingelassene Glasscheibe den Umriss von Barbaras Hut. *Na super.*

Zögernd öffnete sie ihrer Schwägerin die Tür.

Sofort warf Barbara einen missbilligenden Blick auf das halb volle Weinglas. »Die Leute reden über dich«, sagte sie, als sie in die Diele trat.

Draußen schüttete es wieder wie aus Eimern, und als Barbara ihren Mantel auszog, tropfte Regenwasser auf den Boden.

»Angeblich soll der Regen morgen aufhören«, sagte sie geistesabwesend.

»Chloe hätte zum Begräbnis ihres Vaters mitkommen müssen, Elizabeth«, fuhr Barbara sie verärgert an. Alles begann wieder von vorne.

»Gib mir deinen Mantel, ich hänge ihn in den Schrank. Der Boden ist aus Travertin, da ist das mit dem Regenwasser egal.«

»Um Himmels willen, bist du taub?«

»Nein, ich will es nur einfach nicht mehr hören. Chloe war nicht mit, und ich will nicht weiter darüber reden. Die Beerdigung ist vorbei.«

»Gib mir den Bügel. Du hast das Glas in der Hand, und ich möchte nicht, dass du den Wein vergießt ...«

Guter Gott, ihre Schwägerin war wirklich eine Nervensäge. »Wie du willst.« Sie drückte Barbara den Bügel in die ausgestreckte Hand und sah zu, als die den Mantel in den Schrank hängte und ihren Hut auf die Ablage legte.

Elizabeth hätte die Tür fast wütend zugeknallt, mahnte sich aber, Ruhe zu bewahren. Sie durfte sich nicht von ihren Gefühlen beherrschen lassen, durfte nicht die Selbstkontrolle verlieren.

»Auch ein Glas Wein, Barbara?«, fragte sie.

»Nein, ich trinke nicht«, erwiderte sie verärgert, während sie Elizabeth in die Küche folgte. »Hör zu, Elizabeth, wir haben kaum darüber geredet, was Court zugestoßen ist. Ich weiß, dass es ein Autounfall war, ein entsetzlicher Unfall, aber viel mehr weiß ich eben nicht. Wegen der Vorbereitungen für die Beerdigung sind wir gar nicht dazu gekommen, darüber zu reden, doch jetzt ... Weißt du, wie es zu dem verdammten Unfall gekommen ist?« Sie schwieg kurz. »Oder willst du darüber auch nicht reden?«

Ihr Ton war anklagend, ganz so, als vermutete sie, dass Elizabeth ihr etwas vorenthielt. Die zwang sich, den Tonfall ihrer Schwägerin zu ignorieren.

»Nur damit du es weißt, ich tappe im Dunkeln, weil *kein Mensch* mir erzählen will, was wirklich passiert ist!«

»Es war ein Unfall, an dem nur ein Auto beteiligt war, aber mehr weiß ich eigentlich auch nicht.« Elizabeth blickte aus dem Fenster. Der Regen hatte etwas nachgelassen.

»Was ist mit dieser Ermittlerin?«, fragte Barbara, die verärgert mit den Fingern schnippte. »Wie heißt sie noch mal?«

»Detective Thronson.«

»Ja, genau. Hat sie nichts gesagt? Sie muss doch wissen, was los ist.«

»Ich bin sicher, dass sie mehr weiß als ich, aber ...« Elizabeth versuchte die Kopfschmerzen zu ignorieren, die sie schon seit der Beerdigung plagten. Die Polizei war ziemlich schmallippig hinsichtlich des Unfalls und der Umstände, unter denen Court gestorben war.

Selbst in der Leichenhalle hatte Detective Thronson kaum etwas gesagt. Es war ein traumatischer Tag, und sie erinnerte sich daran, wie es gewesen war.

Sie ging über die glänzenden Fliesen im Keller des Krankenhauses und wurde zu einem Fenster geführt. Auf der anderen Seite der Scheibe stand ein Assistent des amtlichen Leichenbeschauers neben einer Bahre, über die eine Decke gebreitet war. Thronson stand neben Elizabeth, um sie aufzufangen, falls sie zusammenbrechen würde. Die Polizistin nickte dem Mann hinter der Scheibe zu, und der schlug die Decke zurück.

Sie musste all ihre Kräfte mobilisieren, um auf Courts Gesicht zu blicken. Abgesehen davon, dass seine Haut fleckig war und sich gräulich verfärbt hatte, wirkte er eher so, als würde er schlafen. Sein zertrümmerter Brustkorb blieb Gott sei Dank unter der Decke verborgen, aber trotzdem musste sie sich sehr zusammenreißen, um halbwegs die Fassung zu bewahren.

»Ja, das ist mein Ehemann, Court Ellis.«

Es versetzte ihr einen schmerzhaften Stich ins Herz.

Bis zu diesem Moment, als sie das starre Gesicht ihres verstorbenen Mannes sah, hatten der Unfall und sein Tod etwas Irreales gehabt. Ja, er war nicht nach Hause gekommen, doch das war keine Seltenheit gewesen. Und ja, natürlich hörte sie, was alle sagten, doch erst jetzt, als sie den Leichnam identifizierte, wurde ihr wirklich mit voller Wucht bewusst, dass das Leben ihres Mannes für alle Zeiten erloschen war.

Sie brach nicht zusammen, und doch trauerte sie um den Mann, den sie geheiratet und den sie einst kurz für einen Seelenverwandten gehalten hatte. Doch als der Mann die Decke wieder über Courts Kopf zog, kam ihr ein ganz anderer, überraschender Gedanke. Ich bin frei. Nein, halt, Chloe und ich sind frei.

Etwas schnürte ihr die Brust, und sie sagte sich, sie sei ein schlechter Mensch, doch der Gedanke hatte sich schon tief in ihrem Inneren festgesetzt.

»Dann hast du also mit Thronson gesprochen?«, fragte Barbara. »Hat sie angerufen?«

Einen Tag nach dem Besuch in der Leichenhalle hatte sich Detective Thronson telefonisch gemeldet. Und seitdem noch zweimal. O ja, die Polizei hatte mehrfach angerufen, und es war immer unangenehm gewesen.

Barbara blickte sie wütend und missbilligend an.

Elizabeth trank einen Schluck Wein. »Warum rufst du die Polizei nicht selber an?« Sie hatte dieses Gespräch satt. »Lass dich mit Detective Thronson verbinden.«

Barbaras Blick verfinsterte sich. »Vielleicht werde ich es tun.«

»Sehr gut.«

Aber leider war das Gespräch damit noch nicht zu Ende.

»Wer war die Frau, die bei Court war?«, fragte Barbara.

»Sie hieß Whitney Bellhard.«

»Warum saß sie in seinem Auto?«

Elizabeth leerte ihr Weinglas. Sie hatte keine Lust, über

dieses Thema zu reden. Nicht jetzt und wahrscheinlich auch später nicht, zumindest nicht mit Barbara.

»Nun, es ist alles äußerst mysteriös, und habe ich da nicht etwas gehört, dass er gerast ist?«

»Ich habe es dir gegenüber erwähnt.« Elizabeth hatte ihrer Schwägerin bereits alles gesagt, was Detective Thronson ihr mitgeteilt hatte über den Unfall, aber Barbara war so mit der Vorbereitung des Begräbnisses beschäftigt gewesen, dass sie offenbar nicht richtig zugehört hatte. »Thronson hat gesagt, mehrere Autofahrer hätten den Eindruck gehabt, Court sei in eine Art Rennen verwickelt gewesen. Einige Zeugen haben zu Protokoll gegeben, ein dunkler SUV und Courts BMW seien immer wieder von der rechten Fahrspur ausgeschert, bevor sie sich wieder einfädelten und dann erneut ausscherten. Das alles ist nur eine Theorie.«

»Was für ein SUV war es?«

»Ich weiß es wirklich nicht, Barbara.«

»War es ein großer oder ein kleinerer, so wie dein schwarzer Ford?«

Elizabeth lief es kalt den Rücken hinab. »Ich habe doch gesagt, dass ich es nicht weiß.«

»Ist dieser Wagen vielleicht mit dem von Court zusammengestoßen?«

»Court könnte auch einfach nur die Kontrolle über sein Fahrzeug verloren haben.«

»Ausgeschlossen«, fuhr Barbara sie an. »So etwas passte nicht zu Court.«

Als hättest du ihn so gut gekannt, dachte Elizabeth. Doch auch sie selbst hatte ihn offenbar nicht wirklich gekannt. »Ich weiß nur, dass weiter ermittelt wird und dass niemand den Fahrer des SUV gefunden hat, der angeblich beteiligt war.« Sie lehnte sich an die Anrichte und seufzte. »Mehr weiß ich wirklich nicht, Barbara.«

»Ruf mich an, wenn du mehr erfährst«, befahl Barbara. »Oder gib mir doch besser die Telefonnummer dieser Thronson. Sie kommt vom Irvine Police Department, oder? Vielleicht werde ich sie anrufen.«

»Gute Idee.« Barbara suchte Detective Thronsons Privatnummer, kritzelte sie auf einen Notizblock, den sie in der Schublade des Küchenschranks fand, riss den Zettel ab und reichte ihn ihrer Schwägerin. *Versuch dein Glück,* dachte sie.

Barbara warf einen Blick auf die Nummer, faltete den Zettel zusammen und steckte ihn in ihre Handtasche. »Ich sollte jetzt besser gehen. Mein Flugzeug geht morgen. Besser, ich kehre ins Hotel zurück, denn ich sehe wirklich nicht, was es hier noch für mich zu tun gäbe.«

Sie ging zu dem Schrank in der Diele und nahm ihren Mantel und den Hut heraus.

Elizabeth versuchte, sich nicht anmerken zu lassen, wie erleichtert sie war, dass ihre Schwägerin endlich verschwand. Sie öffnete die Haustür.

Barbara zog ihren Mantel an und trat über die Schwelle, drehte sich aber noch einmal um und blickte Elizabeth an.

Die machte sich auf die nächste unangenehme Bemerkung gefasst und hielt sich am Türrahmen fest.

Barbara enttäuschte sie nicht. »Lass mich dir einen guten Rat geben«, sagte sie, während sie die Krempe ihres Hutes zurechtrückte. »Du solltest überzeugender agieren, was deine

Trauer betrifft, sonst kommt noch jemand auf falsche Gedanken.«

»Wovon redest du?«

»Du weißt genau, was ich meine.«

Natürlich wusste sie es. Sie lehnte sich an den Türrahmen. »Ich wünschte, er würde noch leben«, sagte sie, während draußen der Wind durch die Wipfel der Palmen strich. »Glaub's mir.«

Barbara warf den Riemen ihrer Tasche über die Schulter und schaute sie ungläubig an. »Du wirst künftig sehr viel überzeugender sein müssen.« Sie warf ihr noch einen verächtlichen Blick zu und verschwand.

Endlich.

Elizabeth ließ die Tür hinter ihr zufallen, verschloss sie und schob den Riegel vor.

Dann lehnte sie sich gegen die Tür und schloss die Augen. Sie musste gegen Tränen ankämpfen, nicht nur wegen ihrer Trauer, sondern auch, weil sie entrüstet und wütend war. Mit Mühe verdrängte sie ihre widerstreitenden Gefühle, und sie versuchte, ihre Wut zu besänftigen und den Schmerz zu ignorieren. Sie durfte sich nicht von ihren Emotionen überwältigen lassen, musste ihre Leidenschaft unter Kontrolle behalten. Alles andere wäre einfach zu gefährlich gewesen.

Dann hörte sie einen Motor anspringen, und sie atmete erleichtert auf. Nachdem sie erst bis zehn, dann bis zwanzig gezählt hatte, flaute der Sturm in ihrem Inneren ab, aber ihr war klar, dass es nicht lange währen würde.

Sie spähte durch das Fenster, um sich zu vergewissern, dass ihre Schwägerin tatsächlich verschwunden war. Dann kehrte sie in die Küche zurück und schenkte sich ohne weiteres Nachdenken das letzte Glas aus der Weinflasche ein. Nachdem sie einen beruhigenden Schluck getrunken hatte, spülte und recycelte sie die Flasche, ging dann zum Weinregal und zog einen anderen Chardonnay hervor. Als sie sich gerade umdrehen wollte, um die Flasche in den Kühlschrank zu stellen, sah sie einen Rotwein, den Court vor mehreren Jahren gekauft hatte. Er hatte lächelnd gesagt, er wolle ihn für eine besondere Gelegenheit aufbewahren. »Wenn wir etwas zu feiern haben.« Sie hatte zugestimmt, dankbar, dass er gute Laune hatte, was zu jener Zeit schon sehr selten geworden war.

»Warum nicht?«, fragte sie sich.

Sie legte den Chardonnay in das Regal zurück und zog den Merlot heraus, entkorkte die Flasche und schenkte sich ein großes Glas ein. Dann schüttete sie das Glas mit dem Chardonnay aus und ging mit dem Merlot ins Wohnzimmer, wo sie sich im Schneidersitz auf das Sofa setzte. Sie starrte in das Rotweinglas und ließ die letzten paar Monate mit allen Veränderungen Revue passieren. Und es hatte viele Veränderungen gegeben. Obwohl sie sich davor warnte, gefährliches Territorium zu betreten, konnte sie nichts dagegen tun, dass sie erneut über Mazie Fergusons Tod nachdachte. Ein plötzlicher Tod. Wie der von Court.

Denk an etwas anderes.

Sie trank einen Schluck Merlot und versuchte, die beunruhigenden Gedanken zu verdrängen. Der Tag von Courts Beerdigung war nicht der richtige Zeitpunkt, um sich mit diesen verstörenden Erinnerungen zu befassen, doch wieder einmal konnte sie nichts dagegen tun. Wie immer.

»Es ist nicht deine Schuld«, sagte sie laut. »Es ist *nicht* deine Schuld.«

Doch ihr Verstand und ihr ängstliches Herz glaubten es ihr nicht.

4

Mazie Fergusons Beisetzung lag jetzt drei Monate zurück, und an jenem Tag war Elizabeth fast genauso desorientiert, geschockt und verängstigt gewesen wie jetzt. Die Umstände des Todes von Mazie und Court waren unterschiedlich und doch überraschend ähnlich. Beide waren bei einem Autounfall gestorben. Mazie war unter Alkoholeinfluss gefahren, während Court die Kontrolle über sein Fahrzeug verloren hatte, obwohl er stocknüchtern gewesen war.

Etwas schnürte Elizabeth die Kehle zu, und sie trank einen großen Schluck Wein, als die Erinnerungen zurückkehrten.

Nach dem Begräbnis hatte sie schweigend und reglos mit den anderen Trauergästen in dem Lokal gestanden. Ihre Hand umklammerte krampfhaft ein Glas mit Mineralwasser und einer Zitronenscheibe, als wäre das ihr Lebenselixier. Plötzlich erkannte sie, dass sie Menschen den Tod gewünscht hatte, dass es ihre Schuld war, dass Mazie und vor ihr Officer Daniels – Officer Unfriendly – gestorben waren. Aber natürlich war das unmöglich, sie wusste es. Und doch waren Mazie und der Polizist ums Leben gekommen, nachdem sie, Elizabeth, ihnen den Tod gewünscht hatte.

Mazies Leichnam war noch nicht kalt gewesen, als schon Leute aus ihrer eigenen Immobilienagentur und von der Konkurrenz versucht hatten, ihre Kunden für sich zu gewinnen. Obwohl Elizabeth die meisten dieser Kunden kannte, weil sie Mazies Assistentin gewesen war, hatte sie sich nicht an dem unwürdigen Gerangel beteiligt, da sie zu erschüttert gewesen war. Sie wurde ganz von dem Gedanken beherrscht, es könnte irgendwie ihre Schuld gewesen sein, dass Mazie gestorben war. Nachts hatte sie Albträume, tagsüber kämpfte sie gegen die sie plagenden Zweifel an. Sie kam gar nicht auf die Idee, vom Tod ihrer Chefin profitieren zu wollen.

Gleichwohl stellte sich heraus, dass Mazies Kunden Wert legten auf eine Zusammenarbeit mit ihr. Diese Kunden kannten sie, vertrauten ihr. Nachdem sie selbst ihre Anerkennung als Immobilienmaklerin erhalten hatte, hatte sie ihrer Chefin Mazie geholfen, wann immer diese sie brauchte, weil »Crazy Mazie«, wie sie von der neidischen Konkurrenz genannt wurde, immer etliche Dinge gleichzeitig zu erledigen hatte. Deshalb wandten sich ihre Kunden jetzt an Elizabeth.

Aber sie wollte kein Kapital schlagen aus einem tragischen Unglück, an dem sie sich irgendwie die Schuld gab. Folglich erklärte sie den Kunden, sie halte es nicht für richtig, wenn sie als Immobilienmaklerin deren Interessen vertrete. Aber die Kunden sahen das anders und wollten sich partout nicht abschütteln lassen. Vielleicht erkannten sie, wie durcheinander sie war, und versuchten, ihr zu helfen, damit sie sich wieder besser fühlte. Vielleicht fanden sie auch einfach nur, dass sie ein netterer Mensch war als Mazie. Wie auch immer, sie hatte plötzlich jede Menge neue Kunden und so viel Arbeit wie nie zuvor.

Das Begräbnis fand an einem sonnigen Oktobertag statt. Elizabeth kam sich wie eine Verräterin vor und wollte nicht an der Trauerzeremonie teilnehmen, doch das war unmöglich. Obwohl es ihr körperlich schlecht ging, fuhr sie zu der Beerdigung, und sie war sich sicher, dass alle ihre Schuld an ihrem Gesichtsausdruck ablesen konnten.

Weil sie Mazies Assistentin gewesen war, glaubten alle, sie wären gute Freundinnen gewesen, doch tatsächlich hatte ihre Chefin sie ebenso wenig gemocht wie alle anderen. Bei Elizabeth und ihr hatte die Abneigung auf Gegenseitigkeit beruht.

Bei der Trauerzeremonie nickte sie lächelnd, während ihr Leute ihr Mitgefühl aussprachen, das sie ihrer Meinung nach nicht verdient hatte. Schließlich entkam sie der klaustrophobischen Atmosphäre in der Kapelle und ging ins Lemon Tree, ein vornehmtuerisches Restaurant in der Nähe der Büros der Immobilenagentur Suncrest Realty, wo Mazie häufig mit ihren Kunden zu Mittag gegessen hatte.

Elizabeth suchte sich eine stille Ecke, wo sie ausharren konnte, bis es ihr opportun schien zu verschwinden, ohne dass jemand es als auffällig empfand. Sie glaubte, diesen Ort am hinteren Ende der Bar gefunden zu haben, doch da hatte sie sich getäuscht.

Ein Kellner stellte dort direkt neben ihr ein Tablett mit Croissants und diversen Käsesorten ab, und plötzlich war sie nicht mehr allein. Die Leute stürzten sich auf die Appetithäppchen und orderten Drinks. Eigentlich sollte es die nicht geben, weil Mazie so viel getrunken hatte, dass sie auch ohne Autounfall fast an einer Alkoholvergiftung hätte sterben können, doch wer unbedingt trinken wollte, konnte es tun, wenn auch auf eigene Kosten.

Elizabeth klammerte sich an ihrem Glas Mineralwasser fest und wollte verschwinden, doch es gab kein Entkommen aus der Menschentraube vor der Bar. Über ihr drehten sich Ventilatoren, aber es war eng und stickig. Um sie herum unterhielten sich die schwarz gekleideten Trauergäste leise. Gern hätte sie ein Glas Wein getrunken, um ihre Sinne zu betäuben, doch sie blieb bei Mineralwasser und zählte die Minuten, bis es ihr angemessen zu sein schien, sich zu verabschieden.

Kopfschüttelnd begriff Elizabeth, wie ähnlich sie sich bei den beiden Begräbnissen und danach gefühlt hatte. Bei beiden Gelegenheiten hatte sie inständig gehofft, es möge bald überstanden sein. Gegen ihren Willen kehrten ihre Gedanken dazu zurück, was danach im Lemon Tree geschehen war.

Sie nippte in ihrer Ecke an dem Mineralwasser und versuchte, nicht daran zu denken, wie wütend sie auf Mazie gewesen war, doch sie schaffte es nicht. Bei ihrem letzten Streit mit ihrer Chefin hatte die einen Vorschlag von Elizabeth höhnisch lächelnd vom Tisch gefegt und so getan, als wäre sie eine Idiotin. Es folgte ein unbehagliches Schweigen, und sie hatte das tückische Glitzern in Mazies Augen und ihre spöttisch verzogenen Lippen gesehen. Sie hatte ihrer Untergebenen gezeigt, wer das Sagen hatte. Elizabeth war vor Verlegenheit errötet und dann wütend geworden, als sie an ihren Schreibtisch zurückkehrte.

Du hast ihr die Drinks nicht eingeflößt, *dachte sie.* Du hast nicht mehr getan, als dir ihren Tod zu wünschen. Sie hat zu viel getrunken und ist trotzdem Auto gefahren. Deshalb ist sie gestorben.

Doch das ergab irgendwie keinen Sinn. Obwohl Mazie mit Sicherheit auf Wodka Lemon scharf gewesen war, hatte Elizabeth sie bei keiner Gelegenheit mehr als ein oder zwei Gläser trinken sehen. Allenfalls hatte sie Mazie mal ganz leicht beschwipst erlebt. Diese Frau wollte immer nur verkaufen, verkaufen, verkaufen, und Trunkenheit ließ sich nicht mit ihrer Berufsauffassung vereinbaren.

Also warum ist sie dann so betrunken gewesen?, *fragte sie sich.* Warum? *Offenbar war Mazie zu Hause gewesen, bevor sie sich hinters Steuer geklemmt hatte und tödlich verunglückt war.*

War jemand bei ihr, der mit ihr getrunken hat? *Niemand schien das zu glauben, oder zumindest hatte sie nichts davon gehört, dass Mazie Gesellschaft gehabt hatte, bevor sie mit ihrem Wagen von der Straße abgekommen und bei dem Unfall gestorben war.*

Du hast es getan, *beschuldigte sie sich einmal mehr. Sie schüttelte den Kopf, stellte ihr Glas auf die Theke und bahnte sich unter Einsatz der Ellbogen ihren Weg durch die Menschenmenge.*

Bevor sie die Tür erreichte und die Flucht ergreifen konnte, stolperte sie über Connie Berker, die auch zu den Aasgeiern gehört hatte, die sofort nach Mazies Tod deren Kunden an sich reißen wollten. »Du willst doch nicht etwa schon gehen, Elizabeth?«, *fragte sie.*

»Doch. Ich muss mich um meine Tochter kümmern.«

»Tragisch, nicht wahr?« *Connie ignorierte, dass Elizabeth' Hand bereits auf der Türklinke des Seitenausgangs des Restaurants lag.* »Dass Mazie auf diese Weise sterben musste.«

»Ja.«

»Es scheint so gar nicht zu Mazie zu passen. Sie war so hart gegenüber sich selbst.« *Sie hob ihr Glas.* »Ich kann mir überhaupt nicht vorstellen, dass sie sich so sinnlos betrunken haben soll.«

»Und doch war es so.« *Elizabeth musste sich zwingen, keinen Blick auf die Uhr zu werfen. Sie wollte nur noch verschwinden.*

»Ihr Tod macht uns alle traurig. Es ist entsetzlich, wirklich entsetzlich.« *Connie zog eine Grimasse, schaute Elizabeth an und senkte die Stimme.* »Aber lass uns der Wahrheit ins Gesicht sehen. Wir alle wissen, dass Mazie ein absolutes Miststück war.«

Elizabeth' Herzschlag beschleunigte sich. »Nun, ich denke …«

»Sie hat dich schlecht behandelt«, fuhr Connie fort, als wollte sie keinen Protest aus Elizabeth' Mund hören. *»Alle haben es gesehen, aber es war bestimmt clever, dass du die Zähne zusammengebissen und das durchgestanden hast. Dass du selbst deine Zulassung als Immobilienmaklerin bekommen hast und ihre Kunden betreuen konntest. Du hast es nie zugelassen, dass es dir zu sehr unter die Haut ging.«*

Der letzte Satz stimmte nicht. Mazies Verhalten war ihr mehr als einmal sehr unter die Haut gegangen. Die ältere Immobilienmaklerin hatte ihre Kunden herzlich angelächelt, doch sobald ihr die den Rücken zukehrten, fletschte sie die Zähne und beschimpfte alle Mitarbeiter, von den sie glaubte, sie hätten sie irgendwie hintergangen. Sie hatte immer geglaubt, dass sie von jemandem hintergangen worden war.

Als Connie einer anderen Kollegin zuwinkte und verschwand, stieß Elizabeth die Tür auf und verließ das Restaurant.

Sie saß noch immer vor dem großen Fenster mit dem Blick auf den Garten. Da sie nicht an Court und ihre gescheiterte Ehe denken wollte, beschäftigte sie sich weiter mit den Erinnerungen an Mazie.

Mazie hatte geglaubt, ihre jüngere Assistentin wolle ihr ihre Kunden abspenstig machen. Sie brauchte Elizabeth, war ihr gegenüber aber extrem misstrauisch. Außerdem glaubte sie, dass sich hinter ihrem Rücken alle über sie lustig machten.

Elizabeth versuchte dieser so fordernden wie reichen Frau zu helfen, doch Mazie glaubte weiterhin, ihre Assistentin würde bei ihren Kunden gegen sie intrigieren und aus ihrem Betrug finanziell Kapital schlagen.

»Glaub bloß nicht, ich wüsste nicht, was du tust«, warnte sie, während sie Elizabeth mit einem durchbohrenden Blick bedachte.

»Ich tue gar nichts«, antwortete Elizabeth vorsichtig, weil sie glaubte, dass Mazie jeden Moment explodieren konnte.

Mazie war Mitte fünfzig, erzählte aber allen, sie sei zehn Jahre jünger, und damit kam sie durch, weil sie verbissen im Fitnessstudio trainierte und sehr schlank war. Dass Elizabeth erst Mitte zwanzig war, wurmte sie, denn sie sah alle in ihrer Umgebung als Konkurrenz, was häufig reine Einbildung war. Sie bedachte Elizabeth mit wütenden Blicken, weil sie glaubte, diese würde sie absichtlich provozieren. »Du hast mit den Sorensons gesprochen, während ich nicht hier war«, sagte sie in einem anklagenden Ton.

»Sie haben mich gefragt, wo du bist. Sie waren gekommen, weil sie dich sehen wollten, aber du warst ja nicht da.«

»Ich hatte bereits einen anderen Termin!«, erwiderte Mazie gereizt. »Ich kann nicht an zwei Orten gleichzeitig sein.«

»Ich habe ihnen gesagt, du würdest später noch mal ins Büro zurückkommen.«

»Du hast sie auf mich warten lassen?«, fragte Mazie entgeistert.

»Sie wollten es so.«

Mazie zeigte mit einem Finger auf Elizabeth. »Und dann hast du scheißfreundlich mit ihnen geredet, und jetzt lieben sie dich, was?«

Elizabeth' Blutdruck stieg, aber sie antwortete nicht sofort. Jemand musste Mazie das mit den Sorensons erzählt haben, vermutlich Pat, die geschwätzige Empfangsdame. Sie musste etwas über ihre angeblichen Absichten gesagt haben.

»*Sie haben gefragt, ob sie warten könnten*«, stieß sie schließlich zwischen zusammengebissenen Zähnen hervor. »*Ich habe gesagt, ich hätte nichts dagegen. Mehr ist dazu nicht zu sagen.*«

»*Ja, du hattest bestimmt nichts dagegen, da bin ich mir sicher.*«

»*Wenn du nicht möchtest, dass ich mit ihnen rede, lasse ich es.*«

»*Genau, ich will nicht, dass du dich mit ihnen befasst*«, antwortete Mazie gereizt.

»*Gut, dann kümmere du dich um sie.*« Elizabeth ließ sie stehen, vor Wut kochend. Stirb, *dachte sie.* Kratz ab. Lös dich in Luft auf und lass mich für immer in Ruhe.

Sie erschauderte und stellte das leere Weinglas auf den Beistelltisch neben dem Sofa.

Am nächsten Nachmittag erzählte sie die Geschichte den Frauen von der Müttergruppe, aber natürlich sagte sie nichts von der Kinderei, dass sie sich Mazies Tod gewünscht hatte. Die Mütter saßen wie an jedem Werktag auf Bänken neben dem Spielplatz der Vorschule Bright Day und schauten ihren sich austobenden Kindern zu.

Deirdre hatte Elizabeth' Beschwerden über Mazie aufmerksam gelauscht. »*Alte Schlampen wie diese Mazie richten nur Chaos an und stiften Unheil, und dann sterben sie.*«

Deirdres prophetische Worte ließen Elizabeth zusammenzucken. Sie griff nach dem leeren Weinglas, schenkte sich Merlot nach und trank einen Schluck, noch immer in ihre Erinnerungen versunken.

»Hoffentlich.« *Vivian zog eine Grimasse und nickte so heftig, dass ihr Pferdeschwanz hin und her hüpfte. »Das klingt so, als wäre die Frau der absolute Albtraum.«*

»Sie ist ein Albtraum«, bekräftigte Elizabeth.

Vivian sprang auf. »Sei vorsichtig, Lissa!«, schrie sie ihre kleine Tochter an, die hinter Little Nate die Leiter der Rutsche erklommen hatte und den Jungen bedrängte, er solle schneller machen. »Hörst du mich nicht, Lissa?«

»Pass auf, Nate!«, rief Jade von einer benachbarten Bank.

Elizabeth sah Chloe auf die Leiter zugehen. Ihre Tochter schüttelte die kleinen Fäuste in Lissas Richtung, und die kletterte unglücklich die Leiter hinab, schnitt eine Grimasse und rannte zu dem Klettergerüst.

Jade blickte Elizabeth an, und die wusste, dass ihre Freundin an einen anderen Vorfall dachte, als sie gesehen hatte, dass Little Nate auf dem Klettergerüst mit dem Fuß hängen geblieben war und in die Tiefe zu stürzen drohte. Während Elizabeth einen Warnschrei ausstieß, hatte Jade blitzschnell reagiert und ihren Sohn gerettet, bevor der mit dem Kopf zuerst auf dem Boden aufschlug.

»Woher wusstest du es?«, hatte Jade sie verwundert gefragt.

Elizabeth war keine plausible Antwort eingefallen, einfach deshalb, weil es keine gab.

»Ich habe es einfach zufällig rechtzeitig gesehen«, log sie ihre Freundin an.

Jade zog die Augenbrauen zusammen und runzelte die Stirn, als würde sie das Ganze nicht verstehen, doch sie ritt nicht weiter auf dem Thema herum.

Tara sah nicht den Blick, den Jade Elizabeth zuwarf. »Tyranninnen wie diese Mazie haben genug schlechtes Karma angesammelt und müssen dafür büßen.« Sie beschattete die Augen mit einer Hand, stand auf und blickte zu dem Klettergerüst hinüber, wo sich eine Gruppe von Kindern versammelt hatte.

»*Ja, vielleicht*«, *murmelte Elizabeth.*

»*Die Dinge werden sich ändern, das ist immer so*«, *sagte Jade.* »*Wann immer man glaubt, es keine Minute länger aushalten zu können, passiert irgendwas.*«

Elizabeth war sich da nicht so sicher. »*Hoffentlich hast du recht. Es ist mir ein Rätsel, wie Mazie es jemals schafft, ein Haus zu verkaufen. Sie ist wie Jekyll und Hyde, nett zu ihren Kunden, aber grauenhaft unfreundlich zu allen anderen. Bevor ich meine Zulassung als Immobilienmaklerin bekam, habe ich ernsthaft darüber nachgedacht, die Brocken hinzuschmeißen.*«

Deirdres grüne Augen blickten sie ernst an. »*Wenn du kündigst, hat sie gewonnen*«, *warnte sie.* »*So einfach ist das.*«

»*Stimmt genau*«, *pflichtete ihr Vivian bei.*

»*Ich meinte nur, dass ich darüber nachgedacht habe, bei der Agentur aufzuhören*«, *versicherte Elizabeth.* »*Ich hatte nicht vor, als Immobilienmaklerin aufzuhören.*« *So ganz stimmte das nicht. Tatsächlich hatte sie kurz davorgestanden, beruflich eine Pause einzulegen, um zu Hause zu bleiben, weil ihre Beziehung zu Court sich verschlechterte. Aber es war noch nie eine gute Ehe gewesen.*

Bei einem Treffen der kompletten Müttergruppe, hatte Tara Elizabeth im Konferenzraum der Vorschule zur Rede gestellt. »*Und wie läuft's jetzt mit Crazy Mazie?*«

Elizabeth ärgerte sich darüber, diesen Spitznamen jemals erwähnt zu haben.

Auch einige der anderen Frauen wollten wissen, was in dem Immobilienbüro passiert war.

Elizabeth war mehr als nur ein bisschen verärgert, weil Tara das heikle Thema angeschnitten hatte, und antwortete mit einem falschen Lächeln. »*Erstaunlicherweise sehr viel besser. In letzter Zeit war sie deutlich netter. Vielleicht haben wir einfach nur eine schwierige Phase durchgemacht.*«

Alle schienen ihr das abzukaufen. Alle außer Jade, deren dunkle Augen sie fragend anblickten, doch das Gespräch wandte sich einer bevorstehenden Karnevalsfeier zu, bei der bei Eltern und Geschäftsleuten aus der Nähe Spenden eingesammelt werden sollten. Zumindest fürs Erste war Elizabeth' Beziehung zu ihrer Chefin kein Thema mehr.

Sechs Tage später war Mazie tot.

Mazies Mercedes war von der Interstate 55 abgekommen, durch die Luft gesegelt und auf einer weiter unten verlaufenden Straße aufgeschlagen. Sie war sofort in ein Krankenhaus gebracht worden, dort aber ein paar Tage später ihren Verletzungen erlegen, ohne noch einmal aus dem Koma aufzuwachen.

Elizabeth konnte es nicht fassen und stand unter Schock. Sofort musste sie an das Gespräch mit ihren Freundinnen von der Müttergruppe denken, und sie zuckte innerlich zusammen.

Später meldete sich Vivian telefonisch bei ihr. »*O mein Gott, Elizabeth*«, *flüsterte sie.* »*O mein Gott!*«

Elizabeth umklammerte krampfhaft das Telefon und brachte mühsam hervor, alles sei nur ein seltsamer Zufall.

»*Es ist entsetzlich*«, *flüsterte sie.* »*Ich kann es nicht glauben.*« *In der Fensterscheibe über der Spüle in ihrer Küche sah sie ihr blasses Gesicht.* »*Solche schlimmen Dinge passieren einfach.*«

Doch als sie auflegte, war sie total erschüttert gewesen.

Und schlimme Dinge passieren, wenn du dir wünschst, dass es so kommt.

Der Gedanke hätte fast dazu geführt, dass sie sich in die Spüle übergeben hätte. Sie spritzte sich kaltes Wasser ins Gesicht, riss sich irgendwie zusammen und wiederholte immer wieder ihr Mantra: Es ist nicht deine Schuld. Es ist nicht deine Schuld.

Als ihre anderen Freundinnen anriefen, hielt sie es mit ihnen genauso wie mit Vivian. Sie verlieh ihrem Schock und ihrem Entsetzen Ausdruck, als würde sie diese Gefühle wirklich empfinden.

Während sie den Merlot trank, den Court für eine »besondere Gelegenheit« gekauft hatte, blickte sie nachdenklich aus dem Fenster. Weder sie noch Jade hatten den Vorfall mit dem Klettergerüst jemals wieder erwähnt, doch manchmal spürte sie Jades fragenden Blick auf sich ruhen. Jade hegte Vermutungen hinsichtlich ihrer Gabe, Dinge vorhersehen zu können.

Aber sie hatte keine Ahnung von Elizabeth' Gabe, Todesfälle zu verursachen.

Passieren schlimme Dinge einfach?, fragte sie sich. *Solche schlimmen Dinge? War das so? Und wenn ja, was war dann mit Officer Unfriendly?*

Draußen brauten sich dunkle Wolken am Himmel zusammen, und sie empfand wieder die gleiche innerliche Kälte wie beim ersten Mal, als jemand gestorben war und sie sich gefragt hatte, ob es ihre Schuld gewesen sei. Unmöglich, oder? Verrückt. Und doch, vor acht Monaten ...

Officer Seth Daniels vom Irvine Police Department hatte sie an den Straßenrand herangewunken wegen einer Überschreitung des Tempolimits um siebeneinhalb Stundenkilometer. War das sein Ernst? Siebeneinhalb Stundenkilometer zu schnell? In Südkalifornien? Das war schwerlich ein Grund, um jemanden anzuhalten. Fast hätte sie gelacht. Es war, als würde der Cop eine unausgesprochene Übereinkunft brechen, wenn er sie wegen so einer Lappalie anhielt.

Und genau das sagte sie ihm auch, während er vor dem heruntergelassenen Seitenfenster stand und hinter ihm der Verkehr vorbeirauschte. Ihre Bemerkungen riefen nur ein kaltes, etwas unheimliches Lächeln hervor. Als sie mit ihrer jovialen, halb scherzhaften Art nicht weiterkam, versuchte sie, vernünftig mit ihm zu reden, doch er starrte sie nur unversöhnlich an, noch immer mit diesem eiskalten Lächeln. Es schien, als würde er die Situation genießen.

Ja, sie hatte das Gefühl, dass er sich an ihrem Unbehagen weidete.

Also gab auch sie sich keine Mühe mehr, freundlich erscheinen zu wollen. »Sie machen Witze, oder?«, fragte sie. »Das alles wegen einer Geschwindigkeitsüberschreitung von siebeneinhalb Stundenkilometern.«

»Ich mache überhaupt keine Witze.« Er stellte ein Strafmandat über vierhundert Dollar aus und reichte es ihr grinsend.

Was für ein Arschloch! *Mit zusammengekniffenen Lippen nahm sie ihm das Strafmandat aus der Hand, ohne den Blick von dem Cop abzuwenden.*

Officer Daniels, ein Mann von Mitte vierzig mit sich lichtendem Haar, blickte sie höhnisch an. »Schöne Frauen glauben immer, mit allem durchzukommen.«

Fast hätte sie das Strafmandat vor seinen Augen zerrissen, doch irgendwie schaffte sie es gerade noch, sich zusammenzureißen, denn sonst hätte er sie vermutlich auf der Stelle verhaftet.

»Dann wünsche ich noch einen schönen Tag«, fügte er kopfschüttelnd hinzu, bevor er zu seinem Streifenwagen zurückging.

Während der ganzen Heimfahrt kochte sie vor Wut und erging sich in Fantasien, wie sie sich an Officer Unfriendly rächen konnte.

Als sie vor Gericht ging, um eine Herabsetzung der Strafe zu erwirken, war auch er da, immer noch grinsend. Sie zwang sich, ihm kalt in die Augen zu blicken, erfüllt von schlimmen Gedanken, von denen der vorherrschende war, er möge für immer verschwinden.

Ihr Wunsch sollte in Erfüllung gehen.

Exakt einen Monat nach dem Gerichtstermin hielt Officer Daniels einen Autofahrer an, der sofort eine Waffe zog und ihn mit einem Schuss ins Herz tötete. Einfach so. Danach hatte der Killer die Flucht ergriffen. Er raste davon, entkam durch Seitengassen und entledigte sich irgendwo der gestohlenen Kennzeichen, auf denen sich keine Fingerabdrücke fanden. Bis auf den heutigen Tag war niemand verhaftet worden, obwohl das Verbrechen in allen Medien großen Raum eingenommen hatte und die Polizei entschlossen war, den Mörder ihres Kollegen zu fassen.

Elizabeth stand in ihrer Küche und wäre beinahe zusammengebrochen, als sie von dem Mord an Officer Daniels las. Sie fand die Meldung in der Zeitung, die Court am Morgen auf den Küchentisch geworfen hatte, bevor er zur Arbeit gefahren war. Die Schlagzeile stach ihr sofort ins Auge. Sie stand unter Schock, und ihr Herzschlag dröhnte so laut in ihren Ohren, dass sie sonst fast nichts mehr hörte.

Ihre Hände zitterten so stark, dass sie die Zeitung auf den

Tisch fallen lassen und sich daran festhalten musste. Ihr Atem ging unregelmäßig, und vor ihren Augen verschwamm alles.

Du hast dir gewünscht, dass er stirbt, und jetzt ist er tot.

Fast hätte sie das Bewusstsein verloren. Sie sagte sich, es sei alles nur ein Zufall gewesen, nichts sonst ... So wie es ein Zufall gewesen war, dass Officer Daniels kurz darauf den falschen Mann an den Straßenrand herangewunken hatte, einen Verrückten mit einer Waffe ...

Sie biss sich auf die Unterlippe und setzte das Weinglas auf dem Beistelltisch ab. Officer Daniels war lange *vor* Mazies Autounfall gestorben, der sie noch mehr durcheinandergebracht hatte. Sie versuchte sich davon zu überzeugen, dass beide Vorfälle nichts mit ihr zu tun hatten, und fast hätte sie es geglaubt.

Bis dann Court gestorben war.

Drei Menschen, denen sie den Tod gewünscht hatte, waren gestorben. Das konnte einfach kein Zufall sein.

Ich bin normal, sagte sie sich, wie so oft im letzten Jahr. *Völlig normal. Ich lebe ein ganz normales Leben in der Vorstadt.*

Abgesehen davon, dass ich jetzt eine alleinerziehende Mutter bin, seit mein Ehemann gestorben ist.

Plötzlich war sie müde. Sie erhob sich von dem Sofa, ging mit dem Glas in die Küche und stellte es in die Spülmaschine. Dann blickte sie auf einen Papierstapel auf der Anrichte. Ganz oben lag der Zettel mit Detective Thronsons Telefonnummer. Darunter lagen Kochbücher, Werbepost und Rechnungen.

Sie öffnete den Kühlschrank und sah nichts, womit sie

eine anständige Mahlzeit zusammenzaubern konnte. Ausgeschlossen. Sie musste sich etwas einfallen lassen.

Sie beschloss, Tara anzurufen.

»Hallo, Elizabeth«, meldete sich ihre Freundin. »Wie geht's?«

»Ganz gut. So gut, wie man es erwarten kann. Meine Schwägerin ist abgereist, und ich muss einkaufen fahren, wenn ich nicht möchte, dass Chloe und ich verhungern. Soll ich sie dann auf dem Rückweg abholen?«

»Das wäre großartig«, sagte Tara. »Hier kommen die Kids alle gut miteinander klar.«

Zum ersten Mal an diesem Tag musste Elizabeth lächeln. »Ein kleines Wunder.«

»Ja, aber vielleicht ist es gleich wieder vorbei.«

»Ich beeile mich«, sagte sie und unterbrach die Verbindung. Dann schnappte sie sich ihre Schlüssel und die Handtasche und ging in die *Garage*. Als sie in ihrem schwarzen Ford Escape saß und gerade den Schlüssel ins Zündschloss stecken wollte, ließ sie etwas zögern. *Was hatte Barbara sie gefragt?* Ob der SUV, der sich angeblich ein Rennen mit Clarks BMW geleistet hatte, ein dunkler SUV gewesen sei, wie ihrer? *Der nächste Zufall?* Hatte dieses Fahrzeug ihrem geähnelt?

Es lief ihr kalt den Rücken hinab.

Du darfst nicht einmal daran denken.

Sie schob den Schlüssel ins Zündschloss und ließ den Motor an. Während sich das Garagentor hob und das graue Nachmittagslicht in den dämmrigen Raum strömte, sagte sie sich, sie leide an Verfolgungswahn und sehe Zusammenhänge, die es wahrscheinlich gar nicht gab.

Sie setzte rückwärts aus der Garage und schloss das Tor mit der Fernbedienung. Als sie auf den bleigrauen Himmel blickte, konnte sie sich des Gefühls nicht erwehren, dass ihr etwas Schlimmes zustoßen würde. Etwas sehr, sehr Schlimmes.

5

Der Januar in Südkalifornien war eine Offenbarung für Ravinia Rutledge. Mitten im Winter war es in der Regel sonnig und warm, und selbst wenn es regnete, war es nicht wirklich kalt. Dagegen konnten nachts die Temperaturen rapide fallen. Sie hatte es am eigenen Leib erfahren, weil sie meistens draußen schlief.

In der letzten Nacht hatte es stark geregnet, und sie hatte in einem Starbucks Zuflucht gesucht und heißen Kaffee getrunken, bis der Sturm weitergezogen war.

Am nächsten Morgen war das Wetter wieder strahlend klar gewesen, an dem blauen Himmel zogen nur einige wenige weiße Wölkchen dahin. Sie war in Santa Monica und saß in der Sonne, mit dem Rücken an den Stamm einer Palme gelehnt, und ließ die lange Reise von Oregon nach Kalifornien Revue passieren. Dann dachte sie an Siren Song, das umzäunte und durch ein verschlossenes Tor gesicherte Haus in der Nähe von Deception Bay, wo sie ihr ganzes bisheriges Leben verbracht hatte. Es war Wochen her, seit sie die lange Reise Richtung Süden angetreten hatte, und sie hoffte, bald ihre Cousine Elizabeth Gaines zu finden. Sie war der Grund, warum sie sich auf den Weg gemacht hatte.

Ravinia vermutete, dass das gute Wetter nicht lange anhalten würde. Man hatte ihr erzählt, der Januar sei der Regenmonat in Südkalifornien. »Der regnerischste Monat«, hatte Mr Sowieso gesagt, als er hörte, dass sie aus Oregon kam und diesen Bundesstaat bisher nie verlassen hatte.

Tatsächlich hatte sie sich vor dieser Reise nie weiter als fünf Meilen von Deception Bay entfernt, doch das musste Mr Sowieso nicht wissen, weil er dann wieder damit begonnen hätte, endlos von den Wundern Kaliforniens zu schwärmen. Ihr gefiel es hier, doch die klugscheißerische Art dieses Typs ging ihr auf die Nerven. Sie hatte ihn im Zug kennengelernt, und sie waren ihrer Wege gegangen, sobald sie am Bahnhof in Los Angeles ankamen, doch da hatte er sie schon stundenlang zugetextet.

Nachdem sie sich zuvor in San Francisco aufgehalten hatte, war sie vor vier Tagen in Los Angeles eingetroffen. Obwohl sie sparsam mit ihrem Geld umging, war ihr klar gewesen, dass es eine Ewigkeit gedauert hätte, auf dem Highway 101 nach Los Angeles zu trampen, und so viel Zeit hatte sie nicht. Also hatte sie sich eine Fahrkarte gekauft und den Zug genommen, der über Modesto und Stockton nach Bakersfield fuhr, wo sie in einen Bus umsteigen musste, der sie zum Bahnhof von Los Angeles brachte, was ihr bizarr zu sein schien. Sie fragte, warum der Zug nicht von San Francisco nach LA durchfuhr. »Dies ist das Land der Autos«, hatte Mr Sowieso geantwortet. »Besser, du gewöhnst dich daran.«

Vielleicht hätte sie seinen Rat angenommen, wenn sie einen Führerschein gehabt hätte, doch so war sie auf öffentliche Verkehrsmittel angewiesen. In dieser Hinsicht war in San Francisco alles sehr viel leichter gewesen. Doch das Reisen war eine völlig neue Erfahrung für sie, weil sie die neunzehn Jahre ihres Lebens ausschließlich in Siren Song verbracht hatte, jener Festung am Ortsrand von Deception Bay, direkt an der Küste von Oregon, wo sie mit ihren Schwestern von der Außenwelt isoliert gewesen war. Ihre Tante Catherine, welche sie zu diesem Lebensstil genötigt hatte, behauptete stets, sie müsse die Mädchen schützen vor jenen teuflischen Mächten, die ihre Mutter zugrunde gerichtet hätten. Ihre Mutter war Catherines verstorbene Schwester Mary, an die sich Ravinia nicht einmal erinnerte. Sie hatte gegen die Unfreiheit aufbegehrt und immer geglaubt, diese ganze Sicherheitsneurose spiegele nur Tante Catherines eigene Ängste und ihre eigene Verrücktheit wider ... Nun, zumindest bis vor Kurzem. Nun wusste sie, dass es diese teuflischen Mächte wirklich gab, bösartige Menschen ... Und deshalb war es wichtig, dass sie Elizabeth fand und sie warnte. Sie durfte nicht ins Visier dieses Ungeheuers geraten, das sie alle vernichten wollte.

In San Francisco hatte sie nach dem Ehepaar Gaines gesucht, den Adoptiveltern ihrer Cousine, die in der Bay Area gewohnt hatten. Darüber hinaus wusste sie nur, dass Ralph und Joy Gaines ihre angenommene Tochter Elizabeth genannt hatten.

In San Francisco hatte sie es geschafft, zwei Männer namens Ralph Gaines zu finden, doch keiner der beiden war mit einer Frau verheiratet, die Joy hieß. Frustriert hatte Ravinia geglaubt, in einer Sackgasse zu stecken, doch dann hatte sie Glück, als sie entdeckte, dass es noch einen dritten Ralph Gaines gab, der in Sausalito wohnte, und sie rief ihn an.

»Vielleicht ist das Ehepaar, nach dem Sie suchen, nach Santa Monica umgezogen«, sagte der Mann am Telefon. »Es gab da mal ein Missverständnis wegen eines Rezepts mit meiner Apotheke. Die rief mich mehrfach an und sagte, Joys Medikament sei fertig. Da ich nicht wusste, wer Joy war, bin ich bei der Apotheke vorbeigegangen und habe gesagt, ich sei

Ralph Gaines und hätte nicht die geringste Ahnung, worum es gehe. Man bat mich, mich auszuweisen, und gab mir dann Joys Rezept. Darauf stand eine andere Telefonnummer. Keine Ahnung, warum sie die mit meiner verwechselt haben. Also schrieb ich mir die Nummer auf, gab das Fläschchen mit der Arznei zurück und rief dann später bei dieser Joy an. Ich sagte ihr, sie solle besser dafür sorgen, dass diese Idioten in der Apotheke ihre Pillen nicht dem Erstbesten geben würden, für den sie nicht gedacht seien. Sie bedankte sich und sagte, es spiele keine Rolle mehr, weil sie nach Santa Monica umziehen würde. Ja, ich bin mir ziemlich sicher, dass sie genau das gesagt hat.«

Ravinia hatte ihm hocherfreut gedankt und eine Fahrkarte für den nächsten Zug Richtung Süden gekauft.

Als sie am nächsten Morgen in den Zug stieg, hing dichter Nebel über der Bucht und in den Straßen von San Francisco. Sie fand einen freien Platz und schloss die Augen, weil sie schlafen wollte, doch sie bekam unbeabsichtigt etwas von den Gesprächen mit, die um sie herum geführt wurden. Durch halb geschlossene Lider beobachtete sie einen Studenten von Anfang zwanzig, der mit seinem Smartphone Spiele spielte, Textnachrichten schrieb und ins Internet ging. So ein Gerät hatte sie höchstens mal kurz benutzt, wenn sie nachts aus Siren Song ausgerissen war, doch sie hatte den richtigen Verstand, um eine solche Technologie schnell zu verstehen. Daher war ihr klar, dass ihr ein Tablet-Computer oder ein Smartphone bei ihrer Suche helfen würden. Als sie dem jungen Mann mit dem Kapuzenpulli und den weiten Jeans zusah, wie er schnell eine SMS tippte, dachte sie, dass sie sich unbedingt auch so ein Smartphone besorgen sollte.

In Los Angeles war die Wintersonne fahl, und statt Nebel hing Smog in der Luft, wodurch die Stadt in ein gelbliches Licht getaucht wurde. Sie hatte keine Zeit verloren und sich umgehend nach Santa Monica begeben, das westlich von LA lag. Hier hoffte sie, ihre Cousine zu finden. Die Luft war gut, vom Meer mit dem langen Strand her kam eine frische, kühle Brise.

Um Geld zu sparen, hatte sie unter freiem Himmel in einem höher gelegenen Park geschlafen, von dem aus man einen Blick auf den Pazifik hatte. Sie war nicht allein, denn in dem Park nächtigten auch Obdachlose, meistens Männer, die auf dem Rasen schliefen und ihre Köpfe auf zusammengerollte Kleidungsstücke betteten. Sie ließen sich weder durch frühmorgendliche Jogger noch durch Touristen stören, die mit ihren Kaffeebechern am Rand des Abhangs entlangspazierten.

Die Tage waren warm, die Nächte jedoch kalt, und sie schlief in drei übereinandergezogenen Hosen sowie in einem Sweatshirt und einer Jacke über ihrem langärmeligen T-Shirt. Stets lehnte sie mit dem Rücken an einem Baumstamm, und mit einer Hand umklammerte sie den Griff ihres Messer für den Fall, dass sie jemand anpöbelte, doch bis jetzt war sie in Ruhe gelassen worden.

Bei ihrem Aufbruch aus Deception Bay hatte es an der Landstraße einen kleineren Zwischenfall gegeben. In der Dämmerung hatte südlich von Tillamook ein Wagen neben ihr am Straßenrand gehalten. Ein Mann saß hinter dem Steuer, ein anderer, ein Schlägertyp, auf dem Beifahrersitz. Er hatte die Tür geöffnet und wollte aussteigen. Sie hatte den Eindruck, dass er sie in das Auto zerren wollte, und sie lehnte das Angebot ab, sie mitnehmen zu wollen. Sie glaubte, dass ihr von den beiden Gefahr drohte, und fragte sich, ob sie ihr Messer brauchen würde. Während sie in ihrer Tasche den Griff umklammerte, nahm sie plötzlich neben sich eine Bewegung wahr. In diesem Moment wich der Schlägertyp, der schon halb ausgestiegen war, in das Auto zurück, und der Fahrer gab Vollgas, als säßen ihm Höllenhunde im Nacken.

Sie drehte den Kopf und sah einen Wolf neben sich am Straßenrand stehen. Der Wind strich durch sein Fell, und seine gelben Augen blickten dem davonrasenden Auto nach.

Ravinia hatte keine Angst. »Freund oder Feind?«, flüsterte sie.

Das Tier mit dem struppigen Fell hatte sich nur umgedreht und war im Wald verschwunden. Sie glaubte, ihn später noch einmal gesehen zu haben, als sie zu einem Motel ging, wo sie übernachten wollte, doch sicher war sie sich nicht.

Jetzt war sie fast tausend Meilen von Oregon entfernt, und sie fragte sich, ob dieser Wolf überhaupt existiert hatte. Der unheimliche Moment lag Wochen zurück, und seitdem hatte sie ihn nicht mehr gesehen. Angeblich gab es auch keine Wölfe im Küstengebirge von Oregon. Dem hätte sie nicht widersprochen, wenn sie den Wolf nicht mit eigenen Augen *gesehen* hätte. Trotzdem fragte sie sich, ob sie das Biest nicht nur vor ihrem inneren Auge heraufbeschworen hatte in einem Moment, wo sie Hilfe brauchte.

Und die beiden Männer in dem Auto waren mit Sicherheit völlig verängstigt davongerast.

Doch nun war sie in Santa Monica. Sie stand auf, klopfte den Staub aus ihrer Kleidung, löste ihren dunkelblonden Zopf, fuhr sich mit den Fingern durch ihr welliges Haar und flocht es erneut. Nachdem sie die beiden Sweatshirts ausgezogen und in ihrem Rucksack verstaut hatte, setzte sie diesen auf und ging los. Sie trug Sneakers, die sie sich nach ihrer Ankunft in Santa Monica gekauft hatte, ihre Lieblingsjeans, eines ihrer drei langärmeligen T-Shirts und eine dunkle Jacke über einem grauen Sweatshirt. Wenn es im Laufe des Tages wärmer wurde, konnte sie Jacke und Sweatshirt bestimmt wieder ausziehen.

Während sie sich auf den Weg zum nächsten Starbucks machte, dachte sie an Tante Catherine, die sie auf dem Laufenden halten musste. Allerdings gab es da ein Problem, denn es war unmöglich, zu ihrer Tante Kontakt aufzunehmen. Die besaß kein Mobiltelefon, und in Siren Song gab es auch keinen Festnetzanschluss. Das Einweghandy, das Ravinia noch in Deception Bay gekauft hatte, war auch nicht besonders hilfreich. Tante Catherine rief allenfalls dann von einem öffentlichen Fernsprecher an, wenn sie in Deception Bay Einkäufe machte.

Es nervt, dachte Ravinia.

Vor ihr lag der Pier von Santa Monica mit dem berühmten Riesenrad, doch sie schlug die andere Richtung ein und überquerte die Ocean Avenue. Dabei musste sie einem struppigen kleinen Hund ausweichen, der von einer Frau mit Mühe an der Leine gehalten wurde. Diese Frau trug extrem kurze und enge Shorts und darüber einen langärmeligen Kapuzenpulli, der unter den Brüsten abgeschnitten war, sodass ihr Bauch freilag. So ein Outfit wäre undenkbar gewesen in Siren Song, wo Tante Catherine sie und ihre Schwestern immer gezwungen hatte, lange, altmodische Kleider zu tragen, seit Mary den Verstand verloren und irgendwie die Büchse der Pandora geöffnet hatte, wodurch die Bewohner des Hauses auf einmal alle in Gefahr geschwebt hatten.

Die Frau mit dem Hund hielt ein Handy in der freien Hand und palaverte über Botox, ein hier bei der Damenwelt angesagtes Thema. In LA und Santa Monica wurde über völlig andere Dinge geredet als in Deception Bay, wo sich die Gespräche hauptsächlich um das Wetter sowie den Fisch- und Krabbenfang drehten. Oder auch um ihre seltsame Familie, die »Kolonie« von Siren Song.

Während des größten Teils ihres bisherigen Lebens hatte Ravinia geglaubt, ihre Tante irre sich oder leide an Verfolgungswahn, weil sie glaubte, sie und ihre Schwestern schwebten in Gefahr. Ereignisse der jüngeren Vergangenheit hatten sie allerdings ihre Meinung ändern lassen. Mittlerweile hielt sie es für sehr gut möglich, dass Tante Catherine nicht völlig weggetreten war. Es stimmte, dass sie und ihre Schwestern seit ihrer Geburt über unerklärliche, übernatürliche »Gaben« verfügten. Und diese Gaben, behauptete Tante Catherine immer wieder, brächten sie in Gefahr. Mittlerweile hielt Ravinia das für die Wahrheit.

Das Starbucks, in dem sie während des gestrigen Unwetters Zuflucht gesucht hatte, war zwei Straßenecken entfernt. Obwohl sie sparsam umging mit dem Geld, das Tante Catherine ihr für die Reise gegeben hatte, wollte sie sich einen Kaffee gönnen und ein anständiges Frühstück, das den ganzen Tag vorhalten würde. Außerdem erfuhr man in solchen Lokalen einiges, wenn man die Ohren offen hielt, und man konnte einen anderen Kunden bitten, etwas online zu recherchieren und dabei mehr durch das Internet erfahren. Nicht immer hatte sie in dieser Hinsicht Glück, doch manchmal fand sich jemand, der sich die Zeit nahm, Informationen für sie zu beschaffen.

Ziemlich schnell hatte sie festgestellt, wie wenig sie über die Welt außerhalb des geschlossenen Tores von Siren Song wusste. Ihr Wissen war allenfalls bruchstückhaft. Sie und ihre Schwestern waren zu Hause von Tante Catherine unterrichtet worden, durften hin und wieder auf einem alten Fernseher ein paar Sendungen sehen und hörten sonst höchstens, was die Leute in Deception Bay erzählten. Die Reise Richtung Süden war lehrreich gewesen, doch je mehr sie lernte, desto wissbegieriger wurde sie. Sie kam sich vor wie eine Besucherin von einem fernen Planeten, welche die Bewohner einer fremden Welt beobachtete.

Als sie das Starbucks betrat und ihr der Geruch von Kaffee und süßem Gebäck in die Nase stieg, begann ihr Magen zu knurren. Während sie ihre Geldbörse aus der Tasche zog, sah sie den Dreck unter ihren Fingernägeln. Sie brauchte eine Dusche. Zuletzt hatte sie geduscht, bevor sie den Zug Richtung Süden genommen hatte, in einem heruntergekommenen Motel, das viel zu teuer gewesen war für ihren Geldbeutel, und deshalb schlief sie jetzt in dem Park.

Sie hoffte, dass Tante Catherine sich endlich gnädigst dazu entschließen würde, sie anzurufen.

Es nervt.

Sie ging auf die Damentoilette, erleichterte sich und betrachtete sich dann in dem Spiegel über dem Waschbecken. Nachdem sie sich gründlich die Hände gewaschen hatte, bis der Dreck unter den Fingernägeln verschwunden war, spritzte sie sich kaltes Wasser ins Gesicht, ohne sich darum zu scheren, dass jemand an der Klinke der verschlossenen Tür rüttelte. Trotz ihrer knappen Mittel sollte sie sich einen Platz suchen, wo sie bleiben konnte, denn sie musste auch ihre Haare und ihre Kleidungsstücke waschen. Und sie brauchte Hilfe. Es dauerte zu lange, allein zu suchen.

Nachdem sie sich das Gesicht und die Hände abgetrocknet hatte, verließ sie die Toilette. Davor wartete eine Frau mit Sonnenbrille, die angewidert das Gesicht verzog, bevor sie die Toilette betrat und die Tür verschloss.

Ravinia stellte sich an der langen Schlange vor der Theke an. Vor ihr stand eine Frau in schwarzen Leggings und einer langen Khakibluse, die wie praktisch alle hier Textnachrichten auf ihrem Smartphone las. Einmal mehr überlegte Ravinia, was sie bestellen sollte. Gebäck? Ein Sandwich? Oder nur ein paar Plätzchen zum Kaffee? Alles in der Auslage sah gut aus, und sie hatte großen Hunger.

Der gehörte mittlerweile zu ihrem Leben, was ihr klar wurde, als sie ihre magere Barschaft zählte. Die Zugfahrkarte hatte sehr viel mehr gekostet, als sie erwartet hatte, doch dagegen ließ sich nichts machen. Immerhin hatte sie während der Fahrt von Mitreisenden ein paar Dinge gelernt – von dem Studenten mit dem Smartphone, von den vor ihr sitzenden Frauen und schließlich von Mr Sowieso.

Von den Frauen hatte sie einige interessante Einzelheiten über Santa Monica erfahren, nachdem sie ihnen erzählt hatte, das sei ihr Ziel. Die Mitreisenden kamen von dort und hatten stundenlang über die besten Bars, Restaurants und Boutiquen geredet. Auch sie gingen jeden Tag zu Starbucks, weil man hier ihrer Meinung nach interessante Leute und

Männer mit guten Jobs traf. Aber natürlich verzichtete man deshalb nicht darauf, auch Bars zu besuchen. Man musste nur wissen, welche Art Mann man suchte.

Nach der Hälfte der Zugfahrt war Mr Sowieso zugestiegen und hatte sich Ravinia gegenübergesetzt. Er hatte sie mit unverhohlener Bewunderung gemustert, was ihr rätselhaft erschien angesichts ihres Outfits und der Tatsache, dass sie seit einer halben Ewigkeit nicht geduscht hatte. Aber auch er trug Jeans und ein Sweatshirt, und er hatte die Hand ausgestreckt und sich als Doug vorgestellt.

Da sie sonst nichts zu tun hatte, während sie in der Schlange darauf wartete, sich etwas bestellen zu können, wanderten ihre Gedanken zu Mr Sowieso zurück. Und zu dem, was sie erlebt hatte, seit sie in Santa Monica eingetroffen war.

Er hatte alles über sie wissen wollen, doch sie erzählte ihm nur, sie mache die Reise in den Süden, um ihre Cousine zu besuchen. Mr Sowieso – sie konnte sich nicht vorstellen, ihn bei sich Doug zu nennen – erzählte ihr, er arbeite in einem angesagten Restaurant in Santa Monica als Barkeeper, obwohl sie manchmal eher glaubte, er sei ein Obdachloser, der am Strand um Almosen bettelte. Angeblich wohnte er mit zwei anderen Männern zusammen, die ebenfalls in der Gastronomie arbeiteten. So wie er redete, glaubte sie, dass für ihn jede Nacht eine Party war. Und vielleicht auch jeder Tag.

»Wo wohnt deine Cousine denn?«, fragte er. »Hast du ein Auto, oder brauchst du jemanden, der dich fährt?«

»Vielleicht«, antwortete sie und wechselte schnell das Thema, bevor er nach einer Adresse fragen konnte. Sie würde nieman-

dem mehr erzählen als unbedingt nötig. Solange sie nicht wusste, wem sie trauen konnte, würde sie so wenig wie möglich preisgeben, und mit Sicherheit würde sie niemandem etwas erzählen über jene »Gaben«, über die sie und ihre Schwestern verfügten. Das hatte Tante Catherine ihr vor der Abreise eingebläut. Die Menschen aus der Gegend, die etwas davon wussten, machten einen Bogen um die Bewohnerinnen von Siren Song. Übrigens war ihre eigene Gabe nicht besonders spektakulär – sie konnte in das Herz anderer Menschen blicken und wusste dann, ob sie gut oder schlecht waren.

Als sie in Mr Sowiesos Herz blickte, hatte sie den Eindruck, dass er schwach war, immer bereit, den einfachsten Weg einzuschlagen, um zu bekommen, was er wollte, statt dafür zu kämpfen. Er war einfach uninteressant, jemand, den man nicht näher kennenlernen musste.

Am Bahnhof in Los Angeles verabschiedete sie sich von ihren Reisegefährten und kümmerte sich darum, wie sie am besten nach Santa Monica kam. Mr Sowieso hatte ein Auto, und die jungen Frauen nahmen ein Taxi, doch das hätte sie sich nicht leisten können. Schließlich fand sie heraus, welcher Bus sie ans Meer bringen würde.

Als sie in Santa Monica eintraf, informierte sie sich über die Buslinien, um herauszufinden, wie sie sich in der Stadt bewegen konnte, ohne jeden Weg zu Fuß machen zu müssen. Nachdem sie den Park entdeckt hatte, in dem sie übernachten würde, besuchte sie das Starbucks. Sie kam mit ihrer Suche nach Ralph und Joy Gaines nicht voran, da sie weder ein Smartphone noch einen Führerschein hatte, was beides von entscheidender Wichtigkeit gewesen wäre. Sie suchte die Namen in Telefonbüchern, doch dabei kam nichts heraus. Es gab nur noch wenige Telefonzellen, und in den meisten fehlten die Telefonbücher. Die beste Informationsquelle war das Internet, doch bis jetzt hatte sie noch keinen Zugang.

Aber bald, dachte sie, als sie der Kaffeetheke wieder einen Schritt näher kam.

Elizabeth schwebte in akuter Gefahr, genau wie der Rest von ihnen. Aber Elizabeth hatte keine Vorstellung davon, was auf sie zukam. Es war ihre Aufgabe, ihre Cousine zu finden und dafür zu sorgen, dass sie in Sicherheit war.

6

»Was darf's sein?«

Die fröhliche Stimme riss Ravinia aus ihren Gedanken, und sie stand an der Kasse einem Mädchen ihres Alters gegenüber, das sie freundlich anlächelte und ihre Bestellung entgegennehmen wollte. Die Frau, die vor ihr in der Schlange gestanden hatte, tippte immer noch eine Textnachricht, während sie an der Theke entlangging, um ihre Bestellung abzuholen.

Ravinia traf eine Entscheidung. »Ich hätte gern einen schwarzen Kaffee, ein Muffin und ... ein Glas Leitungswasser.«

Zum Teufel mit dem teuren Mineralwasser in Flaschen. Warum dafür Geld verschwenden, wenn man das Wasser aus dem Hahn umsonst bekam? In Siren Song gab es eine Quelle, wie auch bei den meisten »Foothillers«, entfernten Abkömmlingen von Chinook-Indianern, die in der heruntergekommenen Siedlung in der Nähe wohnten. Hier wie dort trank man das Quellwasser.

Doch jetzt war sie in Santa Monica.

Nachdem sie das Wechselgeld eingesteckt hatte, ging sie mit ihrem Tablett zu einem kleinen Tisch, der gerade frei geworden war. Den Gesprächen anderer Leute zuzuhören war interessant und manchmal sogar nützlich, doch nun saß nur ein einzelner Mann in der Nähe, der ganz in seine Zeitung vertieft war. Sie blickte auf ihr Billighandy und zog eine Grimasse, als sie sah, dass der Akku fast leer war. Um ihn aufzuladen, musste sie ein Zimmer mieten, wo sie dann auch duschen konnte.

Sie trank einen Schluck Kaffee und machte kurzen Prozess mit dem Muffin. Danach war sie keineswegs satt, und sie überlegte, ob sie sich sofort noch einmal an der Schlange anstellen sollte. Aber sie beschloss, noch zu warten.

Während sie sich umschaute, kam es ihr immer noch ein bisschen wunderlich vor, dass sie so weit von zu Hause entfernt war, in einer Welt, die nichts zu tun hatte mit dem isolierten Dasein, das sie bis jetzt geführt hatte.

Natürlich war sie diejenige gewesen, die Siren Song verlassen hatte. Schon immer war sie die rebellischste der Schwestern gewesen, die Einzige, die laut Kritik geäußert hatte. Vielleicht lag es daran, dass sie die jüngste von Marys Töchtern war, zumindest die jüngste, die in Siren Song lebte. Aber einige ihrer Schwestern waren zur Adoption freigegeben worden, bevor sich das Tor der Festung für immer schloss ... Und Marys Söhne waren sofort von unbekannten Familien adoptiert worden ... Zumindest kannte sie, Ravinia, keine davon.

Nur Nathaniel hatte bleiben dürfen. Nach dem, was sie gehört hatte, war er nicht ganz richtig im Kopf gewesen, und er war seit langer Zeit tot.

Was Siren Song betraf, konnte man sich jede Menge Fragen stellen. Was war die Wahrheit? Was erfunden? Warum die ganze Geheimnistuerei?

Laut Tante Catherine war Ravinias Mutter promisk gewesen. Sie hatte sich einem Mann nach dem anderen hingegeben, aber von ihren Söhnen nichts wissen wollen. Womöglich hatte es dafür einen Grund gegeben. Vielleicht hatten diese männlichen Nachkommen einen schlechten Charakter. Eventuell hatte Mary ihre Töchter schützen wollen. Mit Sicherheit hatte es genug Anzeichen dafür gegeben, dass heimtückische Gefahren drohten, dass das Böse lauerte ... Ravinia lief es kalt den Rücken hinab, als sie sich daran erinnerte, wie sie selbst *seine Präsenz* gespürt hatte.

Sie war aufsässig und hatte nachts Siren Song häufig heimlich verlassen, sodass sie bereits Erfahrungen mit der Außenwelt hatte. Deswegen und wegen ihrer Gabe, anderen ins Herz zu blicken und schlechte Menschen zu erkennen, hatte Tante Catherine sie auserkoren, um nach ihrer einzigen Tochter zu suchen und sie zu retten. Elizabeth Gaines, wie sie jetzt hieß, war schon als Baby adoptiert worden.

»Hoffentlich geht es ihr gut«, hatte Tante Catherine vor Ravinias Aufbruch gesagt. »Sorg dafür, dass sie in Sicherheit ist.«

Sorg dafür, dass sie in Sicherheit ist.

Tante Catherine hatte Grund zur Sorge. Gute Gründe, die Ravinia nun besser verstand als früher. Einer davon war Ravinias Halbbruder, einer jener Jungs, die Mary loswerden wollte. Er war zurückgekehrt, um sich zu rächen. Dass sein gegenwärtiger Aufenthaltsort unbekannt war, durfte einen nicht dazu verleiten, sich in Sicherheit zu fühlen. Tante Catherine glaubte, dass er auf der Lauer lag und weitere Angriffe auf ihre Familie plante. Sie hatte Ravinia auf die Reise geschickt, damit sie Elizabeth fand und sie zumindest warnte.

Ravinia trank einen weiteren Schluck des starken schwarzen Kaffees. Während sie durch das große Panoramafenster des Starbucks blickte, kam es ihr wie ein Wunder vor, dass sie es tatsächlich geschafft hatte, ihr Zuhause zu verlassen.

Schon seit einiger Zeit hatte sie daran gedacht, Siren Song den Rücken zu kehren – der Zaun und das verrammelte Tor waren zu hoch, Catherines Ansichten zu anachronistisch, die Regeln zu restriktiv.

Ihre Tante ahnte, was ihr durch den Kopf ging. »Wann verlässt du uns?«, fragte Tante Catherine, während sie in Siren Song vor dem Kaminfeuer standen. Ausnahmsweise waren sie einmal alleine. Ihre Schwestern waren schon auf ihre Zimmer gegangen, um ins Bett zu gehen.

»Verlassen ...? Für immer? Ich bin mir nicht sicher, ob ich es tun werde. Was willst du sagen?« Ravinia war etwas verwirrt, dass ihre Tante etwas ahnte von ihren erst halb durchdachten Plänen, Siren Song zu verlassen. Sie wollte gehen, wusste aber noch nicht wann.

»Kassandra hat dich an der Straße mit einem Freund gesehen. Ich frage dich noch einmal. Wann hast du vor, uns zu verlassen?«

Kassandra war diejenige von Ravinias Schwestern, deren »Gabe« darin bestand, in die Zukunft blicken zu können, und ihre Vorhersagen bestätigten sich fast immer.

Ravinia hatte jemanden kennengelernt. Und da sie ihr altes Leben wirklich hinter sich lassen wollte, entschied sie sich jetzt impulsiv.

»Morgen«, hörte sie sich antworten.

Tante Catherine antwortete auf ihre pragmatische Weise. »Dann wirst du wohl etwas Geld benötigen.« Sie ging zu ihrem Schreibtisch, öffnete eine Stahlkassette und nahm ein ziemlich dickes Bündel Geldscheine heraus.

Ravinia konnte es nicht fassen.

»Gehe klug und sparsam damit um«, sagte Tante Catherine,

die gegen Tränen ankämpfen musste. »Und pass gut auf dich auf, das ist am wichtigsten.«

»Ich verspreche es«, antwortete Ravinia, während sie das Geldbündel in ihren BH steckte.

Ravinia schüttelte die Erinnerungen an Siren Song ab und strich über den an ihrem Gürtel hängenden Geldbeutel, den sie sich während der Wochen im Norden Kaliforniens gekauft hatte. Der Freund, mit dem Kassandra sie gesehen hatte, war nicht wieder zu ihr gestoßen, aber sie hatte das Gefühl, dass er in nördlicher Richtung weitergezogen war, während sie nach Süden reiste, zuerst nach San Francisco. Und nun war sie in Santa Monica. Wieder blickte sie auf ihr Handy, und sie fragte sich, wann Tante Catherine das nächste Mal anrufen würde. Sie hoffte, dass ihre Tante ihre altmodische Technologiefeindlichkeit überwinden würde, aber wahrscheinlich musste man schon froh sein, dass sie immerhin Auto fahren konnte. Ravinia war entschlossen, sofort den Führerschein zu machen, wenn sich die Gelegenheit bot, doch das musste warten, bis sie Elizabeth gefunden hatte … Und wie sollte sie das schaffen ohne Internetzugang? Sie blickte sich um und sah, dass fast alle anderen Gäste mit ihren Smartphones beschäftigt waren. Wahrscheinlich surften sie gerade im Internet.

Sie brauchte eine Kreditkarte, ein Smartphone und eine feste Adresse, aber es war ein Fehler gewesen, das Mr Sowieso zu erzählen. Der hatte sie ausgelacht und erklärt, sie müsse vom »Arsch der Welt« kommen, was sie ziemlich genervt hatte. Gott sei Dank war sie den Typ los.

Sie schlürfte ihren Kaffee und dachte über ihren nächsten Schritt nach.

Eine Stunde später saß sie vor der leeren Kaffeetasse, noch immer unentschlossen, als eine etwa vierzigjährige Frau in das Starbucks stürmte, ohne sich an der Schlange vor der Kasse anzustellen.

Sie blickte sich hektisch um und eilte dann zu dem Zeitungsleser, der an dem Tisch neben dem von Ravinia saß.

»Gott sein Dank!«, rief die Frau.

Der Mann sah so aus, als könnte er gut und gerne ihr Vater sein. Er stand auf und gab ihr schnell einen Kuss.

»O mein Gott, ich bin so glücklich, dass du noch hier bist«, sagte die Frau. »Mit Kayla ist es im Moment die Hölle. Ich könnte sie umbringen!«

Seufzend griff er nach seiner Kaffeetasse. »Was ist denn passiert?«

»Sie ist wieder ausgerissen. Ich hab's gewusst. Alle Welt sagt einem, mit Pubertierenden sei es entsetzlich, aber ich hatte keine Ahnung, dass es so schlimm ist ... Mein Gott, letztes Wochenende ist sie aus dem Fenster gestiegen, um mit ihren Freunden zusammen sein zu können. Als ich entdeckte, dass sie verschwunden war, habe ich wieder und wieder bei ihren Freunden und deren Eltern angerufen, bei allen, von denen ich eine Nummer hatte. Dann bin ich persönlich bei den Leuten vorbeigefahren, doch niemand hatte sie gesehen. Zumindest haben sie das gesagt. Aber diese verdammten Teenager lügen. Sie lügen *alle*. Hat denn niemand gesehen, wie verzweifelt ich war? Ich war außer mir, hätte fast den Verstand verloren. Ich stand kurz davor, sie in den Krankenhäusern zu suchen oder zur Polizei zu gehen.«

Die Frau redete immer schneller und lauter, und der Mann

gab ihr mit einer Geste zu verstehen, sie solle sich beruhigen und nicht so laut sprechen.

Aber die Frau war zu aufgekratzt und lamentierte weiter. »Ich musste einen Privatdetektiv anheuern, doch als der sie gefunden hatte, hat das auch nichts geändert.« Sie zog eine Grimasse und schüttelte den Kopf. »Kayla wollte nicht mit mir nach Hause kommen.«

Der Zeitungsleser blickte sie an, als wäre sie verrückt. »Du machst Witze.«

»Leider nicht.«

»Aber musstest du dich gleich an einen Privatdetektiv wenden?«

»Ja, musste ich. Ich konnte sie nicht finden. Mein Gott, hörst du eigentlich nicht zu?« Sie atmete tief durch. »Meine Freundin Linda hat einen Sohn mit einem massiven Drogenproblem, und der war wochenlang verschwunden. Da hat sie diesen Schnüffler angerufen, und der hat ihn aufgetrieben. Der Typ war früher Cop, und er hat auch Kayla sofort gefunden.«

»Wie?«

»Keine Ahnung.« Sie warf die Hände in die Luft. »Und es ist mir auch egal. Ausreißer und Familienprobleme sind seine Spezialität. Es spielt keine Rolle, wie er ihr auf die Spur gekommen ist. Wichtig ist nur, dass Kayla wieder zu Hause ist. Ich muss ernsthaft mit ihr reden, doch das ist praktisch unmöglich.« Sie verdrehte die Augen. »Es ist, als würde ich sie nicht mehr kennen. Als würde ich mit einer Fremden zusammenleben. Einer Fremden mit ganz schlechten Manieren.«

»Vielleicht sollte ich zurzeit besser nicht bei dir einziehen.«

»Nein, das sehe ich nicht so.« Sie streckte die Hand aus und packte seinen Arm. »Das will sie doch nur. Du musst einziehen, denn sonst denkt sie, dass sie gewonnen hat, und dann wird alles noch schlimmer. Wir machen den Umzug Ende des Monats. Kayla wird sich einfach daran gewöhnen müssen.«

Ravinia war klar, dass die Frau in den älteren Mann verliebt sein musste, und sie sah ihn sich genauer an. Attraktiv war er nicht mit den großen Ohren, der Halbglatze und der auf der Nasenspitze sitzenden Brille. Aber seine Kleidung sah so aus, als hätte sie einiges gekostet.

Geld, dachte sie.

Der Mann schien nicht besonders überzeugt zu sein von der Idee mit dem baldigen Umzug. Er leerte seinen Pappbecher, zerknüllte ihn und faltete seine Zeitung zusammen.

»Wer war dieser Privatdetektiv?«

»Rex Kingston von Kingston Investigations.«

»War er teuer?«

Sie zuckte die Achseln. »Kann ich nicht einschätzen. Vielleicht hätte ich einfach darauf warten sollen, dass sie nach Hause zurückkommt«, antwortete sie. »Doch das wäre sinnlos gewesen, denn sie wäre nie freiwillig zurückgekehrt. Das ist das Problem.«

Der Mann rutschte auf seinem Stuhl zurück und warf den zerknüllten Pappbecher in einen Müllbehälter.

In diesem Moment schaute Ravinia in sein Herz und erkannte, dass er kein so großer Gewinnertyp war. Vielleicht besaß er nicht einmal so viel Geld, wie er es die jüngere Frau glauben ließ.

Der Mann starrte sie an, als hätte er etwas bemerkt, doch

Ravinia wandte den Blick ab, als wäre sie tief in Gedanken verloren.

Manchmal spürten die Leute etwas, wenn sie in ihr Inneres blickte. Vielleicht begann ihre Haut zu kribbeln, oder sie hatten eine vage Ahnung, doch in der Regel bekamen sie nichts mit und schauten sie nicht seltsam an.

Der Mann stand auf und klemmte sich die Zeitung unter den Arm.

»Du gehst?«, fragte die Frau.

»Ich muss zur Arbeit.« Er wandte kurz den Blick ab und räusperte sich. »Hast du mal darüber nachgedacht, Kayla zu ihrem Vater zu schicken?«

»Um Himmels willen, nein.« Auch sie stand auf und schaute ihn an, als hätte er den Verstand verloren. »Du weißt, dass das in einer Katastrophe enden würde.« Sie schwieg kurz. »Moment. Was willst du damit sagen?«

Der Mann sah kurz zu Ravinia hinüber. Offenbar war es ihm unangenehm, dass sie jedes Wort mithören konnte. Er packte den Ellbogen der Frau und führte sie zur Tür.

Ravinia folgte ihnen möglichst unauffällig zwischen den Tischen hindurch und tat so, als würde sie sich für Kaffeetüten, Becher und Karaffen in zwei Vitrinen interessieren, während es ihr doch in Wirklichkeit nur darum ging, mehr über Kingston Investigations zu erfahren. Sie hoffte vergeblich, denn der Mann wusste, dass sie lauschte. Er öffnete der Frau die Tür. Sie plapperte immer noch über Kayla und deren Vater, der ein Arschloch sei, ein echtes Arschloch, dem man auf keinen Fall zutrauen dürfe, die Vaterrolle übernehmen zu können.

Kurz bevor die Glastür zufiel, schlüpfte Ravinia nach draußen. Die beiden überquerten den Parkplatz und gingen dann zu unterschiedlichen Autos. Sie glaubte eher nicht, dass ihre Beziehung eine Zukunft hatte, es sei denn, dass der aufsässige Teenager Kayla tatsächlich auszog.

Ravinia war selbst nachts mehrfach ausgerissen und hatte Siren Song den Rücken gekehrt, wenn auch aus ganz anderen Gründen. Wenn jemand mit seiner Lebenssituation wirklich unzufrieden war, konnte ihn nichts zurückhalten.

Der Mann fuhr in einem älteren Cadillac davon, die Frau in einem Kleinwagen.

Ravinia wandte sich wieder den Kaffee trinkenden Gästen zu, von denen etliche im Internet surften. Einige saßen draußen unter Sonnenschirmen. Es wurde wärmer, die Wolken verzogen sich. Auf einer Bank in der Nähe des Eingangs tippte ein Teenager mit irrwitziger Geschwindigkeit eine SMS. Neben ihr saß ein Junge im selben Alter, der vermutlich auf seinem Smartphone ein Spiel spielte.

Guter Gott, sie brauchte so ein Telefon, nur für ein paar Minuten.

Ich muss Kingston Investigations googeln, dachte sie, während sie sich auf einen freien Stuhl setzte.

Eine gurrende Taube kam auf ihren Tisch zu, und sie schnippte ihr geistesabwesend ein paar Krümel zu, die auf der Decke lagen.

Sie musste sich schnell über Kingston Investigations kundig machen und sehen, ob die Detektivagentur in Santa Monica residierte. Sie brauchte Hilfe bei ihrer Suche, und es schien ihr ein Wink der Vorsehung zu sein, dass sie das Gespräch über den Privatdetektiv mitbekommen hatte. Mit dem uralten Fernsehapparat in Siren Song ließen sich nur zwei Sender über Antenne empfangen, aber sie wusste, was ein Privatdetektiv war. Dass

Rex Kingston früher Polizist gewesen war, hörte sich gut an, denn dann kannte er sich mit der Suche nach unauffindbaren Personen bestimmt aus.

Das Problem war, dass die Dienste eines solchen Detektivs bestimmt teuer waren.

Aber vielleicht konnte man mit dem Mann ein bisschen handeln.

Als sie ihr Handy aus der Tasche zog, sah sie, dass der Akku jetzt völlig leer war. Sie dachte darüber nach, sich von einem anderen Kunden sein Telefon zu leihen, doch sie wusste, dass die Chancen nicht gut standen. Hätte sie ein Smartphone besessen, hätte sie eine solche Bitte zurückgewiesen.

Sie musste sich etwas anderes einfallen lassen.

Sie stand auf, setzte den Rucksack auf und blickte über den Parkplatz zur Straße. Irgendwo musste es doch einen öffentlichen Fernsprecher geben, wo das Telefonbuch nicht geklaut war. Bestimmt gab es auch in der Stadtbücherei eins. Wenn sie ...

Aus dem Augenwinkel sah sie ein Cabrio auf den Parkplatz einbiegen und mit hoher Geschwindigkeit auf eine Mutter mit Kinderwagen zurasen.

Ravinia schnappte erschrocken nach Luft.

Die Mutter kreischte auf.

Der Fahrer legte eine Vollbremsung hin, und der Wagen blieb gerade noch rechtzeitig stehen.

»Um Himmels willen!«, rief eine Frau am Nachbartisch, als die Mutter gerade ihr Kind in Sicherheit gebracht hatte.

»Können Sie nicht die Augen offen halten?«, schrie sie erregt.

Der Fahrer starrte sie nur an, als wäre alles ihre Schuld.

Die Mutter sah nach ihrem Baby und schob dann den Kinderwagen kopfschüttelnd davon.

Die Gäste wandten sich wieder ihrem Kaffee oder ihren Smartphones zu. Der Fahrer raste erneut mit quietschenden Reifen los und hielt vor dem Starbucks. Ravinia warf ihm einen angewiderten Blick zu, und er bemerkte es, als er aus dem Auto stieg. Er betrat das Lokal und bahnte sich mit den Ellbogen seinen Weg zur Theke. Ravinia folgte ihm.

Der Typ trug Shorts und ein T-Shirt mit dem Logo eines Geschäfts für Surfbretter. Er schien sie bereits vergessen zu haben, als er die Speisekarte über der Theke studierte. Ihr fiel auf, dass das obere Ende seines Smartphones aus seiner Tasche hervorschaute.

Während sie so tat, als würde sie sich für die Joghurts in einem Kühlschrank interessieren, kam ihr eine Idee. Der rücksichtslose Autofahrer trat ungeduldig von einem Bein aufs andere, während die Leute vor ihm in der Schlange bedient wurden. Dann drängelte er sich vor und sprach mit dem Mädchen hinter der Theke.

Das war ihre Chance. Ravinia tat so, als würde sie ihn anrempeln, weil sie von hinten gestoßen worden war, und zog das Smartphone aus seiner Tasche. Der Typ warf ihr einen finsteren Blick zu, doch das Mädchen hinter der Theke war süß, und er hatte bereits zu flirten begonnen.

»Entschuldigung«, murmelte Ravinia, aber er schien es nicht zu hören.

Sie schlenderte lässig nach draußen, wo sie sofort das Telefon hervorzog. Sie befürchtete, einen Code oder ein Passwort eingeben zu müssen, doch ihre Befürchtung war überflüssig.

Sie konnte sofort loslegen. Sie kannte sich gut genug mit Smartphones aus, um kein Problem damit zu haben, eine Internet-Recherche über Kingston Investigations in Santa Monica zu starten. Pech gehabt. Aber es gab eine gleichnamige Detektivagentur in Los Angeles. Das musste der richtige Typ sein, und sie prägte sich die Adresse und die Telefonnummer ein.

In diesem Moment stürmte der Rennfahrer aus dem Lokal, wobei er etwas von seinem Getränk verschüttete. Er raste an Ravinia vorbei, rannte zu seinem Cabrio und durchsuchte das Innere. »Verdammte Scheiße!«, schrie er. Er stellte seinen Becher auf die Motorhaube, der sofort umkippte. »Scheiße, auch das noch!«

Ravinia musste sich ein Lächeln verkneifen, während sie zu ihm ging und ihm das Smartphone entgegenstreckte. »Suchen Sie das?«, fragte sie.

Ihm fiel die Kinnlade herunter, und er riss ihr das Telefon aus der Hand. »Du verdammte Diebin!«

»Wenn ich eine wäre, würde ich es behalten. Sie haben Glück, dass ich nicht die Polizei angerufen habe. Sie hätten fast eine Frau mit Kinderwagen überfahren.«

»Die stand mitten auf dem beschissenen Parkplatz.«

»Sie sind zu schnell gefahren.«

»Das gibt dir noch lange nicht das Recht, mein Smartphone zu klauen, kleine Schlampe. *Ich* hätte die Polizei anrufen sollen, und zwar wegen dir!«

»Nur zu«, sagte sie herausfordernd. Sie bluffte, denn sie hatte kein Interesse daran, von den Gesetzeshütern vernommen zu werden, doch das musste dieses Arschloch nicht wissen.

Er zeigte auf die mit Mokka besudelte Motorhaube. »Das ist nur wegen dir passiert. Verpiss dich und komm mir nicht noch mal in die Quere.« Er war vor Wut rot angelaufen und schien sie schlagen zu wollen, überlegte es sich aber im letzten Moment anders. »Verdammte Hippieschlampe!« Er rannte mit dem Telefon in der Hand ins Starbucks zurück. Wahrscheinlich wollte er sich einen neuen Kaffee holen.

Als Ravinia um die nächste Ecke gebogen war, nahm sie den Rucksack ab und zog einen Stift und einen Notizblock hervor, auf dem sie die Adresse und Telefonnummer von Kingston Investigations aufschrieb, bevor sie beides wieder vergaß. Dann setzte sie den Rucksack wieder auf und ging zum Busbahnhof.

7

Setz dich in Bewegung! Eine penetrante, ärgerliche Stimme in ihrem Kopf drängte Elizabeth, nicht weiter an die Decke zu starren, sondern sich aus dem Bett zu quälen.

Sie blickte zum Fenster hinüber. Durch die halb offenen Lamellen der Jalousie sah sie, dass es ein grauer Tag war. Sie war schon einmal kurz aufgestanden, um für Chloe eine Banane zu holen, doch dann hatte sie sich durchgefroren wieder ins Bett gelegt. Sie hatte schlecht geschlafen und fühlte sich nicht gut. Nach Courts Beerdigung hatte sie gehofft, dass sie sich bald wieder normal fühlen würde, doch es war anders gekommen. Sie war beunruhigt wegen Detective Thronson und der laufenden Ermittlungen. Sie hatte den Eindruck gewonnen, dass Thronson ihr nicht traute und vermutete, dass sie log oder etwas vertuschen wollte. Immer wieder fragte sie sich, ob Thronson glaubte, sie habe etwas mit Courts Tod zu tun.

Stirnrunzelnd blickte sie auf die Deckenlampe. *Hatte* sie etwas damit zu tun? War sie verantwortlich für den entsetzlichen Autounfall, der zwei Menschen das Leben gekostet hatte?

Sie schloss die Augen. *Nein. Nein, natürlich nicht.* Mit Mühe verdrängte sie ähnliche Gedanken hinsichtlich des Todes von Mazie und Officer Daniels. Je mehr sie über diese beiden nachdachte, desto dreckiger ging es ihr.

Sie schlug die Bettdecke zurück, stand auf, zog einen leichten Morgenmantel an und trat ans Fenster. Häuser, Bäume, eine Wintersonne, die vielleicht genug Kraft hatte, um sie etwas aufzuwärmen. Es half nichts, wenn sie sich immer wieder sagte, nicht sie sei für Autounfälle und ein Gewaltverbrechen verantwortlich. Irgendwie *fühlte* sie sich verantwortlich, auch wenn niemand auf die Idee kommen würde, ihr die Schuld am Tod von Officer Unfriendly, Mazie, Court und Whitney Bellhard zu geben. Konnte es sich bei all diesen Todesfällen um Zufälle handeln? Sie konnte nichts dagegen tun, dass sie glaubte, sie sei die Verbindung zwischen diesen Fällen. Monatelang hatte sie sich eingeredet, sie interpretiere zu viel hinein in diese Vorfälle, sie sei normal, Zufälle gebe es einfach, selbst solch unheimliche Zufälle ... Aber seit Courts Tod ... Verzweifelt versuchte sie, die bedrückenden Gedanken abzuschütteln.

An diesem Tag musste sie arbeiten. Misty würde kommen, um sich um Chloe zu kümmern. Sie wollte Häuser besichtigen mit den Sorensons. Das waren die Eheleute, die Mazie als Kunden so wichtig gewesen waren. Nachdem die beiden sich monatelang umgesehen hatten, entschieden sie sich für ein Haus, doch im letzten Moment kam ihnen ein anderer Käufer zuvor. Jetzt wollten sie sich zwischen zwei großen Landhäusern entscheiden, und sie hätte sich sehr viel mehr freuen sollen über den bevorstehenden Verkauf. Tatsächlich empfand sie nur eine tiefe Angst, dass sie den Verstand verlieren würde.

Sie atmete tief durch und blickte über den Gartenzaun auf das Nachbarhaus. Sie musste Chloe von ihrem Lieblingsplatz vor dem Fernseher aufscheuchen. Es wurde Zeit, dass sie ihrem kleinen Mädchen Frühstück machte und es anzog.

Es waren einige Entscheidungen zu treffen nach Courts Tod, insbesondere solche finanzieller Natur, doch sie fürchtete den Gedanken, sich mit ihrem Anwalt zu treffen. Schon ein Telefonat mit dem Mann war ihr unangenehm gewesen.

»Mommy?«

Elizabeth sah ihre blonde, blauäugige Tochter in der Tür stehen. Das Nachthemd reichte ihr kaum noch bis zu den Knien. Chloe wuchs sehr schnell. Elizabeth nahm sich vor, ihre Kleidungsstücke durchzusehen und alle in die Sammlung zu geben, aus denen sie hinausgewachsen war.

»Hallo, meine Süße.« Sie ging zur Tür und nahm ihre Tochter in die Arme.

Sofort versuchte Chloe sich zu befreien. Auf Umarmungen war sie noch nie besonders scharf gewesen. »Wann gehen wir in den Park?«, fragte sie in einem fordernden Ton.

»Ich weiß nicht, ob uns dafür Zeit bleibt. Misty kommt gleich rüber.«

»Ich will in den Park.«

»Ja, aber das muss warten. Komm mit, ich mache dir dein Frühstück.« Elizabeth wollte nicht nachgeben. Seit Courts Tod war Chloe noch halsstarriger als sonst. Angesichts der Tatsache, dass das kleine Mädchen gerade seinen Vater verloren hatte, war das verständlich. Trotzdem war es nicht gut, ihr immer ihren Willen zu lassen.

»Ich hab schon gefrühstückt«, erklärte Chloe.

»Eine Banane ist kein richtiges Frühstück.« In der Küche nahm Elizabeth ein paar tiefgefrorene Waffeln aus dem Gefrierschrank, warf sie in die Mikrowelle und ging dann zum Kühlschrank, um Blaubeersirup und eine Sprühdose mit Schlagsahne zu holen. Chloe stand vornübergebeugt da, als würde das Gewicht der Welt auf ihren schmalen Schultern lasten, und seufzte dramatisch.

Elizabeth ignorierte es. Manchmal war es besser, nichts zu sagen.

Wenn Überreaktionen und Streitlust Chloes Art waren, um mit dem Tod ihres Vaters fertig zu werden, musste sie das akzeptieren. Aufsässigkeit war weitaus besser, als wenn ihre Tochter alles in sich hineinfraß.

Selbst als Elizabeth Chloe auf ihren Schoß gezogen hatte, um ihr zu sagen, ihr Vater werde nicht mehr nach Hause zurückkommen und sei jetzt im Himmel, hatte ihre Tochter sie nur angestarrt und gesagt, das stimme nicht. Dann hatte sie sich aus der Umarmung freigemacht und war auf ihr Zimmer gegangen. Als Elizabeth kurz darauf den Kopf durch die Tür gesteckt und gefragt hatte, wie es ihr gehe, hatte Chloe sie aus ihren großen blauen Augen angeschaut und gesagt, es sei alles in Ordnung. Dann hatte sie weiter mit ihren Puppen gespielt. Nach ihrem Vater hatte sie nicht mehr gefragt, obwohl Elizabeth ihn absichtlich mehrfach erwähnte. Sie reagierte nicht darauf.

Und dann hatte sie Barbara unmissverständlich zu verstehen gegeben, sie werde nicht zu der Beerdigung mitkommen.

Eine seltsame Reaktion, doch Elizabeth hatte Chloe gegenüber ihrer Tante verteidigt.

Während sie die Kaffeemaschine fertig machte und einschaltete, machte sie sich Sorgen wegen der wiederkehrenden und bisher ungeklärten Krankheitssymptome ihrer Tochter. Sie fragte sich, ob es dafür vielleicht tiefere, emotionale Gründe gab, und sie beschloss, einen weiteren Termin mit dem Arzt zu machen. Vielleicht sollte sie Dr. Werner für alle Fälle auch fragen, welchen Kinderpsychologen er empfehlen könne.

Während Chloe Blaubeersirup auf ihre Waffel träufelte, rief Elizabeth sich ins Gedächtnis, dass ihre Tochter und sie sich erst an die neue Situation gewöhnen mussten. Da waren Probleme normal, doch sie musste gut aufpassen. Ihr durfte kein Anzeichen tieferer psychischer Probleme entgehen, denn Chloes Wohl war ihr am allerwichtigsten.

Als sie ihre Tochter beim Frühstücken beobachtete, kam ihr plötzlich ein beängstigender Gedanke. *Wenn du diese Menschen getötet hast, wenn es irgendwie daran liegt, dass du wütend auf sie warst, dass du böse Gedanken hattest und ihnen sogar den Tod gewünscht hast, musst du dafür sorgen, dass du deine Emotionen voll unter Kontrolle hast. Regle alles. Bewahr die Ruhe. Keine extremen Stimmungsschwankungen, denn du weißt nicht, wem du Schaden zufügen könntest.*

Erneut von Angst gepackt, blickte sie zu ihrer Tochter hinüber. Sie liebte Chloe aus ganzem Herzen, doch das hieß nicht, dass sie nicht manchmal wütend auf sie war. Gelegentlich fuhr sie aus der Haut, wenn Chloe ungehorsam war.

Guter Gott.

»Was ist?«, fragte Chloe, als sie den starren Blick ihrer Mutter auf sich ruhen spürte. Sie zog die Augenbrauen zusammen, als wäre sie verwirrt.

»Nichts, meine Kleine«, antwortete Elizabeth hastig. Ihre dunklen Gedanken ließen ihr Herz schneller schlagen. »Hör zu, meine Süße. Wenn du gefrühstückt hast, holst du deine Jacke. Es ist schön geworden draußen, soll aber später regnen. Vielleicht sollten wir doch jetzt noch schnell einen Spaziergang im Park machen.«

Rex Kingston hörte die Stimme des Mädchens zum ersten Mal, als sie in seinem Vorzimmer auftauchte und sich dort mit seiner Teilzeitsekretärin Bonnie in die Haare geriet. Die laute Auseinandersetzung erregte seine Aufmerksamkeit. Er hatte Bonnie gerade nach Hause schicken und mit seiner abendlichen Beschattung der promisken Mrs Cochran beginnen wollen, einer mittleren Berühmtheit aus zwei Realityshows, die zwei Ehen ihrer Studiogäste zerstört und dann den Produzenten einer völlig anderen Sendung geehelicht hatte. Der glaubte, dass sie hinter seinem Rücken schon wieder mit einem anderen vögelte, der eine Art Fitnessguru zu sein schien.

Was willst du, wir sind schließlich in Hollywood, dachte Kingston.

Er hatte eine Baseballkappe aufgesetzt und trug eine graue Jogginghose, Sneakers und ein schwarzes Sweatshirt über einem T-Shirt mit Reißverschluss. Man hätte ihn für einen Jogger halten können, für jemanden, der auf dem Weg ins Fitnessstudio war oder auch nur für einen Mann, der den Samstagnachmittag draußen in der Sonne vertrödeln wollte. Er wollte sich äußerlich unterscheiden von dem Schnüffler, der er während der letzten paar Tage gewesen war. Da hatte er ein anständiges Oberhemd, eine Tuchhose und eine dunkle Brille getragen, als er aus seinem Auto heraus das Haus beobachtet hatte. Heute war er ein anderer. Ein Fremder in einem anderen Auto. Nur für den Fall, dass er Kimberley Cochran oder ihrem Lover aufgefallen war.

Er ging Richtung Hinterausgang. Dahinter war der Parkplatz, wo sein einige Jahre alter Nissan auf ihn wartete, den er für Observationen bevorzugte. Außerdem stand da noch ein neuerer, dunkelgrauer Hyundai Sonata, den er für diesen Tag gemietet hatte. Mr Dorell Cochran, der Produzent, der den Fehler gemacht hatte, die wunderschöne und durchtriebene Kimberley Babbs geheiratet zu haben, hatte klargestellt, dass er bereit war, fast jeden Betrag zu bezahlen, um zu erfahren, was seine Frau hinter seinem Rücken trieb.

»Erledigen Sie einfach den Job«, hatte der bärenstarke Mann geknurrt. »Und zwar schnell.«

Schmutzige Arbeit? Ja, zweifellos. Da war es schon besser, Familien zu helfen, deren Kinder ausgerissen waren. Doch lukrative Aufträge wie der von Cochran stellten sicher, dass man seine Rechnungen bezahlen konnte. Aber sie konnten auch manchmal gefährlich sein. Kingston hatte diese Narbe hinter dem Ohr, die er einem echt angekotzten Footballspieler verdankte, der nicht gut genug für die Profiliga gewesen war und es ihm übel genommen hatte, dass er seine verängstigte Exfreundin davon überzeugt hatte, der Polizei von seinen kriminellen Aktivitäten zu erzählen. Glücklicherweise saß dieser brutale Schläger noch immer im Knast, und sein Ohr hatte keinen ernsthaften Schaden genommen.

Auf ihn war auch schon einmal geschossen worden, doch das war zu der Zeit passiert, als er noch bei der Polizei gewesen war. Die Kugel hatte ihn nur knapp verfehlt, und es lief ihm immer noch kalt den Rücken hinab, wenn er daran zurückdachte. Das war einer der Gründe dafür gewesen, warum er bei der Polizei ausgestiegen war, doch wahrscheinlich war hauptsächlich die überbordende Bürokratie für seine Desillusionierung verantwortlich gewesen. In seinem jetzigen Beruf hatte er es häufig mit Familien zu tun, die sich lieber an einen Privatdetektiv als an die Polizei wandten. Nicht, dass er in der Regel außerhalb der Gesetze arbeitete. Das kam allenfalls gelegentlich vor. Wie auch immer, während des letzten Jahrzehnts waren seine Geschäfte immer besser gegangen. Jetzt war er an einem Punkt angelangt, wo er die Arbeit kaum noch allein bewältigen konnte, und er hatte schon darüber nachgedacht, einen Partner in sein Geschäft zu holen.

Als er gerade gehen wollte, machte er den Fehler, einen Blick in das Vorzimmer zu werfen, und er sah eine junge Frau in weit geschnittenen, dunklen Klamotten und mit einem dunkelblonden Zopf, die einen Rucksack auf dem Rücken trug. Es schien so, als würde der Streit gleich voll entbrennen. Bonnie war genauso jung, aber dunkelhaarig und zur Hälfte südamerikanischer Abstammung. Sie mochte es nicht, wenn man ihre Autorität in Frage stellte, und sie sah das dunkelblonde Mädchen mit einem aggressiven Blick an.

Kingston trat schnell in das Vorzimmer, das eigentlich nur ein kleiner Empfangsbereich mit Bonnies Schreibtisch, zwei Stühlen und einer kümmerlichen Topfpflanze auf dem Fensterbrett war.

»Hallo, guten Tag«, begrüßte er die Besucherin.

Das Mädchen musterte ihn mit ihren blaugrünen Augen. Sie wäre eine umwerfende Schönheit gewesen, wenn sie etwas mehr Mühe auf ihre äußere Erscheinung verwendet hätte, doch er hatte das Gefühl, dass sie daran im Moment nicht das geringste Interesse hatte. Ihr Gesichtsausdruck wirkte grimmig entschlossen, und er hatte nicht den Eindruck, dass sie sich abwimmeln lassen würde, weil Bonnie sich wer weiß wie aufplusterte.

»Sind Sie der Privatdetektiv?«, fragte die Besucherin. »Rex Kingston?«

»Er heißt Mr Joel Kingston«, korrigierte Bonnie sie barsch.

»Viele Leute nennen mich Rex«, sagte er, um die Wogen zu glätten. Bonnie machte manchmal ziemlich viel Theater. »Nur wenige sagen Joel.«

»Suchen Sie vermisste Personen?«

»Ja, manchmal.«

»Ich würde Sie gern damit beauftragen, meine Cousine zu finden.«

»Ich habe sie über unsere Honorarsätze informiert«, warf Bonnie ein. »Daraufhin hat sie geflucht und gesagt, wir wären Halsabschneider.«

Das Mädchen korrigierte sie. »Ich habe gesagt: ›Guter Gott, das ist völlig krank. Ihr seid alle Gangster hier unten.‹«

»Hier unten?«, fragte Kingston.

Sie kam um den Schreibtisch herum, um ihn mit Handschlag zu begrüßen, wobei sie Bonnie noch einen aggressiven Blick zuwarf. »Ich komme von da oben. Aus Oregon, aus einem Küstenstädtchen namens Deception Bay.«

Bonnie rümpfte die Nase. »Per Anhalter?«

Das Mädchen lächelte dünn. »Meistens. Ich heiße Ravinia.«

Kingston schüttelte ihre Hand. »Ravinia«, wiederholte er. »Haben Sie auch einen Nachnamen?«

»Vorerst muss Ravinia reichen.«

Er starrte sie an und verschränkte die Arme vor der Brust. »Wenn Sie wollen, dass ich Ihnen helfe, müssen Sie schon aufrichtig sein. So läuft das.«

Ravinia nickte bedächtig. Ihre gerunzelte Stirn ließ vermuten, dass sie ernsthaft darüber nachdachte.

Bonnie hob die Augenbrauen und schaute ihren Chef an, als wollte sie sagen: *Sehen Sie? Ich hab's ja gesagt. Die ist verrückt.*

Ravinia bemerkte es und warf Bonnie einen finsteren Blick zu, bevor sie sich wieder Kingston zuwandte.

Der ignorierte die angeheizte Stimmung. »Sie möchten also, dass ich Ihre Cousine finde?«

»Ich habe Geld«, sagte sie mit einem trotzigen Seitenblick in Richtung der Sekretärin.

Bonnie schwieg gekränkt.

Bestimmt glaubte sie, dass er sie nicht hinreichend unterstützt hatte. »Ich wollte gerade gehen. Warum kommen Sie nicht morgen früh wieder, damit wir über alles reden können?«

»Ich bezahle Ihr Halsabschneiderhonorar, wenn's sein muss, aber ich bleibe hier.« Als wollte sie ihren Satz unterstreichen, legte sie den Rucksack ab und setzte sich im Schneidersitz auf den Boden.

Wieder schaute Bonnie ihn fassungslos an. *Sehen Sie?*

»Ich habe draußen zu tun, und wir wollten den Laden gerade dichtmachen«, sagte Kingston.

»Ziehen Sie sich immer so an, wenn Sie arbeiten müssen?«, fragte Ravinia neugierig.

»Manchmal. Wenn ich jemanden beschatten muss.«

»Ich werde hier warten«, verkündete Ravinia.

»Haben Sie nicht gehört, was er gesagt hat?«, blaffte Bonnie sie an. »Wir schließen.«

»Wenn ich nicht hierbleiben kann, warte ich draußen vor der Tür.«

»Wir machen erst am Montag wieder auf.« Bonnie verdrehte die Augen und schaute ihren Boss an. *Ist das zu fassen?*, schien sie zu fragen.

»Wo wohnen Sie denn?«, fragte Kingston Ravinia.

»Ich habe hier keine feste Adresse.«

»Dann sind Sie obdachlos?«, fragte Bonnie mit notdürftig kaschierter Verachtung.

Ravinia warf ihr einen kühlen Blick zu. »Ich habe ein Zuhause in Deception Bay. Aber ja, hier bin ich ... obdachlos.«

»Vielleicht sollten Sie etwas von Ihrem Geld für ein Motelzimmer springen lassen«, bemerkte Bonnie.

»Ich gebe es lieber für die Dienste Ihres Chefs aus«, sagte Ravinia, die sich wieder Kingston zuwandte. »Wenn's sein muss, warte ich bis Montag, aber lieber wär's mir, wenn wir sofort loslegen könnten.«

»Hören Sie, wir machen Feierabend, und Sie können hier nicht bleiben«, fuhr Bonnie sie an und nahm demonstrativ ihre Handtasche aus der Schreibtischschublade.

»Das werden wir ja sehen«, erwiderte Ravinia, die keine Anstalten machte, vom Boden aufzustehen und zu gehen.

Bonnie schaute ihren Chef Hilfe suchend an. »Mr Kingston ...«

Es war nicht das erste Mal, dass Bonnie sich vor einer potenziellen neuen Mandantin so aufspielte.

»Kommen Sie doch kurz mit in mein Büro«, lud er Ravinia ein.

Bonnie schnappte konsterniert nach Luft.

Sie glaubte, dass er ihr nicht genügend den Rücken gestärkt hatte, doch nun ließ es sich nicht mehr ändern. »Sie können Feierabend machen«, sagte er zu Bonnie. »Ich schließe gleich ab.«

»Ich bleibe«, sagte sie schnell.

Allmählich hatte er die Nase voll. »Eben haben Sie noch gesagt, Sie hätten zum Abendessen eine Verabredung. Also gehen Sie jetzt.«

Bonnie stand auf und blieb einen Moment unentschlossen stehen, als wollte sie sich einen Grund einfallen lassen, warum sie doch noch bleiben musste. Dann hob sie die Hände, als könnte sie einfach nicht verstehen, was hier lief. »Ganz wie Sie wollen«, sagte sie schließlich.

»Genau, ich will, dass Sie verschwinden«, versicherte er, und sie erstarrte, wie immer, wenn sie sich ungerecht behandelt fühlte.

Die Frau soll das tun, wofür ich sie bezahle, dachte er. Ihr Job war es, als Empfangsdame zu fungieren, Telefondienst zu machen und Informationen aufzuschreiben. Bonnie war die Tochter eines Freundes eines Freundes, und als sie sich vorgestellt hatte, war er ihr dankbar, dass sie für ihn arbeiten wollte. Vor ihrer Zeit hatte er alles selbst am Handy erledigt, aber es war besser, wenn er eine Empfangsdame und eine Büronummer hatte, weil das seriöser wirkte auf seine Mandanten, die manchmal glaubten, seine Profession sei etwas zwielichtig und bewege sich am Rande der Legalität. Ihre Vorstellungen von einem Privatdetektiv stammten aus Filmen, und an den Klischees war auch gelegentlich etwas Wahres dran.

Da Bonnie jetzt augenscheinlich nichts mehr einfiel, warf sie Ravinia noch einen verächtlichen Blick zu und verschwand, wobei sie es sich gerade noch verkniff, die Tür wütend ins Schloss zu knallen.

Kingston schloss hinter ihr ab, führte Ravinia in sein Büro und zeigte auf den Besucherstuhl. Er setzte sich auf die Kante des Schreibtischs und verschränkte die Arme vor der Brust. »Ich habe nur ein paar Minuten, also beeilen Sie sich.«

Für einen Augenblick starrten ihn diese blaugrünen Augen nur an.

Plötzlich empfand er ein seltsames Wärmegefühl, fast so, als würde er in einer peinlichen Situation aus Verlegenheit erröten, doch es war sofort wieder vorbei. *Lag das an ihr?*, fragte er sich überrascht.

Nein, ausgeschlossen. Er wollte seine Vermutung als lächerlich abtun. *Und dennoch ...*

»Ich suche meine Cousine Elizabeth Gaines. Sie wurde als Baby von Ralph und Joy Gaines adoptiert, die offenbar nach Sausalito gezogen sind. Ich war dort und bin auf einen anderen Ralph Gaines gestoßen, der von den beiden wusste, weil es mal in seiner Apotheke eine Verwechslung wegen eines Rezepts gegeben hat. Er hat Ralph und Joy angerufen, damit es nicht noch mal passierte, und erfuhr, dass sie nach Santa Monica umziehen wollten.« Sie zuckte die Achseln. »Also habe ich die Gegend von San Francisco verlassen und bin nach Santa Monica gekommen. Dann habe ich von Ihnen gehört.«

»Haben Sie die beiden gefunden?«

»Natürlich nicht. Deshalb brauche ich ja Sie.«

Dieses junge Mädchen war cleverer, als man auf den ersten Blick vermutet hätte. »Aber Sie haben selbst schon ein paar Nachforschungen angestellt. Wie haben Sie von mir erfahren?«

»Ich habe eine Frau in einem Starbucks von Ihnen erzählen hören. Sie haben ihre ausgerissene Tochter Kayla gefunden.«

»Verstehe ...« Fast hätte er gelächelt. Sie war so geradeheraus, dass es ihn amüsierte.

»Ich könnte Elizabeth selbst finden«, fuhr Ravinia fort. »Aber ich habe weder ein Auto noch einen Führerschein, und mit meinem Billighandy komme ich nicht ins Internet. Außerdem ist im Moment der Akku leer. Ich muss meine Cousine schnell finden.«

»Ralph und Joy Gaines in Santa Monica?« Er warf einen Blick auf die Uhr. Er musste mit der Observation beginnen und war schon spät dran.

»Meine Tante Catherine möchte, dass ich Elizabeth finde, bevor ihr etwas Schlimmes zustößt.«

»Hat sie Ärger?«

»Ich glaube nicht. Vielleicht. Wir alle schweben in Gefahr.«

»Wer ist wir?«

»Meine Familie«, antwortete Ravinia zögernd. »Hauptsächlich Tante Catherine, aber auch ich und meine Schwestern.«

Wieder warf er einen Blick auf die Uhr. »Ich kann mich morgen darum kümmern ... Äh, am Montag, meine ich natürlich.« Er erinnerte sich an sein Versprechen, den Sonntag mit Pamela zu verbringen. Vielleicht würden sie ins Kino gehen, doch er hatte absolut keine Lust. Dass aus gelegentlichen Treffen mit der Frau eine Wochenendbeziehung geworden war, irritierte ihn, aber es war seine eigene Schuld.

»Montag? Nein, so lange kann ich unmöglich warten.« Ihr Tonfall war äußerst bestimmt. »Können Sie sich nicht ins Internet einloggen und recherchieren, ob Sie etwas über die beiden herausfinden?«

»Das wäre ein Anfang.«

»Also?«

Wieder hätte er fast lachen müssen. »Also gut, ich erledige es morgen.« *Zum Teufel mit Pamela.*

»Geht's nicht noch heute Abend? Wenn Sie mit der Beschattung fertig sind?«

Fast hätte er nachgegeben, doch dann schüttelte er den Kopf. »Ich weiß nicht, wie lange die Observation dauern wird, und wir haben noch nicht über mein Honorar gesprochen. Sie glauben schon jetzt, ich sei zu teuer, und ich möchte Ihnen nicht all Ihr Geld abknöpfen, sodass Sie sich heute Nacht kein Zimmer mehr nehmen können.«

»Ich sehe nicht, warum mein Wunsch Sie lange in Anspruch nehmen sollte. Also gehe ich nicht davon aus, dass es viel kosten wird.«

»Man kann nie wissen.« Er richtete sich auf und wartete darauf, dass sie aufstand, doch sie ließ sich Zeit.

»Ich komme mit Ihnen«, sagte sie.

»Vergessen Sie's.« Das Mädchen hatte wirklich Chuzpe. »Tut mir leid, aber es geht nicht. Es könnte gefährlich werden ... Außerdem arbeite ich immer allein.«

»Auf der Straße vor Ihrem Büro zu schlafen ist auch nicht ungefährlich.«

»Das würden Sie nie tun.«

»Die letzten drei Nächte habe ich in Santa Monica in einem Park am Meer geschlafen«, sagte sie nicht ohne Stolz.

»Das ist nicht mein Problem«, sagte er, obwohl er ein leises Schuldgefühl empfand. Diese Ravinia war noch ein Mädchen, bestimmt noch keine zwanzig. Er ging zur Hintertür und wartete ungeduldig darauf, dass sie nachkam, doch sie ließ sich erneut demonstrativ Zeit.

»Allmählich habe ich die Nase voll«, bemerkte er.

»Sorry«, sagte sie, aber reuig klang es nicht.

»Also gut, erzählen Sie die ganze Story«, sagte er, ohne zu bedenken, warum er diese Frage stellte, wo er doch keine Zeit hatte.

»Meine Story?«

»Wollen Sie jetzt auf einmal die Schüchterne spielen?«

»Es ist eine lange Geschichte. Ich kann sie Ihnen erzählen, wenn ich Sie bei Ihrer Observation begleite.«

»Nichts da.« Sie verließen das Haus durch die Hintertür, und er schloss sie ab.

»Ach, kommen Sie. Wie beobachten Sie diese Leute? Stehen Sie draußen rum, oder sitzen Sie gemütlich im Auto?«

»Letzteres. Manchmal dauert es Stunden. Und nichts passiert.«

»Haben Sie ein Fernglas dabei? Wenn ich bei Ihnen bin, ist es weniger langweilig.«

Da war etwas dran. »Ja, aber wie gesagt, es könnte Stunden dauern. Wenn Sie auf die Toilette müssen …« Er spreizte die Hände und fragte sich, warum er eigentlich immer noch mit ihr redete.

»Ich komme schon klar und kann gut auf mich selber aufpassen.«

Da war er sich sicher. Da war so etwas wie ein Widerspruch zwischen ihrem großen Selbstbewusstsein und ihrer zarten äußeren Erscheinung. Sie hatte große Augen und volle, sinnliche Lippen. Er hatte keine Absichten bei ihr, und sie war jung genug, um seine Tochter sein zu können. Aber sie machte ihn neugierig, und so etwas kam heutzutage selten vor. Er war abgestumpft und müde und einigermaßen davon überzeugt, dass diese Menschheit der letzte Dreck war. Damit entsprach er ganz dem Klischee der altmodischen, des Lebens überdrüssigen Privatdetektive aus den Filmen der Schwarzen Serie.

»Ich muss verrückt sein«, murmelte er vor sich hin, während er zu dem Mietwagen ging und die Schlüssel aus der Tasche zog. Er öffnete die Türen mit der Fernbedienung.

Ravinia setzte sich auf den Beifahrersitz, ohne dass er sie darum gebeten hätte, und schnallte sich an.

8

Es war eine echte Tortur, den halben Tag mit Marg und Buddy Sorenson zu verbringen. Buddy war unerträglich jovial, riss Witze und erzählte von Angelpartien mit seinen Kumpels, während Marg wollte, dass Elizabeth ihr das luxuriöseste Haus für möglichst wenig Geld besorgte. Irgendwie schien Marg zu glauben, es sei ihre Schuld, dass ihr dieses erste Haus entgangen war, während tatsächlich sie zu lange hin und her überlegt hatte, statt ein Angebot zu machen. Ein Teil des Problems war Buddy. Der hatte praktisch jedes Interesse daran verloren, für welches Haus seine Frau gerade schwärmte. So wie er seinerzeit sofort das Interesse verloren hatte, als er einmal während seiner langjährigen Ehe mit seiner Frau eine Ballettaufführung besucht hatte, für ihn die langweiligste Erfahrung seines Lebens, wie er immer mal wieder bemerkte, um seine Frau zu ärgern.

»Erzähl doch bitte noch mal, wie schwer der Beruf eines Balletttänzers ist«, sagte er jedes Mal zu seiner Frau, wenn die darüber lamentierte, wie schwer es sei, ihn für etwas anderes als das Angeln, Bootspartien und Treffen mit seinen Freunden zu interessieren.

»Tanz ist harte Arbeit«, antwortete sie gereizt.

»In jüngeren Jahren habe ich mal auf einer Ölbohrinsel gearbeitet«, vertraute Buddy Elizabeth an. »Daher weiß ich, was harte Arbeit ist.«

»Das stellt niemand in Abrede, Buddy«, erwiderte Marg.

»Ich wünschte nur, du würdest dich mehr für den Kauf unseres neuen Hauses interessieren.«

»Wie viele Millionen soll dieses hier kosten?«, fragte er.

»Wir können es uns leisten«, versicherte seine Frau ihm. »Elizabeth lässt ihren Charme spielen, und dann geht die Gegenseite auf einen vernünftigen Preis herunter.«

»Wir?«, fragte Buddy spöttisch, was ihm einen sehr kühlen Blick seiner Frau eintrug.

»Setzen Sie nicht zu viel Hoffnung auf meinen Charme«, sagte Elizabeth.

Während Marg und Buddy sich weiter stritten, chauffierte Elizabeth sie nacheinander zu den vier großen Häusern, auf die Marg ihre Liste zusammengestrichen hatte. Dann begann sie wieder zu jammern über das Haus, das ihnen weggenommen worden sei, doch Elizabeth reagierte nicht. Ihr war klar, dass Marg ihre Liebe für dieses Haus erst entdeckt hatte, seit es an einen anderen verkauft worden war. Im Rückblick erschien es ihr jetzt als »vollkommen«. Offenbar schien sie vergessen zu haben, dass sie zuvor gesagt hatte, die Küche, drei Bäder und das große Schlafzimmer müssten von Grund auf renoviert werden.

Elizabeth fragte sich, ob Marg sich jemals entscheiden würde. Die Frau besichtigte ein Objekt lieber, als es zu kaufen, und Buddy wollte überhaupt nicht ausziehen aus dem Landhaus, in dem sie jetzt wohnten. Obwohl Elizabeth die Nase gestrichen voll hatte von den Streitereien der beiden, die einen zum Wahnsinn treiben konnten, war ihr diese Tortur immer noch lieber, als allein zu Hause zu sitzen und ihren eigenen Gedanken nachzuhängen.

Während Marg und Buddy vor dem Hauseingang die breite Treppe mit dem schmiedeeisernen Geländer mit Laubornamenten hochstiegen, bemerkte Elizabeth, dass ihre Ängste und Zweifel sich zurückmeldeten. Es war zu einer Gewohnheit geworden, dass sie sich in solchen Situationen selbst zu beruhigen versuchte. Sie war genauso wie die anderen Frauen in der Müttergruppe. Wenn Chloe im Herbst in die Grundschule Willow Park Elementary kam, würde sie sich in der Eltern-Lehrer-Vertretung engagieren. Sie war keine Assistentin mehr, sondern eine Immobilienmaklerin mit staatlicher Zulassung bei Suncrest Realty und hatte dank Mazie Ferguson eine beeindruckende Kundenliste. Dienstags und donnerstags ging sie morgens mit Freundinnen aus der Müttergruppe zum Yoga, dienstags besuchten sie danach gemeinsam ein Lokal. Sie war verheiratet mit einem Anwalt für Unternehmensrecht, der äußerst attraktiv war und bald Teilhaber in seiner Kanzlei werden würde.

War verheiratet …? Wie war ihr dieser Lapsus unterlaufen? Sie schluckte und korrigierte sich. Jetzt war sie eine alleinerziehende Mutter, die genug Geld verdiente, um ihrer kleinen Tochter ein gutes Leben bieten zu können.

Die seltsame Schwächeanfälle hat, für die der Arzt keine Ursache diagnostizieren kann.

»Elizabeth!« Sie zuckte zusammen, als Marg Sorenson sie aus dem ersten Stock rief. »Kommen Sie doch mal einen Moment hoch.«

Sie stieg die rechte Treppe hinauf und fand die Sorensons in dem großen Schlafzimmer, wo ein Kronleuchter über dem Bett und auf alt gemachte Wandschränke nicht passten zu der ansonsten wundervollen Einrichtung des Hauses. Zu viel Schnitzwerk, zu viele Silberintarsien lenkten das Auge ab von der imposanten hohen Decke und den nach Norden gehenden riesigen Fenstern, durch die man einen spektakulären Blick auf die Küste und das Meer hatte.

»Gefällt Ihnen das Zimmer?«, fragte Marg.

»Der Ausblick ist unschlagbar«, antwortete Elizabeth.

»Und was ist mit den Wandschränken, meine Liebe? Gibt es eine Möglichkeit, diesen Raum mit einer Kuppel zu überwölben?«

»Mit einer Kuppel?«

»Mein Gott, dafür das ganze Dach abreißen?«, grummelte Buddy. »Hast du eine Ahnung, was das kosten würde?«

»Du hast einfach keinen Sinn für ästhetisch anspruchsvolle Lösungen«, lamentierte seine Frau.

»Darüber müssten Sie mit einem Architekten reden«, sagte Elizabeth.

»Den Unsinn kann sie sich aus dem Kopf schlagen«, knurrte Buddy, als er das Zimmer verließ.

Marg seufzte. »Sehen Sie, wie er ist?«

»Vielleicht ist dies einfach nicht das richtige Haus für Sie beide«, sagte Elizabeth.

Margs Miene verdüsterte sich. »Die Hälfte der Zeit versuchen Sie, mir etwas auszureden. Vielleicht sollten wir uns noch mal das Haus mit den kleinen Hobbits ansehen.«

Elizabeth bemühte sich, sich nichts anmerken zu lassen. Eines der Häuser, die sie mit Mazies Kundenliste geerbt hatte, war ein einstöckiges Landhaus im Tudorstil mit einem Säulenvorbau und einem riesigen Grundstück. Mrs Stafford, der das Anwesen gemeinsam mit ihrem Mann gehörte, war ein Fan von Tolkiens *Der kleine Hobbit,* weshalb man im Garten auf Hobbits und andere Fantasiewesen aus Tolkiens Büchern stieß. Als Mazie und Elizabeth empfohlen hatten, diese Figuren verschwinden zu lassen, während das Haus zum Verkauf stand, hatte Mrs Stafford wütend mit dem Fuß aufgestampft und sich geweigert, der Empfehlung nachzukommen. Bei Suncrest Realty wurde das Objekt nur noch »Staffordshire« genannt. Marg hatte das Haus gefallen, während Buddy Bemerkungen über den Geisteszustand der Eigentümer machte. Wieder einmal hatten sie kein Angebot gemacht. Bis auf den heutigen Tag war Staffordshire nicht verkauft worden. Da die Staffords zurzeit auf einer Europareise waren, fuhr Elizabeth so oft wie möglich an dem Haus vorbei, um nach dem Rechten zu sehen. Das konnte sie dann beim nächsten Mal erledigen, wenn sie mit Marg und Buddy dort vorbeifuhr.

Für den Rest der gemeinsam verbrachten Zeit stritten sich die beiden permanent, und Elizabeth war froh, als sie das Ehepaar zum Sitz von Suncrest Realty zurückfahren und sie dort zu ihrem eigenen Auto begleiten konnte. Sie begann sich zu entspannen, als die beiden in ihren Lexus stiegen und sie ihnen zum Abschied zuwinkte.

»Wie ist es gelaufen?«, fragte Pat gut gelaunt, als Elizabeth die Immobilienagentur betrat.

»Besser als erwartet.« Elizabeth hatte keine Lust, der tratschsüchtigen Empfangsdame etwas zu erzählen. Pat war eine blonde Modepuppe, ständig overdressed, und schien es als Teil ihres Jobs zu sehen, Klatsch zu verbreiten, statt sich um das Sortieren der Post, den Telefondienst und die Betreuung der Kunden zu kümmern.

Pat stützte die Ellbogen auf ihren Schreibtisch und faltete die Hände. »Hattest du Erfolg? Haben sich Marg und Buddy Sorenson für ein Haus entschieden?«

»Sie überlegen noch.« Elizabeth entfernte sich so schnell wie möglich und betrat Mazies ehemaliges Büro, das nun das ihre war, wenn sie wollte, doch meistens arbeitete sie ihrer Gewohnheit entsprechend weiter in dem Großraumbüro am Ende des Flures. Und dorthin ging sie auch jetzt, nachdem sie ein paar Akten geholt hatte. Sie mochte die quietschenden Bürostühle lieber als den nach Wunsch gefertigten, mit Leder bezogenen Schreibtischsessel von Mazie.

Sie zog ihr Mobiltelefon aus der Handtasche und fand eine SMS von Vivian, die fragte, ob sie nicht zum Abendessen mit Chloe vorbeikommen wolle. Ihre Freundinnen hatten sie in dieser Woche sehr unterstützt, und selbst wenn Chloe nicht so gut mit Vivians Tochter Lissa klarkam, entschloss sie sich, das Angebot anzunehmen und Vivian anzurufen.

»Was soll ich mitbringen?«, fragte sie, nachdem ihre Freundin sich gemeldet hatte.

»Gar nichts. Ich bin so froh, dass du kommst! Ich habe bei Gina's etwas zu essen bestellt, für die Kids Pizza. Es sind auch noch ein paar andere Leute eingeladen.«

Der Gedanke an eine Menschenmenge behagte Elizabeth schon weniger.

»Ein paar Frauen aus unserer Müttergruppe«, sagte Vivian munter. »Und natürlich wird auch Bill hier sein. Sagen wir um sechs?«

»Ja, das passt mir gut. Danke.«

Bill war Vivians Ehemann, ein großer, athletischer Golfer mit grau meliertem, kurz geschnittenem Haar. Elizabeth hatte ihn ein paarmal bei Veranstaltungen in der Vorschule erlebt. Sie kannte ihn nicht besonders gut, denn meistens waren die

Frauen von der Müttergruppe unter sich. Auf ein großes Abendessen hatte sie eigentlich keine Lust, doch nun hatte sie zugesagt und konnte schlecht einen Rückzieher machen.

Nachdem sie mehrere Stunden gearbeitet hatte, kümmerte sie sich vor Feierabend noch um ein paar Anrufe und E-Mails, um Termine für die nächsten Tage festzumachen. Dann verließ sie das Büro.

Draußen lag Pat natürlich auf der Lauer und konnte es gar nicht abwarten, ihr weitere Fragen über ihre Kunden und deren Privatleben zu stellen. Elizabeth murmelte etwas vor sich hin, sie sei spät dran, und scherte sich nicht darum, dass Pat sauer auf sie war. Warum eigentlich? Weil sie nicht tratschte? Weder über die Konkurrenz noch über Kunden? Als sie die Agentur verließ und zu ihrem SUV ging, glaubte sie Pats bohrenden Blick in ihrem Rücken zu spüren, und als sie einen Blick über die Schulter warf, sah sie sie tatsächlich am Fenster stehen, mit dem Handy am Ohr.

Elizabeth fragte sich, mit wem sie telefonierte, doch eigentlich war es ihr völlig egal. Sie stieg in ihren Wagen, setzte eine Sonnenbrille auf und ließ den Motor an.

Während der Heimfahrt dachte sie über Pat nach. Obwohl sie das Radio eingeschaltet hatte, hörte sie die Musik nicht, und den Weg kannte sie in- und auswendig. Pats Neugier ärgerte sie, und sie nahm sich vor, die Agentur beim nächsten Mal durch die Hintertür zu betreten, für die sie einen Schlüssel hatte. So konnte sie Pat und ihren penetranten Fragen aus dem Weg gehen. Wenn doch nur eine weniger ärgerliche Person diesen Job gehabt hätte. Doch es schien ausgeschlossen, dass Pat ihn aufgeben würde. Sie liebte ihre Stellung und Suncrest Realty einfach zu sehr.

Wenn sie doch einfach abhauen würde und ...

Sie zwang sich, den Gedanken nicht zu Ende zu denken. Wünschte sie jemandem etwas Schlechtes? Dass er seinen Job verlor?

Man kann anderen Menschen nicht durch Gedanken *Schaden zufügen,* rief sie sich ins Gedächtnis, während sie wegen einer roten Ampel abbremste. Aber es konnte nicht schaden, vorsichtig zu sein und solche Gedanken zu unterlassen. Man musste die ärgerlichen Angewohnheiten anderer ignorieren, eine nachgiebige Einstellung finden. Es brachte ihr nichts, andere zu verdammen. Mit positivem Denken kam man eher weiter.

Trotzdem ist diese Pat eine elende Nervensäge.

Doch das lässt sich von vielen anderen auch sagen, dachte sie.

Während sie darauf wartete, dass die Ampel umsprang, klingelte ihr Mobiltelefon. Sie steckte schnell den Kopfhörer ins Ohr und stöpselte das Kabel in das Handy. Dann meldete sie sich, ohne auf das Display zu blicken.

»Hallo?« Und dann sah sie Detective Bette Thronsons Handynummer. *Verdammt.*

»Tut mir leid, Sie zu stören, Mrs Ellis«, sagte die Polizistin. »Hier ist Detective Thronson. Können wir miteinander reden?«

Na super.

»Ich ... Ich sitze gerade am Steuer.«

»Nicht jetzt. Wenn es Ihnen recht ist, könnte ich heute Abend bei Ihnen vorbeikommen.«

»Nein, das geht nicht, ich bin eingeladen.« Elizabeth versuchte sich auf den Verkehr zu konzentrieren, doch ihr

Puls raste, und der Adrenalinschub hatte eingesetzt. Sie umklammerte krampfhaft das Lenkrad. Endlich wurde die Ampel grün, und sie gab Gas.

»Dann vielleicht morgen?«, hakte Thronson nach.

»Haben Sie mir etwas Wichtiges mitzuteilen?«, fragte Elizabeth ungeduldig.

»Ich möchte einfach nur über ein paar Dinge mit Ihnen reden ...«

»Können wir das nicht gleich am Telefon erledigen?«

Irgendwie wollte es mit dem positiven Denken noch nicht klappen.

Tu so, als würde es dich interessieren.

»Sie sagten, sie säßen hinter dem Steuer.«

»Ich benutze eine Freisprechanlage und höre Sie gut.« Es war doch besser, die Sache möglichst schnell hinter sich zu bringen, oder?

»Meinetwegen«, sagte Thronson kühl und geschäftsmäßig. »Ich habe mit einem Angestellten von der Rezeption des Tres Brisas gesprochen, und er gab mir die Beschreibung einer Frau, die ein paarmal in dem Hotel gesehen wurde, während Ihr Mann und Mrs Bellhard dort waren.«

»Wie sah sie aus?«

»Lassen Sie mich nachsehen«, sagte Thronson, als müsste sie ihre Notizen suchen, während Elizabeth glaubte, dass sie sie direkt vor sich liegen hatte. »Ja, hier haben wir's. Eine blonde Frau von Mitte bis Ende zwanzig, die das Haar nachlässig hochgesteckt hatte.«

Elizabeth blickte in den Rückspiegel und betrachtete sich. Detective Thronson hätte von ihr geredet haben können. Ihr Herzschlag beschleunigte sich.

»Wer ist sie?«, fragte sie. »Diese Blondine?«

»Ich weiß es noch nicht. Sie scheint nicht selbst in dem Hotel gewohnt zu haben. Da gibt es keine Videoüberwachung, und deshalb haben wir kein Bild von ihr.«

Elizabeth manövrierte den Wagen auf die rechte Fahrspur und zwang sich, die Ruhe zu bewahren. »Was hat diese Frau mit meinem Mann zu tun?«, fragte sie.

»Wir gehen nur routinemäßig jeder Spur nach. Vielleicht hat das gar nichts mit ihm zu tun.«

»Aber Sie glauben, dass es so ist. Und außerdem glauben Sie, dass sein Tod nicht nur ein einfacher Unfall war, oder?«

Thronson antwortete nicht sofort. »Die Aussagen, nach denen sein Auto und ein anderes Fahrzeug sich eine Art Rennen geliefert haben, scheinen stichhaltig zu sein.«

Ein dunkler SUV, wie dein Escape.

Ihre Hände waren schweißnass. Sie wollte Thronson sagen, die Polizei sei auf dem Holzweg, und zugleich lautstark ihre Unschuld beteuern. An Courts Todestag war sie nicht in der Nähe von San Diego gewesen, sondern in Irvine und Newport Beach, wo sie Kunden Häuser gezeigt hatte ... Nun, zumindest für den größten Teil der Zeit. Konnte Thronson wirklich glauben, dass sie etwas mit dem Todesfall zu tun hatte? *Du darfst nicht einmal daran denken,* warnte sie sich, doch ihr Blutdruck stieg, und ihre Angst wurde schlimmer. Mit Mühe zwang sie sich, auf den Verkehr zu achten.

»Was genau soll das heißen?«

»Es könnte Mord gewesen sein, begangen mit einem Fahrzeug«, sagte Thronson bedächtig.

Guter Gott. »Hören Sie, Detective, ich weiß nur, dass mein Mann tot ist«, erwiderte Elizabeth gereizt. Sie beschloss, das

Telefonat zu beenden. »Ich muss jetzt Schluss machen. Falls Sie mehr herausfinden, lassen Sie es mich bitte wissen. Es tut mir leid. Ich wünschte, Ihnen helfen zu können, aber ich weiß nicht wie.«

Sie unterbrach die Verbindung und atmete erleichtert auf.

Was war der wahre Zweck dieses Anrufs gewesen? Hoffte Thronson, dass sie einen Fehler machte und unfreiwillig etwas preisgab?

Da sie tief in Gedanken versunken war, hätte sie fast die Abfahrt zu ihrem Haus verpasst. Im letzten Moment wechselte sie die auf richtige Fahrspur und warf einen Blick über die rechte Schulter.

In diesem Moment raste ein dunkles BMW-Cabrio an ihr vorbei und scherte direkt vor ihr ein.

Sofort trat sie voll auf die Bremse.

Fast hätte sie einen Herzstillstand erlitten.

Sie schnappte nach Luft und bereitete sich innerlich auf den unvermeidlichen Zusammenstoß vor, auf das Knirschen des Metalls. Darauf, dass sie auf die Gegenfahrbahn abkommen und mit einem entgegenkommenden Fahrzeug zusammenprallen würde.

Ihr Escape geriet ins Schlingern, wodurch ein Zusammenstoß mit dem BMW um Haaresbreite verhindert wurde. »Mein Gott«, keuchte sie mit einem heftig hämmernden Herzen, als sie die Kontrolle über ihr Fahrzeug wiedererlangte.

Sie sah, dass dieses Arschloch hinter dem Steuer des BMW sie im Rückspiegel mit einer wutverzerrten Miene anschaute, und dann zeigte er ihr den Stinkefinger.

Sofort schoss ihr eigener Mittelfinger in die Höhe. Dieser

Dreckskerl glaubte, es sei *ihre* Schuld? Die Bremslichter des BMW leuchteten auf, und sie war gezwungen, wegen der nächsten Ampel abzubremsen. Noch immer vor Wut schäumend, fuhr sie dicht an das Cabrio heran, um das Nummernschild lesen zu können, auf dem GOODGUY stand.

Unter einem guten Jungen stelle ich mir etwas anderes vor, dachte sie zornig.

Der Mann fixierte sie erneut im Rückspiegel und begann, eine Hand auf und ab zu bewegen, als würde er masturbieren.

Ekelhaft! War der Typ nicht ganz dicht? Sie sah rot. Was für ein Arschloch.

Die Ampel sprang auf Grün.

Der Typ gab Gas.

Sie auch.

Sie war total angekotzt und folgte ihm wie eine Verrückte, mit einem viel zu geringen Abstand.

Immer wieder wechselte er die Fahrbahn, und sie jagte den Dreckskerl mit einem deutlich zu hohen Risiko.

Bist du jetzt völlig verrückt, Elizabeth? Was zum Teufel machst du da? Um Himmels willen, lass es bleiben. Er ist nur einer von unzähligen Männern, die hinter dem Steuer durchdrehen. Lass es bleiben. Um Himmels willen, du hast eine Tochter, die gerade schon ihren Vater verloren hat.

Dieser Gedanke brachte sie wieder zu Verstand, und sie nahm Gas weg. Ihr Herz klopfte noch immer heftig, doch ihr Zorn war verraucht. Sie war entsetzt über ihre unbedachte Reaktion. Wie eine Idiotin hatte sie sich in ein komplett irrationales Verhalten hineingesteigert. Sie hätte jemanden verletzen oder töten können. Einen Fremden oder sich selbst.

Sie hörte das Blut in ihren Ohren rauschen, das Hämmern ihres Herzens, ihre unregelmäßigen, abgehackten Atemzüge. *Was stimmt nicht mit mir?*, fragte sie sich.

Er hat dich an Court erinnert, oder? Darum ging es. Nun, das alles ist Wahnsinn, reiß dich zusammen. Chloe hat jetzt nur noch dich. Du kannst es dir nicht leisten, in dieser Situation durchzudrehen.

Sie hatte sich von nackter Wut übermannen lassen. Sie bremste am Straßenrand und atmete tief durch, um sich zu beruhigen. Als sie glaubte, die Fassung zurückgewonnen zu haben, setzte sie den Blinker und fädelte sich in den Verkehr ein. Kurz darauf fand sie eine geeignete Stelle zum Wenden, denn sie musste umkehren, da sie die Abfahrt zu ihrem Haus verpasst hatte.

Für den Rest des Weges fuhr sie extrem vorsichtig, und schließlich setzte sie den Wagen in ihre Garage.

Noch nie hatte sie sich so gehen lassen.

Sie schaltete den Motor ab, und als sie mit der Fernbedienung das Garagentor schloss, wurde es dunkel. Der abkühlende Motor tickte, und sie legte den Kopf auf das Lenkrad. Noch nie hatte sie sich durch blinde Wut zu aggressivem Verhalten im Straßenverkehr hinreißen lassen. Und das alles wegen so einem Idioten.

Laut Thronson hatten mehrere Zeugen zu Courts Unfall zu Protokoll gegeben, ein dunkler SUV habe immer wieder die Fahrspur gewechselt, genau wie Courts BMW, wie bei einer Verfolgungsjagd ...

Ein dunkler SUV. Wie ihrer.

BMW. Wie das Cabrio, dem sie gerade gefolgt war, wobei sie ihr Leben aufs Spiel gesetzt hatte.

Guter Gott. Sie schluckte und schloss die Augen.

Detective Thronson glaubt, dass du vor Ort warst. Dass du ihn getötet hast.

»Aber ich war nicht in der Nähe, ich war es nicht!«, sagte sie laut. Was um alles auf der Welt war nur mit ihr los?

Die ins Haus führende Tür flog auf, Licht fiel in die dunkle Garage. »Mommy?«, fragte Chloe.

Elizabeth wurde ins Hier und Jetzt zurückkatapultiert. Sie öffnete die Wagentür und stieg aus. Ihre weichen Knie drohten nachzugeben. Mit einem gezwungenen Lächeln stützte sie sich auf die Motorhaube. »Hallo, meine Süße.«

Chloe verschränkte die kleinen Arme vor der Brust. »Misty hat den ganzen Tag nur telefoniert, Mommy«, lamentierte sie.

»Tatsächlich?«

»Ich wollte mit ihr spielen, aber sie ist gemein. Ich mag sie nicht!«

Offenbar war das ein neuer Trick ihrer Tochter, um Aufmerksamkeit auf sich zu ziehen. »Ach, hör auf. Du bewunderst Misty. Lass uns reingehen.« Elizabeth bückte sich, um Chloe zu drücken, doch die machte sich von ihrer Umarmung frei.

»Ich bewundere sie überhaupt nicht.«

»Gut, wie du meinst.« Sie legte ihrer Tochter eine Hand auf den Rücken, schob sie ins Haus und zog die Tür zur Garage zu.

Misty war in der Küche und legte ihr Handy weg, als wäre sie bei einem schweren Vergehen erwischt worden. Sie war ein ausgelassenes junges Mädchen mit großen braunen Augen und einem Faible für Tattoos.

»Siehst du, sie telefoniert schon wieder«, krähte Chloe triumphierend.

»Ich habe nicht den ganzen Tag telefoniert«, verteidigte sich Misty, bevor Elizabeth etwas sagen konnte. »Wir haben gespielt.«

»Kaum«, murmelte Chloe.

»Sehr viel, wie immer«, sagte Misty mit einem verletzten Gesichtsausdruck, als hätte ihre kleine Schutzbefohlene sie verpetzt.

»Stimmt nicht!«

»Das reicht jetzt«, schaltete sich Elizabeth ein. Chloe ließ sich mürrisch auf den Boden fallen, und sie schrieb hastig für Misty einen Scheck und bedankte sich bei ihr.

Der Teenager verabschiedete sich knapp und ergriff die Flucht.

Sobald sich die Haustür geschlossen hatte, blickte Chloe ihre Mutter an. »Sie hat die ganze Zeit telefoniert und dich *angelogen.*«

»Vielleicht hat sie heute etwas mehr telefoniert als sonst.« Elizabeth nahm eine Flasche Mineralwasser aus dem Kühlschrank, schraubte sie auf und trank einen großen Schluck.

Chloe sprang auf. »Sie hat nur am Telefon gequatscht!«

»Ich werde mit ihr darüber reden.« Elizabeth war immer noch ganz durcheinander und hatte jetzt keinen Sinn für die Eigenheiten ihrer Tochter. Sie wechselte das Thema. »Wir sind bei Lissas Eltern zum Abendessen eingeladen, also ...«

»Wann?«

»Gleich. Ich ...«

»Nein! *Wann* wirst du mit ihr reden?« Chloe hatte ihre

kleinen Fäuste in die Hüften gestemmt und diese halsstarrige Miene.

Das mit dem Themenwechsel hatte also nicht funktioniert.

»Mit Misty, meinst du?«

Ihre Tochter nickte heftig. »Wann?«

»Wahrscheinlich, wenn sie das nächste Mal zum Babysitten kommt.«

»Ich will sie nie wieder sehen.«

»Aber Chloe«, ermahnte Elizabeth sie seufzend.

»Sie ist gemein. Ein gemeines Mädchen.«

»Nein, ist sie nicht. Sie ist nur ein bisschen exzentrisch, wie alle Teenager.«

»Was? Was heißt das?«

Elizabeth musste lächeln und wurde daran erinnert, wie klein ihre Tochter noch war und was sie alles durchgemacht hatte in der letzten Woche. Sie musste mit dem Verlust ihres Vaters fertig werden. Von ihrer eigenen Liebe für Court war praktisch nichts mehr übrig gewesen, doch das war bei dem Kind nicht unbedingt genauso. »Erkläre ich dir später. Du musst dich jetzt fertig machen, damit wir fahren können.«

»Zu Lissa?«

»Ja.«

»Zum Abendessen?«

»Genau.« Das hatte sie also mitbekommen.

»Was gibt es zu essen?«, fragte Chloe misstrauisch.

»Für dich und Lissa Pizza.«

»Igitt.«

»Du liebst Pizza«, sagte Elizabeth zu ihrer dickköpfigen Tochter. »Komm schon, kleiner Schlingel, kämm dir die Haare. Du siehst aus, als würde dich niemand lieben.«

»Aber du liebst mich doch.«

»Sehr.« Sie nahm ihre Tochter erneut in den Arm, in Gedanken noch immer bei ihrem aggressiven Verhalten auf der Straße. Jetzt kicherte Chloe, bevor sie sich aus der Umarmung losmachte. »Und such deine Schuhe«, fuhr sie fort. »Ich muss ...« Elizabeth beendete denn Satz nicht, denn Chloe war schon verschwunden. Hoffentlich, um brav zu gehorchen.

Als sie allein war, gaben ihre Beine wirklich nach, und sie stieß die Mineralwasserflasche um. Sie stellte sie schnell wieder hin, machte sich aber nicht die Mühe, das ausgelaufene Wasser aufzuwischen, denn sie musste sich setzen, wenn sie nicht umkippen wollte.

Sie schlug die Hände vor den Mund und starrte ins Leere. Wasser tröpfelte von der Anrichte auf den Boden. Sie hörte das Ticken der Wanduhr und das unregelmäßige Klopfen ihres Herzens.

Irgendetwas passierte mit ihr. Etwas Schlimmes.
Ich bin normal. Völlig normal.
Doch das stimmte nicht.

9

Kingston warf einen Blick auf die junge Frau neben ihm, während er seinen Sitz zurückschob und sich die Baseballkappe tiefer ins Gesicht zog. Er hatte im Schatten eines Baumes geparkt, ein Stück weit von der Auffahrt der Cochrans entfernt, und sagte sich, er sei nicht unbedingt völlig verrückt, weil er Ravinia mitgenommen hatte. Sie hatte recht, wenn sie sagte, dass er bei seiner Observation weniger auffiel, wenn sie neben ihm saß. Er hatte das Haus schon oft genug beobachtet, und es bestand immer die Möglichkeit, dass bei jemandem die Alarmglocken schrillten.

Bei Observationen musste man vorsichtig sein. Dass Ravinia neben ihm in dem Auto saß, konnte gut oder schlecht sein. Wenn sie wollte, konnte sie ihn verdammt gut auffliegen lassen, aber er glaubte nicht, dass so etwas ihrem Charakter entsprach. Er war sich einigermaßen sicher, über eine ganz gute Menschenkenntnis zu verfügen, zumindest meistens. In seinem Privatleben hatte er sich ein paarmal übel geirrt, doch in der Regel konnte er andere gut beurteilen, ihre persönlichen Gewohnheiten und Beweggründe. Deshalb war er auch zwischen seinem zwanzigsten und dreißigsten Lebensjahr ein ziemlich guter Polizist gewesen, doch jetzt, mit Ende dreißig, war er froh, dass er den Job quittiert hatte und Privatdetektiv geworden war.

Ravinia drehte den Kopf, weil sie seinen Blick auf sich ruhen spürte. Sie war sensibel, zugleich aber reizbar, offensiv, misstrauisch und entschlossen.

»Ich wäre gut geeignet für Ihren Job«, verkündete sie.
Er musste lachen.
»Was ist so lustig?«
»Wir sind gerade mal zehn Minuten hier.«
»Sie müssen nur herumsitzen und Leute beobachten.«
»Ein bisschen mehr braucht es schon, Privatdetektiv zu sein«, bemerkte er, während langsam ein Lastwagen vorbeirumpelte, dessen Kabine die herabhängenden Zweige der Bäume streifte.
»Schon möglich ... Fragen stellen, Informationen sammeln, vermisste Menschen finden«, fuhr sie fort. »Wenn ich ein Auto und Internetzugang hätte – ein Smartphone würde mir schon reichen –, wäre ich genau die Richtige für den Job.«
»Ich denke, Sie haben keinen Führerschein. Außerdem braucht man als Privatdetektiv eine Lizenz.«
Sie runzelte die Stirn. »Ist das ein Ausbildungsberuf?«
»Eigentlich nicht, aber ein paar Kurse muss man schon machen.«
Sie schaute ihn an. »Ich habe einen Schulabschluss.«
»Waren Sie auf der Highschool?«
»Nein, meine Tante hat uns zu Hause unterrichtet. Aber ich habe draußen die Prüfung abgelegt.«
»Tante Catherine?« Er blickte durch die Windschutzscheibe auf die Haustür der Cochrans, in seinem Schoß lag ein Fernglas.
Kimberley Cochran hatte einen ziemlich geregelten Tagesablauf. Morgens Fitnessstudio, danach Kaffeetrinken mit Freundinnen, die sich alle um den Hals fielen, dann zurück nach Hause. Montags, mittwochs und freitags Tennis. Dorell

Cochran war tagsüber nicht da, und so hatte sie ihre Zeit für sich, doch bis jetzt hatte sie sich noch mit keinem Liebhaber getroffen.

»Ja, Tante Catherine«, hörte er Ravinia neben sich sagen.

Er blickte weiter auf das Ende der langen Auffahrt, die sich den Hügel hinaufschlängelte zum Haus der Cochrans. Es stand in Sherman Oaks, und auf dem Hang standen noch weitere teure Eigenheime. An der Straße, die an der Auffahrt vorbeiführte, durfte man nicht parken, aber er hatte einen Platz in einer Seitengasse gefunden, von dem aus man einen guten Blick hatte. Es war ein hervorragender Beobachtungsposten, aber Dorell Cochran wurde zunehmend ungeduldig. Er wollte unbedingt schnell wissen, mit wem seine Frau sich heimlich traf, und drohte damit, nicht mehr zu bezahlen. Sei's drum, dachte er. Er konnte keine Resultate aus dem Hut zaubern. Als Privatdetektiv musste man Geduld haben.

»Auf wen warten wir eigentlich?«, fragte Ravinia.

»Auf eine Frau, deren Mann glaubt, dass sie eine Affäre hat.«

»Und, hat er recht?«

Kingston zuckte die Achseln. »Vielleicht. Er glaubt fest daran. Mir ist aber bis jetzt nichts aufgefallen, das darauf hindeutet.«

»Wie lange werden wir hier bleiben?«

»Ich habe Ihnen gesagt, dass es langweilig werden würde.« Er schaute zu ihr hinüber. Sie saß mit zusammengekniffenen Lippen da und schaute durch die Windschutzscheibe. »Sie wollten mir doch Ihre Story erzählen.«

»Und ich habe Ihnen gesagt, dass ich unbedingt meine Cousine finden muss.«

»Erzählen Sie mir von sich.«

Sie blickte ihn misstrauisch an. »Ich komme aus Oregon.«

»Das weiß ich bereits. Sie haben in einem Küstenstädtchen namens Deception Bay gelebt. Da gibt es doch bestimmt noch mehr zu erzählen.«

Sie dachte darüber nach. »Okay«, sagte sie dann, als hätte sie eine Entscheidung getroffen. »Aber wenn ich offen bin, müssen Sie mir auch etwas über sich erzählen.«

Er hob das Fernglas an die Augen und richtete es auf die Fassade des Hauses der Cochrans. »Meinetwegen.«

»Also gut ... Tante Catherine macht sich Sorgen wegen ihrer Tochter, meiner Cousine. Meine Tante hat sie nach der Geburt weggegeben und glaubt, dass sie jetzt in Gefahr schweben könnte.«

Er legte das Fernglas wieder weg. »Warum?«

»Es gibt teuflische Mächte ...«

»Wie in einem Videospiel?«

Sie schüttelte den Kopf. »Nein. Tante Catherine glaubt, dass die Gefahr von einem meiner Brüder ausgeht.«

»Von einem Ihrer Brüder?«

»Ja. Es gibt einen guten und einen schlechten Bruder, und er ist natürlich der schlechte.«

Irgendwie klang das alles ein bisschen weit hergeholt, und sie schien seiner Miene anzumerken, was er dachte.

»Ich habe gesagt, dass es eine lange Geschichte ist. Jetzt bin ich damit an der Reihe, Fragen zu stellen. Sind Sie verheiratet?«

Er zögerte. Eigentlich hatte er kein Interesse daran, etwas über sein Privatleben preiszugeben. »Nein«, antwortete er.

»Aber Sie waren es?«

»Ja, einmal.«

»Klingt nicht so, als wäre es eine glückliche Ehe gewesen.«

»Eine Zeit lang war es schon so.« Er hatte keine Lust, sich von dem Mädchen löchern zu lassen. Nachdem er sechs Jahre mit Allison verheiratet gewesen war, hatte er gemerkt, dass sie ihn betrog, und nach dieser Entdeckung hatte er seinen Job beim Los Angeles Police Department gekündigt. Das hatte er schon seit einer ganzen Weile vorgehabt, doch Allisons Betrug war die Initialzündung gewesen, um die Veränderung endlich herbeizuführen. Fremdgegangen war Allison mit einem seiner Kollegen von der Polizei, den sie schon geheiratet hatte, bevor die Tinte auf den Scheidungspapieren getrocknet war. Das war jetzt neun Jahre her, und Allison hatte schnell nacheinander zwei Kinder bekommen. Seit der Scheidung hatte er keine feste Beziehung mehr gehabt. Er bedauerte es, nicht Vater zu sein, doch man konnte sich nicht aussuchen, wie es in diesem Leben kam. Er hatte selber keine Familie, war dafür aber Experte für das häusliche Chaos anderer geworden. Als Schnüffler kümmerte er sich um untreue Eheleute, ausgerissene Kinder, vermisste Verwandte. Der gute alte Rex war zur Stelle, wenn zerrüttete Familien Hilfe benötigten.

»Was ist passiert?«, fragte Ravinia.

»Wir hatten uns auseinandergelebt«, antwortete er, während er die Scheibe des Seitenfensters herabließ, um frische Abendluft in das Wageninnere hineinzulassen. »Erzählen Sie mir jetzt, warum Sie glauben, dass Ihr bösartiger Bruder hinter Ihrer Cousine her ist.«

»Nicht ich glaube das, sondern meine Tante. Er hat uns bedroht und meine Mutter getötet.«

»Er hat Ihre Mutter *getötet*? Wirklich?«

»So sieht es Tante Catherine.«

»Und er ist ungeschoren davongekommen?« Bonnie hatte recht, dieses Mädchen war verrückt.

»Ich erzähle keinen Unsinn!«, sagte sie, als könnte sie seine Gedanken lesen.

»Also ist er auf freiem Fuß und jetzt hinter Ihrer Cousine her?«

»Er ist hinter uns *allen* her. Es liegt daran, wie wir sind.« Sie lehnte sich zurück, und ihre Stimme wurde nachgiebiger. »Jetzt bin ich wieder an der Reihe.«

»Halt, Moment. Er ist hinter Ihrer ganzen Familie her?«

»Meine Schwestern und ich wohnen mit meiner Tante in unserem Haus. Es heißt Siren Song. In Deception Bay sind wir berühmt-berüchtigt. Die Leute halten uns für verrückt.«

»Tatsächlich?« Er musste lächeln. Was für eine bizarre Geschichte. »Ich nehme an, Sie haben die Polizei benachrichtigt. Wenn all das stimmt …«

»Natürlich stimmt es!«

»Gibt es einen Haftbefehl für den Typ, oder gibt es keinen? Hat er einen Namen? Und dann der andere, der gute Bruder. Wie heißt der? Was für eine Rolle spielt der in der ganzen Geschichte?« Selbst als er diese Fragen stellte, wusste er, dass es unsinnig war. Die Frau tischte ihm irgendwelche Hirngespinste auf.

»Jetzt bin wieder ich an der Reihe«, beharrte Ravinia, Sie blickte ihn an, als erwartete sie, dass er sie anlügen würde. »Wie viele Fälle haben Sie schon gelöst?«

»Moment, wir sprachen gerade über Ihren Bruder, einen Mörder …«

»Wie viele?«, insistierte sie.

Er zuckte die Achseln. »Ich weiß es nicht und bin mir nicht einmal sicher, ob ich von *Fällen* reden würde.« Er hob erneut das Fernglas an die Augen und stellte es scharf. »Manchmal suche ich nur Kids, die von zu Hause ausgebüxt sind, und dann stellt sich heraus, dass sie nur ein Wochenende bei einem Freund verbracht haben, ohne es ihren Eltern zu erzählen. Manchmal geht es aber auch um mehr, und dann braucht es Zeit. So wie jetzt.« Er nahm das Fernglas kurz herunter. »Also, wie viele Schwestern und Brüder haben Sie?«

Ravinia zuckte nur die Achseln.

»Sie wissen es nicht?«

»Nicht genau. Von einigen Geschwistern weiß ich, von anderen nicht.«

»Aber ein Bruder bedroht den Rest der Sippe?« Sein skeptischer Tonfall entging ihr offensichtlich nicht.

»Meine Familie ist nicht normal.«

»Ja, hört sich so an.«

Sie schaute ihn an. »Sie glauben nicht, dass mein Bruder bösartig ist?«

»Ich weiß nicht genug, um das beurteilen zu können.«

»Ich sage die Wahrheit. Wenn Sie mir nicht glauben, kann ich es nicht ändern.«

Er hob beschwichtigend die Hände. »Also gut, reden Sie weiter. Erzählen Sie mehr von Ihrer Familie.«

Sie atmete tief durch. »Meine Mutter muss fast ständig schwanger gewesen sein. Ich habe nur vage Erinnerungen an sie, aber viele Geschichten gehört. Sie hatte sehr viele Liebhaber und eine Menge Kinder von ihnen. Ich habe ein paar Schwestern, die sofort nach der Geburt zur Adoption freigegeben wurden. Zwei, glaube ich. Nein, drei ...« Sie schüttelte den Kopf. »Erst kürzlich habe ich erfahren, dass ich zwei Brüder habe, die ebenfalls schon als Babys weggegeben wurden. Wir haben vor Kurzem Informationen über ihre Adoptiveltern erhalten, und Ophelia hilft Tante Catherine, mehr über sie herauszubekommen. Ophelia ist eine meiner Schwestern, die weiter in Siren Song lebt. Da wohnen die meisten von uns. Nachdem Natascha weggelaufen war, hat Tante Catherine uns in diesem Haus eingesperrt.«

»Natascha ist eine Ihrer Schwestern?«

»Ja.« Ravinia blickte aus dem Seitenfenster. »Ich habe geglaubt, Tante Catherine sei verrückt, so etwas wie eine Gefängniswärterin. Ich bin nicht damit klargekommen, auf diese Weise von der Außenwelt isoliert zu sein.«

»Dann war Siren Song ein Gefängnis?«

»Nein, nein. Eher so etwas wie eine Festung. Aber ich habe es nicht ausgehalten. Ich bin nachts immer wieder über den Zaun geklettert und für ein paar Stunden ausgerissen. Und dann bin ich ganz gegangen.«

»Aber Sie haben gesagt, Ihre Tante habe Sie losgeschickt, damit Sie Ihre Cousine finden.«

»Ja, hat sie, nachdem sie die Gefahr erkannt und begriffen hatte, dass ich die beste Aussicht habe, Elizabeth zu finden, weil ich mich schon in der Außenwelt auskannte ... Meine Schwestern ... Nun, man müsste wohl sagen, dass sie etwas naiv sind. Außerhalb von Siren Song wären sie hilflos. Tante Catherine musste bei ihnen bleiben und sich um sie kümmern.«

»Und deshalb ist die Wahl auf Sie gefallen.«

Ravinia schüttelte den Kopf. »Ich *wollte* Elizabeth finden. Deshalb bin ich hier. Ich bin nicht in allem Tante Catherines Meinung, aber ich habe jetzt verstanden, was sie befürchtet. Sie ist nicht halb so verrückt wie der Rest meiner Familie. Das Problem ist, dass sie immer so geheimnistuerisch war. Sie hat geglaubt, uns zu beschützen, uns aber nie etwas erzählt. Also habe ich ihr das Leben schwer gemacht und wollte nur noch verschwinden. Alles ist so verschwommen, ich habe klein klares Bild von der Vergangenheit. Sie erzählt uns immer nur das, wovon sie gerade glaubt, wir müssten es wissen.« Sie blickte ihm direkt in die Augen. »Wie auch immer, ich weiß auch, dass einer meiner Brüder, Nathaniel, als Kleinkind gestorben ist. Ich glaube, er war geistig etwas behindert. Er ist auf dem Grundstück von Siren Song begraben, genau wie meine Mutter. Ich weiß nicht genau, wie er gestorben ist. Sein Tod ist geheimnisumwittert, und Tante Catherine sagt nichts darüber.«

Das wird alles immer absurder, dachte Kingston, aber er biss sich auf die Zunge. »Sonst noch etwas?«, fragte er Ravinia, die nachdenklich den Blick gesenkt hatte.

Sie schaute auf und sah ihn an. »Einer meiner Cousins war ein psychopathischer Mörder.«

Das klang so, als wollte sie sagen: *Oh, das hätte ich fast vergessen.*

»Ein Cousin?«

»Ein Vetter zweiten Grades.« Ravinia schien zu zögern, ob sie weiterreden sollte. »Er hieß Justice«, sagte sie dann. »Er ist nachts über den Zaun geklettert, weil er es auf uns abgesehen hatte.«

»Und weiter?«

»Ich habe ihn schwer mit meinem Messer verletzt.« Sie blickte ihn trotzig an, ganz so, als wollte sie ihn ermuntern, weiter nachzufragen.

»Tatsächlich?« Er konnte sich kaum vorstellen, dass sie imstande war, Gewalt anzuwenden.

»Ja.«

»Und weiter?«

»Er hat's überlebt. Aber nicht für lange. Jetzt ist er tot.«

»Wegen der Wunden, die Sie ihm beigebracht haben?«

Sie schüttelte den Kopf. »Nein.«

Er wandte den Blick von ihr ab und widmete seine Aufmerksamkeit wieder der Villa der Cochrans. Er war sich nicht sicher, ob sie eine Verrückte war, die ihm erfundene Geschichten auftischte, oder ob ihre Story der Wahrheit entsprach. Er glaubte eher an Letzteres, ohne den Grund dafür zu kennen. Zugleich fiel es ihm aber doch schwer, ihr das alles abzunehmen.

»Also macht sich Ihre Tante Sorgen, dass Ihr Bruder hinter Ihnen und Ihrer Familie her ist.«

»Tante Catherine glaubt, dass wir in Siren Song in Sicherheit sind, aber nirgends sonst. Sie muss immer alles voll unter Kontrolle haben.«

»Aber sie hat Ihnen erlaubt, diese Festung zu verlassen, um in den Süden zu reisen.«

»Sie glaubte, keine andere Wahl mehr zu haben, weil sie unbedingt will, dass ich Elizabeth finde. Meine Schwestern sind weiter mit Tante Catherine in Siren Song – Isadora, Ophelia, Kassandra und Lillibeth.« Sie warf ihm einen vorwurfsvollen Blick zu, als glaubte sie, dass er nicht richtig zuhörte. »Ich habe Ihnen erzählt, dass meine Brüder zur Adoption freigegeben wurden.«

»Abgesehen von Nathaniel«, bemerkte er.

»Er war irgendwie nicht ganz richtig im Kopf. Nathaniel war sehr viel älter als die anderen Jungs, und das war, bevor sie alle wirklich etwas wussten von den übersinnlichen Gaben.« Sie strich sich eine widerspenstige Haarsträhne aus der Stirn.

»Übersinnliche Gaben«, wiederholte er zweifelnd.

»Da Sie mir nicht glauben, werde ich es Ihnen auch nicht erklären.« Sie richtete einen durchbohrenden Blick auf ihn. »Jetzt bin ich wieder dran mit den Fragen.«

»Moment, so einfach ist das nicht. Sie können es doch gar nicht abwarten, es mir zu erzählen. Was für Gaben?«

Sie zögerte. »Hellseherische Gaben«, antwortete sie schließlich.

Er musste laut lachen.

»Ich weiß, wie das klingt, glauben Sie mir. Wahrscheinlich erwarten Sie jetzt, dass ich es Ihnen beweise.«

»Das wäre der logische nächste Schritt.«

»Das Problem ist, dass Sie meine Gabe nicht einfach so einschätzen können.«

Er musste sich zwingen, sich nicht weiter über sie lustig zu machen. In seinem Geschäft hörte man eine Menge seltsamer Geschichten, doch diese klang besonders absurd. »Also gut, ich glaube Ihnen. Worin genau besteht Ihre Gabe?«

»Ich kann in das Herz anderer Menschen blicken und weiß dann, ob sie gut oder schlecht sind.«

Sein Lächeln erstarb, als er sich an dieses seltsame Wärmegefühl erinnerte, das er empfunden hatte, als er zum ersten Mal ihren Blick auf sich ruhen gespürt hatte. »Also haben Sie auch in mein Herz geblickt?«

Sie nickte und hielt seinem Blick stand. »Selbstverständlich.«

»Und, wie habe ich abgeschnitten?«

»Ich bin noch bei Ihnen, oder? Kennen Sie sich in der Mythologie aus, Mr Kingston?«

»Kann ich eigentlich nicht behaupten.«

»Vielleicht sollten Sie sich mal darum kümmern. Kassandra konnte die Zukunft vorhersagen, hat aber die Götter verärgert, die daraufhin einen Fluch über sie verhängt haben. Von da an spielte es keine Rolle mehr, dass sie in die Zukunft sehen konnte, denn der Fluch bewirkte, dass ihr niemand mehr Glauben schenkte. Ich habe eine Schwester namens Kassandra. Früher hieß sie Margaret, doch als meine Mutter ihre prophetische Gabe bemerkte, hat sie Maggy umgetauft.«

»Ihre Schwester hat eine prophetische Gabe?«

»Ja.«

Er schüttelte den Kopf und versuchte, sich ein Lächeln zu verkneifen, doch es gelang ihm nicht. Aber ihr Blick war todernst.

»Wie kam es, dass Sie und Ihre Frau sich auseinandergelebt haben?«

»Was?«

»Warum haben Ihre Frau und Sie sich voneinander entfremdet?«

Er war innerlich immer noch so mit ihrer fantastischen Geschichte beschäftigt, dass er ganz vergessen hatte, dass seine Story noch unvollständig war.

»Sie erwartete mehr vom Leben, als die Frau eines Cops zu sein.«

»Sie sind kein Cop mehr.«

»Aber immer noch etwas Ähnliches.« Wieder hob er das Fernglas an die Augen und konzentrierte sich einmal mehr auf das Haus der Cochrans.

»Sicher waren Sie nicht besonders traurig, als Ihre Ehe scheiterte.«

Da hatte sie recht. »Ich dachte, Ihre Schwester wäre die Hellseherin«, bemerkte er.

»Man muss keine Hellseherin sein, um Menschen einschätzen zu können.«

Auch das stimmte vermutlich. Er suchte mit dem Fernglas das Grundstück der Cochrans ab, doch bis jetzt war ihm absolut nichts aufgefallen. Er ließ das Fernglas sinken. »Was ist mit Ihren anderen Schwestern und Brüdern?«

»Ich weiß nicht von allen, worin genau ihre Gabe besteht. Wir reden nicht viel darüber, weil es gefährlich ist.«

»Gefährlich? Warum ...?«

»Ist das die Frau, auf die Sie warten?«

Er hob erneut das Fernglas an die Augen und sah, dass das Tor am Beginn der Auffahrt der Cochrans sich öffnete. Der Motor von Kimberley Cochrans silbrigem Mercedes lief im Leerlauf. Sie saß hinter dem Steuer und wartete darauf, dass sie auf die Straße abbiegen konnte.

Endlich.

Er warf das Fernglas auf die Rückbank, legte den Sicherheitsgurt an und ließ den Motor an. »Anschnallen«, befahl er seiner Begleiterin.

»Warum? Werden Sie schnell fahren?«

»Anschnallen, habe ich gesagt. So will es die Vorschrift, und ich habe kein Interesse an einem Strafmandat.«

»Nehmen Sie mir ab, was ich Ihnen erzählt habe?«, fragte sie, während sie nach dem Gurt griff. »Oder halten Sie mich für völlig durchgeknallt, wie alle anderen?«

Er warf ihr einen kurzen Blick zu und fädelte sich dann in den Verkehr ein. »Ich tendiere schon dazu, sie für ziemlich verrückt zu halten.« Er wandte seine Aufmerksamkeit dem Mercedes zu, der vor einem Stoppschild an der nächsten Kreuzung hielt. Er spürte ein leichtes Kribbeln, wie immer, wenn es endlich losging.

10

Es dauerte länger als erwartet, bis Elizabeth sich von dem Schock erholt, Chloe gewaschen und sie in Klamotten gesteckt hatte, die nicht so aussahen, als hätte sie sie schon eine Woche getragen. Ihrer Tochter das Haar zu bürsten, war ein Albtraum, weil Chloe sich hin und her wand, stöhnte und »Du tust mir weh!« schrie.

»Tut mir leid«, entschuldigte sich Elizabeth, obgleich sie wusste, dass sie ihrem Kind nicht wehgetan hatte. Chloe war eben Chloe, und sie machte ihrem Unbehagen immer laut Luft. Elizabeth hoffte, dass die Offenheit ihrer Tochter im späteren Leben ein Pluspunkt für sie sein würde, doch sie musste auch lernen, ihr Temperament ein bisschen zu zügeln. Bisher hatte es niemand gewagt, auf ihren Gefühlen herumzutrampeln – sie würde es einfach nicht zulassen.

»Das hätten wir«, sagte Elizabeth, als es ihr gelungen war, Chloes widerspenstige Locken zu bändigen. »Wirf einen Blick in den Spiegel.«

Chloe musste lächeln, als sie ihre rosigen Wangen, die strahlenden Augen und die blonden Locken sah. »Aber ich hab trotzdem keine Lust, zu Lissa zu fahren«, jammerte sie.

Elizabeth war insgeheim ganz ihrer Meinung. Auch sie hätte liebend gern verzichtet auf das Essen bei Vivian. Nach einer sehr langen und äußerst anstrengenden Woche war sie einfach völlig erschöpft. Sie hätte einiges darum gegeben, ihre Zusage zurücknehmen zu können. Viel lieber wäre sie mit Chloe allein zu Hause geblieben, doch nun war es zu spät.

Eine knappe halbe Stunde später fuhr sie die gewundene Straße in Newport Beach hoch, die einen Hügel hinaufführte, auf dem Vivians Haus stand. Sie parkte zwei Straßenecken von dem imposanten Haus der Eachus entfernt, einem weitläufigen Gebäude im Stil einer Ranch, dem in den Neunzigerjahren ein erster Stock hinzugefügt worden war. Vivian und Bill hatten es später noch einmal umfassend renoviert. Bill arbeitete beruflich an der Erschließung von Bauland. Er war klug genug gewesen, um die Rezession unbeschadet zu überstehen. Kürzlich hatte seine Firma in Irvine, direkt östlich der Interstate 5, Bauland erschlossen, wo jetzt Reihenhaussiedlungen entstanden.

Als sie mit Chloe die von Palmen gesäumte Straße hinabging, glitt ihr Blick über das Haus und das riesige Grundstück. Obwohl es noch nicht dämmerte, war die Außenbeleuchtung schon eingeschaltet, und ihr Licht fiel auf Palmen, Eukalyptusbäume und gepflegte Rasenflächen.

Sie war schon einmal in Vivians Haus gewesen, aber nur für eine Stippvisite, sodass ihr nicht alles gezeigt worden war. Den ersten Stock hatte sie nicht gesehen, doch das würde sich heute wahrscheinlich nachholen lassen. Da Chloe zweifellos überall herumrennen würde, bekam sie bestimmt eine Menge von dem Haus zu sehen, während sie damit beschäftigt war, ihre Tochter zu bändigen.

Lissa öffnete die Haustür schon, bevor Chloe geklingelt hatte. Die beiden Mädchen schauten sich einen Moment an. »Komm mit auf mein Zimmer«, sagte Lissa, und schon rasten die beiden lachend eine breite Treppe hinauf. Hoffentlich kommen sie auch weiter so gut miteinander klar, dachte Elizabeth, als sie in die große Diele trat, doch besonders hoffnungsvoll war sie nicht, denn die Persönlichkeiten der beiden Mädchen waren einfach zu verschieden. Streit war vorprogrammiert.

»Wir sind in der Küche!«, rief Vivian.

Die geräumige, modern eingerichtete und dezent beleuchtete Küche hatte ein riesiges Panoramafenster, durch das man einen Blick in den Garten und auf einen zu dem beleuchteten Swimmingpool führenden Plattenweg hatte. Deirdre und Les Czursky saßen mit ihrem Sohn Chad, einem Mitschüler von Chloe, an einem der Tische auf der Terrasse, und ihr jüngerer Sohn Bryan hockte auf dem Schoß seiner Mutter.

»Ich bin froh, dass du kommen konntest«, sagte Bill, der hinter der Bar einen Kübel mit Eiswürfeln füllte. Er war ein großer, schlanker, dunkelhaariger Mann, der hinter der Theke hervorkam, um Elizabeth mit einem Kuss auf die Wange zu begrüßen. »Das mit Court tut mir so leid … Ich … Ich weiß einfach nicht, was ich sagen soll.«

Ich auch nicht. »Ist schon gut«, sagte sie mit einem gezwungenen Lächeln. »Hier, bitte.« Sie reichte Bill eine Flasche Rotwein. »Danke für die Einladung.«

»Jederzeit!« Vivian zog eine Pizza aus einem Backofen und legte sie auf die Anrichte. »Ich bin auch froh, dass du es einrichten konntest«, fügte sie hinzu, während Bill den Merlot zu sechs anderen Weinflaschen auf der Theke stellte. Es roch himmlisch nach Pizzateig, Peperonis und geschmolzenem Käse.

»Da sind Appetithäppchen, bedien dich.« Vivian zeigte auf ein Tablett mit diversen Käsesorten, Trauben und Crackern, das neben etlichen Salaten stand.

»Deirdre und Les sitzen draußen«, sagte Vivian, während sie Schubladen durchwühlte und schließlich mit finsterem Blick einen Pizzaschneider aus Kunststoff hervorzog. »Zusammen mit ihren Jungs«, fügte sie hinzu. »Chad und Bryan haben vermutlich keine Lust, mit den Mädchen zu spielen. »Mein Gott, was für billiger Krempel, dieses Pizzarad. Bill, haben wir nicht irgendwo anständige Messer für die Steaks?«

Bill zuckte nur die Achseln, und Vivian warf Elizabeth einen Blick zu, der besagte, mit Männern sei in der Küche grundsätzlich nichts anzufangen. »Man sollte meinen, dass wir uns ein anständiges Pizzarad aus Edelstahl leisten könnten. Das Ding hier ist ein Werbegeschenk, das wir für eine Bestellung bei Domino's bekommen haben. Aber ich werde wohl mit dem billigen Ding klarkommen müssen.« Sie schnitt die Pizza mühsam mit den stumpfen Klingen in handliche Stücke. »Mein Gott, was für ein Theater. Möchtest du ein Glas Wein, Elizabeth?«

»Gern.« Sie ging zur Bar.

»Sorry, ich wollte dir gerade eins anbieten«, sagte Bill. »Rotwein?«

»Ja, bitte.« Bill schenkte ihr ein Glas ein, und sie nahm es und ging damit nach draußen.

Bisher war sie Deirdres Ehepartner nie begegnet, und als sie dem kleinen Mann mit dem sich lichtenden blonden Haar vorgestellt wurde, war sie überrascht, dass der sie mit einer herzlichen Umarmung begrüßte.

»Mein Beileid zum Tode Ihres Mannes«, sagte er, und es klang aufrichtig.

»Danke.«

»Können wir in den Pool springen?«, fragte Chad.

»Nein, Honey«, antwortete Deirdre. »Wir sind nicht zum Schwimmen hergekommen.« Chad ließ den Kopf hängen, doch sie ignorierte es und drückte Elizabeth ebenfalls. »Ich bin froh, dass du Vivians Einladung angenommen hast.«

»Ein Tapetenwechsel tut mir mal ganz gut«, antwortete Elizabeth. Tatsächlich zählte sie schon jetzt die Minuten, bis sie mit Chloe verschwinden, nach Hause fahren und sich ins Bett legen konnte.

An der Haustür klingelte es erneut.

»Ich mach auf!«, rief Lissa aus dem ersten Stock. Sie rannte mit Chloe in einem halsbrecherischen Tempo die Treppe hinunter.

»Diesmal bin ich dran!«, schrie Chloe.

»Das ist unser Haus!«, kreischte Lissa.

Vivian verdrehte die Augen. »Ihr könnt doch zusammen unserem Besuch die Tür öffnen.«

»Du glaubst doch nicht im Ernst, dass Lissa das zulassen würde«, bemerkte Bill.

»Immer die kleinen Rivalinnen«, bemerkte Elizabeth und warf einen Blick auf die Wanduhr hoch über der Bar. Wenn sie doch nur schon nach Hause gekonnt hätte. Alle waren nett zu ihr, aber sie war mit ihren Kräften am Ende und hatte keine Lust, die ihr verbliebene Energie dafür einzusetzen, die beiden kleinen Streithähne auseinanderzuhalten.

Nadia Vandell. Plötzlich fiel ihr der Nachname von Vivians Freundin ein, als sie diese in die Diele treten sah. Nadia war der Müttergruppe als Letzte beigetreten, weil sie noch nicht in der Gegend gewohnt hatte, als die Gruppe gegründet worden war. Außerdem war sie kinderlos, doch Vivian hatte gefragt, ob sie der Gruppe beitreten könne, und alle waren einverstanden gewesen. Schließlich stand nirgends geschrieben, dass nur Mütter dabei sein durften. Anfangs war allen das Interesse an ihren Kindern gemeinsam gewesen, doch dann waren sie im Laufe der vergangenen paar Jahre einfach gute Freundinnen geworden. Ihr Ehemann Karl, den Elizabeth auch noch nicht kennengelernt hatte, sei im Moment nicht da, und so sei sie an diesem Abend Single, erklärte Nadia, während sie von Bill ein Glas Wein entgegennahm.

Kurz bevor die Haustür zufiel, drohte ein neuer Streit zwischen Lissa und Chloe auszubrechen, wer als Nächste die Tür öffnen durfte, doch da traten auch schon Tara, ihr Mann Dave und ihre Tochter Bibi ein. Elizabeth war Dave schon zweimal begegnet, einmal, als sich die Mitglieder der Müttergruppe zur Happy Hour auf einen Drink getroffen hatten, und dann noch ein zweites Mal, als Tara Chloe zu Hause abgesetzt hatte nach einem Tanzkurs, an dem sie gemeinsam mit Bibi teilgenommen hatte. Dann war Taras Wagen nicht wieder angesprungen, und Dave war vorbeigekommen, um sie abzuholen.

Sie hatten eine improvisierte Grillparty gestartet. Dave hatte alles eingekauft, was man als Beilage für Hotdogs und Hamburger brauchte, und Elizabeth servierte den Erwachsenen Gin Tonic und den Mädchen Limonade, während sie darauf warteten, dass jemand von der nächsten Reparaturwerkstatt vorbeikam, um die Batterie von Taras Auto aufzuladen.

Obwohl sie Court telefonisch gewarnt hatte, dass Gäste zum Abendessen da seien, war er mit schlechter Laune nach Hause zurückgekommen. Er wollte nichts essen und schlürfte mit verkniffener Miene seinen Gin Tonic. Nachdem die

Hofstetters gefahren waren, machte Elizabeth sich darauf gefasst, dass er ihr einen Vortrag halten würde, doch er verschwand nur im Schlafzimmer, während sie die Küche aufräumte. Da die Dinge zwischen ihnen damals schon schlecht standen, glaubte sie, gut davongekommen zu sein.

Nein, dachte sie, als sie jetzt in Vivians riesiger Küche an ihrem Wein nippte. *Nein, ich vermisse meinen Ehemann eigentlich nicht, zumindest nicht seine schlechte Laune und bissigen Bemerkungen.*

Während Bibi zu den beiden anderen Mädchen nach oben stürmte, begrüßte auch Dave Elizabeth mit einer Umarmung. »Ich wünschte, dir irgendwie helfen zu können.« Dave war ein durchtrainierter Mann mit einem gutmütigen Gesicht und vorzeitig grau werdenden Haaren.

»Ich komme schon klar, wirklich … Es ist schwer, aber …«

Sie hörte Barbaras Worte: *Versuch wenigstens so zu tun, als würdest du trauern …*

Sie trauerte *tatsächlich.* Courts Tod machte sie traurig. Sie war traurig, weil er sie angelogen hatte. Und auch, weil sie ihm den Tod gewünscht hatte. Sie trauerte wegen einer verlorenen Liebe, wegen gebrochener Versprechen und geplatzter Träume, doch das war alles schon vor dem Tod ihres Mannes passiert.

»Schmeckt dir der Wein nicht?«, fragte Dave, als er sah, dass sie kaum etwas getrunken hatte. Seine silbernen Haarsträhnen glänzten im Licht der Spotlights in der Küche.

Auch Courts Haare hatten begonnen, grau zu werden, doch er wollte es nicht wahrhaben und war wütend auf jeden, der deswegen eine Bemerkung machte.

Sie trank einen Schluck Merlot und versicherte Dave, der

Wein sei sehr gut. Wie Bill war auch Dave ein durchtrainierter Mann mit einem voluminösen Brustkorb und muskulösen Armen. Man sah ihm an, dass er Stammgast in einem Fitnessstudio war.

Das erinnerte sie daran, dass es ratsam war, ihre Mitgliedschaft bei Fitness Now! aufzugeben. Oh, sie musste sich um so viele Dinge kümmern, die sie unweigerlich an Court erinnern würden.

Vivian holte die Kinder und befahl ihnen, sich mit ihrer Pizza auf Papptellern und ihrer Limonade auf die überdachte Terrasse zu setzen. Es war angenehm warm, sodass niemand eine Jacke oder einen Pullover anziehen musste.

»Wir können gleich essen, ich sehe mal nach den Steaks«, sagte Vivian, die zwei riesige Handschuhe überstreifte, den Backofen öffnete und eine Bratpfanne mit zwei großen Steaks herauszog. »Noch fünf, höchstens zehn Minuten, dann kann's losgehen.«

»Mir schmecken auch die Appetithäppchen«, bemerkte Les, der gerade einen Cracker mit Brie verputzte.

»Du bist wie Karl«, sagte Nadia. »Der steht auch auf die Vorspeisen.«

»Wer nicht?«, fragte Deirdre, die sich wie ihr Mann ebenfalls für Cracker mit Brie entschieden hatte.

Nach und nach nahmen alle an dem großen Tisch im Esszimmer Platz. Vivian bot Elizabeth den Platz am Kopf des Tisches an, Bill setzte sich ihr gegenüber. Vivian entschied sich für den Platz, von dem aus sie am bequemsten die Küche erreichen konnte.

Während der Mahlzeit blieb es beim Small Talk, doch es war unvermeidlich, dass irgendwann das Gespräch auf Courts

Beerdigung kam. Die Kids waren wieder ins Haus zurückgekommen und stürmten die Treppe hoch, diesmal nicht nur Lissa und Chloe, sondern auch die beiden Jungs. Elizabeth hatte ihr Weinglas endlich geleert, und Bill holte sofort die Flasche und schenkte ihr nach, bevor sie ablehnen konnte.

»Ich habe auch Jade eingeladen, doch die fühlte sich nicht wohl wegen der Schwangerschaft«, sagte Vivian, die ein Stück Steak abschnitt und es probierte.

»Wann ist es bei ihr so weit?«, fragte Nadia, die Bill ihr Glas hinhielt, damit er ihr ebenfalls nachschenkte.

Die Frage erinnerte Elizabeth daran, dass Nadia keine Kinder bekommen konnte, und Vivians Gedanken schienen in die gleiche Richtung zu gehen.

»In sechs Wochen, glaube ich ... Es können auch noch acht sein.«

Nadia blickte Elizabeth an. Ihre blauen Augen glichen denen von Chloe, und sie hatte den gleichen durchdringenden Blick. »Organisieren wir eine Geschenkparty für werdende Mütter für sie?«

»Nein.« Deirdre schüttelte den Kopf. Sie hatte ihre honigblonden Haare zu einem Pferdeschwanz zurückgebunden.

Blondine mit nachlässig hochgestecktem Haar ...

Dieser Gedanke schoss Elizabeth urplötzlich durch den Kopf, und es lief ihr eiskalt den Rücken hinab. Sie trug ihr Haar heute absichtlich offen.

»Niemand hat beim zweiten Kind noch mal Interesse an einer Geschenkparty«, fuhr Deirdre fort. »Wir sollten einfach eine normale Party schmeißen, wenn das Baby da ist.« Sie zeigte auf den Tisch. »Wein, Appetithäppchen, Sandwiches ...«

»Gute Idee«, sagte Tara. Sie hatte ihr Haar kürzlich erneut bleichen lassen und benutzte jede Menge Haarspray.

Vivian hatte ihr Haar an diesem Abend zu einem straffen Zopf geflochten, und sie trug ausnahmsweise mal keinen Jogginganzug, sondern ein blaues Kleid, das ihre gebräunten Arme und Beine gut zur Geltung brachte.

Blondinen. Wir sind alle blond. Etwas schnürte Elizabeth die Kehle zu. Seltsam, bis jetzt war ihr das noch nie aufgefallen.

Weil es unwichtig ist. Spiel jetzt nicht verrückt.

Sie bekam kaum etwas herunter von dem Essen, und als alle fertig waren und Vivian mit Komplimenten überhäuft hatten, stand die auf, holte aus der Küche einen Kuchen, schnitt ihn und legte die Stücke auf kleine Teller.

Elizabeth lehnte ab, doch alle anderen aßen ein Stück, und die Frauen seufzten glücklich. Elizabeth wollte nur noch nach Hause.

Schließlich standen alle auf, um draußen noch Kaffee zu trinken, mit oder ohne Baileys. Elizabeth folgte ihnen und suchte nach einem Vorwand, um verschwinden zu können.

»Ich hatte heute die Möglichkeit, meine Aggressionen abzureagieren, nachdem ich den Friedhof verlassen hatte«, sagte Vivian verlegen. Sie lehnte sich auf ihrem Gartenstuhl zurück. »Irgendein verdammtes Arschloch hat mir den Weg abgeschnitten, als ich nach Hause fuhr, und ich habe gehupt, mindestens eine Minute lang, ich schwöre es. Der Typ war total angekotzt, aber ich habe mich großartig gefühlt.« Sie seufzte. »Lächerlich, was?«

Elizabeth brachte mühsam ein »Nein« hervor, und Deirdre, Tara und Nadia pflichteten ihr bei.

»Manchmal tut es einem gut, es jemandem zu zeigen«, sagte Tara.

Die Männer saßen ein paar Schritte abseits an einem anderen Tisch und unterhielten sich. Dave warf einen Blick über die Schulter, doch Elizabeth konnte nicht sagen, ob er Tara verstanden hatte oder nicht.

»Es sind so viele Idioten auf den Straßen unterwegs«, sagte Nadia.

Elizabeth nickte und senkte die Stimme, damit die Männer nichts mitbekamen. »Mir ist heute etwas ganz Ähnliches passiert.«

»Dir?«, fragte Nadia ungläubig.

»Ja, mir. Es ist ein bisschen beschämend.« Sie erzählte ihren Freundinnen von dem Vorfall und ihrer Überreaktion. »Ich war so wütend, dass ich ihm sogar eine Weile gefolgt bin. Was kein Problem war, denn auf seinem Kennzeichen stand GoodGuy. Was habe ich mir bloß dabei gedacht? Ich bin jetzt eine alleinerziehende Mutter ... Außerdem bin ich keine Idiotin, zumindest meistens nicht. Es war alles irgendwie ein bisschen irreal.« Sie seufzte tief. »Nein, *sehr* irreal. Ich begreife nicht, warum ich mich so verhalten habe.«

»GoodGuy.« Nadia schüttelte den Kopf. »Mein Karl ist bestimmt ein guter Junge, aber auf so ein Kennzeichen wäre er mit Sicherheit nicht scharf.«

Deirdre schnaubte. »Wie jeder, der nur ein bisschen Grips hat.«

»Court hatte mal für eine Weile so ein Nummernschild, *4 the law,* schließlich war er Anwalt. Aber er hat es schnell wieder abgeschafft, weil es ihm zu auffällig war. Ihm war es immer lieber, nicht erkannt zu werden.«

Für eine Weile herrschte Schweigen. Alle wussten, wie Court gewesen war, wussten von seiner Affäre mit Whitney Bellhard. Elizabeth glaubte, dass es vielleicht außer ihr noch andere gegeben hatte. Vielleicht war Whitney nur die letzte einer langen Reihe von Geliebten gewesen. Aber sie wollte jetzt nicht darüber nachdenken, nicht heute Abend.

»GoodGuy«, wiederholte Vivian. »Ich wusste, dass ich das Kennzeichen schon mal gesehen hatte, konnte mich aber nicht erinnern wo. Aber ich glaube ... Nein, ich bin mir jetzt ziemlich sicher, dass ich es auf dem Parkplatz von Fitness Now! gesehen habe. Vielleicht ist er Mitglied.«

»O nein«, stöhnte Elizabeth.

»Du bist doch auch Mitglied in dem Fitnessstudio, oder?«, fragte Nadia.

»Ja, aber ich habe darüber nachgedacht, die Mitgliedschaft aufzugeben. Jetzt bin ich mir sicher, dass ich es tun werde.«

Die anderen Frauen protestierten unisono.

»Ich glaube, mir bleibt kaum eine andere Wahl«, sagte Elizabeth verlegen. Sie erklärte den anderen ansatzweise ihre finanzielle Situation. »Offenbar hat Court die Augen davor verschlossen, wie unsere pekuniäre Lage aussah.«

»Gib die Mitgliedschaft noch nicht auf«, beharrte Vivian. »Wir werden uns etwas einfallen lassen.«

»Jetzt, wo du weißt, wo du seinen Wagen findest, solltest du diesem GoodGuy vielleicht eine Nachricht unter den Scheibenwischer klemmen«, sagte Tara.

»Ja, sag ihm die Meinung«, schlug Deirdre mit blitzenden Augen vor.

Tara hob eine Hand. »Wir wollen doch nicht, dass sie Ärger bekommt.« Sie wandte sich Deirdre zu. *Du machst wohl Witze,* schien ihr Blick zu sagen.

»Mir gefällt die Idee«, sagte Nadia.

»Was habt ihr da zu tuscheln?«, fragte Les, der an ihren Tisch trat und seiner Frau eine Hand auf die Schulter legte.

»Nichts Besonderes, mein Guter«, säuselte Deirdre.

»Ich denke, es ist besser, wenn ich mich von ihm fernhalte«, sagte Elizabeth.

In diesem Moment ertönte aus dem ersten Stock ein ohrenbetäubender Schrei.

Elizabeth sprang auf.

Bibi kam mit flatternden Haaren die Treppe heruntergerannt und wäre beinahe gestolpert. »Lissa und Chloe hauen sich«, schrie sie, bevor sie sich ihrer Mutter in die Arme warf.

Das ist jetzt der richtige Augenblick, um nach Hause zu fahren, dachte Elizabeth.

11

Der silberne Mercedes hielt vor dem Restaurant Ivy on the Shore, einem angesagten Lokal, von dem Ravinia gehört hatte, es werde von Hollywoodstars besucht. Die Wagentür öffnete sich sofort, und die Frau, die Kingston im Auftrag ihres Mannes beschattete, stieg aus und reichte einem Bediensteten die Autoschlüssel. Sie trug ein enges weißes Kleid mit tiefem Dekolleté, und es spannte über einem der prallsten Hintern, die Ravinia jemals gesehen hatte.

Als sie in dem Restaurant verschwand, musste Ravinia unwillkürlich an die langen Kleider denken, die Tante Catherine immer für sie und ihre Schwestern genäht hatte. Hochgeschlossene, langärmelige Kleider und unten so lang, dass der Saum über den Boden schleifte.

»Was für ein Outfit«, bemerkte Ravinia. »Irgendwas stimmt da nicht.«

»Warum?«, fragte Kingston.

»Die Kiste passt nicht zum Rest ihres Körpers.«

»Wahrscheinlich hat sie Implantate im Hintern, weil manche Männer das geil finden.«

»Sie meinen, das war *Absicht*?« Ravinia konnte es nicht fassen.

»Vermutlich schon.« Er fuhr langsam an dem Restaurant vorbei. »Das ist so ziemlich der ungünstigste Schuppen für ein unauffälliges Rendezvous«, murmelte er stirnrunzelnd.

Das leuchtete Ravinia ein. Auf der Straße stauten sich die Autos, auf dem Bürgersteig drängten sich Passanten – Frauen mit Kinderwagen, Jogger, *Jogger mit Kinderwagen* und Teenager auf Skateboards.

»Wo werden Sie parken?«

»Hier findet man nie einen Parkplatz«, sagte er, als sie um den Block fuhren und keine einzige Lücke am Bordstein erblickten. »Vielleicht bezahle ich den Parkplatzwächter des Restaurants und bleibe eine Weile.« Aber seine finstere Miene verriet, dass ihm die Idee nicht gefiel. »Keine Ahnung, ob sich das auszahlen wird.«

»Sie wollen ihr in das Lokal folgen?« Ravinia beäugte die Tür, durch welche die Frau in dem weißen Kleid das Restaurant betreten hatte.

»Ich habe keine Lust, mich zu sehr in ihrer Nähe aufzuhalten. Ich will nicht, dass sie sich an mein Gesicht erinnert.«

»Ich könnte da reingehen«, bot sie an.

Kingston lachte. »Sie? Sie sehen aus wie einer von den Teenagern mit Skateboard.« Er schüttelte den Kopf. »Nein, sie bleiben schön hier. Ich hätte Sie gar nicht mitnehmen sollen. Es war ein Fehler, und wir sollten uns jetzt trennen. Etwas weiter die Straße hinauf ist ein Motel, das meiner Ansicht nach nicht besonders teuer sein kann. Da könnten Sie ein Zimmer nehmen.«

»Ich schlafe lieber draußen«, sagte sie etwas beleidigt, weil er sie loswerden wollte. Als sie noch einmal um den Block fuhren, zeigte sie in die Richtung des Parks, wo sie übernachtet hatte. »Da drüben.«

»Nichts da«, sagte er.

Sie wusste, dass ihn der Gedanke ein bisschen ängstigte, sie könnte unter freiem Himmel übernachten.

»Sie haben mir gar nichts zu sagen.« Sie streckte die Hand

nach dem Türgriff aus und wies mit einer Kopfbewegung in Richtung des Restaurants. »Aber erst gehe ich da rein und schaue mich um. Dann sehe ich, wer bei ihr ist.«

»Vergessen Sie's. Alle werden Sie anstarren. In dem Schuppen fallen Sie auf wie ein Kuhfladen auf der Autobahn. Bei Observationen ist es am wichtigsten, dass man sich seiner Umgebung anpasst.«

»Wie hieß die Frau noch mal?«, fragte Ravinia, während er sich dem Parkplatz des Restaurants näherte, der von dem Wächter beaufsichtigt wurde.

»Von mir haben Sie den Namen nicht gehört. Absichtlich nicht.«

Während Kingston mit dem Parkplatzwächter sprach, stieg Ravinia aus dem Auto, setzte den Rucksack auf und ging in Richtung Eingang.

»Halt!«, brüllte Kingston ihr nach.

»Ich muss pinkeln«, rief sie über die Schulter. In dem Lokal suchte sie die Damentoilette. Sie zog misstrauische Blicke auf sich, tat aber so, als wäre sie tagtäglich in solchen Luxusrestaurants, und niemand stellte sich ihr in den Weg. Was auch gut war, denn sie musste wirklich dringend aufs Klo.

Auf der Damentoilette frischten zwei Frauen ihr Make-up auf. Ein Rotschopf malte sich die Lippen an, während sich neben ihr eine Asiatin mit unglaublich hohen Plateauschuhen prüfend im Spiegel betrachtete. Sie warfen Ravinia kaum einen Blick zu, weil sie sich angeregt über Bewerbungen für Filmrollen unterhielten.

»Ich habe tatsächlich Frank Milo gesehen und ihn *begrüßt* «, sagte der Rotschopf wichtigtuerisch.

»Hör auf, mich zu verarschen«, erwiderte ihre Freundin. »Was sollte der Produzent da zu suchen haben?«

»Seine Tochter Natalie gehört zu den Leuten, die fürs Casting zuständig sind.«

»Nein!«

»Aber wenn ich's dir doch sage. Sie ist etwa in meinem Alter. Sieht aber für meinen Geschmack zu natürlich aus. Trägt Treter von Birkenstock.«

»Guter Gott.«

»Sie ist ganz hübsch und könnte mehr aus sich machen ...«

»Ich kenne die Sorte Frau.«

»Aber sie war nett«, fügte der Rotschopf hinzu. »Sie hat sich sogar bei mir bedankt.«

»Das tun sie alle, wenn sie einen loswerden wollen.«

Ravinia hörte ein Klicken, als wäre ein Taschenspiegel zugeklappt oder eine Handtasche geschlossen worden.

»Ich weiß, aber ich hatte das Gefühl, dass es anders war als sonst. Mein Gott, wenn ich mir vorstelle, dass sie mich für *Dragonworld* besetzen würden ...«

Die Stimmen der beiden verstummten, als sie die Toilette verließen und sich die Tür hinter ihnen schloss.

Ravinia betätigte die Spülung, verließ die Kabine und wusch sich die Hände. Dann betrachtete sie im Spiegel ihr ungeschminktes Gesicht, das so natürlich wirkte im Vergleich zu dem der beiden aufgetakelten Frauen, die nicht viel älter sein konnten als sie. Aber sie wollte gar nicht so sein. Sie sah etwas Schmutz auf ihrem Kinn und wischte ihn weg, wütend auf Kingston, weil der ihr nichts davon gesagt hatte. Sie drehte den Warmwasserhahn auf und wusch sich gründlich das Gesicht. Dann betrachtete sie stirnrunzelnd ihre Kleidung.

Eigentlich eher zerknittert als dreckig, trotz einiger Flecken. Während sie sich ein paar widerspenstige Haarsträhnen aus dem Gesicht strich, dachte sie daran, dass sie sich vielleicht doch ein Zimmer in dem Motel nehmen sollte, das Kingston erwähnt hatte.

Doch erst hatte sie einen Job zu erledigen. Sie wollte Kingston beweisen, dass sie ihm nützlich sein konnte.

Sie verließ die Toilette und kehrte in das Restaurant zurück, wo sie die beiden Frauen erblickte, deren Gespräch sie mitgehört hatte. Sie nahmen an einem Tisch Platz, an dem zwei Männer saßen, beide Anfang zwanzig. Beide trugen lange Hosen und ein Polohemd, spielten mit ihren Smartphones herum und nahmen es kaum zur Kenntnis, dass die beiden Frauen zurück waren.

Typisch.

Als sie sich umblickte, sah sie die Frau in Weiß nicht sofort, und deshalb betrat sie einen Nebenraum. *Bingo!* Da saß sie allein an einem Tisch und telefonierte aufgeregt mit ihrem Handy.

Ravinia überlegte, was sie tun sollte. Als sie in Richtung des Oberkellners schaute, sah sie Kingston, der offenbar um einen Tisch bat. Ihre Blicke trafen sich, und er schüttelte den Kopf, als wollte er sie warnen.

Ihr war klar, dass er genervt von ihr war.

Sie ignorierte es und bahnte sich ihren Weg zwischen den Tischen hindurch, bis sie direkt hinter der Frau in Weiß stand. Sie blieb stehen und sah sich um, als würde sie jemanden suchen.

»So einfach ist das nicht«, hörte sie die Frau sagen. »Ich habe auch noch ein eigenes Leben.«

Sie schwieg, und Ravinia hörte leise eine unverständliche, blecherne Stimme aus dem Lautsprecher des Mobiltelefons.

»Glaubst du, ich hätte nicht an dich gedacht?«, fuhr die Frau fort. »Nur noch eine Woche, ich verspreche es. Länger halte ich es nicht aus, sonst werde ich verrückt. Ich muss nur vorsichtig sein. Ich treffe ihn gleich, und wir werden reden. Er möchte, dass die Trennung so aussieht, als wäre sie von beiden Seiten gewollt. Ihm geht es darum, das Gesicht zu wahren. Ich komme am Dienstag in die Casa del Mar, dann sehen wir weiter. Sei nicht so ungeduldig.«

»Kann ich Ihnen helfen?«, fragte ein Kellner, der plötzlich neben Ravinia aufgetaucht war.

Sie drehte überrascht den Kopf und schaute ihn an. Er hatte hellbraunes Haar, und seine dunklen Augen blickten sie misstrauisch an. Seine Lippen verzogen sich zu einem höhnischen Grinsen.

»Ich versuche, meinen Vater zu finden«, sagte sie beiläufig. »Er heißt Frank Milo. Kennen Sie ihn?«

Der Kellner musterte sie von Kopf bis Fuß, noch immer misstrauisch. »Ich glaube nicht.«

»Sie sollten ihn kennen.« Sie beugte sich vor und senkte die Stimme. »Er ist der bekannte Produzent ...« Sie vergewisserte sich, dass niemand lauschte. »Ich sehe ihn nicht«, flüsterte sie. »Wenn er auftaucht, sagen Sie ihm bitte, dass Natalie hier war.«

Ravinia ließ ihn stehen und ging Richtung Ausgang, weil sie nicht wollte, dass sich der Kellner fragte, warum Natalie einen Rucksack auf dem Rücken hatte und aussah, als hätte sie zwei Wochen unter freiem Himmel genächtigt.

Von Kingston war nichts zu sehen. Sie schenkte dem Oberkellner zum Abschied noch ein Lächeln und trat nach draußen.

Während sie über ihren nächsten Schritt nachdachte, sah sie Kingston aus einem Seitenausgang treten.

Er näherte sich ihr mit einem verkniffenen Gesichtsausdruck.

Huch.

Er packte ihren Arm und zerrte sie vom Eingang weg. »Was zum Teufel haben Sie da drin getan?«, raunte er ihr zu.

»Ermittelt«, antwortete sie. »Die Frau ist hier, um sich mit ihrem Mann zu treffen und die Dinge zu klären. Sie hat gesagt, die Trennung solle so erscheinen, als geschehe alles im beiderseitigen Einverständnis. Es geht darum, das Gesicht zu wahren.«

»Woher wissen Sie das? Sie hat allein an dem Tisch gesessen.«

»Und mit ihrem Lover telefoniert.« Ravinia machte sich von seinem Griff frei. »Was sie gesagt hat, konnte ich verstehen. Sie meinte, er solle ihr eine Woche Zeit lassen, aber am Dienstag werde sie ihn in der Casa del Mar sehen, weil sie nicht in der Lage sei, es noch länger auszuhalten.«

Kingston gab dem Parkplatzwächter seinen Parkschein, und der Mann eilte davon, um seinen Wagen zu holen.

»Sonst noch was, oder war das alles?«, fragte er, als der Mann verschwunden war.

»Kennen Sie einen Produzenten namens Frank Milo?«

»Ja, ich glaube, ich habe von ihm gehört«, antwortete Kingston nachdenklich. »Ich glaube, er hat zwei sehr erfolgreiche Fernsehsendungen.«

»*Dragonworld?*«

Er starrte sie an, als könnte er nicht glauben, dass eine Landpomeranze aus Oregon, die jahrelang eingesperrt gewesen war, auch nur irgendetwas über Hollywood wusste. »Ja, vielleicht. Aber ich verstehe nicht. Hat Kimberley mit ihm telefoniert?«

»Nein. Die Rollenbesetzung läuft noch. Ich habe auf der Toilette ein Gespräch über das Casting mitgehört.«

Er murmelte etwas Unverständliches vor sich hin und schüttelte den Kopf.

»Jetzt haben Sie Zeit, weil vorerst nichts mit ihr passieren wird«, sagte Ravinia. »Also können Sie damit anfangen, mir zu helfen.«

»Dafür müsste ich Ihnen Ihre Story erst mal abnehmen.«

»Ich lüge nicht.«

Er räusperte sich. »Wir haben noch keinen Vertrag gemacht.«

»Muss das sein?«

»So läuft das in meinem Geschäft. Sie sichern mir durch Ihre Unterschrift die Zahlung des Honorars zu und geben mir einen Vorschuss.«

Der Parkplatzwächter brachte den Wagen zurück, und Kingston gab ihm ein paar Geldscheine.

Man musste keine Hellseherin sein, um zu wissen, dass er verärgert über sie war. Bevor er sie hier einfach stehen ließ, setzte sie sich schnell auf den Beifahrersitz und schnallte sich pflichtgemäß an. »Und wenn ich den Vertrag unterschrieben habe, werden Sie meine Cousine Elizabeth finden?«

»Ich werd's versuchen. Wenn Sie den Vorschuss bezahlt haben.«

Sie warf ihm einen finsteren Blick zu.

Als Kingston losfuhr, warf er einen Blick in den Rückspiegel.

»Sie hatten recht«, räumte er ein. »Da kommt Dorell gerade. Ihr Mann. Er trifft sich tatsächlich mit ihr.«

Sie drehte den Kopf und reckte den Hals, um aus dem Hinterfenster sehen zu können. »Ich hatte mit allem recht, was ich gesagt habe.«

Vierzig Minuten später betraten Kingston und Ravinia das Büro des einstöckigen Motels Sea Breeze Inn am Santa Monica Boulevard, das ganz so aussah, als könnte es mal einen neuen Anstrich gebrauchen. Und die Asphaltdecke des Parkplatzes war voller Risse.

»Ich komme schon allein klar«, sagte Ravinia gereizt.

Er fragte sich, was zum Teufel er hier eigentlich tat. Es war, als wäre sie für ihn die Tochter, die er nicht hatte, und als fühlte er sich auf irgendeine unerklärliche Weise für sie verantwortlich. Sie war seltsam. Einmal wirkte sie tough, als wäre sie in der Großstadt aufgewachsen, dann wieder wie eine naive Landpomeranze.

»Gut, dann mieten Sie ein Zimmer.«

»Ich habe Geld. Es macht mir nur keinen Spaß, es auszugeben.«

»Und ich lasse es nicht zu, dass Sie in dem Park schlafen.«

»Schon gut, schon gut. Ich bin hier, oder? Ich miete ein Zimmer.«

Sie hatten schon verschiedene andere Motels abgeklappert, aber sie hatte immer nur halsstarrig den Kopf geschüttelt, bis er ihr das ziemlich heruntergekommene Sea Breeze Inn gezeigt hatte.

An der Rezeption war niemand, und Ravinia erblickte die Klingel und haute ein halbes Dutzend Mal darauf.

»Werden Sie noch heute Abend mit der Suche nach Elizabeth beginnen?«, fragte sie, ohne ihn anzublicken.

»Nein. Ich fahre nach Hause, genehmige mir einen Drink und denke ein bisschen nach.«

»Wo wohnen Sie?« Sie wandte sich ihm zu und schaute ihn an.

»Weiter draußen. Wenn ich nicht im Stau stecke, brauche ich eine Stunde, meistens anderthalb. Manchmal auch zwei.«

»Ich habe gefragt, wo Sie wohnen, nicht, wie lange die Fahrt dauert.«

»In Costa Mesa«, antwortete er zögernd. *Du solltest sie einfach anlügen.*

»Wohnen Sie mit jemandem zusammen?«

»Nein, und so soll es auch bleiben.«

»Ich hatte nicht vor, bei Ihnen einzuziehen.«

»Sehr gut. Ich brauche keine Gesellschaft.«

»Kinder, wir wollen uns doch nicht streiten«, sagte eine Frau in mittleren Jahren mit kurz geschnittenen, blond gefärbten Haaren. »Sie möchten ein Zimmer mieten?«, fragte sie Kingston lächelnd.

»Nicht ich, sondern sie. Ein Einzelzimmer.«

»Ich zahle bar«, sagte Ravinia. »Eine Kreditkarte habe ich nicht.«

Die Frau beäugte Ravinia misstrauisch. »Dann müssen Sie im Voraus bezahlen.«

»Vertrauen Sie mir nicht?«

Die Frau spreizte die Hände. »Regen Sie sich nicht auf. Es ist nur eine Vorsichtsmaßnahme für den Fall, dass Sie sich verdrücken.«

»So was würde ich nie tun«, erwiderte Ravinia verärgert.

Kingston musste gegen den Wunsch ankämpfen, mit seiner eigenen Kreditkarte zu bezahlen. Was zum Teufel war los mit ihm? Normalerweise war er nicht so, doch wenn er mit ihr zusammen war, kam es ihm manchmal so vor, als hätte sie ihn irgendwie verhext. Er war dann einfach nicht mehr der zynische Privatdetektiv. Aber vielleicht gehörte es zu den in ihrer Familie verbreiteten »Gaben«, dass sie ihn verhexen konnte. Teufel, er begann tatsächlich an ihre Hirngespinste zu glauben.

Er wartete, bis Ravinia sich mit der Frau hinter der Theke geeinigt hatte, und als die ihr den Zimmerschlüssel gegeben hatte, verließ er das Sea Breeze Inn und wandte sich Richtung Parkplatz. Weit kam er nicht.

Sie saß ihm weiter im Nacken. »Warten Sie!«

Er blieb stehen und drehte sich um. »Was gibt's?«

»Ich muss eine Möglichkeit finden, Geld zu verdienen, und könnte Ihnen nützlich sein.«

»Nichts da.« Er ging weiter, doch sie folgte ihm.

»Ich weiß, wie Sie sind«, verkündete sie. »Harte Schale, weicher Kern.«

»Sie wissen nichts über mich.« Er verdrängte die Erinnerung an den kurzen Moment, als er geglaubt hatte, sie könnte in seine Seele blicken.

»Sie mögen mich und wissen nicht warum, weil Sie grundsätzlich misstrauisch sind und niemanden auf Anhieb sympathisch finden. Ich verüble Ihnen das nicht. Ich verstehe es. Sie wollen glauben, dass ich verrückt bin, können sich aber nicht so richtig davon überzeugen.«

Er öffnete sein Auto mit der Fernbedienung, aber sie redete weiter.

»Sie möchten, dass ich Ihnen helfe, wollen es aber nicht zugeben. So schlimm fanden Sie es gar nicht, dass ich in dem Restaurant war und die Informationen besorgt habe. Sie suchen doch einen Partner für Ihr Geschäft. Hier bin ich.«

Kingston fiel die Kinnlade herunter. »Wie alt sind Sie? Zwanzig? Einundzwanzig?«

»Neunzehn.«

»Um Himmels willen.«

»Das war für Sie der beste Tag, den Sie seit langer Zeit erlebt haben.«

»Sie wissen nichts über mich«, wiederholte er, ohne ganz daran zu glauben.

Sie bedachte ihn mit einem durchbohrenden Blick. »Ich weiß, dass Ihr Job Sie gelangweilt hat. Das ist jetzt nicht mehr so.«

»Ich muss verschwinden«, sagte Kingston. »Sie sind ein verdammt unheimliches Mädchen.«

»Ja. Liegt bei uns in der Familie.«

Er streckte die Hände aus, als wollte er sie abwehren, und ging zu dem Auto. »Ich werde herauszufinden versuchen, wo Ihre Cousine ist. Versprochen.«

»Sie heißt Elizabeth Gaines.«

»Ich weiß.«

»Haben Sie meine Handynummer?«

»Ja.« Er klemmte sich hinter das Lenkrad, ließ den Motor an, legte den Gang ein und gab Gas. Als er einen Blick in den Seitenspiegel warf, sah er sie.

Sie stand mit vor der Brust verschränkten Armen da und blickte ihm nach.

12

Zwanzig Minuten später hatte Ravinia geduscht und trocknete sich ab mit den fadenscheinigen Handtüchern des Sea Breeze Inn. In dem Zimmer war dicke Luft, weil der Ventilator nicht funktionierte. Sie fühlte sich erfrischt und sauber und überlegte bereits, wie ihr nächster Schritt aussehen würde.

Während sie den beschlagenen Spiegel abwischte, hörte sie ihr Handy klingeln, dessen Akku sie gerade auflud. Sie rannte nackt zu dem Schreibtisch aus Holzimitat, auf dem das Mobiltelefon lag. Konnte es schon Rex Kingston sein? Aber auf dem Display sah sie eine Nummer, die ihr nichts sagte. Sie meldete sich.

»Hallo?«

»Ravinia?«

Tante Catherine.

Ravinia war eher etwas genervt als erleichtert. Sicher, sie wollte mit ihrer Tante sprechen, aber sie brauchte auch Zeit, um den Abend mit Rex Kingston Revue passieren zu lassen. Endlich geschah etwas. Zum ersten Mal seit langer Zeit fühlte sie sich in die richtige Richtung gezogen. Es war so, als würde eine unsichtbare Macht eine Hand über sie halten und dafür sorgen, dass sie den richtigen Weg fand. *Vielleicht hast du einen Schutzengel.*

»Hast du neuerdings ein Mobiltelefon?«, fragte sie ihre Tante, denn sie hörte nicht die vertrauten Geräusche des Drift In Market, wo Tante Catherine einkaufte und sonst den öffentlichen Fernsprecher benutzte.

»Ich telefoniere mit dem Mobiltelefon deiner Schwester«, antwortete sie geziert.

»Ophelia hat ein Handy?« Das kotzte Ravinia an aus Gründen, über die sie sich nicht ganz klar war. Ophelia war die einzige ihrer in Siren Song lebenden Schwestern, die im einundzwanzigsten Jahrhundert angekommen war. Wahrscheinlich verabscheute sie am meisten Ophelias herablassenden Tonfall. Sie tat immer so, als trüge sie für alles die Verantwortung, was nicht stimmte. Sie hatte Ravinia erzählt, sie habe den Führerschein gemacht und wolle Siren Song renovieren und modernisieren. All das war schön und gut, doch sie hatte unbekümmert allerlei Dinge getan, ohne dem Rest von ihnen etwas davon zu erzählen, abgesehen von Tante Catherine natürlich. Ophelia hatte gewusst, wie sehr Ravinia es sich wünschte, den Führerschein zu machen. Es war fast so, als würde sie ihre ältere Schwester nun damit quälen, dass sie Auto fahren durfte.

»Ja«, antwortete Tante Catherine knapp. Sie ließ sich ungern unterbrechen. »Bei dir alles in Ordnung? Wie geht es dir?«

»Gut«, antwortete Ravinia, während sie sich in dem trostlosen Motelzimmer umblickte. Ihr Blick fiel auf den fleckigen blauen Teppichboden, die fadenscheinige Tagesdecke auf dem Bett, die nicht zu den Vorhängen passte, auf den Fernseher, der ungefähr genauso alt war wie der in Siren Song. Sie zog mit einer Hand den Reißverschluss ihres Rucksacks auf, um nach Unterwäsche zu suchen.

»Hast du schon Fortschritte gemacht?«

»Ich bin in Santa Monica«, antwortete sie, während sie mit einiger Mühe einen Slip anzog. »Ich habe Elizabeth noch nicht gefunden, habe aber ein paar Ideen.«

»Ideen? Nichts Konkretes?«

»Noch nicht. Aber ich bin noch nicht lange hier.«

Tante Catherine reagierte nicht.

»Hat sich etwas geändert?«, fragte Ravinia. »Hast du von Silas gehört oder ...?«

»Nein. Eigentlich nicht.«

»Was soll das heißen?« Silas war ihr Bruder, der gute Bruder, der Einzige, den sie als Freund sah. Er war einer der wenigen Menschen auf dieser Welt, denen sie vertraute. Sie zwängte das Handy zwischen Wange und Schulter und stieg in ihre Jeans.

»Es war niemand hier, niemand hat uns behelligt«, versicherte Tante Catherine. »Doch das heißt nicht, dass wir in Sicherheit sind. Das gilt auch für dich und Elizabeth.« Sie seufzte laut. »Es tut mir leid, aber es könnte nur die Ruhe vor dem Sturm sein.«

Ravinia lief es kalt den Rücken hinab. »Du bist immer noch sicher, Elizabeth könnte in sein Visier geraten sein?«

»Ja«, flüsterte Tante Catherine kaum hörbar. »Ich möchte nur, dass du dafür sorgst, dass sie in Sicherheit ist.«

»Ich bemühe mich, wirklich. Ich ertrage den Gedanken auch nicht, dass ihr etwas Schlimmes zustoßen könnte.« Sie spürte, wie ernst es ihrer Tante war.

»Ich auch nicht. Und pass gut auf dich auf.«

Ravinia hatte einen Kloß im Hals und musste gegen Tränen ankämpfen, während sie ein fast sauberes langärmeliges T-Shirt aus dem Rucksack zog. »Ich habe jetzt diese Telefonnummer und kann dich oder Ophelia zurückrufen.«

»Ja. Ruf sofort an, wenn du Elizabeth gefunden hast. Oder wenn du etwas erfährst.«

»Wird gemacht.«

»Und beeil dich.« Als wäre Tante Catherine ihr Kommandoton aufgefallen, fügte sie ein entschuldigendes »Bitte« hinzu. »Sei vorsichtig, Ravinia.«

»Ja, keine Sorge.«

Ravinia unterbrach die Verbindung. Sie hoffte, dass Rex Kingston sich so schnell wie möglich melden würde. Nachdem sie das T-Shirt übergestreift hatte, trat sie ans Fenster und blickte durch den Spalt zwischen den Vorhängen. Mittlerweile war es Nacht, doch die Laternen am Straßenrand und auf dem Parkplatz tauchten alles in ein bläuliches Licht. Irgendwie kam ihr diese künstliche Helligkeit bedrohlicher vor als die pechschwarze nächtliche Finsternis in und um Siren Song. Man hörte aus der Ferne das dumpfe Grollen der Meeresbrandung, das Rauschen des Windes in den Baumwipfeln, das Geräusch des strömenden Regens.

Dort empfand man ein Gefühl der Sicherheit, hier nicht.

Erneut lief es ihr kalt den Rücken hinab, und für einen Augenblick sehnte sie sich nach dieser Sicherheit ihres Zuhauses, sogar nach dem hohen, schützenden Zaun, der Siren Song umgab.

Entschlossen verdrängte sie diese Gedanken. Ihr blieb keine Zeit für nostalgische Anwandlungen. Sie hatte eine Aufgabe, eine Mission, die sie erfüllen musste.

Sie zog die Vorhänge ganz zu und wünschte sich, dass der nächste Tag kein Sonntag gewesen wäre, denn sie *brauchte* Rex Kingstons Hilfe.

Elizabeth saß auf der Bettkante und klappte das Buch zu, aus dem sie ihrer Tochter vorgelesen hatte. Chloe schlief bereits fest und schnarchte leise. Sie war ein Energiebündel und schlief nach einem langen Tag so fest, dass selbst ein Kanonenschuss sie nicht mehr geweckt hätte. »Gute Nacht«, flüsterte Elizabeth. Dann drückte sie Chloe einen Kuss auf die Stirn und zog die Bettdecke über ihre Schultern. »Ich liebe dich.«

Sie schaltete das Licht aus und schloss leise die Tür. Dann wandte sie sich in die Richtung ihres Schlafzimmers, überlegte es sich jedoch anders und betrat das Zimmer, das zuletzt Courts Büro gewesen war. In der Mitte des Raums stand ein moderner Schreibtisch mit einer Glasplatte auf gewundenen Metallbeinen. Darauf lag ihr Laptop, neben den Akten, die sie aus dem Büro mitgebracht hatte. Sie strich mit dem Finger über den Computer und schaute zu den schwarzen Aktenschränken neben dem Fenster hinüber. Court hatte sie stets abgeschlossen, doch kürzlich hatte sie den Schlüssel gefunden und die Schränke nacheinander geöffnet. Bei einer schnellen Durchsuchung war ihr auf den ersten Blick unter den Schriftstücken nichts Besonderes aufgefallen.

Sie hatte Stapel bezahlter Rechnungen gefunden, außerdem Bürobedarf – eine Heftmaschine, eine Schachtel mit Bleistiften, Büroklammern, eine Schere. In einer Schublade des Schreibtischs fand sie Papier für den Drucker, der auf zwei kleineren metallenen Aktenschränken an der gegenüberliegenden Wand stand. Court hatte darauf bestanden, diese Designerstücke zu kaufen, obwohl sie ein kleines Vermögen gekostet hatten, und nun hatten seine verdammten Büromöbel ihn überlebt.

Für einen Augenblick stiegen ihr Tränen in die Augen, doch sie wusste, dass sie nicht wirklich ihrem verstorbenen Mann galten, sondern ihrer zerbrochenen Familie und ihren geplatzten Träumen. Einst waren sie eine kleine Familie gewesen, wenn auch nur kurz, und eigentlich hatte Court nie richtig dazugehört. Sie räusperte sich, wischte sich eine Träne ab, die ihr über die Wange lief, und wandte sich den vordringlichen Aufgaben zu.

Während der letzten paar Tage hatte sie ein paar Rechnungen in der Post gefunden, die sie beiseite gelegt hatte, weil sie keine Lust dazu gehabt hatte, sich darum zu kümmern. Sie setzte sich an den Schreibtisch, schlitzte die Umschläge auf, legte die Rechnungen neben die Akten aus dem Büro und schaltete ihren Computer ein. Court hatte seinen Laptop am Tag seines Todes dabeigehabt, doch trotz ihrer Bitten hatte die Polizei ihn noch nicht herausgerückt. Es war offensichtlich, dass Detective Thronson und ihre Kollegen glaubten, bei dem Unfall sei Fremdeinwirkung im Spiel gewesen, doch bisher hatte es noch niemand offen gesagt.

Es war ärgerlich, doch sie konnte nichts dagegen tun, dass sie eine leise Angst empfand, wann immer sie an Detective Thronsons Anruf dachte. *Eine Frau, die wie Sie aussieht, war im Hotel Tres Brisas und beteiligt an einem Rennen mit Court Ellis und Whitney Bellhard auf einer gebührenfreien Schnellstraße.*

Sie lehnte sich zurück und dachte nach. War es denkbar, dass es bei dem Unfall auf dem Freeway eher um Whitney als um Court gegangen war? Whitneys Ehemann Peter hatte zugegeben, den beiden nach Rosarito Beach gefolgt zu sein, doch niemand verlor ein Wort darüber. Vielleicht war er empörter wegen der Affäre, als sie es gewesen war. Whitney war eine unangenehme, zudringliche Frau gewesen, die sich mit einer Menge Leute überworfen hatte. Wenn Fremdeinwirkung im Spiel gewesen und es ein Verbrechen gewesen war, konnte der Täter es dann auf Whitney abgesehen und Courts entsetzlichen Tod mit in Kauf genommen haben?

Ja, Court hatte am Steuer gesessen, doch wenn jemand ihm gefolgt war und absichtlich den Unfall herbeigeführt hatte ...

Eine blonde Frau in einem dunklen SUV.

Elizabeth hätte fast an ihre neue Theorie geglaubt, doch dann tauchten vor ihrem inneren Auge die Gesichter von Mazie und Officer Daniels auf. Auch die beiden waren eines gewaltsamen Todes gestorben, anscheinend ihretwegen ... Sie schüttelte den Kopf und verdrängte Courts Unfall und die möglicherweise dahinterstehenden Gründe. Sie musste ihr Leben wieder auf die Reihe bekommen, und da bot es sich an, mit den Finanzen zu beginnen.

Court hatte alle ihre Rechnungen online beglichen, aber Gott sei Dank immer Ausdrucke gemacht, und sie hatte eine Liste von Passworten gefunden, die er an der Innenseite einer der beiden unteren Schreibtischschubladen angeklebt hatte. Mithilfe der Liste war sie online gegangen und hatte sich zu ihrem gemeinsamen Bankkonto durchgeklickt. Gelegentlich hatte sie Kontoauszüge gesehen, doch sie hatte nie einen Überblick über ihre insgesamt sechs Konten gehabt.

Als sie nun die Kontostände sah, wurde ihr leicht mulmig zumute. Auf keinem der Konten waren mehr als zweihundert Dollar, auf den meisten sah sie überhaupt kein nennenswertes Guthaben mehr. Kürzlich waren große Summen auf Courts Kreditkarte überwiesen worden. Lange saß sie nur da und starrte auf den Bildschirm. Dann überprüfte sie die

Kontostände der letzten paar Monate. Er hatte seine Affäre auf Pump finanziert, denn sie war zunehmend kostspieliger geworden. Und die Kontoauszüge hatte er an seine Kanzlei schicken lassen.

Die Kanzlei ...

Bei der Beerdigung hatten ihr nur einige wenige seiner Anwaltskollegen und sonstigen Mitarbeiter ihr Beileid ausgesprochen. Da sie kaum jemanden von ihnen kannte, war ihr das nicht als seltsam erschienen. Aber einer von ihnen konnte mehr über seine Privatangelegenheiten gewusst haben als sie. Tatsächlich schien ihr das ziemlich plausibel zu sein.

Nicht, dass es noch eine Rolle gespielt hätte.

Einige der Rechnungen neben dem Computer waren bald fällig oder schon überfällig. Wo es möglich war, beglich sie die Beträge online. Die Kosten für den Haushalt hatte sie immer von dem Geld bestritten, das Court von seinem Konto auf ihr gemeinsames Konto überwiesen hatte. Wenn er nicht auf irgendeiner anderen Bank noch Geld hatte, war sie fast pleite.

Sie wusste nicht, wie viel noch für das Haus abzubezahlen war, doch ihr war klar, dass es weitaus mehr wert war als die Hypotheken. Sie musste es nur schnell verkaufen, bevor der Gerichtsvollzieher vor der Tür stand.

Da sie nicht wusste, ob Court jemals eine Lebensversicherung abgeschlossen hatte, durchsuchte sie die Aktenschränke, fand aber keine Police. Nie hatten sie über das Thema einer Lebensversicherung für ihn oder sie gesprochen. Aber sie würde jetzt darüber nachdenken müssen, schon wegen Chloe.

Doch dass Court keine Lebensversicherung abgeschlossen hatte, war andererseits auch positiv, denn da sie nach seinem Tod keine große Summe ausbezahlt bekam, entfiel für die Polizei ein wichtiges Motiv für einen Mord.

Gott sei Dank.

Sie starrte auf den Stapel der verbliebenen offenen Rechnungen und fragte sich, ob sie sie vor dem Verkauf des Hauses bezahlen konnte. Das Geld auf den Konten reichte dafür nicht. Sie bekam schon Kopfschmerzen, wenn sie nur daran dachte, wie sie die nächsten zwei Monate über die Runden kommen sollte.

Nun war sie allein für alles verantwortlich, doch sie wollte Court nicht zurückhaben, weder jetzt noch später. Es machte sie traurig, dass er tot war, doch es tat ihr nicht leid, dass er aus ihrem Leben und aus dem ihrer Tochter verschwunden war. Er war ein lausiger Ehemann und ein noch schlechterer Vater gewesen.

Ob er bei einem normalen Autounfall oder durch einen Mord ums Leben gekommen war, das Schicksal hatte ihr einen Gefallen getan.

In dem Zimmer war es still und ziemlich dunkel, nur das trübe Licht einer einzigen Lampe fiel auf den Briefbogen aus Velinpapier. Eine Hand umklammerte krampfhaft einen Füllfederhalter.

Gefühle. Zu starke Gefühle.

Beruhige dich.

Atme tief durch.

Und dann war es möglich zu schreiben. Bedeutsame Worte.

Elizabeth,

es geht mir nur noch um Dich, ist Dir das klar? Zu lange habe ich meine Gefühle verborgen, doch nun kann ich es Dir sagen. Ich bin liebeskrank, mein Herz verzehrt sich nach Dir, meine Seele leidet. Ich werde Dir alles geben, was Du Dir wünschst. Ich bin Dein Sklave, Dein Wunsch ist mir Befehl. Durch Dich werde ich stärker. Du siehst mich noch nicht, ich bin nur ein Flackern am Rande deines Blickfelds. Doch bald wirst Du mich sehen, meine Geliebte. Sehr, sehr bald.

13

Es dauerte länger als erwartet, die zu Ralph und Joy Gaines führende Spur zu finden, die einst in Sausalito gelebt hatten und nun angeblich in Santa Monica wohnten. Bei einer Online-Recherche hatte Kingston herausgefunden, dass die beiden einst in Costa Mesa eine Versicherungsagentur betrieben hatten. Früher war ihr Name Gaines-Connet gewesen, heute hieß sie Harper Insurance Agency.

Gut, dass ich hier wohne, da ist es gleich um die Ecke, dachte er, während er in der Küche stand und die erste Tasse Kaffee trank.

Jetzt musste er nur noch dort auftauchen und die richtigen Fragen stellen. Aber er hatte nicht herausgefunden, wo das Ehepaar jetzt wohnte. In Südkalifornien lebten etliche Männer, die Ralph Gaines hießen, doch soweit es sich überprüfen ließ, war keiner von ihnen mit einer Frau namens Joy verheiratet.

Er blickte durch die Schiebetür nach draußen, wo ein Rotkehlchen durch das nasse Gras hüpfte.

Vielleicht hatten sich Ralph und Joy Gaines scheiden lassen, oder die Frau war gestorben. Beides musste sich leicht feststellen lassen.

Er fragte sich, ob er Ravinia anrufen oder es ihr persönlich erzählen sollte. Vielleicht sollte er auch am Montag allein zu der Versicherungsagentur fahren und erst danach Kontakt zu ihr aufnehmen. Im Durchschnitt pendelte er dreimal pro Woche zwischen seinem Wohnort Costa Mesa und dem

Büro in Los Angeles. Es hing davon ab, wohin ein Fall ihn führte. Natürlich hätte er in der näheren Umgebung seines Büros leben können, doch eigentlich spielte es keine Rolle, denn er bekam Aufträge von Menschen aus dem gesamten Süden des Bundesstaats. Manchmal auch aus dem Norden.

Jetzt war die Frage, ob er sich wirklich schon bei Ravinia melden wollte. Sie hatten den Papierkram noch nicht hinter sich gebracht, und er wusste aus Erfahrung, dass es nicht ratsam war, mit einem Fall zu beginnen, solange man nicht einen Vertrag in der Hand hatte. Trotzdem *wollte* er sie anrufen, und das ließ ihn ratlos den Kopf schütteln.

Die verdammte Göre verdreht dir noch den Kopf.

Doch durch sie und diesen Fall hast du wieder Spaß an der Arbeit gefunden. Er ist deutlich interessanter, als Kim Cochran zu beschatten.

Sein Mobiltelefon klingelte, und auf dem Display sah er Pamelas Nummer. Kurz dachte er daran, den Anruf nicht anzunehmen. *Was soll's,* dachte er, bevor er sich mit aufgesetzter Freundlichkeit meldete.

»Guten Morgen.«

»Morgen, mein Schöner«, begrüßte sie ihn. »Womit fangen wir an? Frühstücken wir zuerst, oder soll ich zu dir kommen, und wir beginnen den Tag im Bett?«

Er hatte ihr versprochen, den Sonntag mit ihr zu verbringen. Innerlich stöhnte er, doch es war nicht richtig, dass er es als lästige Verpflichtung empfand, den Tag mit ihr zu verbringen.

Eigentlich lässt sich nichts gegen sie sagen. Sie ist humorvoll, energiegeladen, ziemlich optimistisch, attraktiv und intelligent. Nein, es lässt sich absolut nichts gegen sie sagen. Was willst du mehr?

Er knickte ein. »Wie wär's, wenn ich dich abhole? Wir könnten auswärts frühstücken. Ich muss nur kurz noch bei einer Versicherungsagentur vorbeifahren, dann kannst du dir das Lokal aussuchen.«

»Ich bin für The Breakfast Plate.«

Ihm fiel ihr kühler Tonfall auf. »Kein Problem, wir fahren hin.«

»Ich hoffe sehr, dass das die einzige berufliche Verpflichtung ist, die du heute hast.«

Er musste an Ravinia denken. »Eine Sache gibt es da eventuell noch«, sagte er, obwohl er es hätte besser wissen sollen.

»Nichts da, Joel«, beharrte sie. »Dieser Sonntag gehört uns.«

Er zog eine Grimasse. Ja, er hieß Joel, aber er benutzte den Namen nie, doch Pamela legte Wert darauf, ihn so zu nennen, ganz so, als machte das einen Unterschied. »Du weißt, dass man als Privatdetektiv keine geregelten Arbeitszeiten hat.«

»Ist es zu viel verlangt, wenn ich mir wünsche, dass wir den Sonntag zusammen verbringen.«

Warum hatte er das Gefühl, dass sich eine Schlinge um seinen Hals zusammenzog? Aus dem Augenwinkel sah er, dass das Rotkehlchen draußen einen Wurm gefunden hatte. Es flog auf und setzte sich auf den tief herabhängenden Zweig eines Baumes.

»Ich werde sehen, was sich machen lässt«, antwortete er, obwohl er wusste, dass er nicht aufrichtig war.

Als um elf Uhr vormittags Misty vorbeikam, sah sie so aus, als wäre sie gerade erst aufgestanden. Sie schob ihr Mobiltelefon in die Vordertasche ihrer Jeans und sah Chloe misstrauisch an, denn sie glaubte zu wissen, wie sehr sich das kleine Mädchen über sie beschwert hatte.

Elizabeth erwartete fast, dass Chloe erneut damit anfangen würde, Misty zu beschuldigen, doch ihre Tochter hatte die Ereignisse vom Vortag entweder vergessen oder beschlossen, nicht weiter darauf herumzureiten. Sie stürmte sofort zu Misty und zog sie zum Küchentisch, wo sie abstrakte Formen aus bunten Papieren ausgeschnitten hatte, die sie offenbar zu einer Art Collage zusammenkleben wollte.

»Hallo, Misty«, sagte Elizabeth, während sie nach einer Jacke und ihrer Handtasche griff.

Die Babysitterin nickte ihr zu, während sie zugleich versuchte, Interesse an Chloes künstlerischen Aktivitäten vorzutäuschen.

Elizabeth warf einen Blick auf die Uhr. »Fürs Mittagessen findest du alles im Kühlschrank, Misty. Früchte, Käse, Erdnussbutter für Sandwiches. Ich muss jetzt verschwinden.« Sie umarmte ihre Tochter, die es kaum wahrzunehmen schien. »Sei artig, Chloe. Ich liebe dich.« Dann wandte sie sich noch einmal an Misty. »Ich bin heute Nachmittag etwa um halb fünf zurück.«

»Werden Sie es schaffen, heute pünktlich zurück zu sein?«, während Elizabeth schon auf dem Weg zur Hintertür war und in ihrer Handtasche nach den Autoschlüsseln suchte.

Sie drehte sich um. Zuerst stand ein Treffen mit Marg und Buddy Sorenson auf ihrem Terminkalender, Marg wollte noch ein weiteres Haus besichtigen, und danach wollte sie Kunden zwischen eins und vier ein anderes Objekt zeigen.

»Ich muss mich auf die Semesterabschlussklausuren vorbereiten«, erklärte Misty.

»Ja, natürlich«, antwortete Elizabeth. »Ich mache um vier Feierabend und komme dann sofort zurück.«

»Sehr gut, danke.« Misty wandte sich wieder Chloe zu.

Auf dem Weg zur Garage checkte Elizabeth ihr Mobiltelefon und sah eine SMS von Barbara, die sie wissen ließ, dass sie sicher zu Hause gelandet war. Elizabeth war erleichtert. *Siehst du? Wenn du wütend bist auf Barbara, fügt ihr das noch lange keinen Schaden zu.*

Für einen Moment kam sie sich ein bisschen töricht vor. *Du glaubst doch nicht etwa wirklich, dass du den Tod von Court herbeigeführt hast, oder?*

»Und mit Mazies und Officer Daniels' Tod hast du auch nichts zu tun«, murmelte sie, während sie in ihr Auto stieg, den Motor anließ und den Wagen rückwärts aus der Garage setzte.

Das waren Zufälle. Du hast nichts damit zu tun.

Und deine Vorahnung mit Little Nate?, fragte sie sich auf dem Weg zu ihrer Immobilienagentur.

Bei einem Blick in den Rückspiegel sah sie ihre beunruhigte Miene. »Nicht heute«, sagte sie sich. »Denk heute nicht daran.«

Um ihre Schuldgefühle zu verdrängen, schaltete sie das Radio ein, damit die Musik die nagende innere Stimme in ihrem Kopf übertönte. Als sie die Niederlassung von Suncrest Realty erreichte, stellte sie ihr Auto auf dem Parkplatz ab und eilte in die Agentur. Zu ihrer Überraschung saß Jade auf einem Stuhl in der Nähe des Empfangs, wo Pat mit ihrem Headset thronte. Ihre Finger schwebten über der Computertastatur, doch sie tippte nicht.

Elizabeth begrüßte Jade herzlich. »Hallo, Jade. Was führt dich her?«

Wie nicht anders zu erwarten, tat Pat so, als würde sie arbeiten, während sie in Wirklichkeit die Ohren spitzte. Ihr Interesse an den Privatangelegenheiten anderer war mehr als ärgerlich.

Elizabeth musste ein genervtes Stöhnen unterdrücken.

Jade lächelte sie an. Ihr dunkelgrüner Pulli passte großartig zu ihrer dunklen Haut. Elizabeth' Blick glitt zu ihrem dicken Bauch hinab.

Jade seufzte. »Tut mir leid, dass ich gestern Abend nicht kommen konnte«, entschuldigte sie sich.

»Du bist schwanger, und ich weiß aus Erfahrung, wie man sich während der letzten Wochen fühlt.«

»Ich weiß, aber ich hätte mich wirklich gern mit dir und den anderen bei Vivian getroffen.« Jades Blick wurde ernst. »Also, wie geht es dir, mein Mädchen? Ich wollte mehr sagen nach der Beerdigung, aber du wirktest so, als würdest du lieber nicht reden.«

»Das hast du ganz richtig gesehen.« Elizabeth kehrte Pat den Rücken zu und hoffte, dass sie nicht mithören konnte. »Ich war wie benommen, konnte es immer noch nicht fassen. Das ist auch jetzt noch so, aber es geht mir gut.« Der letzte Halbsatz war eine Lüge, die selbst in ihren eigenen Ohren merkwürdig klang.

Jade schüttelte den Kopf. »Das kann nicht sein. Wenn einem so etwas widerfährt ...«

»Ja, ich weiß«, räumte Elizabeth ein. Es lief ihr kalt den Rücken hinab. »Es ist seltsam, dass Court nicht mehr da ist.«

»Aber noch mal, was führt dich her?«

»Ich habe heute Morgen ausnahmsweise mal ein paar Stunden für mich«, antwortete Jade. »Byron kümmert sich um Nate.«

»Willst du nicht mit in mein Büro kommen? Ich erwarte gleich Kunden, doch noch sind sie nicht hier.« Elizabeth zeigte auf den Flur.

Jade machte eine ablehnende Handbewegung. »Ich hätte wissen müssen, dass du Kunden erwartest. Ich habe mit Deirdre gesprochen, und sie sagte, du würdest heute um elf hier sein. Da habe ich mir gedacht, ich schaue mal kurz vorbei, um Hallo zu sagen und zu sehen, wie es dir geht.« Sie lächelte. »Übrigens siehst du fabelhaft aus.«

»Du machst Witze.«

»Nein, ich meine es ernst. Du siehst großartig aus, doch das ist ja bei dir nichts Neues.«

Elizabeth verdrehte die Augen. Sie fühlte sich wie ausgekotzt. »Lügnerin. Trotzdem, danke für das Kompliment.«

»Ich hatte gehofft, du hättest Zeit, mit mir einen Kaffee trinken zu gehen, aber wir können das ein anderes Mal nachholen.«

»Vielleicht später?«, fragte Elizabeth. »Ich stelle heute Nachmittag ein Objekt im University Park vor, vielleicht finde ich da eine halbe Stunde Zeit, um …«

»Schön wär's, aber ich kann nicht kommen.« Sie lächelte. »Ich bin kaum eine Stunde von zu Hause fort, und schon jetzt hat Byron mir zwei Textnachrichten geschickt. Der Mann ist hilflos, wenn er sich um sein eigenes Kind kümmern soll. Was soll nur werden, wenn dieses Kind kommt?« Sie tätschelte zärtlich ihren dicken Bauch.

»Die Sorensons sind gerade vorgefahren«, rief Pat vom Empfang.

»Also dann, ein anderes Mal, aber du musst es mir versprechen!« Jade stand auf und wandte sich Richtung Tür. »Ach übrigens, Deirdre hat von GoodGuy erzählt. Ich bin mir ziemlich sicher, dieses Kennzeichen auch schon mal auf dem Parkplatz von Fitness Now! gesehen zu haben. Noch etwas, Elizabeth ... Du kannst nicht wegen irgendeines Arschlochs deine Mitgliedschaft in unserem Fitnessstudio aufgeben. Es ist mir ernst. Ich muss wieder richtig in Form kommen nach der Geburt von Abercrombie, und ich möchte mit dir zusammen trainieren.«

»Abercrombie?«

»Oder Fitch«, sagte Jade. »Hängt davon ab, wie ich mich gerade fühle.«

Elizabeth lächelte.

»Du darfst die Mitgliedschaft nicht aufgeben«, wiederholte Jade noch einmal. »Es gibt zu viele üble Typen wie diesen GoodGuy, die durch aggressives Verhalten im Straßenverkehr auffallen.«

»Ich will nicht wegen ihm meine Mitgliedschaft kündigen«, sagte Elizabeth, als sie gemeinsam das Büro verließen. »Ich habe Geldprobleme und muss meine Finanzen in Ordnung bringen.«

»Oh, Honey, da lassen wir uns schon was einfallen.«

Jade nahm Elizabeth zum Abschied in den Arm, und sie musste gegen Tränen ankämpfen.

Als ihre Freundin verschwunden war, riss sie sich zusammen und bereitete sich innerlich auf das Treffen mit Marg und Buddy Sorenson vor.

Der Morgen schleppte sich dahin, und um halb zwölf hatte Rex Kingston absolut keine Lust mehr, Pamela zu besänftigen. Irgendwie hatte er das Frühstück überstanden, und danach waren sie zu ihrer Wohnung gefahren, und schon hier zog sich der Tag in die Länge. Pam schien nur zufrieden zu sein, wenn er permanent extrem zuvorkommend war, und das war nicht nur anstrengend, sondern entsprach auch nicht seinem Wesen. Er war nicht der Typ, der einer Frau Interesse vorheuchelte oder vor ihr katzbuckelte.

Er musste Schluss machen mit Pam, das war ihm schon seit einer Weile klar. Seitdem dachte er darüber nach, wie er die Beziehung beenden sollte, doch bis zu diesem Sonntag war ihm nie so schmerzhaft bewusst gewesen, dass sie absolut nicht zueinander passten. Seit Ravinia aufgetaucht war, hatte er, so seltsam das war, neues Interesse an seinem Beruf und an diesem verdammten Leben überhaupt gefunden. Er *wollte* ihr helfen, wollte herausfinden, was an ihrer merkwürdigen Geschichte wahr und was erfunden war. Zum ersten Mal seit Monaten interessierte ihn ein Fall, auch wenn es den eventuell nur in Ravinias Kopf gab. Sie war ein bisschen durchtrieben und mit Sicherheit dickköpfig, aber auch erfrischend offen und auf ihre ganz eigene Weise arglos. Ihre Rätselhaftigkeit machte ihn neugierig.

Vielleicht hat sie von ihrer verdammten Gabe Gebrauch gemacht, und jetzt stehst du unter ihrem Bann.

Er blickte den Flur hinab zu der geschlossenen Badezimmertür, hinter der Pamela sich frisch machte.

Er zog sein Smartphone aus der Tasche, lehnte sich an die Anrichte in der Küche und recherchierte weiter im Internet über Ralph und Joy Gaines, wobei er die ganze Zeit damit rechnen musste, dass Pamela zurückkam und ihn ihre Missbilligung spüren ließ.

Kein Zweifel, mit ihrer Beziehung klappte es einfach nicht.

Pamela wollte einen langen Strandspaziergang machen, während er es nicht abwarten konnte, mehr über die Familie von Ravinias Cousine herauszufinden.

Als das Smartphone in seinen Händen zu klingeln begann, sah er an der Nummer, dass es Darell Cochran war. Er verdrängte seine Enttäuschung darüber, dass nicht Ravinia anrief.

»Guten Tag, Mr Cochran«, sagte er, und in dem Moment kam Pamela aus dem Bad und blieb wie angewurzelt stehen. Ihre Miene war finster, und sie schüttelte den Kopf.

Guter Gott, die Frau nervt.

Er kehrte ihr den Rücken zu und hörte Cochran zu, der ihm erzählte, was er bereits wusste, nämlich dass er sich im Ivy on the Shore mit seiner Frau getroffen hatte.

Pamela kam auf ihn zu, mit vor der Brust verschränkten Armen, und zwängte sich zwischen ihn und die Schiebetür vor ihrer Terrasse. Trotz ihres angewiderten Gesichtsausdrucks beendete er das Telefonat nicht sofort. Aber er hatte keine Lust, Cochran zu erzählen, dass er ihn gesehen hatte, während er seine Frau observierte.

»Ich melde mich später«, sagte er schließlich und unterbrach die Verbindung.

Pamela streckte die Hand aus. »Wenn ich dich heute für mich haben will, solltest du mir besser dein Handy geben.«

War das ihr Ernst?

Er musste lachen. »Vergiss es.«

»Was muss ich tun, damit du mir deine volle Aufmerksamkeit schenkst?«, lamentierte sie.

»Du bekommst so viel von mir, wie ich geben kann. So läuft das mit mir. Du weißt es.«

»Kannst du nicht mal einen Tag Pause machen?« Sie streichelte zärtlich über seine Arme, als ließen sich ihre Probleme durch eine schnelle Nummer lösen.

Es funktionierte nicht. »Ich habe da zwei Fälle, um die ich mich kümmern muss. Meine Mandanten kümmert es nicht, dass du mich den ganzen Tag für dich haben willst.«

»Du *könntest* einen Tag nur für mich erübrigen, wenn du wirklich wolltest. Aber du willst eben nicht.«

Damit hatte sie natürlich recht.

Er schob ihre Finger von seinen Armen. »Ich weiß nicht, was du hören willst.«

»Dies ist *unser* Tag, und du wirst ihn mit mir verbringen. Das will ich hören!«

»Ich verstehe, was du meinst. Aber ich habe Dinge zu erledigen, die ich auch erledigen *will*.«

»Joel ...«, flüsterte sie.

Er trat zwei Schritte zurück. »Komm schon, Pamela.«

»Komm schon, Pamela«, echote sie verächtlich. »Jetzt ist es also meine Schuld? Weil ich den Sonntag mit dir verbringen will?«

Er spürte, dass Zorn in ihm aufstieg, doch er versuchte, die Ruhe zu bewahren. »Ich glaube, es klappt nicht mit uns«, sagte er kühl.

»Ich *weiß*, dass es nicht funktioniert. Und ich weiß auch warum.«

»Diese Beziehung hat keine Zukunft, Pamela. Es hat keinen Sinn.«

Ihre Augen weiteten sich, und in ihrem Blick lag Schmerz.

»Es wird Zeit, dass ich gehe.«

»Was, einfach gehen?«, sagte sie mit tränenerstickter Stimme. »Nur weil ich dich bitte, einen Tag mit mir zu verbringen?«

»Du hast gehört, was ich gesagt habe.«

»Nur zu, wenn dir deine Arbeit so viel bedeutet.« Sie fuchtelte theatralisch mit den Händen herum. »Viel Spaß mit deinem Smartphone. Hau ab. Tu, was du tun musst. Tu deine geliebte Arbeit.«

Er wandte sich zur Tür. »Ich fahre nach Hause.«

Sie stürmte zu ihm, von Panik gepackt, und ergriff erneut seine Arme. »Nein ... Geh nicht, Joel ... Bitte, Rex ... Ich hab's nicht so gemeint. Du kannst ruhig telefonieren.«

»Mir gefällt es nicht, dass ich wegen jeder Kleinigkeit um deine Erlaubnis bitten soll.« Er machte sich von ihrem Griff frei. »Ich denke, du solltest dir einen anderen suchen.«

»Nein, ich will *dich*.« Ihr stiegen Tränen in die Augen, als ihr bewusst wurde, was er da gerade gesagt hatte. »Du weißt, dass ich dich will.«

»Ich bin nicht der Richtige für dich.« Wieder wandte er sich ab. Er wollte ihr nicht wehtun, aber die Trennung hatte sich seit langer Zeit angebahnt, und wenn er jetzt nicht konsequent war, würde sich dieses Gespräch in der Zukunft wiederholen.

»Du willst wirklich einfach so gehen?«

»Ich rufe später an.«

»Nicht nötig. Du willst es ja eigentlich nicht.«

»Also gut. Goodbye.« Er verließ die Wohnung und schloss hinter sich die Tür, wobei er damit rechnete, dass sie auf der anderen Seite einen Schuh, eine Vase oder sonst etwas dagegenschleudern würde, doch es war unheimlich still in ihrer Wohnung.

Er hoffte, dass die Geschichte damit ausgestanden war. Sie hatte schon zu lange gedauert, und er war erleichtert, jetzt zumindest ein Problem weniger zu haben.

14

Elizabeth beantwortete Barbaras SMS, während sie den Sorensons die nächste extravagante und kostspielige Villa zeigte. Das Haus war zu Beginn der Sechzigerjahre des vorigen Jahrhunderts zum letzten Mal renoviert und modernisiert worden, und seitdem war nichts mehr passiert. Während das Ehepaar den ersten Stock unter die Lupe nahm, bedankte sich Elizabeth bei Barbara für ihre Hilfe und schrieb, sie sei glücklich darüber, dass ihre Schwägerin sicher zu Hause eingetroffen sei.

Natürlich ist sie sicher gelandet. Man kann Menschen nicht umbringen, indem man sich ihren Tod wünscht.

Marg kam die Treppe hinuntergestürmt und trat in das Wohnzimmer, wo Elizabeth gerade das Mobiltelefon in ihre Handtasche steckte. Buddy folgte seiner Frau auf dem Fuße.

»Was halten Sie von diesem Objekt?«, fragte Marg Elizabeth, ohne eine Antwort abzuwarten. »Das Haus muss von Grund auf renoviert werden. Glauben Sie, dass der Verkäufer mit dem Preis heruntergehen wird?«

»Da müsste er schon um fünf Millionen runtergehen«, knurrte Buddy, während er die Hände tief in den Hosentaschen vergrub.

»*So* schlecht ist die Villa nicht«, sagte Marg gereizt.

»Das sehe ich anders.«

»Meiner Ansicht nach scheint der Verkäufer nicht übertrieben scharf darauf zu sein, um den Kaufpreis zu feilschen«, sagte Elizabeth. »Ein Angebot hat er bereits abgelehnt. Ich bin nicht über alle Einzelheiten im Bilde, glaube aber zu wissen, dass er nicht bereit ist, über den Preis zu verhandeln.«

»Bestimmt hat der potenzielle Käufer wegen der Termiten das Interesse verloren«, bemerkte Buddy. »Ich wette, dass er bei der Besichtigung das ganze Ungeziefer gesehen hat.«

»Red keinen Unsinn«, fuhr Marg ihm über den Mund.

»Ich werde diese verwanzte Bruchbude nicht kaufen«, erwiderte er und machte sich auf den Weg zur Haustür.

Und so ging es weiter. Als Elizabeth die beiden zur Niederlassung von Suncrest Realty zurückchauffiert hatte und sie in ihr Auto stiegen, sprachen sie schon seit einer Weile überhaupt nicht mehr miteinander.

Etwas anderes war nicht zu erwarten, dachte Elizabeth, während sie Richtung University Park fuhr. Das war eine Siedlung von etwa zweihundert Häusern in unmittelbarer Nähe des Freeway 405, und eines davon wollte sie ihren von Mazie übernommenen Kunden zum Kauf anbieten. In der direkten Umgebung gab es ein frisch renoviertes Gemeinschaftszentrum, ein Schwimmbad sowie einen Park mit Spielplatz und Tenniscourts.

Nachdem sie Schilder angebracht hatte, die potenziellen Käufern den Weg wiesen, stellte sie ihren Wagen ein Stück weiter weg am Bordstein auf der anderen Straßenseite ab, um die Parkplätze vor dem Haus für Kaufinteressenten freizuhalten. In dem Haus legte sie einige ihrer Visitenkarten neben die Flyer, auf denen Einzelheiten des Objekts aufgelistet waren. Dann zog sie Jalousien und Vorhänge auf und machte Licht. Eigentlich hatte sie Mineralwasser einkaufen wollen, aber sie hatte die ganze Woche nicht daran gedacht. Glücklicherweise war das Wetter im Januar in Kalifornien nicht besonders heiß.

Es war ein grauer, bedeckter Tag, aber es regnete nicht. Ein guter Tag für die Präsentation eines zum Verkauf stehenden Hauses.

Plötzlich fühlte sie sich völlig erschöpft, und die Gedanken, die sie mühsam verdrängt hatte, kehrten mit voller Wucht zurück. Sie ließen sich immer nur vorübergehend ignorieren. Sie sank in einen ledernen Fernsehsessel und versuchte, neue Energie zu sammeln und die unangenehmen Gedanken loszuwerden.

Officer Daniels und Mazie und Court ...

Sie schüttelte den Kopf, als könnte sie so auch diese Gedanken abschütteln, und dann musste sie auf einmal an Jades Besuch bei Suncrest Realty denken. Und daran, dass sie Little Nates bevorstehenden Sturz von dem Klettergerüst vorhergesehen hatte, obwohl sie das drohende Unglück aus ihrer Perspektive gar nicht hätte sehen *können*. Zur Zeit des Unfalls hatte sie sich die Wahrheit nicht eingestehen wollen, doch Jade hatte sie erahnt, weil sie ihren Sohn nicht sehen konnte, was Elizabeth bestritten hatte. Eine Lüge. Obwohl sie darauf bestand, dass Jade sich irrte, hatte sie natürlich gewusst, was los war. Es war nicht das erste Mal, dass sie ein Unglück vorhergesehen hatte.

Die Brücke stürzt ein!

Sie hörte wieder die Stimme des kleinen Mädchens durch ihren Kopf hallen, ihre eigene Stimme.

Im Laufe der Jahre hatte sie sich halbwegs erfolgreich davon überzeugt, dass nichts von dem, was sie vorhergesehen hatte, wirklich eingetreten war. Sie hatte keine übersinnliche Fähigkeit, keine hellseherische Gabe. Ihre richtigen Vorhersagen waren nur seltsame Glückstreffer gewesen.

Aber Little Nate und dann diese jüngsten Todesfälle ...

Sie schloss die Augen, ballte die Fäuste und atmete tief durch. Obwohl sie sich nicht eingestehen wollte, dass etwas nicht stimmte, hatte sie in der Stadtbücherei nach Artikeln über übersinnliche Fähigkeiten gesucht. Außerdem hatte sie im Internet recherchiert und online Bücher über Hellseherei bestellt. Viele Menschen behaupteten, Katastrophen vorhersehen zu können, doch jedes Mal stimmte irgendetwas nicht, wenn man sich genauer mit den Fällen befasste. Sie war zu der Schlussfolgerung gelangt, dass die meisten dieser Leute Scharlatane waren, die Leichtgläubige um ihr Geld erleichtern wollten. Oder aber Geisteskranke, die eine verzerrte Realitätswahrnehmung hatten und diese damit verwechselten, über übersinnliche Fähigkeiten zu verfügen.

Nirgends fand sie die hieb- und stichfesten Beweise, nach denen sie suchte.

Vielleicht bin ich auch einfach nur verrückt.

Der Gedanke traf sie mit voller Wucht, doch selbst wenn sie wahnsinnig war, stand fest, dass nicht sie sich auf dem Freeway ein Rennen mit ihrem Mann geliefert hatte. Und sie war auch nicht im Hotel Tres Brisas in Rosarito Beach gewesen, wohin er ebenfalls mit Whitney Bellhard gefahren war. Nein, sie hatte ihren Mann nicht getötet, auch nicht Mazie oder Officer Daniels. Mit nichts von alldem hatte sie etwas zu tun.

»Natürlich nicht«, sagte sie laut, und in dem Moment klopfte jemand an der Haustür.

»Hallo?«, hörte sie einen Mann rufen.

Sie sprang auf und rannte in die Diele, wo sie den Besucher begrüßte und auf ein paar blaue Überschuhe aus Papier zeigte, die auf dem Boden lagen.

»Der Besitzer hat gerade erst das Parkett erneuern lassen und bittet darum, Überschuhe zu tragen«, sagte sie. »Sie können das Haus aber auch auf Socken besichtigen, wenn Ihnen das lieber ist.«

Er reagierte nicht und starrte Elizabeth an, als versuchte er, sie einzuschätzen.

In ihrem Kopf begannen die Alarmglocken zu schrillen.

Er schloss die Haustür und setzte ein gezwungenes Lächeln auf. »Sie sind Court Ellis' Frau.«

»Ja«, antwortete sie zögernd. Das war das Problem bei diesen Besichtigungen. Häufig war man allein mit einem Fremden. Sie blickte aus dem Fenster, weil sie hoffte, dass noch ein anderer Wagen am Bordstein geparkt war, dessen Fahrer gerade zur Haustür kam. »Oder besser, ich bin seine Witwe.«

»Hab ich's mir doch gedacht.« Der Mann zog die Schuhe aus, kam auf Socken auf sie zu und streckte die Hand aus. »Entschuldigen Sie, dass ich mich Ihnen auf diese Weise nähere, doch ich fand, dass wir uns kennenlernen sollten. Ich bin Peter Bellhard, Whitneys Ehemann.«

Ravinia hatte schon etliche Male nach ihrem Billighandy gegriffen, weil sie Rex Kingston anrufen wollte, es jedoch immer wieder weggelegt. Kingston hatte gesagt, er werde sich bei ihr melden, und sie wollte ihm nicht noch mehr auf die Nerven gehen. Also hatte sie sich gezwungen, den ganzen Morgen zu warten. Aber das Warten machte sie wahnsinnig. Wäre es nicht Sonntag gewesen, wäre sie mit dem Bus zu seinem Büro gefahren, doch heute war er nicht dort.

Selbst wenn sie seine private Adresse gekannt hätte – und sie hatte vor, sie so bald wie möglich in Erfahrung zu bringen –, hätte sie nicht gewusst, wie sie dort hinkommen sollte. Vielleicht hätte sie trampen können. Oder einen Bus nehmen? Aber wahrscheinlich wäre er sowieso nicht zu Hause gewesen. Er hatte etwas davon gesagt, einen Tag Pause machen zu wollen, und sie hatte den Eindruck gewonnen, dass er ihn nicht allein verbringen würde.

Warum verlässt du dich auf ihn? Bis jetzt bist du auch mit allem allein klargekommen, und so sollte es bleiben.

Das Problem war nur, dass sie nicht denselben Zugang zu Informationen hatte wie Kingston. Es würde sie dreimal so viel Zeit kosten, zu einem Resultat zu kommen, das er mit ein paar gut durchdachten Online-Recherchen erreichte. Unglücklicherweise war sie auf die Hilfe eines Privatdetektivs angewiesen, dessen Geschäft es war, vermisste Personen zu finden. Sie hatte in Kingstons Herz geblickt und festgestellt, dass er ein ganz anständiger Kerl war. Das hätte sie auch so nach einer Viertelstunde gewusst, doch sie hatte ihre Gabe eingesetzt, um die dunkelsten Ecken seiner Seele auszuleuchten.

So eine tolle Gabe ist das nun auch wieder nicht, dachte sie. *Da hätte auch der gesunde Menschenverstand ausgereicht.*

Es war nach zwölf, und sie blickte aus dem Fenster. Die Sonne war durch die Wolken gebrochen, und ihr grelles Licht fiel auf den Parkplatz mit der rissigen Asphaltdecke. Ein paar Autos standen vor der langen Vorderveranda, an deren Ende eine Putzfrau mit einem Wagen eine Tür aufschloss.

Eigentlich hätte sie ihr Zimmer schon geräumt haben müssen, doch sie wollte den Schlüssel erst abgeben, wenn jemand darauf bestand. Aber sie musste sich etwas zu essen besorgen, und sie trat nach draußen, wo ihr ein kalter Wind um die Ohren pfiff. Sie setzte ihren Rucksack auf und verschloss die Zimmertür. Vielleicht konnte sie nach ihrer Rückkehr wieder zurück in das Zimmer, doch sicher war das nicht. Deshalb wollte sie sich nicht von ihrem Rucksack trennen.

Als Kingston sie zum Sea Breeze Inn gebracht hatte, war ihr ein paar Straßenecken entfernt ein Kiosk aufgefallen, und sie ging zu Fuß dorthin. Ein alter Getränkeautomat, eine Vitrine mit nicht besonders frisch aussehendem Gebäck, Chips und andere Snacks. Sie fischte ein paar Peperoni-Sticks aus einem hohen Glas, das in der Nähe der Kasse auf der Theke stand, und bezahlte mit etwas Kleingeld, das in ihrer Hosentasche steckte.

»Ein schöner Tag, was?«, sagte der Mann hinter der Kasse mit einem freundlichen Lächeln, das einen Goldzahn entblößte.

Ravinia murmelte eine unverbindliche Antwort vor sich hin und trat nach draußen. Dann ging sie zu dem Motel zurück und schloss die Tür ihres Zimmers auf, in dem alles unverändert aussah. Sie warf den Rucksack auf den Teppichboden, legte sich aufs Bett und starrte auf einen Riss in der Decke, während sie die Peperoni-Sticks aß.

Sie würde nicht mehr lange hier bleiben können. Früher oder später würde die Putzfrau, der Geschäftsführer oder sonst wer kommen und sie hinauswerfen. Außerdem hatte sie zu viel zu tun, um hier herumzuhängen und untätig zu warten. Sie fühlte sich angespannt, war ungeduldig und verärgert.

Wann wäre das je anders gewesen?

Fast hätte sie gelächelt. Eigentlich war sie schon immer so gewesen. Jeder, der sie kannte, konnte es bestätigen. Nie hatte sie sich in Siren Song zu Hause gefühlt. Schon immer hatte sie gewusst, dass ihr Platz in der wirklichen Welt war. Aber es war ihr unmöglich gewesen, sich selbstständig zu machen. Sie war zu jung gewesen, zu behütet, und hatte zu viel Angst gehabt, um alle und alles zu verlassen. Tagtäglich hatte sie sich mit Tante Catherine gestritten, und erst als Justice ihrer aller Leben bedroht hatte, empfand sie erstmals etwas wie ein Gemeinschaftsgefühl, Solidarität mit den anderen. Ja, ihre Familie fehlte ihr, und jetzt sehnte sie sich manchmal nach der Sicherheit von Siren Song zurück. Aber diese Sicherheit war seit einiger Zeit trügerisch, und sie wusste, dass sie in dem von ihrer Tante zur Festung ausgebauten Haus nie glücklich geworden wäre.

Der Zaun und das verrammelte Tor hatten sie bei ihren nächtlichen Ausflügen nicht zurückhalten können, und sie waren auch von außen zu überwinden, wie Justice bewiesen hatte.

Justice war ein Cousin zweiten Grades gewesen, ein völlig durchgedrehter Psychopath. Und kürzlich war da die Geschichte mit Declan jr. gewesen, ihrem Bruder, der nicht besser und womöglich noch gefährlicher war als Justice. *Halbbruder,* rief sie sich ins Gedächtnis.

Sie legte sich hin, schloss die Augen und dachte an die letzten paar Tage in Oregon, die ihrem Aufbruch Richtung Süden vorangegangen waren.

Tante Catherine war krank vor Sorge und ließ sich dazu herab, Ravinia ins Vertrauen zu ziehen. Schon bei Justice hatten sie alle Hände voll damit zu tun gehabt, sich in Siren Song vor ihm zu schützen, doch Declan jr. ... Man konnte nicht wissen, was sein Plan war und wo er als Nächstes zuschlagen würde.

Angst hatte Tante Catherine dazu bewogen, Ravinia von Elizabeth zu erzählen, ihrem einzigen Kind. Ravinias eigene promiske Mutter Mary hatte Kinder geboren, wie eine Katze Junge bekommt und hatte ungefähr genauso viel Interesse daran gezeigt. Was nicht stimmte, denn eine Katzenmutter kümmerte sich wenigstens ein paar Wochen lang um ihren Nachwuchs. Nicht so Mary, nach allem, was Ravinia gehört hatte. Ihr Lebenselixier waren Sex, dramatische Szenen und Gefahr gewesen, und ihr Verhalten hatte Tante Catherine dazu veranlasst, sie auf die winzige Insel Echo Island zu exilieren, die unmittelbar vor der Küste bei Deception Bay lag. Es war gefährlich, da anzulegen, weshalb niemand auf die Idee kam, dorthin eine Bootspartie zu unternehmen.

Catherine war völlig anders als ihre promiske Schwester. Sie hatte den Vater ihres Kindes geliebt, auch wenn es nur eine kurze Affäre gewesen war.

Zumindest glaubte Ravinia das, obwohl Tante Catherine es nicht ausdrücklich so gesagt hatte.

Marys Mannstollheit hatte Catherines Beziehung zu Elizabeth' Vater augenscheinlich ein Ende gesetzt, und da Catherine sich bisher nie dazu bekannt hatte, war es ein gut gehütetes Geheimnis gewesen, bis Declan jr. die Frauen von Siren Song ins Visier genommen hatte und nicht ein für alle Mal ausgeschaltet werden konnte. Tante Catherine befürchtete, er könnte es auf ihr einziges Kind abgesehen haben.

Elizabeth.

Ravinia war wie der Rest der Menschheit auf konventionelle Methoden angewiesen, um jemanden zu finden, doch Declan jr. hatte andere Möglichkeiten. Sie vermutete, dass es eine jener »Gaben« war, welche die Töchter und Söhne ihrer Vorfahren alle besessen hatten. Doch Declan jr. setzte seine Gabe auf diabolische Weise ein ... Aber vielleicht war er genauso geisteskrank wie Justice und konnte nichts dagegen tun ...

Der Gedanke ließ Ravinia erschaudern. Vielleicht hatten Justice und Declan jr. wegen ihrer Geisteskrankheit keine andere Wahl gehabt, und eventuell gab es irgendwo da draußen noch mehr von diesen Ungeheuern. Gequälte Seelen, die nichts ausrichten konnten gegen ihre verbrecherischen Triebe. Justice war tot, doch Declan jr. blieb verschwunden, nachdem er in der Gegend von Deception Bay mehrere Menschen ermordet und Tante Catherine und die anderen Bewohnerinnen von Siren Song in Angst und Schrecken versetzt hatte. Er war genauso abgrundtief bösartig und entschlossen wie Justice, mordete aber wahlloser. Einige seiner Opfer waren einfach nur zur falschen Zeit am falschen Ort gewesen.

Dann dachte Ravinia an ihren Halbbruder Silas, den sie nun als Freund sah und der Tante Catherine beim Kampf gegen Declan jr. zu helfen schien.

Sie war Silas auf einer vereisten Landstraße in der Nähe von Siren Song begegnet, und etwas an seiner Erscheinung nahm sie für ihn ein. Es beunruhigte sie, dass er wusste, wer sie war. Er reichte ihr ein Bündel Papiere, das sie Tante Catherine geben sollte.

»Wie sieht er aus?«, hatte Catherine sie gefragt, nachdem sie ihr die Papiere übergeben hatte – Adoptionsurkunden, wie sie nun wussten.

»Schwer zu beschreiben«, antwortete Ravinia. »Dunkle Haare, blaue Augen ... Attraktiv.«

»Er ist nicht blond?«

Ravinia wusste, was sie meinte, denn alle ihre Schwestern waren blond, eine Haarfarbe, die in der ganzen Familie weit verbreitet war. »Er ist doch nicht etwa einer von uns?«, fragte sie ihre Tante.

Catherine antwortete nicht direkt, aber später erfuhr Ravinia, dass er ihr Halbbruder war. Unterdessen hatte es eine Reihe seltsamer Vorfälle gegeben. Insbesondere einen Brand auf Echo Island, der von Siren Song aus zu sehen gewesen war. Tante Catherine hatte gesagt, Silas habe den Brand gelegt, um die Gebeine des Vaters von Declan jr. zu verbrennen, der genauso schlecht gewesen sei wie sein Sohn.

Ravinia lief es kalt den Rücken hinab. *Abgrundtief schlecht*, dachte sie.

Sie wusste von den Gebeinen, da sie auf Tante Catherines Bitte hin Earl dabei helfen sollte, diese auf dem Friedhof hinter Siren Song zu exhumieren. Doch als sie das Grab geöffnet hatten, bemerkten sie, dass der Sarg mit den Gebeinen verschwunden war. Unheimlich. Ravinia verstand nicht völlig, was es damit auf sich hatte, doch sie wollte nicht zu viele Fragen stellen, da Tante Catherine sie bisher nie in ihre Gedanken und Pläne eingeweiht hatte, und sie wollte es sich nicht mit ihr verscherzen.

»Warum hätte Silas die Gebeine verbrennen sollen?«, fragte sie schließlich doch.

»Weil man nur so die Hydra töten kann«, antwortete Catherine. »Wenn man sie verbrennt, wächst kein neuer Kopf nach.«

Ravinia setzte sich auf. Rätsel über Rätsel ... Ihr Halbbruder Declan jr. lebte und hatte es vermutlich weiter darauf abgesehen, wahllos zu morden. Psychopathen wie er gaben nicht einfach auf und änderten den Kurs. Doch wie Justice schien es auch Declan jr. in erster Linie darum zu gehen, die Frauen von Siren Song zu töten, sie und ihre Schwestern und Tante Catherine, doch dann war ihm jemand in die Quere gekommen und hatte ihm vorerst einen Strich durch die Rechnung gemacht.

Es sah so aus, als hätte ihr guter Bruder Silas die Spur von Declan jr. aufgenommen. Als sie ihm auf der Landstraße begegnete, war er Richtung Norden unterwegs gewesen, während sie kurz darauf nach Süden aufbrach, um Elizabeth zu finden, weil die nicht wusste, was für eine Gefahr Declan jr. für sie darstellte.

Vielleicht war Declan jr. ursprünglich Richtung Norden geflüchtet, doch das bedeutete nicht, dass er nicht irgendwann ebenfalls in den Süden kommen würde, und Elizabeth war eine leichte Beute für ihn. Ganz so hatte Tante Catherine es nicht ausgedrückt, doch es war klar, was sie meinte. Ravinia sollte sie finden und warnen, und das würde ein schwieriges Gespräch werden.

Es sei denn, sie hat eine Gabe, und warum sollte es nicht so sein, da sie doch zur Familie gehört?

Sie dachte darüber nach, ob sie Rex Kingston die ganze Geschichte erzählen sollte, entschied sich jedoch dagegen. Das bisschen, was sie ihm bis jetzt mitgeteilt hatte, wollte er ihr offenbar nicht abnehmen, was nicht weiter überraschend war. Es war besser, ihn im Dunklen zu lassen, wie alle anderen außerhalb des Familienkreises.

Sie seufzte tief und stand auf. Tante Catherine hatte sie zur Eile angetrieben, und sie war Richtung Süden aufgebrochen, um Elizabeth zu finden. Gleich zu Beginn der Reise hatte sie den Wolf gesehen. Für einen verrückten Moment hatte sie geglaubt, das struppige Tier sei eine andere Inkarnation von Silas, doch das war eine absurde Idee. Aber der Wolf schien ihr nichts Böses zu wollen, doch auch jetzt noch, Wochen später, fragte sie sich, ob er vielleicht nur ein Produkt ihrer zu lebhaften Fantasie gewesen war.

Sie schüttelte den Kopf und zog das Handy aus dem Rucksack, denn sie hatte die Nase voll vom Warten. Sie wählte Kingstons Nummer, und während sie darauf wartete, dass er sich meldete, schaute sie aus dem Fenster und sah den Geschäftsführer des Motels über den Parkplatz zu der Außentreppe gehen, über die man ihre Zimmertür erreichte.

»Warum geht er nicht dran?«, sagte sie laut. »Warum geht er nicht endlich dran?«

15

Peter Bellhards Händedruck war fest und kurz. »Ich habe im Immobilienteil der Lokalzeitung gelesen, dass dieses Haus zum Verkauf steht und heute zu besichtigen ist.«

Elizabeth bemühte sich um ein verbindliches Lächeln, obwohl ihr Puls sich beschleunigte. Sie war sich nicht sicher, was Whitney Bellhards Mann wollte, hatte aber auch keine Lust, es herauszufinden. Nicht hier. Nicht jetzt. Nicht während der Arbeitszeit.

Außerdem wusste sie absolut nicht, was sie zu dem Mann sagen sollte.

»Sie arbeiten also für Suncrest Realty.« Er griff nach einer ihrer Visitenkarten, obwohl er außer der Zeitungsannonce bestimmt auch das Schild gesehen hatte, das im Vorgarten an einem Pfosten hing.

»Genau.«

Er war schlank und groß, größer als Court, und trug ein schwarzes Hemd und eine graue Hose. Sein dichtes dunkles Haar begann nur an den Schläfen ein bisschen grau zu werden. Er sah gut aus, auf eine eher unauffällige Weise.

»Mein Beileid zum Verlust Ihres Mannes.«

»Auch Sie haben Ihre Frau verloren.«

»Ja. *Unser* Verlust.«

Darauf schwieg er und drehte nur ihre Karte zwischen den Fingern. Das unbehagliche Schweigen zog sich in die Länge.

»Wie kann ich Ihnen helfen?«, fragte sie schließlich.

Er zuckte zusammen, als hätte sie ihn aus einer Träumerei gerissen. »Ich habe einfach nur gedacht, dass wir uns kennenlernen sollten«, wiederholte er, während er ihr direkt in die Augen blickte. »Nach allem, was passiert ist, wollte ich nur mal sehen, wie es Ihnen geht«, sagte er mit einem unbeholfenen Lächeln, das sofort wieder erstarb.

»So gut, wie man es angesichts der Umstände erwarten kann, glaube ich. Es ist ein Schock.«

»Haben Sie es gewusst?«, fragte er plötzlich. »Das mit Ihrem Mann und Whitney?«

Sie schüttelte den Kopf. »Erst seit ein paar Tagen vor seinem Tod.«

»Wie haben Sie es herausgefunden? Hoffentlich macht es Ihnen nichts aus, wenn ich so direkt frage.«

Seine Neugier war vielleicht verständlich, doch sie hatte wirklich keine Lust, über Court zu reden. »Eine Freundin hat sie zusammen gesehen und es mir erzählt.«

»Wo?«

»In einem Restaurant.« Elizabeth drohte wieder von Trauer und Schuldgefühlen überwältigt zu werden. »Ich habe gehört, dass Sie den beiden nach Rosarito Beach gefolgt sind.«

Er runzelte die Stirn. »Von wem?«

»Von Detective Thronson.«

Das schien ihn zu überraschen. »Ich dachte immer, Cops sollten Fragen stellen, statt selber zu plaudern«, sagte er. »Ja, ich bin Whitney gefolgt. Eine richtige Undercoveraktion war das nicht. Glauben Sie's mir, die beiden haben kein Geheimnis aus ihrer Affäre gemacht. Vielleicht war das zu Beginn ihrer Beziehung noch anders, ich weiß es nicht. Vielleicht war ich nicht aufmerksam genug. Aber später haben sie sich kaum noch die Mühe gemacht, es zu verheimlichen. Ich hatte die Nase voll davon, darauf zu warten, dass sie nach Hause kam, wenn sie dann auftauchte, tischte sie mir irgendeine Lüge auf. Ein paarmal habe ich sie direkt gefragt, ob sie eine Affäre habe, und sie hat immer nur aggressiv gesagt, ich sei bloß eifersüchtig und das sei mein Problem. Schon klar, Angriff ist die beste Verteidigung, aber ich wusste, dass ich mich nicht irrte, dass es einen anderen Mann gab. Plötzlich legte sie immer Parfüm auf und kaufte säckeweise neue Klamotten und Unterwäsche. Schwarze Büstenhalter und Slips mit Spitzenbesatz. Und dann fand ich noch dieses rote Negligé unter den alten Pyjamas, die sie immer trug, wenn sie neben mir im Bett lag.«

Sie wusste nicht, was sie sagen wollte, war aber trotzdem ein bisschen neugierig. »Wie lange wussten Sie es schon, bevor ...«

»Eine Weile. In Rosarito Beach habe ich sie zur Rede gestellt. Wussten Sie das?«

»Nur, dass Sie ihnen gefolgt sind.«

»Ach ja, Detective Thronson.« Er schnaubte verächtlich. »Ziemlich geschwätzig für eine Ermittlerin, die Frau.«

»So war das eigentlich nicht.« Sie wusste nicht, warum sie Thronson verteidigte. »Sie sagte es, als ich von dem Unfall erfuhr. Sie sagte, Sie hätten es ihr erzählt, denn sie habe zuerst mit Ihnen gesprochen.«

Er zuckte die Achseln, als spielte es keine Rolle, doch sie wusste, dass es nicht so war. »Es ist besser, die Karten offen auf den Tisch zu legen. Ich wollte nicht, dass die Polizei von den Hotelangestellten erfährt, dass ich in Rosarito Beach war.«

Da ist diese Frau, die aussieht wie Sie ... Nachlässig hochgesteckte blonde Haare.

»Haben Sie kürzlich mit Thronson geredet?«

»Warum? Haben Sie mit ihr gesprochen?«

»Sie hat ein paarmal angerufen.« Elizabeth wünschte, das Thema nicht angeschnitten zu haben. Sie hatte darauf gezählt, dass Thronson zu ihnen beiden engen Kontakt halten würde. Schließlich hatte Bellhard zugegeben, seiner Frau und Court zum Hotel Tres Brisas gefolgt zu sein. Er hatte länger von der Affäre gewusst, die beiden in ihrem Liebesnest aufgesucht und den Mumm gehabt, sie zur Rede zu stellen.

Aber es war eine Frau, die auf dem Freeway die gefährliche Verfolgungsjagd gestartet hat.

»Sie haben beide gemeinsam zur Rede gestellt?«, fragte sie, obwohl sie sich nicht sicher war, ob sie die Antwort hören wollte.

»Ja. Ihr Mann war da, doch als er mich gesehen hat, ist er einfach weggerannt. Ich habe Whitney gesagt, er sei ein elender Feigling.« Er warf Elizabeth einen seltsamen Blick zu, fast so, als wollte er sie ermuntern, ihren Mann zu verteidigen, obwohl es da nichts zu entschuldigen gab.

In diesem Moment öffnete sich die Haustür, und ein junges Paar trat ein. Elizabeth war erleichtert und begrüßte die Neuankömmlinge mit einem Lächeln. Die beiden lasen das Schild, auf dem sie gebeten wurden, ihre Schuhe auszuziehen, und sie streiften brav ihre Flipflops ab.

»Es ist so seltsam, dass ausgerechnet dieses Haus zum Verkauf steht«, sagte die junge Frau. »Ich bin in diesem Viertel aufgewachsen, nur eine Straße weiter.« Sie zeigte aus dem Fenster. »Deshalb kannte ich die Leute, die hier gewohnt haben.«

»Sehen Sie sich ruhig um«, sagte Elizabeth.

Der Mann, der etwa Mitte zwanzig sein musste, trat in die Küche und blickte sich um. »Du hast doch gesagt, wir würden hier Plätzchen serviert bekommen.«

Das Mädchen stieß ihm scherzhaft den Ellbogen in die Rippen, und dann verschwanden sie kichernd.

Bellhard fuhr fort, als hätte es keine Gesprächsunterbrechung gegeben. »Ich habe zu Whitney gesagt: ›Hoffentlich wirft dein lausiges Business irgendwann mal Gewinn ab, denn von mir siehst du keinen Cent.‹ Und wissen Sie, wie sie geantwortet hat?« Bis jetzt hatte sich Bellhard beherrscht, doch nun war seine Miene zornig. »Sie hat nur gesagt: ›Court und ich werden heiraten, und er hat jede Menge Geld, sehr viel mehr, als du jemals verdienen wirst.‹« Er starrte Elizabeth an, als wäre alles irgendwie ihre Schuld.

»Das stimmte nicht«, platzte es aus ihr heraus, weil sie an ihre katastrophale finanzielle Situation denken musste. »Das mit dem Geld, meine ich.«

»Whitney hatte schon immer ein Näschen dafür, wo es etwas zu holen gibt«, widersprach er. »Doch wenn Sie nicht mit mir über Ihre Finanzen reden wollen, verstehe ich das. Aber der Polizei sollten Sie nichts verschweigen. Die findet sowieso alles heraus.«

»Es ist kein Geld mehr da«, sagte sie eher gegen ihren Willen. Durch Bellhard kamen ihre Ängste wieder zurück.

Er hob ungläubig eine Augenbraue. »Glauben Sie's mir, nur absolute Offenheit wird Ihnen bei Thronson weiterhelfen.«

»Ich war völlig aufrichtig.«

Es war offensichtlich, dass er ihr nicht glaubte. Sein Blick sagte alles.

Völlig aufrichtig. Wirklich?
Sie schluckte. *Du hast ihr nichts davon erzählt, dass du Court den Tod gewünscht hast ... Wie auch Mazie und Officer Daniels.*

Doch es spielt keine Rolle. Es war ein Zusammentreffen von Zufällen.

Das junge Paar war nach oben gegangen, Elizabeth hörte ihre Schritte, als die beiden ein Zimmer nach dem anderen besichtigten. Gequält von widerstreitenden Gefühlen, wich sie einen Schritt vor Bellhard zurück.

»Hören Sie, ich will Ihnen keine Angst machen«, sagte der etwas nachsichtiger. »Aber beherzigen Sie meinen Rat. Die Polizei schnüffelt immer noch herum, und wenn Thronson weiter bei Ihnen anruft, heißt das, dass sie nicht zufrieden ist.« Jetzt wirkte sein Lächeln freundlicher. »Vielleicht könnten wir irgendwann zusammen einen Kaffee trinken gehen? Ich finde, wir sollten uns noch mal eingehender unterhalten, um uns über einiges klar zu werden. Ob es uns gefällt oder nicht, wir sind in einer ähnlichen Lage.«

Sie hatte absolut keine Lust, noch einmal mit Bellhard zusammenzutreffen, doch bevor sie seinen Vorschlag ablehnen konnte, betraten zwei Frauen in mittleren Jahren das Haus, die auch sofort gehorsam die blauen Überschuhe anzogen.

Elizabeth war dankbar für die Ablenkung. »Entschuldigen Sie mich«, sagte sie zu Bellhard. »Ich habe zu tun.«

»Dann will ich Sie nicht weiter aufhalten«, sagte er mit einem Blick auf ihre Visitenkarte. »Ist das Ihre Handynummer?«

»Ja.« Innerlich stöhnte sie.

Er hielt die Karte hoch. »Danke, ich melde mich.«

Sobald er verschwunden war, atmete Elizabeth erleichtert auf. Als hinter ihr leise die Tür ins Schloss fiel, wurde ihr bewusst, dass ihre Hände schweißnass waren.

Eine der beiden Frauen zeigte auf die Decke. »Ist da oben jemand? Auf der Toilette?«

Auch Elizabeth hörte die Toilettenspülung und beschloss, nach oben zu gehen und mit der Führung für das junge Paar zu beginnen. »Ja, es sind schon vor Ihnen zwei potenzielle Käufer gekommen. Ich muss mich jetzt um sie kümmern. Die Flyer mit den Einzelheiten über das Haus liegen da auf der Kommode.«

Rex Kingston war halb verhungert, als er langsam an dem kleinen Einkaufszentrum vorbeifuhr. In einem der Gebäude residierte die Harper Insurance Agency. Wie nicht anders zu erwarten, stand auf dem Schild an der Tür, dass die Versicherungsagentur von montags bis freitags zwischen neun Uhr morgens und fünf Uhr nachmittags geöffnet war. An Wochenenden war natürlich niemand da.

Während er langsam über den fast leeren Parkplatz fuhr, begann sein Magen zu knurren. Das erinnerte ihn daran, wie lange das Frühstück mit Pamela zurücklag und dass er es irgendwie geschafft hatte, das Mittagessen ausfallen zu lassen.

Zumindest hatte er jetzt etwas Zeit, um Ravinia den Gefallen zu tun, diese Elizabeth Gaines zu finden.

Ravinia.

Mit der Göre hast du nichts als Ärger.

Direkt nach seiner Trennung von Pamela hatte sie angerufen und Druck gemacht. Schließlich hatte er ihr erzählt, dass Joy und Ralph Gaines einst eine Versicherungsagentur in Costa Mesa geführt hatten.

»Wohnen Sie da nicht?«, hatte sie gefragt.

»Ja, glücklicherweise«, antwortete er. »Ich werde gleich morgen früh mit dem jetzigen Eigentümer sprechen.«

»Ich will dabei sein.«

»Ich bin bereits hier, und Sie sitzen ein gutes Stück weit weg in Santa Monica. Bleiben Sie, wo Sie sind. Wenn ich etwas erfahre, lasse ich es Sie wissen.«

»Wie weit ist diese Versicherungsagentur von Ihrem Haus entfernt?«

»Nicht sehr weit. Ein paar Meilen.«

»Wo genau wohnen Sie?«

»Meine Privatadresse gebe ich Ihnen nicht«, sagte er bestimmt, denn er wusste, worauf es hinausgelaufen wäre. Ihre Direktheit überraschte ihn immer noch.

»Wie gesagt, ich spreche mit dem Eigentümer. Hoffentlich weiß er etwas über das Ehepaar Gaines.«

»Ich bin dabei.«

»Nein. Sie bleiben in Santa Monica.«

Klick.

Sie hatte einfach die Verbindung unterbrochen. Vermutlich würde sie es ignorieren, dass er gesagt hatte, sie solle bleiben, wo sie sei.

Er starrte ungläubig auf das Telefon. »Du bist ein verdammter Idiot«, murmelte er, während er das Smartphone in die Tasche steckte.

Während der Heimfahrt dachte er über sein Leben nach. Zuerst hatte er in seinem Haus zur Miete gewohnt, es dann aber den Eigentümern, einem älteren Ehepaar, irgendwann abgekauft. Jetzt war er sich nicht mehr so sicher, ob er in Costa Mesa Wurzeln schlagen wollte. Er wohnte schon zu lange hier, doch wohin sollte er umziehen? Aber vielleicht war nun wirklich der Zeitpunkt gekommen für eine Veränderung, jetzt, wo er mit Pamela Schluss gemacht hatte. Doch auch so war er schon seit einer Weile ruhelos, selbst wenn er sich bemüht hatte, die Symptome zu ignorieren.

Während er durch die vertrauten Straßen fuhr, versuchte er Ravinia zu erreichen, aber sie meldete sich nicht. Vielleicht war der Akku ihres Billighandys mal wieder leer.

Womöglich hat sie auch die Nase voll von dir.

Bei ihr wusste man nie, woran man war.

War sie schon auf dem Weg nach Costa Mesa? Hatte sie einen Bus genommen, oder fuhr sie per Anhalter? Der Gedanke war ihm gar nicht angenehm.

Was sie tut, ist nicht dein Problem.

»Und doch reagierst du, als wäre es so«, murmelte er vor sich hin, während er in seine Straße bog und sich bemühte, alle Gedanken an das entschlossene blonde Mädchen mit dem Rucksack zu verdrängen.

16

»Sie sind wieder zu spät«, bemerkte Misty, während Elizabeth durch die zur Garage führende Tür ins Haus stürmte. Ihre Tochter und die Babysitterin saßen vor dem Fernseher und sahen eine von Chloes Lieblingssendungen, in der Zeichentrickfilme mit Tieren gezeigt wurden. Diesmal ging es um Bienen, die seltsame Rätsel lösten.

»Es ist zehn nach vier«, erwiderte Elizabeth etwas gereizt. »Ich habe gesagt, ich würde erst um halb fünf zurück sein.« Sie warf ihre Jacke auf die Rückenlehne der Couch und die Tasche auf einen Stuhl.

Misty zuckte nur die Achseln. »Ja, schon gut«, antwortete sie. »Ich hatte sowieso nicht vor, für die Uni zu lernen, aber meine Mutter nervt mich mit Telefonterror.« Sie rollte die Augen. »Sie macht mich wahnsinnig.«

»Wahnsinnig«, wiederholte Chloe. »Das heißt verrückt«, erklärte sie Elizabeth.

»Ja, meine Kleine, du hast recht.«

Elizabeth zog ein paar Geldscheine aus ihrem Portemonnaie, gab sie Misty und begleitete sie zur Haustür. Es begann bereits zu dämmern. Als Misty ging, drehte sie sich noch einmal um und winkte Elizabeth zum Abschied zu, während die mit vor der Brust verschränkten Armen in der Tür stand und ihr nachblickte, bis sie um die Ecke ihrer Straße verschwunden war. Sie hörte hinter sich Schritte, drehte sich um und sah Chloe barfuß aus dem Wohnzimmer in die Diele treten.

»Willst du sehen, ob sie nach Hause geht?«, fragte sie ihre Mutter.

»Genau.«

»Heute war sie nicht so gemein und hat mit mir gespielt.«

»Sehr gut.« Sie nahm ihre Tochter in den Arm und drückte sie. Sie gingen ins Haus zurück, und Elizabeth schloss die Tür. »Also, meine Süße, was wünschst du dir zum Abendessen?«

»Tortillas mit Käse!«

»Ich denke, das lässt sich machen.«

»Und Kakao!«, rief Chloe, die bereits auf dem Weg zur Küche war.

Elizabeth ging kopfschüttelnd zum Kühlschrank. »Milch oder Wasser, du kannst es dir aussuchen.«

»Ich hasse Milch!«, antwortete Chloe, obwohl sie meistens nichts dagegen einzuwenden hatte. Aber sie war so launisch wie das Wetter, und man musste immer mit allem rechnen.

Während Elizabeth die Tortillas mit geriebenem Käse bestreute, setzte Chloe sich wieder vor den Fernseher, wo erneut ein Zeichentrickfilm mit Tieren lief. Die Hauptrolle spielte ein schwarzer Schäferhund. »Können wir nicht einen Hund haben?«, fragte sie, ohne den Blick von dem Fernseher abzuwenden.

Das war zurzeit ihr Lieblingsthema.

»Im Moment noch nicht, Honey.«

»Einen Hamster?«

Elizabeth schob die Tortillas in die Mikrowelle und drückte auf den Knopf. »Guter Gott, nein.«

Chloe blickte sie stirnrunzelnd an. »Warum nicht?«

»Ein Tier in einem Käfig kommt nicht in Frage«, antwortete sie ihrer schmollenden Tochter. »Ich glaube, wir haben bereits darüber geredet.«

Chloe ließ den Kopf hängen. »Ich will sowieso lieber einen Hund. Einen großen Hund mit einer schwarzen Nase und einem buschigen Schwanz.«

So wie der Hund im Fernsehen, dachte sie lächelnd. »Eines Tages.«

»Das heißt nie.«

»Nein, es heißt nur nicht sofort.« Elizabeth hatte nichts dagegen, ein Haustier anzuschaffen, aber das Timing war ungünstig. Zurzeit hatte sie weder die Energie noch Interesse daran, sich mit einem Haustier herumzuschlagen. Sie hatte genug zu tun mit den Problemen wegen des Todes ihres Mannes, und sie hatte Angst vor ihrer Zukunft. *Unserer Zukunft*, berichtigte sie sich mit einem Blick auf ihre Tochter. Die Mikrowelle bimmelte, und sie zog mit einem Topflappen die heißen Tortillas mit dem geschmolzenen Käse heraus.

»Dein Essen ist fertig«, rief sie, und Chloe war ausnahmsweise gehorsam und kam sofort in die Küche, wo sie sich über die Tortillas hermachte und mit großen Schlucken das Glas Milch leerte, das Elizabeth ihr eingeschenkt hatte. Sie schien völlig vergessen zu haben, dass sie gerade noch gesagt hatte, sie würde Milch hassen. Als sie aufgegessen hatte, hielt Elizabeth den Teller unter fließendes Wasser und stellte ihn dann in die Spülmaschine.

Chloe setzte sich wieder vor den Fernseher.

»Fehlt dir Daddy?«, fragte sie dann auf einmal plötzlich, während sie schnell einen Blick über die Rückenlehne des

Sofas in Elizabeth' Richtung warf. Dann wandte sie sich wieder dem Fernseher zu.

Die Frage kam aus heiterem Himmel, aber Elizabeth fing sich schnell wieder. »Natürlich fehlt er mir.«

Chloe drehte sich wieder um und bedachte ihre Mutter mit jenem prüfenden Blick, den sie immer hatte, wenn sie sehen wollte, ob ihre Mutter log.

»Ja, ich vermisse ihn«, sagte Elizabeth, als müsste sie sich verteidigen, was lächerlich war. Aber es stimmte. Sie vermisste Court. Zumindest den Court aus der Anfangszeit ihrer Ehe. »Er fehlt mir genauso sehr wie dir.«

»Glaubst du, dass er mich geliebt hat?«, fragte Chloe.

»Aber natürlich hat er dich geliebt, Honey. Sehr sogar.«

»Ich glaube nicht daran«, stellte Chloe fest.

»Aber wie kommst du denn darauf? Du warst sein geliebtes kleines Mädchen.« Sie trocknete sich die Hände mit einem Trockentuch ab und setzte sich neben ihre Tochter auf das Sofa. »Er hat dich abgöttisch geliebt, und du weißt es.« Sie drückte ihre Tochter, doch die machte sich aus der Umarmung frei und starrte sie an.

»Hat er mich mehr geliebt als diese andere Frau?«, fragte sie. Plötzlich schien sie jedes Interesse an dem Zeichentrickfilm verloren zu haben.

Elizabeth lief es kalt den Rücken hinab. »Was für eine Frau?«

»Die Frau, die er getötet hat.«

Sie schnappte nach Luft. »Wer hat das gesagt?«

Chloe zuckte die Achseln. »Ich weiß nicht.«

»Erzähl mir, wer das gesagt hat«, beharrte Elizabeth, die rotsah, weil jemand herzlos genug war, ihrem Kind so schreckliche Dinge zu erzählen.

»Niemand«, flüsterte Chloe.

»Dein Vater hat dich geliebt, mein Mädchen. Du darfst nicht denken, dass es anders gewesen wäre.«

»Du musst nicht so wütend sein.«

»Ich bin nicht wütend, sondern nur ...«

»Du bist wütend«, sagte Chloe nachdrücklich.

Elizabeth seufzte. »Ja, aber nicht auf dich.«

Chloe bedachte sie mit einem ungläubigen Blick, und in diesem Moment klingelte das Mobiltelefon, das in der Küche lag.

Elizabeth sprang auf, eilte in die Küche und griff nach dem Handy. Auf dem Display sah sie Deirdres Nummer. Sie meldete sich. »Hallo.«

»Hast du Jade heute gesehen?«, fragte Deirdre. »Sie meinte, sie wolle in deinem Büro vorbeischauen.«

»Ja, sie war da«, antwortete Elizabeth. »Allerdings erwartete ich einen Kunden, sodass wir nur ein paar Minuten füreinander hatten.«

»Es ist schade, aber sie kann heute Abend wieder nicht kommen.«

»Wovon redest du?«

»Ich hatte da eine Idee. Komm mit Chloe zu uns, ich habe einen Babysitter. Wir Erwachsenen gehen alle zum Abendessen in die Barefoot Bar.«

»Klingt großartig, aber ich kann nicht. Außerdem haben wir schon gegessen.«

»*Ich* habe schon gegessen«, berichtigte sie Chloe aus dem Wohnzimmer. Sie hatte sofort mitbekommen, dass Pläne geschmiedet wurden. »*Du* nicht.«

»Stell dich nicht so an, Elizabeth«, sagte Deirdre. »Komm mit der Kleinen zu uns.«

»Ihr müsst euch nicht alle so sehr um mich kümmern«, protestierte Elizabeth.

»Schade, ich dachte, es wäre eine brillante Idee, den Abend mit all meinen Freundinnen zu verbringen.«

Chloe war aufgestanden und schaute ihre Mutter mit einem flehenden Blick an.

»Ich weiß nicht ...« Elizabeth' Widerstand begann zu bröckeln.

»Pack die Kleine ein und komm zu uns«, wiederholte Deirdre. »Du kannst dein Auto hier stehen lassen und mit Les und mir zu der Bar fahren.«

Ah, die Ehemänner waren also auch mit von der Partie. Natürlich. Wieder protestierte sie, denn sie wollte nicht schon wieder das fünfte Rad am Wagen sein, doch Deirdre hörte einfach nicht zu. Zögernd stimmte Elizabeth zu. Deirdre sagte, Nadia und ein paar andere Leute würden auch kommen. Was für andere Leute?, wollte Elizabeth wissen. Aber Deirdre hatte bereits aufgelegt, als befürchtete sie, Elizabeth könnte ihre Meinung ändern.

Obwohl sie keine Lust hatte, war Elizabeth eine halbe Stunde später mit ihrer Tochter auf dem Weg zu Deirdres Haus. Chloes Laune hatte sich beträchtlich verbessert, und sie plapperte ununterbrochen, als hätte auch sie Angst, ihre Mutter könnte es sich noch anders überlegen, wenn man ihr zu viel Zeit ließ, um darüber nachzudenken. Und sie hatte recht. Elizabeth wollte nur noch ins Bett und sich die Decke über den Kopf ziehen. *Und vielleicht wäre das für Chloe auch am besten.*

Sie trug eine Jeans und eine blaue Bluse, und auf dem Beifahrersitz lag eine schwarze Jacke. Zu der Barefoot Bar in

Newport Beach gehörte ein Patio, und sie würden bestimmt draußen sitzen. Im Sommer war es praktisch unmöglich, dort einen Platz zu finden, doch bei diesen kühlen Temperaturen war es wahrscheinlich kein Problem. Zumindest schien Deirdre das zu glauben.

Chloe blieb mit Deirdres Söhnen Chad und Bryan in der Obhut einer Babysitterin zurück, während Elizabeth auf der Rückbank des dunkelgrauen Mercedes der Czurskys Platz nahm. Unterwegs diskutierten Deirdre und Les über die Vorzüge des Essens in der Barefoot Bar.

»Es ist großartig, du wirst sehen«, sagte Deirdre, die sich halb zu Elizabeth umwandte. »Frische Meeresfrüchte, erstklassige Salate.«

»Die Steaks sind auch super«, warf Les ein.

Elizabeth dachte an ihre leer geräumten Bankkonten. Wie immer Peter Bellhard über Courts Vermögen dachte, das Geld war weg, und sie hatte kein geheimes Guthaben gefunden. Court mochte es geschafft haben, Whitney glauben zu lassen, er sei reich, doch tatsächlich hatte er praktisch alles auf den Kopf gehauen, und nun war so gut wie nichts mehr übrig. Sie beschloss, sich nur einen kleinen gemischten Salat oder eine Suppe zu bestellen, nichts Kostspieliges. Außerdem hatte sie sowieso keinen Hunger.

Nachdem der Parkplatzwächter die Wagenschlüssel an sich genommen hatte, um den Mercedes zu parken, betraten sie die Bar und gingen durch den Hinterausgang in den Innenhof, wo bereits die Ehepaare Eachus und Hofstetter auf sie warteten. Fast unmittelbar darauf traf eine genervt wirkende Nadia ein. »Karl hat mir auf den letzten Drücker eine Absage erteilt«, erklärte sie deprimiert. »Für die Hälfte der

Zeit kommt es mir so vor, als hätte ich gar keinen Ehemann.«
Ihr wurde bewusst, was sie gesagt hatte, und unterbrach sich. »Mein Gott, es tut mir leid, Elizabeth.«

Die machte eine wegwerfende Handbewegung. »Muss es nicht.«

Als sie sich setzten, stellte Deirdre Elizabeth Gil Dyne vor, einen Arbeitskollegen von Les.

Es stellte sich heraus, dass Dyne Witwer war, und Elizabeth vermutete, dass er eingeladen worden war, damit sie als Single einen Gesprächspartner hatte. Sie zuckte innerlich zusammen. Womöglich wollten sie das fünfte Rad am Wagen schon jetzt verkuppeln.

Nun machte es sie fast glücklich, dass Nadias Ehemann nicht mitgekommen war. Vielleicht würde Gil Dyne sich lieber mit Nadia unterhalten.

Das alles war verdammt ärgerlich, doch es blieb ihr nichts anderes übrig, als gute Miene zum bösen Spiel zu machen und sich ins Gedächtnis zu rufen, dass ihre Freundinnen und Freunde es gut meinten. Sie versuchten nur, ihr in einer schwierigen Lebensphase zu helfen.

Und dennoch ...

»Ich habe das gehört mit Ihrem Mann«, sagte Gil zu ihr.

Am liebsten wäre sie im Boden versunken. Das brauchte sie nicht, weder jetzt noch später.

»Ich weiß, wie schwierig die ersten Wochen sind.« Gil hatte ein freundliches Gesicht und ein sympathisches Lächeln, rückte aber jetzt schon ein bisschen nah an sie heran auf der Bank. »Kommen Sie klar mit der schwierigen Lage?«

Elizabeth warf Deirdre einen warnenden Blick zu, doch die tat so, als hätte sie nichts bemerkt. »Ich arbeite daran«, antwortete sie und war froh, dass sich in diesem Moment Nadia neben sie und Gil setzte. *Gott sei Dank.*

Als der Kellner kam, bestellte sie ein Glas Weißwein, und als es gebracht wurde, bestand Gil darauf, es zu bezahlen. Natürlich. Sie protestierte, doch er wollte nichts davon hören. Andererseits machte er keine Anstalten, auch Nadia ihr Getränk zu spendieren, obwohl die bei ihnen saß und zur gleichen Zeit bestellt hatte.

Es war eine unangenehme Situation.

Zwanzig Minuten später bot sich ihr eine Gelegenheit, aufzustehen und sich zu entfernen, und Nadia folgte ihr. Sie war ein paar Zentimeter größer als Elizabeth, und als sie einen Blick in Gil Dynes Richtung warf, sah Elizabeth im Licht einer der Laternen ihre eisblauen Augen. »Solche Typen machen sich immer an alleinstehende Frauen ran.«

»Oh, ich glaube, er wollte einfach nur nett sein«, sagte Elizabeth. »Deirdre hat mir erzählt, dass sie ihn eingeladen hat.« Es war noch ungewohnt für sie, sich als »alleinstehende Frau« zu sehen.

Nadia trank einen großen Schluck Wein. »Wenn du Hilfe brauchst, ruf mich an. Meine Nummer hast du ja.«

»Ja. Danke.«

»Ich meine es ernst.«

Elizabeth nickte. Sie wusste nicht, wie sie es ihren Freundinnen erklären sollte, dass sie sich etwas überfordert fühlte von deren übertriebener Hilfsbereitschaft. Sie musste einfach mal für eine Weile allein sein, um alles verarbeiten und über ihre Zukunft nachdenken zu können. Und sie musste damit fertig werden, dass Chloe und sie nun allein waren auf dieser Welt.

In diesem Moment trat Deirdre zu ihnen. »Ich weiß, ich hätte ihn nicht einladen sollen«, sagte sie in einem verschwörerischen Tonfall. »Aber Gil ist ein guter Junge und hat viel Geld. Sehr viel Geld.«

Was soll das jetzt?, fragte sich Elizabeth, doch dann fiel ihr ein, dass sie ihren Freunden von ihrer desaströsen finanziellen Situation erzählt hatte. Was ein Fehler gewesen war.

»Man sieht es ihm nicht an, aber er ist wirklich stinkreich«, fuhr Deirdre fort.

Guter Junge ... Ihre Worte erinnerten Elizabeth an GoodGuy, und sie musste sich zu einem Lächeln und einer unverbindlichen Antwort zwingen.

»Was war denn los mit seiner Frau?«, fragte Nadia Deirdre.

Deirdre blickte sie fragend an. »Was meinst du?«

»Ich habe gehört, sie hätte Selbstmord begangen.«

»Oh, ich kann's nicht mehr hören. So etwas hätte Monica nie getan.« Deirdre schüttelte den Kopf, offensichtlich verärgert über Nadia. »Es war eine Überdosis Medikamente. Ein Irrtum. Mehr ist dazu nicht zu sagen.«

Nadia ließ nicht locker. »Wie ich gehört habe, war das eher fraglich.«

Tara trat zu ihnen. »Darf man hören, was ihr zu bereden habt?«, fragte sie.

Die Männer – Dave, Bill, Gil und Les – standen etwas abseits und unterhielten sich, und Elizabeth sah, dass Vivian an der Bar stand, um neue Getränke zu bestellen.

»Gils Frau, Monica Dyne, ist an einer Überdosis von Tabletten gestorben«, sagte Nadia zu Tara. »Deirdre sagt, es sei ein Versehen gewesen, aber ...«

»So war es, sie hat sich nicht umgebracht«, sagte Deirdre gereizt.

»Aber das wurde in Frage gestellt«, beharrte Nadia. »Mehr habe ich nicht gesagt.«

»Streitet euch nicht, Kinder«, sagte Tara, die Elizabeth' Arm nahm und sie beiseite zog. »Du schienst dich unwohl zu fühlen.«

»So ist es. Danke, dass du mich gerettet hast. Deirdre scheint diesen Gil eingeladen zu haben, damit wir uns kennenlernen.«

»Für so etwas ist es im Moment noch viel zu früh.«

»Du sagst es.«

»Ich wusste gar nicht, dass Deirdre sich als Kupplerin betätigt.«

Tara begleitete Elizabeth durch die Bar zum Ausgang.

»Heute war ein Besichtigungstermin für ein Haus, und da ist Peter Bellhard vorbeigekommen«, sagte Elizabeth.

»Du machst Witze.«

Elizabeth erzählte Tara in Kürze, was Bellhard gesagt hatte. Und auch, wie er ihre finanzielle Situation einschätzte. »Tatsache ist, dass ich fast pleite bin und dass Court keine Lebensversicherung hatte«, schloss sie.

Tara seufzte tief.

»Wie auch immer, ich lege alle Karten offen auf den Tisch. Hoffentlich hilft mir das, Detective Thronson loszuwerden.«

»Ja, aber hast du nicht schon alles gesagt?«

Elizabeth schüttelte den Kopf und blickte ihrer engsten Freundin in die Augen. Konnte sie ihr ihre verrückten Gedanken anvertrauen, was es für Folgen gehabt haben könnte, dass sie sich Courts Tod gewünscht hatte?

»Da ist etwas, das ich dir erzählen sollte, Tara ...«

17

»Was denn?« Tara blickte Elizabeth über den Rand ihres Weinglases hinweg erwartungsvoll an.

Bevor Elizabeth antworten konnte, trat Vivian zu ihnen, gemeinsam mit einem Kellner, der ein Tablett mit karibischen Cocktails dabeihatte. »Die Drinks haben ordentlich Umdrehungen«, rief sie den Männern zu, die sich ein paar Schritte weiter unterhielten. »Reißt danach bloß keine schlüpfrigen Witze. Außerdem habe ich noch ein paar Appetithäppchen bestellt.«

»Was wolltest du sagen?«, fragte Tara Elizabeth.

»Ach, nichts.« Der richtige Augenblick war verstrichen, und es war sowieso eine verrückte Idee.

»Das geht auf Gils Rechnung«, sagte Deirdre, während ein Kellner die Drinks und sein Kollege ein riesiges Tablett mit kalten Vorspeisen auf den Tisch stellte. Elizabeth hatte schon einmal einiges davon probiert, da sie vorher bereits in dem Lokal gewesen war, doch heute hatte sie sich vorgenommen, nur einen Salat oder eine Suppe zu verzehren. Aber auch der Gedanke daran weckte nicht ihren Appetit. Doch alle blickten sie an, als wäre sie ein Ehrengast und müsste sich als Erste bedienen. Also gab sie sich geschlagen und probierte von dem kalten Geflügel.

Danach bedienten sich die anderen Frauen, und schließlich fielen die Männer über alles her. Tropische Cocktails hin oder her, Elizabeth nahm sich vor, bei ihrem Weißwein zu bleiben. Doch kaum hatte sie diesen Entschluss gefasst, da drängte ihr Gil Dyne einen rosafarbenen Cocktail mit exotischen Früchten auf. Aus Höflichkeit nahm sie das Glas entgegen, doch sie hatte keine Lust, den Cocktail zu probieren.

»Danke«, sagte sie, während sie am Ende einer Bank Platz nahm.

Gil setzte sich sofort auf einen daneben stehenden Gartenstuhl. Obwohl in der Nähe eine offene Feuerstelle war, fror Elizabeth etwas, und sie wickelte ihre Strickjacke fester um sich. Sie war froh, etwas Wollenes mitgenommen zu haben.

Gil versuchte erneut, mit ihr ins Gespräch zu kommen. »Sie sind Mitglied bei Fitness Now!, habe ich gehört?«

»Ja.«

»Nach dem Tod meiner Frau habe ich Tag und Nacht in dem Fitnessstudio trainiert, doch ich kann mich nicht erinnern, Sie dort gesehen zu haben. Aber zu der Zeit habe ich meine Umwelt auch kaum wahrgenommen.«

»Meinem Mann war die Fitness wichtiger als mir.« Sie fühlte sich verpflichtet, wenigstens an dem Cocktail zu nippen. Guajava, Mango und Passionsfrucht machten ihn zu süß für ihren Geschmack.

»Du gehst da schon häufiger hin«, sagte Vivian, die sich auf einen Stuhl neben Gil setzte. »Wir waren auch oft zusammen da.«

Tara hatte mitgehört und trat zu ihnen. »Als wir uns kennenlernten, waren wir häufig mit der ganzen Clique da. Aber jetzt kommen uns die Kinder, der Beruf und das ganze restliche Leben immer öfter in die Quere.«

Tara und Nadia setzten sich zu Elizabeth, und Vivian stand direkt daneben, während die Männer an der offenen Feuerstelle saßen.

Da Nadia der Muttergruppe erst später beigetreten war, war sie nicht mit den anderen Mitglied bei Fitness Now! geworden.

Deirdre trank einen großen Schluck von ihrem Cocktail und nickte. »Aber damals war Jade der größte Fitnessfreak, auch später noch zwischen ihren Schwangerschaften. Verglichen mit ihr komme ich mir wie eine Bummelantin vor.«

»Vielleicht sollte ich auch Mitglied werden«, sagte Nadia.

»Warum ist Jade nicht hier?«, fragte Tara.

»Ich habe versucht, sie und Byron zu überreden, heute Abend zu kommen, aber sie meinte, sie müsse sich um ihre Familie kümmern«, antwortete Deirdre.

»Außerdem ist sie hochschwanger«, bemerkte Vivian.

»Wir alle wissen, wie man sich da fühlt.«

»Wenn jetzt die Frauenthemen drankommen, setze ich mich wohl besser zu den Männern.« Gil stand auf und verschwand.

Die kinderlose Nadia tat so, als hätte sie Deirdres Bemerkung nicht gehört.

Gil drehte sich noch einmal zu Elizabeth um, während er sich zu den Männern an der Feuerstelle gesellte, und sie glaubte, dass er sie auf eine Weise ansah, die ihr nicht behagte. Er hatte die Drinks und die Appetithäppchen bezahlt, und sie war sich ziemlich sicher, dass er ihr auch das gleich folgende Abendessen spendieren würde, wenn sie es zuließ. Aber sie wollte ihn nicht dazu ermuntern. Sie fühlte sich seltsam, desorientiert. Court war erst eine Woche tot, doch manchmal kam es ihr so vor, als wäre er schon vor zehn Jahren gestorben. Wie konnte das sein?

»Er fehlt dir«, sagte Nadia plötzlich zu Elizabeth.

»Wer?«

»Dein Mann natürlich.«

»Selbstverständlich fehlt er ihr«, sagte Deirdre. »Es ist ein seltsames Gefühl, auf einmal allein zu sein.«

»Ja, es war eine merkwürdige Woche«, pflichtete ihr Elizabeth bei. Plötzlich wollte sie nur noch nach Hause.

Der Oberkellner tauchte auf und sagte, ihr Tisch sei gedeckt. Sie erhoben sich und machten sich zum Speisesaal auf.

Elizabeth wünschte, ihr eigenes Auto dabeizuhaben. »Es gefällt mir nicht, die Spielverderberin sein, aber ich glaube, ich muss das Abendessen abblasen. Ich habe morgen eine Menge zu tun.«

»Ach, komm schon«, sagte Deirdre. »Wir sind doch gerade erst gekommen, und du hast kein Auto dabei.«

»Ich weiß, aber ...«

»Ich fahre Sie nach Hause«, bot Gil an.

Darauf war sie nun wirklich nicht scharf. »Vielen Dank, aber ich kann mir ein Taxi rufen.«

»Wenn du möchtest, fahre ich dich«, sagte Nadia.

Aber Deirdre gab nicht nach. »Bleib doch noch ein bisschen. Bitte. Die Babysitterin ist vier Stunden da, also lass uns die Zeit genießen.«

Elizabeth gab nach. »Meinetwegen ...«

Sie betraten den Speisesaal, und Elizabeth wurde gebeten, zwischen Gil und Nadia Platz zu nehmen. Als sie nur eine Champignoncremesuppe bestellte, bedrängten sie alle, ein richtiges Menü zu ordern, doch sie hatte keinen Hunger und blieb standhaft. Gil fragte sie nach ihrer Arbeit, doch darüber wollte sie nicht reden. Aber sie wollte auch nicht unhöflich sein und erzählte ihm, dass sie vielleicht ihr Haus verkaufen und sich eine Wohnung suchen würde.

»Ich besitze in Corona del Mar ein Haus mit vier Wohnungen«, sagte er. »Im nächsten Frühjahr wird eine davon frei.«

Corona del Mar war bekannt für seine hohen Mieten. »Ich glaube nicht, dass das für mich in Frage kommt«, antwortete sie wahrheitsgemäß. »Ich suche etwas für einen bezahlbaren Preis.«

»Sie könnten sich die Wohnung ja mal ansehen. Ich bin kein Halsabschneider.« Er hob die Hand. »Ehrenwort.«

»Ich habe mich noch nicht endgültig entschieden, ob ich das Haus verkaufen soll«, sagte sie.

Tara, die ihr gegenüber saß, beugte sich vor. »Lass dir Zeit, Elizabeth.«

Nachdem alle bestellt hatten, erzählte der passionierte Golfer Dave Hofstetter, er habe an einem Amateurturnier teilgenommen und es gewonnen. Es folgte eine langatmige Schilderung, bei der er kein Loch ausließ, und Tara stöhnte und hielt sich demonstrativ die Ohren zu. »Könnt ihr euch vorstellen, wie oft ich diese Geschichte schon gehört habe?«

Sie aßen, und irgendwann war es an der Zeit, die Karten für das Dessert zu studieren. Elizabeth wollte keinen Nachtisch und stand auf, um auf die Toilette zu gehen.

»Warte, ich komme mit«, sagte Vivian, die aufsprang und ihr folgte. »Sei nicht sauer auf Deirdre«, fuhr sie fort, als sie außer Hörweite waren. »Mir ist klar, dass es für so was zu früh ist, aber sie wollte unbedingt, dass du Gil kennenlernst.

Meiner Meinung nach kann er sich vor Frauen nicht retten, und er ist ja auch eine verdammt gute Partie. Keine von uns kann sich wirklich vorstellen, was du durchmachst. Wir wollen dir einfach nur helfen.«

»Ich fühle mich schuldig, weil ich mich nicht schlechter fühle«, sagte Elizabeth, als sie die Damentoilette betraten, wo sie allein waren. »Ich wollte den anderen einfach mal für ein paar Minuten entkommen.«

»Besonders Gil, meinst du.« Vivian zögerte, und ihre Blicke trafen sich in dem Spiegel über dem Waschbecken. »Ich wollte sowieso mit dir reden. Ich habe dir doch von der Therapiegruppe erzählt, die ich besuche und wo ich Nadia kennengelernt habe?«

»Ja.« Es war eine Therapiegruppe für Trauerbewältigung, der Vivian beigetreten war, nachdem sie ihr erstes Baby durch plötzlichen Kindstod verloren hatte.

»In der Gruppe sind ausschließlich Frauen, und wir kennen nur unsere Vornamen, aber wir haben alle gelitten. Die Skala reicht von häuslicher Gewalt bis zu plötzlichen Tragödien, wie in meinem Fall. Diese gemeinsamen Therapiesitzungen sind wirklich hilfreich.« Sie lächelte. »Hättest du nicht Lust, morgen mitzukommen?«

»Morgen?« Elizabeth schüttelte den Kopf. »Ich weiß nicht, ob ich in dieser Gruppe am richtigen Platz wäre. Ich empfinde eher Schuldgefühle als Trauer.«

»Da hängt alles zusammen, das Schuldgefühl des Überlebenden mit dem Bedauern und der Trauer. Du weißt das sehr gut.«

»Ja, aber ...« Plötzlich musste sie daran denken, was Chloe darüber gesagt hatte, dass ihr Vater sie nicht geliebt habe, und das erinnerte sie an ... »Chloe hat mich nach der Frau gefragt, mit der Court zusammen war, nach der Frau, die er *getötet* habe, wie sie sich ausgedrückt hat.«

»Was sagst du da?«

»Ich habe darüber nachgedacht, wo sie das gehört haben könnte. Ich habe sie gefragt, doch sie wollte es nicht sagen.«

»O mein Gott, bestimmt hat sie das von Lissa.« Sie schlug eine Hand vor den Mund und biss dann auf ihrer Unterlippe herum. »Sie hat gehört, wie Bill und ich über den Unfall sprachen, und uns gefragt, wer getötet worden sei. Ich glaubte, es ihr erklärt zu haben, doch sie muss es falsch verstanden haben.«

»Es spielt keine Rolle«, sagte Elizabeth.

»O doch. Es tut mir so leid.«

»Chloe glaubt, ihr Vater habe sie nicht geliebt, und ich habe ihr zu erklären versucht, dass er mir fehlt und dass sie ihm fehlt ... Ach, ich weiß nicht. Ich mache mir Sorgen um sie. Sie scheint zu leicht mit seinem Tod fertig zu werden, und deshalb ist es gut, dass sie ein bisschen über ihre Gefühle redet. Ich weiß nicht, was ich tun soll.«

»Komm morgen mit zu der Therapiegruppe«, beharrte Vivian. »Über exakt solche Probleme reden wir bei den Sitzungen.«

Elizabeth hob die Hände. »Ich bin eher eine Einzelkämpferin.«

»Machst du Witze? Du bist ein Gründungsmitglied der Müttergruppe!«

Elizabeth musste lächeln und beschloss, alles zu tun, um Courts Tod und die damit zusammenhängenden Schuldgefühle zu verarbeiten. »Okay.«

»Heißt das, du kommst mit?«

»Ruf mich morgen früh an.«

»Wird gemacht.«

Vivian betrat eine Kabine, und Elizabeth wusch sich die Hände. Als sie allein zu dem Speisesaal zurückkehrte, kam sie an dem Patio vorbei und warf einen Blick nach draußen. Es war längst dunkel.

Es lief ihr kalt den Rücken hinab, denn sie hatte das Gefühl, dass sich dort in der Dunkelheit jemand versteckte und sie beobachtete. Sie ließ den Blick über die Gäste in dem Innenhof gleiten. Niemand schien ihr Beachtung zu schenken. Sie ignorierte ihren sich beschleunigenden Puls.

Allmählich leidest du wirklich an Verfolgungswahn.

Das unbehagliche Gefühl verließ sie nicht, als sie in den Speisesaal zurückkehrte, und sie war mehr als nur ein bisschen erleichtert, als Les nach einiger Zeit aufstand und erklärte, es sei Zeit, nach Hause zu fahren. Natürlich wollte niemand, dass sie ihr Essen selbst bezahlte, und es half nicht, dass sie protestierte.

Kurz darauf stand sie in der kühlen Nachtluft und überquerte mit den anderen den Parkplatz.

Als sie in das Auto der Czurskys stieg, konnte sie das Gefühl immer noch nicht abschütteln, dass sie jemand beobachtete.

Um Mitternacht klingelte Rex Kingstons Mobiltelefon. Er war noch nicht im Bett und saß in seinem mit Leder bezogenen Bürosessel vor dem Laptop. Der Fernseher lief und war auf CNN eingestellt, doch er hatte den Ton abgeschaltet. Er blickte auf das Display und erkannte die Nummer.

Ravinia.

»Wo sind Sie?«, fragte er mit einem Blick auf die Uhr.

»In Costa Mesa.«

Das überraschte ihn nicht. Sie beschrieb ihm, wo sie war.

»Holen Sie mich ab?«

»Wie sind Sie hergekommen? Ich habe gesagt, Sie sollen in Santa Monica bleiben.«

Er war bereits aufgesprungen, steckte seine Schlüssel ein und schnappte sich eine Jacke, die über der Lehne eines Polstersessels hing, zu dessen Kauf ihn eine Frau überredet hatte, mit der er vor Pamela zusammen gewesen war. Sie hatte gesagt, in seinem Haus sehe es zu sehr aus wie in einer »Junggesellenbude«.

»Ich habe den Bus genommen. Was hätte es gebracht, weiter in Santa Monica herumzuhängen?«

»Keine Ahnung. Sie hätten das Geld für die Busfahrkarte gespart.« Er war erleichtert, dass sie nicht getrampt war.

»Holen Sie mich ab?«, wiederholte sie.

»In zwanzig Minuten bin ich da.« Einmal mehr fühlte er sich verantwortlich für sie, und allmählich kotzte es ihn an. »Reden Sie mit niemandem. Um diese Uhrzeit treibt sich nur noch Gesindel auf der Straße herum.«

»So spät ist es nun auch wieder nicht.« Damit unterbrach sie die Verbindung.

Er ging in die Garage, stieg in seinen Nissan, setzte ihn rückwärts hinaus und fuhr los.

***

Liebste Elizabeth,

ich habe Dich heute Abend gesehen, und Du hast gespürt, dass ich da war, nicht wahr? Du beginnst zu begreifen, was ich für Dich empfinde, und Du empfindest es auch. Es ist überwältigend. Ich habe Dich fest im Visier. Das Warten ist quälend, doch gerade das macht alles so wundervoll. Aber Du suchst nach einem Zeichen für meine Liebe, ich weiß es.

Bald, sehr bald, werde ich Dir eine Nachricht schicken. Ich werde mich um dich kümmern, und Du wirst wissen, dass wir füreinander geschaffen sind, dass das Schicksal es will, dass wir zusammen sind. Wir beide gegen die ganze Welt.

Warte nur ab, was geschehen wird. Eine grelle Flamme wird etwas auf den schwarzen Nachthimmel schreiben. Eine Nachricht für dich ...

Meine über alles geliebte ...

Die Hand hielt inne, und die Spitze der Feder bohrte sich in das Velinpapier. Es war nicht der richtige Zeitpunkt für eine Unterschrift. Noch nicht. Es gab zu viel zu tun. Der Füllfederhalter wurde zurückgezogen, und die Spitze der Feder hinterließ ein winziges Loch, das fast wie ein Herz aussah. Neben dem Bogen lag ein ganzer Stapel von Briefen, und der letzte lag obenauf.

Bumm, bumm, bumm.

Der Häftling war wütend.

Einmal mehr.

Nun, es wurde höchste Zeit, sich um diese Sache zu kümmern.

Das Schicksal verknüpfte langsam die Vergangenheit, die Gegenwart und die Zukunft.

Bald, Elizabeth. Sehr bald ...

18

Am Montagmorgen war der Himmel tiefgrau und regendrohend. Noch bewegte sich der Verkehr flüssig. Kingston hatte mit Regen kein großes Problem, doch bei der Hälfte der anderen Autofahrer im von der Sonne verwöhnten Südkalifornien war das nicht so.

»Es liegt mir fern, Ihnen vorzuschreiben, was Sie anziehen sollen, aber haben Sie nicht noch ein anderes Outfit dabei?«, fragte er Ravinia auf der Fahrt zu dem Gebäudekomplex mit dem kleinen Einkaufszentrum, wo auch die Harper Insurance Agency ihre Büros hatte.

Auf dem Beifahrersitz versuchte Ravinia ihre zerknitterte Bluse glatt zu streichen. Auf einem Hosenbein sah sie einen dunklen Fleck, der ihr im Ivy on the Shore nicht aufgefallen war, doch wenigstens war die Jeans nicht voller Löcher, auch wenn das angesichts der aktuellen Modetrends zweifellos angesagter gewesen wäre. Sie sah aus, als hätte sie einen Monat auf der Straße gelebt, was der Wahrheit ziemlich nahe kam.

»Ich habe nicht viele Klamotten. Und nicht genug Zeit, um sie zu waschen.« *Und es ist mir egal,* hätte sie hinzufügen können.

»Ich hätte sie letzte Nacht in die Waschmaschine werfen können.«

Ravinia richtete ihre blaugrünen Augen auf ihn, enthielt sich jedoch einer Antwort. Die erübrigte sich, ihr kühler Blick sagte alles.

In der letzten Nacht hatte er sie abgeholt und mit zu sich nach Hause genommen, obwohl er sich geschworen hatte, es nicht zu tun. Aber um fast ein Uhr morgens hatte er keine Lust mehr gehabt, nach einem Motelzimmer für sie zu suchen. Also hatte er sie mitgenommen und ihr das Sofa im Wohnzimmer angeboten, da es kein zweites Bett im Haus gab. Ravinia hatte sich voll angezogen hingelegt und war fast sofort eingeschlafen. Demgegenüber hatte er eine unruhige Nacht verbracht und sich gefragt, ob es nicht besser gewesen wäre, ihr sein Bett anzubieten und selber auf dem Sofa zu übernachten.

Am Morgen hatte er sie früh aufstehen gehört und befürchtet, sie könnte abhauen, aber sie war nur auf die Toilette gegangen. Nachdem er geduscht und eine legere Hose mit einem ordentlichen Hemd angezogen hatte, fand er sie in seinem Wohnzimmer. Sie blickte auf die mit Laub übersäte Terrasse, an den Zweigen der fast kahlen Bäume hingen nur noch ein paar Blätter.

»Sie haben eine schöne Küche«, sagte sie, ohne ihn anzublicken.

Er blickte sie überrascht an, denn die Küche war klein und nur durch eine Frühstückstheke vom Wohnzimmer abgetrennt.

»Bei uns zu Hause ist alles so altmodisch, und es ändert sich fast nie etwas«, fügte sie hinzu.

Nachdem sie sich gewaschen hatte, fuhren sie los. Unterwegs hielten sie nur einmal bei einem Diner, wo er sich Huevos Rancheros bestellte, ein mexikanisches Frühstück mit gebratenen Eiern auf Mais-Tortillas mit Tomaten, Zwiebeln, Knoblauch und scharfer Salsa-Sauce. Demgegenüber begnügte sich

Ravinia mit Pfannkuchen, aber sie verputzte einen ganzen Stapel davon. Er wunderte sich, dass ein so zartes Mädchen so viel essen konnte. Während er seinen Kaffee schlürfte, trank sie ein großes Glas Orangensaft und anschließend Wasser.

»Wie viel bin ich Ihnen schuldig?«, fragte sie, als er bezahlt hatte und sie auf dem Rückweg zu seinem Auto waren.

»Ich lade sie ein.«

»Setzen Sie es auf meine Rechnung«, erwiderte sie trotzig.

Er zuckte nur die Achseln, denn er hatte keine Lust, sich mit ihr zu streiten. Eigentlich wollte er auch nicht auf das Thema ihres Outfits zurückkommen, aber sie waren auf dem Weg zu einem wichtigen Gespräch, bei dem es nicht schaden konnte, einen guten Eindruck zu machen.

»Wenn wir wieder bei mir zu Hause sind, werfe ich Ihre Klamotten in die Waschmaschine«, bot er an, während er den Wagen parkte.

»Also haben Sie nicht vor, mich in einen Bus zu setzen?«

»Würden Sie es zulassen, wenn ich es täte?«

Sie lächelte. »Vielleicht, aber jetzt weiß ich, wo Sie wohnen.«

»Wollen Sie zum Stalker werden? Wegen so was wird man heutzutage verhaftet.«

»Warum? Ich bin zu Gast in Ihrem Haus.«

»Ein nicht eingeladener Gast«, bemerkte er.

»Das sehe ich anders. Sie haben mich abgeholt und mich freiwillig mit zu sich nach Hause genommen. Ob Sie es zugeben oder nicht, Sie mögen mich. Verstehen Sie das nicht falsch, aber Sie finden mich interessant.«

»Man kann jemanden auch interessant finden, ohne ihn zu mögen.«

»Wenn Sie es sagen.«

»Lassen Sie den Rucksack im Auto. Versuchen Sie möglichst seriös auszusehen«, sagte er scherzhaft.

»Ich schließe ihn im Kofferraum ein.«

Er nickte, und sie stiegen aus. Kingston öffnete den Kofferraum mit der Fernbedienung, und Ravinia legte den Rucksack hinein und knallte den Deckel zu.

»Das ist meine gesamte Habe«, sagte sie angespannt.

»Ich werde sie Ihnen nicht wegnehmen.«

Sie nickte bedächtig. Trotz des Altersunterschieds kam sie ihm manchmal älter vor als er, was er etwas ärgerlich fand. Als er an der Eingangstür der Harper Insurance Agency die Klinke niederdrückte, stellte er fest, dass es eine Minute vor neun war und die Versicherungsagentur noch geschlossen war.

Sie warteten schweigend. Er wusste wirklich nicht, was er mit dem Mädchen machen sollte. Das Schlimme war, dass sie nicht völlig unrecht hatte. Trotz der Scherereien, die sie ihm machte, genoss er ihre Gesellschaft.

Von der anderen Seite hörten sie das Klirren von Schlüsseln, und auf einer Seite der gläsernen Doppeltür wurde die Jalousie hochgezogen. Eine Frau öffnete ihnen die Tür.

»Guten Morgen«, sagte sie, bevor sie die Jalousie auf der anderen Seite nach oben zog. Sie trug schwarze Stiefeletten, ein rotes Strickkleid mit einem breiten schwarzen Gürtel und ein schwarzes Stirnband. Schick und trendy, vielleicht ein bisschen overdressed für eine Versicherungsagentur, aber ihr Outfit war ein denkwürdiger Kontrast zu Ravinias Klamotten.

Der entging das nicht, und sie musterte die Frau von Kopf bis Fuß.

»Ich habe angerufen und eine Nachricht auf dem Anrufbeantworter hinterlassen«, sagte Kingston lächelnd. »Ich heiße Joel Kingston und würde gern mit dem Eigentümer der Agentur sprechen.«

»Es tut mir leid, aber Beth ist noch nicht hier.«

»Beth Harper?«, fragte er nach.

»Ja.«

»Dann warten wir«, verkündete Ravinia, die sich auf einen Stuhl in dem Wartebereich fallen ließ.

Die Frau wirkte verunsichert. »Ich bin mir nicht sicher, ob Beth heute Morgen kommen wird. Heute ist der Geburtstag ihres Ehemanns.«

»Aber morgen ist sie auf jeden Fall wieder da?«, fragte Kingston.

»Ich denke schon. Vielleicht auch schon heute. Ich weiß es nicht. Ich muss sie fragen. Ihr Mann ist vor etwa einem Jahr gestorben, und das mit dem Geburtstag ist ein Ritual ...« »Sie sagte das, als würde sie die Idee ein bisschen verrückt finden. Ich weiß einfach nicht, ob ich da jetzt anrufen kann.«

»Sie ist Geschäftsfrau, oder etwa nicht?«, fragte Ravinia trocken.

Kingston trat den Rückzug an. »Ich könnte meine Karte hierlassen und später wiederkommen.«

Die Frau nickte, doch Ravinia blickte ihn an, als wäre er nicht ganz richtig im Kopf. »Ich bleibe«, stellte sie fest.

Kingston zog eine Karte aus seiner Brieftasche. Er sah die Mitarbeiter in dem großen Raum, über ihre Arbeit gebeugt, einige mit aufgesetzten Headsets. Man hörte das Klappern von Computertastaturen, und irgendwo begann ein Telefon zu klingeln.

»Ich werde sie anrufen«, sagte die Frau.

»Danke. Schön, dass Sie sich bemühen.«

Kingston hätte Ravinia am liebsten den Mund zugehalten. Bei der Observation hatte sie geschickt agiert, hier ließ sie jedes diplomatische Geschick vermissen.

»Darf ich Ihnen einen Kaffee oder ein Wasser anbieten?«

»Für mich ein Wasser«, sagte Ravinia.

»Ein Kaffee wäre goldrichtig«, sagte Kingston. »Schwarz, bitte.«

Die Frau ging zu einem verglasten Raum im hinteren Teil des Großraumbüros. Die Jalousien waren herabgelassen.

»Besonders hilfreich sind Sie nicht«, sagte Kingston zu Ravinia, sobald die Frau außer Hörweite war.

»Sie würden einfach bis morgen warten? Oder noch länger?«

»Hier bin ich der Boss, vergessen Sie das nicht. Ein bisschen Taktgefühl wäre durchaus angebracht.«

Die Frau in dem roten Kleid öffnete die Tür des hinteren Raums, und er erhaschte einen Blick auf eine Kaffeemaschine und einen Getränkeautomaten. Der Pausenraum.

»Was ist so interessant?«, fragte Ravinia.

»Nichts. Ich werde nicht den ganzen Tag hier herumhängen.«

»Ich kann auch allein bleiben.«

Er kauerte sich neben ihrem Stuhl nieder. »Sie wollen Informationen über Ihre Cousine? Dann lassen Sie mich einfach meine Arbeit tun. Sie wollen immer mit dem Kopf durch die Wand. Manchmal funktioniert das, aber Sie haben mich engagiert. Also lassen Sie mich den Job machen, ohne mir ständig in die Parade zu fahren.«

»Ich fahre Ihnen nicht in die Parade.«

»Hören Sie, ich habe keine Lust, mich mit Ihnen zu streiten. Wir müssen zu einer Einigung kommen, sonst ...«

Die Frau kam mit einer Kaffeetasse und einem Glas zurück. »Ich habe Beth eine SMS geschickt, und sie hat geantwortet, sie werde in etwa einer halben Stunde hier sein.«

Ravinia warf ihm einen finsteren Blick zu. »Sehen Sie, es geht doch.«

Kingston bedachte die Frau mit einem dankbaren Lächeln. »Vielen Dank.«

»Keine Ursache.« Sie erwiderte das Lächeln und musterte Kingston eingehend.

Ravinia bemerkte es und wandte sich Kingston zu, als die Angestellte verschwand. »Suchen Sie eine Frau«, fragte sie sarkastisch.

»Ich bin auf der Suche nach Informationen.« Er trank einen Schluck von dem Kaffee, der lauwarm war, aber als Gast konnte er sich schlecht beschweren.

Als Beth Harper eine Dreiviertelstunde später auftauchte, wirkte sie gehetzt. Sie war eine pummelige Blondine von Mitte vierzig mit einer Trendfigur, die gegenwärtig in Hollywood angesagt, ab einem gewissen Alter aber nicht mehr unbedingt zu empfehlen war.

»Entschuldigen Sie, aber bis Isabel mir die SMS schickte, war mir nicht bewusst, dass jemand auf mich wartet«, sagte sie.

»Wir haben keinen Termin«, versicherte ihr Kingston.« »Ich habe lediglich am Wochenende auf Ihren Anrufbeantworter gesprochen. Ich bin auf der Suche nach einem Ralph Gaines. Sie haben die Versicherungsagentur von ihm und seiner Frau übernommen?

»Ja, aber das ist Jahre her.« Sie machte eine wegwerfende Handbewegung. Schnee von gestern. »Jimmy und ich wollten uns selbstständig machen, und Ralph hatte vor, die Agentur zu verkaufen.« Sie nahm ihr Halstuch ab und seufzte. »Wollen wir nicht in mein Büro gehen? Ich muss mich eine Weile setzen.«

»Gern«, sagte Kingston.

Ravinia stand auf, und sie gingen zu dritt zum verglasten Büro der Chefin. Beth Harper machte Licht und hängte ihre Jacke und das Seidentuch an einen Kleiderhaken in einer hinteren Ecke des Raums. Auf dem Schreibtisch stand ein Foto, das sie und – vermutlich – ihren Mann in glücklicheren Tagen zeigte. Das Foto war auf einer Wiese mit Löwenzahn aufgenommen worden.

Beth Harper fiel auf, dass die Besucher auf das Foto blickten. »Auf dieser Wiese haben wir uns ewige Treue geschworen. Es war so ein vollkommener Tag.« Auch sie schaute auf das Bild, und ihre Augen wurden feucht, doch dann riss sie sich zusammen und atmete tief durch. »Sie suchen also nach Ralph Gaines. Darf ich nach dem Grund fragen?«

»Ich bin seine Nichte«, sagte Ravinia, bevor Kingston antworten konnte.

Das stimmte zwar nicht ganz, war aber ein geschickter Schachzug.

»Wir haben uns aus den Augen verloren, und meine Mutter braucht ihn jetzt wirklich«, fuhr Ravinia fort. »Kayla ist wieder ausgerissen, und Dad hat uns verlassen. Es ist schwer für uns alle, besonders für meine Mutter. Onkel Ralph ist ihr Bruder.«

Kingston starrte Ravinia an. *Kayla?* Kurz bevor Ravinia

aufgetaucht war, hatte er eine jugendliche Ausreißerin namens Kayla aufgespürt.

Beth Harper blickte ihn an. »Isabel meinte, Sie seien Privatdetektiv?«

»Stimmt. Ravinia hat mich engagiert, um ihr bei der Suche nach Mr Gaines zu helfen.«

»Ich weiß nicht, ob ich Ihnen nützlich sein kann.« Ihr Blick fiel auf den Fleck auf Ravinias Jeans. »Wir haben die Agentur von Ralph und Joy gekauft, doch die waren da schon fast geschieden, und sie musste nur noch pro forma unterschreiben. Meistens hatten wir nur mit ihm zu tun. Ich glaube, es war damals von einem Umzug nach Colorado die Rede, doch ich weiß nicht mehr, wer umziehen wollte. Er, sie, beide? Ich hatte nicht den Eindruck, dass sie zusammenbleiben würden.«

»Haben Sie meine Cousine Elizabeth kennengelernt?«, warf Ravinia ein.

Das kam unerwartet für Beth, und sie runzelte die Stirn.

Kingston war besorgt, dass Ravinia alles vermasseln würde, wenn sie die Frau zu sehr unter Druck setzte.

»Ja, ich erinnere mich an Ihre Cousine«, antwortete Beth. »Sie war damals ein kleines Mädchen. Das muss etwa zwanzig Jahre her sein.«

»Aber Sie erinnern sich?«, fragte Kingston überrascht.

»Ja, vielleicht weil sie wie ich Elizabeth hieß.«

»Ich möchte sie auch unbedingt finden«, sagte Ravinia.

»Hauptsächlich erinnere ich mich an Ralph«, fuhr Beth fort. »Er war stolz auf seine Agentur, und hat den Verkauf meiner Meinung nach hinterher bereut. Noch lange nach der Übernahme durch uns kam er vorbei, um zu sehen, wie das Geschäft lief. Durch die Scheidung war der Verkauf unvermeidlich, und schließlich ist er umgezogen. Seine Frau kannte ich eigentlich kaum.«

»Aber er ist nicht nach Colorado gezogen?«, fragte Kingston auf Verdacht.

Beth runzelte die Stirn. »Nein, zumindest zu der Zeit nicht. Aber ich habe mit keinem der beiden weiter Kontakt gehabt.«

»Erzählen Sie von Ihrer Begegnung mit Elizabeth«, sagte Ravinia, bevor Kingston nach einer Nachsendeadresse fragen konnte.

»Er hat sie ein paarmal hierher mitgebracht.« Beth schien noch mehr sagen zu wollen, überlegte es sich jedoch anders.

»Wie war sie denn?«, fragte Ravinia.

»Ein bisschen still ...«

Kingston warf Ravinia einen warnenden Blick zu und wandte sich an Beth. »Haben Sie eine Nachsendeadresse?«

»Ich bin mir nicht sicher«, antwortete sie. »Wir haben die Agentur direkt gekauft. Jim wollte, dass wir das Geschäft ganz für uns haben, und hat Ralph zu verstehen gegeben, dass er nicht mehr vorbeikommen sollte.«

»Erzählen Sie von Ihren Erinnerungen an Elizabeth«, schaltete sich Ravinia erneut ein.

»Es ist seltsam, dass Sie danach fragen«, sagte Beth kopfschüttelnd.

»Warum?«

»Sie hat die Grundschule Wembley Grade besucht, die hier in der Nähe ist. Kennen Sie die?« Beth blickte Kingston an.

»Ja.« *Warum erinnert sie sich daran und an nichts sonst?*, fragte er sich, während er auf eine Erklärung wartete.

»Es hat da einen Vorfall gegeben mit Elizabeth, der mir im Gedächtnis geblieben ist. Es war eine seltsame Episode, die damals wichtig zu sein schien, doch vielleicht hatte es nichts zu bedeuten.«

»Erzählen Sie«, sagte Kingston.

Sie zögerte, und etwas an diesem Zögern ließ ihn stutzen. Er wappnete sich dafür, was kommen würde. Er wusste, dass es wichtig sein würde. Auch Ravinia beugte sich gespannt vor. Sie schien ebenfalls zu spüren, dass etwas in der Luft lag.

»Elizabeth war ein hübsches kleines Mädchen. Ziemlich still, wie bereits gesagt. Aber eines Nachmittags, als sie mit Ralph hier war, begann sie plötzlich zu kreischen, dass eine Brücke einstürzen würde. ›Die Brücke stürzt ein!‹, schrie sie immer wieder. Sie sprang auf einen Stuhl, und alle starrten sie an. Es war so seltsam und kam so plötzlich. Ralph wollte sie beruhigen, doch sie schrie immer wieder, dass die Brücke einstürzen würde.«

»Welche Brücke?«, fragte Ravinia.

»Das war erst nicht klar. Ralph versuchte, die Geschichte herunterzuspielen, und tat so, als komme so was ständig vor bei seiner Tochter, und vielleicht stimmte das auch. Wie auch immer, ungefähr zwei Stunden später stürzte nicht weit von hier entfernt eine über eine Schlucht führende Fußgängerbrücke ein. Glücklicherweise kam niemand ums Leben, weil es da schon dunkel und kein Mensch mehr unterwegs war, aber es war unheimlich, da Elizabeth alles vorhergesagt hatte. Ich habe Ralph deswegen noch einmal angerufen, doch er tat so, als wäre alles ein Zufall gewesen. Vielleicht stimmte das auch, aber ...« Beth seufzte tief. »Im Laufe der Jahre habe ich immer wieder daran denken müssen und mich gefragt, was wohl aus Elizabeth geworden ist. Falls Sie sie finden, wüsste ich gern, wie es ihr geht.«

»Sie haben weder von Ralph noch von Joy *irgendeine* Adresse?«

»Nein, das habe ich doch bereits gesagt. Ich habe nur die Adresse aus der Zeit, als sie hier gewohnt haben, in einem Apartmentblock in der Nähe der Grundschule. Ich glaube, die Anlage hieß Brightside Apartments. An die Nummer der Wohnung kann ich mich aus dem Stand nicht erinnern. Vielleicht finde ich sie irgendwo.«

»Danke für die Information«, sagte Kingston.

Sie sprachen noch ein paar Minuten mit Beth Harper, doch die verlor zunehmend das Interesse. Sie blickte wieder auf das Foto, das sie und ihren Mann auf der Wiese mit dem Löwenzahn zeigte. Sie versprach Kingston, ihn anzurufen oder ihm eine E-Mail zu schicken, falls ihr noch etwas einfallen sollte.

Vor der Agentur warf Kingston einen Blick auf die dunklen Wolken am Himmel. Er nahm Ravinias Rucksack aus dem Kofferraum, gab ihn ihr und klemmte sich hinters Steuer. Als sie sich auf dem Beifahrersitz angeschnallt hatte, ließ er den Motor an und fuhr los. »Wenn wir Ihre Klamotten gewaschen haben, möchte ich, dass sie der Wembley Grade School einen Besuch abstatten und ein paar Fragen stellen. Sie können ja sagen, Sie wären früher auf der Schule gewesen. Lassen Sie sich etwas einfallen. Oder sagen Sie, dass Ihre Cousine auf der Schule war. Lehrer erinnern sich an ehemalige Schüler, besonders wenn die sich von anderen unterschieden und etwas Besonderes waren. Und Elizabeth war anders.«

»Sie vertrauen mir?«

»Ich denke, dass Sie in gewisser Hinsicht ein Naturtalent sind«, sagte er.

»Was werden Sie tun?«

»Ich kümmere mich um die Brightside Apartments. Ich will wissen, wem der Apartmentblock gehört, und werde versuchen, den Hausmeister in ein Gespräch zu verwickeln. Vielleicht ist er schon lange da. Womöglich bekomme ich das sogar heute noch auf die Reihe.«

Ravinia schien darüber nachzudenken. »Ich war noch nie in einer Schule«, sagte sie.

»Es gibt immer ein erstes Mal. Ihrem Aussehen nach könnten Sie noch Schülerin sein. Haben Sie außer Jeans noch etwas anderes anzuziehen?«

»Sie meinen, so was wie das rote Kleid von dieser Isabel?«, fragte sie gereizt. »Nein, tut mir leid, da kann ich nicht mithalten. Und ich habe absichtlich keines von Tante Catherines Kleidern mitgebracht.«

»Von Tante Catherines Kleidern?«

»Von den langen, altmodischen Kleidern, die sie für uns genäht hat. Sie wollte, dass wir aussehen wie ...«

»Amischen?«

Sie antwortete nicht sofort.

»Haben Sie noch nie was von denen gehört?«

»Natürlich weiß ich, was Amischen sind«, fuhr sie ihn an. »Wir haben einen Fernseher, wenn auch nicht so ein Supergerät wie Sie. Und Bücher. Aber Tante Catherine wollte uns von der bösen Außenwelt isolieren, das Rad der Zeit zurückdrehen.«

»Bei Ihnen hatte sie damit ja wohl keinen Erfolg.«

»Sie hat getan, was sie für richtig hielt.«

Eine Zeit lang herrschte Schweigen. Beide waren in ihren eigenen Gedanken verloren.

»Ja, Sie sollten sich als ehemalige Schülerin der Wembley Grade School ausgeben und nach Unterrichtsschluss mit einigen der älteren Lehrer reden. Womöglich erinnert sich jemand an Elizabeth, genau wie Beth Harper.«

»Vielleicht wissen sie, wo Elizabeth abgeblieben ist.«

»Solche Informationen dürfen aus Gründen des Datenschutzes nicht weitergegeben werden. Man würde es Ihnen nicht sagen.«

»Ich muss einfach geschickt sein, um die Information aus ihnen herauszuholen.«

Wieder herrschte Schweigen, während Kingston den Wagen durch die verstopften Straßen manövrierte.

»Was halten Sie von der Geschichte mit der eingestürzten Brücke?«, fragte Ravinia schließlich.

»Ich bin froh, dass sie bei Beth Harper einen so tiefen Eindruck hinterlassen hat.«

»Schon klar, aber mir geht es darum, dass Elizabeth den Einsturz der Brücke *vorhergesagt* hat.«

»Was soll das heißen? Dass sie auch über eine dieser mysteriösen Gaben verfügt?«

»Vielleicht. Womöglich kann Elizabeth in die Zukunft blicken, so ähnlich wie meine Schwester Kassandra ...«

»Gut, dann weiß sie ja, dass wir sie suchen. Eventuell kann sie uns helfen und uns ein Signal senden.«

Ravinia seufzte tief und wandte sich ab, als hätte sie absolut keine Lust, sich mit einem solchen Dummkopf zu unterhalten.

»Ich komme mit zu dem Apartmentblock«, sagte sie schließlich.

»Nein, ich chauffiere Sie später zu der Schule. Übrigens habe ich noch jede Menge andere Dinge zu erledigen.«

»Andere Dinge?«

»Andere Jobs. Ich habe noch mehr Mandanten. Morgen fahre ich zu meinem Büro, dann bringe ich Sie nach Santa Monica zurück.«

»Ich will nicht dorthin zurück. Die Spur, die uns vielleicht zu Elizabeth führt, beginnt hier.«

»Ich hätte einen Vertrag mit Ihnen machen sollen, als Sie in meinem Büro waren.«

»Das können wir ja nachholen. Wollen Sie einen *Vorschuss*? Ich hab Geld.«

»Ja, das sagten Sie bereits.«

Ravinia wühlte in ihrem Rucksack herum.

»Lassen Sie's, darum können wir uns später kümmern. Sie beabsichtigen, noch mal bei mir zu übernachten? Sehe ich das richtig?«

»Ich kann auch woanders schlafen«, sagte sie verstimmt.

In diesem Augenblick begann ein sintflutartiger Wolkenbruch, und Kingston stellte die Scheibenwischer auf die höchste Stufe.

»Vielleicht sollten Sie sich das noch mal durch den Kopf gehen lassen«, bemerkte er.

Es schien so, als wollte sie sich eine scharfe Replik einfallen lassen, doch sie war klug genug, den Mund zu halten.

Nachdem Elizabeth Chloe zur Vorschule gebracht hatte, fuhr sie zu Fitness Now!, wo sie mehrere Minuten auf dem Parkplatz in ihrem Wagen sitzen blieb und krampfhaft das Lenkrad umklammerte. Sie trug einen Jogginganzug, war aber hauptsächlich hier, um ihre Mitgliedschaft in dem Fitnessstudio zu kündigen. Es war schön und gut, dass ihre Freundinnen wollten, dass sie Mitglied blieb, doch sie sah eine Unmenge finanzieller Probleme auf sich zukommen, und wenn sie nicht jetzt etwas dagegen zu tun begann, würde sie in den Schulden untergehen.

Sie bemerkte, dass sie auf dem Parkplatz nach dem Cabrio von GoodGuy Ausschau hielt. *Lass es. Es tut dir nicht gut, weiter darüber nachzudenken. Es ist vorbei. Es gibt keinen Grund, sich mit negativen Gefühlen zu belasten.*

Sie stieg aus, rannte durch den kalten Dauerregen zum Eingang und eilte zum Umkleideraum der Frauen. Sie legte ihre Handtasche und ihre Jacke in einen offenen Spind, warf eine Münze in den Schlitz und schloss ihn ab. Dann betrat sie den großen Raum mit den Trainingsgeräten.

Sie entschied sich für ein Laufband vor einem Fernseher, der auf einen 24-Stunden-Nachrichtenkanal eingestellt war. Sie hatte Vivian angerufen und ihr gesagt, dass sie zu dem Fitnessstudio fahren würde, und sie hatte das Laufband gerade erst angestellt, als sie ihre Freundin auch schon sah. Vivian trug schwarze Leggings und ein orangefarbenes Achselhemd. Sie winkte Elizabeth zu und stieg auf das Laufband neben ihr, das gerade ein stark schwitzender Mann verlassen hatte.

»Ich bin glücklich, dass du deine Meinung hinsichtlich der Mitgliedschaft geändert hast«, sagte Vivian. »Wir sollten auch mal wieder einen Yogakurs machen.« Sie griff nach ihrem Handtuch und besprühte es mit einem Desinfektionsmittel, von dem neben jedem Trainingsgerät eine Flasche stand. »Mannomann, manche Typen schwitzen wie die Schweine!«, sagte sie, nachdem sie die Seitengeländer abgewischt hatte. Sie stellte das Laufband an. »Ich hab's satt, dass sie nie die Geräte abwischen.«

Auch Elizabeth begann zu schwitzen, als sie das Laufband so einstellte, als würde sie bergan laufen. »Ich werde die Mitgliedschaft wahrscheinlich trotzdem kündigen«, sagte sie etwas außer Atem. »Deshalb bin ich hier, aber ich wollte noch ein letztes Mal trainieren. Ich weiß nicht, aber meine ganze Lage scheint mir so unsicher zu sein.«

»Du kommst doch heute Abend zu der Therapiegruppe mit, oder?«, fragte Vivian.

»Ich weiß nicht ...« Elizabeth wollte das Thema wechseln, wusste aber nicht wie.

Vivian begann langsam loszulaufen. »Es wird dir gefallen, du wirst sehen. Wir sind alle verunsichert, kommen aber auf unsere je eigene Weise damit klar. Einige besser als andere. Du weißt ja, dass ich Nadia dort kennengelernt habe. Ich habe kein Recht, über die Probleme anderer zu reden, aber du kennst sie und weißt das mit ihren Fehlgeburten, sodass nicht ich es ausplappere. Wie auch immer, dort sind wir Freundinnen geworden. Alle in der Gruppe sind in Ordnung.«

»Ich kann mich anderen gegenüber nicht gut öffnen«, keuchte Elizabeth außer Atem. Sie spürte den Schmerz in ihren Waden und in der Brust und hätte die Geschwindigkeit am liebsten noch höher eingestellt. Es war ein gutes Gefühl, durch die körperliche Anstrengung alle Ängste und Sorgen zu vergessen.

»Das ist schon okay. Du kannst ja fürs Erste nur zuhören. Das machen die meisten am Anfang so. Lass uns zusammen hingehen.«

»Ich kann keinen Babysitter bekommen.«

»Wofür brauchst du einen? Bring Chloe zu uns mit. Es tut mir leid, dass Lissa ihr gegenüber diese schreckliche Bemerkung gemacht hat, aber sie werden zusammen ihren Spaß haben.«

»Okay, wir kommen direkt nach dem Abendessen.«

Vivian lächelte. »Super.«

Elizabeth stellte das Laufband schneller ein, und das Gespräch brach ab. Noch eine Gruppe, dachte sie, doch dann beschloss sie, dass es ihr vielleicht helfen würde, wenn sie sich öffnete und ihre Probleme mit anderen teilte.

19

Es kotzte Ravinia an, in Kingstons Haus untätig neben der Waschmaschine warten zu müssen, während er eine Spur verfolgte. Er hatte sie einfach hier sitzen lassen. Sie trug einen Morgenmantel, den er in einem Schrank gefunden hatte, den Morgenmantel einer Frau. Als sie ihn danach fragte, hatte er nur etwas Unverständliches vor sich hin gemurmelt. Sie glaubte, dass der Morgenmantel von einer seiner Liebschaften zurückgelassen worden war.

Natürlich war alles ein Trick gewesen. Er hatte gewartet, bis sie ihre Kleidungsstücke ausgezogen hatte, und erst dann hatte er von dem Morgenmantel erzählt und war verschwunden, um ihn zu holen. Ehrlich gesagt hatte sie ihn nicht für durchtrieben genug gehalten für so eine Nummer, doch sie hatte sich geirrt. Sie hatte ihm zu sehr vertraut. Den Fehler würde sie nicht noch einmal machen.

Sie ging barfuß in eines der beiden hinteren Schlafzimmer, in denen kein Bett stand. Es sah so aus, als würde Kingston nur drei Räume bewohnen, aber es war ein schönes Haus. Besonders jetzt, wo es draußen in Strömen regnete. Sie kehrte ins Wohnzimmer zurück und schaltete den Fernseher ein. Nach einer langen Dürre war der Wolkenbruch ein Segen, aber auf etlichen Straßen staute sich der Verkehr, und es gab zahlreiche Blechschäden.

Ich muss einen Führerschein machen. Und ich brauche Rex Kingstons Hilfe.

Sie war nicht von Natur aus berechnend, aber sie wollte

etwas von Kingston. Normalerweise löste sie ihre Probleme selber, weil diese sie herausforderten, doch hier brauchte sie Hilfe. Sie musste eine neue Form des Umgangs finden mit Kingston. Sie wusste, dass sie sinnvoll mit ihm zusammenarbeiten konnte, wenn er sie nur ließ, und er konnte ihr helfen. Sie konnten sich gegenseitig helfen. Eine Zusammenarbeit ungleicher Menschen zum gegenseitigen Nutzen.

»Wie nennt man das noch mal?«, fragte sie laut. Sie war in Siren Song privat unterrichtet worden von Tante Catherine und ihren älteren Schwestern und hatte eine »umfassende, wenn auch eklektische Bildung«, wie es Isadora auszudrücken pflegte. Schon immer war sie rebellisch und alles andere als eine vorbildliche Schülerin gewesen, aber sie hatte eine Menge gelernt, ohne es die anderen merken zu lassen. Als sie sich außerhalb des Tores von Siren Song der Abschlussprüfung stellte, hatte sie diese problemlos bestanden, was außer ihr selbst alle überrascht hatte.

Schon immer hatte sie gewusst, dass sie Siren Song eines Tages verlassen würde, und von großen Abenteuern geträumt. Wenn sie Elizabeth erst einmal gefunden und dafür gesorgt hatte, dass sie in Sicherheit war, konnte die Zeit der großen Abenteuer vielleicht beginnen ...

Als sie zur Waschmaschine zurückkehrte, fiel ihr das Wort ein, nach dem sie vergeblich gesucht hatte. »Symbiose«, murmelte sie vor sich hin. Kingston und sie mussten zu einer symbiotischen Beziehung finden, in der sie sich gegenseitig halfen.

Sie musste ihn nur noch davon überzeugen.

Der Komplex der Brightside Apartments war ziemlich vernachlässigt. An den Fassaden blätterte die Farbe ab, und ein Fallrohr war abgerissen, sodass das Regenwasser aus der verstopften Dachrinne direkt auf den rissigen, unebenen Gehweg spritzte. Trotzdem standen auf dem Parkplatz neue und eher kostspielige Autos. Kingston glaubte, dass den hier lebenden Menschen ihre Fahrzeuge wichtiger waren als ihre Wohnungen. Niemand kümmerte sich um die beiden Gebäude. Andererseits waren die Lebenshaltungskosten in dieser Gegend so hoch, dass es vermutlich nur noch eine Frage der Zeit war, bis der Apartmentblock von Investoren übernommen wurde, die nach der Renovierung die Mieten drastisch erhöhen würden.

In dem nördlichen Gebäude fand er im Erdgeschoss die Wohnung des Hausmeisters, und er klopfte laut an der zerkratzten, schmierigen Tür. Aber das Schloss war brandneu, die Türklinke solide. Er blickte den Flur hinab und sah, dass es bei den anderen Wohnungstüren genauso war. Vielleicht hatte es Probleme mit Einbrüchen gegeben.

Die Tür öffnete sich, und eine spindeldürre Frau von Anfang zwanzig stand vor ihm. Sie hatte dünnes braunes Haar und trug einen grellgrünen BH und eine niedrig sitzende Jeans, die am Hosenbund zu weit war. Ihre Schüsselbeine traten auffällig hervor.

Anorexie, dachte er sofort. »Sind Sie hier für die Wohnungen zuständig?«

»Mein Vater ist der Hausmeister, aber er ist nicht da. Wenn Sie eine Wohnung mieten wollen, können Sie Ihren Namen hinterlassen. Wir überprüfen dann Ihre Kreditwürdigkeit, aber machen Sie sich nicht zu große Hoffnungen. Ich glaube, im Moment ist keine Wohnung frei.«

»Wie heißt Ihr Vater?«

»Ben Drommer.« Sie musterte ihn aufmerksam von Kopf bis Fuß. Dann entschied sie offenbar, dass er halbwegs vertrauenswürdig wirkte. »Und ich heiße Erin.«

»Mein Name ist Rex Kingston. Ist Ihr Vater hier schon lange Hausmeister?«

»Seit Ewigkeiten. Solange ich lebe, und jetzt bin ich einundzwanzig. Aber er war auch vorher schon ziemlich lange hier. Nach der Scheidung meiner Eltern ist meine Mutter weggezogen, doch Dad ist geblieben.« Sie zuckte die Achseln. »Wollen Sie jetzt eine Wohnung mieten oder nicht?«

Kingston tat so, als müsste er darüber nachdenken. Tatsächlich überlegte er, ob er ihr sofort offen sagen sollte, was er wollte. Ja, das war am besten. »Hier hat mal eine Familie mit einer kleinen Tochter gewohnt. Sie müsste jetzt Mitte zwanzig sein. Erinnern Sie sich an das Mädchen?«

»Verlassen Sie sich nicht auf mein Gedächtnis. Was glauben Sie, wie viele Menschen hier während all der Jahre gewohnt haben?«

»Der Nachname des Ehepaars war Gaines. Wie gesagt, das Mädchen war nur etwas älter als Sie.«

Erin zuckte die Achseln. »Sie könnten Marlena fragen. Sie lebt schon Ewigkeiten hier, in dem anderen Gebäude, früher oben, mittlerweile im Erdgeschoss, weil sie die Treppen nicht mehr hochsteigen konnte.«

»Welche Wohnungsnummer?«, fragte Kingston. Er blickte zu dem anderen Gebäude hinüber, das in einem rechteckigen Winkel zu diesem stand. Der die beiden Häuser verbindende Weg war mit Unkraut und Gräsern überwachsen. Es gab auch einen Palisanderbaum, und wenn der blühte, wirkte die Anlage womöglich weniger trist ... Vielleicht auch nicht.

Erin zeigte auf die Erdgeschosswohnung an der östlichen Gebäudeecke. »Nummer dreizehn. Marlena ist das egal, aber ich würde da nie einziehen. Die Zahl bringt Unglück.«

»Was Sie nicht sagen.«

Sie blickte ihn an, als wäre er etwas begriffsstutzig.

»Ich kenne einen Typ, dessen Hausnummer n666 ist«, fuhr Kingston fort.

Ihre Augen weiteten sich. »Und, lebt er noch?«

»Als ich ihn zum letzten Mal sah, war er gesund und munter. Es ist wie bei Ihrem Vater, er wohnt da schon seit Ewigkeiten.«

Sie erschauderte. »Manche Leute können nicht anders, als das Schicksal herauszufordern.« Damit knallte sie ihm die Tür vor der Nase zu, als wäre er plötzlich zur Unperson geworden.

Er ging über den Weg mit der rissigen Asphaltdecke zum Eingang des Nachbargebäudes. Da klopfte er an die Wohnungstür mit der Nummer dreizehn, musste es aber noch ein paarmal wiederholen, bis er Geräusche hörte und die Kette losgemacht wurde. In dem Türspalt tauchte ein faltiges Gesicht auf, und zwei blaue Augen musterten ihn aufmerksam.

»Guten Tag, darf ich Marlena sagen? Erin hat Ihren Nachnamen nicht erwähnt. Ich heiße Rex Kingston. Die Tochter des Hausmeisters meinte, Sie wären die richtige Adresse für Antworten auf meine Fragen.«

»Was wollen Sie denn wissen?«, krächzte sie.

»Vor fünfzehn oder vielleicht zwanzig Jahren hat hier ein Ehepaar mit seiner kleinen Tochter gelebt. Die Eheleute hießen Ralph und Joy Gaines.«

»Wollen Sie mir etwas verkaufen?«, fragte sie misstrauisch.

»Aber nein. Ich versuche nur, das Ehepaar Gaines zu finden.«

Die blauen Augen starrten ihn noch einen Moment an, und dann öffnete sich die Tür ganz. Sie winkte ihn herein und ging mit ihrem Rollator in ein Zimmer, wo sie sich seufzend auf einen Stuhl sinken ließ. Kingston folgte ihr, nachdem er die Wohnungstür geschlossen hatte.

»Setzen Sie sich«, befahl die alte Dame.

Er blickte auf das altmodische Mobiliar und ließ sich auf einen Küchenstuhl fallen, der sich irgendwie ins Wohnzimmer verirrt hatte. Die Vorhänge waren zugezogen, doch durch einen Spalt fiel Licht, in dem Staubflocken tanzten. An der gegenüberliegenden Wand stapelten sich vergilbte alte Boulevardzeitungen.

»Erinnern Sie sich an Ralph und Joy Gaines?«, fragte er.

»Warum interessiert Sie das?«

»Also wissen Sie, von wem ich rede.«

»Vielleicht.« Sie blinzelte ihn an. »Hat er etwas angestellt? Gaines?«

»Nicht, dass ich wüsste.«

»Er war immer so hochnäsig, weil er diese Versicherungsagentur besaß. Ständig hat er davon geredet, ein eigenes Haus bauen zu wollen, als wäre es hier nicht gut genug für ihn.« Sie schnaubte. »Ein kleiner Mann, der sich selbst für einen großen hielt. Und die Frau war noch schlimmer. Sie hat auf alle herabgeblickt. Dann ließ sie ihn sitzen, und dieser Dummkopf hat die Welt nicht mehr verstanden. Wie immer er sich selbst einschätzte, sie glaubte, er sei nicht gut genug für sie. Hat nur eine Weile gedauert, bis sie endlich den Mut hatte zu verduften.«

»Ist sie nach Colorado gezogen?«, fragte Kingston, der sich daran erinnerte, was Beth Harper gesagt hatte.

»Vielleicht, vielleicht nicht. Keine Ahnung.«

»Sie hatten eine Tochter ...«

»Ja, ich erinnere mich. Immer unruhig, die Kleine. Ein blasses Gesicht mit großen Augen. Der Junge der Hendersons hatte Schiss vor ihr, aber der hatte sowieso einen Dachschaden.«

»Was hat sie denn getan?«

»Ihm was vom Weltuntergang erzählt.« Die Alte kicherte. »Er hat sich danach eine Woche unterm Bett verkrochen.«

»Hat sie mal was von einer einstürzenden Brücke gesagt?«

Sie lehnte sich zurück und bedachte ihn mit einem seltsamen Blick. »Sie wissen davon? Für eine Weile war das hier Tagesgespräch. Ihre Mutter wollte die Polizei anrufen, doch der Vater war dagegen. Nicht lange danach sind sie umgezogen.«

»Wissen Sie, wohin?«

»Mir haben sie nichts gesagt, weil ich ja für sie zur Unterklasse gehörte«, sagte sie verächtlich. Dann zuckte sie die Achseln. »Aber ich glaubte damals, dass sie weiter nach Süden gezogen sind.«

»Nach San Diego?«

»Nein, so weit südlich nicht.« Sie zog eine Grimasse. »Ich kann mich einfach nicht richtig erinnern.«

Er stellte noch ein paar Fragen, doch Marlena war nicht mehr richtig bei der Sache. Er war noch nicht einmal eine halbe Stunde hier, doch die Dunkelheit und der Geruch saurer Milch drückten auf seine Stimmung. Er bedankte sich und stand auf.

»Kommen Sie wieder«, sagte Marlena. »Dann erzähle ich mehr.«

»Vielleicht komme ich darauf zurück«, sagte er, obwohl er nicht davon überzeugt war, dass sie noch mehr zu erzählen hatte. Als er die Wohnung verließ und die Tür zuzog, hörte er sie aus dem Inneren der Wohnung. Zweifellos wollte sie die Tür von innen abschließen und die Kette vorlegen.

Bis jetzt war er bei seinen Nachforschungen in Südkalifornien auf mehrere Männer namens Ralph Gaines gestoßen, doch eigentlich konnte nur der aus Costa Mesa der sein, nach dem er suchte. Vielleicht war Elizabeth' Adoptivvater in einen anderen Bundesstaat gezogen. Da Beth Harper Colorado erwähnt hatte, sollte er dem vielleicht mal nachgehen.

Er ging zum Parkplatz und fuhr los.

Warum ist dir das alles überhaupt so wichtig?, fragte er sich. *Anständig verdienen wirst du bei dem Job sowieso nicht.* Bis jetzt hatte er noch gar kein Geld gesehen, doch das war seine eigene Schuld. Trotzdem musste er sich nach dem Grund für sein Engagement fragen. *Was willst du eigentlich, Kingston?*

Die verstörende Antwort war, dass er es nicht wusste. Er hatte zugesagt, Ravinia zu helfen, und ihm war bewusst, dass es dabei bleiben würde. Selbst wenn er noch so oft versuchte, es sich auszureden.

Channing Renfro hörte den Regen auf das Verdeck seines Cabrios trommeln, und das verschlimmerte seine schlechte Laune noch mehr. Diese ganzen Schwuchteln wussten einfach nicht, wie man bei diesem Wetter Auto fuhr, und er hatte verdammtes Glück gehabt, nicht mit diesem Fiesta zusammengestoßen zu sein. Da saß allerdings eine Frau in mittleren Jahren hinter dem Steuer. Er hatte gehupt und laut »Leck mich am Arsch!« geschrien, doch die Frau hatte nur starr geradeaus geblickt und sich wahrscheinlich fast in die Hose gemacht. Die dumme Schlampe hatte zu viel Schiss gehabt, sich auch nur umzudrehen.

Er hatte Glück gehabt, es ohne Kratzer zu dem Fitnessstudio zu schaffen, obwohl der gottverdammte Regen der neuen Lackierung seines BMW bestimmt nicht guttat. Und da sah er auch schon, dass sie Bläschen warf auf der Motorhaube. Er würde diesem Arschloch noch mal aufs Dach steigen müssen, das ihm für die Lackierung eine Unsumme abgeknöpft hatte.

Es war nur ein kurzer Sprint bis zum Eingang des Fitnessstudios, aber er hatte keine Lust, nass zu werden. Also blieb er weiter im Auto sitzen, vor Wut schäumend. Da war eine App auf seinem Smartphone, die ihm diese abgemagerte Schlampe Delia empfohlen hatte. Sie war verschwunden, Gott sei Dank, doch die App war noch da, und er war sich ziemlich sicher, dass sie etwas mit dem Wetter zu tun hatte. Ja, jetzt erinnerte er sich, sie hieß Dark Sky. Er griff nach seinem iPhone, suchte danach und klickte darauf. Angeblich sollte der Regen in dieser Gegend in zehn Minuten aufhören. Gut, so lange konnte er warten.

Delia, dachte Channing. *Was für eine gottverdammte Schlampe.* Einfach auszuziehen aus dem gemeinsamen Haus, um ihn und John allein auf der Miete sitzen zu lassen ... Er hätte sie vor Gericht zerren sollen, um Geld aus ihr herauszuholen. John hatte keine Kohle, abgesehen von den paar Dollars, die er als Parkplatzwächter verdiente, doch die verprasste er größtenteils mit Weibern. Mit den Mädchen, durch die Delia zu einer kreischenden Hexe geworden war. Sie glaubte immer, er würde mit ihnen vögeln, und ja, sie hatte recht, aber er hatte es eben nur mit *einer* getrieben. Mehr oder weniger. Er war so betrunken gewesen, dass er gar nicht mehr gewusst hatte, mit wem er zusammen war. Nicht mit Delia, das war ihm schon klar, aber es war ihm auch egal, mit welcher von Johns Frauen er im Bett landete ... Doch dann hatte ihn seine Manneskraft im Stich gelassen, was ihm Sorgen machte, doch er hatte nicht vor, Delia davon zu erzählen.

Er fasste sich zwischen die Beine und fragte sich zerknirscht, was mit seinem Sexualtrieb los war. Irgendwas stimmte da nicht. Delia hatte ihm gesagt, er solle nicht all diese Potenzmittel schlucken, und er hätte sie am liebsten geohrfeigt. Vielleicht halfen die Mittelchen nicht, und die Steroide ... Auf einmal hatte er überall große rote Pusteln bekommen. »Einfach super«, murmelte er.

Er brauchte ein anständiges Training. Durch die Windschutzscheibe sah er in der Dunkelheit mehrere Autos auf dem Parkplatz herumkreuzen. Bei dem Regen wollten alle einen Platz möglichst nah beim Eingang finden.

Vielleicht sollte er doch einfach sprinten.

Er kratzte einen juckenden Pickel auf seiner linken Schulter. Dann warf er erneut einen Blick auf das Smartphone. Laut Dark Sky sollte es jeden Moment aufhören zu regnen. Er lehnte sich zurück, schloss die Augen und begann zu zählen. Bei vierunddreißig hörte er auf, weil es so langweilig war.

Wieder blickte er durch die Windschutzscheibe. Ja, es hatte fast aufgehört zu regnen. Er griff nach dem Smartphone und zwängte es in die Hosentasche. Nachdem er noch ein paar Minuten mit den Fingern auf dem Lenkrad herumgetrommelt hatte, öffnete er die Tür und stieg aus. Er hatte die Nase voll vom Warten.

Wütend blickte er zum Himmel auf, alles andere als erleichtert, dass er jetzt trocken das Fitnessstudio erreichen würde. Laut Wettervorhersage sollte es später wieder losgehen. Er hasste den Regen.

Er sah einen Mann aus einem Auto steigen, der keine Kopfbedeckung trug. Er hatte offenbar keine Angst vor dem nächsten Wolkenbruch. Bei ihm war das schon immer anders gewesen. Er hörte wieder die Stimme seiner Mutter: »Das ist doch nur Regen, du kleiner Scheißer.« Sie fehlte ihm, obwohl sie eine noch größere Schlampe gewesen war als Delia, doch meistens war er einfach nur froh, dass sie verschwunden war.

Er öffnete auf der Beifahrerseite die Tür und griff nach seiner Sporttasche. Da traf ihn etwas mit voller Wucht am Kopf, und er stürzte auf den nassen Asphalt. »Was zum Teufel ...?« Er versuchte aufzustehen, doch da traf ihn schon der nächste Schlag, und er sah Sterne.

Benommen hörte er ein seltsames Geräusch, ein Zischen. Dann Hitze und ein Geruch ... Benzin ...

Er riss die Augen auf. *Mein Auto! Irgendein Arschloch hat einen Molotowcocktail auf meinen BMW geschleudert!*

Der nächste Schlag, und der Schmerz schien seinen Kopf explodieren zu lassen.

Wieder ging er zu Boden. Er versuchte, zu Atem zu kommen, musste sich bemühen, nicht das Bewusstsein zu verlieren. Jemand trat ihm in die Rippen, damit er sich umdrehte.

Was zum Teufel ...?

Er war zu schwach, um sich zu wehren, und öffnete mühsam die Augen.

Ein maskierter Mann kippte etwas auf ihn.

Wasser ...? Nein, Benzin ...! »Scheiße!«, wollte er schreien, doch der Dreckskerl schüttete ihm das Benzin jetzt in den Mund!

Während er sich hin und her wand und es ausspuckte, hörte er das Klicken eines Feuerzeugs.

Dann Flammen.

Riesige, höllische, knisternde Flammen.

Sein Auto. Sein wunderschönes Cabriolet.

Mühsam rappelte er sich auf und sah, wie die Flammen auf ihn übersprangen. Grelle, entsetzliche Flammen. Er schnappte nach Luft, doch es war schon zu spät. Sein ganzer Körper stand in Flammen. Er roch den Gestank verkohlter Haare und das brennende Synthetikgewebe seines Jogginganzugs.

Der Schmerz war unerträglich.

Er rannte herum, eine menschliche Fackel, und schrie und schrie und schrie ...

20

»Symbiose«, sagte Ravinia zum zweiten Mal, als Rex Kingston nicht reagierte. Er saß an seinem kleinen Küchentisch und blickte auf den bleifarbenen Himmel und den Nieselregen. Sie hatte es satt, ignoriert zu werden. »Will sagen: Zusammenarbeit ungleicher Menschen zum gegenseitigen Nutzen. Ich helfe Ihnen, Sie helfen mir.«

»Ich helfe Ihnen schon jetzt«, sagte er geistesabwesend. Nun blickte er nicht mehr nach draußen, sondern auf den Monitor seines Laptops. Daneben stand ein Becher mit Kaffee, der kalt geworden war. »Morgen machen wir den Vertrag.«

Er hörte schon nicht mehr richtig hin, seit er zurückgekommen war und von seinem Besuch der Brightside Apartments erzählt hatte. Ja, das Ehepaar Gaines hatte dort gewohnt, mit ihrer Tochter Elizabeth, welche die alte Dame für ein seltsames Kind gehalten hatte. Also waren sie auf der richtigen Spur, doch sie hatten keinen Plan, wie es weitergehen sollte. Kingston hatte sich an seinen Laptop gesetzt und so getan, als wäre sie gar nicht da. Es kotzte sie an.

Sie verschränkte die Arme vor der Brust. »Ich habe gerade etwas gesagt.«

»Ich hab's gehört.«

Am liebsten hätte sie einfach den Laptop zugeklappt und ihm die Finger eingeklemmt, doch das wäre bestimmt kontraproduktiv gewesen. Außerdem arbeitete er, und seine Recherche hatte wahrscheinlich etwas mit ihrer Suche zu tun. Hoffentlich hatte sie damit recht.

»Ich könnte für Sie arbeiten«, sagte sie. »Ich könnte hier wohnen bleiben und Ihre Adresse benutzen, um den Führerschein machen zu können. Eine Geburtsurkunde habe ich. Und einen Schulabschluss. Das sollte doch genügen, oder?«

Er hörte auf zu tippen und blickte sie über den oberen Rand des Monitors hinweg an.

»Meine Adresse benutzen?«

»Ich brauche eine, weil ich hier keinen festen Wohnsitz habe.«

»Was soll das mit einer Symbiose zu tun haben? Wo bleibt die Gegenseitigkeit?«

Sie spreizte die Hände. »Ich helfe Ihnen, und Sie helfen mir.«

»Bisher war nur die Rede davon, dass ich Ihnen helfen soll. Wie revanchieren Sie sich?«

»Indem ich bei den Nachforschungen helfe. Morgen trifft sich die Frau mit den Implantaten im Hintern mit ihrem Lover, stimmt's? Kimberley Cochran.«

»Moment ... Woher wissen Sie das?«

»Ich habe mitgehört, als Sie mit Ihrem Mann gesprochen haben, und den Ort des Treffens wusste ich ja bereits. Die Casa del Mar. Ich habe das gegoogelt und mir noch ein paar Websites angesehen.«

Sie zuckte die Achseln, als wäre es nichts, doch der Stolz war ihr anzusehen.

»Sie haben meinen Laptop benutzt?«

»Er war eingeschaltet und aufgeklappt.«

»Mein Gott, Sie können nicht einfach in die Privatsphäre anderer Leute eindringen. Sie hatten kein Recht dazu ...«

Sie hatte keine Lust, sich einen Vortrag halten zu lassen,

weil Sie nichts Privates gesehen hatte, und fiel ihm ins Wort. »Ich könnte als Ermittlerin für Sie arbeiten.«

»Dazu braucht es ein bisschen mehr als einen Namen zu googeln«, erwiderte er genervt.

»Aber weder Kimberley Cochran noch ihr Ehemann kennen mich. Niemand kennt mich, ich bin nur irgendein Mädchen. Ich folge ihr, und sie wird nichts davon mitbekommen.«

»Im Ivy on the Shore hatten Sie einfach Glück, dass Sie wegen Ihrer Klamotten keine Scherereien bekommen haben. Das wird nicht noch mal funktionieren.«

Sie blickte stirnrunzelnd auf ihre frisch gewaschene Jeans und das olivgrüne T-Shirt, das sie direkt vor ihrem Aufbruch in den Süden gekauft hatte.

Er schüttelte den Kopf, doch sein Zorn schien schon größtenteils verraucht zu sein, als er sich erneut seinem Laptop zuwandte. »Ich habe zwei Männer namens Ralph Gaines gefunden, die ich anrufen könnte.«

»Aber Sie glauben nicht, dass unter ihnen der Richtige ist.«

»Nein. Ich weiß es nicht. Vielleicht.« Er klappte den Laptop zu und starrte ins Leere, während er geistesabwesend sein stoppeliges Kinn kratzte.

»Wenn Sie wollen, dass ich mir neue Klamotten kaufe, tue ich es«, sagte sie.

Er trank einen Schluck des kalt gewordenen Kaffees und zog eine Grimasse. Dann schob er seinen Bürosessel zurück, stand auf und ging zur Spüle, um den Kaffee wegzuschütten.

Sie folgte ihm. »Ich will dieser Wembley Grade School einen Besuch abstatten, um nach Elizabeth zu fragen, brauche aber jemanden, der mich hinfährt. Würden Sie das tun?«

Er spülte den Kaffeebecher aus, stellte ihn auf die Spüle und blickte einmal mehr in den Regen hinaus.

»Nicht heute, sondern morgen. Während der Unterrichtszeit.«

»Noch habe ich Ihrem Plan nicht zugestimmt.«

»Haben Sie einen besseren?«

»Vielleicht.« Er musterte sie von Kopf bis Fuß, und sie glaubte, dass er sich für ihre Idee zu erwärmen begann. Er trocknete sich die Hände ab. »Sie könnten noch für eine Highschool-Schülerin durchgehen. Das könnte funktionieren. Vielleicht wird jemand mit Ihnen reden.«

Besonders hoffnungsvoll klang das nicht, doch Ravinia gab nicht auf. »Also suche ich die älteste Lehrerin, wie Sie es vorgeschlagen haben, verwickle sie in ein Gespräch und erzähle ihr, ich sei Elizabeth' Cousine ... Oder besser, ihre Halbschwester. Ja, ich bin ihre Halbschwester, und wir haben uns aus den Augen verloren. Und jetzt muss ich sie finden, weil unser Vater im Sterben liegt.« Sie war stolz auf ihre Geschichte. Das schien ein narrensicherer Plan zu sein.

»Ihr oder ihm«, sagte Kingston.

»Was?«

»Der dienstälteste Lehrer könnte ein Mann sein ...« Er warf das Trockentuch beiseite. »Sie sind ganz schön schnell, wenn es darum geht, sich eine rührselige Geschichte einfallen zu lassen.«

War das ein Kompliment? Sie glaubte es eher nicht. »Und was werden Sie tun, um Elizabeth zu finden? Es ist nicht so, als hätten wir jede Menge Zeit.«

Sie musste an ihre böse Vorahnung denken und fragte sich, ob sie vielleicht der Grund dafür war, dass Declan jr., wenn er denn in diesem Fall die Personifikation des Bösen war, auf eine nur ihm eigene Weise Verbindung zu ihr aufgenommen hatte und ihr wie ein Gespenst nach Südkalifornien gefolgt war. Sie hatte die lange Reise auf sich genommen, um Elizabeth zu warnen und sie in Sicherheit zu bringen. War es denkbar, dass das Gegenteil zutraf und ihre Cousine gerade durch sie in Gefahr geriet?

Wie auch immer, Zeit war der entscheidende Faktor.

»Wir müssen etwas tun«, sagte sie, während er einen Küchenschrank durchwühlte und eine Schachtel mit Pasta hervorzog. Weil er nicht antwortete, glaubte sie, ihn verärgert zu haben. »Okay, es tut mir leid«, sagte sie entschuldigend. »Ich weiß, dass Sie sich um die Dinge kümmern. Aber warum soll ich nicht versuchen, in der Schule etwas herauszufinden? Oder sollte nicht ich vielleicht noch mal mit der alten Dame reden, mit dieser Marlena? Ich möchte mehr darüber in Erfahrung bringen, was sie über Elizabeth weiß. Und über die Geschichte mit der eingestürzten Brücke.«

»Ich glaube nicht, dass sie mehr weiß als das, was sie mir bereits erzählt hat.« Er durchsuchte weiter den Küchenschrank, gab es dann auf und schloss die Tür.

»Ich bitte nur darum, dass Sie mich Ihnen helfen lassen«, beharrte Ravinia. »Symbiose, denken Sie daran. Kommen Sie, Kingston. Was haben Sie schon zu verlieren?«

»Keine Ahnung ...«

»Dann lassen Sie mich diese Kimberley Cochran beschatten. Und Sie suchen Elizabeth.«

Sie war sich sicher, dass er ernsthaft darüber nachdachte.

Nachdenklich musterte er sie noch einmal von Kopf bis Fuß.

»Wie gesagt, ich kaufe mir auch neue Klamotten.«

Nachdem er noch ein paar Augenblicke überlegt hatte, schien er eine Entscheidung getroffen zu haben.

»Okay, hier ist mein Vorschlag«, sagte er schließlich. »Ich fahre Sie zur Mall South Coast Plaza, da sollten Sie das richtige Outfit finden.«

»Also darf ich Ihnen helfen?« Sie konnte es kaum fassen, dass er seine Meinung geändert hatte.

»Ich muss morgen sowieso nach LA, dann sehen wir weiter. Aber seien Sie nicht zu selbstzufrieden«, fügte er hinzu, als ihr Lächeln breiter wurde. Dann zeigte er auf die Schachtel auf der Anrichte. »Ich habe keine Sauce für die Pasta. Kommen Sie, wir essen etwas in der Mall.«

Als Elizabeth um fünf Uhr mit ihrer Tochter zu Vivian fuhr, war es bereits stockfinster, und es regnete in Strömen. Das Scheinwerferlicht entgegenkommender Autos durchschnitt die Dunkelheit, am Rande der Straße leuchteten Natriumdampflampen. Bevor sie ihr Büro verlassen hatte, um Chloe von der Vorschule abzuholen, hatte sie Mazies Tochter Amy versprochen, sich am nächsten Tag mit ihr zu treffen. Sie hatte keine Ahnung, was Amy von ihr wollte, doch etwas Gutes hatte das bestimmt nicht zu bedeuten. Aber vielleicht war sie zu pessimistisch. Sie wünschte nur, nicht zugesagt zu haben, an diesem Abend an der Sitzung der Therapiegruppe teilzunehmen.

Sie warf im Rückspiegel einen Blick auf ihre Tochter.

Chloe saß in ihrem Kindersitz und schien zu schlafen. Schon seit Beginn der Fahrt war sie ungewöhnlich still gewesen, und nun hatte sie die Augen geschlossen.

»Alles in Ordnung, meine Kleine?«, fragte Elizabeth.

Chloe antwortete nicht.

Elizabeth' Herzschlag beschleunigte sich. »Chloe?«, fragte sie, diesmal lauter.

Ihre Tochter öffnete langsam die Augen und starrte mit einem leeren Blick vor sich hin. Elizabeth glaubte, dass sie nicht richtig wach war. Beunruhigt hielt sie nach einer Stelle Ausschau, wo sie am Straßenrand halten konnte. Irgendetwas stimmte nicht.

»Wo sind wir?«, fragte Chloe.

»Die Hälfte des Weges haben wir schon fast geschafft.«

»Wohin wollen wir denn?«

Noch vor einer Viertelstunde hatten sie darüber gesprochen, dass sie zu Vivian fahren würden.

Elizabeth sah keine geeignete Stelle, wo sie halten konnte.

»Wir wollen doch zu Lissa, erinnerst du dich nicht? Wir haben darüber geredet.« War ihre Tochter nur eingeschlafen, oder hatte sie wieder einen dieser mysteriösen Schwächeanfälle gehabt, wegen der sie von Lehrern der Vorschule angerufen worden war?

»Ich drehe um. Wir sollten zurück nach Hause fahren.« *Oder zum Arzt.*

»Nein!«, erwiderte Chloe entschieden. »Ich will mit Lissa spielen.«

»Hast du geschlafen?«

»Du hast versprochen, dass ich mit Lissa spielen darf!«

»Ich weiß, reg dich nicht auf. Ich mache mir nur Sorgen, dass es dir nicht gut geht.«

»Ich will mit Lissa spielen«, wiederholte Chloe, und trotz des Dämmerlichts in dem Wageninneren glaubte Elizabeth,

Tränen in den Augen ihrer Tochter glitzern zu sehen. »Du hast es versprochen.«

»Schon gut, schon gut.« Bei dem Auto vor ihr leuchteten die Bremslichter auf, und sie nahm Gas weg, weil eine Ampel auf Rot umsprang. »Ich möchte bloß sicher sein, dass es dir gut geht.«

»Ich hatte einfach nur die Augen geschlossen«, sagte Chloe, doch Elizabeth glaubte, dass mehr dahintersteckte.

»Würdest du es mir sagen, wenn du dich nicht gut fühlst?«

»Ja ...«

Ihre Blicke trafen sich im Rückspiegel, doch Chloe schaute sofort weg.

Die Ampel sprang auf Grün, und sie gab Gas, wobei sie weiter ihre Tochter im Rückspiegel beobachtete.

»Ich habe geglaubt, Daddy gesehen zu haben«, sagte Chloe so leise, dass sie fast nicht zu verstehen war.

»Daddy?« Etwas schnürte Elizabeth die Brust. »Du meinst, du hast geträumt?«

»Er ist wütend, weil wir ihn getötet haben.«

»*Was* sagst du da? Mein Gott, Chloe. Wir haben ihn nicht getötet.« Fast wäre sie auf den Wagen vor ihr aufgefahren, aber sie konnte gerade noch rechtzeitig abbremsen. »Das stimmt nicht, Honey.«

Die Stimme ihres Gewissens meldete sich zu Wort. *Hast du ihn wirklich nicht getötet, oder doch? Durch deine Gedanken? Hast du ihm etwa nicht den Tod gewünscht? Hast du dadurch irgendwie den Unfall herbeigeführt, bei dem er und Whitney Bellhard ums Leben gekommen sind?*

»Ich war wütend auf ihn«, sagte Chloe leise und mit gesenktem Kopf. »Es gefiel mir nicht, dass diese Frau ihn anfasste.«

Elizabeth' Mund wurde trocken. »Was für eine Frau?« Ihre krampfhaft das Lenkrad umklammernden Hände waren plötzlich schweißnass. Was war hier los? Hatte ihr kleines Mädchen Court und Whitney Bellhard irgendwie gesehen? Hatte Court es *zugelassen*? Um Himmels willen! Oder war alles nur das Produkt der lebhaften Fantasie ihrer Tochter, angeregt durch all das Gerede, das sie möglicherweise gehört hatte?

»Die beiden saßen in Daddys Auto. Ihre Hand lag auf seinem Bein. Ich habe sie angeschrien, dass sie die Finger von ihm lassen soll, aber sie hat mich nicht gehört.« Ihre Stimme war nur noch ein kaum verständliches Flüstern. »Ich bin immer noch wütend auf ihn.«

Wann? Wann war Chloe mit Court und Whitney Bellhard zusammen gewesen, falls tatsächlich sie diese Frau gewesen war? Stimmte das alles, oder war es nur ein Hirngespinst? Gab es vielleicht einen Zusammenhang mit Chloes rätselhaften Schwächeanfällen, bei denen sie minutenlang weggetreten war?

Sie wurde von Angst gepackt. Was war los mit ihrem Kind? Sie musste es herausfinden. Durch einen Arzt, danach von einem Kinderpsychologen oder …

»Verdammt«, murmelte sie. Sie war so durcheinander, dass sie fast die Abfahrt zu Vivians Haus verpasst hätte. Sie riss das Lenkrad gerade noch rechtzeitig herum, bog ab und versuchte, sich zu beruhigen. Was immer mit Chloe los war, sie würde sich darum kümmern und damit fertig werden.

Als sie einen weiteren Blick in den Rückspiegel warf, malte Chloe mit dem Finger auf der beschlagenen Fensterscheibe, als wäre nichts gewesen. Sie fuhr bergan an einer Villa mit einem schmiedeeisernen Tor und gepflegten Rasenflächen vorbei, am Ende der gewundenen Straße lag ein Park. Dann ging es bergab zu der Straße, an der das riesige Haus des Ehepaars Eachus mit dem landschaftsarchitektonisch gestalteten Grundstück lag. Auf diesem brannten helle Laternen.

Sie bog in die Auffahrt, schaltete vor dem Haus den Motor ab und zog die Handbremse an, bevor sie sich zu ihrer Tochter umdrehte. Der Regen trommelte auf das Autodach, und sie musste laut sprechen, damit Chloe sie verstand. »Erinnerst du dich an die anderen Male, Honey? An die Schwächeanfälle in der Schule?«

Chloe nickte zögernd.

»Hast du da auch geträumt?«

Sie nickte erneut.

»Wovon hast du geträumt?«, fragte Elizabeth mühsam, denn ihr Mund war völlig ausgetrocknet, und ihr Herz hämmerte wie wild.

»Er hat gesagt, dass er dich liebt, aber ich glaube, dass er ein paar schlimme Dinge getan hat.«

»Dein ... Daddy?«

Chloe zuckte nur die Achseln. »Ich will nicht mehr darüber reden.«

»Ich mache mir nur Sorgen, weil ...«

»Wir sind da!«, fiel ihre Tochter ihr ins Wort, während sie schnell ihren Sicherheitsgurt löste.

»Moment, Chloe!«

»Nein!« Sie stieß die Tür auf und rannte über das nasse Gras durch den vom Wind gepeitschten Regen zur Haustür.

Elizabeth lief hinterher und holte sie auf der Vorderveranda ein. Chloe hatte bereits geklingelt, und da öffnete Lissa auch schon die Tür.

»Halt!«, rief Elizabeth.

Aber ihre Tochter war schon in dem Haus verschwunden.

Sie wollte ihre Tochter zurückrufen, doch als sie in die Diele trat, stürmten die beiden Mädchen bereits die Treppe hoch. Sie stand in ihren tropfnassen Kleidungsstücken da und dachte daran, dass sie das Gespräch mit Chloe später fortsetzen musste, wenn sie wieder allein waren.

Aus der Küche tauchte Vivian auf, die wie üblich einen ihrer vielen Jogginganzüge trug. »Startklar?« Sie ging zur Garderobe und griff nach einer längeren Jacke und einem Regenschirm. »Mein Gott, ist das eklig draußen. Ich hasse dieses Wetter.«

»Ich auch«, sagte Elizabeth.

»Wir werden's überleben. Tschüss ihr beiden!«, rief sie den Mädchen hinterher. Dann wandte sie sich Richtung Küche. »Ab jetzt bist du im Dienst, Bill. Bis nachher.« Sie öffnete die Tür. »Lass uns schnell abhauen, bevor noch jemand was von mir will.«

Sie eilten mit eingezogenen Köpfen durch den strömenden Regen zu Elizabeth' Ford Escape.

»Viel Zeit habe ich nicht«, sagte Elizabeth, während Vivian sich auf dem Beifahrersitz anschnallte. Nachdem sie den Motor angelassen hatte und auf die Straße abgebogen war, erzählte sie ihrer Freundin, ihre Tochter sei während der Fahrt eingeschlafen, doch von ihrem Traum sagte sie nichts. »Chloe ist völlig fertig, und deshalb muss ich sie schnell wieder einpacken und nach Hause bringen.«

Sie hatte das Gefühl, dass Vivian widersprechen wollte, doch ihre Freundin verkniff es sich. Stattdessen zeigte sie ihr die richtige Abfahrt vom Freeway 405 und wies ihr den Weg zu einem Bürogebäude, wo im hinteren Teil ein ehemaliger Lagerraum in ein kleines Gemeinschaftszentrum verwandelt worden war, das von Gruppen und Initiativen gemietet werden konnte. Nachdem Elizabeth einen Parkplatz gefunden hatte, eilten sie durch den Regen zum Eingang.

Der Raum hatte einen gefliesten Boden und wurde durch Neonröhren beleuchtet, die Stühle waren halbkreisförmig angeordnet. Die Gruppe nannte sich »Sisterhood«, doch Vivian sagte, sie sei kein eingetragener Verein.

Das Treffen wurde eröffnet von einer Frau namens Judy, einem großen Rotschopf mit dezentem Make-up und legerer Kleidung. Nachdem sie die Teilnehmerinnen begrüßt hatte, erzählte sie die lustige Geschichte von einem kleinen Mädchen, das bei dem strömenden Regen vor dem Haus seiner Eltern einen Stand aufgebaut hatte, um Limonade an Passanten zu verkaufen. Alle lächelten, doch Elizabeth war in Gedanken bei Chloe und den verstörenden Dingen, die sie gesagt hatte. Woher wusste sie das mit Court und Whitney Bellhard? Oder war es nur irgendein Zufall gewesen?

Er ist wütend, weil wir ihn getötet haben.

Die Stimmung in dem Raum wurde ernst, als zwei Frauen nacheinander erzählten, wie sie mit einer schlimmen persönlichen Lage oder einem Todesfall klarzukommen versuchten.

Er hat gesagt, dass er dich liebt, aber ich glaube, dass er ein paar schlimme Dinge getan hat.

»Es ist mir egal, ich kann ihm einfach nicht verzeihen«, sagte jetzt eine Frau, die Stella hieß. Sie erzählte die Geschichte ihres untreuen Ehemanns, dem eine hoffnungslose Krebsdiagnose gestellt worden war. »Es tut mir leid, es sagen zu müssen, aber ich wünsche mir, dass er einfach stirbt.«

Das katapultierte Elizabeth schlagartig ins Hier und Jetzt zurück. Ihr wurde heiß. Diese Frau formulierte Gedanken, die sie vor Courts Tod gehabt hatte.

»Du bist nicht die erste Frau, die solchen Gedanken Ausdruck verleiht, Stella«, versuchte Judy sie zu besänftigen, und die anderen pflichteten ihr wie aus einem Mund bei.

»Ich glaube nicht, dass es nach seiner Affäre noch meine Pflicht ist, mich um ihn zu kümmern«, fuhr Stella mit geballten Fäusten und tränenerstickter Stimme fort. »Warum sollte das mein Job sein? Nennt mich eine miese Schlampe, nur zu. Ich werde nicht die nächsten paar Jahre meines Lebens dafür opfern, mich um diesen Verlierer zu kümmern!«

Sie liebt ihn immer noch, dachte Elizabeth, der der offensichtliche Schmerz der Frau ans Herz ging. Und wie sah es bei ihr aus? *Empfinde ich noch etwas wie Liebe für Court?* Wenn sie an ihn dachte, dominierten Schuldgefühle, weil sie ihm den Tod gewünscht hatte. Aber sie war auch immer noch wütend, dass er sie betrogen und sie und ihre Tochter allein gelassen hatte. Sicher, er fehlte ihr, und sie empfand ein Verlustgefühl, aber lag es vielleicht nur daran, dass sie sich ohne ihn so desorientiert fühlte?

Interpretiere da nicht zu viel hinein. Du bist traurig, weil er tot ist, das ist alles. Akzeptiere es und hör auf, in dir selbst ein Ungeheuer zu sehen. Du hast ihm den Tod gewünscht, aber eigentlich wolltest du nur, dass der Schmerz endet, den er dir zugefügt hat.

»Wie oft kommt Nadia her?«, fragte sie Vivian flüsternd.

Vivian beugte sich zu ihr vor. »Sie kommt überhaupt nicht mehr. Ich glaube, sie fühlte sich hier fehl am Platz, weil ihre Trauer wegen der Fehlgeburten ganz andersartig war. Sie hatte keinen untreuen Ehemann oder sonst jemanden, dem sie die Schuld zuschieben konnte.«

Jetzt erzählte eine Frau namens Char, wie lange es schon her sei, dass ihr Mann und ihr Sohn bei einem Autounfall gestorben waren. Elizabeth wurde klar, welche Leiden die hier versammelten Frauen durchmachten. Ihre Verzweiflung und Trauer waren mit Händen zu greifen, manchmal flossen Tränen. Die anderen Teilnehmerinnen des Treffens zeigten Verständnis und versuchten, Trost zu spenden.

Wie Nadia fühlte auch Elizabeth sich hier ein bisschen fehl am Platz.

Eine Frau nach der anderen erzählte von ihren Problemen, und schließlich war Elizabeth an der Reihe, doch sie schüttelte den Kopf. Sie war nicht die Erste, die nicht reden wollte, und sie war noch nicht so weit, um sich gegenüber diesen Fremden zu öffnen. Sie zupfte an ihrem Rock herum und biss sich auf die Unterlippe. Es war ein Fehler gewesen, an der Therapiesitzung teilzunehmen, da war sie sich jetzt völlig sicher.

Im Gegensatz zu ihr konnte Vivian es kaum abwarten, ihr Herz auszuschütten. Sie sprach darüber, wie schwer das erste Jahr nach Carries Tod gewesen sei. Obwohl sie Lissa habe, denke sie noch jeden Tag an Carrie. Die anderen nickten teilnahmsvoll, doch Stella, die ihrem Mann den Tod wünschte, wischte sich wütend ein paar Tränen aus den Augenwinkeln, noch ganz mit ihrem eigenen Elend beschäftigt.

Um neun Uhr war das Treffen endlich zu Ende, und Elizabeth atmete erleichtert auf, weil es überstanden war. Sie suchte in ihrer Handtasche nach den Autoschlüsseln, denn sie wollte so schnell wie möglich dieses ganze Elend hinter sich lassen und ihre Tochter in die Arme schließen. Hoffentlich war mit Chloe wieder alles in Ordnung. Die letzten paar Wochen waren entsetzlich gewesen, doch sie hatte immer noch Chloe, und das wog alles andere auf. *Alles.*

Zurück in Vivians Haus, erfuhr sie, dass Chloe und Lissa sich erneut gestritten hatten. Jetzt saßen sie in verschiedenen Zimmern vor dem Fernseher, Chloe im Wohnzimmer mit Bill, Lissa im Elternschlafzimmer.

Bill zog eine Grimasse und spreizte die Hände. »Ein Babysitter hat's schwer«, erklärte er.

Vivian rollte die Augen. »Es ist kein Babysitting, wenn man sich um seine eigene Tochter kümmert, mein Guter.« Sie wandte sich Elizabeth zu, und ihr Blick besagte, dass sie es nicht fassen konnte, wie ahnungslos Männer waren, insbesondere ihr Bill.

Elizabeth bedankte sich bei ihm und ging mit Lissa zu ihrem Auto.

Während der Heimfahrt versuchte sie mit Chloe zu reden, doch es war unmöglich. Ihre Tochter war müde und mürrisch und machte den Mund nicht auf. Sie wollte auf die Frau zurückkommen, von der Chloe behauptet hatte, sie habe gesehen, wie sie in Courts BMW eine Hand auf dessen Oberschenkel gelegt hatte, doch als sie danach fragte, flippte Chloe völlig aus.

»Ich will nicht reden!«, kreischte sie, wandte den Blick ab und blickte aus dem Seitenfenster.

Als sie zu Hause waren, ging Chloe ohne Widerrede zu Bett und putzte sich sogar vorher freiwillig die Zähne.

Nun war Elizabeth allein mit ihren Gedanken und Sorgen. Sie zog sich aus, schlüpfte in einen Bademantel und schminkte sich ab. Während sie sich das Gesicht eincremte, sagte sie sich, dass sie einmal für eine oder zwei Stunden alles vergessen musste.

Nach zehn griff sie zur Fernbedienung und schaltete den Fernseher ein. Bis zu den Lokalnachrichten blieb noch ein bisschen Zeit. Im Moment lief gerade ein Krimi, den sie schon einmal gesehen hatte. Sie hörte mit halbem Ohr hin, während sie ihre Kleidungsstücke ausschüttelte und sie über einen Stuhl neben ihrem Bett hängte. In Gedanken war sie schon beim nächsten Tag, bei ihrer Arbeit und dem bevorstehenden Treffen mit Mazies Tochter. Erst jetzt fiel ihr wieder ein, dass sie vor der Therapiesitzung ihr Mobiltelefon abgestellt und vergessen hatte, es wieder einzuschalten. Sie nahm es aus ihrer Handtasche und sah, dass sie mehrere SMS und eine Voicemail bekommen hatte. Die Textnachrichten waren von Freundinnen aus der Müttergruppe, die Bescheid wussten und sie ermutigten, Vivian zu der Therapiesitzung zu begleiten. Nadia bat sie, sie solle zurückrufen, wenn sie wieder zu Hause sei, doch sie hatte keine Lust, über das Treffen zu reden, auch wenn ihre Freundin es bestimmt gut meinte.

Als sie die Mailbox abhörte, gefror ihr das Blut in den Adern – die Voicemail war von Detective Thronson.

»Guten Abend, Mrs Ellis«, sagte die Polizistin. »Ich möchte mit Ihnen über den Stand der Ermittlungen zum Tod Ihres Mannes reden. Würde es Ihnen morgen passen? Bitte lassen

Sie es mich wissen.« Dann gab sie ihre Handynummer durch.

Mein Gott.

Sie hatte gewusst, dass sie bald wieder von der Polizei hören würde, hatte mit einem Anruf von Thronson oder einem ihrer Kollegen gerechnet, doch als sie nun Thronsons ernste Stimme hörte, wurde ihr ganz anders zumute.

Sie sagte sich, dass sie nichts zu befürchten hatte, dass nicht sie Courts Tod herbeigeführt hatte, dass sie nicht zu den Verdächtigen gehören konnte. Trotzdem war ihr plötzlich kalt, und sie bekam eine Gänsehaut. Sie rieb sich die Arme, trat ans Fenster und blickte in die Finsternis. Wieder hatte sie das Gefühl, dass jemand sie beobachtete.

»Mach dich nicht verrückt«, sagte sie laut, während sie die Jalousie zuzog. Weil ihr kalt war, beschloss sie, eine heiße Dusche zu nehmen. Sie drehte den Wasserhahn auf, zog den Bademantel aus und trat unter den heißen Wasserstrahl. Sie hoffte, die Probleme wegspülen zu können, die sie so sehr bedrängten. Allmählich wurde ihr wieder warm, doch dann lief es ihr schon wieder kalt den Rücken hinab, als sie daran denken musste, dass in ihrem Leben alles aus den Fugen geraten war.

Zehn Minuten später zog sie erneut den Gürtel ihres Bademantels zu, trat mit noch feuchten Haaren in ihr Schlafzimmer und warf einen Blick auf den Fernseher, wo der Krimi sich gerade seinem Ende näherte. Sie sah nicht hin, begutachtete ihr Jackett und überlegte, ob es zusammen mit dem Rock in die chemische Reinigung gebracht werden musste. Auch bei ein paar anderen Kleidungsstücken war es eigentlich an der Zeit, doch sie zögerte. Natürlich hätte sie im Moment das Geld dafür gehabt, doch eine Ausgabe kam zur anderen, und sie wollte nicht in die Lage geraten, die Hypothek nicht mehr abbezahlen zu können. Court mochte Whitney Bellhard vorgemacht haben, er habe Geld auf der Seite, doch tatsächlich war er ein Verschwender gewesen. Sie saß auf der Bettkante und dachte daran, wie oft sie nach Entschuldigungen für sein Verhalten gesucht hatte. Wenn sie noch einmal in einer solchen Lage gewesen wäre ...

Ihr Mobiltelefon klingelte. Sie nahm es von der Frisierkommode und sah auf dem Display, dass es Jade war. *Ziemlich spät für einen Anruf.* Während sie noch darüber nachdachte, ob sie mit ihrer Freundin reden wollte, hörte das Klingeln plötzlich auf.

Ich rufe sie morgen zurück.

Sie setzte sich wieder aufs Bett und wandte sich dem Fernseher zu, wo gerade die Spätnachrichten begannen. Sie griff nach der Fernbedienung, um den von ihr bevorzugten Sender einzustellen, und da begann das Handy erneut zu klingeln.

Noch mal Detective Thronson? Nein, um diese Uhrzeit würde eine Polizistin nicht mehr anrufen. Oder doch?

Sie ging erneut zu der Kommode und atmete erleichtert auf, als sie auf dem Display ein weiteres Mal Jades Namen und Nummer sah.

Diesmal meldete sie sich. »Hallo, Jade.«

»Mach den Fernseher an und schalte die Nachrichten ein!«, kreischte Jade. »O mein Gott.«

»Er ist an. Was stimmt denn nicht? Ist was passiert?« Elizabeth blickte auf den Bildschirm.

»Welchen Sender hast du eingestellt? Mein Gott, Elizabeth!«

Doch Jade musste nichts mehr sagen. Elizabeth' Herzschlag beschleunigte sich, als sie den Parkplatz von Fitness Now! sah. Dort stand ein älterer Lokalreporter, der nicht sensationsgeil war und dessen ruhige Art ihr zusagte. Hinter ihm flackerte das rot und blau rotierende Licht eines Streifenwagens, und ein Teil des Parkplatzes war mit Flatterband abgesperrt, weil dort ein qualmendes Fahrzeugwrack lag.

»Nachdem er heute Abend um etwa halb sechs angegriffen wurde, befindet sich ein bisher nicht namentlich bekannter Mann in einem kritischen Zustand«, verkündete der Reporter ernst. »Niemand sah den Täter, der sein Opfer attackierte und es dann neben seinem Fahrzeug mit Benzin übergoss. All das spielte sich direkt vor dem Eingang des Fitnesszentrums Fitness Now! ab, doch niemandem ist etwas aufgefallen, bis ein Mitglied nach draußen trat und im hinteren Teil des Parkplatzes einen Feuerball sah.«

Die Kamera zoomte auf das geschwärzte, rauchende Wrack, das einst ein Cabrio gewesen war.

Elizabeth zitterte so sehr, dass sie das Telefon fallen ließ.

»Die Polizei hofft, dass jemand etwas gesehen hat und einen Verdächtigen identifizieren kann. Vielleicht jemanden, der sich mit einer Tasche oder einem Benzinkanister entfernte? Die Polizei ist vor Ort, gibt den Namen des Opfers aber noch nicht preis, bis dessen Familie informiert worden ist.«

Der Reporter redete weiter und bat um die Mithilfe der Öffentlichkeit bei der Aufklärung des Falls, doch Elizabeth hörte nicht mehr hin. Ihr Puls raste, und eine innere Stimme schrie laut *Nein, Nein, Nein!*

»Guter Gott«, flüsterte sie und schlug entsetzt eine Hand vor den Mund, als sie wieder auf den Fernseher blickte.

Die Kamera zeigte das Fahrzeugwrack in Großaufnahme, und das geschwärzte Kennzeichen war gut zu erkennen.

GOODGUY.

21

»Elizabeth? Elizabeth!« Jades blecherne Stimme tönte aus dem Lautsprecher des auf dem Teppich liegenden Mobiltelefons.

Elizabeth war auf das Bett gesunken, weil ihre Knie nachgegeben hatten. Sie konnte keinen klaren Gedanken fassen.

GoodGuy lebensgefährlich verletzt, mit Benzin übergossen und in Flammen gesetzt von einem Angreifer ...

Du hast ihm Schlimmes gewünscht. Dir gewünscht, dass ihm etwas zustößt.

»Elizabeth!«

Sie stand auf, sank aber sofort auf die Knie und kroch zu der Stelle, wo das Telefon auf dem Teppich lag. Sie ließ sich auf die Seite fallen und hielt das Telefon ans Ohr. »Ich ... Ich bin noch dran.« Sie erkannte ihre eigene Stimme nicht mehr.

»O mein Gott, ich habe gerade dieses entsetzliche Bild gesehen und konnte es nicht glauben. Es tut mir leid, dir einen Schrecken eingejagt zu haben, aber wie gesagt, ich konnte es einfach nicht glauben!« Jade klang völlig fassungslos.

»Es ist meine Schuld«, platzte es aus Elizabeth heraus, bevor sie sich auf die Zunge beißen konnte.

»Es ist nicht deine Schuld. Sag so was nicht.«

»Ich war wütend auf ihn. Ich bin ihm gefolgt und wollte seinen Wagen rammen.«

»Du hast nicht das Benzin auf ihn gekippt.«

»Es gibt da eine Verbindung. Ich weiß nicht welche, doch irgendeine Verbindung muss es geben. Ich bin ein seltsamer Mensch, Jade. Verdammt seltsam, du weißt es. Ich habe vorhergesehen, dass Little Nate von dem Klettergerüst fallen würde. Du hattest recht. Es ist meine Schuld, dass ... GoodGuy angegriffen wurde. Ich weiß es einfach.«

»Du darfst so was nicht sagen. Du bist hysterisch. Ich kann es dir nicht verdenken. Ich fühle mich selbst verdammt seltsam. Aber du hast dies nicht getan, also sag nicht, dass es so war. Zu niemandem.«

»Er ist nicht der Einzige, Jade. Ich habe Court den Tod gewünscht ...«

»Hör auf, Elizabeth. Ich komme sofort zu dir.«

»Und Mazie Ferguson. Sie war so etwas wie mein Mentor, aber ich mochte sie überhaupt nicht, und auch sie ist bei einem Autounfall ums Leben gekommen ... Und dann habe ich all ihre Kunden geerbt. Von ihrem Tod *profitiert*! Und mein Gott, dann war da noch Officer Unfriendly ...«

»Nimm's mir nicht übel, Elizabeth, aber ich will, dass du *den Mund hältst*. Ich hole jetzt die Autoschlüssel und komme zu dir.«

»Nein«, widersprach Elizabeth. »Bitte komm nicht. Mir geht's gut.«

»Das sehe ich anders. Ich hätte dich nicht anrufen sollen. Ich bin gleich da.« Damit legte sie auf.

Elizabeth ließ das Telefon fallen und blieb auf dem Teppich ihres Schlafzimmers liegen. Der Fernseher lief weiter, doch sie hörte nichts mehr.

Nach einer Weile rappelte sie sich mühsam hoch und stapfte ins Bad, wo sie sich die Hände wusch, ohne zu wissen warum. Dann blickte sie in den Spiegel über dem Waschbecken und sah eine abgehärmte Frau mit einem gehetzten Blick. Wie hatte das passieren können? Wie war es gekommen, dass

GoodGuy – wer immer er sein mochte – bei diesem entsetzlichen Unfall auf dem Parkplatz von Fitness Now! fast ums Leben gekommen war?

Unfall stimmt nicht. Jemand wollte ihn umbringen. Der Fernsehreporter hat »kritischer Zustand« gesagt, und wer will wissen, ob er überleben wird?

Sie machte die Kaffeemaschine bereit und schaltete sie ein, ohne darüber nachzudenken, weil sich in ihrem Kopf die Fragen jagten.

Wer hat seinen Wagen und ihn in Flammen gesetzt?
Was für ein krankes Gehirn ...
Wie deines, meinst du.

»Nein!« Sie schlug mit der Faust auf die Anrichte, um sich aus ihren Gedanken zu reißen. Nie hätte sie sich etwas so Abscheuliches einfallen lassen können, jemandem mit Benzin zu übergießen und ihn ...

Guter Gott, es war alles so schrecklich. Ihr ganzes Leben schien komplett aus den Fugen zu geraten.

Was zum Teufel ist hier los?
Was hat es mit dir zu tun?

Während der Kaffee gurgelnd durchlief, ging sie den Flur hinab und öffnete die Tür von Chloes Zimmer, weil sie sich vergewissern wollte, dass mit ihrer Tochter alles in Ordnung war. Chloe schlief fest, die Bettdecke war auf den Boden gerutscht. Elizabeth hob sie auf und breitete sie über ihre Tochter. Dann gab sie ihr einen Kuss auf die Stirn. Tränen stiegen ihr in die Augen. Chloe schlief so friedlich, doch was sie von Court und der Frau – vermutlich Whitney Bellhard – erzählt hatte, war verstörend. Wie die Schwächeanfälle und ihr reizbares Temperament.

»Oh, meine Kleine«, flüsterte sie, während sie ein Stoßgebet zum Himmel schickte, dass Chloe unberührt bleiben möge von dem Wahnsinn, der sie im Moment ereilte. Hoffentlich war ihre Tochter in Sicherheit. Sie trat wieder in den Flur und schloss leise die Tür.

Zurück in der Küche, versuchte sie ihre Angst abzuschütteln, doch das war natürlich unmöglich. Sie schenkte sich eine Tasse Kaffee ein. Mit immer noch leicht zitternden Fingern trug sie die Tasse ins Wohnzimmer, doch bevor sie sich setzen konnte, klopfte es leise an der Haustür.

Elizabeth öffnete und stand Jade gegenüber. »Ich wollte Chloe nicht aufwecken.«

»Sie schläft fest, ich habe gerade nach ihr gesehen.« Elizabeth bat ihre Freundin herein. »Möchtest du eine Tasse entkoffeinierten Kaffee?« Sie hielt ihre Tasse hoch. »Frag mich nicht, warum ich den gerade gekocht habe.«

Jade trat ein und legte eine Hand auf ihren dicken Bauch. »Abercrombie tritt um sich. Nein danke. Wie geht es dir?« Ihr Blick wirkte besorgt. »Wahrscheinlich hätte ich dich nicht anrufen sollen.«

»Nein, nein! Ich bin froh, dass du es getan hast. Ich hatte selbst den Fernseher eingeschaltet und hätte es sowieso gesehen. Mein Gott, wie entsetzlich ...« Elizabeth erschauderte, als sie vor ihrem inneren Auge das Bild des qualmenden Autowracks sah. »Es war gut, dass ich mit jemandem reden konnte.« Als sie mit ihrer freien Hand die Haustür zuzog, lief es ihr einmal mehr kalt den Rücken hinab, denn sie hatte wieder das Gefühl, dass sich jemand in der Finsternis versteckte und sie beobachtete. Sie führte ihre Freundin ins Wohnzimmer. »Möchtest du wirklich keinen Kaffee?«

»Nein, danke.« Jade musterte sie aufmerksam. »Sicher, dass bei dir alles in Ordnung ist?«

»Ja. Nein.« Elizabeth zuckte die Achseln und schüttelte dann den Kopf. Dann blickte sie sich in dem Zimmer um, als erwartete sie, dass sich dort eine Antwort finden ließ. »Es ist alles so seltsam. Ich weiß einfach nicht mehr, was los ist.«

»Setz dich.« Jade nahm Elizabeth die Tasse ab und stellte sie auf eine der Illustrierten auf dem Beistelltisch. Dann setzten sie sich nebeneinander auf das Sofa. »Lass mich noch mal feststellen, dass es nicht deine Schuld ist, nichts von alldem. So läuft das nicht auf dieser Welt.«

Elizabeth lachte kurz auf. »Woher willst du das wissen?«

»Ich weiß es einfach. Keine Ahnung, woher du das mit Little Nate wusstest, aber du hast ihn gerettet. Nur das zählt. Du hast ihn vor diesem Unglück bewahrt. So bist du. Du bist nicht die Ursache dafür, dass andere Menschen zu Schaden kommen ...«

Elizabeth schloss die Augen und versuchte, sich zusammenzureißen. Tatsache war, dass sie Jade schon jetzt zu viel über sich erzählt hatte. Von all ihren Freundinnen war Jade die Einzige, die etwas von ihrer seltsamen Gabe wusste, Dinge vorherzusehen, die kurz darauf Realität werden würden.

Ihr Leben lang – oder zumindest so lange, wie sie zurückdenken konnte – hatte sie sich eingeredet, es sei so etwas wie Intuition, das sie ein kommendes Unglück ahnen ließ. Sie hatte sich gesagt, mit übersinnlichen Fähigkeiten oder Hellseherei habe das nichts zu tun.

Aber ...

Dunkle Erinnerungen holten sie ein, besonders eine.

»Die Brücke stürzt ein!«, *schrie sie laut, ein junges Mädchen, von Angst gepackt. Sie hatte eine Vision von der einstürzenden Brücke, die aus ihren Verankerungen gerissen wurde, von bröckelndem Beton, von deformierten Pfeilern und Geländern.*

Die Erinnerung war so lebhaft.

»Elizabeth?«, fragte Jade besorgt.

Sie wurde ins Hier und Jetzt zurückkatapultiert. »Mir geht's gut«, sagte sie.

»Du bist totenbleich.«

»Es ist nichts. Nur eine Kindheitserinnerung.« Seufzend griff sie nach der Hand ihrer Freundin und drückte sie fest. »Ich weiß, dass es nicht meine Schuld ist, was GoodGuy zugestoßen ist. Ich war nicht bei dem Fitnessstudio. Aber es ist alles so schrecklich, so schockierend …«

»Ich weiß.«

»Mir geht's gut.«

»Sicher?«

»Ja«, antwortete Elizabeth bestimmt. Sie hatte die Fassung zurückgewonnen, zumindest halbwegs. »Es ist sehr nett von dir, dass du vorbeigekommen bist, aber es geht mir wirklich wieder gut. Fahr nach Hause und kümmere dich um Little Nate und Byron. Ich komme gut allein klar.«

»Bestimmt? Ein bisschen besser siehst du tatsächlich aus«, stellte Jade fest, während sie das Gesicht ihrer Freundin noch einmal eingehend musterte.

»Ja, ich bin sicher.«

Es bedurfte noch einiger Überzeugungsarbeit, doch kurz darauf ging Jade zur Haustür, trat nach draußen und warf einen besorgten Blick über die Schulter.

»Tschüss«, rief Elizabeth ihr nach. »Und noch mal vielen Dank.«

Jade winkte ihr zum Abschied zu. »Keine Ursache.«

Elizabeth sah ihrer Freundin nach, als sie in ihr Auto stieg und losfuhr. Die Luft war kühl und feucht nach den starken Regenfällen. Sie blickte links und rechts die Straße hinab, sah aber niemanden.

Als sie die Rücklichter von Jades Auto nicht mehr sah, verschloss sie die Tür und legte ihre Stirn an das kühle Holz. Erneut musste sie an GoodGuy denken, jetzt, wo sie wieder allein war. *Es ist meine Schuld,* dachte sie. *Wenn er stirbt, ist es meine Schuld.*

Sie versuchte sich davon zu überzeugen, dass das nicht stimmen konnte, doch es gelang ihr nicht. Sie fühlte sich schwindelig und beschloss, zu Bett zu gehen. Sie hatte Jade nicht anlügen wollen, brauchte aber Zeit für sich, um alles zu verarbeiten.

Als sie am nächsten Morgen erneut den Fernseher einschaltete, war die erste Meldung der entsetzliche Tod eines Channing Renfro, der seinen schweren Brandverletzungen erlegen war. Er war Mitglied von Fitness Now! gewesen. In der Nähe seines Autos war ein verdächtiger Mann gesehen worden, einige Minuten, bevor der Wagen in Flammen aufgegangen war. Und diesen Mann suchte jetzt die Polizei.

Ravinia saß auf dem Beifahrersitz von Rex Kingstons Auto, zupfte am Saum ihres kurzen schwarzen Kleides und wackelte mit den Zehen, weil ihr die neuen Schuhe eine Nummer zu klein vorkamen, obwohl die etwas hochmütige Verkäuferin ihr versichert hatte, sie seien aus weichem italienischem Leder und säßen wie angegossen.

Gut, wenn sie es sagte, musste es wohl stimmen. Die Schuhe waren schwarz und hatten flache Absätze. Am letzten Abend in der Mall hatte sie Schuhe und Stilettos mit unglaublichen Absätzen gesehen, die ihr durchaus gefielen und die sie von Models aus dem Fernsehen kannte, doch ihr Pragmatismus hatte gesiegt, und sie war sofort weitergegangen, weil sie befürchtete, dass sie sich in solchen Schuhen sehr schnell einen Knöchel gebrochen hätte.

Jetzt fuhren sie am späten Vormittag durch den Westen von Los Angeles zu Kingstons Büro. Er hatte ihr die Wahl gelassen, ob sie in Costa Mesa bleiben wollte, um sich in der Wembley Grade School nach Elizabeth zu erkundigen, doch das neue Outfit hatte sie für die Beschattung von Kimberley Cochran angeschafft, die sich heute mit ihrem Liebhaber treffen wollte. Ravinia war hin und her gerissen gewesen. Ja, es war wichtig, dass sie Elizabeth fand. Auch ohne Tante Catherines Warnung spürte sie selbst, dass etwas im Gange war, dass etwas auf sie zukam. Hatte Declan jr. die nächste von ihnen ins Visier genommen? War er vor ihr in den Süden gekommen? Oder war sie nur übernervös, wegen der Ängste und Sorgen ihrer Tante?

Wie auch immer, sie hatte sich entschieden, Kingston zu begleiten, um ihn bei seinem anderen Fall zu unterstützen. Wenn sie ihm half, würde er ihr helfen. Er hatte versprochen, dass sie nach dem Rendezvous von Kimberley Cochran mit ihrem Lover gemeinsam nach Costa Mesa zurückfahren würden, damit sie am nächsten Tag die Schule besuchen konnte. Symbiose, dachte sie mit zusammengebissenen Zähnen, während sie weiter an ihrem Kleid zupfte. Sie hatte einfach nicht damit gerechnet, dass zuerst sie *ihm* helfen würde.

»Davon, dass Sie an dem Kleid herumzerren, wird es auch nicht länger«, knurrte er.

Sie ignorierte die Bemerkung. »Wo ist das Hotel Casa del Mar?«

»In Santa Monica. Direkt am Strand, südlich des Piers.«

»Meinen Sie den Pier mit dem Riesenrad?«

»Genau.« Er hielt auf dem Parkplatz hinter seinem Büro. »Hier werden wir uns nicht lange aufhalten.«

»Ich weiß, das mit dem Vertrag geht schnell.« Sie folgte ihm durch den Hintereingang. Selbst die flachen Absätze der neuen Schuhe waren ungewohnt, doch sie würde sich schon daran gewöhnen.

»Sind Sie das, Mr Kingston?«, fragte eine Frauenstimme von weiter hinten aus dem Flur, als sie den Vorraum des Büros betraten.

Bonnie, die Nervensäge, dachte Ravinia.

Noch nie hatte sie ein so kurzes Kleid getragen. Als sie die kühle Morgenluft auf ihren Oberschenkeln gespürt hatte, war sie sich halb nackt vorgekommen, aber es gefiel ihr durchaus, sich aufzustylen und richtig gut auszusehen.

»Ja, aber ich bin gleich wieder weg«, rief er Bonnie zu.

Ravinia hatte sich die Haare gewaschen und trug sie offen. Eine von Kingstons rätselhaften Damenbekanntschaften hatte ihr Kosmetiktäschchen in einer Schublade liegen lassen, und sie hatte versucht, sich zu schminken. Dabei hatte sie den Eyeliner verschmiert, und musste ihn wieder abwischen, und dann hätte sie sich beinahe mit dem Mascarastift ein Auge ausgestochen, doch alles in allem war sie mit dem Ergebnis zufrieden.

Kingston hatte sie kritisch beäugt, als sie in die Küche trat und sich vor ihm aufbaute, die Hände in die Hüften gestemmt. »Sie sehen wie eine andere aus«, bemerkte er.

»Darum geht es bei Observationen, oder?«

»Sie haben es begriffen.«

Bonnie kehrte ihr den Rücken zu. Sie stand am Vorderfenster und blickte hinaus. Als sie spürte, dass jemand hinter ihr war, drehte sie sich um, in der festen Annahme, es sei Kingston. Ihr fiel die Kinnlade herunter, als sie Ravinia sah, und der Anblick war unbezahlbar.

»Was ... Was haben Sie hier zu suchen?«, krächzte sie.

»Ich helfe Mr Kingston bei der Arbeit«, antwortete Ravinia.

In diesem Moment kam Kingston mit ein paar Papieren aus seinem Büro. »Bonnie, würden Sie mir bitte einen Vertrag drucken?«

»Für wen ...? Für sie?«

»Ja. Ravinia Rutledge, oder?« Er blickte sie an.

»So stand's auf meinem Abschlusszeugnis.«

Er blickte auf die Uhr. »Wir essen zeitig und fahren dann nach Santa Monica. Kimberley Cochrans Rendezvous in der Casa del Mar könnte mit einem Mittagessen beginnen. Das sollten wir nicht verpassen.«

Bonnie setzte sich an ihren Schreibtisch und öffnete auf ihrem Computer eine Datei. Dann drückte sie ein paar Tasten, und aus dem Nebenraum hörte man einen Drucker loslegen.

»Ist gleich fertig«, sagte Bonnie mürrisch.

»Danke.« Kingston ging den Flur hinab, um den Vertrag zu holen.

»Ich sollte diejenige sein, die ihm hilft«, sagte Bonnie so leise, dass Ravinia es fast nicht verstanden hätte.

Die dachte über eine passende Antwort nach, doch letztlich zuckte sie nur die Achseln und grinste. Dann machte sie sich auf, um Kingston zu suchen. Aus dem Scharmützel mit dieser Bonnie war sie als Siegerin hervorgegangen.

Wenn Elizabeth nicht mit Mazies Tochter verabredet gewesen wäre, hätte sie Chloe zur Vorschule gebracht und wäre sofort zurück nach Hause gefahren, um sich wieder ins Bett zu legen und sich die Decke über den Kopf zu ziehen. GoodGuy war tot. Sie versuchte sich nicht einmal einzureden, dass sie nichts damit zu tun hatte, denn sie wusste, dass es so war. Eine andere Erklärung konnte sie sich nicht vorstellen. Wer immer Channing Renfro mit Benzin übergossen hatte, er hatte es getan, weil er wusste, dass sie glaubte, dass er alles andere als ein guter Junge war, auch wenn auf seinem Autokennzeichen GOODGUY stand.

Doch wer tat so etwas? Und warum? Die einzigen Menschen, die von GoodGuy wussten, waren ihre Freundinnen. Und die, denen sie es womöglich erzählt hatten.

Aber sie wissen nichts von Mazie und Officer Unfriendly ... Oder doch?

Sie schüttelte den Kopf, als sie die Stufen vor dem Eingang der Niederlassung von Suncrest Realty hinaufstieg. Keine ihrer Freundin war eine *Mörderin*. Sie hielt das für ausgeschlossen. Wer war es dann gewesen? Irgendein Stalker? Oder steckte etwas Undefinierbares, Übernatürliches dahinter? Ähnlich ihrer Fähigkeit, Katastrophen vorherzusagen, unmittelbar bevor sie auftraten?

Pat saß am Empfang, und Elizabeth eilte an ihr vorbei zu Mazies ehemaligem Büro, wo sie sich mit Amy treffen wollte.

»Ich hab die Nachrichten gesehen«, rief Pat ihr nach. »Das mit dem Typ, über den du mit deiner Freundin gesprochen hast. GoodGuy. War das sein Kennzeichen, das im Fernsehen zu erkennen war?«

Elizabeth erstarrte. Sie hatte vergessen, dass Pat ihr Gespräch mit Jade mitgehört hatte. »Es ist eine Tragödie, aber ich kannte ihn nicht.«

»Wirklich?«, fragte Pat mit einem skeptischen Blick über die Gläser ihrer randlosen Lesebrille. »Ich dachte, du hättest ihn nicht gemocht.«

»Wir haben uns nie kennengelernt.«

»Außer auf der Straße«, bemerkte Pat mit einem tückischen Blick.

Elizabeth' Puls beschleunigte sich, aber sie würde sich nicht provozieren lassen. Als sie in Mazies Büro war, hätte sie am liebsten die Tür ins Schloss geknallt, weil Connie Berker ihr auf den Fersen war, ebenfalls in das Büro trat und hinter sich die Tür schloss.

Connies blondes Haar war kürzlich geschnitten worden und steif von zu viel Haarspray.

»Was ist los?«, fragte Elizabeth, während sie eine Schreibtischschublade aufzog, um einen Notizblock herauszunehmen.

»Das sollte ich dich fragen. Weißt du nicht, dass das hier jetzt mein Büro ist?«

Elizabeth schob die Schublade zu. »Nein, das wusste ich nicht.«

»Du triffst dich mit Amy Ferguson«, sagte Connie in einem anklagenden Tonfall. »Stimmt's?«

»Ja. Ich habe gedacht, dass ich mich hier mit ihr treffe, weil ich vergessen habe, ihr zu erzählen, wo mein Büro ist«, antwortete Elizabeth. »Ich wusste nicht, dass du umgezogen bist.« Sie ließ den Blick über den Schreibtisch und die Wände gleiten. *Alles unverändert.*

Es war nichts davon zu sehen, dass Connie das Büro okkupiert hatte. Kein Foto auf dem Schreibtisch, nicht mal das obligatorische Namensschild.

»Dies ist eins der besten Büros im ganzen Gebäude«, fuhr Connie fort. »Man kann den Empfang sehen.« Sie zeigte auf die Glastür, und Elizabeth folgte ihrem Blick und sah die neugierige Pat an ihrem Schreibtisch.

Die soll sich bloß um ihre eigenen Angelegenheiten kümmern, dachte Elizabeth.

Dann öffnete sich die Eingangstür, und Amy trat ein. Sie war eine große, etwas linkisch wirkende junge Frau, die jetzt ein gezwungenes Lächeln aufsetzte und ein paar Worte mit Pat wechselte.

Die zeigte in die Richtung des früheren Büros ihrer Mutter.

»Ich kenne Amy seit Jahren«, sagte Connie. »Und jetzt ist sie plötzlich deine Kundin. Wie kommt's?«

Elizabeth hatte keine Lust, sich mit ihr zu streiten. Also schwieg sie und ging zur Tür. »Ich werde in meinem Büro mit Amy reden.«

Sie wollte die Tür öffnen, doch Connie hielt sie zu. »An deiner Stelle wäre ich vorsichtig. Du machst dir hier überall nur Feinde. Ich sage dir das als Freundin.«

Für Elizabeth klang das alles andere als freundschaftlich, doch sie begnügte sich mit einem Nicken, öffnete die Tür und trat in den Flur, wo sie immer noch Connies bohrenden Blick auf ihrem Rücken spürte.

Kimberley Cochran war eine verheiratete Frau, die eine Affäre hatte, doch sie war nicht eben geheimnistuerisch oder auch nur vorsichtig. Sie fuhr ihren silberfarbenen Mercedes aus der Garage, steuerte ihn durch das sich langsam automatisch öffnende Tor und gab Vollgas, ohne in den Rückspiegel zu blicken. Erst auf der Ocean Avenue bremste sie ab, weil der Verkehr sie dazu zwang.

Kingston und Ravinia folgten ihr in dem Nissan.

Am Hotel Casa del Mar angekommen, überließ Kimberley ihr Auto einem Parkplatzwächter und stolzierte zum Eingang. Sie trug ein silberfarbenes Kleid und Schuhe mit mörderisch hohen Absätzen und wackelte dermaßen auffällig mit ihrem Hinterteil, dass sie von Männern wie Frauen gleichermaßen angestarrt wurde.

»Aussteigen, es ist so weit«, sagte Kingston.

»Ich kenne den Plan«, erwiderte Ravinia, die die Tür bereits geöffnet hatte.

»Und versuchen Sie, nicht aufzufallen.«

Was für ein Witz. In dem kurzen schwarzen Kleid war sie ein Blickfang, auch wenn sie vielleicht nicht ganz so penetrant angestarrt wurde wie Kimberley Cochran.

Als sie die Halle des Hotels betrat, sah Ravinia Kimberley in dem Restaurant verschwinden, das im hinteren Teil des Gebäudes untergebracht war und einen Blick aufs Meer bot. Ravinia folgte ihr. Mittlerweile hatte sie sich an die Absätze gewöhnt, als hätte sie ihr Leben lang nie andere Schuhe getragen.

»Ist ein Tisch am Fenster frei?«, fragte sie den Oberkellner.

Kimberley umarmte bereits ihren Lover, einen gebräunten jungen Mann mit ziemlich langen braunen Haaren und dunklen Augen, der irgendwie habgierig wirkte.

Ravinia blickte in sein Herz, als sie auf dem Weg zu ihrem Tisch an ihm vorbeikam. Der Mann war ein Egoist, der sich nur für sich selbst interessierte.

Eine schlechte Wahl, Kim.

Als sie am Nachbartisch Platz genommen hatte und ihr ein Kellner die Speisekarte brachte, tat sie so, als würde sie die studieren, doch als sie zufällig die Preise sah, war sie fast nicht mehr in der Lage, sich auf Kimberley und ihren Lover zu konzentrieren.

Sie spähte über den oberen Rand der Karte, während Kimberley drauflosplapperte. Angeblich war sie mal Model gewesen, und sie erzählte von einer Wiedersehensfeier mit alten Kolleginnen.

Ihr Lover trug ein kurzärmeliges dunkelgraues T-Shirt, das über seiner muskulösen Brust spannte. Er stützte die Unterarme auf den Tisch, und Kimberley streckte die Hand aus und streichelte sie. Ihr Lächeln wurde offen lüstern, als ihre Finger seinen Arm hinauf bis zur Schulter wanderten. »Gehen wir gleich nach oben?«, flüsterte sie heiser.

Sein selbstgefälliges Grinsen wurde breiter. »Du willst, dass ich es dir besorge?«

»Aber ja, Donovan. Ja ...«

Amy Ferguson ist genauso nett, wie ihre Mutter misstrauisch und gemein war, dachte Elizabeth, während sie ihren Gast unter Pats wachsamen Augen zum Ausgang brachte. Amy zog ihr Handy aus der Tasche und blickte auf den Kalender. »Mir wäre es recht, wenn wir uns vor Samstag treffen könnten, aber ich glaube nicht, dass ich das schaffe. Am Samstagmorgen werden die Sachen meiner Mutter abgeholt. Nachmittags sollte das Haus völlig leer sein.«

»Samstag ist völlig in Ordnung«, versicherte Elizabeth, die wütend war, weil Pat schon wieder die Ohren spitzte.

Und um alles noch schlimmer zu machen, trat jetzt Connie aus Mazies altem Büro und kam auf sie zu.

»Ich wäre fast selber in das Haus gezogen«, fuhr Amy fort, »muss aber aus beruflichen Gründen nach Seattle umziehen. Man weiß nie, wohin einen das Leben verschlägt.« Sie öffnete die Tür. Draußen brach die Nachmittagssonne mühsam durch die graue Wolkendecke.

»Nein, das weiß man nie.« Elizabeth wollte die Tür hinter Amy schließen, doch Connie riss sie auf und stürmte nach draußen.

»O Amy, wie geht es dir, mein Mädchen? Wir haben uns seit der Beerdigung nicht mehr gesehen. Ich bin's, Connie. Connie Merker.« Amy blickte sie mit einem leeren Blick an, während Connie ihre Hand packte und sie schüttelte. »Deine Mutter war so eine fantastische Frau. Ich habe alles von ihr gelernt. Sie kannte dieses Geschäft und war ein echtes Energiebündel.«

»Danke«, sagte Amy, die Hilfe suchend Elizabeth anblickte.

Elizabeth trat nach draußen. »Wir sehen uns am Samstag.«

»Wenn du Hilfe brauchst, kannst du alle hier anrufen«, sagte Connie, während sie übellaunig hinzufügte: »Ich weiß, dass Elizabeth die rechte Hand deiner Mutter war. Sie kümmert sich sehr um all ihre Kunden.« Ihr Ton klang hämisch, und dann zauberte sie eine Karte hervor und reichte sie Amy.

»Für uns hier bei Suncrest gehörst du zur Familie, genau wie deine Mutter früher.« Ihre Lippen bebten, und für einen Augenblick glaubte Elizabeth, dass es ihr tatsächlich gelingen würde, ein paar Tränen zu vergießen. »Sie fehlt mir so sehr.«

Amy blickte auf die Karte und öffnete den Mund, als wollte sie etwas sagen, überlegte es sich dann aber anders.

Elizabeth konnte ihre Wut nur mit Mühe beherrschen. »Komm, ich begleite dich zu deinem Auto.«

Connie schien ihnen folgen zu wollen, entschied sich jedoch dagegen.

»Sehr beliebt war meine Mutter hier nicht«, sagte Amy, als sie außer Hörweite waren.

»Wohl wahr.« Elizabeth war dankbar für ihre Aufrichtigkeit, musste aber vorsichtig sein, weil sie über Amys Mutter sprachen. »Sie hat immer hart gearbeitet.«

»Was war das gerade mit dieser Frau?« Amy hielt die Karte hoch.

Elizabeth beschloss, ihrerseits ebenfalls aufrichtig zu sein. »Sie will dich für sich gewinnen, damit sie das Haus deiner Mutter verkaufen kann.«

»Meine Mutter hat dir vertraut. Bei mir ist es nicht anders.«

Elizabeth' Herzschlag setzte einen Moment aus. *Mazie hätte mir besser nicht vertrauen sollen,* dachte sie, doch sie lächelte Amy zum Abschied an, während die sich nach Connie umsah, die neben ihrem weißen Lexus stand und vermutlich überlegte, ob sie Amy noch irgendwie abfangen konnte, bevor die in ihren Range Rover stieg.

Lass es, dachte Elizabeth wütend. Was Mazie betraf, hatte

sie Schuldgefühle, doch sie hatte sich nicht mit Amy getroffen, um das Haus ihrer Mutter zu verkaufen.

Während Amy davonfuhr und Connie ihr tatsächlich folgte, blickte Elizabeth ihnen nach. Obwohl die Sonne durch die Wolken schaute und es wärmer wurde, lief es ihr kalt den Rücken hinab, und sie hatte wieder das Gefühl, dass jemand sie beobachtete.

Sie wirbelte schnell herum und ließ den Blick über den Parkplatz und die Straße gleiten.

»Wer ist da?«, fragte sie laut, doch sie hörte nur das Geräusch beschleunigender Autos an der nächsten Ampel und das Rauschen des Windes in den den Parkplatz säumenden Bäumen.

Da war niemand.

Siehst Du, Elizabeth? Hast Du es im Fernsehen gesehen? Er hat bekommen, was er verdient. Jetzt schmort er in irgendeiner Hölle, die reserviert ist für Abschaum wie diesen Channing Renfro. Ich weiß, dass es andere gibt, die Dir Schlechtes wollen. Ich habe sie gehört, gesehen, gespürt. Aber keine Sorge, wir werden sie zusammen einen nach dem anderen aus dem Verkehr ziehen. Ich bin bei Dir, Geliebte, bin Dein Retter, Dein Soldat ...

Noch siehst Du mich nicht, aber bald, wenn ich so weit bin ...

Ich tue alles für Dich, meine Geliebte. Alles ...

22

Die Rückfahrt nach Costa Mesa war ein Albtraum, weil Kingston nicht hatte warten wollen, bis der Verkehr nachließ. Ravinia berichtete, was sie gesehen und gehört hatte. Danach rief Kingston Dorell Cochran an und erzählte ihm, seine Frau sei mit einem Mann mit dem Vornamen Donovan im Hotel Casa del Mar, und die beiden seien mit dem Lift zu einem Hotelzimmer in einem der oberen Stockwerke gefahren.

»Donovan Spinelli, dieser Berufsjugendliche mit seinem Surfbrett«, sagte Cochran wütend.

»Dann kennen Sie ihn also«, sagte Kingston.

»O ja. Angeblich ist er ein männliches Model. Hat nichts im Kopf, aber ein Näschen dafür, wo Geld zu holen ist. Mein Geld.« Er schwieg kurz. »Sie hat versprochen, ihn nicht mehr zu sehen.«

»Wenn Sie einen Beweis brauchen, sie sind noch zusammen in dem Hotel.«

»Können Sie nicht ein Foto von ihnen schießen, wenn sie es gemeinsam verlassen?«

Kingston dachte nach. »Könnte ich schon, aber andererseits ist dies für Sie die Gelegenheit, sich selbst davon zu überzeugen, was los ist.«

»Guter Gott, das klingt so, als wollten Sie, dass ich die beiden zur Rede stelle«, sagte Cochran aufgebracht.

»Zur Rede stellen, nein ... Aber die Oberhand haben und trotzdem als Gentleman auftreten, wird auf lange Sicht vielleicht dazu führen, dass Sie bekommen, was Sie wollen.«

»Scheiß drauf.«

Kingston seufzte innerlich. »Sie haben mich engagiert, damit ich Ihre Frau observiere und herausfinde, ob sie eine Affäre hat. Genau das habe ich getan.«

»Schon gut, schon gut. Ich fahre hin und stelle die Schlampe zur Rede. Und Ihnen schicke ich einen gottverdammten Scheck.«

Damit knallte Cochran den Hörer auf die Gabel.

Ravinia hatte das Wichtigste mitbekommen. »Der Mann ist gar nicht glücklich.«

»Ich hatte nicht erwartet, dass er es sein würde.«

»Sie wirken auch nicht zufrieden«, bemerkte sie.

Er zuckte die Achseln. »Manchmal sehnt man sich nach etwas Besserem«, sagte er, bevor ihm bewusst wurde, wie naiv das klingen musste. Aber er hatte schon jede Menge untreue Eheleute beschattet, und es war deprimierend, wie lieblos die meisten Beziehungen waren. Er war alles andere als ein Romantiker, und doch fragte er sich manchmal, ob es nur noch schlechte Menschen gab.

»Was meinen Sie?«, fragte Ravinia.

»Ach, vergessen Sie's.«

»Das mit der Schule werden wir wohl heute nicht mehr schaffen«, sagte sie mit einem Blick auf den stockenden Verkehr.

»Wahrscheinlich nicht.«

»Was machen wir dann?«

»Wir fahren zu mir nach Hause, essen etwas und trinken ein Bier, zumindest ich. Außerdem muss ich noch ein paar Telefonate führen, die ich aufgeschoben habe.«

»Ich möchte diese alte Frau kennenlernen, die im Apartmentblock Brightside wohnt.«

»Morgen«, sagte er bestimmt. Er musste verhindern, dass sie ihm diktierte, was er zu tun hatte.

Ihre Miene verfinsterte sich. »Vielleicht sollte ich allein mit dem Bus hinfahren.«

»Nur zu.«

Er gab sich keine Mühe, freundlich zu sein. Obwohl er glücklich darüber war, Kimberley Cochran nicht weiter beschatten zu müssen, hatte er das Gefühl, sich ohne Not zu sehr mit dieser Ravinia Rutledge eingelassen zu haben.

»Ich habe Ihnen geholfen, jetzt sind Sie an der Reihe«, sagte sie bockig.

»Symbiose, ich hab's begriffen«, fuhr er sie an. »Aber ich sehe die Dinge etwas anders. Sie wollen gemeinsam mit mir ermitteln und machen sich Hoffnungen auf einen Job, doch das können Sie sich abschminken, kapiert? Sie sind nicht mein Partner, sondern nur ein kleines Mädchen, und sobald wir Ihre Cousine gefunden haben, trennen sich unsere Wege.«

»Wie gereizt Sie sind«, sagte sie. »Wir werden Elizabeth finden.«

»Hoffentlich bald«, knurrte er, während er eine Vollbremsung hinlegte und zugleich hupte, weil er fast mit einem schwarzen Mazda zusammengestoßen wäre.

»Man hat's nicht leicht«, bemerkte Ravinia.

»Sie sagen es.«

Als Elizabeth ihre Handtasche auf den Küchentisch fallen ließ, die hochhackigen Schuhe abstreifte und ihren rechten Fuß rieb, klingelte ihr Mobiltelefon. Sofort nach dem Betreten des

Hauses hatte sie abgeschlossen und den Riegel vorgelegt. Während der gesamten Heimfahrt hatte sie das Gefühl nicht abschütteln können, dass ihr jemand folgte. Um halb vier würde sie Chloe von der Vorschule abholen, doch bis dahin brauchte sie noch ein paar Augenblicke für sich, um sich zu beruhigen und nachzudenken.

Als sie auf das Display des Handys blickte, sah sie eine Nummer, die ihr nichts sagte, und deshalb nahm sie den Anruf nicht an und wartete, bis die Mailbox ansprang. Sie schenkte sich ein Glas Mineralwasser ein, trank es zur Hälfte und blickte durch das Küchenfenster auf die kleine Terrasse. Es war ein schönes Haus, doch es würde ihr nicht fehlen. Aber Chloe hatte nie ein anderes Zuhause gekannt, und es würde eine weitere riesige Veränderung in ihrem Leben sein, wenn sie es verlassen musste.

Vielleicht würde sie es schaffen, das Haus zu halten. Falls es ihr gelang, Mazies Haus zu verkaufen, würde die Kommission ausreichen, um sie für eine Weile über Wasser zu halten. Und wenn die Sorensons sich endlich für eine Villa entscheiden würden ... Oder andere von Mazies ehemaligen Kunden, die beschlossen hatten, ein Anwesen zu kaufen und unbedingt wollten, dass sie sich darum kümmerte ...

Das Handy piepte, um zu signalisieren, dass eine Voicemail eingegangen war, und sie hörte die Mailbox ab.

»Hallo, Mrs Ellis, hier ist Gil Dyne. Ich habe mich gefragt, ob Sie vielleicht heute Abend mit mir essen gehen würden? Bitte rufen Sie unter dieser Nummer zurück und sagen Sie mir, ob Sie Lust haben. Ich würde Sie sehr gern wiedersehen.«

»Nein«, sagte sie laut.

Als sie gerade ihre Regenjacke anzog – der Wetterbericht kündigte weitere Niederschläge an –, klingelte es an der Haustür, und sie zuckte erschrocken zusammen. Ihr Herzschlag beschleunigte sich, als sie zur Tür ging und durch den Spion blickte.

Detective Thronson stand mit eingezogenem Kopf im Regen, ihr kurz geschnittenes graues Haar glänzte von der Feuchtigkeit.

Elizabeth erstarrte. Ihr Herzschlag hatte sich wieder beruhigt, begann aber erneut zu rasen. *Reg dich nicht auf,* sagte sie sich. *Das bringt nichts.*

Sie öffnete.

Thronson begrüßte sie mit einem dünnen Lächeln. »Da ich nichts von Ihnen gehört habe, dachte ich mir, ich schaue mal vorbei.«

Elizabeth blickte sich um, da sie schon wieder das Gefühl hatte, von jemandem beobachtet zu werden. Ein Auto fuhr vorbei, doch der Mann hinter dem Steuer schaute nicht in ihre Richtung.

»Ich hatte zu tun. Bitte kommen Sie herein.«

Sie führte Thronson ins Wohnzimmer und lehnte sich an die Frühstückstheke, die es von der Küche trennte. Der Regen prasselte gegen die gläserne Schiebetür.

»Man sollte nicht meinen, dass wir in Südkalifornien sind«, bemerkte Thronson. Sie trug eine dunkelblaue Jacke, und wenn sie eine Waffe dabeihatte, steckte die wahrscheinlich in einem Schulterholster.

»Ich habe nicht viel Zeit, weil ich meine Tochter von der Vorschule abholen muss.«

»Ich werde Sie nicht lange aufhalten. Wir suchen immer noch nach der Frau, die sich auf dem Freeway mit Ihrem Mann die Verfolgungsjagd geliefert hat. Und nach einer, die im Hotel Tres Brisas war, als Ihr Mann und Mrs Bellhard sich dort aufhielten.«

»Und?«

»Zeugen haben beide übereinstimmend beschrieben. Mitte zwanzig, schlank, blond.«

»Das sagten Sie bereits.«

»Wir gehen davon aus, dass es sich um dieselbe Frau handelt.« Thronson musterte sie aufmerksam. »Ich denke, es war jemand, der Ihren Mann oder Whitney Bellhard kannte, vielleicht auch beide, und der von ihrem Liebesnest im Tres Brisas wusste. Ich glaube, diese Frau ist ihnen auf dem Freeway gefolgt, und meiner Meinung nach hat sie sie gejagt und absichtlich von der Straße gedrängt.«

Elizabeth' Knie wurden weich, und sie setzte sich auf einen der Barhocker vor der Frühstückstheke.

»Kennen Sie jemanden, der so aussieht und Ihrem Mann und/oder Whitney Bellhard Schlechtes gewünscht haben könnte?«

Elizabeth zögerte. *Praktisch jede meiner Freundinnen ...* »Wahrscheinlich wollen Sie sagen, dass Sie glauben, ich sei es gewesen, doch ich war nicht in der Gegend von San Diego an dem Tag. Ich kann nicht beweisen, wo ich mich aufgehalten habe, es sei denn, ich bin irgendwo von einer Überwachungskamera gefilmt worden, aber ich war hier in Irvine. Das ist die Wahrheit.«

»Würden Sie sich mit einem Test mit einem Polygraphen einverstanden erklären?«

»Mit einem *Lügendetektor.* »Aber ja!«, sagte sie nachdrücklich. Selbstverständlich. Machen Sie alles startklar.«

Thronson nickte bedächtig. Vielleicht fand sie ihren Enthusiasmus überraschend.

»Sie haben mir erzählt, Peter Bellhard sei meinem Mann und seiner Ehefrau zum Hotel Tres Brisas gefolgt«, rief sie Thronson ins Gedächtnis.

»Ja, stimmt.«

»Aber Sie sehen ihn nicht als einen ... eifersüchtigen Ehemann? Sie interessieren sich nur für diese blonde Frau, die mir ähnelt?«

»Wir schließen nichts aus.«

»Unter einer richtigen Antwort stelle ich mir etwas anderes vor.«

»Wir wollen diese Frau finden.« Thronson schien noch etwas sagen zu wollen, kniff aber die Lippen zusammen und schwieg.

Plötzlich verspürte Elizabeth den fast unbezwingbaren Wunsch, alles zu erzählen, alle Karten offen auf den Tisch zu legen. Sie war weder im Tres Brisas noch auf dem Freeway nach San Diego gewesen, doch sie hatte ihnen allen den Tod gewünscht.

»Haben Sie noch etwas zu sagen?«, fragte Thronson, die Elizabeth' Miene korrekt gedeutet hatte.

Aber Elizabeth wusste, wie es sich anhören würde, mit all den Gedanken und Gefühlen, die in ihrem Inneren durcheinandergingen.

»Ich muss jetzt wirklich meine Tochter abholen.«

Sie ging zur Haustür und hielt sie für Thronson offen. Regen spritzte in die Diele.

Thronson ließ sich Zeit. Offenbar hatte sie noch keine Lust zu gehen. »Ich komme zurück auf den Test mit dem Lügendetektor.«

Elizabeth wollte nur noch, dass sie verschwand. Sie hatte Angst davor, dass sie ihre Meinung ändern und zu viel sagen würde. Sie wünschte sich nichts mehr, als Thronson einfach nach draußen zu stoßen und die Tür hinter ihr zuzuschlagen, aber die Polizistin zögerte auf der Eingangsstufe und drehte sich noch einmal um. »Ich habe den Angestellten des Tres Brisas ein Foto von Ihnen gezeigt. Zwei von ihnen haben Sie identifiziert als die Frau, die in dem Hotel war.«

Elizabeth fühlte sich schwindelig. »Ich war nicht dort«, brachte sie mühsam hervor und knallte der Polizistin die Tür vor der Nase zu. Dann schob sie sofort den Riegel vor und wich rückwärts zurück.

O *mein Gott.*
Sie glaubt, dass ich Court getötet habe.
Was ist, wenn sie das mit GoodGuy herausfindet?
»Da gibt's nichts herauszufinden«, flüsterte sie laut.
Du musst ihr von ihm erzählen, auch von Mazie und Officer Unfriendly. Du musst reinen Tisch machen. Sofort! *Ruf Sie zurück!*

»Jade hat gesagt, ich solle es nicht tun ...«, wimmerte sie.
Sie hat recht. Ich darf nicht reden. Alle würden glauben, ich hätte den Verstand verloren. Und Chloe braucht mich. Was ist, wenn sie mich in eine psychiatrische Klinik stecken? Oder wenn sie mir Chloe wegnehmen?

Nein, sie durfte nichts sagen, absolut nichts. Sie hätte nicht einmal mit Jade darüber sprechen sollen.

Fünf Minuten später rannte sie durch den Regen zu ihrem Escape. *Chloe.* Sie musste sie abholen und sie in die Arme schließen.

Ravinia blickte auf die Uhr des Armaturenbretts. »Fahren Sie zur Wembley Grade School. Noch ist Zeit.«

Kingston überlegte. Halb vier. »Es könnte zu spät sein, um jemanden zu finden, der mit Ihnen redet.«

»Sie haben gesagt, die Schule würde erst um halb vier aufhören.«

»Das war bloß eine Vermutung. Vielleicht ist auch schon um drei Schluss. Und niemand bleibt da länger als nötig.«

»Bringen Sie mich einfach hin.«

Er hatte keine Lust, mit ihr zu streiten, und änderte die Richtung. *Was soll's, auch wenn es wahrscheinlich Zeitverschwendung ist.*

Die Gebäude der Grundschule Wembley Grade sahen ganz so aus, als müssten sie dringend renoviert werden. Die Wände waren seit Ewigkeiten nicht gestrichen worden, die Farbe blätterte ab. Die Trinkbrunnen stammten aus der Zeit um 1965, und Kingston fragte sich, ob die Ausstattung des Spielplatzes wohl noch den jetzt gültigen Sicherheitsvorschriften entsprach.

»Sie sind overdressed«, bemerkte er mit einem Blick auf Ravinias kurzes schwarzes Kleid.

Sie schnaubte verächtlich. »Overdressed, underdressed, wen kümmert's? Ich sage einfach, dass ich gerade von der Arbeit komme.«

»Ich komme mit.«

»Ja, und als was? Als mein Papa? Keine Sorge, ich komme schon klar.« Sie stieg aus dem Auto und eilte davon.

Kingston trommelte mit den Fingern auf dem Lenkrad. Er hätte sie nicht alleine gehen lassen sollen, doch er glaubte, dass sie ohne ihn womöglich mehr Erfolg haben würde. Wenn ein erwachsener Mann allein in einer Grundschule auftauchte und Fragen stellte, weckte das vermutlich Misstrauen. Einer jungen Frau – fast noch ein Mädchen –, die auf der Suche nach einer Verwandten war, würde man wahrscheinlich eher antworten. Aber er erwartete nicht, dass sie mit aufschlussreichen Informationen zurückkam. Die beste Spur zum Ehepaar Gaines war die alte Marlena aus den Brightside Apartments, aber er war sich ziemlich sicher, dass aus der nicht mehr herauszuholen war als das, was sie bereits erzählt hatte. Trotzdem wollte Ravinia sie gern kennenlernen, und vielleicht sollten sie noch einmal vorbeifahren. *Sie macht ihre Sache gar nicht schlecht,* dachte er widerstrebend. Wenn er mit ihr zusammen war, kam er sich sehr viel älter vor als sechsunddreißig.

Fünfzehn Minuten verstrichen, dann zwanzig. Er dachte daran loszufahren, um sich etwas zu essen zu besorgen. Ravinia brauchte bestimmt noch eine Weile. Er konnte sie auf ihrem Handy anrufen, um ihr Bescheid zu sagen, doch als er gerade nach seinem Mobiltelefon greifen wollte, tauchte sie plötzlich auf.

Sobald sie auf dem Beifahrersitz saß, zog sie die Pumps aus und warf sie auf die Rückbank.

»Elizabeth hat die Van Buren High School besucht«, verkündete sie stolz. »Eine der Lehrerinnen dort – sie heißt Bernice Kampfe – hatte ein besonderes Interesse an ihr. Das hat Mrs Holcomb gesagt, die Dame, mit der ich gerade gesprochen habe. Sie meinte, Bernice Kampfe habe Elizabeth

Gaines gut gekannt und wisse daher vielleicht, wo sie jetzt ist. Lassen Sie uns zu der Highschool fahren. Wie weit ist das?«

»Wie haben Sie das so schnell herausgefunden?«, fragte er.

»Mrs Holcomb war die älteste Lehrerin, die ich auftreiben konnte. Ich habe ihr erzählt, ich sei Elizabeth' Cousine. Sie hatten recht. Der Unterricht war schon aus, alle wollten gerade gehen. Mrs Holcomb humpelt, nächstes Jahr wird sie pensioniert. Ich habe gesagt, Elizabeth und ich hätten uns einst nahegestanden, uns aber nach der Scheidung ihrer Eltern aus den Augen verloren. Ich habe in Mrs Holcombs Herz geblickt. Sie gehört zu jenen wirklich netten Menschen, die an das Gute im Menschen glauben wollen. Wie auch immer, sie hat sich an Elizabeth erinnert und gesagt, ich solle mit Mrs Kampfe sprechen.«

Ravinia war stolz auf ihren Erfolg, und er konnte nicht anders, als sie ein bisschen zu bewundern. Er glaubte nicht so richtig an ihre »Gabe«, anderen Menschen ins Herz blicken zu können, doch unbestreitbar war ihre Fähigkeit, Informationen aus anderen herauszuholen.

»Okay, wir fahren hin.« Auf seinem Handy war eine GPS-App, und er machte sich kundig. »Bis zur Van Buren High School ist es nur etwa eine halbe Meile.«

»Sehr gut.« Sie lächelte. »Und danach gehen wir Pizza essen.«

»Einverstanden.«

Ihre gute Laune war ansteckend, obwohl er glaubte, dass er sich mehr Gedanken machen sollte wegen seiner »neuen Partnerin«. Als sie die Highschool erreicht hatten, eilte sie hinein.

Es dauerte nur ein paar Minuten, bis sie zurück war. »Da ist niemand mehr. Vielleicht können Sie im Internet Bernice Kampfes Adresse herausbekommen.«

»Womöglich ist es besser, ihr morgen in der Schule einen Besuch abzustatten. Man weiß nie, wie Leute reagieren, wenn man unangekündigt vor ihrer Tür steht.«

»Das klingt nicht so, als hätte ich die Wahl«, lamentierte Ravinia. »Wenn ich erst mal den Führerschein habe ...«

»... kann das kleine Mädchen ja selbst ein Detektivbüro aufmachen.«

»Werden Sie nicht sarkastisch.«

Er grinste, und als er ihren aggressiven Blick sah, konnte er nicht anders, als laut zu lachen.

23

Tara traf Elizabeth auf dem Spielplatz der Vorschule, wo die Mädchen unter Aufsicht der Lehrer Fangen spielten. Der Regen hatte aufgehört, und die Kinder rannten unter lautem Gelächter durch die Pfützen.

»Hey, ich wollte dich gerade anrufen«, sagte Tara zu Elizabeth, die gekommen war, um Chloe abzuholen. »Dave ist unterwegs, und deshalb wollte ich wissen, ob wir beide nicht gemeinsam mit unseren Töchtern zu Abend essen sollten. In dem Burger-Schuppen an derselben Straße wie Uncle Vito's?«

Uncle Vito's war ein italienisches Restaurant in einem kleinen Einkaufszentrum in der Nähe von Elizabeth' Haus. Außerdem gab es dort einen Lebensmittelladen, ein Café, eine chemische Reinigung, eine Filiale von UPS und mehrere andere Geschäfte, wo schnell die Mieter wechselten. Der Schnellimbiss war um die Ecke.

Elizabeth sagte sich, dass sie ganz normal reagieren musste. Da sie fast körperlich litt unter Thronsons Bemerkungen und Anspielungen, hätte sie Taras Vorschlag lieber abgelehnt. Aber der Gedanke, nach Hause zurückzukehren, war auch nicht verlockend. Außerdem hatte sie keine Ahnung, was sie Chloe da zum Abendessen bieten konnte. Und Burger waren billig.

»Du meinst den Laden, der Lots Of Beef heißt?«, fragte sie mit einem gezwungenen Lächeln.

Tara schnippte mit den Fingern. »Genau, mir fällt der

Name nie ein. Ich weiß, dass es eigentlich noch zu früh ist fürs Abendessen. Stört dich das?«

»Überhaupt nicht«, antwortete Elizabeth. »Bis wir da sind, ist es fast fünf.«

Sie holten Chloe und Bibi, die lieber noch auf dem Spielplatz geblieben wären, und als sie gingen, kamen Vivian und Jade, um Lissa und Little Nate abzuholen. Beide lehnten Taras Einladung zum Abendessen ab.

Chloe und Bibi machten Theater, weil sie sich nicht trennen lassen wollten, und als beide angeschnallt in den Autos ihrer Mütter saßen, war es fünf. Als sie das kleine Einkaufszentrum mit den beiden Restaurants erreichten, war es schon fast halb sechs, und die Zahl der abendlichen Kunden nahm zu.

Autos bogen von der Hauptstraße ab auf den Parkplatz vor Uncle Vito's und kreisten dort, um eine Lücke zu finden. Elizabeth hatte Glück und fand einen Parkplatz, doch von dort war es noch ein gutes Stück bis zu Lots Of Beef. Trotzdem waren sie und Chloe früher da als Tara und Bibi, die erst zehn Minuten später eintrafen und sich an ihren Tisch setzten. Während der kurzen Wartezeit hatte Elizabeth immer wieder an Detective Thronsons Worte denken müssen.

Ich habe den Angestellten des Tres Brisas ein Foto von Ihnen gezeigt. Zwei von ihnen haben Sie identifiziert als die Frau, die in dem Hotel war.

Jetzt riss sie Tara aus ihren Gedanken. »Sollen wir bestellen? Was möchtet ihr beiden?«

Chloe entschied sich für Hähnchenfiletstreifen und einen Erdbeer-Milchshake, und Bibi wollte dasselbe bestellen wie ihre Freundin. Elizabeth blickte Tara an, brachte aber kein

Wort mehr heraus, als ihr auffiel, dass die ihr blondes Haar genauso nachlässig hochgesteckt hatte wie sie.

Ich habe den Angestellten des Tres Brisas ein Foto von Ihnen gezeigt. Zwei von ihnen haben Sie identifiziert als die Frau, die in dem Hotel war.

Elizabeth riss sich zusammen. »Gibt's hier auch Salat?«

»Ja, ebenfalls mit Hähnchenfiletstreifen«, antwortete Tara mit einem Blick auf die Speisekarte.

»Klingt gut.«

Als Elizabeth nach ihrer Handtasche griff, machte Tara eine wegwerfende Handbewegung. »Das regeln wir später.«

Thronson hat nur versucht, dir Angst einzujagen. Vielleicht solltest du ihr doch alles erzählen. Auch wenn du dann riskierst, dass sie dich für völlig übergeschnappt hält.

Tara kam mit den Getränken zurück und stellte sich dann an, um das Essen abzuholen. Ein paar Minuten später kam sie mit den Hähnchenfiletstreifen für Chloe und Bibi zurück. »Das mit den Salaten dauert noch ein bisschen«, sagte sie zu Elizabeth.

Ich war nicht dort. Viele Menschen haben Ähnlichkeit mit mir … Die Frau, die in dem Hotel war, könnte völlig unschuldig sein … Womöglich kannte sie Court und Whitney Bellhard überhaupt nicht. Sie muss auch nicht dieselbe Frau gewesen sein wie die in dem Auto auf dem Freeway, wenn es denn so war … Aber was ist, wenn …

Und dann wurde sie urplötzlich von einer entsetzlichen Vision heimgesucht. Sie sprang auf und hätte dabei fast ihren Stuhl umgestoßen. Tara kam gerade mit den Salaten zurück und blickte ihre Freundin überrascht an.

»Ich muss gehen«, sagte Elizabeth mit tonloser Stimme.

»Gehen?« Tara blickte sie ungläubig an. »Wohin? Wovon redest du?«

»Pass auf Chloe auf. Ich bin gleich zurück.«

Und damit verließ sie das Schnellrestaurant und rannte über den Parkplatz zu Uncle Vito's. Leute blickten ihr verwundert nach.

O mein Gott ... Mein Gott ...

Sie stürmte in das italienische Restaurant und hätte fast eine Frau umgerannt, die auf dem Weg zur Toilette war und sie mit einem wütenden Blick bedachte.

»Weg vom Fenster!«, schrie Elizabeth, weil dort ein Ehepaar mit Kind darauf wartete, dass ihm ein Tisch zugewiesen wurde. Direkt davor führte die Straße auf den Parkplatz des Einkaufszentrums.

Während die beiden überrascht nach Luft schnappten, packte Elizabeth den etwa dreijährigen Sohn und stürmte mit ihm ins Innere des Restaurants. Die Frau sprang kreischend auf und ergriff die Flucht, und ihr Mann hätte sie fast über den Haufen gerannt.

In diesem Augenblick brach mit laut aufheulendem Motor ein Auto durch die große Fensterscheibe. Scherben pfiffen durch die Luft, und nun gerieten alle Gäste in Panik und schrien. Die Leute sprangen auf und flohen vor dem grünen Buick, der sich immer noch vorwärtsbewegte und erst stehen blieb, als er gegen eine massive Säule stieß. Das ganze Gebäude erzitterte, die Alarmanlage begann zu heulen. Dampf zischte aus dem Kühler.

Der Junge in Elizabeth' Armen machte sich frei und rannte zu seiner Mutter, die weinte und am ganzen Leib zitterte. Der Vater starrte mit einem leeren Blick Elizabeth an.

Die tauchte langsam aus ihrer schrecklichen Vision auf und fand sich im Hier und Jetzt wieder. Sie sah den schlaff über dem Lenkrad hängenden älteren Mann, hörte die Panikschreie. Sie hielt sich mit beiden Händen die Ohren zu und trat zu dem Auto.

»Sie haben es gewusst«, sagte der Ehemann. »Sie haben es gewusst ...«

»Ich habe es kommen sehen«, brachte sie mühsam hervor.

Habe es vorhergesehen.

Die Gäste versammelten sich um das Auto. Aus einer klaffenden Wunde am Kopf des Fahrers spritzte Blut. Elizabeth sah, dass ein Mann die Notrufnummer wählte und dann das Handy ans Ohr presste.

Es dauerte ein paar Minuten, bis es jemand schaffte, die Alarmanlage abzustellen. Für einen Moment war es still, dann ertönte das näher kommende Heulen einer Sirene.

»O mein Gott, o mein Gott«, sagte die Mutter wieder und wieder, während sie ihren Sohn in den Armen hielt und ihn sanft hin und her wiegte.

Hau ab.

Elizabeth ging zu dem Ausgang neben dem zerstörten Fenster. Davor standen Schaulustige vor dem Hintergrund eines wolkenverhangenen grauen Himmels, aus dem ein leiser Nieselregen fiel. Ein Streifenwagen bremste, und eine Frau stieg aus. Officer Maya.

Sie sahen und erkannten sich im selben Moment. »Waren Sie hier, als es passierte?«, fragte Maya überrascht.

Elizabeth hielt nach DeFazio Ausschau, doch Officer Maya war allein.

Ein Mann wandte sich an die Polizistin. »Verdammt, ich glaube, der Typ hat statt auf die Bremse aufs Gaspedal getreten.«

»Ja«, bestätigte eine Frau mit kurzen roten Haaren. »So muss es gewesen sein.«

Darauf erhob sich ein Stimmengewirr, und Elizabeth trat zur Seite.

Hau ab. Verschwinde. Sieh nach deiner Tochter.

Schnell ging sie über den Parkplatz zum Lots Of Beef zurück. Am liebsten wäre sie gerannt, doch damit hätte sie zu viel Aufmerksamkeit auf sich gezogen. Als sie noch zehn Meter vom Eingang des Schnellrestaurants entfernt war, stürmte Chloe nach draußen, warf sich ihr in die Arme und drückte das Gesicht an ihren Hals.

»Was ist passiert?«, fragte Tara, die mit Chloe nach draußen getreten war und inmitten einer wachsenden Zahl anderer Gäste stand, die das laute Krachen vor die Tür gelockt hatte. Bibi klammerte sich am Bein ihrer Mutter fest.

»Es hat einen Unfall gegeben. Ich habe es kommen gehört.«

»*Wie das?*«, fragte Tara mit weit aufgerissenen Augen.

Sie ignorierte die Frage. »Jemand meinte, der Fahrer habe statt auf die Bremse aufs Gaspedal getreten.«

In diesem Moment hielt ein Krankenwagen vor dem Restaurant Uncle Vito's, und zwei Rettungssanitäter sprangen heraus.

»Mein Gott«, keuchte Tara.

»Ich will nach Hause«, sagte Chloe, die kurz davor stand, in Tränen auszubrechen.

»Du bekommst noch das Geld für das Essen«, sagte Elizabeth zu Tara.

»Mein Gott, nein. Vergiss es.« Plötzlich nahm Tara sie und Chloe in den Arm. »Ich bin so froh, dass dir nichts passiert ist, Elizabeth. Als du aus dem Lokal gerannt bist und wir das Krachen gehört haben ...«

»Ich weiß, es tut mir leid. Ich hatte Angst, denn ich sah, was geschehen würde, und musste dorthin rennen, um die Leute zu warnen.«

»Ich dachte, du hättest es gehört.«

»So ist es. Ich habe es gehört.« Elizabeth nahm Chloes Hand. »Es ist so beängstigend. Wir müssen jetzt nach Hause.«

Tara nickte. »Ja, wir auch.«

»Ich rufe dich an.« Elizabeth musste Chloe nicht bitten, sich zu beeilen, denn ihre Tochter zog sie praktisch zu ihrem Auto.

Chloe zwängte sich in ihren Kindersitz und schnallte sich an. »Ich habe Angst, Mommy.«

Elizabeth' Hände zitterten, als sie sich ebenfalls anschnallte und den Motor anließ. »Es ist alles in Ordnung, meine Kleine.«

»Aber der Mann in dem Auto ... Er wird sterben, oder?«

Elizabeth warf ihr einen überraschten Blick zu. »Nicht unbedingt.«

»Er wird sterben«, sagte Chloe. »Ich habe es gesehen, Mommy. Ich habe es gesehen ...«

Anderthalb Stunden später lag Elizabeth neben ihrer Tochter in deren Bett. Sie hatte die Arme um Chloe geschlungen und schmiegte die Wange an ihr blondes Haar. Chloe schlief bereits fest. Es war noch früh, doch sie war sofort zu Bett gegangen, was einiges sagte über ihren Gemütszustand.

Elizabeth lag mit offenen Augen da, auf dem Nachttisch brannte eine schwache Lampe. Jahrelang hatte sie es geschafft, die Visionen bevorstehender Gefahr zurückzudrängen, indem sie ihre Emotionen strikt kontrollierte. Zumindest hatte sie das geglaubt. Sie durfte wütend sein, aber nicht zu wütend, verängstigt, aber nicht zu verängstigt, frustriert, aber nicht zu frustriert. Das hatte sie schon als Kind gelernt. Es war eine Methode, gegen jene seltsamen Gefühle anzukämpfen, die sie überwältigten und ängstigten, und meistens hatte sie sich bewährt.

Doch als sie damals den Einsturz der Fußgängerbrücke vorhersagte, hatte sie es noch nicht gelernt, ihre hellseherische Gabe zu verbergen. Ihr war nicht klar gewesen, wie andere darauf reagieren würden. Sie hatte nicht gewusst, dass die anderen diese Fähigkeit nicht besaßen, und so hatte sie geschrien und geschrien, dass das Unglück bevorstand. Niemand hörte auf sie, bis die Brücke tatsächlich einstürzte, und als es dann passiert war, blickten ihre Eltern sie auf eine Weise an, die ihr Angst machte. Elizabeth hatte sie über sie reden gehört.

»Wer sind ihre leiblichen Eltern?«, hatte ihre Mutter mit bebender Stimme gefragt. »Wir haben nicht genug Fragen gestellt.«

»Du solltest diese Geschichte nicht überbewerten«, hatte ihr Vater geantwortet, doch seine Stimme klang zugleich irgendwie ehrfürchtig und besorgt.

Ihr Vater begann ihr Fragen zu stellen, und dann wollte er, dass sie noch einmal ein Ereignis vorhersagte. Das war zu viel gewesen für ihre Mutter, und die Streitigkeiten zwischen den beiden eskalierten immer mehr, bis ihre Mutter auszog und sie verließ. Sie machte allenfalls einen halbherzigen Versuch, Elizabeth mitzunehmen, doch sie wollte die Schule nicht wechseln, und Joy Gaines schien sowieso eher froh zu sein, nichts mehr mit ihrer Adoptivtochter zu tun zu haben.

Ihr Vater hatte gehofft, die hellseherische Gabe seiner Tochter schnell zu Geld machen zu können, doch sie ließ ihn glauben, dass sie keine Visionen mehr hatte. Er wurde ungeduldig mit ihr. Sein Traum vom schnellen Geld war geplatzt, und sie hatte zunehmend das Gefühl, dass er sie nicht mehr mochte. Sie wusste nicht, ob ihm klar war, dass sie absichtlich ihre Reaktionen auf diese Visionen verbarg, doch er verlor definitiv das Interesse an ihr, wenn er es denn jemals gehabt hatte.

Sie blieb bei ihm, weil ihr zu der Zeit nichts anderes übrig blieb, und sie hatte den Kontakt zu ihm selbst dann noch aufrechterhalten, als sie die letzten beiden Jahre ihres Studiums an der University of California in Irvine absolvierte. Doch nach dem Hochschulabschluss hatten sich ihre Wege getrennt.

Als Court um sie warb, ohne etwas von ihrer Vergangenheit zu wissen, da war es, als würde man einer Ertrinkenden einen Rettungsring zuwerfen. Sie hatte ihn so sehr geliebt deswegen. Oder zumindest hatte sie es geglaubt. Sie fragte sich, ob es nicht vielleicht eher Dankbarkeit als Liebe war, doch es spielte keine Rolle. Sofort nach Chloes Geburt war alles noch besser geworden. Court hatte ihren Vater kennenlernen wollen. Nach einigem Zögern hatte sie das Treffen arrangiert, doch die beiden Männer mochten sich nicht.

Vielleicht, weil sie vieles gemeinsam hatten, dachte sie.

Während der Jahre mit Court hatte es mit den Visionen fast völlig aufgehört, und sie hatte zu glauben begonnen, das Problem existiere nicht mehr. Doch dann wäre Little Nate fast von dem Klettergerüst gefallen, und sie hatte es nicht über sich gebracht, einfach dazusitzen und es geschehen zu lassen. Jade hatte gewusst, dass sie aus ihrer Perspektive gar nichts gesehen haben konnte, und hatte es ihren Freundinnen gegenüber erwähnt. Aber Elizabeth hatte alles abgestritten, und alle glaubten, dass Jade die Geschichte überbewertete.

Danach war alles wieder gut, doch dann begann es mit den Todesfällen. Und jetzt die Geschichte mit dem Auto, das durch das Fenster des Restaurants gebrochen war ...

Sie stand vorsichtig auf, um ihre schlafende Tochter nicht zu wecken, schlich auf Zehenspitzen zur Tür und drehte sich dort noch einmal um.

Aber der Mann in dem Auto ... Er wird sterben, oder? Er wird sterben. Ich habe es gesehen, Mommy ... Ich habe es gesehen ...

Auch sie hat Visionen, dachte Elizabeth, die eine Gänsehaut bekam.

An der Haustür klopfte es, und ihr Herzschlag setzte einen Moment aus.

Sie ging in die Küche und warf einen Blick auf die Wanduhr. Es war erst kurz nach acht. Es kam ihr so vor, als wäre seit dem Vorfall in dem Restaurant schon ein Jahr vergangen.

An der Haustür blickte sie durch den Spion und wurde von Angst gepackt. Detective Thronson, schon wieder. Für einen Augenblick dachte sie daran, einfach nicht aufzumachen, doch wahrscheinlich wusste Thronson, dass sie zu Hause war.

Feigheit half ihr nicht weiter. Damit würde sie das Unvermeidliche nur hinausschieben.

Sie atmete tief durch, schaltete die Außenbeleuchtung ein und öffnete die Tür nur einen Spaltbreit, denn sie hatte nicht vor, Thronson hereinzubitten. Sie vertraute ihr so wenig wie ihren Kollegen. Die Polizei legte sich alles immer so zurecht, wie sie es gerade brauchte.

»Ja, bitte?«

»Dann wollen Sie mich also nicht hereinlassen?«, bemerkte Thronson.

»Meine Tochter schläft, und ich will nicht, dass sie geweckt wird. Wenn Sie etwas zu sagen haben, können Sie es auch hier tun.«

»Ich habe mit Officer Maya gesprochen. Sie haben Sie heute Abend nach dem Unfall vor dem Restaurant gesehen.«

Elizabeth klammerte sich am Türrahmen fest. »Dann sind Sie also deshalb hier?« Sie war nicht überrascht, denn die Leute in dem Restaurant hatten bestimmt geredet, und Officer Maya hatte sie erkannt. »Nicht wegen des Tests mit dem Lügendetektor?«

»Nein. Officer Maya hat ein Ehepaar befragt, und die beiden sagten, Sie hätten durch Ihre schnelle Reaktion ihren Sohn und sie vor Schaden bewahrt, möglicherweise sogar vor dem Tod.«

»Ich habe das Auto kommen sehen, das ist alles.« Sie musste sich auf die Zunge beißen, um nicht etwas Unbedachtes zu sagen, das sie belasten würde.

»Bevor irgendjemand sonst etwas sah.«

»Ja, vermutlich.«

»Bevor der Wagen überhaupt zu sehen war, wie ein Dutzend Augenzeugen zu Protokoll gegeben hat.«

»Ich habe gehört, dass Augenzeugen extrem unzuverlässig sind.« Sie musste sich beherrschen, ein hysterisches Lachen zu unterdrücken.

»Und manchmal sind ihre Aussagen unglaublich präzise.«

»Nun, ich weiß nicht, was ich Ihnen erzählen soll ...«

»Warum beginnen Sie nicht mit der Wahrheit? Sie wissen etwas. Ich habe keine Ahnung, was es sein könnte, aber ich bin schon lange im Geschäft und merke, wenn Leute lügen oder etwas zu vertuschen versuchen, und meiner Meinung nach tun sie von beidem ein bisschen.«

»Ich habe das Auto einfach kommen sehen. Habe es gehört.«

Thronson starrte sie an und wechselte das Thema. »Was ist Ihrem Ehemann zugestoßen?«

»Ich habe ihn nicht getötet. Ich war nicht auf dieser Schnellstraße.«

»Sie wissen etwas. Etwas, das Sie nicht sagen wollen.«

»Nein.«

»Doch. Erzählen Sie mir, was Sie wissen. Reden Sie es sich von der Seele.«

»Sie würden es mir sowieso nicht glauben.« Sie spürte, dass sie einknicken würde. Sie wollte offen sein, musste alles herauslassen.

»Vertrauen Sie mir.«

»Ich kann nicht.«

»Sagen Sie es einfach.«

»Ich habe ihnen den Tod gewünscht ... Ihnen allen. Court und Mazie ... Und auch Ihrem Kollegen, der mir das Strafmandat wegen Geschwindigkeitsüberschreitung verpasst hat. Officer Daniels. Ich war auf sie alle wütend und habe mir gewünscht, dass sie sterben. Und jetzt sind sie tot.«

Thronson blickte sie mit einem unergründlichen Gesichtsausdruck an.

»Und das ist noch nicht alles«, flüsterte Elizabeth, deren Knie weich wurden. »Dieser GoodGuy ... Aggressives Verhalten im Straßenverkehr. Er hat mir den Weg abgeschnitten und mich so wütend gemacht, dass ich ihn von der Straße abdrängen und töten wollte.«

»Good guy?«, fragte Thronson.

»Sein Name war Channing Renfro. Zu der Zeit wusste ich das nicht. Auf seinem Autokennzeichen stand GoodGuy.«

Thronson runzelte die Stirn. »Sie reden von dem Mord auf dem Parkplatz von Fitness Now!? Wollen Sie sagen, dass Sie das waren?«

»Mein Gott, nein. *Ich habe mir das alles nur gewünscht!* Verstehen Sie nicht? Ich wünsche mir Dinge, *und dann treffen sie ein!*«

Detective Thronson legte eine Hand auf den Griff ihrer Dienstwaffe. Für ein paar Augenblicke stand sie nur reglos da. Offenbar wusste sie nicht, wie sie weiter vorgehen sollte.

Jetzt konnte Elizabeth das hysterische Lachen nicht mehr zurückhalten, und sie wusste, dass nach dem Lachkrampf Tränen folgen würden. Ihr war schwindelig vor Erschöpfung. Es war ihr völlig egal, was Thronson, Jade oder sonst jemand dachte, der von ihrer Gabe wusste. Sie war froh, dass sie es gesagt hatte. Glücklich.

Es brauchte einige Zeit, bis sie wieder in der Lage war, sich zusammenzureißen. Was würde Chloe denken, wenn sie aufwachte und ihre Mutter in diesem Zustand sah? Sie seufzte tief und blickte Thronson an. »Also, nehmen Sie mich fest, wenn es jetzt ein Verbrechen ist, jemandem etwas Schlechtes zu wünschen.«

»Wollen Sie sagen, dass Sie den Tod Ihres Ehemanns zwar nicht herbeigeführt haben, aber ...«

»Aber ich habe ihn mir gewünscht, ja. Bei Mazie war es nicht anders. Ich habe Officer Daniels nicht erschossen, aber nicht lange nach unserem Gerichtstermin wurde er ermordet.«

Thronson war offensichtlich völlig verwirrt. »Um es noch mal klarzustellen: Sie fühlen sich verantwortlich für ihren Tod, haben ihn aber nicht herbeigeführt. Wollten Sie das sagen?«

»Ja.«

»Und Sie haben in dem Restaurant das Auto kommen sehen oder es gehört, obwohl niemandem sonst etwas aufgefallen ist?«

»Ja. Ich wusste, was passieren würde.«

»Sie sagten, Ihre Tochter schläft?«

Elizabeth nickte.

»Dann werden Sie ja wohl heute Abend nicht noch einmal ausgehen.«

»Detective Thronson, wenn Sie glauben, mich verhaften zu müssen, dann tun Sie es einfach. Ansonsten ist dieses Gespräch jetzt beendet. Ich habe Ihnen die Wahrheit gesagt, und mir ist bewusst, wie verrückt alles klingt, aber so ist es nun mal. Das ist alles, mehr habe ich dazu nicht zu sagen. Es tut mir leid, dass Court und die anderen tot sind. Ich weiß nicht, warum es meine Schuld sein sollte, aber irgendwie fühlt es sich so an, obwohl ich ihnen nichts getan habe.«

»Aber Sie haben ihnen den Tod gewünscht«, wiederholte Thronson bedächtig.

Elizabeth nickte. »Ja, das stimmt.«

Thronson hatte offensichtlich große Probleme damit, alles zu verarbeiten, und das war verständlich.

»Ich lasse Sie jetzt allein«, sagte sie. »Den Test mit dem Lügendetektor würde ich gern bald nachholen. Vielleicht morgen. Ich rufe dann an.«

Elizabeth nickte. Sie war so erschöpft, als hätte sie gerade einen Marathonlauf absolviert.

»Und verlassen Sie nicht die Stadt«, warnte Thronson, als wäre ihr gerade klar geworden, dass Fluchtgefahr bestand. »Ich würde Sie finden, und dann verhafte ich Sie wegen Mordverdachts.«

»Keine Sorge, ich bleibe hier.«

Thronson drehte sich langsam um, schien noch einmal zu zögern, ging dann aber doch die Stufen vor der Veranda hinunter und überquerte die Straße, wo auf der gegenüberliegenden Seite ihr schwarzer Chevy TrailBlazer geparkt war.

Elizabeth schloss die Haustür und überlegte kurz. Dann ging sie zum Weinregal und zog eine Flasche Chardonnay heraus.

Meine geliebte Elizabeth,

ich habe Dich heute Abend beobachtet, habe gesehen, wozu Du in der Lage bist! Du bist eine erstaunliche und so wunderschöne Frau. Empfängst Du meine Botschaften, die ich Dir auf diesem Weg zukommen lasse? Konzentriere Dich, dann kannst Du mich hören, denn Du verfügst über diese Gabe ...

Hier liegt noch ein Stapel an Dich gerichteter Briefe ... Soll ich sie Dir zukommen lassen, damit Du weißt, was ich fühle? Ich liebe Dich so sehr, dass es fast körperlich wehtut. Es gibt da diese Verbindung zwischen Dir und mir. Fast so, als wären wir verwandt, doch diese Verbindung geht tiefer als Familienbande ... Verlangen, ja ... Es verzehrt mich, doch da ist vor allem diese spirituelle Verbindung zwischen uns, die nur in den reinsten Seelen existiert.

Meine Geliebte, ich weiß, dass ich Deiner nicht würdig bin, und doch gibt es für mich keine andere als Dich. Wir haben schon immer zusammengehört ... immer.

24

Am nächsten Morgen fuhren Kingston und Ravinia um zehn Uhr zu den Brightside Apartments. Ravinia war schon seit der Morgendämmerung auf den Beinen und hatte viel früher aufbrechen wollen, doch Kingston hatte ihr erklärt, zehn Uhr sei eine deutlich angemessenere Zeit, besonders bei einer alten Dame wie Marlena, welche die einzige Person zu sein schien, die sich an Ralph Gaines erinnerte.

Sie saßen nebeneinander auf einem durchgesessenen Sofa mit Blumenmuster, und die alte Dame hatte ihnen gegenüber in einem alten Sessel mit abgewetzten Armlehnen Platz genommen, der aus dem letzten Jahrhundert stammen musste.

Obwohl es Kingston beeindruckt hatte, wie viel Ravinia im Ivy und in der Casa del Mar in kurzer Zeit über Kim Cochran herausgefunden hatte – mit Mrs Holcomb in der Wembley Grade School hatte sie sich ähnlich gut geschlagen –, konnte er sich sie beim besten Willen nicht als professionelle Ermittlerin vorstellen. Wie auch? Sie war erst neunzehn und hatte praktisch keinerlei Erfahrung mit der harten Realität. Und doch war sie nicht aufgefallen bei der Observation. Und sie lieferte Resultate.

Mit Sicherheit hatte er nicht vor, sie beruflich zu seiner Partnerin zu machen. Wenn es ihm darum gegangen wäre, hätte er auf Bonnie zurückgreifen können, doch je länger er darüber nachdachte, musste er sich eingestehen, dass ihm der Gedanke überhaupt nicht behagte.

Während er beobachtete, wie Ravinia mit Marlena sprach, musste er zugestehen, dass das Mädchen ein Händchen dafür hatte, aus anderen Informationen herauszuholen. Andere nahmen sie entweder nicht wahr – bei der Observation hatte sie bewiesen, wie gut sie sich der Umgebung anpassen konnte –, oder sie wurde als harmlos gesehen. Ihre erfrischende Direktheit und ihre Jugendlichkeit wirkten auf niemanden bedrohlich.

Ravinia überreichte Marlena eine kleine rote Pralinenschachtel, die sie unterwegs in einer guten Konditorei gekauft hatten – ihre Idee. Die alte Dame nahm das unerwartete Geschenk entgegen und legte die Schachtel auf einen Beistelltisch, neben eine Leselampe und eine abgegriffene Bibel. Sie machte keine Anstalten, die Schachtel zu öffnen oder gar ihren Gästen eine Praline anzubieten.

Ja, das war ein perfekter Köder.

Ravinia begann damit, Marlena ihre erfundene Geschichte aufzutischen. »Es ist traurig, aber unsere Familie ist so zersplittert«, begann sie. In ihrem langärmeligen T-Shirt und der Jeans – und ohne jedes Make-up – wirkte sie jünger als in dem engen schwarzen Kleid und mit den schwarzen Pumps, die sie bei der Beschattung von Kim Cochran getragen hatte.

»Ja, so was ist schlimm«, pflichtete ihr die alte Dame bei. »Diese ganzen zerrütteten Familien heutzutage.« Ihre Finger strichen über die in Leder gebundene Bibel. »Wenn Sie mich fragen, ist das alles Sünde.«

Ravinia nickte und beugte sich vor. »Deshalb ist es so wichtig, dass ich Elizabeth finde. Für meine Familie.« Sie blinzelte, als würde sie gleich in Tränen ausbrechen, und

Kingston hüstelte und hielt eine Hand vor den Mund, damit man sein Lächeln nicht sah. »Meine Mutter macht das völlig fertig. Ich kann gar nicht mehr zählen, wie viele Kerzen sie schon angezündet hat, damit wieder alles gut wird.«

Das Lügen fällt dem Mädchen wirklich nicht schwer, dachte Kingston.

Marlena wies mit einer Kopfbewegung auf Ravinia und richtete sich dann an Kingston. »Sie ist Ihre Mandantin, stimmt's?« Das war eigentlich längst klargestellt, doch offensichtlich glaubte die Frau nicht ganz daran, dass er aufrichtig zu ihr war. »Sie hätten das Mädchen neulich schon mitbringen sollen.«

»Ja, hätte er«, stimmte Ravinia zu. »Ich bin aus Oregon hergekommen und habe Mr Kingston engagiert, damit er Elizabeth findet.«

»Hm.« Marlena blickte zwischen Ravinia und Kingston hin und her, als argwöhnte sie, die beiden hätten ein kleines Techtelmechtel.

Ravinia sprach schnell weiter, um sie auf andere Gedanken zu bringen. »Mr Kingston war so hilfsbereit. Er unterstützt mich sehr bei meinem Versuch, die Familie wieder zusammenzuführen. Ich kann mich wirklich nicht beschweren.«

»Nun, ich habe nicht viel mehr zu sagen als beim letzten Mal«, sagte Marlena.

»Sie haben geäußert, Marlena sei ein seltsames Mädchen gewesen«, hakte Kingston nach.

»Das hätten Sie genauso gesehen, wenn Sie gehört hätten, wie sie den Einsturz der Brücke voraussagte.« Sie schüttelte den Kopf.

»Davon hat mir Mr Kingston erzählt.« Ravinias Stimme klang besorgt. »Ich verstehe einfach nicht, wie sie wissen konnte, dass die Brücke einstürzen würde ...«

»Wer will schon wissen, ob es wirklich so war? Sie kreischt und kreischt, dass die Brücke einkrachen wird, und dann passiert es tatsächlich und alle glauben, dass sie in die Zukunft blicken kann. Sie war anders, das ist alles. Aber ihr Daddy hielt sie für eine Hellseherin und witterte eine Goldmine. Er hat sich mit seiner Frau gestritten, doch eigentlich war das schon immer so. Als sie ihn dann sitzen ließ, wurde Lendel ziemlich still.«

Kingstons Kopf schoss in die Höhe. *Lendel? Reden wir hier nicht über Ralph Gaines?*

Als er gerade nachfragen wollte, kam Ravinia ihm zuvor. »Lendel?«

»Sind Sie nicht wegen ihm hier?«, fragte Marlena verärgert. »Wegen Lendel Gaines?«

Kingston wollte sich einmischen, überlegte es sich jedoch anders.

Ravinia wirkte nachdenklich. »Nun, meine Mom hat Elizabeth' Vater immer Ralph genannt ...«

»Ich erinnere mich nicht daran, dass ihn hier jemand Ralph genannt hätte«, sagte Marlena.

»Aber seine Tochter hieß Elizabeth und seine Frau Joy?«, fragte Kingston.

»Das habe ich doch gesagt.«

»Vielleicht hat er nur seinen Namen geändert«, sagte Ravinia. »Mir scheint, ich bin auf dem richtigen Weg, um meine Familie wieder zusammenzuführen.«

Marlena runzelte die Stirn und schielte nach der Pralinenschachtel. »Irgendwo habe ich mal den Schriftzug *R. Lendel* gesehen. Der Mann saß auf dem hohen Ross und wollte immer alle Welt davon überzeugen, etwas Besseres zu sein. So was wie das mit dem abgekürzten Anfangsbuchstaben sähe ihm ähnlich, dem Wichtigtuer. Der Typ glaubte immer, einen Anspruch auf den besten Parkplatz und auch sonst mehr Rechte zu haben als der Rest von uns.« Sie zog eine angewiderte Grimasse. »Ich müsste lügen, wenn ich sagen würde, dass ich nicht froh gewesen wäre, ihn endlich von hinten zu sehen, aber ich weiß nicht, wo er abgeblieben ist. Aber die Kleine tat mir leid. Es war nicht ihre Schuld, dass ihre Eltern nicht zusammengeblieben sind und sie anständig aufgezogen haben.« Sie legte eine Hand auf die Bibel. »Gaines hätte häufiger mal in die Kirche gehen und sich um seine Familie kümmern sollen, statt überall herumzurennen und den großen Mann zu markieren. So sehe ich das.«

Ravinia versuchte noch einiges, um mehr herauszuholen aus der alten Dame, doch es war zwecklos. Kingston glaubte, dass sie nichts mehr zu sagen hatte, und war glücklich, einmal derselben Meinung zu sein wie Ravinia, denn die bedankte sich bei Marlena und stand auf.

Marlena warf erneut einen Blick auf die Pralinenschachtel, ließ es sich aber nicht nehmen, sie mit ihrem Rollator zur Tür zu begleiten.

Als sie in den Flur traten, wurde hinter ihnen sofort der Riegel vorgeschoben.

Sie gingen schweigend zu Kingstons Auto, doch als sie eingestiegen waren, warf Ravinia ihm einen stolzen Blick zu. »Ich habe mich gut geschlagen«, sagte sie, als er den Gang einlegte und den Parkplatz verließ.

»Ja, auf jeden Fall«, stimmte er zu, während er sich in den Verkehr einfädelte.

»Das mit den Pralinen war eine gute Idee.«

»Eine geniale«, sagte er, und sie lehnte sich lächelnd zurück.

»Werden Sie jetzt diesen *Lendel* Gaines finden?«

»Ja. Ich recherchiere das lieber auf meinem Laptop als auf dem Smartphone. Bei meinem iPad ist der Akku leer.« Er wies mit dem Daumen auf die Rückbank, wo sein selten benutzter Tablet-Computer lag. Ihm war die Tastatur des Laptops lieber. »Das Ladekabel liegt bei mir zu Hause.«

»Wie Ihr Laptop.«

»Deshalb fahren wir ja nach Costa Mesa zurück.«

»Was ist mit der Van Buren High School?«

Er blickte auf die Uhr. »Es ist noch ein bisschen früh. Mit einer Lehrerin redet man am besten in der Mittagspause oder nach Unterrichtsschluss.«

»Es ist fast Mittag. Lassen Sie uns erst zu der Schule fahren. Ich muss herausfinden, was Mrs Kampfe über Elizabeth weiß.«

»Also gut, meinetwegen.«

Ravinia entspannte sich und blickte aus dem Fenster. »Diese Mrs Holcomb von der Grundschule hat mich an Tante Catherine erinnert, auch wenn sie älter ist. Sie hatte ihr Haar zu einem ganz ähnlichen Zopf geflochten.«

»Was Sie nicht sagen«, bemerkte Kingston.

Danach herrschte Schweigen.

Er musste an Ravinias Tante denken, diese rätselhafte Ersatzmutter. Noch hatte er nicht herausgefunden, wie viel an Ravinias Geschichte wahr war. Er hatte hinter ihrem Rücken ein bisschen recherchiert, hauptsächlich im Internet, aber auch bei einem Freund aus Oregon angerufen, der in Quarry wohnte, einer Stadt auf halbem Weg zwischen Portland und der Küste. Sein Freund war häufiger zum Fischen in der Nähe von Deception Bay und hatte gehört von Siren Song und den Frauen, die dort so abgeschieden lebten. Und ja, sein Freund glaubte zu wissen, dass sie Kleider wie aus dem neunzehnten Jahrhundert trugen.

»Ein bisschen wie die Amischen hier in Oregon«, hatte er hinzugefügt. »Nur sind über diese Mädels einige Gerüchte im Umlauf.« Das schien zu passen zu Ravinias bizarrer Story. »Männer haben in Siren Song übrigens keinen Zutritt, zumindest habe ich das gehört.«

Als er an der nächsten Ampel hielt, fiel ihm auf, dass Ravinia ihn anstarrte. Offenbar war ihm eine Frage entgangen. »Was gibt's?«

»Sie haben gesagt, ich müsste wie eine ganz normale junge Amerikanerin wirken, wenn ich mit Mrs Kampfe rede.«

»Habe ich?«

Ein Teenager mit einem iPhone in der Hand raste auf seinem Skateboard an ihnen vorbei. Tattoos, Piercings, weit geschnittene Shorts. Ravinias Blick folgte ihm. »Muss ich mich dann so herausputzen?«

»Hier ist das ganz normal, und vielleicht sollten Sie's mal versuchen.«

»Selbst wenn es nicht zu mir passt?«

»Vergessen Sie's, es war nicht ernst gemeint.«

»Ich habe ein Angebot für ein Haus gesehen, das genau richtig sein könnte für uns«, sagte Marg Sorenson.

»Hmm.« Elizabeth hatte Schwierigkeiten damit, sich auf die Anruferin zu konzentrieren. Sie saß mit dem Mobiltelefon am Ohr an ihrem Schreibtisch, war in Gedanken aber noch ganz bei den Ereignissen des letzten Abends – das Auto, das durch die Fensterscheibe des Restaurants brach, ihre Geständnisse gegenüber Detective Thronson, die sie aufgefordert hatte, sie doch zu verhaften ... Und dann Chloe, die gesagt hatte, sie habe den älteren Mann am Steuer des Wagens sterben sehen.

Sie versuchte sich zu konzentrieren, während Marg weiterredete. »Ich war auf der Website von Zillow und bingo! Ich kann's nicht fassen, dass Ihnen das entgangen ist. Eine große Villa mit Pool, von Grund auf renoviert und unseren Preisvorstellungen entsprechend. Ich habe Buddy davon überzeugt, dass wir uns das ansehen, wenn Sie vielleicht heute Nachmittag Zeit hätten?«

Elizabeth blickte auf ihren Terminkalender. Zeit hatte sie, doch sie war sich nicht sicher, ob sie schon wieder eine Hausbesichtigung mit Marg und Buddy ertragen würde. Andererseits konnte sie es sich nicht erlauben, die beiden als Kunden zu verlieren. Connie Berker würde keinerlei Skrupel haben, sie ihr abspenstig zu machen.

»Also gut«, stimmte sie zu. »Nach dem Mittagessen, vielleicht so um zwei? Sollen wir uns hier bei Suncrest treffen?«

»Ich spreche noch mal mit der Person, die das Angebot ins Netz gestellt hat, weil ich das Geschäft auf jeden Fall mit Ihnen machen will. Wenn's ein Problem gibt, rufe ich zurück.«

Elizabeth unterbrach die Verbindung und legte den Kopf auf ihre Unterarme. Wenn sie Glück hatte, würde die Besichtigung schnell über die Bühne gehen. Dann blieb ihr genug Zeit, um Chloe von der Vorschule abzuholen. Sie hatte nur noch den Wunsch, mit ihrer Tochter allein zu sein.

Eigentlich hatte sie Chloe heute die Vorschule gar nicht besuchen lassen wollen. Sie hatte vorgehabt, den Tag mit ihr zu Hause zu verbringen, um die Außenwelt auszuschließen, doch Chloe hatte dickköpfig darauf bestanden, zur Schule gebracht zu werden. Beim Frühstück hatte sie mit ihr gestritten, und dann war sie auf ihr Zimmer gegangen, um sich anzuziehen. »Ich bin fertig!«, hatte sie dann gerufen in einem Tonfall, der keinen Zweifel daran ließ, dass ihre Entscheidung feststand und dass sie nicht mit sich reden lassen würde.

Um ihre Tochter nicht noch mehr zu verärgern, hatte sie schließlich nachgegeben, und nachdem sie Chloe an der Vorschule abgesetzt hatte, war sie wieder nach Hause gefahren. Dort wurde sie einmal mehr von den Ereignissen des Vorabends eingeholt. Ihre Vision, das durch die Fensterscheibe brechende Auto, Detective Thronsons bohrende Fragen. All das ging ihr wieder und wieder durch den Kopf.

Im Büro hatte sie von allen ihren Freundinnen gehört. Tara erzählte, die Medien stellten Fragen nach der Frau, die den kleinen Jungen und seine Eltern gerettet hatte und dann verschwunden war. Auch Deirdre und Jade hatten ihr erzählt, was geschehen war, und natürlich hatte Jade einmal mehr bohrende Fragen gestellt. Elizabeth musste sie abwimmeln. Kaum hatte sie aufgelegt, da riefen nacheinander Vivian und Nadia an, die beide wussten, dass Elizabeth und Tara geplant hatten, um die Zeit des Unfalls bei Lots Of Beef essen zu gehen.

Es war ihr alles zu viel geworden. Das Gespräch mit Vivian hatte sie schnell abgebrochen, bei Nadia war sie noch rabiater gewesen. Ihr schlechtes Gewissen hatte sie dazu bewogen, beide zurückzurufen und sich zu entschuldigen, doch beide Male hatte sich nur die Mailbox gemeldet.

Sie schloss die Augen, atmete tief durch und bemühte sich, ruhig zu bleiben, eine Art inneren Frieden zu finden. Aber es war vergeblich. Ihre Schuldgefühle, der Zorn und die Angst hatten sie weiter fest im Griff.

Als das Mobiltelefon erneut klingelte, hob sie den Kopf und schaute zögernd auf das Display. Wieder Marg. Sie hatte keine Lust, sollte sie auf die Mailbox sprechen. Aus dem Augenwinkel sah sie vor der gläsernen Wand Pat mit einem seltsamen Lächeln auf den Lippen an ihrem Büro vorbeischlendern. *Neugierige alte Schlampe, was gibt's zu grinsen?*, dachte sie wütend, gebot sich jedoch sofort Einhalt. Sie durfte nicht noch einmal anderen etwas Schlimmes wünschen.

Sie griff nach einem gerahmten Foto, das ihre Tochter im Alter von drei Jahren zeigte. Ihr blondes Haar war zu zwei Zöpfen geflochten, und sie blickte direkt in die Kamera. Rote Bäckchen, große Augen und ein fröhliches Lachen, das ihre kindlichen Zähne entblößte.

Wie lange war es her, seit sie ihr Kind zum letzten Mal so fröhlich gesehen hatte?

Er schickt mir Botschaften, aber ich denke, sie sind für dich.

»Wer, Chloe?«, flüsterte sie.

Da sie tief in Gedanken versunken war, hörte sie nicht die Schritte im Flur. Jemand klopfte und öffnete dann die Tür.

»Mrs Ellis?«

Gil Dyne.

»Guten Tag, Mr Dyne«, sagte sie mit einem gezwungenen Lächeln.

»Ich hoffe, ich komme nicht ungelegen«, sagte er, während sie das Foto wieder auf den Schreibtisch stellte. »Ich war gerade in der Gegend und habe gehofft, dass Sie meine

Nachricht gehört und Lust haben, mit mir zu Mittag zu essen.«

Keine Chance. »Ich weiß nicht, ich ...«

»Bitte sagen Sie nicht Nein«, sagte er mit einem charmanten Lächeln.

Wieder sah sie Pat im Flur den Hals recken und durch die Glaswand spähen. Am liebsten hätte Elizabeth ihren Briefbeschwerer nach ihr geworfen, doch einmal mehr zwang sie sich, sich zu beherrschen.

»Mittagessen ist ein großartiger Vorschlag.« Auf einmal wollte sie die Immobilienagentur nur noch verlassen, wollte allem entkommen, den klingelnden Telefonen, Connies Intrigen, Pats penetranter Neugier.

Gil war angenehm überrascht und sah zufrieden, dass sie ihren Stuhl zurückschob und aufstand. »Das war ja erstaunlich einfach. Ich war fest davon überzeugt, dass Sie Nein sagen würden.«

»Viel Zeit habe ich aber nicht. Um zwei habe ich eine Verabredung mit Kunden.«

»Irgendeinen Haken musste die Sache ja haben.«

»Wie wär's mit Sombrero's? Das ist hier ein kurzes Stück die Straße hinab. Oder hatten Sie an ein anderes Lokal gedacht?«

»Sombrero's klingt super«, antwortete er. »Ich liebe die mexikanische Küche.«

Sie musste noch die Agentur anrufen, die das von Marg entdeckte Angebot bei Zillow ins Netz gestellt hatte.

»Ich muss nur noch kurz telefonieren.«

Er wartete, während sie anrief, eine Nachricht auf einen Anrufbeantworter sprach und dann ihre Mailbox abhörte.

Marg bestätigte den Termin um zwei Uhr.

Elizabeth schnappte sich ihre Handtasche, ging mit Gil am Empfang vorbei und trat mit ihm nach draußen, wo die schwache Wintersonne durch die Wolkendecke brach. Fürs Erste schien kein Regen mehr zu drohen. Sie setzte eine Sonnenbrille auf und nahm auf dem Beifahrersitz von Gils Lexus Platz. Pat beobachtete sie durch die gläserne Eingangstür, wobei sie sich jede Heimlichtuerei ersparte.

Die Neugier dieser Frau kannte keine Grenzen.

»Ich bin froh, dass Sie sich die Zeit nehmen«, sagte er, während er zur Ausfahrt des Parkplatzes fuhr.

Elizabeth sagte ihm, er müsse nach links abbiegen. »Ja, ich bin auch froh, dass ich mitgekommen bin«, log sie. Aber sie hätte es nicht länger ertragen, allein mit ihren Gedanken in ihrem Büro zu bleiben, und Pats Neugier und Connies Gier machten alles nur noch schlimmer.

»Ihre Cousine, sagen Sie?«, fragte die Sekretärin, die hinter einem gläsernen Schalter in der Nähe des Eingangs der Van Buren High School saß.

»Ja«, antwortete Ravinia mit einem schüchternen Lächeln. »Wir haben den Kontakt verloren zu Elizabeth, und ihre Angehörigen und ich müssen sie finden wegen einer familiären Krise.«

»Tut mir leid, aber wir geben keine Informationen über unsere Schüler heraus«, sagte die grauhaarige Frau mit den dicken Brillengläsern. Laut ihrem Namensschild hieß sie Mrs Loreen Dixon.

Eine vor einem Computer sitzende jüngere Frau blickte interessiert auf.

»Sie müssen doch helfen, wenn ... wenn es um Leben und Tod geht«, sagte Ravinia zu der Sekretärin.

»Ist das wirklich so?«, fragte die Frau, die offenbar kein Wort davon glaubte.

»Es ist eine ernste Lage, glauben Sie's mir«, sagte Ravinia. Mrs Dixon musterte sie streng von Kopf bis Fuß, und in diesem Moment wurde Ravinia bewusst, dass die Sekretärin grundsätzlich skeptisch war, weil sie alle Lügen kannte, die die Schüler ihr auftischten, um dem Unterricht zu entkommen. Ravinia warf einen Blick in das Herz der Sekretärin und sah, dass sie eine einsame Frau war, pflichtbewusst und aufrichtig, aber halsstarrig. Sie würde nicht nachgeben.

Dann schien es, als würde die Sekretärin ein ihr unbekanntes Gefühl empfinden, vielleicht, weil jemand in ihre Seele eindrang. Ihre Augen weiteten und ihre Lippen öffneten sich. Sie starrte Ravinia an und legte eine zitternde Hand auf ihre Brust.

Bevor Ravinia nach Bernice Kampfe fragen konnte, öffnete sich im hinteren Teil des Sekretariats eine Tür, und eine Frau trat ein, welche die Sechzig bereits überschritten hatte. Sie trug einen langen Rock und Stiefeletten, und ihre grauen Haare waren kinnlang.

»Ich brauche für nächste Woche Donnerstag ab Mittag eine Vertretung«, sagte sie zu der jungen Frau an dem Computer. »Ich habe einen Arzttermin und kann ihn nicht auf die Zeit nach Unterrichtsschluss verlegen.«

»Sehen Sie auf Stundenplan B nach«, sagte Dixon etwas geistesabwesend zu der jüngeren Frau und zeigte auf den Computermonitor.

»Ja, ich hab's. Kein Problem, Mrs Kampfe. Sie sind, Moment, in Raum 226?«

Ravinia musterte aufmerksam die Frau, mit der sie reden musste.

»Halt, nein, Donnerstags nicht, da bin ich im IT-Labor.« Bernice Kampfe zog eine Grimasse wegen der Computerkurse und setzte ihre Brille auf. »Ich bin seit dreißig Jahren Lehrerin an dieser Schule, und jetzt soll ich mich noch mit der modernen Technologie herumschlagen. Wegen der Budgetkürzungen greifen sie auf eine alte Schachtel wie mich zurück.«

Die jüngere Frau lachte etwas nervös, während sie auf ihrer Tastatur eine Notiz tippte. Dabei blickte ihr Bernice Kampfe über die Schulter, um sich zu vergewissern, dass alles seine Richtigkeit hatte. Dann wandte sie sich befriedigt um und verließ das Sekretariat wieder durch die Hintertür.

»Ich kann Ihnen nicht helfen«, sagte die Sekretärin, die Ravinia beäugte, als wäre sie irgendein exotisches Reptil. »Ich muss Sie jetzt bitten zu gehen.«

Angesichts von Dixons schroffer Direktheit fiel der Frau an dem Computer die Kinnlade herunter, doch Ravinia nahm es gelassen, denn sie hatte die Information, die sie benötigte.

Sie verließ die Schule durch die gläserne Eingangstür.

Sie tat so, als würde sie das Schulgelände verlassen, überquerte die Straße und verschwand um die nächste Ecke. Dann machte sie kehrt und umrundete den Schulhof, bis sie ein großes Gebäude mit einem Kuppeldach sah, vermutlich die Turnhalle. An deren Seite war ein verglastes Treppenhaus, das sofort voller Schüler war, als die Glocke läutete. Im

Erdgeschoss stürmte die lärmende Horde ins Freie, und die meisten der älteren Schüler der Highschool gingen zum Parkplatz, wo ihre Autos standen.

Mittagspause.

Perfekt.

Ravinia zögerte keinen Augenblick, schlüpfte durch die offene Tür und kämpfte sich durch die Flut der Schüler wie ein Lachs, der flussaufwärts schwimmt. Im ersten Stock nahm sie einen Gang, der die Turnhalle mit der Schule verband. Die von Spinden gesäumten Flure waren bis auf ein paar Nachzügler leer. Sie kam an den Toiletten und an einem Trinkbrunnen vorbei und machte sich auf die Suche nach Raum 226.

Die Tür stand offen, und sie sah die Lehrerin, die vor knapp fünfzehn Minuten noch in dem Sekretariat gewesen war.

»Mrs Kampfe?«

»Ja?« Bernice Kampfe schaute von ihren Papieren auf und blickte sie über den Rand ihrer Lesebrille hinweg an. Sie musterte Ravinia, als fragte sie sich, ob sie sie kannte. »Kann ich Ihnen helfen?«

Ravinia trat in das Klassenzimmer und schloss leise die Tür. »Ich hoffe es. Ich möchte Sie nach meiner Cousine fragen, Elizabeth Gaines. Sie hat diese Schule besucht. Ich versuche sie zu finden.«

»Elizabeth Gaines?« Mrs Kampfe legte ihren Stift auf den Tisch. »Sie sind ihre Cousine, sagen Sie?«

Ravinia nickte, und Mr Kampfe musterte sie, als suchte sie nach einer äußerlichen Ähnlichkeit. Das reichte ihr offenbar. »Sie hat noch für eine Weile Kontakt gehalten, nachdem sie die Schule abgeschlossen hatte. Wie kommen Sie darauf, sich an mich zu wenden?«

»Ich habe gehört, Sie hätten ihr nahegestanden.«

»Von wem?«

»Vom Mrs Holcomb von der Wembley Grade School. Sie hat gesagt, Sie seien so etwas wie ein Mentor für sie gewesen.« Das war vielleicht ein bisschen weit hergeholt, schien aber plausibel.

»Nun ... Elizabeth war ein interessanter Mensch.« Mrs Kampfe schien abzuwägen, wie viel sie preisgeben sollte. »Nach ihrem Abschluss hat sie mir noch ein paar Weihnachtskarten geschickt. Ich weiß nicht, ob ich Ihnen helfen kann.«

»Sie wurde als Baby zur Adoption freigegeben, und ihre leibliche Mutter, meine Tante, ist sehr krank.« Der erste Teil des Satzes stimmte, der letzte war gelogen. »Ich habe keine Ahnung, ob Elizabeth sie überhaupt sehen will, aber ich würde ihr gern sagen, wie es um ihre Mutter steht.«

Das schien ihrer Erinnerung auf die Sprünge zu helfen. »Ihre Familie ist nach Dana Point gezogen. Ich erinnere mich daran, weil ich die Straße kannte. Sie heißt Del Toro. Ich hatte eine Freundin aus dem Studium in der Gegend, und wir nahmen diese Straße, um zu ihrem Haus zu gelangen. Aber ob sie dort noch leben ... Nun, es ist ein paar Jahre her.«

»Vielen Dank«, sagte Ravinia.

Die Schulglocke läutete, und Mrs Kampfe blickte auf die Uhr. »Kann ich sonst noch etwas für Sie tun?«

»Nein.«

»Falls Sie sie finden, grüßen Sie Elizabeth bitte von mir.«

»Gerne.«

Ravinia verließ die Schule durch das Treppenhaus neben der Turnhalle. Sie eilte die Stufen hinab, und ihre Schritte hallten laut von den Wänden wider. Im Erdgeschoss stieß sie die Tür auf, trat nach draußen und zog ihr Handy aus der Tasche.

Zumindest habe ich herausgefunden, wo Elizabeth nach der Highschool abgeblieben ist, dachte sie, als sie das Gebäude umrundete und die von Bäumen gesäumte Straße hinabging.

Sie rief Kingston an und erzählte ihm, was sie herausgefunden hatte.

»Gute Arbeit«, sagte er. »Ich habe online die Namen R. L. Gaines und Lendel Gaines recherchiert und bin auch auf diese Adresse in der Straße Del Toro in Dana Point gestoßen. Ich könnte sofort anrufen, aber ...«

»Nein! Wir müssen hinfahren. Es ist besser, wenn wir uns persönlich darum kümmern, Sie haben es selber gesagt.« Sie schwieg kurz. »Wo ist Dana Point?«

»Wer A sagt, muss auch B sagen«, hörte sie ihn nach kurzem Zögern undeutlich murmeln.

»Was?«

»Vergessen Sie's, ich bin schon unterwegs. In zehn Minuten bin ich an der Schule.«

»Ist Dana Point in Kalifornien?«

»Ja, wir können gleich hinfahren.«

Als Ravinia die Verbindung unterbrach, musste sie lächeln. Sie war definitiv eine wichtige Hilfe für Kingston. Vielleicht würde sie doch noch seine Partnerin in dem Detektivbüro werden. Sie musste ihn nur davon überzeugen.

25

Das Treffen mit Marg und Buddy Sorenson war eine Neuauflage der letzten Hausbesichtigungen. Marg liebte das Haus, das sie auf der Website von Zillow entdeckt hatte, doch Buddy war mehr daran interessiert, nacheinander auf die Mängel hinzuweisen. Elizabeth hatte den Kopf so voll mit anderen Problemen, dass sie die Streiterei zwischen den Eheleuten kaum mitbekam. Schließlich gingen sie, und Marg saß schweigend im Auto und schäumte insgeheim vor Wut über ihren Mann, der immer alles nur schlechtmachte und ein echter Scheißkerl war.

Elizabeth verabschiedete sich von den Sorensons auf dem Parkplatz von Suncrest Realty. Sie musste an etwas denken, das Gil Dyne gesagt hatte, als er sie nach dem gemeinsamen Mittagessen zu ihrem Büro zurückfuhr. Seine letzten Worte hatten sie frösteln lassen.

»Letzte Nacht ist etwas äußerst Seltsames passiert. Dieser SUV schrammte seitlich an meinem Wagen vorbei. Ich fuhr einfach nur ganz normal geradeaus, aber er führte diese Kollision herbei und fuhr dann weiter. Das Auto ist wegen der Kratzer in der Werkstatt. Das hier ist ein Mietwagen.«

»Merkwürdig«, sagte Elizabeth.

»Es war Nacht, doch die Frau trug eine Sonnenbrille. Für einen Augenblick habe ich gedacht, es seien Sie gewesen.«

Elizabeth gefror das Blut in den Adern. »Welche Farbe hatte der SUV?«

»Dunkelgrau, fast schwarz. Doch das habe ich eher unterbewusst mitbekommen, weil ich mich darauf konzentrierte, wer hinter dem Steuer saß.« Er zuckte die Achseln. »In dem Moment schien es wichtig zu sein, doch vielleicht war sie nur betrunken. Ich war wütend genug, um ihr folgen zu wollen, doch da war sie auch schon verschwunden.«

»Dieser SUV ... Wissen Sie, was für ein Modell es war?«

»Ein Ford Escape. Deshalb habe ich ja geglaubt, Sie seien es. Vivian hat erzählt, dass Sie einen Escape fahren.«

Elizabeth griff nach ihrer Handtasche und versuchte, Gil Dynes Worte nicht überzubewerten. War es zu weit hergeholt zu glauben, dass er irgendein Spiel mit ihr spielte?

Er hat gesagt, dass er dich liebt, aber ich glaube, dass er ein paar schlimme Dinge getan hat.

»Wer ist er, Chloe?«, fragte sie einmal mehr laut, bevor sie ihr Büro verließ. Diesmal hatte sie Glück, denn die penetrant neugierige Pat saß ausnahmsweise nicht an ihrem Schreibtisch am Empfang.

»Das sind öffentlich zugängliche Daten«, sagte Kingston zu Ravinia, als sie in sein Auto gestiegen war. »Solche Informationen findet man leicht, wenn man weiß, was man sucht. Demnach wohnt R. Lendel Gaines immer noch in dieser Straße in Dana Point, die Del Toro heißt.«

»Fahren Sie einfach hin.«

»Wird gemacht.« Ein bisschen amüsierte es ihn immer noch, wie sie ihn herumkommandierte. Andererseits musste man gesehen haben, wie gut sie schauspielern konnte, wenn es darum ging, Informationen aus jemandem herauszuholen.

Als sie das Haus in Dana Point erreichten, war es schon fast Spätnachmittag. Vereinzelte Sonnenstrahlen bohrten sich mühsam durch die tief hängenden Wolken. Sie gingen zur Haustür, wo eine Fußmatte in der Form einer Katze auf der Eingangsstufe lag. Kingston klingelte, und als niemand öffnete, drückte er erneut auf den Knopf. Für eine Weile war nichts zu hören, doch dann vernahmen sie das Geräusch schwerfälliger Schritte. Kurz darauf wurde die Tür geöffnet von einem großen Mann, der Ende fünfzig oder Anfang sechzig sein musste. Sein Schädel war oben kahl, umgeben von einem Haarkranz, in dem sich Grau mit ein paar übrig gebliebenen roten Strähnen mischte. Die Glatze war genauso mit Sommersprossen übersät wie sein misstrauisches Gesicht. Er hatte stechende dunkle Augen und eine Hakennase.

»Ja, bitte?«

»Sind Sie Ralph Lendel Gaines?«, fragte Kingston.

»Wer will das wissen?«

Kingston stellte sich und Ravinia vor und reichte dem Mann dann seine Geschäftskarte. »Wir suchen Elizabeth Gaines.«

Der Mann starrte mit einem finsteren Blick auf die Karte. »Was hat sie jetzt wieder angestellt?«

Jetzt wieder? Kingston ignorierte es. »Sie ist doch Ihre Tochter, oder?«

»Ich wüsste nicht, was Sie das angeht, aber ja, ich habe eine Tochter, die so heißt.«

»Sie und Ihre Exfrau haben sie adoptiert?«

»Wer sind Sie? Was zum Teufel soll das alles?«

Kingston reagierte schnell, bevor der Mann ihnen die Tür vor der Nase zuknallte. »Ravinia ist von Oregon hergekommen, weil sie glaubt, dass Ihre Tochter ihre Halbschwester ist.« Das war natürlich gelogen, doch er war mit Ravinia übereingekommen, dass eine Halbschwester seiner Tochter einen Adoptivvater vielleicht noch eher interessierte als eine Cousine.

Gaines starrte Ravinia an, als glaubte er, die hätte den Verstand verloren. »Elizabeth hatte nie eine Halbschwester«, stellte er fest, aber er musterte Ravinia eingehend.

Kingston fragte sich, ob er eine äußerliche Ähnlichkeit festgestellt hatte. »Wir würden gern hereinkommen und mit Ihnen über Ihre Tochter reden.«

»Die Leute sagen, ich sähe ihr zum Verwechseln ähnlich«, schaltete sich Ravinia ein.

Gaines kratzte sich am Kinn. Er schien etwas sagen zu wollen, doch zu Kingstons Überraschung trat er zur Seite und hielt ihnen die Tür auf. Bevor sie eintreten konnten, warf er allerdings noch einem Blick auf die Karte und fragte, ob Kingston sich irgendwie ausweisen könne.

Der zog seine Brieftasche hervor, öffnete sie und zeigte ihm seinen Führerschein.

Der Mann beugte sich vor und sah sich das Foto genau an. Nach ein paar Augenblicken nickte er knapp. »Man kann heutzutage nicht vorsichtig genug sein. Kommen Sie rein. Aber nennen Sie mich Lendel, Ralph hat mir nie besonders gefallen.«

Kingston verstand ihn, denn ihm hatte *Joel* auch nie besonders gut gefallen, doch das behielt er für sich, sonst stellte Gaines noch Fragen. Hier ging es darum, dass sie die Fragen stellten und so viel wie möglich an Informationen aus ihm herausholten.

Ein paar Augenblicke später saßen Kingston und Ravinia im Wohnzimmer in zwei Sesseln, gegenüber einem großen Ledersofa, das vor dem Fenster stand. Es roch nach Kaffee, gebratenem Speck und Katzen. Kingston sah drei davon. Zwei getigerte Katzen sonnten sich auf einer Decke, die über die Rückenlehne des Sofas gebreitet war, und ein pechschwarzer Kater spähte durch die Stäbe des Geländers der Treppe, die in den ersten Stock führte.

»Eigentlich weiß ich nicht, was ich Ihnen erzählen soll«, sagte Gaines, während er auf dem durchgesessenen Sofa Platz nahm. Er legte die Hände auf die Knie und schaute auf den Flachbildschirm an der gegenüberliegenden Wand. Es lief gerade eine Talkshow, doch der Ton war abgestellt.

»Aber Sie haben eine Tochter namens Elizabeth?«, fragte Kingston, dem auffiel, dass nicht ein einziges gerahmtes Foto zu sehen war in dem Zimmer, weder in dem Bücherregal noch auf den Tischen oder dem Kaminsims. Fehlanzeige.

»Elizabeth und ich ... Wir haben nicht viel miteinander zu tun«, antwortete Gaines. »Unser Verhältnis war immer angespannt, und während der letzten paar Jahre ...« Er schüttelte den Kopf. »Als sie diesen Scheißkerl geheiratet hatte, wurde alles schlimmer. Aber man soll ja nicht schlecht von den Toten reden.«

»Ihr Ehemann ist gestorben?«, fragte Kingston, der das Gefühl hatte, dass Ravinia sich einmischen wollte. Er hoffte, dass sie sich noch etwas gedulden würde.

»Vor etwa einer Woche. Hieß Courtland Ellis. Hielt sich für eine ganz große Nummer.«

»Hat es eine Trauerzeremonie gegeben?«, fragte Ravinia.

»Ja, aber ich war nicht da. Warum auch? Ich mochte ihn nicht. Es gab keinen Grund, den gottverdammten Heuchler zu spielen und daran teilzunehmen. Außerdem wollte Elizabeth nicht, dass ich komme. Sie hat mich angerufen und nur das Nötigste erzählt.«

»Wie ist er denn gestorben?«, fragte Kingston.

»Durch einen Autounfall auf dem Freeway 405. In den Zeitungen stand, eine Frau sie bei ihm gewesen, doch das war nicht Elizabeth.«

»Warum treffen Sie sich nicht mehr mit Ihrer Tochter?«, fragte Ravinia.

»Oh, sie denkt viele Dinge über Menschen, die nicht richtig sind«, antwortete Gaines, um die Frage zu umgehen. »Wissen Sie, was mit ihr los ist?«

»Wovon reden Sie?«, fragte Kingston.

»Von der eingestürzten Brücke?«, fügte Ravinia hinzu.

Kingston wollte ihr einen warnenden Blick zuwerfen, unterließ es aber, weil Lendel Gaines sie zu eingehend beobachtete.

»Mit wem haben Sie geredet?«, fragte er neugierig.

»Wir waren bei den Brightside Apartments«, antwortete Ravinia, und Kingston hätte ihr am liebsten einen Tritt in den Hintern verpasst.

Gaines schnaubte verächtlich. »Marlena, die alte Hexe.«

»Sie hat erzählt, Ihre Frau habe Sie verlassen«, bemerkte Ravinia, und Kingston machte keinen Versuch mehr, ihr Einhalt zu gebieten, denn ihre Taktik schien besser als erwartet aufzugehen.

»Diese Frau hat uns beide verlassen. Sie unternahm einen halbherzigen Versuch, unsere Tochter zu überreden, mit ihr nach Denver zu ziehen, aber Elizabeth wollte nicht, und ich kann es ihr nicht verdenken. Zu der Zeit besuchte sie die Highschool, die sie hier beenden wollte. Und tatsächlich waren meine Exfrau Joy, diese Schlampe, und der Hampelmann, den sie geheiratet hat, auch überhaupt nicht scharf darauf, einen Teenager bei sich zu haben.« Gaines zog eine Grimasse. »Kinder im Pubertätsalter sind eine Heimsuchung, das weiß ich selber, aber dieser Typ ist ein Arschloch, so viel steht fest. Er hat bekommen, was er verdiente, als er Joy heiratete.«

»Sprechen Sie noch mit Ihrer Exfrau?«, fragte Kingston.

»Nein, sie ist tot«, antwortete Gaines. »Ist vor ein paar Jahren gestorben. Hatte Krebs, glaube ich.« Er machte eine wegwerfende Handbewegung, als spielte es keine Rolle. »Wie heißt es so schön? Alles rächt sich früher oder später.«

»Sie glauben, der Krebs sei eine Art Strafe gewesen?«, fragte Ravinia neugierig.

Gaines zuckte nur die Achseln und schaute auf den Flachbildschirm.

»Also ist Elizabeth bei Ihnen geblieben?«, fragte Ravinia, die sich daran erinnerte, weshalb sie eigentlich hier waren.

»Sie hat hier geschlafen, doch das war's auch schon. Nach dem Schulabschluss ist sie verschwunden, und danach habe ich sie kaum noch gesehen, besonders nachdem sie Courtland geheiratet hatte. Guter Gott, was hat sie sich dabei gedacht? Ein Anwalt.« Er sprach das letzte Wort so aus, als bedürfte seine Meinung keiner weiteren Erklärung. »Sie hat immer mir die Schuld an allem gegeben, doch ich war nicht verantwortlich.«

Die Verachtung, die Gaines für seinen verstorbenen Schwiegersohn empfand, war mit Händen zu greifen. Selbst die Katzen schienen es zu empfinden. Die beiden auf der Rückenlehne der Couch sprangen zu Boden und schlichen aus dem Zimmer, während der schwarze Kater auf der Treppe ungerührt sitzen blieb.

»Haben Sie die Adresse Ihrer Tochter?«, fragte Kingston.

Gaines nickte. »Ja, es sei denn, sie ist umgezogen.« Er stand auf und ging in die Küche, wo Kingston ihn neben einer Schiebetür eine Schublade durchwühlen sah. Er setzte eine Lesebrille auf und blätterte einen Stapel Papiere durch, bis er gefunden hatte, was er suchte. Dann kam er mit einem Zettel ins Wohnzimmer zurück.

Ravinia streckte die Hand aus, und er gab ihr den handschriftlich beschriebenen Zettel. »Den können Sie mitnehmen, ich kenne die Adresse auswendig. Die Telefonnummer steht da auch drauf. Sie sehen ihr wirklich ähnlich.«

»Tatsächlich?«, fragte Ravinia, die auf den Zettel blickte und ihn zusammenfaltete. »Was nimmt Ihnen Elizabeth denn übel?«

»Dass ich ein besseres Leben für uns beide wollte«, antwortete er verbittert. »Ich wollte sie motivieren, sich mehr anzustrengen, damit sie ihr Potenzial erkennt und es zu etwas bringt im Leben. Joy hat mich ständig angeschrien, und Elizabeth hat zu lange auf diese Schlampe gehört.«

Dann schien er plötzlich genug davon zu haben, sich an eine unglückliche Vergangenheit zu erinnern, und er griff nach der Fernbedienung und richtete sie auf den Fernseher.

»Wenn Sie mit ihr reden, glauben Sie ihr nicht alles, was sie sagt«, fügte er noch hinzu. »Ich habe dieses kleine Mädchen geliebt. Später hat sie dann alles durcheinandergebracht.« Plötzlich ertönte laute Musik aus den Lautsprechern des Flachbildschirms. »Jetzt kommt meine Lieblingssendung«, verkündete Lendel Gaines, und damit war der Besuch beendet.

»Ich mag ihn nicht«, sagte Ravinia, während sie die Küste entlang nach Costa Mesa zurückfuhren. Es wurde dunkel, die Scheinwerfer entgegenkommender Autos durchschnitten das Zwielicht. Ravinia ließ die Ereignisse des Tages Revue passieren, dachte an die Menschen, die sie kennengelernt hatte. Bernice Kampfe war nett, Gaines unsympathisch. Aber sie war ihrem Ziel näher gekommen, Elizabeth zu finden.

Kingston überholte einen weißen Lieferwagen.

Sie lehnte sich zurück. Eigentlich hätte sie glücklicher sein sollen, weil sie ihre Cousine bald finden würde, doch sie war auf eine seltsame Weise beunruhigt. Irgendetwas nagte an ihr, und sie wusste nicht genau, was es war. Eine Erinnerung, ein Gedanke oder eine schwache Stimme im Inneren ihres Kopfes. Ja das war es, das traf es gut. Es war eine neue Erfahrung, etwas, das sie noch nicht kannte. Fast schien es, als erhalte sie eine übersinnlich versendete Botschaft. Sie bekam eine Gänsehaut. Eine Stimme ... undeutlich, schwach und verzerrt, wie durch statisches Knistern, versuchte sie zu erreichen. *Elizabeth?*

Sie schloss die Augen und konzentrierte sich, um die Worte zu verstehen. War Elizabeth sich der Tatsache bewusst, dass sie in der Nähe waren? Versuchte sie, auf einem übersinnlichen Weg eine Nachricht zu schicken? Es waren schon seltsamere Dinge passiert mit den Frauen von Siren Song.

Komm schon, komm schon, dachte Ravinia. Sie hoffte, dass Kingston einfach glaubte, sie schlafe. Aber die Worte, die sie in ihrem Kopf hörte, blieben undeutlich, unentzifferbar. Bemühte sie sich zu sehr, sie zu verstehen? Rechnete sie mit einem Hinweis auf Elizabeth' Gabe? Als kleines Mädchen hatte sie den Einsturz einer Brücke vorhergesagt, und dann war es tatsächlich passiert. Auch das war nichts Ungewöhnliches für eine Frau mit einer Beziehung zu Siren Song. War es zu weit hergeholt, daran zu glauben, dass Elizabeth versuchte, Kontakt zu ihr aufzunehmen?

Ravinia schickte telepathisch eine Antwort zurück in der Hoffnung, dass der Absender die an ihn gerichteten Worte empfangen konnte. *Wir sehen uns bald.*

Obwohl sie alle anderen Gedanken verdrängte und sich voll konzentrierte, erhielt sie keine Antwort. *Wer bist du?,* fragte sie leise, doch die Antwort blieb weiter aus.

Elizabeth ignorierte das Tempolimit, weil sie ihre Tochter bis spätestens um sechs Uhr abends an der Vorschule abholen musste. Eigentlich hatte sie das schon eher tun wollen, doch sie war durch eine Lawine von Anrufen im Büro festgehalten worden. Dann hatte sie in einem Lebensmittelgeschäft Tortillas und geriebenen Käse für Chloe gekauft und für sich Blattsalat, Tomaten, Karotten, rote und gelbe Paprika, Frühlingszwiebeln, Avocados und Hähnchenbrust. Damit wollte sie sich einen anständigen Salat zubereiten, denn ihr war klar, dass sie zu wenig aß. Beim Mittagessen mit Gil Dyne hatte sie keinen Appetit gehabt, und dann hatte sich ihr der Magen umgedreht angesichts dessen, was er gesagt hatte, als er sie bei Suncrest Realty absetzte. Am Nachmittag hatte dann Peter Bellhard angerufen, weil er sich mit ihr auf einen Kaffee verabreden wollte. Am liebsten hätte sie laut »Nein!« geschrien und sich dann die Ohren zugehalten.

Weder mit dem einen noch mit dem anderen wollte sie etwas zu tun haben. Sie wollte mit ihrer Tochter zusammen sein und das Gefühl haben, dass sie in Sicherheit waren. Was Männer im Allgemeinen anging, war sie sich ziemlich sicher, dass sie nie mehr mit einem zusammenleben wollte. Sie vertraute ihnen nicht. Ihr Vater hatte erst Interesse an ihr gezeigt, als er ihre spezielle Gabe entdeckte, aus der er Profit schlagen wollte, und Court war zu narzisstisch gewesen, um jemanden lieben zu können.

Er hat gesagt, dass er dich liebt, aber ich glaube, dass er ein paar schlimme Dinge getan hat.

Das hatte ihre Tochter gesagt, doch Chloe hatte nicht Court gemeint, da war sie sich sicher. Sie würde eingehend mit ihr reden müssen, um der Sache auf den Grund zu gehen – wenn Chloe es zuließ.

Doch als sie ihre Tochter abgeholt hatte, war die dermaßen gut gelaunt, dass Elizabeth es nicht über sich brachte, sie mit Fragen zu behelligen, die sie bestimmt nicht beantworten wollte. Als sie zu Hause ankamen, setzte sich Chloe sofort vor den Fernseher, weil wieder einer ihrer geliebten Zeichentrickfilme mit den Bienen lief. Elizabeth beschloss, sich ganz auf die Zubereitung des Abendessens zu konzentrieren und alle Ängste und das statische Knistern in ihrem Kopf zu verdrängen. Sie warf immer wieder einen Blick zu ihrer Tochter hinüber, während sie damit begann, die Hähnchenbrust zu würzen und die Paprikas und Frühlingszwiebeln klein zu schneiden. Es gab bestimmte Wege, bei Chloe heikle

Themen anzusprechen, doch es war immer schwierig, weil man Gefahr lief, dass sie bockig wurde und gar nichts sagte.

Als sie sich gerade den Avocados zuwenden wollte, klingelte das Festnetztelefon. Sie zuckte zusammen und hätte sich fast geschnitten. Leise fluchend griff sie nach dem Hörer. Ihre Freundinnen riefen sie alle auf dem Handy an, und sie hatte Sorge, es könnte Detective Thronson sein.

Sie schaute auf das Display. »Gaines, Lendel R.« stand da, gefolgt von der Telefonnummer ihres Vaters.

Sie war versucht, nicht dranzugehen. Sollte er auf den Anrufbeantworter sprechen. Sie hatte nicht mehr mit ihm telefoniert, seit sie ihn wegen Courts Tod angerufen hatte, und das war ein äußerst unangenehmes Gespräch gewesen. Ihr Vater hatte auf seine unbeholfene Art versucht, sie zu trösten, obwohl sie beide wussten, dass er Court absolut nicht gemocht hatte. Dazu kam noch die Entfremdung zwischen ihr und ihrem Vater, und sie hatte es eilig gehabt, das Gespräch zu beenden. Wahrscheinlich waren ihr dabei ein paar Unhöflichkeiten unterlaufen. Sie war zu aufgewühlt gewesen, um sich um die Gefühle ihres Vaters zu scheren, aber ihre waren ihm auch immer ziemlich egal gewesen.

Sie beschloss, sich zu melden. »Hallo, Dad. Was gibt's?«

»Hallo, Elizabeth. Wie geht es dir?«

Sie biss die Zähne zusammen, zwang sich aber, sich zu entspannen. »Gut. Besser. Rufst du deshalb an?«

»Ja, ich habe geglaubt, ich sollte mal nachfragen.«

Seine Stimme klang traurig, doch sie nahm es ihm nicht ab und würde ihm nicht auf den Leim gehen. Ihr Vater hatte sie praktisch ignoriert, bevor er von ihrer übersinnlichen Gabe erfuhr, und dann hatte er sie mit Fragen bedrängt und

Ideen ausgebrütet, wie er mit ihren hellseherischen Fähigkeiten ein Vermögen machen konnte. Sie hatte ihre Visionen geheim gehalten, um sich zu retten. Wann immer sie in einem dieser hellsichtigen Momente eine bevorstehende Katastrophe sah, hatte sie dagegen angekämpft und einen so weggetretenen Eindruck gemacht, dass ihre Lehrer geglaubt hatten, sie sei in ein Koma gefallen.

Sie blickte zu ihrer Tochter hinüber. Chloe. Was war nur mit ihr los?

»Zuerst wollte ich ihr nicht glauben, aber sie sieht dir wirklich sehr ähnlich, und sie behauptet das auch«, hörte sie ihren Vater sagen. »Sie war in Begleitung eines Privatdetektivs, doch nach deiner Adresse hat das Mädchen gefragt.«

»Was erzählst du da?«, fragte Elizabeth scharf.

»Dieses Mädchen ... Der Vorname fällt mir gleich wieder ein ... Ich will mich nicht mit dir streiten, Elizabeth, aber meiner Meinung nach solltest du wissen, dass die beiden höchstwahrscheinlich bei dir vorbeikommen.«

»Wer ist sie?«

»Das habe ich doch eben gesagt«, erwiderte er verärgert. »Sie sagt, sie sei deine Halbschwester.«

Elizabeth erstarrte. Sie wusste nichts von ihren leiblichen Eltern. »Was sagst du da? Wann hast du dieses Mädchen gesehen?«

»Bist du taub? Sie und dieser Schnüffler haben mich besucht.«

»Ein Privatdetektiv?«

»Ja. Laut seiner Karte heißt er Joel Rex Kingston.«

»Und das Mädchen hieß wie?«

»Wie gesagt, es fällt mir im Moment nicht ein. Ich komme gleich drauf.«

Ihr Vater drohte die Geduld zu verlieren.

»Ich fange noch mal von vorne an. Dieser Mann und das Mädchen haben mich zu Hause besucht. Er sagte, er sei Privatdetektiv und gab mir seine Karte, doch eigentlich hat das Mädchen ihn kaum zu Wort kommen lassen. Sie sagte, sie sei deine Halbschwester und auf der Suche nach dir. Dann hat sie nach deiner Adresse gefragt.«

Elizabeth umklammerte den Hörer so krampfhaft, dass ihre Hand wehtat. »Und du hast sie ihr gegeben.«

»Letztlich hat sie mich überzeugt.«

»Dad!«

»Das war schon richtig so.«

»Es war überhaupt nicht richtig! Du kennst diese Leute nicht, weißt nicht, wozu sie imstande sind. Du kannst doch nicht einfach meine Adresse weitergeben. Wer weiß, was für Typen das sind und was sie im Schilde führen ...«

»Wovor zum Teufel hast du Angst, Mädchen? Wenn du sie nicht magst, redest du nicht mit ihnen. Ich sage ja nur, dass ich ihr geglaubt habe. Übrigens heißt sie Ravinia, fällt mir gerade ein. Du wirst sehen, ich wette, dass du ihr auch glauben wirst.«

»Und sie will meine Halbschwester sein? Wer sind ihre Eltern? Wer sind *meine* Eltern?« Das waren die Fragen, die sie in jüngeren Jahren nie zu stellen gewagt hatte.

»Das mit deiner Adoption hat ein Anwalt in Los Angeles arrangiert. Du wusstest das.«

»Aber ich wurde in Oregon geboren. Mom hat es gesagt.«

»Ja ... Und dieses Mädchen kommt auch aus Oregon.«

»Du hättest ihr meine Adresse nicht geben sollen«, wiederholte sie. Ein Privatdetektiv. Guter Gott, was hatte das zu bedeuten? »Hast du meine Telefonnummer auch rausgerückt?« Sein Schweigen sagte alles. »Hast du eine Nummer von den beiden?«

»Ich hab dir erzählt, dass der Schnüffler mir seine Karte gegeben hat.«

»Wie lautet die Nummer?«

Ihr Vater gab ihr zögernd die Nummer eines Festnetzanschlusses und eine Handynummer.

»Joel Kingston, sagst du?«

»So steht's auf der Karte.«

»Du hättest ihr meine Adresse nicht geben sollen«, sagte sie zum dritten Mal.

»Es tut mir leid«, erwiderte er gereizt. »Wir reden später noch mal.«

Da kannst du lange warten. Elizabeth musste sich schwer beherrschen, ihn nicht anzuschreien. Alles war wieder wie früher.

Sie beendete das Gespräch.

Ein Privatdetektiv? Und ein Mädchen, das *wie sie aussah*? Guter Gott, war das vielleicht die Frau, die sich mit Court die Verfolgungsjagd auf dem Freeway geliefert hatte, dieses Spiel mit tödlichem Ausgang? Und war sie vielleicht diejenige, die im Hotel Tres Brisas in Rosarito Beach gesehen worden war? Und hatte sie vielleicht Gil Dynes Wagen seitlich gerammt? War sie vielleicht der Grund für den Tod all dieser Menschen?

War all dies ihretwegen passiert?

26

»Chloe«, sagte Elizabeth laut, doch ihre Tochter saß immer noch völlig gebannt vor dem Zeichentrickfilm. »Chloe!«

Sie wandte den Blick von dem Fernseher ab und schaute sie stirnrunzelnd an. »Was ist?«

»Du hast da neulich etwas gesagt. Über den alten Mann, der mit seinem Auto durch die Fensterscheibe des Restaurants gebrochen ist.«

»Ist er gestorben?«, fragte Chloe mit weit aufgerissenen Augen.

»Nicht, dass ich wüsste, aber ich habe die Nachrichten nicht gesehen ...« *Weil du nicht hören wolltest, wie irgendein Journalist spekuliert über die Frau, die den Unfall vorhergesehen hat.* »Aber du hast auch gesagt, dass du glaubst, wir hätten Daddy getötet, und das *stimmt nicht*. Ich möchte wissen, warum du das gesagt hast. Und warum du das gesagt hast: ›Er hat gesagt, dass er dich liebt, aber ich glaube, dass er ein paar schlimme Dinge getan hat.‹ Ich habe geglaubt, du hättest Daddy gemeint, doch jetzt bin ich mir da nicht mehr so sicher.« Sie tat genau das, wovor sie sich gewarnt hatte – sie bombardierte ihre Tochter mit Fragen, weil ihre Angst sie fest im Griff hatte.

Chloe starrte sie mit diesem Blick an, den sie immer hatte, wenn sie angestrengt nachdachte. »Es ist nicht Daddy. Es ist ein anderer, den ich manchmal höre.«

Elizabeth schnappte nach Luft. »Wo hörst du ihn?« Es lief ihr kalt den Rücken hinab, und sie blickte ängstlich zur Haustür hinüber. Sie wollte alle Jalousien zuziehen, mit

Chloe ins Schlafzimmer rennen und sich mit ihr unter der Bettdecke verstecken.

Chloe zeigte feierlich auf ihren Kopf, und Elizabeth wusste nicht, ob sie lachen oder weinen sollte. Sie hatte gemeint, ob sie ihn vielleicht in der Schule gehört hatte. »Du hörst ihn in deinem Kopf?«

»Ich glaube, er möchte mit dir reden.« Auf dem Bildschirm fand eine der Bienen die Spur zur Lösung des Rätsels, und Chloes Aufmerksamkeit wandte sich wieder dem Zeichentrickfilm zu.

Elizabeth war versucht, den Fernseher abzuschalten, um ihre Tochter weiter auszufragen, doch es hätte nicht funktioniert. Sie wusste nicht, was sie von Chloes Worten halten sollte, aber sie hatte auch noch andere Probleme. Eine Halbschwester ... Oder war dieses Mädchen eine Schwindlerin? Würde es ihr einen Besuch abstatten? Sie hatte immer gewusst, dass sie zur Adoption freigegeben worden war, aber durch das, was ihre Adoptivmutter sagte, hatte sie den Eindruck gewonnen, ihre leiblichen Eltern seien tot, und sie habe keine Geschwister. Wer immer diese Ravinia war, sie war eine Betrügerin ... Oder etwas noch Schlimmeres.

Auf der Rückfahrt von Dana Point musste Ravinia sich schwer beherrschen, nicht aus der Haut zu fahren. Je mehr sie sich Costa Mesa und Irvine näherten, desto langsamer fuhr Kingston.

»Wollen Sie gleich stehen bleiben?«, fragte sie.

»Was für einen Plan haben Sie für das Treffen mit Ihrer Cousine? Sie wollen ihr doch wohl nicht erzählen, dass Sie ihre Schwester sind.«

»Eigentlich möchte ich schon etwas Wichtigeres sein als eine Cousine. Um sicherzugehen, dass sie mir zuhört.«

»Es ist eine Lüge, und Menschen mögen es nicht, wenn man sie anlügt. So gewinnt man kein Vertrauen, und wenn sie Ihnen nicht vertraut, knallt sie Ihnen die Tür vor der Nase zu.«

»Dann komme ich eben wieder«, erwiderte Ravinia bockig.

»Bis sie die Polizei ruft und Sie wegen fortgesetzter Belästigung festgenommen werden.«

»Meinetwegen, dann sag ich eben, ich sei ihre Cousine«, erwiderte Ravinia gereizt.

»Lassen Sie uns darüber ein bisschen nachdenken.«

»Vergessen Sie's. Ich will nur, dass Sie mich so schnell wie möglich zu ihr bringen.«

»Wann werden Sie Tante Catherine erzählen, dass Sie Elizabeth gefunden haben?«

»Wenn ich Sie tatsächlich gefunden habe«, erwiderte Ravinia mit einem aggressiven Blick. »Was ist eigentlich los mit Ihnen?«

Er schüttelte den Kopf. Er hatte Lendel Gaines sehr genau zugehört und wusste, dass es eine tiefe Kluft gab zwischen ihm und seiner Tochter, einen gähnenden Abgrund. Er hatte das Gefühl, dass ihr Besuch bei Elizabeth Gaines Ellis äußerst unwillkommen sein würde.

Chloe verlor das Interesse am Fernsehen und ging in ihr Zimmer, um dort zu spielen. Elizabeth legte ein Ohr an die Tür und hörte, dass ihre Tochter ein imaginäres Drama aufführte und mehrere Rollen in Personalunion sprach.

Sie ging in die Küche zurück, um ihren Salat aufzuessen, und dachte weiter darüber nach, wie sie Chloe zum Sprechen bringen sollte. Kurz darauf klingelte ihr Mobiltelefon, und sie sah auf dem Display, dass es Tara war. Sie meldete sich, klemmte das Handy zwischen Kinn und Schulter und stellte die Teller in die Spülmaschine.

»Elizabeth, flipp jetzt nicht aus, aber alle möchten mit dir darüber reden, was gestern Abend passiert ist«, sagte Tara.

»Um Himmels willen, ich bitte dich, mach keine große Sache daraus.« Sie schloss die Tür der Spülmaschine und stellte sie an.

»*Du wusstest es.* Wie konntest du es wissen?«

»Ich will heute Abend niemanden mehr sehen.«

»Aber wir wollen dich sehen. Bitte. Wir gehen alle zusammen aus und möchten, dass du dabei bist.«

»Ich möchte heute Abend zu Hause bleiben, Tara. Wir haben gerade gegessen, und Chloe ist völlig fertig.«

»Nein, bin ich nicht!« In der Küchentür stand plötzlich Chloe, die das Klingeln des Handys gehört haben musste. »Ist das Bibi? Fahren wir zu ihr?«

»Nein«, antwortete Elizabeth ihrer Tochter, bevor sie sich wieder an Tara wandte. »Ich war kürzlich zu oft abends aus. Es wird Zeit, dass ich mal zu Hause bleibe.«

»Nein!«, jammerte Chloe.

»Geh auf dein Zimmer, Chloe«, befahl sie ihrer Tochter, die widerwillig davontrottete.

»Oder sollen wir zu dir kommen?«, fragte Tara.

»Nein, lieber nicht«, antwortete Elizabeth.

»Hast du die Nachrichten gesehen?«, fragte Tara plötzlich.

Elizabeth erstarrte, denn sie ahnte, was jetzt kommen würde. »Ich bin nicht dazu gekommen ...«

»Sie reden über eine Frau, die in das Restaurant Uncle Vito's gestürmt kam und einem kleinen Jungen und seinen Eltern das Leben gerettet hat, als das Auto durch das Fenster brach. Alle wollen wissen, wer du bist.«

Elizabeth knirschte mit den Zähnen. Sie wollte alles abstreiten, aber Tara war dabei gewesen. »Ich habe einfach gesehen, dass es passieren würde«, sagte sie.

»Aus dem Lots Of Beef?«, fragte Tara zweifelnd. »Ich habe mit Jade gesprochen. Sie hat schon immer gesagt, dass du gewusst hättest, dass Little Nate von dem Klettergerüst fallen würde ... Nur glaubt sie, dass du es gar nicht sehen konntest. Ich glaube, dass du es *irgendwie* gesehen hast, weil es eigentlich unmöglich war.«

»Klingt so, als würdet ihr mich alle für eine Verrückte halten«, erwiderte Elizabeth mit einem Kloß im Hals.

»Guter Gott, nein. Wir alle lieben dich, aber *was zum Teufel ist los*? GoodGuy und Court ...«

»Du glaubst, ich hätte irgendetwas damit zu tun?«

»*Nein*. Niemand von uns denkt so. Um Himmels willen, nein! Du könntest keiner Fliege etwas zuleide tun. Aber irgendwas ist hier wirklich äußerst merkwürdig, das musst du zugeben. Vivian hat gesagt, dass sie sich sehr wünscht, dass du noch mal mit ihr zu dieser Therapiegruppe gehst, Sisterhood ...«

»Vergiss es«, fiel ihr Elizabeth ins Wort. »Das war nichts für mich.«

»Okay, schon gut. Dann lässt du es eben, wenn es nichts für dich ist. Aber geh heute Abend mit uns aus. Rede mit uns.

Wir sind deine Freundinnen. Deirdres Kindermädchen passt bei Vivian auf. Es wird nicht spät werden, und heute sind wir Frauen unter uns. Ohne Ehemänner.«

»Wo ist Bill? Wenn die Kinder bei Vivian sind ...«

Chloe hatte gelauscht und war plötzlich wieder da, weil sie hörte, dass Elizabeth nachgeben würde. Sie schaute ihre Mutter mit einem flehenden Blick an und legte die Hände zusammen, als würde sie beten.

»Ich glaube, er ist auf einer Dienstreise ... Geh auf ein Glas mit uns aus. Und wenn du reden möchtest ... Wir hören dir zu. Jade meinte, du hättest ihr ein paar Dinge anvertraut, aber sie will nicht sagen was.«

»Jade hat mir geraten, meine Gedanken für mich zu behalten, weil man mich sonst für verrückt halten würde.«

»Du bist meine beste Freundin«, sagte Tara. »Geh heute Abend mit uns aus.«

Chloe zerrte an Elizabeth' Bein. »Fahren wir zu Bibi?«, fragte sie aufgeregt.

»Bibi wird bei Lissa sein«, antwortete Elizabeth zögernd.

»Da will ich dabei sein! Bitte, *bitte!*«

Elizabeth knickte ein. »Gut, eine Stunde«, sagte sie zu Tara.

»Wir treffen uns bei Vivian und fahren mit meinem Auto«, sagte Tara schnell, als befürchtete sie, Elizabeth könnte es sich anders überlegen.

»Kürzlich hast du noch gesagt, dass du Lissa nicht magst«, sagte Elizabeth zu ihrer Tochter, nachdem sie das Telefonat beendet hatte.

»Oh, sie ist ganz in Ordnung«, antwortete Chloe munter.

»Gut, wir fahren«, sagte Elizabeth. »Aber dann möchte ich mit dir über diese Stimme reden, die du gehört hast.«

»Ich habe dir schon alles erzählt«, jammerte Chloe.

»Dann erzählst du es mir eben noch mal, wenn wir von Lissa zurückkommen.« Elizabeth streckte die Hand aus. »Abgemacht?«

Nach einem Augenblick schüttelte Chloe sie widerwillig. »Abgemacht.«

Ravinia wusste nicht, warum Kingston es plötzlich überhaupt nicht mehr eilig hatte, Elizabeth zu finden. Sie war ihrem Ziel so nahe, und er verzögerte alles mit vorgeschobenen Gründen. Jetzt saßen sie in einem Schnellrestaurant namens In-N-Out und hatten Burger bestellt. Kingston hatte den größten Teil der Zeit mit jemandem telefoniert, der ihn engagieren wollte, damit er eine Frau unter die Lupe nahm, die seinen Sohn heiraten wollte. Offenbar war der Mann reich und misstraute den Motiven der Frau.

Während Ravinia lauschte, klingelte ihr eigenes Handy, und sie war so überrascht, dass sie die Manschette ihrer Bluse durch den Ketschup auf dem Teller zog, als sie nach ihrem Telefon griff. Es musste Tante Catherine sein.

»Hallo?«

»Ich bin's, Ophelia.«

»Oh, hallo. Stimmt was nicht? Wo ist Tante Catherine?«

»Hier. Sie wollte, dass ich dich anrufe und frage, wie es bei dir aussieht.«

»Warum spricht sie nicht selbst mit mir?«

»Sie bereitet mit Isadora das Abendessen vor.«

Und schlägt sich ungern mit einem Mobiltelefon herum. Ravinia blickte durch die Glastür des Schnellrestaurants. Kingston telefonierte jetzt draußen und ging vor dem Lokal auf und ab. »Ich weiß jetzt, wo Elizabeth wohnt.« Sie erzählte ihrer Schwester, wie sie und Kingston Ralph Lendel Gaines gefunden und dass sie soeben mit ihm gesprochen hatten. »Ich würde gern sofort bei Elizabeth vorbeifahren«, sagte sie, aber Kingston telefoniert die ganze Zeit, und ich weiß nicht ...«

»Kingston ist der Privatdetektiv?«, fragte Ophelia.

»Ja. Er möchte nicht, dass wir da so mit der Tür ins Haus fallen. Vor etwa einer Woche ist Elizabeth' Mann gestorben.« Vielleicht hatte Kingston ja recht, wenn er mahnte, sie solle nichts überstürzen.

»Ihr Mann ist gestorben?«

»Bei einem Autounfall.« *Offenbar zusammen mit einer anderen Frau.*

»Tante Catherine wäre glücklich zu hören, dass es ihr gut geht.«

»Bis jetzt war ich noch nicht bei ihr.«

»Ruf an, wenn du sie kennengelernt hast.«

»Moment, Ophelia«, sagte Ravinia, weil sie das Gefühl hatte, dass ihre Schwester auflegen wollte.

»Ja?«, sagte Ophelia ungeduldig.

»Als kleines Mädchen hat Elizabeth den Einsturz einer Fußgängerbrücke vorausgesagt. Das haben mehrere Leute bestätigt. Glaubst du ... Klingt das für dich so, als könnte sie in die Zukunft blicken, wie unsere Schwester Kassandra?«

»Möglich ist alles«, sagte Ophelia nach kurzem Zögern.

»Glaubst du, dass er von ihr weiß? Declan jr.? Ich weiß, dass es merkwürdig klingt, aber ich fange auch Signale auf.«

»Was soll das heißen?«, fragte Ophelia scharf.

Ravinia dachte an die Stimme, die sie ihrer Meinung nach zu erreichen versucht hatte, und es lief ihr kalt den Rücken hinab. »Ich weiß es nicht. Es ist einfach nur seltsam.«

»Du hast jetzt diese Handynummer, oder? Ruf mich an, wenn du bei ihr warst. Ich gebe dir jetzt Tante Catherine.«

»Und wenn es spätabends ist?«

»Ist uns egal.«

»Okay.«

Nachdem Ravinia noch ein paar Minuten mit Tante Catherine geredet hatte, unterbrach sie die Verbindung, und in dem Moment kam Kingston von draußen zurück in das Schnellrestaurant.

Auch diesmal besuchten sie die Barefoot Bar, wo Elizabeth von ihren Freundinnen mit Fragen bombardiert wurde. Die schlugen einen möglichst unbefangenen und beiläufigen Ton an, doch ihre Mienen spiegelten Beunruhigung und Sorge wider. Elizabeth verstand es. An ihrer Stelle hätte sie vermutlich genauso reagiert. Aber wie viele Fragen man ihr auch stellte, sie hatte keine Antworten darauf. Sie verstand diese außergewöhnliche »Gabe« ja selber nicht. Obwohl sie jahrelang mit eisernem Willen dagegen angekämpft hatte, waren die Visionen nie wirklich verschwunden, was sich jetzt einmal mehr durch ihre Vorahnung bei Uncle Vito's bestätigt hatte.

Mit ihr am Tisch saßen Tara, Vivian, Deirdre, Jade und Nadia. Die meisten Fragen stellte Tara, doch Jade, die seit dem Vorfall mit Little Nate wusste, das Elizabeth nicht zuzugeben bereit war, über eine außergewöhnliche Fähigkeit zu verfügen, stellte sich schützend vor sie. Deirdre fragte sie geradeheraus, ob sie ihnen wirklich allen vormachen wolle, sie sei eine Hellseherin? Dann stellte sie klar, dass sie das alles für Schwindel hielt. Vivian fühlte sich unbehaglich und versuchte, das Thema zu wechseln. Nadia hielt sich mit ihrem Urteil zurück, erzählte aber von einem Fernsehbeitrag eines Lokalsenders, in dem der Reporter die mysteriöse Retterin des kleinen Jungens und seiner Eltern anflehte, an die Öffentlichkeit zu treten, damit die Leute sich bei ihr bedanken konnten für ihre Heldentat.

An diesem Abend wurden Elizabeth zwei Dinge klar. Ihre Freundinnen würden das Geheimnis nicht lange für sich behalten können, wenn sie es nicht jetzt schon verraten hatten, und dann kam noch hinzu, dass ihre Freundschaft mit ihnen eine unerwartete Wendung genommen hatte, und womöglich keine zum Besseren.

Erschöpfung übermannte sie, und schließlich hatte sie die Nase voll und bat Tara, sie zu Vivians Haus zu fahren, wo Chloe war und ihr Auto stand. Deirdre versuchte die anderen zu überreden, noch zu bleiben, doch auch die hatten keine Lust mehr.

Kurz darauf waren sie bei Vivian. Lissa und Bibi schienen sich verbündet zu haben gegen Chloe, die den Tränen nahe war, aber erst im Auto zu weinen begann. »Ich hasse Lissa«, verkündete sie, während sie sich wütend die Tränen aus den Augenwinkeln wischte.

»Wir hassen niemanden«, antwortete Elizabeth müde.

»Doch, tun wir.«

Chloe sagte das mit einer solchen Bestimmtheit, dass Elizabeth sich fragte, ob mehr dahintersteckte, doch wahrscheinlich sah sie Gespenster. Chloe war einfach ein kleines Kind, und da lagen Liebe und Hass immer dicht beieinander.

Zu Hause verwöhnte Elizabeth ihre Tochter mit einem Eis, und als sie sie ins Bett gebracht hatte, las sie ihr noch zwei Gutenachtgeschichten vor. Dann schloss sie leise die Tür, ging in ihr Schlafzimmer, legte ihre Sachen ab und zog einen Pyjama an. In der Bar hatte sie ein Glas Wein getrunken, und nun fragte sie sich, ob sie sich noch eins gönnen sollte. Aber sie verzichtete darauf, weil sie glaubte, dass sich schon so Kopfschmerzen ankündigten.

Sie lag im Bett und las immer wieder dieselbe Seite eines Buchs, das Nadia ihr empfohlen hatte. Es war ihr einfach nicht möglich, sich zu konzentrieren. Es klingelte an der Haustür. Am liebsten hätte sie sich die Decke über den Kopf gezogen und nicht reagiert.

Wer ist das? Die Halbschwester?

Sofort wurde sie wieder wütend auf ihren Vater. Der konnte doch nicht einfach ihre Adresse weitergeben, ohne sie vorher zu fragen! Was hatte er sich bloß dabei gedacht?

Sie warf die Bettdecke beiseite und eilte zur Haustür, ohne einen Morgenmantel anzuziehen. Wer immer da war, sie wollte nicht, dass er ein zweites Mal klingelte und Chloe aufweckte. Sie würde ihre Halbschwester abwimmeln. Und auch diesen Privatdetektiv, wenn der noch bei ihr war.

Als sie durch den Spion blickte, war sie äußerst überrascht. Vor der Tür stand Officer Maya.

Was hat sie hier zu suchen? Hat Detective Thronson ihr erzählt, was ich gesagt habe?

Sie schaltete die Außenbeleuchtung ein und öffnete die Tür. »Guten Abend, Officer Maya.«

»Es tut mir leid, Sie behelligen zu müssen, Mrs Ellis, aber es gibt verstörende Neuigkeiten.«

Der Vorfall bei Uncle Vito's. »Ist der Fahrer des Autos gestorben?«

»Ja, leider«, antwortete Officer Maya. »Aber ich bin nicht deshalb gekommen. Ich bin hier, weil Detective Bette Thronson letzte Nacht getötet wurde. Sie wurde in ihrem Haus erschossen. Wir glauben, dass Sie vielleicht die letzte Person waren, die sie lebend gesehen hat.«

27

»*Was?* Erschossen? Nein!« Elizabeth taumelte zurück. »Sie kann nicht tot sein. Das ist unmöglich!« Aber Officer Mayas ernster Blick sagte alles. »O mein Gott ...«

Wir glauben, dass Sie vielleicht die letzte Person waren, die sie lebend gesehen hat ...

Sie sank im Wohnzimmer in einen Sessel und vergrub das Gesicht in den Händen. *Wie war das möglich?*

Ihre Welt war völlig aus den Fugen geraten, überall um sie herum ereigneten sich Tragödien, starben Menschen, die etwas mit ihrem Leben zu tun gehabt hatten. Ihre Hände waren nass von ihren Tränen, und sie glaubte, von Finsternis übermannt zu werden.

»Mrs Ellis?« Officer Mayas Stimme kam von weither, wie vom Ende eines langen Tunnels. »Mrs Ellis!«

Weil sie unter Schock stand, hatte sie Officer Maya einfach auf der Türschwelle stehen lassen, doch sie war ihr ins Haus gefolgt und beugte sich nun über sie. Sie riss sich zusammen. Sie durfte jetzt nicht zusammenbrechen.

Sie nahm die Hände herunter. »Mir ... Mir geht's gut.« Das war natürlich eine Lüge, es ging ihr alles andere als gut. »Ich verstehe das alles nicht. Was ist passiert?«

»Da war ein Eindringling in Detective Thronsons Haus, der sich aber nicht gewaltsam Zutritt verschafft hat. Es sieht so aus, als wäre der Täter Bette zu ihrem Haus gefolgt und hätte einfach die Haustür aufgestoßen, als sie die gerade schließen wollte.« Man hörte Mayas Stimme ihre Erschütterung an. »Mein Partner ist mit der Spurensicherung am Tatort.«

Elizabeth blickte die Polizistin entmutigt an. Ihr Herz schlug unregelmäßig.

Sie ist tot, weil du ein Problem mit ihr hattest. Weil du mit ihr gestritten, ihr gegenüber eine Art Geständnis abgelegt und herausfordernd gesagt hast, sie solle dich doch verhaften.

»Wissen Sie ... Wissen Sie, wer es getan hat?«

»Noch nicht«, antwortete Maya ernst. »Aber wir werden es herausfinden.«

Etwas an ihrem Tonfall ließ Elizabeth vermuten, dass Maya glaubte, sie habe etwas zu tun mit Thronsons Tod. So wie Thronson vermutet hatte, dass sie etwas mit den anderen Todesfällen zu tun hatte.

Man kann niemanden töten, indem man sich seinen Tod wünscht.

Thronsons Worte fielen ihr wieder ein, doch die Polizistin hatte unrecht gehabt. Sie hatte diesen Menschen den Tod gewünscht, und sie waren gestorben. »Gibt es Augenzeugen?«, brachte sie mühsam hervor. »Einen Passanten, oder den Fahrer eines vorbeikommenden Autos?«

»Die Ermittlungen beginnen gerade erst. Warum erzählen Sie mir nicht, worüber Sie mit Detective Thronson geredet haben? Lassen Sie das Gespräch Revue passieren.«

Elizabeth nickte. Die Erinnerung war noch so frisch, dass sie das Gespräch praktisch wörtlich wiedergeben konnte, aber sie erzählte Maya nur, dass sie Court und Mazie den Tod gewünscht hatte. Von Officer Daniels und GoodGuy sagte sie nichts, denn Maya hielt sie offenbar jetzt schon für verrückt. Außerdem ließ sie aus, dass sie Thronson provokant aufgefordert hatte, sie festzunehmen. Es schien ihr klüger zu sein. Sie beendete ihren Bericht. »... und dann ist sie gegangen. Das war's. Danach habe ich nichts mehr von ihr gehört.«

»Detective Thronson hatte Sie für einen Test mit dem Lügendetektor vorgesehen.«

Elizabeth war klar, was das bedeutete. Sie hatte Maya gerade erzählt, dass sie Menschen den Tod gewünscht hatte, und obwohl sie das nicht weiter ausgeführt hatte, wusste sie mit Sicherheit, dass man sie für eine Verrückte hielt. Ein Test mit dem Lügendetektor war ein guter Beginn, um Wahrheit und Erfindung voneinander zu trennen. Oder zumindest, um herauszufinden, was jemand wirklich glaubte. »Ich habe nichts gegen den Test einzuwenden«, versicherte sie.

»Darf ich mich setzen?«

»Meine Tochter schläft, und ich möchte nicht, dass sie geweckt wird.«

Maya nickte und senkte die Stimme. »Dieser Vorfall in dem Restaurant. Wie konnten Sie wissen, dass es passieren würde?«

Sie hatte es bereits erklärt, doch Maya wollte eine Antwort, wie vor ihr Thronson. »Wie ich Detective Thronson schon sagte, ich habe das Auto kommen gehört. Dann sah ich den Wagen beschleunigen und direkt auf das Restaurant zukommen.«

»Nein«, widersprach Maya. »Sie haben es schon eine halbe Minute zuvor gewusst, bevor der Wagen durch die Scheibe brach. Sie haben diesem Kind das Leben gerettet, weil Sie irgendwie wussten, was kommen würde.«

»Ich habe nur reagiert«, beharrte Elizabeth, die Kopfschmerzen bekam.

»Nun, das ist das Problem. Meiner Meinung nach haben Sie agiert, nicht reagiert. Sie konnten den Wagen gar nicht kommen sehen.«

Elizabeth erstarrte. »Sind Sie gekommen, um mir von Detective Thronsons Tod zu berichten, oder war das nur ein Vorwand, um mich unter Druck zu setzen? Ich habe in einer Situation reagiert, als ich ein Unglück kommen sah, und das hat diesem Jungen und seinen Eltern das Leben gerettet. Ich bin froh, das getan zu haben, was jeder andere in dieser Situation auch getan hätte.«

»Die Leute fragen sich, wer Sie sind. Sie wissen, dass ich am Ort des Unglücks mit Ihnen gesprochen habe. Ich habe ihnen Ihren Namen nicht genannt.«

»Reden Sie von Medienvertretern?«

Maya nickte bedächtig.

»Ich weiß Ihre Verschwiegenheit zu schätzen«, sagte Elizabeth.

»An einem Medienspektakel habe ich so wenig Interesse wie Sie, aber ich will dieser Geschichte auf den Grund kommen und herausfinden, wer Detective Thronson umgebracht hat.«

»Ich wünsche Ihnen viel Glück dabei.«

Maya studierte ihre Miene, vermutlich suchte sie nach Anzeichen von Schuldgefühlen.

Maya drückte ihr eine Karte in die Hand. »Falls Sie etwas ausgelassen haben, oder wenn Ihnen später noch etwas einfällt, rufen Sie mich an.«

»Ja, einverstanden.« Elizabeth stand auf und begleitete Officer Maya zur Haustür. Als die Polizistin gegangen war, schloss sie die Tür und legte erleichtert den Riegel vor.

Vor ihrem inneren Auge sah sie Detective Thronson. Sie hatte Angst, empfand Trauer. Sie verstand nicht, welcher tödliche Strudel sie aus ihrem gewohnten Leben riss. Überall um sie herum ereigneten sich hässliche, tragische Todesfälle. Einige davon wurden als Unfälle gesehen, wie der Tod von Court und Mazie, andere nicht. Detective Thronson war erschossen worden, genau wie Officer Daniels. Diese Morde konnten auf das Konto eines Täters gehen, mit dem sie nichts zu tun hatte. Beide Opfer waren Polizisten gewesen, Thronson Ermittlerin bei der Mordkommission. Diese Arbeit war ihrer Natur nach gefährlich. Aber sie war direkt nach dem Besuch bei ihr umgebracht worden, wenn man Officer Maya glauben durfte. Sie konnte sich nicht vorstellen, dass Maya etwas Falsches gesagt hatte. Es schien mehr als ein Zufall zu sein. Sehr viel mehr. Und irgendjemand hatte Channing Renfro – GoodGuy – mit Benzin überschüttet und ihn in Flammen gesetzt. So etwas setzte ein gewisses Maß an Planung voraus.

Jetzt sah sie die Gesichter von allen an ihrem geistigen Auge vorbeiziehen, die Gesichter der Opfer, schmerzverzerrt, mit anklagenden Blicken. Zuletzt war Detective Bette Thronson getötet worden. Würde es nie ein Ende nehmen?

Nicht, wenn du nicht aufhörst, diese mörderische Wut auf andere zu empfinden.

Ihr wurde übel. Sie rannte in die Küche und übergab sich ins Spülbecken. Der bittere Geschmack der Galle war ekelerregend, und sie spülte sich den Mund aus.

Während sie das Spülbecken sauber machte, sagte sie sich, dass sie Ruhe bewahren und rational denken musste. Aber es ging nicht. Sie begann am ganzen Leib zu zittern, ihre Zähne klapperten. Sie fragte sich, ob sie völlig zusammenbrechen würde, körperlich und geistig. Sie ließ sich zu Boden gleiten und stützte das Gesicht in die Hände. Was geschah mit ihr? Ihr stiegen Tränen in die Augen, und sie musste sich zusammenreißen, um nicht laut zu schluchzen.

Reiß dich zusammen.

Was immer passiert, du darfst nicht den Verstand verlieren, darfst nicht zusammenbrechen. Was würde Chloe ohne dich tun? Lass dich nicht hängen. Deine Tochter braucht eine starke, geistig wache Mutter, keine schwache und verwirrte, die sich selbst bemitleidet. Steh endlich auf!

Sie wischte sich mit dem Handrücken die Tränen aus den Augenwinkeln und rappelte sich auf. Mit weichen Knien ging sie zur Haustür und blickte durch den Spion, um sich zu vergewissern, dass Officer Maya verschwunden war.

Von ihr und ihrem Auto war nichts mehr zu sehen, doch sie kam nicht dazu, erleichtert aufzuatmen, den jetzt kamen ein Mann und eine junge Frau die Stufen vor der Veranda hoch!

»Mein Gott.« Die angebliche Halbschwester und der Privatdetektiv, vor denen ihr Vater sie gewarnt hatte. Sie wollte nicht aufmachen, doch dadurch würde sie das Unvermeidliche nur hinausschieben. Aber sie war nicht gewillt, diesem Mädchen seine Geschichte abzukaufen. Auf dieser Welt gab es genug gierige Betrüger, die vom Tod eines Familienangehörigen hörten und sich dann aus der Deckung trauten, um die Hinterbliebenen auszuplündern. Oftmals wurden Testamente angefochten, weil längst verschwunden geglaubte Verwandte annahmen, Ansprüche zu haben. Vielleicht war das auch in diesem Fall so. Womöglich glaubte das Mädchen, dass Geld zu holen war, weil Court, ein Anwalt, nach seinem Tod ein Vermögen hinterlassen hatte ...

Nur behauptet dieses Mädchen laut deinem geschätzten alten Herrn, sie sei deine Schwester, da hat sie wohl kaum einen Anspruch auf einen Teil von Courts Erbe.

Aber warum sonst tauchte sie jetzt so urplötzlich auf, unmittelbar nach Courts Tod? Für einen kurzen Moment fragte sie sich, ob nicht vielleicht ihr Vater hinter alldem stand. Wie viele andere Leute glaubte auch er, dass ein Anwalt mit einem BMW ein reicher Mann sein musste. Und trotzdem ... Obwohl ihr Vater viele Fehler hatte und sogar versucht hatte, aus ihrer speziellen »Gabe« Kapital zu schlagen, glaubte sie nicht, dass er versuchen würde, sie zu bestehlen.

Bevor die ungebetenen Gäste klingelten und Chloe aufweckten, zog sie den Riegel zurück und öffnete die Tür einen Spaltbreit.

Der Mann war groß, deutlich über eins achtzig, und er hatte tief liegende, dunkle Augen und fast schwarze Haare, die im Licht der Außenbeleuchtung glänzten. Er musterte sie mit einem durchdringenden Blick.

Großartig, das hat mir gerade noch gefehlt.

Die junge Frau neben ihm, fast noch ein Mädchen, studierte ihr Gesicht so angestrengt, als versuchte sie, sich noch das kleinste Detail einzuprägen. Sie war fast wie ein Junge angezogen und ungeschminkt. Ebenmäßige Gesichtszüge, honigblondes, zu einem Pferdeschwanz gebundenes Haar.

Sofort erkannte Elizabeth die Ähnlichkeit zwischen dem Mädchen und ihr selbst. In dem Punkt hatte sich ihr Vater nicht geirrt.

Doch was die beiden ihr auch zu erzählen gedachten, sie hatte kein Interesse.

»Elizabeth Gaines?«, fragte der Mann.

»Ich heiße Elizabeth Ellis«, antwortete sie, während ihr Puls zu rasen begann. Guter Gott, sie war völlig am Ende und hätte sich gar nicht darauf einlassen sollen, mit den beiden zu reden.

»Aber früher hießen Sie Gaines«, sagte das Mädchen. »Sie sind die Elizabeth Gaines, welche die Van Buren High School besucht hat.«

Der Mann warf seiner Begleiterin einen Blick zu, der sie zum Schweigen bringen sollte.

»Mein Name ist Rex Kingston«, stellte sich der Mann vor. »Ich bin Privatdetektiv.« Er zog eine Karte hervor und reichte sie ihr.

Elizabeth nahm sie zögernd und warf einen Blick darauf. Demnach hieß der Mann nicht *Rex,* sondern Joel »Rex« Kingston.

»Und meine Mandantin hier heißt Ravinia Rutledge.«

»Ich bin Ihre Cousine.«

»Cousine?«, echote Elizabeth. »Ich dachte, Sie hätten behauptet, meine Halbschwester zu sein.«

»Haben Sie mit Ihrem Vater gesprochen?«, fragte Ravinia.

»Ja«, antwortete Elizabeth.

Diese Ravinia starrte sie unverwandt an, und in diesem Moment empfand Elizabeth ein Kribbeln und kurz darauf ein intensives Hitzegefühl, des genauso schnell wieder verschwand, wie es gekommen war.

Was zum Teufel war das?

Dieses Mädchen war irgendwie unheimlich, und sie wandte sich wieder Kingston zu.

»Warum hat sie behauptet, meine Halbschwester zu sein, wenn sie doch angeblich meine Cousine ist?«

Seine Lippen öffneten sich, als wollte er etwas sagen, doch Ravinia kam ihm zuvor.

»Ich wollte Sie unbedingt finden und glaubte, Ihr Vater würde eine Halbschwester überzeugender finden als eine Cousine. Aber es stimmt, ich heiße Ravinia Rutledge und bin Ihre Cousine.«

»Meinetwegen, aber ich habe kein Interesse an diesem Gespräch.«

»Moment!«, rief Ravinia, als Elizabeth die Tür schließen wollte.

»Denken Sie darüber nach«, sagte Kingston. »Sie haben meine Karte. Miss Rutledge verfügt über Informationen, die Sie interessieren könnten. Rufen Sie an, wenn Sie Ihre Meinung ändern sollten.«

Ravinia blickte ihn an, als hätte er den Verstand verloren. »Ich bleibe.«

»Sie verschwinden, wenn sie sagt, dass Sie verschwinden sollen. Dies ist ihr Grundstück, und Sie haben es unbefugt betreten.«

»Ich bin ihre Cousine!«

»Sie sieht das anders«, bemerkte Kingston, und Elizabeth hatte den Eindruck, dass solche Streitereien bei den beiden an der Tagesordnung waren.

Elizabeth zeigte auf Ravinia. »Sind Sie mit ihr verwandt?«

»Nein«, antwortete er bestimmt. Als sie die Tür nicht sofort schloss, zog er seinen Führerschein und seine Lizenz als Privatdetektiv aus der Tasche und zeigte sie ihr. Wenn man genug Geld und die richtigen Beziehungen hatte, konnte man solche Dokumente problemlos kaufen auf den Straßen von LA. »Ravinia tauchte kürzlich in meinem Büro auf und hat mich gebeten, nach Ihnen zu suchen, und diese Suche hat uns hierher geführt.«

»Es ist wichtig, dass wir reden«, beharrte Ravinia, die Kingston einen Blick zuwarf, der besagte, er sei nicht gerade hilfreich.

Aber er war es, denn er hatte sie mit seiner Aufrichtigkeit entwaffnet. Wenn es ein Trick war, hatte er funktioniert, weil sie ihre Aufmerksamkeit erneut ihm zuwandte.

Er spreizte die Hände. »Wie gesagt, es könnte Sie interessieren, was sie zu erzählen hat.«

Elizabeth zögerte. Fast hätte sie die beiden aus Neugier hereingelassen, aber sie hatte genug um die Ohren. Mehr als genug. »Bitte entschuldigen Sie mich jetzt.« Damit schloss sie die Tür. Ihr fehlte die Kraft für dieses Gespräch, und ihr Leben lag schon jetzt in Trümmern.

Jemand hämmerte penetrant gegen die Tür, und dann klingelte es. Um Himmels willen, diese beiden würden noch Chloe aufwecken ...

»Mommy?«

Elizabeth knirschte mit den Zähnen. *Verdammt. Zu spät.*

Chloe stand in der Diele und rieb sich die Augen. Ihre Haare waren zerzaust und standen in alle Richtungen ab.

Es klingelte erneut. »Aufmachen, Elizabeth!«, rief Ravinia, deren Stimme durch die Tür gedämpft wurde. »Wir *sind* verwandt! Ich versuche nur zu helfen und muss ein paar Dinge erzählen.« Sie sprach hektisch und wirkte ziemlich aufgekratzt.

Ignoriere es.

»Ich bin eine deiner Cousinen.«

Es gibt noch mehr?

»Ich komme aus der Nähe von Deception Bay in Oregon. Unser Haus heißt Siren Song. Deine Mutter ist meine Tante.«

Guter Gott.

Chloe zeigte auf die Tür. »Wer ist das?«

»Weiß ich nicht«, antwortete Elizabeth. »Es tut mir leid, dass dich der Lärm geweckt hat.« Sie brachte ihre Tochter in deren Zimmer zurück. »Leg dich wieder ins Bett und ...«

»Nein!«, rief Chloe störrisch.

»Es ist spät, Chloe. Leg dich hin und schlaf weiter.« Allmählich war Elizabeth wütend auf dieses Mädchen, das weiter abwechselnd gegen die Tür hämmerte und klingelte. Hätte sie nicht schon Probleme gehabt mit der verdammten Polizei, hätte sie umgehend dort angerufen und Kingston und diese Ravinia von ihrem Grundstück entfernen lassen. Vielleicht sollte sie es trotzdem tun.

»Ich will nicht wieder ins Bett.«

»Aber natürlich legst du dich jetzt hin. Ich gehe auch gleich schlafen.«

»Wer ist da draußen?«, fragte Chloe.

»Ich weiß es nicht, das habe ich doch gesagt.«

»Sie sind laut!«

»Da sagst du was.«

»Warum lässt du sie nicht herein?«

»Weil es Fremde sind.«

»Sie hat gesagt, dass sie deine Cousine ist.«

»Das war eine Lüge.« Elizabeth beugte sich über Chloes Bett und strich die Decke glatt.

»Warum sollte sie lügen?«

»Weiß ich nicht.«

»Ich will sie kennenlernen!«

»Sei nicht töricht, sie ist eine Fremde.«

»Lissa hat Cousinen. Jede Menge. Bibi auch.«

»Schön für sie. Ich weiß nichts von dieser Cousine. Nur weil sie es behauptet, muss es nicht wahr sein. Das Ganze könnte ein Trick sein.«

»Warum sollte sie sich als deine Cousine ausgeben, wenn sie es nicht ist?«

»Chloe ...«

»Du willst keine Cousine haben«, jammerte Chloe, die zurückwich, als Elizabeth nach ihr griff. Dann rannte sie zur Haustür.

»Halt!«, rief Elizabeth, die ihrer Tochter folgte und fast gestolpert wäre.

Die Sekunde, die sie dadurch verlor, reichte Chloe, um die Tür aufzureißen. »Hallo!«, rief sie den Besuchern nach. »Kommt zurück!«

»Chloe!« Elizabeth holte ihre Tochter an der Tür ein und sah, das Kingston und Ravinia sich auf den Weg gemacht hatten, doch das Mädchen regierte blitzschnell und kam zurück, bevor Elizabeth Chloe wieder ins Haus ziehen konnte.

»Tag, meine Kleine«, sagte Ravinia zu Chloe.

»Bist du auch meine Cousine?«

»Verschwinden Sie, meine Tochter hätte die Tür nie öffnen dürfen«, sagte Elizabeth.

»Warum denn nicht?«, fragte Chloe.

»Wenn Sie jetzt nicht gehen, rufe ich die Polizei.«

»Gute Idee«, bemerkte Kingston, der hinter Ravinia auftauchte. »Nennen Sie den Cops meinen Namen, ich war selbst mal bei der Polizei.«

Elizabeth glaubte es ihm. Etwas an seinem Auftreten legte nahe, dass es stimmte.

»Lassen Sie sich mit Detective Barney O'Callaghan verbinden«, fuhr Kingston fort. »Oder mit Detective Mike Tatum.«

Ihr Bedarf an Polizisten war vorerst gedeckt.

»Möchten Sie nicht hereinkommen?«, fragte Chloe Kingston.

»Nur wenn deine Mom einverstanden ist.«

»Ich bin nicht einverstanden«, sagte Elizabeth, deren Widerstand aber zu bröckeln begann.

»Sie könnten ja mit Ravinia reden, und ich bleibe draußen«, schlug Kingston vor.

Ravinia warf ihm einen scharfen Blick zu, und er hob die Hände. »Sie haben mich engagiert, um Elizabeth Gaines zu finden. Ich habe meinen Job erledigt.«

Ravinia blickte Elizabeth an. »Ich weiß von der eingestürzten Brücke. Vielleicht könnte ich zu erklären versuchen, woher die Vorahnung kam ...«

Elizabeth öffnete langsam die Tür.

28

Ravinia blickte in Elizabeth' Herz. Ja, sie war die Frau, nach der sie gesucht hatte, und ja, sie war ein guter Mensch. Nur total verängstigt.

»Sie können hereinkommen«, sagte Elizabeth zu Ravinia. »Aber nur Sie. Doch bevor ich Sie in mein Haus lasse, haben Sie hoffentlich nichts dagegen, mir zu beweisen, dass sie keine Pistole, kein Messer oder sonst eine Waffe dabeihaben. Haben wir uns verstanden? Und nur damit das klar ist – bevor ich mir nicht ganz sicher bin, dass Sie nichts Schlimmes im Schilde führen, behalte ich das Telefon in der Hand, damit ich jederzeit die Polizei anrufen kann.«

»Okay.« Ravinia war gekommen, um ihr zu helfen, und es nervte sie nicht wenig, dass diese Frau das nicht merkte. Sie drehte ihre Taschen nach außen und warf Elizabeth einen fragenden Blick zu. *Jetzt zufrieden?*

Das schien Elizabeth zu genügen, und sie trat zur Seite, um sie hereinzulassen. Sie warf Kingston noch einen Blick zu, schloss die Tür und legte den Riegel vor.

»Komm mit, ich zeig dir mein Zimmer!«, rief Chloe.

»Nein, Honey«, erwiderte Elizabeth. »Die Lady ist geschäftlich hier.«

Ravinia verzog das Gesicht. Nie im Leben hatte sie sich selbst als »Lady« gesehen, obwohl Tante Catherine sich alle Mühe gegeben hatte, sie und ihre Schwestern zu richtigen Damen zu erziehen, respektive dem, was sie darunter verstand.

»Nein!« Chloe packte Ravinias Hand und zog sie den kurzen Flur hinab.

Ravinia untersagte es sich, in das Herz des kleinen Mädchens zu blicken, denn sie wollte Chloe nicht verängstigen. Chloe zog sie in ein bunt gestrichenes Zimmer, Elizabeth war einen Schritt hinter ihnen. In einem Korb türmten sich Spielzeuge, in einer Ecke waren Bücher und Zeichenblöcke aufeinandergestapelt. Auf dem Boden lagen ein paar Puppen, auf dem Bett Stofftiere. Die weißen Möbel passten zueinander, die Frisierkommode, das Bücherregal und das Bett.

Ein Kinderzimmer wie aus dem Bilderbuch. So etwas hatte es in Siren Song nicht gegeben. Sie hatte sich immer ein Zimmer mit mindestens einer ihrer Schwestern teilen müssen. Spielzeug hatte es nur wenig gegeben, und die Bücher stammten aus der öffentlichen Bibliothek von Deception Bay, wo Tante Catherine sie ausgeliehen hatte. Die Vorhänge und Bettdecken bestanden aus Stoffresten, die beim Nähen der langen Kleider übrig geblieben waren.

»Bist du wirklich Mommys Cousine?«, fragte Chloe.

»Ja.«

»Magst du die Trickfilme mit den Bienen, die immer alle Rätsel lösen?«, fragte Chloe, während sie ihre Lieblingspuppe hochhielt, mit der anderen Hand ein Stoffkaninchen, dem ein Auge fehlte.

»Nein, die kenne ich nicht«, antwortete Ravinia.

»Das ist ihre Lieblingsserie im Fernsehen«, erklärte Elizabeth hinter ihr. »Also dann, Chloe, ab ins Bett.«

»Nein!«

Elizabeth ließ nicht mit sich reden. »Es ist spät. Ravinia ist hier, um mit mir zu reden.«

Chloe gähnte. »Ist sie noch da, wenn ich morgen aufwache?«

»Man wird sehen. Los, ins Bett. Nimm Henry und Clover mit.«

Chloe gehorchte widerstrebend. »Man wird sehen, das heißt nein«, sagte sie, während sie unter die Decke kroch. »Wenn es um den Hund geht, sagst du auch immer ›Man wird sehen‹.«

»Wenn ich nicht mehr hier bin, komme ich später wieder«, versicherte Ravinia, die Elizabeth' Blick auf sich ruhen spürte. *Falls deine Mutter es erlaubt.*

»Versprochen?«

»Ja«, antwortete Ravinia.

Obwohl Chloe nicht überzeugt wirkte, war sie zu müde, um zu streiten. Elizabeth ließ die Nachttischlampe an, führte Ravinia aus dem Zimmer und schloss die Tür.

»Ich zieh mir nur eben einen Morgenmantel an«, sagte sie und verschwand in einem anderen Zimmer. Innerhalb von fünfzehn Sekunden war sie zurück, als befürchtete sie, Ravinia könnte sie ausrauben oder ihre Tochter kidnappen, wenn sie nicht verdammt gut aufpasste. »Okay, hier entlang«, sagte sie, während sie den Morgenmantel überstreifte und den Gürtel zuzog. In der Küche blickte sie Ravinia fragend an. »Was war das mit der eingestürzten Brücke?«

Kingston saß in dem Nissan und blickte auf das Haus, in dem Elizabeth Gaines mit ihrer Tochter lebte. Sein Job war erledigt, doch er wollte noch nicht nach Hause fahren. In Gedanken war er bei der gehetzt wirkenden Frau, die er gerade kurz erlebt hatte. *Sie ist tough oder versucht, so zu erscheinen,* dachte er. *Sie will ihre Tochter beschützen und ist total verängstigt.*

Es bedurfte nicht Ravinias »Gabe«, um das zu erkennen.

Irgendetwas jagte Elizabeth Gaines eine Heidenangst ein, auch wenn sie sich noch so bemühte, es zu verbergen.

Er war sich sicher, dass es Ravinias lange aus den Augen verlorene Verwandte war. Die Ähnlichkeit war unverkennbar. Hohe Wangenknochen, ähnliche Augenbrauen. Blondes Haar, ein spitzes Kinn. Allerdings schienen Elizabeth' Augen blau zu sein, doch das konnte bei veränderten Lichtverhältnissen anders wirken. Bei denen von Ravinia war es genauso. Und noch etwas schien sie zu verbinden. Etwas, das über eine nur äußerliche Ähnlichkeit hinausging.

Was ist los mit dir, Kingston? Bist du jetzt schon genauso verrückt wie Ravinia?

Nicht, dass es eine Rolle gespielt hätte, warum Elizabeth verängstigt war. Für ihn war diese bizarre Geschichte beendet. Er hätte nach Hause fahren und Ravinia sich selbst überlassen können, doch er saß immer noch hier in seinem Auto, das an der nächsten Straßenecke geparkt war. Er hatte die Stelle ausgesucht, weil es in der Nähe keine Straßenlaternen gab.

Als er mit Ravinia hier eingetroffen war, hatten sie Elizabeth nicht angetroffen. Ravinia hatte darauf bestanden zu warten. Er hatte zugestimmt und sich gesagt, umso schneller habe er seinen Job getan. Während sie warteten, war mehrfach ein Streifenwagen vorbeigekommen, und ihm war klar geworden, dass nicht nur sie das Haus von Elizabeth Ellis beobachteten. Eine Polizistin war ausgestiegen und hatte geklingelt, doch als niemand öffnete, war sie wieder in ihren Streifenwagen gestiegen und mehrfach um den Block gefahren. Trotz Ravinias Protesten hatte er sich genötigt gefühlt, seinen Wagen umzusetzen, denn er hatte keine Lust, sich von der Polizistin befragen zu lassen. Dann war Elizabeth Ellis nach Hause gekommen, und die Polizistin hatte erneut geklingelt und war ins Haus gebeten worden. Er hatte Elizabeth fragen wollen, worum es dabei gegangen war, aber sie war zu ängstlich. Noch immer war er verdutzt, dass Ravinia es geschafft hatte, ins Haus gelassen zu werden.

Seine Neugier war geweckt, doch es wäre besser gewesen, wenn er sich die ganze Geschichte aus dem Kopf geschlagen, sein Honorar eingestrichen und sich dem nächsten Job gewidmet hätte. Aber er schaffte es nicht, den Schlussstrich zu ziehen. Als er Elizabeth Gaines Ellis zum ersten Mal sah, hatte das etwas in ihm berührt. Er fühlte es, und es nervte ihn. Was zum Teufel war mit ihm los?

Gott helfe mir, du kannst doch nicht etwa Interesse an ihr haben.

Und jetzt war Ravinia in dem Haus und erzählte Elizabeth ihre fantastische Geschichte von den jungen Frauen in Oregon, die gekleidet waren wie im neunzehnten Jahrhundert und bemuttert wurden von einer liebevollen, aber verängstigten Matriarchin, die sie von der Außenwelt abschirmte und sie vor geisteskranken Halbbrüdern schützen wollte. Und dann diese Geschichte mit den übersinnlichen »Gaben« ... Zum Glück hatte er den Akku seines iPad aufgeladen, und er griff danach, um ein bisschen über Elizabeth zu recherchieren, über ihr Leben und ihre Arbeit bei Suncrest Realty. Und über Courtland Ellis, ihren verstorbenen Ehemann.

Elizabeth wappnete sich für das Kommende, während sie schweigend lauschte, als das Mädchen seine Geschichte zu erzählen begann.

»Da wir Cousinen sind, sollten wir uns duzen«, begann Ravinia. »Einverstanden?«

»Ja, meinetwegen.«

»Wahrscheinlich hast du eine Gabe, Dinge vorherzusehen, bevor sie eintreten«, sagte Ravinia.

»Woher weißt du das?«

»Ich habe Leute getroffen, die dich früher gekannt haben, zum Beispiel Beth Harper und Bernice Kampfe. Sie wollten, dass ich sie wissen lasse, wie es dir geht. Meiner Meinung nach machten auch sie sich Sorgen um dich.«

Beth Harper und Bernice Kampfe ... Elizabeth stiegen unerwartet Tränen in die Augen. Diese beiden waren immer gut zu ihr gewesen, und das war selten vorgekommen in ihren jungen Jahren.

»Meine Tante Catherine ist deine Mutter«, fuhr Ravinia fort. »Sie hat dich als Baby weggegeben, weil ... Nun, das ist eine wirklich lange Geschichte, aber sie glaubte, dass du nicht in Sicherheit gewesen wärst, wenn sie dich bei sich behalten hätte ...«

Elizabeth faltete die Hände, ihr Puls begann zu rasen. Ihre leibliche Mutter. Der Gedanke bewegte sie, und sie musste sich daran erinnern, wie verletzlich sie war, dass sie vorsichtig sein musste auf diesem gefährlichen Terrain. *Glaub ihr nicht. Das ist ein Trick, und zwar ein verdammt cleverer.*

Ravinia erzählte ihr von einem Haus namens Siren Song, in dem sie aufgewachsen war mit ihren Schwestern, ihren Cousinen, von denen es offenbar einige gab. Als sie von den speziellen Gaben erzählte, welche diese Mädchen besaßen, wehrte sie sich innerlich dagegen. Nein, sie wollte das nicht hören.

Und doch hörte sie weiter zu und stellte ihrerseits eine Frage. »Was ist deine Gabe?«

Ravinia antwortete todernst. »Ich kann in das Herz eines Menschen blicken und sehen, ob er gut oder schlecht ist.«

»Was du nicht sagst.«

»Du glaubst mir nicht, aber ich habe an der Haustür in dein Herz geschaut. Du bist ein guter Mensch. Aber verängstigt.«

Elizabeth öffnete den Mund, um zu sagen, das sei unmöglich, aber sie erinnerte sich an das seltsame Hitzegefühl, das sie empfunden hatte. Da war etwas mit ihr passiert.

Sie begann daran zu glauben, dass da etwas war ... eine Verbindung zu diesem Haus namens Siren Song, eine Verbindung, die es ihr kalt den Rücken hinablaufen ließ.

»Du brauchst keine Angst vor mir zu haben«, sagte Ravinia.

»Habe ich nicht.« Doch das war eine Lüge, und sie wussten es beide. Elizabeth nahm ein Glas aus dem Küchenschrank, füllte es mit Wasser aus dem Hahn und blickte fragend Ravinia an. »Möchtest du auch etwas trinken?«

»Nein, danke.«

Auch gut. Elizabeth trank einen großen Schluck und dachte daran, dass sie sich viel lieber ein Glas Wein gegönnt hätte, doch das wäre jetzt eine schlechte Idee gewesen. Sie musste einen klaren Kopf haben. »Kannst du nicht ganz vorne anfangen?«, fragte sie Ravinia. »Es kommt mir so vor, als hättest du im dritten Akt begonnen.«

»Kein Problem.« Ravinia erzählte die seltsame, aber doch faszinierende Geschichte ihrer promiskuitiven Mutter Mary, auch die ihrer strengen, aber liebevollen Schwester Catherine, welche die Erziehung der vielen Mädchen übernommen hatte, die hinter dem hohen Zaun und dem verrammelten Tor von Siren Song wohnten. Die Kinder lebten isoliert von der Außenwelt, abseits der modernen Zivilisation. Catherine hatte Ravinias Mutter schließlich auf eine einsame Insel exiliert, weil ihre Affären mit allen möglichen Männern ihre Kinder in Gefahr brachten.

Und dann hatte jüngst eine tödliche Bedrohung Catherine dazu veranlasst, Ravinia in den Süden zu schicken, damit sie ihre Cousine fand und sie warnte.

»Deshalb bin ich hier«, schloss Ravinia. »Um dich zu warnen.«

»Was für eine Gefahr droht mir denn?«, fragte Elizabeth vorsichtig. Sie wusste nicht, wie viel sie glauben sollte von der Geschichte, doch unzweifelhaft war, dass sich seltsame Dinge ereigneten in ihrem Leben.

»Die größte Gefahr ist Declan jr.«, sagte Ravinia, doch ihre Stimme klang zum ersten Mal etwas verunsichert. »Er könnte nach dir suchen, wenn er schon von dir weiß.«

Er hat gesagt, dass er dich liebt, aber ich glaube, dass er ein paar schlimme Dinge getan hat.

»Er ist einer meiner Cousins.«

Elizabeth leerte ihr Glas und stellte es auf die Spüle. Der dumpfe Kopfschmerz hatte sich immer noch nicht ganz verzogen. Ein Teil von ihr wollte Ravinia vertrauen, um vielleicht eine Erklärung zu finden für die entsetzlichen Todesfälle in ihrer unmittelbaren Umgebung. Vielleicht gab es eine Verbindung ... Blieb ihr eine andere Wahl, als Ravinia ihre Geschichte abzukaufen?

»Offen gestanden weiß ich nicht, was ich sagen soll.«

»Hast du außer dem Einsturz der Brücke noch andere Ereignisse vorhergesehen?«, fragte Ravinia.

Elizabeth zog eine Grimasse. »Schaust du die Nachrichten?«

»Nein. Warum?«

»Ach, vergiss es. Ich ... Ich danke dir, dass du mich gewarnt hast ...«

»Du glaubst mir nicht«, sagte Ravinia gekränkt.

»Ich behaupte nicht, dass du lügst, aber ich kann nicht ...« Elizabeth spreizte die Hände. »Ich bin eine ganz normale Frau, und Chloe und ich machen gerade eine schwierige Zeit durch ...«

»Irgendetwas ist geschehen«, sagte Ravinia. »Deshalb hast du solche Angst. Erzähl mir alles, ich kann dir helfen.«

»Nein, es ist nichts passiert, es ist alles in Ordnung. Gib mir Catherines Nummer, dann rufe ich sie an.«

»Eigentlich ist das Ophelias Nummer, ihr gehört das Handy«, sagte Ravinia etwas verächtlich. »Einen Festnetzanschluss gibt es nicht in Siren Song.«

Laut Ravinia war Ophelia auch eine ihrer Cousinen. »Gut, ich versuche später, sie zu erreichen.«

»Gib mir einen Stift und einen Zettel.« Elizabeth fand beides in einer Schublade mit lauter Krempel, und Ravinia schrieb ihr eine Telefonnummer auf, dann noch eine zweite, hinter die sie ihren Namen setzte. Ravinia Rutledge. »Das ist meine Handynummer«, sagte sie. »Für den Fall, dass du mit mir sprechen musst oder möchtest. Wenn ich mich nicht melde, musst du es eben noch mal versuchen.« Sie wollte Elizabeth den Zettel geben, zog ihn aber wieder zurück und notierte eine dritte Telefonnummer. »Das ist die Nummer vom Tillamook County Sheriff's Department. Lass dich mit Detective Savannah Dunbar verbinden. Sie kann alles bestätigen, was ich dir erzählt habe.« Ravinia reichte ihr den Zettel. »Du musst mich anrufen.«

Elizabeth begnügte sich mit einem Nicken. Sie war zu müde, um eine ironische Bemerkung darüber zu machen, dass Ravinia eigentlich kein Telefon brauchte, da sie ja eine Art Hellseherin war. Sie behielt es für sich.

Als sie zur Haustür gingen und Ravinia nach draußen trat, kam Chloe aus ihrem Zimmer gestürmt.

»Warum bist du schon wieder auf den Beinen?«, fragte Elizabeth scharf.

Chloe ignorierte es und winkte Ravinia zu. »Ist das dein Hund?«

Elizabeth blickte nach draußen und sah, dass sich ein Schatten an Ravinia vorbeibewegte, und ein Windstoß raschelte laut in den Baumkronen.

Chloe hatte einen Arm um Ravinias Bein geschlungen und zeigte mit der anderen Hand auf eine Baumgruppe hinter dem Haus auf der anderen Straßenseite. »Der große Hund. Mit dem struppigen Fell und den gelben Augen.«

Ravinia wirbelte herum.

»Da ist kein Hund«, sagte Elizabeth.

»Doch, er war genau da!«, beharrte Chloe, die stirnrunzelnd Ravinia anblickte. »Genau da. Und du hast ihn auch gesehen.«

29

Die Haustür fiel ins Schloss, und Ravinia wandte sich sofort um und sah, dass der Wolf sich in der Finsternis zwischen zwei Häusern versteckte, hier, mitten in einer Vorstadt im Süden Kaliforniens. »Was hast du hier zu suchen?«, flüsterte sie. Das war nicht der richtige Ort für ihn. Zu viele Menschen, zu viele Lichter, zu viele Überwachungskameras und Telefone. Es war zu gefährlich. Wenn jemand den Wolf sah und die Polizei anrief, konnte wer weiß was passieren. Vielleicht würde man ihn erschießen.

Wenn er real ist. Beruhige dich. Er könnte bloß ein Produkt deiner Einbildungskraft sein.

Aber die kleine Chloe hat ihn gesehen und wusste, dass auch du ihn gesehen hast.

Es sei denn, es war doch nur ein großer Hund aus der Nachbarschaft. Die Kleine hatte von einem Hund gesprochen, doch sie war erst vier oder fünf ...

Vielleicht hat auch sie eine Gabe ... Sie ist Elizabeth' Tochter, und das könnte etwas zu bedeuten haben ... Tante Catherine nannte es »genetische Anomalie«.

Elizabeth schaltete die Beleuchtung auf der Veranda aus, und die Augen des Wolfs leuchteten in der Finsternis. Als Ravinia sich umdrehte, fiel ihr auf, dass alle Jalousien auf der Straßenseite von Elizabeth' Haus fest zugezogen waren, als könnte sie so ihre Tochter und sich selbst von der Welt abschotten.

Man fühlt sich an Siren Song erinnert, dachte Ravinia. *Aber es funktioniert nicht. Er kann dich trotzdem finden. Dir etwas antun.*

Du bist nicht in Sicherheit, Elizabeth. Nicht *in Sicherheit. Hörst du mich?*

Sie versuchte, ihr eine Botschaft zu senden, doch es klappte nicht, denn sie hatte nie über die übersinnliche Gabe verfügt, mental Nachrichten versenden und empfangen zu können. Diese außergewöhnliche Fähigkeit war einigen wenigen vorbehalten, diese seltsame Verbindung zwischen einigen von Marys Kindern oder Verwandten. Sie selbst besaß diese Fähigkeit offenbar nicht, und es war eine verdammte Schande.

Sie erinnerte sich an den verzerrten Klang der Stimme, an die Nachricht, die sie empfangen zu haben glaubte.

Vielleicht wolltest du nur unbedingt, dass es so ist, schalt sie sich selbst. *Beschwer dich nicht, wenn man dich für eine Verrückte hält.*

Frustriert lief sie zu Kingstons Auto zurück, das er zuvor um die Ecke geparkt hatte, damit er nicht gesehen wurde von der Polizistin in dem Streifenwagen, die direkt vor ihnen bei Elizabeth geklingelt hatte. Eigentlich hatte sie Elizabeth nach der Polizistin fragen wollen, doch sie hatte es gerade geschafft, von ihren Halbschwestern und Elizabeth' Mutter zu erzählen, Tante Catherine. Sie war sich nicht einmal sicher, ob Elizabeth aufmerksam zugehört hatte. Sie hatte abgelenkt und ängstlich gewirkt und sie so schnell wie möglich wieder loswerden wollen.

Bei dieser ersten Begegnung war es nicht so gut gelaufen, wie sie es sich erhofft hatte, und es störte sie, dass Kingston genau das prophezeit hatte. Während sie zu dem Nissan eilte, hörte sie einen Nachtvogel singen, das Schwirren von Fledermausflügeln und die Motorengeräusche von dem nahen Highway. In der Nachbarschaft wurde gegrillt, und es roch nach Holzkohle.

Mit dieser friedlichen Idylle würde es vorbei sein, wenn Declan jr. hier eine Schneise der Verwüstung hinterließ. Sie durfte es nicht so weit kommen lassen. Irgendwie musste sie es schaffen, dass Elizabeth ihr Glauben schenkte.

Sobald Kingston sie sah, ließ er den Motor an, und das Licht der Scheinwerfer fiel auf die zu beiden Seiten der Straße vor dem Nissan geparkten Autos. Aus dem Augenwinkel glaubte sie den Wolf zu sehen, der neben ihr hergelaufen sein musste und jetzt vorsichtig den Lichtstrahl der Scheinwerfer mied.

»Wenn du real bist, musst du verschwinden«, warnte sie, und der Wolf blickte sie fragend an. Seine goldenen Augen schimmerten unheimlich. »Ich meine es ernst. Geh weg, bitte ...« Der Wolf hielt noch einen Moment ihrem Blick stand und verschwand dann in der Dunkelheit. »Danke«, sagte sie seufzend. Sie stieg in das Auto, warf sich auf den Beifahrersitz und knallte die Tür zu. »Los, fahren wir.«

»Mit wem haben Sie gesprochen?« Kingston griff nach dem Schaltknüppel und starrte sie an, während die Innenbeleuchtung erlosch.

»Was?«

»Sie haben gerade eben mit jemandem gesprochen.«

»Nur mit mir selbst.« Sie blickte aus dem Fenster und glaubte eigentlich nicht, dass sie gelogen hatte, denn sie war sich immer noch nicht sicher, ob sie den Wolf wirklich gesehen oder es sich nur eingebildet hatte ... Aber Chloe hatte ihn auch gesehen ...

»Ich nehme an, dass es nicht gut gelaufen ist mit Elizabeth.«

Ein Piepton ertönte, weil sie sich noch nicht angeschnallt hatte, und sie holte es nach. »Könnte man sagen«, murmelte sie.

Sie schaute zu Kingston hinüber, der in den Rückspiegel blickte, während er mitten auf der Straße wendete. »Sie glaubt mir nicht.«

»Kein Wunder.«

»Sie muss auf mich hören.«

»Sie können sie nicht zwingen.«

»Doch, kann ich. Ich muss es schaffen. Etwas stimmt nicht mit ihr. Sie wollte mir glauben. Es ist nur ...«

»Sie muss das erst mal verdauen. Jetzt liegt es an ihr, was sie damit anfängt.« Er fuhr zum Ende von Elizabeth' Straße und setzte den Blinker.

»Vielleicht ruft sie mich an.«

»Ja, vielleicht.«

Ihr war klar, dass er ihr nicht glaubte. Einer mehr, der sie für eine Verrückte hielt. Sollten sie. Am nächsten Tag würde sie Elizabeth erneut einen Besuch abstatten, mit oder ohne seine Hilfe. Sie musste Elizabeth dazu bringen, dass sie sich ihr gegenüber öffnete. Wenn sie ihr doch nur ein bisschen vertrauen würde, aber andererseits war sie selbst auch immer misstrauisch.

Ravinia warf Kingston einen finsteren Blick zu. Sie hatte so viel von ihm erwartet, hatte wirklich geglaubt, das Schicksal habe sie zusammengeführt, damit sie gemeinsam arbeiteten ... Aber ihn schien nur das Honorar zu interessieren, das sie ihm schuldete.

Sie schaute auf die gepflegten Rasenflächen und gestutzten Hecken, die vor dem Seitenfenster vorbeizogen. Kingston hatte recht. Es lag jetzt an Elizabeth, wie es weitergehen würde. Ihr Auftrag war es gewesen, ihre Cousine zu finden und zu warnen, und das hatte sie getan. Trotzdem war sie unzufrieden mit sich, denn sie hatte es nicht wirklich geschafft, Elizabeth davon zu überzeugen, dass sie in Gefahr schwebte. Am besten wäre es gewesen, wenn sie bei ihr geblieben wäre, um ihr zu helfen.

Ob Elizabeth es ihr abnahm oder nicht, Declan jr. war wahrscheinlich schon unterwegs. Wenn noch nicht, dann bald. Sie wusste nicht viel über ihn. Abgesehen davon, dass er keine Ruhe geben würde, bis er sein grausames Ziel erreicht hatte. Schon deshalb musste Elizabeth ihr zuhören.

Elizabeth drückte zwei Lamellen der Jalousie auseinander und blickte für ein paar Sekunden der die Straße hinablaufenden Ravinia nach. Zumindest zum Teil glaubte sie, dass das Mädchen die Wahrheit gesagt hatte. Einiges klang zweifellos fantastisch, und doch wäre sie am liebsten auf die Veranda getreten und hätte sie zurückgerufen. Sie wollte Fragen stellen, Antworten bekommen, mehr erfahren über Siren Song, über die dort lebenden Frauen und ihre Gaben. Besonders über ihre Gaben.

Ravinia schien zu glauben, dass ihre Fähigkeit, bevorstehende Ereignisse vorherzusehen, diesen Gaben eng verwandt war.

»Komm jetzt«, sagte sie zu Chloe, um sie einmal mehr ins Bett zu bringen.

Das kleine Mädchen stampfte mit dem Fuß auf. »Ich wünsche mir wirklich einen Hund.«

»Ich weiß.«

»Aber du willst mir keinen schenken!« Sie kletterte ins Bett und vergrub das Gesicht in dem Kissen. Elizabeth streichelte ihren Rücken, doch sie drehte sich nicht um. Es dauerte nur ein paar Minuten, bis Chloe wieder eingeschlafen war.

Elizabeth kehrte in die Küche zurück, entkorkte eine Flasche Chardonnay und schenkte sich ein halbes Glas ein. Ihr war klar, dass das nicht reichen würde, um sie Schlaf finden zu lassen. Detective Thronson war tot. Ravinia Rutledge behauptete, sie sei mit ihr verwandt, und darüber hinaus war sie davon überzeugt, dass ihre Fähigkeit, Katastrophen vorherzusehen, eine jener Gaben war, die in der Familie lagen. Es klang wie ein Witz, und vielleicht war es einer. Am liebsten hätte sie sich sinnlos betrunken, um alles zu vergessen. Aber es ging nicht. Sie musste notfalls für Chloe da sein.

Was glaubst du?

»Ich weiß es nicht«, flüsterte sie.

Sie wollte mehr erfahren über ihre leiblichen Eltern und ihre Familie, und Ravinia tat so, als würde sie alle Antworten kennen. War es so? Oder war all dies nur irgendein raffiniert inszenierter Schwindel?

Ravinia hatte gesagt, Catherine Rutledge sei ihre Mutter ... Stimmte das? Und wenn ja, warum hatte sie sie zur Adoption freigegeben? Welche Gefahr war so groß gewesen, dass sie sich zu diesem Schritt entschlossen hatte? Und ihr Vater? Lebte er noch? Wo war er? Hatte er mit dieser ganzen Geschichte etwas zu tun? Wusste er überhaupt von ihrer Existenz? War es ihm wichtig?

Hatte sie Geschwister? Cousinen offenbar jede Menge, die Töchter von Mary Rutledge und ihren rasch wechselnden Liebhabern.

Sie dachte daran, Ophelias Handynummer zu wählen, um mit Catherine zu reden, doch wollte sie das wirklich? Was sollte sie sagen? *Ich denke, ich besitze eine dieser Gaben, vielleicht sogar zwei! Es sieht so aus, als könnte ich Menschen das Leben retten, aber ich kann sie auch töten ...*

Ihre Kopfschmerzen wurden wieder schlimmer. Sie brauchte Schlaf, am besten drei Tage am Stück, aber sie würde sich mit sechs oder sieben Stunden begnügen. Wenn sie überhaupt Schlaf finden würde ...

Sie steckte Joel »Rex« Kingstons Karte in die Schublade des Küchenschranks. Nachdem sie sich versichert hatte, dass alle Türen und Fenster fest verschlossen waren, warf sie noch einen letzten Blick ins Kinderzimmer, wo Chloe sich umgedreht hatte und friedlich schlief. In ihrem Schlafzimmer zog sie den Morgenmantel aus und warf ihn auf einen Stuhl. Dann wusch sie sich und ging zu Bett.

Für einen Moment blickte sie zu der Seite des Bettes hinüber, wo Court geschlafen hatte. Sie legte eine Hand auf die Matratze und spürte ein Gefühl der Leere. Er war ihr Mann gewesen, Chloes Vater. Doch von der Liebe, die sie einst für ihn empfunden hatte, war schon vor seinem Tod nichts mehr übrig gewesen. Es machte sie traurig, dass er tot war. Wirklich traurig. Er hätte nicht sterben dürfen, genauso wenig wie Whitney Bellhard.

Sie schloss die Augen und atmete tief durch. Aus irgendeinem unerklärlichen Grund sah sie vor ihrem geistigen Auge das Gesicht von Rex Kingston. Obwohl sie ihn nur kurz gesehen hatte, war ihr sein Bild präsent. *Ein sympathisches Gesicht,* dachte sie schläfrig. *Mit einem sinnlichen Mund, wie geschaffen dafür, ihn zu küssen.*

Geschockt riss sie die Augen auf. Ein Mund, wie geschaffen zum *Lächeln.* Das hatte sie gedacht. Er schien ein netter

Mann zu sein, jemand, der helfen würde, wenn man wegen einer Panne am Straßenrand liegen geblieben war. Jemand, der einen bei handwerklichen Arbeiten unterstützen oder einem kleinen Mädchen wie Chloe beibringen würde, wie man Fahrrad fuhr.

»Guter Gott ...« *Allmählich drehst du wirklich durch. Du hast genug Probleme und versuchst ihnen zu entkommen, indem du an fremde Männer denkst?*

Sie war so wütend auf sich, dass sie plötzlich wieder hellwach war. Sie versuchte einzuschlafen, doch in ihrem Kopf jagten sich die Gedanken. *Detective Thronson ist tot, und Officer Maya scheint zu glauben, dass du etwas damit zu tun hast. Die Medien haben von deiner Heldentat in dem Restaurant erfahren, und auch deine Freundinnen wissen, dass du dem kleinen Jungen und seinen Eltern das Leben gerettet hast.*

Aber die anderen ... Du hast ihnen den Tod gewünscht ... Hast ihnen allen den Tod gewünscht.

Chloe sagt, er liebt dich, aber er habe ein paar schlimme Dinge getan.

Immer wieder nickte sie ein und wachte wieder auf, geweckt durch eine unbewusste Angst, doch dann wurde ihr bewusst, dass sie und Chloe zu Hause und in Sicherheit waren. Mehrfach blickte sie auf die Digitaluhr des Radioweckers auf ihrem Nachttisch. Irgendwann nach vier Uhr morgens schlief sie fest ein, um dann von der barfuß durch den Flur laufenden Chloe geweckt zu werden. Wieder schaute sie auf die Uhr. Halb sieben morgens.

Am liebsten hätte sie sich die Decke über den Kopf gezogen und wäre liegen geblieben, doch dafür blieb keine Zeit. Sie warf das Oberbett zur Seite und sagte sich, dass sie sich der Welt stellen musste, auch wenn es auf der bestimmt nicht genug Kaffee gab, um ihr nach dieser miserablen Nacht einen guten Start in den Tag zu ermöglichen. Sie musste ihn *irgendwie* überstehen.

Als sie in die Küche kam, saß Chloe bereits auf einem Barhocker an der Frühstückstheke. Obwohl sie von Ravinia und Rex Kingston aus dem Schlaf gerissen worden war, sah sie so frisch aus wie an jedem anderen Morgen. Sie musste schon wieder an Kingston denken und spürte, dass sie errötete. Sofort wollte sie beschämt den Kopf abwenden, auch wenn ihre kleine Tochter bestimmt nichts gemerkt hatte

»Hungrig?«, fragte sie bemüht munter.

»Ja!«

»Dagegen lässt sich etwas tun.«

Sie überlegte, ob sie kalten Kaffee vom Vortag in der Mikrowelle heiß machen sollte, doch der stand schon so lange herum, dass er mit Sicherheit ungenießbar war. Sie kippte die Plörre in den Ausguss, spülte die Kanne und bereitete die Maschine vor, um frischen Kaffee zu kochen.

Während die Maschine zu gurgeln begann, holte sie Müsli aus der Vorratskammer, füllte eine Schüssel damit, gab Milch hinzu und servierte ihrer Tochter ihr Frühstück.

Chloe blickte sie ernst an. »Willst du jetzt reden?«

»Bist du bereit?« Es war so viel passiert, dass sie geglaubt hatte, Chloe hätte ihre Abmachung vergessen.

»Kann ich erst frühstücken?«

»Klar, ich muss mich sowieso fertig machen.«

Elizabeth eilte ins Bad und nahm entgegen ihrer sonstigen Gewohnheit keine heiße, sondern eine kalte Dusche, um richtig wach zu werden. Und vielleicht würde die kalte Dusche auch verhindern, dass sie weiter an Rex Kingstons sinnliche Lippen dachte.

Nachdem sie sich in Rekordzeit die Haare gewaschen hatte, drehte sie den Hahn zu, trocknete sich ab und zog einen Morgenmantel an. Jetzt fühlte sie sich schon besser.

Als sie in die Küche zurückkam, war der Kaffee durchgelaufen. Sie schenkte sich eine Tasse ein. Chloe schob ihr mit Schwung ihre Schüssel zu, und Elizabeth konnte sie gerade noch packen, bevor sie von der Frühstückstheke fiel und auf dem Boden zerschellte.

»Mehr Müsli«, forderte Chloe.

»Was sagt man?«

»Bitte!«

»Unsere kleine Verrückte ist scharf auf Kohlenhydrate, was?«

Chloe runzelte die Stirn. »Was sind Kohlenhydrate? Und ich bin keine Verrückte.«

»Nein, bist du nicht.« Mit ihren Visionen war eher sie die Verrückte im Haus. Sie holte die Milch aus dem Kühlschrank und füllte damit Chloes Schüssel auf. »Weißt du, wer dieser Mann ist, der ein paar schlimme Dinge getan hat?«

»Du meinst den, der dich liebt?«

»Ja, ich denke schon.«

Chloe schüttelte den Kopf.

»Du siehst ihn nicht mehr in deinem Kopf?«

»Doch. Er sagt nur, wie sehr er dich liebt, und fügt hinzu, dass du es sehr bald erfahren wirst.« Sie rührte mit ihrem Löffel in der Schüssel herum und hatte auf einmal jedes Interesse an ihrem Müsli verloren. »Ich mag ihn nicht besonders.«

Elizabeth wollte die Kaffeetasse zum Mund führen und hielt erschrocken in der Bewegung inne, als ihr der schreckliche Gedanke kam, dass Chloe vielleicht ihr plötzliches Interesse an Rex Kingston erahnt und vor ihrem geistigen Auge ihn gesehen hatte. »Aber es war nicht der Mann, der gestern Abend hier war, oder?«

»Welcher Mann?«

»Der, mit dem Ravinia hier war.«

»Nein.« Chloe blickte ihre Muter an. »War das sein Hund?«

»Ich ... Ich glaube nicht.« Sie war erleichtert, dass Chloe sich sicher war, nicht Rex Kingston gesehen zu haben.

»War's das jetzt mit unserem Gespräch?«, fragte ihre Tochter.

Elizabeth nickte und verschwand, um sich anzuziehen. Danach steckte sie wie üblich die Haare hoch und trug genug Make-up auf, um die dunklen Ringe unter ihren Augen zu kaschieren. Auf dem Radiowecker sah sie, dass es Viertel nach acht war. Sie suchte ihr Mobiltelefon und sah, dass der Akku ziemlich leer war, wählte aber trotzdem die Nummer des Tillamook County Sheriff's Department, die Ravinia ihr gegeben hatte.

Als am anderen Ende abgenommen wurde, sagte sie, sie würde gern mit Detective Savannah Dunbar reden.

Zu ihrer Überraschung wurde sie sofort verbunden.

»Detective Dunbar«, meldete sich eine ruhige Frauenstimme.

»Guten Tag, mein Name ist Elizabeth Ellis. Ich lebe in Südkalifornien und habe Ihre Telefonnummer von Ravinia Rutledge.«

»Sie hat bei Ihnen angerufen?«, fragte die Frau zweifelnd.
»Nein, ich habe sie kennengelernt.«
»In Kalifornien?« Das klang überrascht.
»Ja.«
»Erstaunlich.«
»Sie kennen sie?«
»Ja, ich kenne Ravinia.«

So weit, so gut. »Sie ist in den Süden gekommen, um mich wissen zu lassen, wir seien verwandt, und dann hat sie mir eine Menge über Siren Song und die dort lebenden Frauen erzählt. Wissen Sie etwas darüber?«

»Ich war dort und bin auch Catherine Rutledge einige Male begegnet. Sie ist da die Matriarchin. So muss man sie wohl nennen.«

»Und sie ist Ravinias Tante?«

»Ja. Darf ich fragen, auf welche Weise Sie mit ihr verwandt sind?«

»Ich kann Ihnen nur sagen, was Ravinia mir erzählt hat.« Sie fasste es kurz zusammen.

Detective Dunbar bestätigte, dass Ravinias Story Fakten enthielt, aber auch Dinge, von denen sie nur vom Hörensagen wusste.

»Ich kann nicht alles erklären, habe aber einige Dinge gesehen, die mich neugierig machen würden, wenn ich glauben würde, mit diesen Frauen verwandt zu sein. Wissen Sie, was ich meine?«

»Spielen Sie an auf diese Gaben, von denen Ravinia mir erzählt hat?«

»Ich weiß nicht, ob ich dieses Phänomen so nennen würde, aber ich garantiere Ihnen, dass die Frauen von Siren

Song einzigartig sind. Falls Sie zu ihnen gehören, sollten Sie die lange Reise auf sich nehmen, um sie kennenzulernen. Sie haben kein Telefon, aber es würde sich lohnen ...«

»Ich habe die Nummer von Ophelias Mobiltelefon.«

»Was Sie nicht sagen.« Detective Dunbar zögerte. »Könnten Sie es möglich machen, ihnen persönlich zu begegnen? Mein Rat wäre, dass Sie es versuchen sollten.«

»Ja, ich hoffe, dass sich das machen lässt«, murmelte Elizabeth, die ihren ganzen Mut zusammennahm. »Kann jemand von ihnen in die Zukunft blicken oder Katastrophen vorhersagen, bevor sie eintreten? Ich weiß, das klingt lächerlich, aber Ravinia hat ein paar Anspielungen gemacht.«

»Sie müsste es eigentlich wissen«, antwortete Detective Dunbar nach kurzem Zögern. »Oder Tante Catherine.«

Catherine. Meine Mutter. »Was ist, wenn jemand einem anderen den Tod wünscht?«

»Was meinen Sie?«

»Ich meine, wenn eine von diesen Frauen von Siren Song wütend wäre oder jemanden hasste ... Könnte sie jemanden töten nur dadurch, dass sie es sich wünscht?«

»Nein.«

»Aber dem Gehassten körperlich Schaden zufügen?«

»Auch nicht. Entschuldigen Sie meine Neugier, Miss Ellis, aber wie hat Ravinia Sie gefunden?«

»Haben Sie einen Bruder«, platzte es aus Elizabeth heraus. »Vielleicht einen Halbbruder, jemanden, der gefährlich ist, wirklich gefährlich?«

»Ravinia hat Ihnen von Declan jr. erzählt.«

Es war wie eine zweite kalte Dusche. *Es ist wahr ... O mein Gott, es ist wahr!*

»Wer ist er? Ravinia ist nicht in die Einzelheiten gegangen.«

»Ein Mörder, der auf der Flucht ist. Er hat mehrere Menschen umgebracht, darunter meine Schwester.«

»Oh, das tut mir leid.« Elizabeth war geschockt. Das hatte Ravinia ihr nicht erzählt.

»Ich glaube, dass er auch tot ist, doch da seine Leiche nie gefunden wurde, führen wir ihn als vermisst.«

Elizabeth wurde von nackter Angst gepackt. War es denkbar, dass Ravinia recht gehabt hatte, als sie warnte, sie und Chloe schwebten in akuter Gefahr?

Sie blickte aus dem Küchenfenster in den Garten. Ein paar Sonnenstrahlen brachen durch die Wolken. War es möglich, dass sie in diesem Moment von jemandem aus einem Versteck beobachtet wurde?

»Declan jr.«, wiederholte sie. Panik schnürte ihr die Kehle zu.

»Ravinia warnt Sie vor ihm. Also glaubt sie, dass er noch lebt.«

Elizabeth blickte zu ihrer Tochter hinüber, die das Interesse an ihrem Müsli verloren hatte und mit der Fernbedienung herumspielte, weil sie einen Trickfilm sehen wollte. Normalerweise durfte sie morgens nicht fernsehen, weil sie dann nicht pünktlich für die Vorschule fertig wurde.

»Falls Ravinia recht hat«, fuhr Detective Dunbar fort, »würde ich Ihnen raten, ihm aus dem Weg zu gehen, und wenn Sie ihn sehen, müssen Sie sofort die Polizei benachrichtigen.«

»Ja, das werde ich tun.«

»Möchten Sie mir nicht sagen, weshalb genau Sie anrufen?«

»Ach, es ist nichts weiter. Ich wollte nur wissen, wie viel ich davon glauben soll, was Ravinia gesagt hat. Das alles klang so seltsam, dass ich nicht wusste, was ich davon halten sollte.«

»Vielleicht übertreibt sie hin und wieder ein bisschen, aber im Großen und Ganzen können Sie ihr bestimmt glauben. Wie gesagt, ich an Ihrer Stelle würde die Frauen von Siren Song besuchen.«

»Danke für Ihren Rat und Ihre Zeit«, sagte Elizabeth und unterbrach schnell die Verbindung. Jetzt stellten sich neue Fragen.

Chloe war von dem Hocker geklettert und stand vor dem Fernseher, auf der Suche nach dem richtigen Sender. Manchmal schaffte sie es, ihn einzustellen, manchmal nicht.

»Putz dir die Zähne, Chloe. Dann helfe ich dir beim Anziehen.«

»Das kann ich allein!« Sie warf die Fernbedienung auf das Sofa und rannte zu ihrem Zimmer.

Elizabeth hörte, wie sie Schubladen aufzog, während sie einen Schluck von dem kalt gewordenen Kaffee trank. Sie zog eine Grimasse und schüttete ihn weg. Dann griff sie erneut nach dem Mobiltelefon. Nachdem Detective Dunbar ihre Informationen über Siren Song bestätigt hatte, war sie versucht, Ravinia anzurufen, um mehr zu erfahren. Vielleicht sollte sie ihr auch von ihrer eigenen Gabe erzählen, der Fähigkeit, entsetzliche Ereignisse vorauszusehen. Oder sie könnte Rex Kingston anrufen ...

Nein, nichts da. Sie ließ das Handy auf die Frühstückstheke fallen, als hätte sie sich daran verbrannt. Dann schenkte sie sich eine zweite Tasse Kaffee ein. Die Türglocke klingelte, und sie zuckte erschrocken zusammen und verschüttete etwas von dem heißen Kaffee auf ihre Hand. Mehr davon rann über den Rand der Frühstückstheke und tropfte auf den Boden. Als sie nach einem Trockentuch griff, um den Kaffee aufzuwischen, hörte sie, dass Chloe zur Haustür rannte.

Elizabeth ließ das Trockentuch fallen und sah, dass ihre Tochter nur einen Schlüpfer anhatte.

»Nein, geh zurück in dein Zimmer und zieh dich an!« Sie konnte gerade noch Chloes Arm packen, bevor die nach der Klinke griff. »Man macht die Tür nur auf, wenn man weiß, wer da ist. Und man öffnet sie auch nicht halb nackt.«

Chloe riss ihren Arm los. »Du hattest gestern Abend auch nur einen Pyjama an!«

»Besser als nur einen Schlüpfer. Verschwinde jetzt. Zieh das rote Kleid und die roten Strümpfe an.«

»Ich *hasse* dieses Kleid.« Chloe warf ihrer Mutter einen wütenden Blick zu und stapfte zu ihrem Zimmer.

Elizabeth spähte durch den Spion und sah Officer Maya. Sie trat unruhig von einem Fuß auf den anderen, und heute war sie nicht allein. Aber ihr Begleiter war nicht DeFazio, sondern ein Mann mit Krawatte und in einem zerknitterten Anzug, dessen Miene äußerst ernst wirkte.

Ein Detective. Wahrlich, der Tag fängt gut an.

Sie machte sich auf das Schlimmste gefasst und öffnete die Tür.

30

Es war offensichtlich, dass Officer Maya glaubte, Elizabeth habe etwas mit dem Tod von Detective Thronson zu tun, und mit dieser Meinung stand sie nicht allein. Detective Driscoll, ein Mann in mittleren Jahren, der sie mit einer grimmigen Miene musterte, war unübersehbar derselben Ansicht wie Officer Maya.

Driscoll hatte einen Bauchansatz und bekam eine Glatze, und er hatte sich nicht die Mühe gemacht, die verbliebenen ergrauenden Haare zu kämmen. Er trug eine randlose Brille, und der desillusionierte Blick seiner hellbraunen Augen besagte, dass er schon alles gesehen hatte und durch nichts mehr zu schockieren war.

Elizabeth sagte sich, dass es wahrscheinlich besser gewesen wäre, wenn sie die Tür nicht geöffnet hätte, doch sie hoffte, dass Kooperationsbereitschaft die Cops davon überzeugen würde, dass sie unschuldig und zur Zeit des Mordes an Detective Thronson nicht in deren Nähe gewesen war. Um Himmels willen, sie hatte keine Ahnung, wo Thronson gewohnt hatte, und sie sagte es auch, während sie Driscoll und Maya in die Küche führte. »In zwanzig Minuten muss ich meine Tochter zur Vorschule bringen.«

»So lange werden wir nicht brauchen«, versicherte Driscoll.

Die beiden Cops führten die Vernehmung professionell, und auch wenn sie es nicht explizit sagten, wusste Elizabeth, dass sie eine Verdächtige war. Driscoll machte sich Notizen auf einem Spiralblock, während Maya ein Aufnahmegerät auf den Tisch stellte und sie darauf hinwies, dass das Gespräch aufgezeichnet wurde. Dann drückte sie auf den Knopf, und ein kleines rotes Lämpchen zeigte an, dass die Aufnahme lief. Alles, was sie jetzt sagte, konnte später gegen sie verwendet werden.

Ihre Hände waren schweißnass, aber sie erklärte sich mit der Aufnahme einverstanden und wartete auf die Fragen. Bevor Driscoll damit begann, sagte er noch, wo sie sich befanden und wer anwesend war. »Wo waren Sie am Dienstagabend?«

»Hier. Nach dem Besuch von Detective Thronson habe ich das Haus nicht mehr verlassen.«

»Kann das jemand bezeugen?«

»Nein.«

Danach stellte Driscoll ein paar harmlose Fragen, kam aber schließlich auf Courts Tod zu sprechen. Einmal mehr war sie mit denselben Fragen konfrontiert, die ihr Thronson bereits gestellt hatte, und sie konnte nur wiederholen, dass sie nicht auf dem Freeway in der Nähe von San Diego und nie im Hotel Tres Brisas in Rosarito Bay gewesen war.

Chloe kam aus ihrem Zimmer und schaute die Besucher misstrauisch an.

»Zieh deine Schuhe an«, sagte Elizabeth und wies sie aus dem Raum. Dann schaute sie ängstlich auf die Uhr. Es war offensichtlich, dass Thronson ihren Kollegen nichts davon erzählt hatte, dass sie ihr gestanden hatte, Mazie, Officer Daniels, Court und Channing Renfro den Tod gewünscht zu haben ... Die dann tatsächlich alle gestorben waren.

»Wussten Sie, dass Detective Thronson Sie für gefährlich hielt?«, fragte Driscoll.

»Das ist doch lächerlich. Ich bin eine ganz normale Mutter aus der Vorstadt. Wirke ich auf Sie etwa gefährlich?«

Driscoll kratzte sich hinter dem Ohr. »Eigentlich nicht.« Sein Ton legte aber nahe, dass der äußere Anschein für ihn nicht besonders wichtig war. »Außerdem glaubte sie, dass es eine Verbindung gibt zwischen Ihnen und anderen Mordfällen, in denen wir ermitteln.«

»Was für Morde?«, brachte sie mühsam hervor.

»Die an Ihrem Mann und Mrs Bellhard.«

Sie zeigte auf das Aufnahmegerät. »Ich habe doch gerade gesagt, dass ich nicht in der Nähe war, als sich der Unfall ereignete.«

»Ihre Chefin bei Suncrest Realty, Mazie Ferguson, ist vor ein paar Monaten ebenfalls bei einem Autounfall ums Leben gekommen.«

Elizabeth blickte Maya an, doch deren Miene gab nichts preis. Wusste Officer Maya vielleicht doch von Thronson, was sie dieser gestanden hatte? Sollte sie erneut eingestehen, dass sie so vielen Menschen den Tod gewünscht hatte? Sie hatte es sofort bereut, Thronson gegenüber mit der Wahrheit herausgerückt zu sein, und dann hatte sie irgendwann später an diesem Abend jemand umgebracht. »Ich war stets ehrlich gegenüber der Polizei, aber Sie sind nie zufrieden. Ich habe Court nicht getötet, ich schwöre es. Er war mein Mann, und ich könnte so etwas nicht tun. Mazies Tod war ein Unfall. Mehr habe ich dazu nicht zu sagen.« Ihr Blick fiel auf das rote Lämpchen des Aufnahmegeräts. »Ich denke, wir sind jetzt hier fertig. Ohne meinen Anwalt sollte ich nicht mehr mit Ihnen reden. Mit niemandem von der Polizei.«

»Wenn Sie nichts zu verbergen haben ...«, begann Driscoll, doch Elizabeth hob eine Hand.

»Ich muss jetzt meine Tochter zur Vorschule bringen. Ich habe mich entgegenkommend und hilfsbereit gezeigt. Mein Gott, wenn ein Mörder auf freiem Fuß ist, will ich bestimmt, dass er hinter Gitter gebracht wird. Je mehr Fragen Sie mir stellen, desto mehr habe ich das Gefühl, dass Sie hoffen, ich würde etwas gestehen. Detective Thronson, Mazie oder Court, ich habe mit keinem dieser Todesfälle etwas zu tun. Und was den Tod meines Mannes angeht, habe ich einen Privatdetektiv engagiert, da ich allmählich das Vertrauen in die Polizei verliere.«

»Wie heißt dieser Privatdetektiv?«, fragte Driscoll.

»Rex Kingston von Kingston Investigations«, antwortete sie nach kurzem Zögern. »So, das war's.« Sie stand auf und brachte die beiden Cops zur Tür.

Sobald sie verschwunden waren, holte sie Chloe, die im Flur vor ihrem Zimmer gewartet hatte. Bevor sie die Garage betraten, ging Elizabeth noch in die Küche, um Rex Kingstons Karte zu holen, die sie am Vorabend in die Schublade des Schrankes gesteckt hatte. Sie fragte sich, ob sie ihn sofort anrufen sollte, damit ihre Behauptung nicht als leere Drohung wirkte, wenn Driscoll der Sache nachging, was er vermutlich tun würde. Sie hatte das Gefühl, etwas tun zu müssen, bevor man sie weiter mit falschen Anschuldigungen überzog.

Du bist wegen nichts angeklagt, Elizabeth. Beruhige dich. Keine Panik. Und wovon willst du den Privatdetektiv bezahlen?

Da fällt dir schon etwas ein, dachte sie. Aber wenn sie tatsächlich verhaftet wurde, konnte sie ihre Tochter schlecht aus dem Gefängnis heraus erziehen. Guter Gott, konnte das wirklich passieren? Selbst wenn sich ihre Unschuld herausstellte, würde das eine Weile dauern. Ihr Ruf würde Schaden nehmen, und vielleicht würde sie beruflich nie mehr auf die Beine kommen. Schlimmer noch, ihr Leben würde für alle ein offenes Buch sein. Schon jetzt hatte sie Probleme damit, ihren Freundinnen zu erklären, was in dem Restaurant passiert war. Was war, wenn alles herauskam? Sie dachte daran, was Ravinia über die seltsamen Frauen von Siren Song erzählt hatte. Wenn das alles stimmte und sich herausstellte, dass sie eine von ihnen war ... Und Chloe? Wo sollte sie bleiben, wenn ihre Mutter auch nur für *einen Tag* ins Gefängnis kam?

Ja, Rex Kingston war ein Fremder, doch sie musste jemanden um Hilfe bitten, und da war er als Privatdetektiv und ehemaliger Polizist ihre erste Wahl. Sie würde ins Büro fahren, etwas Papierkram erledigen und sich dann irgendwo mit ihm treffen. Würde er sie für verrückt halten? Nein, wahrscheinlich nicht, denn er war mit Ravinia gekommen und hatte der deren fantastische Geschichte offenbar abgenommen.

»Du magst ihn«, sagte Chloe, während ihre Mutter nach ihrer Handtasche suchte.

»Was?«

»Du magst ihn. Du hast gedacht, dass er derjenige war, der zu mir gesprochen hat. Aber er war es nicht, und das macht dich glücklich.«

Kopfschüttelnd steckte Elizabeth Kingstons Karte in ihre Handtasche. »Komm, lass uns fahren.«

»Du möchtest nicht, dass jemand weiß, dass du ihn magst«, sagte Chloe.

»Wie kommst du darauf? Ich kenne den Mann nicht einmal.« Elizabeth trat in die Garage und öffnete die Hintertür des Ford Escape.

Chloe stieg ein und schnallte sich in ihrem Kindersitz an.

Nicht zum ersten Mal fragte sich Elizabeth, ob ihre Tochter auch über übersinnliche Fähigkeiten verfügte. Über eine »Gabe«, wie Ravinia sich ausgedrückt hatte. »Bitte nicht«, murmelte sie vor sich hin, als sie daran dachte, was für eine Heimsuchung es war, mit so einer Art von sechstem Sinn aufzuwachsen. Es ist ein Fluch, dachte sie und spielte erneut mit der Idee, Ophelias Handynummer zu wählen und sich mit Catherine verbinden zu lassen.

Doch am liebsten hätte sie alles für eine Weile vergessen, nur für eine kurze Weile, doch so weit würde es nicht kommen, jetzt, wo ihr Officer Maya und Detective Driscoll im Nacken saßen. Nein, Catherine würde warten müssen.

»Du wirst«, sagte Chloe, während sie den Wagen aus der Garage setzte.

Sobald sie im Büro war, würde sie Rex Kingston anrufen.

»Was werde ich?«, fragte sie geistesabwesend, während sie sich in den Verkehr einfädelte. Sie blickte in den Rückspiegel und sah die ernste Miene ihrer Tochter.

»Du wirst ihn kennenlernen«, prophezeite Chloe. »Diesen Rex.«

»Wie kommst du darauf?«

»Wenn Menschen lieben, kann sie nichts aufhalten.«

Es lief Elizabeth kalt den Rücken hinab. »Wo hast du das gehört?«, fragte sie scharf, denn an solche Sätze war sie nicht gewöhnt aus dem Mund ihrer Tochter.

Chloe zuckte nur die Achseln, und obwohl Elizabeth noch mehrfach nachhakte, sagte sie nichts mehr.

Der Anruf von Elizabeth Ellis kam um die Mittagszeit. Kingston hatte einen neuen Job, wieder eine Observation. Gerade hatte er die Buchhalterin seines Mandanten beschattet, von der dieser vermutete, dass sie Geld veruntreue. Es fehlte in der Kasse des Ladens für Süßigkeiten und Ansichtskarten, den sein Auftraggeber führte, und der vermutete, dass seine Buchhalterin die Bücher frisierte, doch bis jetzt hatte er bei der Beschattung von Luise Mendez nur herausgefunden, dass sie während der Mittagspause ihre Mutter im Altersheim besuchte.

Jetzt war sie wieder an ihrem Arbeitsplatz, und Kingston fuhr zu seinem Büro zurück. Er war fast da, als das Handy klingelte, und auf dem Display erkannte er die Nummer von Elizabeth Ellis, die er am letzten Abend recherchiert hatte, nachdem Ravinia in seinem Gästezimmer verschwunden war und die Tür geschlossen hatte. Er war bis ein Uhr nachts aufgeblieben und hatte noch einiges mehr über Elizabeth Gaines Ellis herausgefunden. Es stellte sich heraus, dass sie eine sehr viel interessantere Frau war, als er ursprünglich vermutet hatte, und er hatte sogar bei Mike Tatum angerufen, einem ehemaligen Kollegen bei der Polizei von Los Angeles. Tatum war jetzt beim Irvine Police Department und versorgte ihn gelegentlich mit Informationen, die nicht öffentlich zugänglich waren, doch er wandte sich nur an ihn, wenn er es für unbedingt erforderlich hielt.

Elizabeth rief ihn an. Das verbesserte seine Laune beträchtlich, als er auf den Parkplatz hinter seinem Büro abbog und sich meldete.

»Kingston.«

»Guten Tag, hier ist Elizabeth Ellis«, sagte sie, während er den Motor abstellte. »Ich denke, ich könnte Ihre Hilfe gebrauchen.«

Er blickte auf die Uhr. »Okay. Warum?«

»Wegen der Polizei«, antwortete sie. »Die Cops kommen immer wieder. Heute waren sie schon morgens da und haben die Vernehmung mitgeschnitten. Sie haben es nicht explizit gesagt, doch ich habe den Eindruck, dass ich ihr Hauptverdächtiger bin bei den Ermittlungen zum Tod meines Mannes. Vielleicht auch noch bei ein paar anderen Todesfällen, darunter dem von Detective Bett Thronson, die offenbar irgendwann am Dienstagabend in ihrem Haus erschossen wurde.«

»Es kam gerade in den Nachrichten«, sagte er. »Als sie sich nicht auf der Polizeiwache meldete, haben sie sie ein paarmal angerufen, doch es hat fast vierundzwanzig Stunden gedauert, bis sie ihre Leiche gefunden haben.«

»Davon haben die Cops mir nichts gesagt.«

»Die sagen immer so wenig wie möglich. Vermutlich haben sie gehofft, dass Sie sich in Widersprüche verstricken bei der Vernehmung. Was haben sie denn an Beweisen gegen Sie?«

»Keine Ahnung. Ich habe kein Alibi für die Zeit des Mordes an Detective Thronson, doch sonst fällt mir nichts ein.« Sie redete immer hektischer, als hätte sie Angst und wollte sich alles von der Seele reden. »Ich war die ganze Zeit zu

Hause an dem Abend, als sie umgebracht wurde, aber die Polizei denkt, dass ich lüge. Ich wusste nicht einmal, wo sie wohnte. Hören Sie, ich hätte gar nicht ... Ich habe nicht ... Ich habe mir nicht einmal ihren Tod gewünscht!«

»Beruhigen Sie sich. Wo sind Sie?«

»In meinem Büro bei Suncrest Realty. Das ist die Immobilienagentur, für die ich arbeite. Könnten wir uns treffen? Vielleicht in meinem Haus?«

Er erinnerte sich daran, dass sie ihn am letzten Abend nicht hereingelassen hatte. Da musste sich einiges geändert haben. Er stieg aus dem Auto und schlug die Tür zu. Die Fahrt würde einige Zeit dauern, selbst wenn er sofort losfuhr.

»Wann?«, fragte er.

»Wie wär's mit halb drei oder drei?«

Während er in dem warmen Sonnenschein über den Parkplatz schlenderte, blickte er auf die Uhr. »Ich könnte so um drei da sein. Das müsste klappen.«

»Gut«, sagte sie mit einem tiefen Seufzer, und dann verabschiedete sie sich und unterbrach die Verbindung, als befürchtete sie, er könnte es sich anders überlegen. Vielleicht hatte sie auch Angst, dass an ihrem Ende jemand mithörte.

Irgendetwas beunruhigte sie, etwas, das sie zurückhielt, doch das war bei seinen Mandanten ständig so. Er hoffte nur, dass sie offen mit ihm reden würde, wenn sie sich wiedersahen.

Wenn wir uns wiedersehen ...

Er sah sie wieder vor sich, wie sie in der Haustür gestanden hatte, zugleich verletzlich und entschlossen. Sie hatte ihm so schnell den Kopf verdreht, dass er am liebsten in seinem Büro ausgeharrt hätte, bis der Wahnsinn vorbei war.

Während der letzten achtzehn Stunden hatte er eine Menge erfahren über sie, und doch blieb sie ein Rätsel, eine wundervolle Frau mit ein oder zwei Geheimnissen. Eine faszinierende Frau, eine Versuchung. Ein emotionaler Aufruhr, zumindest für seine Verhältnisse. Noch nie war er so schnell von Amors Pfeil getroffen worden. Es war absolut ärgerlich. Andererseits ... Wann immer er sich mit einer unkomplizierten Frau wie Pamela eingelassen hatte, die das Herz auf der Zunge trug, hatte es ihn schnell abgrundtief gelangweilt, und er wollte Schluss machen. Er hatte es Pamela überlassen, darüber nachzudenken, was sie falsch gemacht hatte, und die Antwort lautete: gar nichts. Er suchte nur mehr bei einer Frau.

Und er wusste bereits, dass eine Frau wie Elizabeth mehr zu bieten hatte. Er hatte es empfunden während der paar Minuten, als er vor ihr gestanden hatte. Es war verrückt, er musste darüber hinwegkommen. Sie war eine potenzielle Mandantin, sonst nichts. Und überhaupt, er kannte sie kaum.

Kopfschüttelnd ging er den Flur zu seinem Büro hinab.

Reiß dich zusammen.

»Da haben ein paar Leute angerufen«, rief ihm Bonnie vom Empfang zu.

Während er sich auf seinen Schreibtischsessel fallen ließ, erschien sie mit einem Glas kalorienarmen Safts in der Tür. »Dorrell Cochran war dran. Er will, dass Sie seine Frau noch mal beschatten.«

Kingston schnaubte. Cochran wusste bereits alles, was er wissen musste. Doch konnte er es sich leisten, Aufträge abzulehnen? Allmählich glaubte er, dass die Cochrans da irgendein leicht perverses Spiel miteinander spielten. *Vielleicht geilt sie das auf,* dachte er. Doch dann war er in Gedanken bereits wieder bei Elizabeth Gaines. Er verdrängte sie. »Ich rufe ihn an.«

»Dann hat noch ein Detective namens Driscoll angerufen, aber er hat keine Nummer hinterlassen. Er will sich noch mal melden.«

»Hat er nicht gesagt, was er wollte?« Driscoll arbeitete bei der Mordkommission des Irvine Police Department, wenn er sich richtig erinnerte. Er würde Tatum nach ihm fragen müssen, wenn der zurückrief.

Hat es etwas mit Elizabeth zu tun? Warum sollte Driscoll mich bereits jetzt wegen ihr anrufen?

»Nein. Und ich wollte ihm nicht Ihre Handynummer geben.«

»Gute Idee«, antwortete Kingston geistesabwesend.

»Wo haben Sie denn Ihre kleine Freundin gelassen?« Bonnie lehnte sich an den Türrahmen und trank einen Schluck von ihrem Saft.

»Meinen Sie Ravinia?«

»Ja. Sie und diese Göre waren ja in letzter Zeit unzertrennlich.«

»Der Fall ist abgeschlossen«, bemerkte er, doch das war eine Lüge, denn er hatte auch etwas mit Elizabeth zu tun. »Ich nenne Ihnen meine Arbeitsstunden, und Sie schreiben die Rechnung.« Wenn er rechtzeitig für das Treffen mit Elizabeth in Irvine sein wollte, musste er sich auf den Weg machen, weil es sonst auf den Straßen zu voll wurde.

»Hat sie eine Adresse, an die ich die Rechnung schicken kann?«, fragte Bonnie.

»Lassen Sie das meine Sorge sein.« Vielleicht konnte Ravinia noch etwas von dem Honorar abarbeiten, wenn sie noch einmal Kimberley Cochran beschattete, doch das musste er Bonnie nicht auf die Nase binden.

Das Telefon klingelte, und Bonnie eilte zum Empfang zurück.

»Ich bin nicht hier«, rief er ihr nach. »Und ich haue wirklich in einer Viertelstunde ab.«

Sie antwortete nicht und nahm den Anruf an.

Er stand auf, ging zu der offenen Tür und schloss sie. Zurück an seinem Schreibtisch, rief er Mike Tatum an.

Sein ehemaliger Partner meldete sich sofort. »Ich wollte dich gerade anrufen«, sagte Mike, der offenbar seine Nummer erkannt hatte. »Ich hätte es schon eher getan, aber wir stecken hier bis zum Hals in Arbeit. In den letzten paar Wochen hat es mehr Morde gegebene als sonst in etlichen Monaten.« Er schwieg kurz. »Und diese Elizabeth Ellis, nach der du mich gefragt hast, scheint mittendrin zu stecken in diesem Schlamassel.«

31

»Wohin so eilig?«, fragte Pat, als Elizabeth am Empfang von Suncrest Realty vorbeistürmte.

»Nach Hause. Für heute ist Feierabend.«

»Hast du nicht noch Termine?«

»Ist alles geregelt.«

»Aber ...«

»Ich habe die Termine umgelegt. Du musst dir deshalb keine Gedanken machen.«

Pats Missbilligung war unübersehbar, und sie schaute Elizabeth misstrauisch an. »Ich sorge hier dafür, dass alles gut organisiert ist und wie am Schnürchen läuft.«

»Und wir wissen es alle zu schätzen.« Als Elizabeth die Immobilienagentur verließ, spürte sie Pats wütenden Blick auf ihrem Rücken ruhen. *Die kann mich mal.* Sie konnte sich nicht groß Gedanken darüber machen, Pats Gefühle verletzt zu haben. Und überhaupt hatte sie keine Lust, ihr gegenüber die Leisetreterin zu spielen, denn Pat mischte sich ständig in die Angelegenheiten anderer ein.

Es wurde definitiv Zeit, dass sie in ihrem Leben eine Veränderung herbeiführte. Vielleicht würde sie nicht nur das Haus verkaufen, sondern sich auch beruflich neu orientieren. Bei der Konkurrenz würde sie auch einen Job finden, und vielleicht wurde da weniger getratscht, wenn die geschätzten Kolleginnen und Kollegen bei einem Glas Wein oder einem Drink in einer Bar saßen.

Sie warf ihre Aktentasche auf den Beifahrersitz und setzte

sich hinter das Steuer. Trotz der Jahreszeit war es in dem Auto so warm wie sonst nur im Hochsommer, und sie ließ die Fenster herab. In Gedanken war sie bei dem bevorstehenden Treffen mit Kingston. Wie viel konnte sie ihm anvertrauen? Wie viel Einblick sollte sie ihm gewähren in ihr Inneres?

Du musst ihm alles erzählen. Sonst ist er nicht in der Lage, dir zu helfen. Du warst bereits offen gegenüber deinen Freundinnen, also sollte es dir nicht allzu schwerfallen. Der Mann ist ein Profi. Er wird dir helfen.

»Hoffentlich«, murmelte sie vor sich hin, während sie den Parkplatz verließ und beschleunigte. Die sanfte kalifornische Brise strich durch die Haare. »Guter Gott, ich hoffe es wirklich.«

Während der Fahrt zu dem Treffen mit Elizabeth Ellis ließ Kingston Revue passieren, was er von Mike Tatum erfahren hatte. Hier musste er Stillschweigen bewahren, denn Tatum hatte mehr preisgegeben, als es seinen Vorgesetzten lieb gewesen wäre. Und dann hatte er noch mit Detective Vern Driscoll gesprochen, den er nach dem Telefonat mit Tatum angerufen hatte. Über den Todesfall Courtland Ellis hatten die beiden Männer so ziemlich dasselbe gesagt. Im Irvine Police Department glaubte man, dass Elizabeth tief in die Geschichte verstrickt war.

Unsinn. Soweit er es verstanden hatte, stand die Polizei, was Elizabeth Ellis betraf, mit leeren Händen da. Die Emotionen kochten über, weil eine Kollegin ermordet worden war, doch die Ermittlungen standen noch ganz am Anfang. Thronsons Verdacht gegenüber Elizabeth hatte auf nichts als Vermutungen beruht. Eine Frau, die angeblich wie Elizabeth aussah, war auf dem Freeway gesehen worden und hatte

Courtland Ellis vielleicht in eine gefährliche Verfolgungsjagd verwickelt. Eine andere Frau war im Hotel Tres Brisas in Rosarito Beach gesehen worden. Er hatte von Tatum gehört, mehrere Hotelangestellte hätten Elizabeth auf einem Foto wiedererkannt, doch selbst Tatum hatte skeptisch geklungen. »Man muss nur die richtigen Fragen stellen, dann bekommt man die gewünschten Antworten. Du weißt ja, wie das läuft.«

Genau, er wusste, wie es lief. Manchmal war es zu einfach, die passende Antwort aus einem Zeugen herauszuholen. Man konnte sie durch ein paar sorgfältig ausgewählte Worte beeinflussen.

Und er wusste auch, dass er aus dem Konzept zu bringen war, wenn er nicht aufpasste. Man musste nur sehen, wie er schon bei ihrem ersten Treffen auf Elizabeth reagiert hatte.

Er dachte an das Gespräch mit Driscoll zurück.

Driscoll wollte genau wissen, woher er Elizabeth Ellis kannte. Er antwortete ruhig, aber eher ausweichend. Doch was gab es da eigentlich zu erzählen? Er hatte sie am Vorabend kennengelernt. Eine seiner Mandantinnen hatte nach ihr gesucht.

»Wer?«, fragte Driscoll scharf.

»Ihre Cousine, Ravinia Rutledge, die sie bis gestern Abend auch nicht kannte«, antwortete Kingston.

»Und Sie haben diese Cousine gefunden, und Elizabeth Ellis hat sie vom Fleck weg engagiert?«, fragte Driscoll.

Kingston erwiderte, er, Driscoll, habe Elizabeth so sehr verängstigt, dass sie ihn angerufen und um seine Hilfe gebeten habe. Er zuckte die Achseln und lächelte. »Vermutlich ist mir mein guter Ruf vorausgeeilt.«

Danach wollte Driscoll Ravinias Telefonnummer oder Adresse haben, doch er wollte nicht enthüllen, wie vertraut sie ihm mittlerweile war. Also antwortete er vage. »Ich glaube, sie kommt aus einem kleinen Städtchen an der Küste von Oregon, Deception Bay. Eine genaue Adresse habe ich nicht.«

»Warum nicht?«

»Ich könnte mir vorstellen, dass sie vorhat, nach Kalifornien zu ziehen.«

»Dann geben Sie mir die Adresse ihres Motels.« Allmählich klang Driscolls Stimme feindselig.

»Nur wenn Sie mir sagen, warum es Ihnen so wichtig ist, mit ihr zu reden«, antwortete er.

»Ich muss Ihnen gar nichts erzählen«, plusterte Driscoll sich auf. »Aber wenn ich herausfinde, dass die beiden irgendwie unter einer Decke stecken, werden Sie es noch bereuen, mir im Weg gestanden zu haben.«

»Sie machen keine gemeinsame Sache.«

»Dies sind Ermittlungen in einem Mordfall«, sagte Driscoll angespannt.

»Ich kann Ihnen ihre Handynummer geben«, sagte Kingston schließlich, weil er wusste, dass Ravinia sich nicht melden würde, wenn sie die Nummer nicht erkannte. Er wollte erst mit ihr reden und sie wissen lassen, dass die Polizei Elizabeth im Visier hatte.

Danach wurde das Gespräch mit dem Detective richtig unangenehm. Driscoll setzte ihn weiter unter Druck wegen Ravinias Heimatadresse und wollte wissen, wo sie in der Gegend von Irvine zu finden sei, doch Kingston knickte nicht ein. Jetzt stellte er selbst Fragen bezüglich der Ermittlungen im Fall Courtland Ellis, wollte wissen, ob es nicht irgendwelche anderen Verdächtigen gab.

Da Driscoll nicht antwortete, interpretierte er das als ein Nein.

»Thronson glaubte, dass Courtland Ellis ermordet wurde«, sagte Driscoll finster. »Sie war eine gründliche Ermittlerin. Mit Elizabeth Ellis hat sie mehrfach gesprochen, und kurz nach der letzten Vernehmung war sie tot.«

»Also begibt sich Mrs Ellis zu Thronsons Haus und erschießt sie. Ihr kleines Kind lässt sie allein zu Hause, und irgendwie schafft sie es, an eine Waffe heranzukommen, mit der sie Thronson aus dem Verkehr zieht.«

»Sie hat etwas mit dem Tod ihres Mannes zu tun. Sie waren selbst mal Cop. Ehepartner und Angehörige sind immer die ersten Verdächtigen, und es stellte sich heraus, dass Elizabeth Ellis ihren Mann nicht besonders mochte. Eigentlich kann ich es ihr nicht verdenken. Der Dreckskerl hat sie betrogen, doch das ändert nichts an unserem Verdacht.«

»Und Thronson hatte etwas so Belastendes gegen sie in der Hand, dass sie sich bedroht fühlte und beschloss, sie umzubringen?«

»Thronson hatte eine Spur.«

Kingston schnaubte verächtlich. »Geben Sie's zu, Driscoll. Sie stehen mit leeren Händen da.«

Aber Driscoll ließ nicht locker, war völlig auf Elizabeth Ellis fixiert. Kingston hatte andere Polizisten gekannt, die auf einem Auge blind wurden, wenn ihre Gefühle ihnen in die Quere kamen. Driscoll wollte um jeden Preis Thronsons Mörder finden und hatte Elizabeth im Fadenkreuz.

Während er zu dem Treffen mit Elizabeth Ellis fuhr, wobei er das Tempolimit immer wieder ignorierte, rief Kingston Ravinia an, die er in seinem Haus zurückgelassen hatte.

»Was gibt's?«, fragte sie. »Mein Akku ist fast leer.«

»Dann würde ich ihn schnell aufladen, denn die Polizei wird Sie anrufen.«

»Warum?«

»Die Cops haben Elizabeth im Visier. Sie glauben, dass ihr Mann ermordet wurde und dass sie etwas damit zu tun hat. Ich bin jetzt auf dem Weg zu ihr. Seien Sie vorsichtig, wenn die Polizei sich meldet. Am besten wäre es, wenn Sie ein Gespräch mit Detective Driscoll oder Officer Maya vermeiden könnten, bis wir über alles gesprochen haben.«

»Arbeiten wir jetzt für Elizabeth?«

»*Ich* arbeite für Elizabeth«, betonte er.

»Hey, ich bin mit von der Partie und muss bei dem Gespräch mit Elizabeth dabei sein.«

»Ich kümmere mich darum und halte Sie auf dem Laufenden.«

»Vergessen sie's, Elizabeth ist meine Cousine. Nur mir verdanken Sie diesen Job.«

»Hier geht es um einen Mordfall, und so was ist eine Nummer zu groß für Sie. Ihnen fehlt die Erfahrung.«

»Ich weiß Bescheid«, sagte Ravinia gereizt. »Elizabeth hat mich gefragt, ob ich die Nachrichten gesehen hätte. Also habe ich sie mir angeschaut. Sie hat mich danach gefragt, nachdem ich wissen wollte, woher sie als Kind gewusst hatte, dass die Brücke einstürzen würde. Also habe ich heute Morgen ständig Nachrichten geschaut. Wissen Sie von dem alten Mann, der mit seinem Auto durch die Fensterscheibe des Restaurants gebrochen ist? Er ist später gestorben.«

»Ich habe davon gehört, doch das hat nichts damit zu tun, dass ...«

»Wollen Sie nicht einfach mal die Klappe halten und zuhören? Eine Frau war dort, als es passierte. Sie hat einem Kind und seinen Eltern das Leben gerettet, die direkt vor dem Fenster saßen. Sie wären alle ums Leben gekommen, wenn sie nicht den kleinen Jungen gepackt und in Sicherheit gebracht hätte. Aber alle sind sich einig, dass sie das Auto unmöglich kommen sehen konnte, wie sie es behauptet. Sie war zu früh da. Vor dem Unfall. Doch bevor sie befragt werden konnte, ist sie in der Menschenmenge verschwunden, die sich dort versammelt hatte. Das hat Elizabeth mir gestern Abend zu erzählen versucht. Diese Frau war sie, und sie weiß, dass sie über diese Gabe verfügt, ob sie es zugibt oder nicht.«

»Ich weiß nur, dass Detective Vern Driscoll beweisen will, dass Elizabeth etwas mit dem Mord an seiner Kollegin Thronson zu tun hat.«

»Ich bin dabei. Sie brauchen mich.«

»Ich treffe mich in ein paar Minuten mit Elizabeth und habe keine Zeit, Sie abzuholen.«

»Dann sagen Sie ihr, dass ich von der Geschichte mit dem Restaurant weiß. Und sagen Sie ihr auch, dass es an ihrer Gabe lag, dass sie diese Leben gerettet hat!«

Plötzlich hörte er nichts mehr. Der Akku ihres Handys musste endgültig leer sein.

Da kommt er.

Durch den Spalt zwischen zwei Lamellen der Jalousie sah Elizabeth den Nissan auf ihre Auffahrt abbiegen und vor der Garage halten. Kingston stieg aus dem Auto und eilte zu ihrer Haustür. Er trug eine Sonnenbrille und war unrasiert.

Jetzt oder nie. Du musst ihm alles erzählen.

Ihr Herzschlag beschleunigte sich, als sie die Tür öffnete und gegen das Bedürfnis ankämpfen musste, sich ihm in die Arme zu werfen.

Um Himmels willen, der Mann ist Privatdetektiv, und du kennst ihn praktisch nicht. Er ist nicht dein Erlöser.

Sie trat zur Seite, als er die Tür erreichte und ohne Zögern ins Haus kam.

»Danke, dass Sie gekommen sind«, sagte sie mit einem zu heftig schlagenden Herzen. Sie schloss die Tür und legte den Riegel vor.

»Erzählen Sie von den Besuchen der Polizei«, sagte er, während er aufmerksam das Innere des Hauses begutachtete. »Warum glauben Sie, dass die Cops Sie wegen des Mordes an Ihrem Mann verdächtigen? Ich will es von Ihnen hören.«

»Sie glauben, dass ich wie diese Frau aussehe, die auf dem Freeway fuhr ... Und die in einem Hotel in Rosarito Beach gesehen wurde, wo mein Mann wohnte ... mit Whitney Bellhard.«

»Das weiß ich alles. Was noch?«

»Keine Ahnung. Mir fällt nichts ein.«

Zu ihrem Schock legte er die Hände auf ihre Schultern und sah sie an, sodass auch sie direkt in seine graublauen Augen blickte. Noch immer schlug ihr Herz heftig, und ihr Mund war völlig ausgetrocknet.

Erzähl es ihm. Jetzt.

Sie atmete tief durch. »Ravinia hat gesagt, dass einige Menschen, insbesondere einige Mitglieder ihrer Familie, über einzigartige Fähigkeiten verfügen.«

»Ja, davon hat sie mir auch erzählt.«

»Und Sie wissen, dass sie glaubt, ich sei ihre Cousine ... Und dass ihre Tante Catherine meine Mutter ist, die mich als Baby zur Adoption freigegeben hat.« Sie benetzte sich die Lippen. »Ravinia hat gestern Abend eine Menge Dinge gesagt. Ich habe zugehört, aber nicht alles mitbekommen. Es spielt keine Rolle. Ich wusste, worauf sie hinauswollte.«

»Weil Sie als Kind den Einsturz dieser Fußgängerbrücke vorhergesagt haben.«

Elizabeth nickte. Ihre Knie waren ein bisschen weich.

»Ich glaube, ich muss mich setzen.«

Tatsächlich war sie froh, dass er sie losließ, und sie ging auf wackeligen Beinen zum Sofa. Kingston lehnte sich an die Frühstückstheke und verschränkte die Arme vor der Brust.

»Doch das ist augenscheinlich noch nicht alles«, sagte sie mit geballten Fäusten. »Ich kann schreckliche Ereignisse vorhersehen, bevor sie eintreten, aber ich kann auch Menschen töten, indem ich mir ihren Tod wünsche.« Sie lachte freudlos. »Davon weiß Ravinia meiner Meinung nach nichts.«

»Das müssen Sie mir erklären«, sagte er nach kurzem Zögern.

»Wenn ich so wütend auf jemanden bin, dass ich rotsehe, schlägt plötzlich das Schicksal zu, und er oder sie stirbt. In letzter Zeit ist das mehrfach vorgekommen.«

Für einen Augenblick herrschte Schweigen, dann brach er in Gelächter aus. »Sie machen Witze.«

»Ich weiß, wie das klingt.«

»Jetzt mal im Ernst. Was wollen Sie sagen?«

»Ich habe genau das Detective Thronson gestanden an dem Abend, als sie erschossen wurde.«

»Waren Sie wütend auf sie? Und was hat sie getan, um Sie so gegen sich aufzubringen?«

Sie wollte etwas sagen, überlegte es sich aber anders. Er machte sich lustig über sie, hatte aber doch eher unbeabsichtigt einen wichtigen Punkt angesprochen. »Nein, ich war nicht wütend. Nur verängstigt.«

»Es ist unmöglich, jemanden zu töten, nur indem man sich seinen Tod wünscht.« Er bemühte sich, seine Belustigung unter Kontrolle zu behalten, als er ihre ernste Miene sah.

»Glauben Sie? Sie haben mit Ravinia gesprochen und gehört, was sie über ihre Familienangehörigen gesagt hat, die alle in diesem Haus namens Siren Song leben. Ich weiß, dass Sie mir nicht glauben, aber ich erkenne eine Gefahr, wenn sie näher kommt.«

»Sie waren in diesem Restaurant, als der Unfall passierte.«

»Ja! Woher wissen Sie das?«

»Sie haben zu Ravinia gesagt, sie solle die Nachrichten schauen. Sie hat es getan und zwei und zwei zusammengezählt.«

»Also glauben Sie ein bisschen daran, dass ich über diese Gabe verfüge?«

»Ich glaube, dass manchmal das Unerklärliche eintritt. Meistens gibt es dafür allerdings einen sehr viel logischeren Grund als übersinnliche Fähigkeiten oder was immer Sie meinen. Und noch mal: Ich glaube nicht daran, dass man jemanden töten kann, nur indem man sich seinen Tod wünscht. Um jemanden zu töten, braucht es Planung und die gewaltsame Umsetzung dieses Plans. Wenn man durch bloßes Wünschen Menschen töten könnte, würde die Weltbevölkerung drastisch zusammenschrumpfen.«

»Vier Menschen, denen ich Schlimmes gewünscht habe, sind tot.« Sie erzählte ihm von Mazie, Officer Daniels, Court und Channing Renfro. »Ich hatte mit allen Ärger und war total wütend auf sie. Und dann waren sie plötzlich tot.«

»Okay, dann machen wir mal einen kleinen Test. Haben Sie jemandem etwas Schlimmes gewünscht, der noch lebt?«

»Ja, bestimmt ...«

»Kürzlich, meine ich. Diese Todesfälle haben sich kürzlich ereignet. Haben Sie in letzter Zeit jemandem den Tod gewünscht?«

Barbara. »Meine Schwägerin hat mich zur Weißglut getrieben, als sie nach dem Tod meines Mannes hier war.«

»Und sie lebt noch?«

»Soweit ich weiß, schon. Sie wohnt in Buffalo.«

»Rufen Sie sie an. Dann wissen wir, ob mit ihr alles in Ordnung ist.«

»Da bin ich mir sicher«, sagte Elizabeth zuversichtlich, rief aber trotzdem an.

Beim vierten Klingeln nahm Barbara ab. Ihre Stimme klang gehetzt. Als Elizabeth sagte, sie rufe nur an, um sich zu vergewissern, dass es ihr gut gehe, schnaubte Barbara. »Mir geht's gut, aber ich habe zu tun.«

»Dann will ich dich nicht weiter aufhalten«, sagte Elizabeth und unterbrach die Verbindung.

»Also ist bei ihr alles okay«, sagte er.

Elizabeth zog eine Grimasse. »Bei der ist nie alles okay.«

»Ein kleiner Witz. Oho! Dann können Sie sich also doch ein bisschen entspannen.«

Sie mochte seine Art und errötete ein bisschen. Sie musste sich schwer beherrschen, um nicht auf seine sinnlichen Lippen zu starren und sich vorzustellen, wie es sein würde, wenn er sie küsste.

»Könnte es nicht Zufall sein, reines Pech, dass Sie zu diesen Todesfällen eine Verbindung haben?«

Sie schüttelte den Kopf. »Ich würde gern daran glauben, kann es aber nicht. Irgendwas ist da.«

»Aber was?«

»Vielleicht ... Vielleicht will mich jemand hereinlegen.« Dieser Gedanke war ihr erst kürzlich gekommen, und sie hatte ihn umgehend zurückgewiesen. Aber Kingstons bohrende Fragen ermutigten sie, noch einmal darüber nachzudenken. »Vielleicht wusste jemand, dass ich Probleme mit diesen Menschen hatte, und er hat sie getötet und versucht, mir die Schuld in die Schuhe zu schieben.«

»Ist das nicht ein bisschen weit hergeholt?«

»Ich weiß nicht.«

»Woher konnte der Täter wissen, wen er ins Visier nehmen sollte? Diese Morde – ich benutze den Ausdruck, auch wenn es zweimal offensichtlich ein Unfall war – haben sich doch ereignet, kurz nachdem sie schlimme Gedanken über die Opfer hatten, oder?«

»Ja ...«

»Wer hätte all das wissen können?«

Sie schüttelte nur den Kopf.

»Haben Sie sich jemandem anvertraut? Ihm erzählt, wie sie über die Opfer dachten?«

»Meinen Freundinnen, und es könnte jemand mitgehört haben, etwa im Fitnessstudio, einem Restaurant, an meinem Arbeitsplatz oder während ich irgendwo telefonierte. Viele Leute könnten gehört haben, wie ich schlecht sprach über Court, Mazie oder GoodGuy ... Aber ... Aber ich habe nie jemandem alles erzählt, bis auf Detective Thronson.«

»Irgendwie ist das trotzdem alles sehr merkwürdig. Was für ein Motiv sollte der Täter gehabt haben?«

Er hat gesagt, dass er dich liebt, aber ich glaube, dass er ein paar schlimme Dinge getan hat. Das hatte Chloe gesagt, und dann war da noch Ravinias Warnung: *Die größte Gefahr ist Declan jr. Er könnte nach dir suchen, wenn er schon von dir weiß ...*

»Ich möchte, dass Sie sich an einen meiner Freunde wenden, Miles Cunningham«, sagte Kingston. »Er ist Strafverteidiger.«

Sie blickte ihn ängstlich an. »Glauben Sie, dass man mich anklagen wird?«

Er runzelte die Stirn, als müsste er sich die Antwort genau überlegen, und beschloss, offen zu sein. »Möglich ist es, und ich denke, Sie sollten darauf vorbereitet sein, auch wenn die Gegenseite eigentlich nichts in der Hand hat. Zuerst müssen Sie sich darum kümmern, wo Sie Ihre Tochter unterbringen könnten.«

Elizabeth sprang auf. »Was reden Sie da? Ich schicke Chloe nirgendwo hin.«

»Wie gesagt, die Polizei hat eigentlich nichts in der Hand, aber wir müssen vorbereitet sein. Sie denken doch, dass Sie jemand hereinlegt und Ihnen diese Morde in die Schuhe schieben will.«

»Ja, das glaube ich.«

»Es ist besser, auf alles gefasst zu sein.«

Es war alles schon schlimm genug, doch Kingstons Miene ließ vermuten, dass er damit rechnete, dass alles noch schlimmer werden würde. Sehr viel schlimmer.

»Gut, wie Sie meinen«, brachte sie mühsam hervor. Bei wem konnte sie sich überhaupt vorstellen, dass er sich auf unbestimmte Zeit um Chloe kümmern würde? Bei niemandem! Mit Sicherheit nicht bei ihrem Vater, und Buffalo, wo Barbara lebte, war sehr weit weg. Außerdem kam sie sowieso nicht in Frage. Damit blieben ihre Freundinnen aus der Müttergruppe. Da fielen ihr Tara und Jade ein, doch sie konnte sich nicht vorstellen, sich auf eine der beiden verlassen zu müssen.

»Ich sollte jetzt besser gehen«, sagte Kingston. »Ich rufe Miles Cunningham an und sage ihm, dass Sie sich wahrscheinlich bei ihm melden werden.«

»Okay.«

»Und kümmern Sie sich darum, wo Sie Chloe unterbringen könnten.«

»Wird gemacht«, versprach sie.

Sie wollte nicht, dass er verschwand. Es ging nicht darum, dass sie glaubte, einen Mann zu brauchen, der sie beschützte. Guter Gott, nein, nicht nach der Ehe mit Court ... Aber Rex Kingston hatte etwas, das sie tief in ihrem Inneren berührte. Es war lächerlich, doch sie musste immer wieder daran denken, wie es wäre, sich ihm hinzugeben. Sie stellte sich vor, wie er sie halten und liebkosen, ihr versichern würde, dass alles wieder in Ordnung kommen werde ... Sie wollte neben ihm schlafen, mit ihm schlafen ...

Es bedurfte einer großen Willensanstrengung, diese Gedanken beiseitezuschieben. Und doch, als sie jetzt auf der Vorderveranda stand und seinem Auto nachblickte, fühlte sie sich so einsam wie schon lange nicht mehr. Eine innere Stimme warnte sie, vorsichtig zu sein, nicht schon wieder einen Fehler zu machen. Sie wusste nichts über ihn. Allerdings war ihr aufgefallen, dass er keinen Trauring trug.

Du bist verrückt, sagte sie sich, als sein Auto am Ende der Straße um die Ecke verschwunden war. Sie ging wieder ins Haus, verschloss die Tür und strich sich das Haar aus dem Gesicht. Was zum Teufel sollte sie tun? Sie konnte sich nicht passiv verhalten und darauf hoffen, dass Rex Kingston ihr half. Er hatte gesagt, sie müsse auf alles vorbereitet sein.

Sie schaute in den in der Diele hängenden Spiegel. Sie wirkte zugleich ängstlich und frustriert. »Lass dir etwas einfallen«, sagte sie laut. »Vielleicht hilft Kingston dir, doch dies ist dein Problem. *Tu was.* Für dich und für Chloe.«

***

Die Feder gleitet über das Velinpapier, während ich Dir, geliebte Elizabeth, meine Hoffnungen und Ängste beschreibe und Dir zu erklären versuche, dass die Liebe zwei Seiten hat, eine oberflächliche und eine ernste, todernste, wenn man so will. Einige mögen das für eine Obsession halten, doch ich weiß, dass es nur ein weiterer Ausdruck der wahren Seele ist, die in den finstersten Ecken unseres Herzens wohnt. Ich habe es gefühlt, habe danach gehandelt. Ich habe Opfer gebracht und würde es sofort wieder tun, für Dich, liebste Elizabeth, denn Du bist ohne jeden Zweifel meine wahre Seelenverwandte.

Doch während ich diese Worte zu Papier bringe, spüre ich die Anwesenheit eines Dritten, und fühle, dass Du schwankst. Warum findest Du diesen Privatdetektiv so anziehend? Er ist gewöhnlich und Deiner nicht würdig. Und Du begehrst *ihn.*

Mein Blut kocht vor Empörung. Wie kannst Du unsere reine Liebe so verraten?

Wie kannst Du ihn begehren, die niedrigsten Lustgefühle empfinden?

Ja, das ist es, Lust, körperliches Verlangen, eine Abhängigkeit von einem Mann, den Du kaum kennst. Ich weiß um Deine niederen Instinkte und bin angewidert.

Du bist mein, Elizabeth. Hörst Du? Mein.

Du kannst Dich nicht einem anderen hingeben, darfst Dich nicht im Geringsten nach jemand anderem sehnen.

Die Wut verzehrt mich, und ich schließe die Augen und sende Dir telepathisch ein Telegramm. Hör zu. Ich bin Dein. Ganz und gar. Und Du bist mein, ohne jeden Zweifel. Du wirst es nie bereuen. *Unsere Liebe ist überirdisch und kennt keine Grenzen, weder Anfang noch Ende.*

Du darfst nichts für diesen Mann empfinden.

Darfst kein Verlangen nach ihm haben.

Wenn Du es tust ... Wenn Du nicht treu sein, nicht eins sein kannst mit meiner Seele, dann werde ich Dir Deine nehmen.

Meine Botschaft ist unmissverständlich. Hör zu, Elizabeth. Du bist mein.

Während ich meine telepathische Botschaft in den Äther schicke, spüre ich die körperliche Erschöpfung, und ich sacke in mich zusammen und stoße den Stapel der an Dich gerichteten Briefe zu Boden.

Ich muss Kräfte sammeln. Langsam reagiert mein Körper wieder, und ich hebe die Briefe auf und lege sie sorgfältig aufeinander. Unsere Zeit ist gekommen. Das Warten ist vorüber.

Sei bereit, Elizabeth. Ich komme.

32

Elizabeth durchlitt eine weitere qualvolle Nacht. Einmal mehr plagten sie Albträume. Die ganze Nacht über kamen die Toten zurück. Ihre Gesichter schoben sich übereinander, und sie redete mit ihnen. Court in seinem BMW, Mazie in ihrem Büro, Channing Renfro, offenbar vor den Toren der Hölle, von Flammen bedrängt. Immer wieder verschmolzen ihre Gesichter, wie in einem Film.

Sie warf sich unruhig hin und her. Das Oberbett fiel zu Boden, und sie hob es auf und schaute auf den Radiowecker. Tief in der Nacht hatte sie dann einen anderen Traum, äußerst realistisch und erregend. Neben ihr im Bett lag ein muskulöser nackter Mann. Seine starken Arme hielten sie, und sie spürte seinen warmen Atem auf ihrer Schläfe, dann seine Zunge, die mit ihrem Ohr spielte und über den Hals und ihre Brust immer tiefer glitt.

Verlangen packte sie, sie wollte ihn lieben, ihn in sich spüren. Ihr brach der Schweiß aus, als er mit ihr spielte, sie erregte. Ihre Brustwarzen waren steif, und sie bekam eine Gänsehaut.

Guter Gott, sie wollte ihn so sehr, obwohl er nichts als ein Fremder war. Sie hatte ihn gerade erst kennengelernt und glaubte schon jetzt, von ihm abhängig zu sein.

Rex. Sie wollte nur noch, dass er sie nahm.

Mit geschlossenen Augen wand sie sich auf den Laken. Sie konnte nur noch daran denken, was er mit ihr machen konnte. »Bitte«, stöhnte sie, als er sich auf sie legte, doch dann abrupt innehielt. Das heiße Verlangen erkaltete.

Als er sich aufrichtete, stank sein Atem plötzlich. Seine Finger streiften hart ihre Rippen, die Haut seiner Hände war schwielig. In dem Zwielicht sah sie sein entstelltes und blutiges Gesicht, Knochen waren sichtbar, wo die Haut verbrannt war.

Sie wachte von ihrem eigenen Schrei auf. Ihr Herz schlug wie wild, und sie schwitzte stark. Der Albtraum war so real gewesen, so beängstigend, dass sie hätte schwören können, das Ungeheuer habe neben ihr im Bett gelegen. Sie lauschte. Hatte ihr Schrei Chloe aufgeweckt?

Während sie fast damit rechnete, die hastigen Schritte ihrer kleinen Tochter zu hören, beruhigte sich ihre Atmung allmählich. In dem Haus herrschte Grabesstille, bis schließlich die Heizung ansprang, ein beruhigendes Geräusch. Sie blickte auf die beleuchtete Digitalanzeige des Radioweckers. Kurz vor vier Uhr morgens.

Zu früh, um aufzustehen. Trotzdem stieg sie aus dem Bett, um zur Toilette zu gehen und sich kaltes Wasser ins Gesicht zu spritzen. Sie nahm ihren Mut zusammen und machte einen Kontrollgang durchs ganze Haus. Ihr fiel nichts Ungewöhnliches auf. *Gott sei Dank.*

Bevor sie sich wieder ins Bett legte, warf sie noch einen Blick in Chloes Zimmer und sah, dass sie fest schlief. Sie lag mit dem Gesicht nach unten auf der Matratze, neben dem Kopfkissen, die Bettdecke war zu Boden gerutscht. Elizabeth hob sie auf und breitete sie über ihre Tochter.

Chloe stöhnte schläfrig, drehte sich zu ihr und öffnete die Augen. »Mommy?«

»Ja, meine Süße, ich bin's. Schlaf weiter.«

»Ich will nicht sterben.«

Elizabeth lief es kalt den Rücken hinab. »Was redest du da? Du wirst nicht sterben. Ich bin bei dir.«

Chloe gähnte. »Aber ich will auch nicht, dass du stirbst.«

»Natürlich nicht.« Sie tätschelte die Schulter ihrer Tochter. »Ich glaube, du hattest einen schlimmen Traum.«

Damit kannte sie sich aus.

Chloe schlief wieder ein.

Sie drehte eine weitere Runde durch das Haus, machte überall Licht, öffnete Schranktüren und überprüfte alle Türschlösser, bis sie sich davon überzeugt hatte, dass sie und Chloe vor den Schrecken der Welt in Sicherheit waren.

Doch obwohl sie sich sagte, dass ihnen nichts passieren konnte, lief es ihr kalt den Rücken hinab. Während der letzten paar Wochen war ihre Welt komplett zusammengebrochen, und sie hatte das Gefühl, dass es noch nicht vorbei war.

Sie ging ins Wohnzimmer, drückte zwei Lamellen der Jalousie auseinander und blickte nach draußen. Die Umgebung ihres Hauses lag da im bläulichen Licht einer Straßenlaterne, und alles wirkte friedlich. Ordentlich gestutzte Büsche und Hecken, am Bordstein parkten ein paar Autos. Ihr Herzschlag setzte einen Moment aus, als sie eine plötzliche Bewegung wahrnahm, doch es war nur eine Katze, die durch den Nachbargarten lief und in einem Busch verschwand.

»Reiß dich zusammen«, flüsterte sie, doch sie hatte schon wieder ein unheimliches Gefühl, weil sie glaubte, jemand verstecke sich irgendwo in der Finsternis und beobachte sie. Sie ließ die Lamellen los und tadelte sich wegen ihrer Ängste.

Und doch, sie konnte nichts dagegen tun. Trotz zugezogener Jalousien und Vorhänge, trotz der verschlossenen und verriegelten Türen hatte sie das Gefühl, dass sie jemand sah, jemand, der ganz in der Nähe war, so nah, dass er sie fast hätte berühren können.

Sie erschauderte und zwang sich, die von der Küche in die Garage führende Tür zu öffnen. Ihr fiel nichts auf. Da stand ihr Ford Escape, das Garagentor war geschlossen.

Um Himmels willen, Elizabeth ...

Zurück in ihrem Schlafzimmer, ließ sie die Tür offen stehen, damit sie hörte, wenn ihre Tochter erneut aufwachte. Da ihr klar war, dass sie nicht wieder einschlafen würde, griff sie nach einem Taschenbuch, mit dessen Lektüre sie vor zwei Monaten begonnen hatte. Nachdem sie sich mühsam an die Handlung erinnert hatte, las sie dort weiter, wo sie seinerzeit abgebrochen hatte, doch nach zwanzig Minuten erschien ihr das Buch langweilig, und ihre Lider wurden schwer. Sie schaltete die Nachttischlampe aus und zog die Decke bis zu ihrem Hals hoch. Nach ein paar Minuten fiel sie in einen traumlosen Schlaf, und als sie aufwachte, war es kurz vor sieben.

Chloe schlief noch, und sie ging unter die Dusche, kleidete sich an und schaltete die Kaffeemaschine ein. Mit der Morgendämmerung fing immer alles von vorn an, und überraschenderweise fühlte sie sich stark genug, um den Tag zu bestehen. Die nächtlichen Ängste waren verschwunden. *Gott sei Dank.* Und doch hatte sie das Gefühl, dass ihr die Zeit davonlief. Sie musste sich um alles kümmern, für den Fall, dass das Schlimmste eintraf und Driscoll einen überzeugenden Grund fand, um sie zu verhaften.

Sie überlegte, was im Büro zu tun war. Sie musste mit Amy Ferguson telefonieren, mit der sie sich am nächsten

Tag in Mazies Haus treffen wollte. Dann waren da noch die Sorensons und ein paar andere, die angerufen hatten, und sie musste nach der Villa der Staffords sehen, die immer noch auf ihrer Europareise waren.

Sie schaute aus dem Fenster. Die Sonne brach durch eine dünne Wolkendecke, die Palmen hinter dem Haus wiegten sich sanft in der Brise.

Einer dieser wundervollen Tage in Südkalifornien. Es schnürte ihr die Brust zusammen, als sie sich vorstellte, im Gefängnis zu sitzen und diesen Tag nicht in Freiheit erleben zu dürfen. *Es wird nicht so weit kommen. Völlig ausgeschlossen.*

Sie atmete tief durch. Sie würde den Anwalt anrufen, den Rex Kingston ihr empfohlen hatte, und sich nach seinem Rat richten. Vermutlich würde er ihr empfehlen, der Polizei von ihrer »Gabe« und von Officer Unfriendly und GoodGuy erzählen. Es war, wie es war, sie konnte kommende Ereignisse vorhersehen. Was die Cops damit anfingen, war ihre Sache.

Würden sie ihr glauben? Wahrscheinlich nicht, doch vielleicht war es jetzt an der Zeit, um alle Karten offen auf den Tisch zu legen.

Zumindest war Rex Kingston auf ihrer Seite, und der Gedanke erinnerte sie wieder an den erotischen Traum. Sie spürte, dass sie errötete. Ja, geendet hatte alles als Albtraum, doch vorher war es erregend gewesen. Sie ließ den Traum Revue passieren, und als sie in den unteren Regionen erneut dieses Verlangen spürte, schüttelte sie ungläubig den Kopf.

Nachdem sie die erste Tasse Kaffee getrunken hatte, ging sie zu Chloes Zimmer und sah, dass ihre Tochter aufgewacht war.

»Ich hab keine Lust aufzustehen«, murrte das kleine Mädchen.

»Natürlich stehst du auf.« Elizabeth setzte sich auf die Bettkante und strich ihrer Tochter über die blonden locken. »Heute ist ein großer Tag.«

»Kommt Ravinia zurück?«

»Ich glaube nicht. Ich habe von deiner Schule geredet.«

Chloe rümpfte die Nase. »Hab keine Lust.«

»Heute ist Freitag, der letzte Schultag in dieser Woche.«

»Ist mir egal.«

»Weißt du was? Warum springst du nicht schnell in die Badewanne? Wir haben uns das gestern und vorgestern geschenkt. Ich helfe dir.«

Das Bad, das Haarewaschen und das Zähneputzen nahmen einige Zeit in Anspruch, doch nach einer guten halben Stunde war Chloe angezogen und verputzte in der Küche eine Scheibe Toastbrot mit Erdnussbutter und Bananenstücken. Nach ein paar Bissen wurde ihre Laune entschieden besser.

»Ich hole die Zeitung«, verkündete Elizabeth, die entschlossen war, sich in Chloes Beisein nicht anmerken zu lassen, was in ihrem Inneren los war.

Sie öffnete die Haustür, trat auf die Vorderveranda und sah etliche Briefumschläge auf der Fußmatte liegen. Sie bückte sich und hob sie auf. Auf allen stand nur handschriftlich ihr Vorname. Sie blickte links und rechts die Straße hinab und öffnete eines der Kuverts.

Elizabeth,
für mich gibt es nur Dich. Hast Du es schon begriffen? So lange habe ich meine Gefühle verborgen, doch nun bin ich Dir gegenüber endlich offen. Ich bin krank, verstehst Du? Liebeskrank, mein Herz und meine Seele verzehren sich nach Dir.

Ich werde Dir alles geben, was Du Dir wünschst. Ich bin Dein Sklave, Dein Wunsch ist mein Befehl. Wegen Dir werde ich stärker. Du siehst mich noch nicht, vielleicht manchmal einen Schatten aus den Augenwinkeln. Aber bald wirst Du mich sehen, meine Geliebte. Sehr, sehr bald ...

Sie ließ den Briefbogen fallen, als hätte sie sich die Finger verbrannt. Er flatterte davon und landete auf der zusammengerollten Zeitung. Sie wich einen Schritt zurück und schlug die Hand vor den Mund. Ihr Blick suchte nervös die friedliche Umgebung ab.

»Mommy!«

Chloes Stimme ließ sie zusammenzucken, und sie trat ins Haus und schlug die Tür zu. Ihre Tochter saß immer noch an der Frühstückstheke und lehnte sich auf dem Barhocker zurück, um sie im Flur sehen zu können.

»Nur einen Augenblick, Honey«, rief sie, und ihre Stimme klang etwas schriller als sonst.

Waren das alles Liebesbriefe? Kranke, äußerst seltsame Liebesbriefe?

Behutsam öffnete sie erneut die Haustür und blickte sich um. Dann hob sie den ganzen Stapel Briefe auf und ging zu der Stufe der Veranda, auf welcher die Zeitung und der gelesene Brief lagen. Nachdem sie beides aufgeklaubt hatte, kehrte sie ins Haus zurück, schloss und verriegelte die Tür und brachte die Briefe schnell in ihr Zimmer. Chloe konnte noch nicht lesen, doch sie würde mit Sicherheit mitbekommen, wie durcheinander ihre Mutter war. Sie musste sich zusammenreißen.

»Mommy?«, rief Chloe erneut.

»Bin gleich da«, antwortete Elizabeth, die aufs Geratewohl das nächste Kuvert öffnete, den Bogen herauszog und las. Ziemlich ähnlich, nur dunkler und besessener. Ihr Puls beschleunigte sich. *Wer schreibt solche Briefe? Und warum?* Sie wurde von Panik gepackt und versuchte sie niederzukämpfen. Wieder musste sie an ihren Traum denken. Und an das unheimliche Gefühl, beobachtet zu werden. Irgendetwas Schlimmes ging vor sich. Etwas, das sie nicht verstand.

Warum? Wer steckt dahinter?

Sie hörte die Schritte ihrer Tochter im Flur und ging ihr entgegen.

»Wo bleibst du, Mommy?«

»Hier bin ich, Honey.« Sie setzte ein Lächeln auf. »Bist du fertig mit dem Frühstück? Dann zieh die Schuhe an und pack dein Pausenbrot ein. Heute nehmen wir deine Decken aus der Vorschule mit und waschen sie, damit sie sauber sind für die nächste Woche.«

Chloe starrte sie an. »Stimmt was nicht?«

»Nein, alles in Ordnung. Ich habe nur viel zu tun und überlege, wie ich das auf die Reihe bekomme. Komm, zieh die Schuhe an, dann fahren wir. Wir sind spät dran.«

»Schon wieder?«

»Ja.« Sie half Chloe bei der Suche nach ihren Schuhen und eilte dann in ihr Schlafzimmer zurück und stopfte die Briefe in ihre Handtasche.

In der Küche wartete sie mit Chloes Pausenbrot an der Tür zur Garage, und als ihre Tochter auftauchte, hatte sie die Schuhe verkehrt herum angezogen. Sie bückte sich und korrigierte den Fehler. »Komm, auf geht's«, sagte sie aufgesetzt fröhlich.

Chloe runzelte die Stirn, sagte aber nichts, als sie sich in den Kindersitz setzte und anschnallte.

Während der Fahrt durch die vertrauten Straßen blickte sie immer wieder in den Rückspiegel, und in ihrem Kopf jagten sich die Gedanken. *Wer hat diese Briefe auf meine Veranda gelegt? Wer würde das riskieren? Und wer würde solche Episteln schreiben? Jemand, der behauptet, mich zu lieben, doch was für eine Liebe soll das sein?*

Wer?

»Chloe, du hast gesagt, dieser Mann, dessen Stimme du in deinem Kopf gehört hast, habe gesagt, er liebe mich. Der Mann, der schlimme Dinge getan hat. Weißt du, wie er aussieht?«

»Ich sehe ihn nicht.«

»Schon gut.« Es war eine Dummheit, ihre Tochter mit diesen Fragen zu bedrängen.

Ihre Hände waren schweißnass, weil sie das Lenkrad so krampfhaft umklammerte. Gil Dyne, dessen Frau möglicherweise Selbstmord begangen hatte, hatte aufrichtiges Interesse an ihr gezeigt. Und dann war da Peter Bellhard. Er rief weiter an und wollte sich mit ihr treffen. Sie hoffte, dass er aufgeben würde, doch anscheinend gehört er nicht zu den Männern, die sich durch ein Nein abschrecken ließen.

Wenn Menschen lieben, kann sie nichts aufhalten.

Das hat Chloe gesagt, und das ist der Ton dieser Briefe, dachte sie, während sie im Rückspiegel einen Blick auf ihre Tochter warf.

Als sie zu spät bei der Vorschule eintrafen, war von Chloes Freundinnen und Freunden nichts mehr zu sehen, und Elizabeth vertraute ihre Tochter einer Lehrerin an und sagte, sie werde sie später abholen. Dann eilte sie davon. Die Handtasche mit den Briefen darin kam ihr ungewöhnlich schwer vor. Ihr fiel auf, dass sie ihre Aktentasche zu Hause gelassen hatte, doch es war ihr egal.

Im Büro stellte sie die Handtasche unter ihren Schreibtisch und rief mit ihrem Mobiltelefon Rex Kingston an. Während sie wartete, musste sie an ihren erotischen Traum denken. Dann wurde am anderen Ende abgenommen.

»Hallo, Mrs Ellis.«

Offenbar hatte er ihre Nummer erkannt.

Seine Stimme haute sie um, und sie riss sich zusammen. »Es ist etwas geschehen«, sagte sie leise, nur für den Fall, dass Pat oder Connie an ihrem Büro vorbeikamen. »Ich würde mich gern noch einmal mit Ihnen treffen. Je eher, desto besser.«

»Worum geht's?«, fragte er geschäftsmäßig.

Sie schaute auf die Handtasche. »Ich habe ein paar Briefe bekommen. Jemand hat sie auf meine Vorderveranda gelegt. Ich möchte, dass Sie sich die mal ansehen.«

»Von wem sind sie denn?«

»Von einem anonymen Absender.«

»Auf Ihrer Veranda?«

»Jemand muss sie mitten in der Nacht dorthin gelegt haben. Ich bin heute Morgen darüber gestolpert. Diese Briefe sind ... verstörend.«

»Ich arbeite heute von zu Hause aus. Macht es Ihnen etwas aus, bei mir vorbeizukommen? Wir können unter vier Augen reden. Ravinia ist nicht da.«

»Wo wohnen Sie denn?« Sie schwieg kurz. »Aber nur, wenn Sie Zeit haben.«

»Das lässt sich einrichten.« Er rasselte seine Adresse herunter. »Bei Ihnen alles in Ordnung?«

»Ich denke schon. Ja.«

»Soll ich lieber bei Ihnen zu Hause vorbeischauen?«

»Nein, nein, nicht nötig.«

»Wo sind Sie jetzt?«

»Im Büro. Chloe ist in der Vorschule.«

»Wollen Sie sofort kommen?«

»Ja.«

Sie unterbrach die Verbindung, schnappte sich ihre Handtasche und eilte zu ihrem Auto.

Als Kingston ihr die Tür öffnete, wurde ihm einmal mehr bewusst, wie schön sie war, doch er ignorierte es und führte sie in die Küche, wo sie die Briefe auf dem Tisch ausbreitete. Kingston wollte sie nicht berühren. Die Briefe waren alle in einer markanten Handschrift geschrieben und drehten sich um eine einseitige, obsessive Liebe. Um eine gefährliche, besitzergreifende Liebe. In einem Brief ging der Verfasser so weit, die »dunkle Seite« der Liebe zu erklären.

Wer immer diese Episteln geschrieben hatte, er war nicht ganz richtig im Kopf.

Und hatte offensichtlich etwas mit den jüngsten Todesfällen zu tun.

Er las eine Passage noch einmal.

Ich habe Dich heute Abend beobachtet. Erhältst Du meine telepathischen Nachrichten? Bald wird der Schleier gelüftet, und wir sind eins. Dann heißt es Du und ich gegen die ganze Welt ...

Kingston knirschte mit den Zähnen. Ein Besessener. »Haben Sie irgendeine Ahnung, wer diese Briefe geschrieben und sie auf Ihre Veranda gelegt haben könnte?« Ihm fiel auf, wie bleich und beunruhigt sie aussah.

»Nein, absolut nicht.« Sie setzte sich an den Küchentisch und blickte durch die Glasschiebetür nach draußen. »Sie haben ein schönes Haus. Der Garten gefällt mir.«

»Ich denke daran, es zu verkaufen. Kennen Sie zufällig einen guten Immobilienmakler?«

Sie blinzelte, war scheinbar ganz in ihren Gedanken versunken. Offenbar konnte sie ihre Angst kaum überwinden, und er konnte es ihr nicht verdenken.

Er zeigte auf die Briefe. »Kennen Sie wirklich niemanden, der die geschrieben haben könnte?«

»Nein«, antwortete sie, doch nach einem kurzen Zögern benannte sie zwei denkbare Kandidaten, Gil Dyne und Peter Bellhard. »Aber der Ton der Briefe passt eigentlich zu keinem der beiden.«

Er nahm sich vor, sich mit den beiden Männern zu befassen. »Was ist mit Leuten, mit denen Sie nicht befreundet sind, aber gesellschaftlichen oder beruflichen Kontakt haben?«

»Ich bin mit den Frauen aus unserer Müttergruppe und ihren Ehemännern befreundet. So habe ich Gil kennengelernt. Unter meinen Kunden würde ich so etwas niemandem zutrauen. Oh, kürzlich habe ich an der Sitzung einer Therapiegruppe teilgenommen, doch das sind alles Frauen.«

»Was ist mit Leuten aus Ihrer Vergangenheit? Alte Freunde? Liebhaber?«

Sie schüttelte den Kopf. »Da gab es eigentlich niemanden außer Court.«

Er hakte noch ein bisschen nach, doch Elizabeth wusste dem bisher Gesagten nichts hinzuzufügen. Er hatte eigentlich noch einen Observationsjob und hatte später zu seinem Büro fahren wollen, doch nach dem Anruf hatte er sich für diesen Tag freigenommen. Nichts war wichtiger als Elizabeth' Sicherheit, und wenn man diese Briefe las, wusste man, dass sie nicht in Sicherheit war.

»Sie müssen diese Briefe der Polizei übergeben.«

»Halten Sie das für eine gute Idee?«, fragte sie ängstlich.

»Wir wissen jetzt, dass eine unbekannte Person mit im Spiel ist, und vielleicht findet sich auf den Briefen ihre DNA.«

»Und wenn nicht? Was ist, wenn die Polizei glaubt, ich hätte mir diese Briefe selbst geschickt?« Ihre Stimme klang etwas hysterisch.

Er versuchte sie zu beruhigen. »Man muss nicht immer gleich vom Schlimmsten ausgehen.«

»Ich glaube nicht, dass die Polizei auf meiner Seite ist. Sie könnte versuchen, mir die Autorschaft dieser Briefe in die Schuhe zu schieben.«

»Irgendjemandem müssen Sie vertrauen.«

Sie blickte ihn an, und ihre Augen waren feucht. »Ich vertraue Ihnen.«

Er fand ihren Blick bewegend, und er weckte seinen Beschützerinstinkt. »Ich werde Tatum anrufen. Nein, besser Driscoll. Ich will den Mann nicht weiter gegen uns aufbringen, indem ich ihn umgehe.«

»Was haben diese Briefe zu bedeuten? Und warum sind es so viele?«

»Wer immer die Briefe geschrieben hat, er sitzt Ihnen im

Nacken und wird zunehmend risikobereiter und gefährlicher.«

Sie schien auf ihrem Stuhl in sich zusammenzusinken. »Sie glauben, er hat all diese Menschen getötet? Officer Unfriendly, GoodGuy und vielleicht auch Court? Und Mazie? Ich weiß nicht.«

»Der Modus Operandi dieses Typs erinnert mich an John Hinckley jr., diesen Verrückten, der auf Präsident Reagan geschossen hat, um Jodie Foster zu beeindrucken.«

Sie wurde blass. »O mein Gott ... Nein, nein ... Er hat auch Detective Thronson umgebracht. Das ergibt keinen Sinn!«

»Wer sagt, dass es einen Sinn ergeben muss? Wir reden hier von einem Psychopathen. Und dieser Brief, wo ist er? Ah, da haben wir ihn.« Er las laut vor:

Siehst Du, Elizabeth? Hast Du es im Fernsehen gesehen? Er hat bekommen, was er verdient. Jetzt schmort er in irgendeiner Hölle, die reserviert ist für Abschaum wie diesen Channing Renfro. Ich weiß, dass es andere gibt, die Dir Schlechtes wollen. Ich habe sie gehört, gesehen, gespürt. Aber keine Sorge, ich werde einen nach dem anderen aus dem Verkehr ziehen. Ich bin bei Dir, Geliebte, bin Dein Retter, Dein Soldat ...

Noch siehst Du mich nicht, aber bald, wenn ich so weit bin ... Ich tue alles für Dich, meine Geliebte. Alles ...

Kingston blickte sie an. »Das ist ein Geständnis. Wer immer diese Briefe geschrieben hat, er steht hinter den Morden. Wir müssen zur Polizei gehen.«

Elizabeth schien nachgeben zu wollen, als es plötzlich an der Haustür klingelte. Sie zuckte zusammen.

»Warten Sie hier.« Er ging los und blickte durch den Spion.

Vor der Tür stand Ravinia. Wie üblich trug sie ein langärmeliges T-Shirt, eine dunkle Jeans und über der Jacke den Rucksack auf dem Rücken. Durch eine ungeduldige Geste gab sie ihm zu verstehen, dass sie ihren Schlüssel vergessen hatte.

Kingston zögerte. Wollte er sie wirklich diese Briefe sehen lassen? Wollte er sie an den Nachforschungen in Elizabeth' Fall beteiligen?

Sie wusste, dass er durch den Spion schaute. Ihre Miene sagte alles. *Wollen Sie mich nicht endlich reinlassen?*

33

Ravinia warf Kingston einen vielsagenden Blick zu, als sie an ihm vorbei in die Küche spazierte. Ihr war klar, dass er sie bei den Nachforschungen bezüglich der Morde in Elizabeth' Umfeld nicht dabeihaben wollte, und das wurmte sie. Und während sie außer Haus gewesen war, um das Guthaben auf ihrem Handy aufzuladen, hatte er ein Rendezvous mit Elizabeth arrangiert.

Vielleicht wäre sie weiter verärgert gewesen, doch Elizabeth begrüßte sie mit einem traurigen Lächeln und wies auf einen Stapel Briefe auf dem Küchentisch. »Sieht so aus, als würde mir jemand auf Schritt und Tritt folgen.«

Ravinia ließ ihren Rucksack auf den Boden fallen und griff nach einem der Briefe.

»Vorsicht«, warnte Kingston. »Wir übergeben die Briefe der Polizei, damit die nach der DNA suchen kann.«

Ravinia hielt in der Bewegung inne und beugte sich über die offen auf dem Tisch liegenden Briefbogen. Sie musste sie nicht berühren. Als sie die Briefe einen nach dem anderen las, wurde es ihr wegen des Tons ganz anders zumute. Eine zweite Lektüre ließ sie die Stirn runzeln. Irgendetwas hatte sie stutzen lassen, doch was? Sie hätte es wissen sollen, doch es entzog sich ihr. »Diese Briefe sind äußerst seltsam.«

»Für mich stammen sie von einem Besessenen«, sagte Kingston.

Ravinia wandte sich ihrer Cousine zu. »Diese Person glaubt, trotz räumlicher Distanz rein mental mit dir kommunizieren zu können. Stimmt das?« Sie blickte Elizabeth misstrauisch an, weil sie sich fragte, ob die ihr etwas vorenthalten hatte.

»Nein«, versicherte Elizabeth.

»Sicher?«

»Ganz sicher. Ich weiß, dass in diesen Briefen steht, der Verfasser würde mir telepathisch Nachrichten senden, doch ich empfange sie nicht. Vielleicht ist das alles auch nur eine Lüge, die mir Angst davor machen soll, verrückt zu werden. Und der Versuch könnte durchaus Erfolg haben.«

Ravinia hakte noch einmal nach, gab aber dann auf und wechselte das Thema. »Diese Briefe klingen nicht so, als wären sie von Declan jr., und er ist derjenige, um den wir uns Gedanken machen müssen.« Dann kam ihr ein Gedanke. »Du solltest wirklich mit Detective Dunbar reden. Sie war die Ermittlerin im Fall Declan jr., und ich wette, dass sie dir helfen würde.«

»Wer ist Detective Dunbar?«, fragte Kingston.

»Ich habe bereits mit ihr telefoniert«, sagte Elizabeth.

»Sie kennt Declan jr. nur zu gut«, fuhr Ravinia fort, ohne sich um Kingstons Frage zu kümmern. »Er hat versucht, sie umzubringen.«

»Er hat versucht, eine Polizistin zu töten?«, fragte Elizabeth alarmiert.

»Er will uns alle tot sehen«, sagte Ravinia. »Alle Frauen, die etwas mit Siren Song zu tun haben. Ich habe versucht, dir das klarzumachen. Er ist der Grund, weshalb ich nach dir gesucht habe. Tante Catherine und ich wollen, dass du in Sicherheit bist, aber du bist es nicht.« Sie zeigte auf die Briefe. »Vielleicht sind die von ihm. Ich weiß es nicht, aber du solltest so schnell wie möglich von hier verschwinden.« Sie schnippte mit den Fingern. »Besuche Siren Song. Dann lernst du Tante Catherine kennen, deine Mutter, und du kannst unter vier Augen mit Detective Dunbar reden. Sie ermittelt beim Tillamook County Sheriff's Department.«

»Sie haben gerade gesagt, dieser Declan jr. sei ein Killer«, bemerkte Kingston.

»Ja, aber er ist nicht mehr an der Küste von Oregon, sondern woanders«, antwortete Ravinia. »Wie gesagt, deshalb hat sich Tante Catherine Sorgen um Elizabeth gemacht. Und nach allem, was in ihrer Umgebung passiert ist, würde ich sagen, dass er wahrscheinlich *hier* ist, in Südkalifornien.«

»Ich kann nicht einfach von hier verschwinden«, sagte Elizabeth, obwohl ihr Tonfall darauf hindeutete, dass sie die Idee bedenkenswert fand. »Ich muss mich um Chloe kümmern. Und Detective Driscoll könnte es als ein Schuldeingeständnis sehen, wenn ich mich aus dem Staub mache.«

»Du kannst Chloe mitnehmen«, erwiderte Ravinia unbeirrt. »Und was dieser Detective denkt, ist mir egal.«

»Sie hat recht«, sagte Kingston zu Elizabeth. »Sie müssen sich irgendwo vor diesem Killer in Sicherheit bringen.«

Elizabeth schüttelte bedächtig den Kopf. »Ich kann hier nicht alles stehen und liegen lassen und nach Oregon reisen. Und wie lange hätte ich da meine Ruhe? Driscoll würde mir folgen und mich einlochen, und wer kümmert sich dann um Chloe? Ich kann meine Tochter nicht allein lassen. Es geht nicht.«

Ravinia starrte auf die handschriftlichen Briefe. Sie machten ihr Kopfschmerzen, denn noch immer wusste sie nicht, was sie bei der Lektüre hatte stutzen lassen. Sie trat an die Spüle und starrte durch die Glastür in Kingstons Garten. »Siren Song ist ein sicherer Ort und weit weg. Tante Catherine hat das Anwesen zu einer Festung gemacht. Sie hat dort das Sagen, und sie ist deine Mutter.«

»Wir sind uns da nicht sicher«, bemerkte Elizabeth.

»*Du* bist dir da nicht sicher, ich mir schon. Übrigens ist Tante Catherine eine starke Frau, die keine Angst hat, dem Bösen ins Auge zu schauen. Sie würde alles tun, um uns zu beschützen.« Ravinia wandte sich von der Schiebetür ab und schaute Elizabeth an. »Und auch du bist eine starke Frau.«

»Warum bringen wir Sie nicht fürs Erste in einem Hotel unter?«, fragte Kingston. »Dort können Sie darüber nachdenken, wie es weitergehen soll, aber in Ihrem Haus können Sie nicht bleiben. Ich möchte, dass Sie mit Cunningham reden, dem Anwalt, den ich Ihnen empfohlen habe.«

»Ich habe einen Job«, sagte Elizabeth. »Und ein Hotel kann ich mir nicht leisten.«

»Da fällt uns schon was ein«, antwortete Kingston. »Die Hauptsache ist, dass wir Sie in Sicherheit bringen.«

»Ich kann jetzt nicht klar denken.« Elizabeth stand auf. »Ich muss ins Büro.«

»Ich komme mit«, verkündete Kingston.

Sie hob die Hände. »Mir wäre es lieber, wenn Sie diese Briefe zu Driscoll bringen würden. Ich will ihn nicht sehen und nicht mit ihm reden. Ich habe berufliche Termine. Danke für Ihr Angebot, mir zu helfen, aber ich kann mir kein Hotel leisten und will nicht, dass Sie es für mich bezahlen.«

»Dann begleite ich dich«, sagte Ravinia.

»Nein, danke.«

An der Art und Weise, wie Elizabeth den Blick abwandte, glaubte Ravinia zu erkennen, dass sie zwar Kingston zu vertrauen schien, aber nicht unbedingt ihr. Elizabeth hatte ihr die Geschichte ihrer Familie nicht völlig abgenommen. Es war verdammt frustrierend.

»Rufen Sie mich jederzeit an«, sagte Kingston zu Elizabeth, und sein Tonfall nervte Ravinia noch mehr.

Sie hatte das Gefühl, dass Kingston sie loswerden wollte. *Das könnte ihm so passen,* dachte sie, während er Elizabeth zur Haustür brachte. *So leicht wird man mich nicht los.* Ihr fiel auf, wie Kingston zum Abschied Elizabeth' Arm berührte, und auch das missfiel ihr. Ihre Cousine bändelte mit Kingston an, war ihr gegenüber aber extrem zurückhaltend.

Sie entzieht sich mir, ich spüre es. Elizabeth hat sich nicht nur in diesen idiotischen Privatdetektiv verliebt, sie denkt auch daran, die Gegend zu verlassen. Ich darf es nicht zulassen, dass ich allein zurückbleibe. Was stimmt nicht mit ihr? Hat sie meine Briefe nicht gelesen? Versteht sie nicht, wie sehr ich sie liebe, dass es uns bestimmt ist, zusammen zu sein? Dass ich alles tun würde, um bei ihr sein zu können?

Mich quälen starke Kopfschmerzen, und ich balle frustriert die Fäuste. Diese Einsamkeit, ich ertrage sie nicht mehr. Ich muss ihr Einhalt gebieten.

Ich fühle mich schwach und lehne mich an die große Tiefkühltruhe. Ich darf nicht zulassen, dass sie verschwindet. Ich kann es nicht fassen, dass sie nicht auf mich warten oder zu mir kommen wird. Sie muss meine Nachrichten empfangen haben ... Ich habe geglaubt, dass sie auf dieselbe Weise antworten würde, aber bis jetzt vergeblich gewartet.

Mir bricht das Herz.
Sie darf mich nicht verlassen. Weder jetzt noch später.
Ich zwinge mich, mehrfach tief durchzuatmen, bevor ich vor meinem inneren Auge ihr geliebtes Gesicht heraufbeschwöre. Ich sehne mich danach, sie zu berühren, zu küssen, um unsere Liebe zu besiegeln, diese unvergleichliche Liebe.
Ich kann nicht mehr warten. Ich gehe nach oben in die Küche und stecke meine Schlüssel ein.
Heute werde ich zu ihr gehen. Ich weiß, wo ich sie finde.
Heute ist der erste Tag unserer gemeinsamen Zukunft.

Die Zeit schleppte sich dahin. Zu jeder vollen Stunde rief Elizabeth Kingston an, und allmählich kam sie sich idiotisch vor. Kingston hatte die Briefe zu Driscoll gebracht. Der hatte sich nicht in die Karten schauen lassen, doch sie fühlte sich besser, seit sie wusste, dass die Briefe in seinen Händen waren. Sie hatte mit Amy Ferguson telefoniert und natürlich mit Marg und Buddy Sorenson, die weitere Häuser besichtigen wollten, doch den Wunsch würde sie ihnen allenfalls in der nächsten Woche erfüllen. Unterdessen hatte Kingston mit Gil Dyne und Peter Bellhard gesprochen. Wie sie selbst schien auch er der Meinung zu sein, dass keiner der beiden Männer der Verfasser dieser kranken Episteln war.

Sobald sie Chloe von der Vorschule abgeholt hatte, würde sie in Kingstons Haus Detective Driscoll treffen. Einmal hatte Ravinia angerufen und wiederholt, sie solle so schnell wie möglich nach Siren Song aufbrechen. Vielleicht, doch zuerst war der Detective an der Reihe.

Wie immer war sie spät dran. Wenn sie nicht bis sechs Uhr bei der Vorschule war, musste sie für jede überzogene

Viertelstunde eine Strafgebühr bezahlen. Sie verstand das, weil dann jemand wegen ihr länger bleiben musste. Trotzdem kam sie manchmal zu spät, doch heute schaffte sie es, um zwei Minuten vor sechs da zu sein.

Vivian wollte gerade losfahren und winkte Elizabeth zu. »Was hast du am Wochenende vor?«, rief sie.

»Ich muss arbeiten.«

»Aber doch nicht durchgehend. Geh mit mir ins Fitnessstudio.«

»Kommt Chloe zu uns?«, schrie Lissa.

»Heute nicht«, erwiderte Elizabeth.

»Wir telefonieren«, sagte Vivian, bevor sie losfuhr und von dem Parkplatz auf die Straße abbog.

Chloe kam zu ihr gerannt und warf sich ihr in die Arme.

»Entschuldigen Sie, dass ich spät dran bin«, sagte Elizabeth zu der Lehrerin, während sie Chloes Sachen zusammensuchte. »Der Verkehr war ein Albtraum.«

»Ja, es wird immer schlimmer.«

»Das sehe ich genauso.«

Chloe ergriff die Hand ihrer Mutter, als sie gemeinsam zum Auto gingen. Das kam selten vor.

»Alles in Ordnung?«, fragte Elizabeth.

»Ja ...«

Sie warf ihrer Tochter einen prüfenden Blick zu. »Chloe, hast du von jemandem telepathische Nachrichten erhalten? War da mehr, als du mir bisher erzählt hast?«

»Was sind telepathische Nachrichten?«

»Welche, die du nur in deinem Kopf empfängst. Du hast von diesem Mann erzählt, der mich liebt, aber du konntest ihn nicht sehen.«

Sie nickte ernst.

»Hat er noch andere Dinge gesagt?«

»Er sagt viele Dinge. Ich glaube, er ist mittlerweile irgendwie verrückt geworden.« Und damit rannte sie zum Auto.

»Chloe!« Elizabeth eilte hinter ihrer Tochter her. »Das ist der falsche Wagen!«, rief sie, als sie sah, dass ihre Tochter zu einem Fahrzeug lief, das ihrem zum Verwechseln glich. Es stand zwei Plätze näher an der Ausfahrt.

Chloe griff bereits nach der Türklinke. »Was?«

»Das ist nicht unser Auto. Komm her.« Elizabeth zeigte auf ihren Ford Escape.

In diesem Moment kam eine Frau um das andere Fahrzeug herum und ging auf Chloe zu.

Elizabeth blickte erst sie an, dann das Fahrzeug, einen dunklen Ford Escape. Und dann sah sie, wie die Frau eine Pistole zog und sie auf Chloes Schläfe richtete. »Nadia?«

»Das ist merkwürdig«, sagte Kingston zu Ravinia. Er hatte den größten Teil des Tages damit verbracht, mit Elizabeth' Freundinnen zu reden, den Frauen aus dem Zirkel, den sie die Müttergruppe nannte, doch unter ihnen war eine, die gar keine Mutter war. Außerdem hatte er die Therapiegruppe Sisterhood kontaktiert, war dort aber auf keinerlei Hilfsbereitschaft gestoßen.

Er dachte an die Gespräche zurück.

Elizabeth wollte nicht, dass ihre Freundinnen wussten, dass sie einen Privatdetektiv engagiert hatte, und so gab er sich ihnen gegenüber als Polizist aus. Er stellte eher allgemeine Fragen.

Jade Rivers hatte geradeheraus geantwortet, sie habe ihm nichts zu sagen, und ihr Mann Byron hielt es genauso. Elizabeth hatte ihm eine Namensliste mit Telefonnummern gegeben, und er hatte Byron an seinem Arbeitsplatz angerufen.

Deirdre Czursky räumte ein, Elizabeth und ihr Mann hätten Probleme gehabt, doch sie hielt fast alle Polizisten für Schweine und glaubte, die Cops wollten ihre Freundin hereinlegen. Sie rückte die Nummer ihres Ehemanns freiwillig heraus.

Als er Les Czursky anrief, wurde er kühl begrüßt, und Les ließ ihn wissen, die Polizei sei auf dem Holzweg.

Tara Hofstetter sagte, sie werde unmittelbar nach dem Ende des Telefonats Elizabeth anrufen und ihr sagen, die Polizei stelle Fragen über sie. Und dann hatte sie hinzugefügt: »Sie hat dieser Familie das Leben gerettet. Ohne sie wären die drei jetzt tot, also lassen Sie Elizabeth einfach in Ruhe!« Ihr Mann Dave arbeitete an diesem Tag zu Hause und sagte, man solle Elizabeth als Heldin sehen, und diese miese Schnüffelei sei einfach nur typisch für die Polizei.

Vivian Eachus war nicht zu erreichen. Ihr Mann Bill stellte lieber selbst Fragen, als welche zu beantworten, doch auch er lobte Elizabeth in den höchsten Tönen.

Ravinia riss ihn aus seinen Gedanken. »Was ist merkwürdig?«, fragte sie.

»Da Nadia Vandell den ganzen Tag über auf ihrem Mobiltelefon nicht zu erreichen war, habe ich schließlich beschlossen, ihren Ehemann Karl anzurufen. Er ist Investmentbanker. Elizabeth hatte seine Telefonnummer nicht, wusste aber, wo er arbeitet. Also habe ich dort angerufen in der Hoffnung, dass er noch im Büro und nicht schon auf der Heimfahrt war.«

»Und er war nicht mehr da?«

»Er nicht, aber sein Boss. Es sieht so aus, als wäre Karl dort seit sechs Wochen überhaupt nicht mehr aufgetaucht. Seine Frau hat seinen Chef angerufen und gesagt, er habe sie sitzen lassen, und sie habe ihn seitdem nicht mehr gesehen.«

Ravinia starrte ihn wortlos an. Ihr Schweigen dauerte so lange, dass er überrascht die Augenbrauen hob.

»Alles in Ordnung?«, fragte er, während er nach seinem Handy griff und Elizabeth's Nummer wählte.

Als niemand antwortete, zählte er mit, wie oft es am anderen Ende klingelte und wartete, bis sich die Mailbox meldete.

»Er ist es«, sagte Ravinia.

»Wer? Karl Vandell?« Kingston sprang auf. »Woher wollen Sie das wissen?«

»Ich kann ihn hören. Nein, Moment ... Ich höre *Chloe* ...«

»Wovon zum Teufel reden Sie?«, knurrte Kingston.

»Er hat Chloe und Elizabeth in seiner Gewalt. Sie sitzen in seinem Wagen!« Ravinia schlug die Hände vor die Augen und riss sie dann plötzlich wieder weg. Ihre meergrünen Augen waren vor Schreck geweitet. »Es ist kein Mann, sondern eine *Frau*! Nadia Vandell!«

34

Chloe saß schweigend auf der Rückbank, und Elizabeth versuchte, sie im Rückspiegel zu sehen.

»Achte auf den Verkehr!«, fuhr Nadia sie an, die ihr den Lauf der Pistole in die Rippen bohrte.

»Alles in Ordnung, Chloe?«, fragte Elizabeth.

Sie waren seit etwa fünf Minuten unterwegs, und Elizabeth fuhr Richtung Westen. Nadia schien ein bestimmtes Ziel im Sinn zu haben, sagte aber nichts darüber. Sie wollte nur, dass Elizabeth nach ihren Anweisungen fuhr.

Ihr Blick und der ihrer Tochter trafen sich, und Chloe schüttelte bedächtig den Kopf. »Wohin fahren wir?«, fragte sie kleinlaut.

Nadia drehte sich kurz um. »Zu einem Ort, den deine Mutter kennt aus einer Zeit, als unsere Seelen noch eins waren.«

»Ich kann mich nicht erinnern«, sagte Elizabeth vorsichtig.

»Weil du alles zerstört hast«, zischte Nadia sie mit wutverzerrter Miene an. »Warum hast du das getan? *Warum?*«

Elizabeth schwieg, weil sie befürchtete, Nadia könnte Chloe noch mehr verängstigen, und außerdem war es sinnlos, vernünftig mit der Frau reden zu wollen. Eben hatte ihr Mobiltelefon geklingelt, und Nadia hatte es aus ihrer Handtasche gerissen, den Namen auf dem Display gesehen, wütend aufgeschrien und es aus dem Fenster geworfen.

»Ich hätte es nicht zerstören sollen«, antwortete Elizabeth ängstlich. Sie hoffte, dass es bedauernd klang.

»Da hast du recht, du Schlampe«, knurrte Nadia, deren Stimme alles andere als besänftigt klang. »Du hast deinen Freunden, diesen Sorensons, alle möglichen Villen gezeigt, doch nur eine davon hatte einen spektakulären Blick aufs Meer.«

Staffordshire. »Die Villa in Corona del Mar.«

»Sie steht immer noch zum Verkauf. Deine *Freunde* konnten sie sich nicht leisten, aber sie ist das beste Objekt, das du ihnen gezeigt hast. Das Beste. Erinnerst du dich an das Beste, Elizabeth?« Sie bohrte ihr den Lauf der Pistole tiefer in die Rippen.

»Ich kann nicht richtig geradeaus fahren, wenn du mich so bedrohst«, sagte Elizabeth, und es stimmte.

»Dann lernst du es eben!«, schrie Nadia.

Eine Zeit lang herrschte Schweigen.

»Du erinnerst dich nicht an mich«, sagte Nadia schließlich.

Ist das ein Trick. »Hm ... nein.«

»Die gute alte Van Buren High School. Ich war in der Klasse unter dir.«

Elizabeth konnte nicht klar denken, wusste nicht, wie sie antworten sollte. Ihr brach der Schweiß aus.

»Ich habe es schon damals empfunden und dachte, du würdest es auch fühlen.«

Auch darauf hatte Elizabeth keine Antwort. Nein, sie hatte nichts empfunden für Nadia, denn sie konnte sich nicht mal daran erinnern, dass sie auf ihrer Schule gewesen war. Doch es wäre bestimmt keine gute Idee gewesen, das laut zu sagen.

»Du glaubst, es sei Zufall gewesen, dass ich der Therapiegruppe beigetreten bin? Und der Müttergruppe, obwohl ich gar kein Kind habe? Ich war immer bei dir, Elizabeth. Mit meinem Herzen und meiner Seele. Wir sind eins, du und ich. Wir haben Fähigkeiten. Du bist eine erstaunliche Frau.« Ihre Stimme klang ehrfürchtig. »Ich musste mir etwas einfallen lassen, um näher an dich heranzukommen. Vivian ist so was von einfältig. Sie glaubte, mir helfen zu müssen, über meine angeblichen Fehlgeburten hinwegzukommen und hat mich förmlich angefleht, der Müttergruppe beizutreten.«

Elizabeth warf im Rückspiegel einen weiteren Blick auf Chloe, die die Augen geschlossen hatte und in eine Art Trance gefallen zu sein schien.

»Augen auf die Straße!«, blaffte Nadia sie an, und Elizabeth gehorchte. Sie hatten die Straße erreicht, die zum Haus der Staffords führte ... Aber die Staffords konnten ihr nicht helfen, da sie noch in Europa waren.

»Ich liebe dich seit langer Zeit, aber du liebst mich nicht«, sagte Nadia fast beiläufig. »Ich wollte mit dir zusammen nach Mexiko gehen. Mir gefällt es da, besonders Rosarito Beach.«

Elizabeth schluckte. »Dann weiß ich jetzt, wer die blonde Frau im Hotel Tres Brisas war.«

»Ich habe Court mit Whitney Bellhard gesehen. Der Dreckskerl war so mies zu dir. Warum hast du ihn geheiratet?«

Weil ich geglaubt habe, ihn zu lieben. »Ich weiß es nicht«, murmelte sie.

Sie bogen auf die halbkreisförmige, zu der Villa führende Auffahrt ab. Elizabeth wollte unter dem Säulenvorbau parken, doch Nadia hob eine Hand.

»Fahr um das Haus herum in den Garten, Richtung Strand.«

Elizabeth gehorchte. Ihr Puls beschleunigte sich. Die Villa war eine von vielen, die sie den Sorensons gezeigt hatte, doch die einzige direkt am Meer. Von einem Strand unterhalb der Steilküste konnte allerdings nicht die Rede sein. Da waren nur Felsbrocken, Dreck und knorrige Baumwurzeln. Etwa drei Meter vor dem Abgrund stand ein niedriger schmiedeeiserner Zaun, aber eher aus dekorativen Gründen denn aus solchen der Sicherheit. Direkt vor sich sah sie die seltsame Freiluftausstellung von Hobbits und sonstigen Tolkien-Kreaturen, und sie kurvte um die Figuren herum.

»Anhalten«, befahl Nadia, die aus dem Auto sprang, die Hintertür aufriss, die Waffe auf Chloe richtete und sie aus dem Auto zerrte.

Auch Elizabeth stieg aus, krank vor Angst. Sie hob die Hände. »Meine Tochter hat nichts damit zu tun«, sagte sie. »Richte die Waffe auf mich. Bitte.«

»Bitte, bitte, bitte. Bettelst du deinen *Rex* auch so an, wenn du was von ihm willst?«

Sie wusste von Rex. Natürlich wusste sie von Rex. Sie wusste alles.

Sieh zu, dass du sie zum Weiterreden bringst, dann gewinnst du Zeit, um dir einen Fluchtplan auszudenken.

»Meine Cousine hat Rex Kingston engagiert, damit er mich findet«, sagte sie.

»Ich weiß.«

»Ich bin ihm erst vor zwei Tagen zum ersten Mal begegnet. Ich kenne ihn kaum.«

»Aber du liebst ihn, stimmt's? *Du liebst ihn.* Lüg mich nicht an. Glaubst du, ich fühle es nicht?«

Nadia zerrte Chloe Richtung Zaun.

»Halt!«, schrie Elizabeth. Zu beiden Seiten des Zauns wuchsen hohe Gräser, dahinter war das Meer. Und der Abgrund war sehr, sehr tief.

Sie würde Chloe packen und sie retten, und wenn es das Letzte war, was sie in diesem Leben tat.

Nadia blieb an dem Zaun stehen, schwer atmend, als hätte sie gerade einen Marathonlauf absolviert. Ihre eisblauen Augen funkelten irre, der Wind zerzauste ihr blondes Haar. »Und was ist mit Gil? Ich habe absichtlich das Gerücht gestreut, seine Frau könnte Selbstmord begangen haben, aber dir war das egal. Ich habe versucht, darüber hinwegzusehen, aber du hast dich weiter mit ihm getroffen. Du solltest nicht herumhuren, um an sein Geld heranzukommen.«

»Ich kenne Gil kaum! Und sein Geld hat mich nie interessiert.«

»Ich musste etwas tun, aber der Winkel war ungünstig, als ich ihn rammte, und so habe ich Karls Wagen ruiniert.« Die Erinnerung ließ ihr Gesicht vor Wut rot anlaufen. »Also musste ich danach wieder mein Auto nehmen.«

»Du wolltest Gil von der Straße drängen ...« Jetzt wusste Elizabeth, dass der schwarze Ford Escape Karls Wagen gewesen war. Nadias SUV war ein dunkelblauer Acura.

»All diese Dinge, die ich für dich getan, all die Opfer, die ich gebracht habe für unsere gemeinsame Zukunft ...«

»Wovon redest du?«, fragte Elizabeth, obwohl sie bereits wusste, worauf es hinauslief.

Jetzt richtete Nadia die Pistole auf sie. »Mazie Ferguson. Du hast ihr den Tod gewünscht, weil du ihren Job wolltest.«

Elizabeth schüttelte den Kopf. »Nein.«

»Es war leicht, sie davon zu überzeugen, dass ich genügend Geld hatte, um jede beliebige Villa zu kaufen. Und Karl hatte anfangs genug Geld, bevor der Aktienmarkt zusammenbrach. Der große Investmentbanker, dass ich nicht lache ... Er war zu schwach, ich hatte keine Verwendung mehr für ihn. Aber Mazie ... Sie trank genauso gerne Wein wie du, aber ich musste ihr noch etwas zusätzlich ins Glas kippen, bevor sie sich hinters Steuer setzte ... Und es hat funktioniert. Schade, dass sie nicht noch einen anderen mit in den Tod gerissen hat, als sie die Kontrolle über ihren Wagen verlor und von der Straße abkam ... Es wäre nur gut, wenn es in Kalifornien ein paar Autofahrer weniger gäbe ...«

Trotz der kühlen Luft brach Elizabeth der Schweiß aus. Sie blickte zu Chloe hinüber, die sich beunruhigend still verhielt.

»Und dann dieser Cop, von dem du uns allen erzählt hast«, fuhr Nadia fort. »Officer Daniels, der Typ, der dir das Strafmandat verpasst hat. Was für ein selbstgerechtes Arschloch. Ich habe mir Karls Knarre geschnappt, gestohlene Kennzeichen an meinem Wagen angebracht und dann auf dem Freeway seinen Streifenwagen mit Höchstgeschwindigkeit überholt. Ich musste das Manöver noch mal wiederholen, bevor der faule Hund auf die Idee kam, mir zu folgen. Ich habe ihn durch Seitenstraßen zu einem Ort gelockt, der wegen hoher Hecken nicht einzusehen war. Das dauerte eine Weile, und er war echt angekotzt, als ich endlich anhielt. Noch bevor er aus dem Auto stieg, schrie er mich schon an.

Als er dann vor meinem Seitenfenster stand, habe ich ihn mit zwei Kugeln kaltgemacht.«

Chloe öffnete die Augen und blickte zu der Frau auf, die den linken Arm um ihren Hals geschlungen hatte. Ihre Miene wirkte geschockt, und ihr schien zu dämmern, was vor sich ging.

»Du hast diese Briefe geschrieben«, sagte Elizabeth. »Ich dachte, sie wären von einem Mann.«

»Tatsächlich? Besonders clever bist du nicht, was?«

»Lass Chloe in Ruhe«, stieß Elizabeth zwischen zusammengebissenen Zähnen hervor.

Nadia packte Chloes Kopf und richtete die Pistole wieder auf ihre Schläfe. »Das ist es, dieses berauschende Gefühl, diese Ekstase …«

»Hör auf, lass sie los!« Sofort wurde Elizabeth klar, dass sie ihre Gefühle unter Kontrolle behalten musste. *Du musst sie zum Weiterreden animieren.* »Du warst das auch mit Court und Whitney Bellhard?«

»Ich habe immer gewusst, dass du ihn nicht liebst. Doch dann betrügt er dich mit dieser Schlampe, und auf einmal ist er dir wieder wichtig. Verdammt wichtig. Ich habe es gespürt und wusste, dass ich dir beweisen musste, wie sehr ich dich liebe.«

»Und Channing Renfro?«

»GoodGuy.« Nadia schnaubte verächtlich. »Alles, was ich brauchte, hatte Karl in unserem Keller. Hätte er doch einfach alles laufen lassen, dann hätte ich ihn nicht …« Sie schüttelte betrübt den Kopf. »Alles wäre sehr viel einfacher gewesen. Doch als er herausfand, dass ich dich liebe, als er die ersten Briefe fand …« Sie schwieg kurz. »Ich habe seinen Escape genommen.

Vorher hatte ich einen der Molotowcocktails eingesteckt, die er für mich fabriziert hatte. Für so was hatte Karl ein Händchen. Und dann war da dieser Benzinkanister mit dem Schlauch. Ich habe den Molotowcocktail auf GoodGuys Cabrio geworfen, dann den Dreckskerl mit Benzin übergossen und in Flammen gesetzt. Was für ein Feuerball. Fast wäre ich geschnappt worden. Aber ich bin ungeschoren davongekommen, weil die Vorsehung es so will ... *Ich habe alles für dich getan, Elizabeth ...*«

»Warten Sie im Auto«, sagte Kingston zu Ravinia, die sofort zu protestieren begann. »Nein, Sie kommen nicht mit, verstanden?«

Sie zögerte. Dann: »Also gut.«

Er checkte seine Glock. Sie war noch nicht entsichert, und das sollte so bleiben, bis er Ärger witterte. Mit der Waffe in der Hand ging er zum Haus der Vandells und klingelte, doch niemand machte auf. Er hatte keine Lust zu warten und ging um das Haus herum zur Hintertür. Sie war abgeschlossen, aber aus dünnem Holz, und mit drei kräftigen Tritten konnte er sie aufbrechen.

Das war Einbruch, doch es war ihm völlig egal. Wenn Elizabeth und Chloe hier irgendwo gefangen gehalten wurden ...

Im Haus der Vandells stank es nach Chemikalien, doch es hing noch ein beißender Geruch in der Luft. Schnell erkannte er, dass er durch die offene Kellertür kam. Er ging zu der nach unten führenden Treppe, schaltete das Licht ein und wartete, ob etwas passierte. Nichts. Er stieg schnell die Treppe hinunter, die hölzernen Stufen ächzten.

Es roch penetrant nach Benzin, und er sah einen Kanister auf einem Regalbrett am anderen Ende des Raums. Zuerst hatte er eine undichte Gasleitung befürchtet, doch darauf deutete nichts hin. Und dann sah er die beiden Molotowcocktails und studierte die Flaschen.

Channing Renfro ... GoodGuy, wie Elizabeth ihn genannt hatte.

Ihm wurde klar, dass er seine Fingerabdrücke auf den Flaschen hinterlassen hatte, doch es war ihm völlig gleichgültig. Ihn interessierte nur, Elizabeth und Chloe zu finden.

»Kingston?«

Er wirbelte mit gezückter Waffe herum und sah auf der obersten Stufe der Kellertreppe Ravinia stehen. »Verdammt, Sie sollten im Auto warten!«

»Sie sind am Meer«, sagte Ravinia schnell. »Bei einer großen Villa mit einem Riesengarten. Da stehen irgendwelche seltsamen Figuren ... Das Gelände fällt steil zum Meer ab, und deshalb steht dort ein Zaun ...«

»Wovon reden Sie? Von Elizabeth und Chloe? Und woher wissen Sie das?«

»Kennen Sie so ein Anwesen?«, fragte sie.

»Ich ... Nein ...« Sein Herzschlag beschleunigte sich, Ravinias Angst war ansteckend. »Seltsame Figuren?« Und dann wusste er, welche Villa sie meinte. Er hatte Fotos von der Villa und dem Garten mit den Hobbits gesehen, als er wegen Elizabeth mit seinem iPad im Internet recherchiert hatte. »Corona del Mar«, murmelte er vor sich hin, während er sich angestrengt an die Adresse zu erinnern versuchte. »Holen Sie das iPad«, sagte er zu Ravinia. »Es liegt im Auto.«

Ravinia verschwand, und er ging zur Treppe. Er wusste nicht, woher sie die Information hatte, und es war ihm auch gleichgültig. Übersinnliche Fähigkeiten, seltsame Übertragungswege für Nachrichten, mysteriöse Gaben ... Allmählich begann er daran zu glauben.

Und er glaubte auch, dass die Gefahr von Nadia Vandell ausging.

Sein Blick fiel auf die in einer Ecke des Raums stehende Tiefkühltruhe. Irgendetwas ließ ihn innehalten. Er verließ sich auf seine Intuition, machte kehrt, riss den Deckel der Truhe auf und starrte hinein. Eingefrorenes Gebäck, Toastbrot, Steaks. Er wühlte darin herum und plötzlich erschienen vier Finger. An einem steckte ein Trauring.

Seine Atmung beschleunigte sich, und er warf die tiefgefrorenen Lebensmittel auf den Boden.

Ein graues Gesicht. Offene braune Augen. Eiskristalle an den Augenbrauen, auf der Stirn und an den Haaren, von denen nicht mehr viele übrig waren.

Karl Vandell, vermutete er. Und dann rannte er die Treppe hinauf, wobei er jeweils zwei Stufen auf einmal nahm.

»Und Detective Thronson?«, fragte Elizabeth.

»Ich habe gelauscht, als du auf der Vorderveranda mit ihr geredet hast, und gehört, wie du ihr gestanden hast, all diesen Leuten den Tod gewünscht zu haben. Sie hätte nicht aufgegeben. Sie glaubte, ich wäre du.«

»Sie hatte ein Foto von mir und hat es den Angestellten im Hotel Tres Brisas gezeigt. Sie haben gesagt, ich sei dort gewesen.«

»Da haben sie sich geirrt«, sagte Nadia. »Ich habe nicht versucht, dich in Schwierigkeiten zu bringen.«

Sie hatte die Pistole ein bisschen sinken lassen, und die Mündung zeigte nun auf Chloes Schulter. Elizabeth schluckte. Ihr Mund und ihre Kehle waren völlig ausgetrocknet. »Tatsächlich? Du hast dein Haar wie ich getragen. Dafür muss es einen Grund gegeben haben.«

»Wie oft muss ich es noch sagen? *Ich liebe dich.* Wegen dir musste ich all das tun. Ich wollte mit dir nach Mexiko gehen!«

»Worauf warten wir?«, fragte Elizabeth. »Wir können sofort aufbrechen.«

»Ich bin keine Idiotin. Ich weiß, dass du mich nicht liebst und nur nach einer Chance suchst, mich loszuwerden. Doch das wird nicht passieren. Los, komm jetzt.« Nadia zerrte Chloe zu dem Zaun, hinter dem sich bis zum Horizont das graue Meer erstreckte.

»Nein!«, schrie Elizabeth. »Ich gehe mit dir nach Mexiko. Vielleicht liebe ich dich noch nicht, aber bald. Ich habe Court nie so geliebt, wie ich ihn hätte lieben sollen. Vielleicht ist es meine Bestimmung, mit dir zusammen zu sein. Aber tu Chloe nichts. Ich tue alles, was du willst, aber lass meine Tochter aus dem Spiel.«

»Sie liebst du, mich nicht.«

»Bitte, Nadia ...« Elizabeth rannen Tränen über die Wangen. »Komm von dem Zaun zurück.«

Nadia schaute sie mit einem Blick an, der zugleich Verärgerung und Sehnsucht spiegelte.

»Du hättest früher auf die Idee kommen sollen, mit mir nach Mexiko zu gehen«, sagte sie. »Wir könnten bereits da sein ... In Rosarito Beach, Acapulco oder Puerto Vallarta ... Warst du da mal? Kennst du die Strände?«

»Ja, sie sind wunderschön. Ich würde sie gern mit dir zusammen wiedersehen.«

»*Lügnerin!* Warum musstest du alles zerstören?«

Elizabeth schüttelte den Kopf. Sie wusste nicht mehr, was sie sagen sollte. Chloe hatte die Augen wieder geschlossen, schien erneut in eine Art Trance gefallen zu sein.

»Es ist Rex Kingstons Schuld!« Nadia fletschte die Zähne. »Du möchtest nur mit ihm zusammen sein.«

»Nein, das stimmt nicht.«

»Du glaubst immer noch, mich anlügen zu können. Denkst du, ich wüsste nicht, was Liebe ist? Karl stand mir nahe, aber ich habe ihn nie geliebt. Ich habe *dich* geliebt. Er war mir wichtig, und es tut mir leid, dass ich ihn loswerden musste.«

»Was soll das heißen?«

Sie seufzte. »Ich weiß, dass ich dir nichts bedeute. Du versuchst nur, Zeit zu gewinnen.«

»Erzähl mir, was du mit Karl gemacht hast. Ich will es wissen.«

Nadia zuckte die Achseln. »Zuerst habe ich versucht, vernünftig mit ihm zu reden, doch er wollte nicht hören, und so musste ich ihn fesseln und knebeln. Er hat gesagt, *ich* bräuchte Hilfe.« Sie lachte. »Die ganze beschissene Welt braucht Hilfe. Ich glaube an die Liebe, an die wahre Liebe, und das habe ich ihm gesagt. Und was hat er getan? Wie du hat auch er versucht, Zeit zu gewinnen. Er konnte eine Hand aus der Fessel lösen und packte den Fuß der Nachttischlampe. Der Dummkopf glaubte, mich überraschen zu können, doch da war er an die Falsche geraten.«

Elizabeth betete, dass mit ihrer Tochter alles in Ordnung war. Die spätnachmittägliche Sonne war überraschend heiß, und sie begann zu schwitzen. *Bleib ruhig ... Entspann dich ... Und sei vorsichtig.* »Was hast du Karl angetan?«

»Gar nichts. Er hat es sich selbst angetan.«

»Wo ist er?«

»Bei uns zu Hause, aber glaub bloß nicht, dass er dir zu Hilfe kommen wird. Das kannst du dir abschminken.«

»Wie weit ist es noch?«, fragte Ravinia, während Kingston wie ein Verrückter Richtung Westen nach Corona del Mar raste. Er hoffte, einen Verkehrspolizisten zu sehen, der ihm den Weg zu der Villa zeigen konnte.

»Zu weit.« Er hatte die Polizei angerufen, seinen Namen genannt und seine Handynummer angegeben. Dann hatte er Nadia Vandells Wagen beschrieben für den Fall, dass Ravinias Information nicht stimmte. Die Stimme der Einsatzleiterin hatte misstrauisch geklungen, und sie hatte gesagt, er müsse mit einem Polizisten reden. »Der Name ist Vandell«, hatte er gereizt geantwortet. »Schreibt sich genauso, wie man es spricht. V-A-N-D-E-L-L. Karl oder Nadia.« Er schwieg kurz und traf eine Entscheidung. »In der Tiefkühltruhe in ihrem Haus liegt eine Leiche. Ich wette, das ist Karl Vandell. Schicken Sie jemanden dorthin.«

Er unterbrach die Verbindung, bevor die Frau noch etwas sagen konnte.

»Können Sie nicht schneller fahren?«, fragte Ravinia.

»Aber sicher, Gnädigste«, antwortete er genervt. »Ganz wie Sie wünschen.«

Plötzlich begann Chloe zu sprechen, und ihre Stimme war gedämpft, weil sie den Kopf an Nadias Bluse drückte. »Du wirst mir nicht wehtun, denn wenn du es tust, tust du auch meiner Mommy weh. Und du liebst sie.«

»Du weißt gar nichts«, knurrte Nadia, die Chloe erneut die Pistole an die Schläfe presste und sie wie eine Stoffpuppe über den Zaun schwang.

Elizabeth rannte los.

»Bleib, wo du bist«, sagte Nadia leise, und Elizabeth blieb wie angewurzelt stehen.

»Ich gehe mit dir nach Mexiko«, sagte sie flehend. »Weil ich es will.«

»Hör auf zu lügen! Du hast alles zerstört, und jetzt gibt es kein Zurück mehr.«

»Bitte, Nadia. Gib mir eine Chance, dir meine Liebe zu beweisen. Was soll ich tun? Sag es mir einfach.«

»Du willst deine Liebe beweisen? Dann komm mit mir auf diese Seite des Zauns.«

»Ja, aber erst, wenn du Chloe losgelassen hast.«

Nadia lachte kurz auf. »Ich muss nur abdrücken.« Ihre blauen Augen funkelten gefährlich. »Das geht ganz schnell.«

»Nein, bitte nicht ... Ich tue alles, was du willst. Bitte.«

»Dann klettere über den Zaun.«

Die Brandung dröhnte in Elizabeth' Ohren. Sie hatte alles so lange wie möglich hinausgezögert. Was sie auch sagte, Nadia wollte Chloe töten. Die stand ihrer Liebe im Weg ...

Sie trat vor und schwang ein Bein über den Zaun.

Hinter Nadia und Chloe gähnte der Abgrund, und die Wellen schlugen laut an den Felsen. Und dann hörten sie aus der anderen Richtung plötzlich das Quietschen von Autoreifen.

Nadia und Elizabeth spitzten die Ohren.

In dem Moment biss Chloe Nadia in die Hand, welche die Pistole hielt. Ihre Zähne bohrten sich tief in Nadias Fleisch.

Der Schrei ließ Ravinia das Blut in den Adern gefrieren. Sie war bereits aus dem Auto gesprungen und rannte los, war aber nicht so schnell wie Kingston, der auf die Frau und das Mädchen auf der anderen Seite des Zauns zurannte.

»Nein!«, schrie Elizabeth, als Nadia plötzlich Chloes Hals packte und sie zu strangulieren begann, während Chloe sich hektisch in ihren Armen wand, um sich trat und ihre Peinigerin erneut biss.

Auch Ravinia schrie, während Kingston über den Zaun sprang. Wie in Zeitlupe sah sie, dass Nadia Chloe losließ, während Elizabeth sich auf Nadia stürzte. Die beiden Frauen gingen zu Boden und rangen am Rande des Abgrunds.

»Elizabeth!«, schrie Kingston.

Nadia hielt Elizabeth mit einem eisernen Griff fest. »Wir werden für immer zusammen sein!«, schrie sie, während sie Elizabeth zum Rand des Kliffs zog.

Kingston versuchte, eines ihrer Beine zu packen und hätte es fast geschafft, aber die beiden Frauen bewegten sich zu hektisch hin und her. Ravinia sprang über den Zaun und packte Chloe. Fast wäre sie gestolpert, aber sie konnte sich gerade noch fangen, als sie weit, weit unter sich die Wellen mit den weißen Gischtkronen sah.

Nadias freie Hand tastete nach der Pistole, die sie fallen gelassen hatte, als Chloe sie gebissen hatte. Als sie sie in der Hand hielt, presste sie Elizabeth den Lauf an die Schläfe, doch die wehrte sich wie eine Wildkatze, zerkratzte ihr das

Gesicht und trat laut schreiend um sich. Sie näherten sich immer mehr dem Abgrund.

»Elizabeth!«, schrie Kingston erneut, und jetzt gelang es ihm, eines ihrer Beine zu packen.

Nadia fletschte die Zähne und wollte auf ihn zielen, doch Elisabeth war zu stark und presste die Hand mit der Waffe so fest auf den Boden, dass Nadia sie fast losgelassen hätte. Nadia rollte Elizabeth' Körper herum, und Kingston konnte ihr Bein nicht mehr festhalten.

Und dann rutschten ein Arm und ein Bein von Nadia über den Rand des Kliffs, und ihr Gewicht drohte Elizabeth mit in den Abgrund zu ziehen. Chloe und Ravinia begannen zu schreien.

Der Wolf tauchte wie aus dem Nichts auf, setzte mühelos über den Zaun und sprang Nadia an.

»Nein!!!«, schrie Ravinia, als die ineinander verkeilten Körper von Nadia und Elizabeth in den Abgrund stürzten. Aber sie irrte sich.

Durch die Luft wirbelten die ineinander verkeilten Körper Nadias und des Wolfs. Wieder wirkte alles wie in Zeitlupe. Das Fell des Wolfs und blonde Haare, um sich schlagende Frauenarme und Beine des Tiers, ein zu einem stummen Schrei geöffneter Mund, als sich scharfe Zähne in weiches Menschenfleisch bohrten.

Kingston riss an Elizabeth' Bein und zog sie von dem Abgrund zurück.

Und dann hörten sie trotz der Brandung den dumpfen Aufprall zweier Körper auf den Wellen.

Chloe machte sich aus Ravinias Griff frei und rannte zu Elizabeth und Kingston, die sie fest in die Arme schlossen.

Ravinia trat mit einem schweren Herzen an den Rand des Kliffs und blickte in den Abgrund. Ihr ängstlicher Blick suchte die Küste ab, doch von Nadia und dem Wolf war nichts zu sehen.

35

Wie in der letzten Januarwoche im Norden Oregons nicht anders zu erwarten, war die Luft schneidend kalt und der Boden knüppelhart gefroren. Siren Song wirkte auf Elizabeth ziemlich düster, aber womöglich war die Atmosphäre im Sommer weniger deprimierend. Die Blätter der Büsche auf dem Friedhof hinter dem Haus waren weiß vom Raureif, und die niedrig stehende Wintersonne änderte wenig am tristen Grau der Grabsteine. Ja, all das war definitiv nicht erheiternd, doch die Frauen, die sie hier kennengelernt hatte, ihre leibliche Mutter und ihre Cousinen, hatten sie mit offenen Armen aufgenommen, ganz so, als hätten sie ihr Leben lang auf sie gewartet.

Sie stand am Rand des Friedhofs neben Catherine und Ravinia, die mit ihr die Reise nach Norden angetreten hatte, es aber noch eiliger als Elizabeth zu haben schien, wieder nach Kalifornien zurückzukehren. Ravinia wollte dort ein neues Leben beginnen und war fest entschlossen, als Rex Kingstons Partnerin für dessen Detektivbüro zu arbeiten. Kingston war auch mitgekommen nach Oregon und saß jetzt vor dem geschlossenen Tor in einem Mietwagen, weil es eines von Catherines ehernen Gesetzen war, dass Männer in Siren Song keinen Zutritt hatten.

Das gefiel weder ihm noch Elizabeth, doch Ravinia hatte ihnen vorab gesagt, was sie in Siren Song erwartete. Beide versuchten, sich den strengen Regeln zu fügen. In Gedanken kehrte Kingston zu den Ereignissen direkt nach Nadias Sturz in den Abgrund zurück.

Danach war Ravinia immer schweigsamer geworden. Sie sagte, es liege daran, dass der Wolf wahrscheinlich tot sei, und obwohl weder Elizabeth noch Kingston genau wussten, wovon sie eigentlich redete, vergoss Chloe viele Tränen und sagte: »Nein, das kann nicht sein. Es kann einfach nicht sein.« Es schien irgendeine telepathische Verbindung zu geben zwischen ihr und Ravinia, denn Chloe hatte Elizabeth erzählt, sie habe Ravinia und Kingston zu der Villa »gerufen«, wohin Nadia sie und ihre Mutter verschleppt hatte.

Als die Medien über Nadias Tod und die von ihr begangenen Morde berichteten, war Vivian ganz außer sich. Sie fühlte sich schuldig, weil Nadia durch sie in die Müttergruppe gekommen war. Sie flehte Elizabeth an, mit ihr ins Fitnessstudio zu gehen und auch an der nächsten Sitzung der Therapiegruppe Sisterhood teilzunehmen. Elizabeth versprach, wieder mit Yoga zu beginnen, doch an der Therapiegruppe hatte sie kein Interesse. Dort hatte Nadia vor den anderen Mitgliedern ihr wahres Ich verborgen, doch Elizabeth fühlte sich da auch sonst nicht wohl.

Detective Driscoll hatte Kingston von den Ermittlungen in den Mordfällen Karl Vandell, Channing Renfro und Seth Daniels erzählt. Es sah so aus, als hätte Nadia die Mitglieder der Therapiegruppe von vorne bis hinten belogen. Ihre Adoptiveltern gaben zu Protokoll, sie habe Kinder nicht gemocht und deshalb nie welche bekommen wollen. Nadia hatte die erfundene Story von den mehrfachen Fehlgeburten benutzt, um Mitleid zu erregen und einen Weg zu finden, sich über Vivian in Elizabeth' Leben zu drängen.

Was Karl betraf ... Nadia hatte ihn offenbar umgebracht, als er seine zögernde Unterstützung ihrer Pläne einstellte. Seine Kollegen erzählten Driscoll, Karl habe Nadias plötzliches Interesse, einer Frauengruppe beizutreten, anfangs begrüßt, weil er hoffte, dass das den psychischen Absturz in eine Obsession verhindern würde. Er befürchtete, ihre neurotische Fixierung würde so schlimm werden, dass sie nicht mehr essen und schlafen konnte. Diese Kollegen glaubten, dass Nadia sich gegen ihn gewendet hatte, als Karl ihre langjährige einseitige Liebe zu Elizabeth Ellis entdeckte. An seinen Hand- und Fußgelenken wurden Hautabschürfungen festgestellt, weil er gefesselt worden war und versucht hatte, sich zu befreien. Es wurde vermutet, dass er erst einen Tag tot gewesen war, als Kingston seine Leiche gefunden hatte.

Aber wer war Nadia gewesen, und wie war es zu erklären, dass sie über eine Gabe verfügte, über übersinnliche Fähigkeiten? Diese Frage blieb unbeantwortet.

Ravinia riet Elizabeth noch einmal, nach Siren Song zu reisen, um dort ihre Mutter und ihre Cousinen kennenzulernen. Nach den Ereignissen der letzten Wochen war Elizabeth geneigt zu glauben, was Ravinia ihr erzählt hatte, und so wählte sie Ophelias Handynummer und ließ sich Catherine geben, die behauptete, ihre leibliche Mutter zu sein. Es war ein stockendes, seltsam förmliches Gespräch gewesen, und Elizabeth erinnerte sich an den Rat von Detective Dunbar, es sei besser, die Frauen von Siren Song persönlich kennenzulernen. Und so waren sie abgereist.

Chloe war bei den Hofstetters untergebracht, und Elizabeth erfuhr am Telefon von Tara, dass ihre Tochter und Bibi gut miteinander klarkamen. Ohne Lissa hatten die beiden Mädchen kein Problem miteinander. Soweit Elizabeth wusste, war Chloes Gabe nicht mehr auffällig geworden, und sie hoffte, dass es nach Nadias Tod so bleiben würde.

Kingston beobachtete Catherine, Elizabeth und Ravinia, wie sie über den Friedhof schlenderten. Es war alles so, wie Ravinia es gesagt hatte: lange, altmodische Kleider, ein riesiges schmiedeeisernes Tor, ein imposantes altes Haus, eine lange Auffahrt mit Schlaglöchern, etliche junge blonde Frauen, die laute Brandung des nahen Meeres. Und dann war da Catherine, die definitiv so aussah wie eine Frau aus einer anderen Zeit.

Bei dem ersten persönlichen Treffen von Elizabeth und Catherine verlief das Gespräch ähnlich seltsam wie bei dem Telefonat, und auch sonst war die Atmosphäre angespannt, denn weder Catherine noch Elizabeth neigten zu Umarmungen und überschwänglichen Gefühlsbekundungen. Trotzdem, allmählich hatte sich die Stimmung entspannt.

Viele von Elizabeth' Vorfahren lagen auf diesem Friedhof. Sie gingen zwischen den Grüften umher, und Catherine zeigte auf Namen auf den Grabsteinen und fasste kurz das Leben der Verstorbenen zusammen. Ravinia sagte kaum etwas. Als Catherine glaubte, Elizabeth das Wichtigste erzählt zu haben, kehrten sie zur Hintertür des Hauses zurück, doch dort zögerte Catherine und drehte sich noch einmal um. Auch Elizabeth und Ravinia blieben stehen.

Catherine wandte den Blick von den Gräbern ab und schaute nach Westen, in Richtung Meer. »Declan jr. ist immer noch irgendwo da draußen auf freiem Fuß«, sagte sie.

»Nimmst du ihn auch wahr?«, fragte Ravinia.

Catherine schüttelte den Kopf. »Nein, du? Ich glaube nur, dass wir es erfahren hätten, wenn er tot wäre.«

Ravinia wandte sich ab. »Ich weiß nicht, was ich fühle.«

»Glaubst du immer noch, dass dieser Declan jr. es auf mich abgesehen hat?«, fragte Elizabeth Catherine.

»Die Jungen in unserer Familie scheinen ihre Gaben intensiver zu empfinden, und mit zunehmendem Alter werden sie immer gefährlicher«, antwortete sie. »Ich gehe nicht gern Risiken ein.«

Das reichte, um es Elizabeth kalt den Rücken hinablaufen zu lassen, und selbst Ravinia blickte ihre Tante finster an, ganz so als wollte sie so etwas nicht hören.

»Kommt rein.« Catherine ging vor in die große Küche, wo sie einen Kessel Wasser auf dem Herd aufsetzte, um Tee zu kochen. Elizabeth rechnete damit, dass sich einige ihrer Cousinen zu ihnen setzen würden, doch als sie Richtung Wohnzimmer blickte, sagte Tante Catherine: »Ich möchte allein mit dir reden und habe die anderen gebeten, das zu respektieren.«

»Soll ich gehen?«, fragte Ravinia, die – wenn auch etwas widerwillig – bereit zu sein schien, die Küche zu verlassen.

»Nein, du sollst auch hören, was ich zu sagen habe.« Catherine wandte sich Elizabeth zu. »Ich glaubte, Declan jr. hätte deine Spur bis nach Kalifornien verfolgt, doch nicht er hatte es auf dich abgesehen. Sondern eine Frau, was ich erst überraschend fand, doch nun glaube ich zu wissen, wer sie war. Sie wurde hier früher *Lost Baby Girl* genannt.«

»Was?« Ravinia hatte am Kopf des Tisches Platz genommen. »Lost Baby Girl? Wovon redest du?«

»Vor langer Zeit wurde hier ein Säugling gekidnappt«, antwortete Catherine. »Aus dem Auto der Inhaberin einer privaten Adoptionsagentur wurde ein Baby gestohlen. Sie hatte es gerade in den Wagen verfrachtet, als in ihrem Haus das Telefon zu klingeln begann. Sie ging hinein, um den Anruf anzunehmen, und als sie nach dem Ende des Telefonats wieder nach draußen kam, war das Kind verschwunden.«

»Warum hat sie nicht mit dem Handy telefoniert?«, fragte Ravinia.

»Das war vor fünfundzwanzig Jahren«, antwortete Catherine.

»Diese Frau, die das Baby in dem Auto zurückgelassen hat, war sie vertrauenswürdig?«, fragte Elizabeth zögernd.

»Wir haben mehrfach ihre Dienste in Anspruch genommen.«

Catherine schaute ihre Tochter an und wandte dann den Blick ab. Elizabeth begriff, dass ihre eigene Adoption auch durch diese Frau vermittelt worden war.

»Sie hatte einen guten Ruf in Deception Bay und Umgebung«, fuhr Catherine fort. »Es ging alles so schnell. Niemand wusste, was er davon halten sollte. Kurz nachdem du von dem Ehepaar Gaines adoptiert worden warst, hat diese Frau eine weitere Adoption vermittelt. Sie hat sich nur kurz von ihrem Auto entfernt, aber es reichte jemandem, um den Säugling zu stehlen. Ein kleines Mädchen. Es war einfach verschwunden, und niemand hat es jemals wieder gesehen. Von den Zeitungen wurde es zu der Zeit Lost Baby Girl genannt.«

»Warum habe ich noch nie etwas davon gehört?«, fragte Ravinia.

»Weil du nicht genau genug hinhörst«, erwiderte Catherine etwas gereizt.

Ravinia und Elizabeth wurden gleichzeitig von demselben Geistesblitz getroffen.

»Willst du sagen, dass dieses Lost Baby Girl Nadia war?«, fragte Ravinia. »Sie kam von hier?«

»Genau das glaube ich. Die Mutter des Kindes war eine junge Frau, deren Vater in unserer Nachbarsiedlung als Schamane galt.«

»Da leben die Foothiller«, sagte Ravinia zu Elizabeth. »Ich habe dir von ihnen erzählt.«

Elizabeth nickte. Sie erinnerte sich daran, dass Ravinia erzählt hatte, die Foothiller lebten in einer ärmlichen Ansiedlung in der Nähe von Siren Song und seien überwiegend Nachfahren amerikanischer Ureinwohner.

»Diese junge Mutter hatte sich mit einem Mann eingelassen, von dem wir alle glaubten, er sei seit Langem tot«, fuhr Catherine fort. »Doch dann tauchte er plötzlich wieder auf und richtete Unheil an.«

»Wer war er?«, fragte Ravinia. »Ich will es wissen.«

»Ein sehr schlechter, teuflischer Mann. Wie genau seine Beziehung zu der Mutter des Kindes aussah, weiß ich nicht. Ich habe auch keine Ahnung, ob es sonst jemand wusste oder weiß.« Catherines Tonfall war düster. »Er war bereits wieder verschwunden, als das Baby gestohlen wurde, doch es hätte ihn ohnehin nicht gekümmert. Die Mutter des Kindes wollte nicht eingestehen, dass sie das Baby zur Adoption freigegeben hatte. Es ging das Gerücht um, der Schamane habe ihr verboten, sich als die Mutter des Kindes zu bekennen. Nach einer kurzen ergebnislosen Suche nach dem gestohlenen Baby gaben alle auf und taten so, als wäre nichts passiert. Die örtliche Polizei tat, was sie konnte, aber der Schamane und seine Tochter wollten ihr nicht helfen. Beide sind schon vor Jahren gestorben, zusammen mit ihrer Geschichte.«

»Was ist aus dem Vater geworden?«, fragte Elizabeth.

»Er ist auch tot«, antwortete Catherine in einem Ton, der Elizabeth vermuten ließ, dass es zu der Geschichte noch mehr zu erzählen gab.

Sie dachte nach. »War er ... mit uns verwandt?«, fragte sie.

Catherine antwortete nicht sofort. »Ja«, sagte sie schließlich. »Und ich werde euch jetzt etwas sagen, das ich noch nie jemandem erzählt habe.«

Ravinias Herzschlag beschleunigte sich. So etwas passte überhaupt nicht zu ihrer Tante, und auch Elizabeth schaute Catherine erwartungsvoll an.

»Vor etwa zehn Jahren lag eine Frau aus Deception Bay im Sterben. Sie hatte Brustkrebs und bat darum, mit mir sprechen zu dürfen. Sheriff O'Halloran kam nach Siren Song, um mich zu fragen, ob ich mit dieser Frau reden würde. Ich wusste nicht, wer sie war, habe sie aber im Krankenhaus besucht, wo sie meine Hand ergriff. Sie glaubte, ich könnte ihr helfen. Sie glaubte nicht daran, dass ich ihr Leben retten konnte, aber vielleicht ihre Seele. Was immer sie auch gehört habe, sagte ich zu ihr, wir Frauen von Siren Song seien keine Priesterinnen. Aber sie wollte nichts davon hören. Sie wollte eine Beichte ablegen, und zwar mir gegenüber, und so ließ ich es geschehen.

Ihr Name war Lena, und sie und ihr früherer Freund waren diejenigen, die seinerzeit das Baby gestohlen hatten. Sie wandten sich an einen Anwalt aus Südkalifornien, der Adoptionen vermittelte, es aber im Gegensatz zu unserer Adoptionsagentur aus Deception Bay mit den Unterlagen nicht so genau nahm. Das Geschäft ging über die Bühne, und sehr viel später erfuhr Lena, dass das Kind, welches sie mit ihrem

Freund gestohlen hatte, die Enkelin des Schamanen war. Obwohl sie selbst keine indianischen Wurzeln hatte, wollte sie, dass der Schamane ihr vor ihrem Tod die Absolution erteilte. Sie wusste nicht, dass er bereits verstorben war, und als sie es erfuhr, wollte sie die Absolution von den ›Hexen von Siren Song‹ erteilt bekommen. Als sie mich um Hilfe bat, wusste sie nicht, dass das Lost Baby Girl durch den Vater mit uns verwandt war. Niemand wusste es, und daran hat sich bis heute nichts geändert.«

»Hast du ihr die Absolution erteilt?«, fragte Ravinia neugierig.

»Ich habe einfach ein paar Worte gesagt und ihr versichert, ihre Sünden seien ihr vergeben. Daraufhin entspannte sie sich, und einige Minuten später war sie tot.« Catherine zog eine Grimasse. »Ich wünschte, mehr getan zu haben, um das Kind zu finden, doch wenn ich aufrichtig sein will, wollte ich es nicht finden, und zwar wegen seines Vaters.«

»Was stimmte denn nicht mit dem Mann?«, fragte Elizabeth, obwohl ihr klar war, dass Catherine nicht über ihn reden wollte.

»Er war der Vater meiner Schwester Mary, Thomas Durant. Er galt seit Jahren als verschollen, und als er dann plötzlich wieder auftauchte, wussten wir nicht sofort, wer er war. Mary hat ihn sogar als Gast in unser Haus eingeladen, wie sie es mit vielen Männern tat, und dann nahm alles seinen Lauf ... Danach habe ich das Tor von Siren Song geschlossen ...«

»Er war mein Großvater«, sagte Ravinia.

Catherine nickte, und für eine Weile herrschte Schweigen.

»Bitte erzähl mir jetzt nicht, dass er auch mein Vater war«, sagte Ravinia schließlich.

»Nein«, antwortete Catherine bestimmt. »Und er ist auch nicht dein Vater, Elizabeth. Ich weiß, dass du Fragen stellen möchtest wegen deines Vaters, aber im Moment will ich nicht über ihn reden. Aber er war ein guter Mensch.«

Elizabeth akzeptierte es mit einem Nicken. Irgendwann würde sie die ganze Geschichte hören, und sie war bereit zu warten.

»Aber du glaubst, dass meine Mutter mit ihrem eigenen Vater geschlafen hat«, sagte Ravinia.

»Sie wusste nicht, wer er war. Demgegenüber wusste er sehr wohl, wer sie war, doch es hat ihn nicht gekümmert. Ich glaube, er war der Hauptgrund dafür, dass sie den Verstand verloren hat.« Catherine blickte Ravinia an. »Er hat es auch bei mir ein- oder zweimal versucht. Deshalb musste ich Maßnahmen ergreifen.«

»Was hast du getan?«, fragte Elizabeth.

»Dafür gesorgt, dass er nie wieder jemandem etwas antun würde«, antwortete Catherine. »Er ist tot, und mittlerweile sind seine Gebeine verbrannt. Er wird nicht zurückkommen, um uns zu verfolgen. Aber er war der Vater einer Reihe von Kindern, und das Lost Baby Girl war eines davon.«

»Nadia«, sagte Elizabeth.

Catherine nickte.

Eine Stunde später verabschiedeten sich Elizabeth und Ravinia von den Frauen von Siren Song. Isadora, das älteste der Mädchen, begleitete sie zum Tor. Kingston sprang aus dem Auto, als er sie sah, und öffnete ihnen den Schlag. Sie fuhren los, und kurz darauf war Siren Song nicht mehr zu sehen.

»Wie war es?«, fragte Kingston.

»Wie immer«, antwortete Ravinia.

»Interessant«, sagte Elizabeth, während Kingston auf die Küstenstraße abbog.

»Mein alter Kumpel Mike Tatum hat angerufen«, sagte er. »Er sagte, Nadias Leiche sei endlich in einem der Häfen angespült worden.«

»Gut«, sagte Ravinia. »Wenigstens wissen wir jetzt, dass sie wirklich tot ist.«

Auch Elizabeth war erleichtert, es zu hören. Sie hatte nicht geglaubt, dass jemand einen solchen Sturz überleben konnte, doch als die Leiche nicht gefunden wurde, wurde sie von einer schrecklichen Frage gequält. Noch immer schreckte sie nachts aus Albträumen hoch. Nur wenig hatte gefehlt, und auch sie wäre in den Abgrund gestürzt. Es war ein Wunder, dass Kingston es geschafft hatte, sie zu retten. Das Meer hatte Nadia sofort verschlungen, und ihre Leiche war über eine Woche unauffindbar gewesen.

»Man hat Bissspuren an ihrer Hand entdeckt«, fügte Kingston hinzu.

»Chloe«, sagte Elizabeth.

»Aber da waren auch noch Bissspuren von einem Hund.«

Elizabeth blickte ihn an, während er vom Highway 101 auf den Highway 26 abbog, der von der Coast Range durch das Willamette Valley nach Portland führte, wo sie ein Flugzeug nach Südkalifornien nehmen wollten. »Sie wurde von einem Hund gebissen?«

»Von einem Wolf«, sagte Ravinia, die nachdenklich aus dem Fenster schaute.

Epilog

Am Montag zeigte Elizabeth Rex Kingston Mazies Haus, und er verkündete, dorthin umziehen zu wollen. Von hier hatte er es nicht so weit zu dem Haus von Elizabeth, die beschlossen hatte, dort fürs Erste wohnen zu bleiben, bis die Lage auf dem Immobilienmarkt wieder günstiger war für sie. Aber Staffordshire war tatsächlich verkauft worden an jemanden, der sich nicht störte an der Hobbit-Ausstellung im Garten, die Elsa Stafford unbedingt erhalten sehen wollte.

Am Dienstag tauchte Kingston in Elizabeth' Büro bei Suncrest Realty auf und nahm vor ihrem Schreibtisch auf dem Besucherstuhl Platz. Während sie die Unterlagen ausbreitete und ihm zeigte, wo er unterschreiben musste, berührte er sanft ihre Finger, und als er fertig war, ergriff sie seine Hand, und sie schauten sich mit einem etwas dümmlichen Lächeln an. So war sie, die Liebe, zugleich wundervoll und ein bisschen idiotisch. Als sie Hand in Hand das Büro verließen, runzelte Pat am Empfang konsterniert die Stirn, und das machte alles noch schöner.

Am Mittwoch nahm Kingston Ravinia zu seinem Telekomunternehmen mit, schloss einen Handyvertrag für sie ab und schenkte ihr ein Smartphone. Sie war so dankbar und bewegt, dass ihr die Worte fehlten. Sie wohnte noch immer in Kingstons Haus, bis sie einen Job gefunden hatte, und da konnte sie ihn auch genauso gut fragen, ob er ihr nicht einen Job geben wolle. Dann könne sie ausziehen, bemerkte sie, und er und Elizabeth seien ungestört.

Er sagte, er wolle darüber nachdenken. Und für sie klang das so, als würde er sie vielleicht endlich erhören.

Am Donnerstag wollte Chloe nach der Vorschule unbedingt ihre geliebte Trickfilmserie sehen, doch vorher fragte sie noch ihre Mutter, ob sie Rex Kingston heiraten werde.

Elizabeth fragte, wie sie auf die Idee komme, und ihre Tochter antwortete, sie habe eine Nachricht empfangen. Das versetzte Elizabeth sofort in Panik.

Chloe schaute sie an. »Nicht so eine Nachricht. Ich weiß es einfach.« Dann sagte sie, sie habe nichts gegen eine Heirat, wenn sie nur einen Hund bekomme.

Am Freitag kam Ravinia vorbei, angeblich, um Elizabeth zu besuchen, tatsächlich aber, um Kingston zu sehen. Sie wollte weiter Druck machen, damit er sich endlich entschloss, ihr einen Job in seinem Detektivbüro zu geben. Er versuchte sie abzuwimmeln, aber sie blieb hartnäckig. Er sagte zu Chloe, sie bräuchten keinen Hund, da schon ein hartnäckiger Terrier bei ihnen sei, und damit meinte er Ravinia. Das ließ Chloe nachdenklich die Stirn runzeln, hielt sie aber nicht davon ab, weiter zu betteln, ihr einen Hund zu schenken.

Am Samstag baten Kingston und Elizabeth Ravinia, für eine Weile auf Chloe aufzupassen. Die fragte Ravinia, ob die Gefahr vorüber sei, und Ravinia bejahte, obwohl sie immer noch hin und wieder verzerrte Botschaften empfing, die sie nicht dechiffrieren konnte. Chloes Nachrichten hatte sie dagegen laut und deutlich gehört. In ihrem tiefsten Inneren hoffte sie jetzt, dass es vielleicht der Wolf war, der irgendwie versuchte, mit ihr zu kommunizieren, doch das war wahrscheinlich eine schwachsinnige Idee.

Als Rex und Elizabeth zurückkamen, hatten sie einen schwarzen Welpen dabei. Chloe kreischte vor Freude und taufte ihn prompt auf den Namen Bentley, weil so der schwarze Schäferhund in ihrer Lieblingsserie hieß. Dabei kümmerte es sie nicht, dass ihr Geschenk eine Hündin war.

Und dann, als Ravinia ging und die Haustür öffnete, sah sie im Nachbargarten den Wolf, dessen gelbe Augen sie für einen Moment anschauten, bevor er sich abwandte und davontrottete. Sie war so erleichtert, dass sie fast geweint hätte ... Fast, denn sie gehörte nicht zu den Frauen, die ihre Gefühle nicht unter Kontrolle behalten konnten.

Rex und Elizabeth traten zusammen aus dem Haus, und er küsste sie, bevor er zu seinem Auto ging und sie ihm nachwinkte. Ravinia hatte die Zärtlichkeit beobachtet und fühlte sich zugleich unbehaglich und glücklich. Zweifellos war sie hier nur das fünfte Rad am Wagen, doch als sie zu Kingston ins Auto stieg, reichte der ihr ein kleines Booklet und ein paar Papiere.

»Morgen beginnen wir mit den Fahrstunden«, verkündete er.

Zum ersten Mal in ihrem Leben blickte Ravinia wirklich zuversichtlich in die Zukunft. Sie war auf dem richtigen Weg. Jetzt konnte absolut nichts mehr schiefgehen.

Am Sonntag tauchte Declan jr. im Schutz der Dunkelheit aus der kanadischen Wildnis auf und überquerte die Grenze zum amerikanischen Bundesstaat Washington. Es hatte lange gedauert, bis seine schlimmen Verbrennungen halbwegs ausgeheilt waren, und jetzt dürstete es ihn nach Rache. Hin und wieder empfing er schwache Signale, doch nicht der Dreckskerl von seinem Bruder wollte auf diese Weise in seinen Kopf eindringen, sondern eine Frau, die mehr als tausend Meilen weit entfernt war. Vielleicht brauchte sie eine kleine Kostprobe davon, was ihr nur der gute alte Charlie bieten konnte. Vor seinem inneren Auge sah er bereits, wie er sie bestieg und brutal nahm, während sie sich mit ekstatischen Schreien unter ihm wand ... Eine von diesen hellblonden Schlampen, die er so sehr hasste.

Sie glaubten, ihn getötet zu haben, und beinahe wäre es ihnen tatsächlich gelungen. Aber er war noch nicht am Ende. Noch lange nicht.

Er stand in der Ortsmitte von Podunk und schaute sich um. Er brauchte ein Auto, vielleicht auch nur ein Motorrad, etwas, womit er Seattle, Portland und Sacramento erreichen konnte ... Und später Los Angeles ... Oder vielleicht San Diego? Irgendwo dort unten im Süden wartete sie auf ihn.

Plötzlich ertönten fürchterlich laute Kirchenglocken, und er wollte schreien und hielt sich die Ohren zu. Als es vorbei war, wurde ihm bewusst, dass es Sonntag war.

Der Sonntag ist ein Tag der Ruhe, dachte er, und dann verzogen sich seine Lippen zu einem tückischen Lächeln.

Oder doch nicht?